Richard Schwartz
Fluchbrecher

PIPER

Zu diesem Buch

Alexandra McInnes hat als Pilotin der Special Forces zahlreiche Einsätze erfolgreich geflogen. Doch ausgerechnet in einem Urlaub wird sie schwer verletzt und ist fortan gelähmt. Der Kybernetiker Dr. Jensen macht ihr Hoffnung. Denn unter seiner Anleitung kann sie Teil eines besonderen Experiments werden: Jensen will ihr Bewusstsein in die Welt des Online-Spiels Vorena transferieren. Dort kann Alexandra ein neues, virtuelles Leben beginnen. Doch auch wenn Alex bald schlagkräftige Unterstützung von alten Freunden erfährt, wird schnell klar, dass ihr eine ganz besondere Rolle in Vorena zukommt. Und dadurch gewinnt sie erbitterte Feinde, die ihr neues Leben brandgefährlich machen ... Der Auftakt zur furiosen LitRPG-Saga!

Richard Schwartz, geboren 1958 in Frankfurt, hat eine Ausbildung als Flugzeugmechaniker und ein Studium der Elektrotechnik und Informatik absolviert. Er arbeitete als Tankwart, Postfahrer und Systemprogrammierer und restauriert Autos und Motorräder. Am liebsten widmet er sich jedoch phantastischen Welten, die er in der Nacht zu Papier bringt – mit großem Erfolg: Seine Reihe um »Das Geheimnis von Askir« wurde mehrfach für den Deutschen Phantastik Preis nominiert.

Richard Schwartz

FLUCH BRECHER

Die Eisraben-Chroniken 1

PIPER

Von Richard Schwartz liegen im Piper Verlag vor:
Der Falke von Aryn
Das Geheimnis von Askir (Serie)
Die Götterkriege (Serie)
Die Lytar-Chronik (Serie)
Die Sax-Chroniken (Serie)
Die Eisraben-Chroniken:
Band 1: Fluchbrecher
Band 2: Monsterjäger
Band 3: Invasion

Ungekürzte Taschenbuchausgabe
ISBN 978-3-492-28210-9
1. Auflage Januar 2020
2. Auflage September 2024

Umschlaggestaltung: Guter Punkt, München
Umschlagabbildung: Uwe Jarling
Satz: Satz für Satz, Wangen im Allgäu
Gesetzt aus der Janson
Gedruckt von ScandBook in Litauen
Printed in the EU

Für Charly

1 Willkommen in Vorena

»Bist du bereit?«, fragt eine rauchige weibliche Stimme, die bei mir eine Assoziation mit alten Schwarz-Weiß-Filmen, Zigarettenhaltern und Whiskey in vernebelten Bars auslöst.

»Ja«, sage ich.

Nichts geschieht.

Wie aus der Ferne höre ich die Stimme von Dr. Jensen. »Du musst lauter sprechen. Oder besser, deutlicher denken.«

Ja, denke ich entschlossen.

Für einen Moment leuchtet der graue undefinierte Raum, in dem ich mich befinde, golden auf, und ein Schriftzug erscheint vor meinen Augen, um dann langsam wieder zu verblassen.

»Willkommen in Vorena.«

Stehe auf einer Wiese in einer kleinen Waldlichtung und höre das Rascheln der Blätter an den Bäumen, fühle den Wind in meinem Haar *und an meinen Beinen*. Ein Schmetterling fliegt an mir vorbei, in der Ferne höre ich Vögel zwitschern. Über mir spannt sich ein azurblauer Sommerhimmel mit ein paar kleinen Schäfchenwölkchen.

Ein paar Schritte von mir entfernt bahnt sich ein kleiner fröhlich gurgelnder Bach seinen Weg durch die Lichtung.

Von irgendwoher höre ich ein Pferd wiehern.

Ein Sommertag wie aus einem Bilderbuch.

Blinzele und hebe die Hand, um an meine Wangen zu fassen und die Tränen wegzuwischen, während ich an mir heruntersehe. Ich trage ein einfaches Leinenkleid, kratzig und grob geschnitten, und meine Füße stecken in einfachen Sandalen.

Muss heftig schlucken, als ich sehe, wie sich erst meine große Fußzehe wie durch Magie bewegt. Dann mein ganzer Fuß.

Tue einen Schritt, als wäre es das Natürlichste auf der Welt, und dann noch einen, einen weiteren und dann wieder einen, bis ich an dem kleinen Bach stehe, wo ich mich langsam hinsetze und dann meine Füße in das Wasser halte, das sich kalt und nass anfühlt und um meine Füße strömt.

»Mein Gott«, hauche ich.

Die Luft neben mir schimmert, und Dr. Jensen steht neben mir. Er trägt noch immer seinen weißen Doktorkittel, und seine auf Hochglanz polierten Schuhe scheinen mir hier irgendwie fehl am Platz.

Dr. Jensen ist einer dieser Menschen, die man nur schwer einordnen kann. Er mag irgendetwas zwischen dreißig und fünfzig sein, mit glatten schwarzen Haaren, den fein geschnittenen Gesichtszügen, die man bei Eurasiern so oft findet, und er besitzt einen kleinen Gamsbart, der mich immer fasziniert, wenn Dr. Jensen spricht und der kleine Bart auf und nieder hüpft.

»Ich glaube«, lächelt er, »Glückwünsche sind angebracht.« Mit einer Geste lässt er ein Hologramm vor sich erscheinen, dessen Balken mir absolut nichts sagen, ihn aber zufrieden nicken lassen. »So wie es aussieht, haben wir mit dir zum ersten Mal eine Integration von hundert Prozent auf allen Parametern erreicht!« Mit einer nachlässigen Geste lässt er die schimmernde Anzeige verschwinden und lächelt mich an. »Wie fühlt es sich für dich an?«

Ich schlucke und sehe auf meine Füße herab, bewege sie im Wasser, fühle die Kühle, die Nässe und den leichten Widerstand des Wassers.

Bewege meine Zehen.

Schlucke erneut.

»Es ist sechs Jahre her, dass ich meine Beine habe spüren können«, sage ich und muss mich räuspern, so schwer fällt es mir zu sprechen. »Also kann ich mir nicht sicher sein … aber …« Schlucke wieder, schaue zu ihm hoch und spüre, wie mir die Tränen über die Wangen laufen. »Echt«, bringe ich mühsam hervor. »Es fühlt sich *echt* an! Wie ist das nur möglich?«

»Als ob du die Antwort nicht wüsstest.« Er schaut sich in der kleinen Lichtung um, sieht dann wieder auf mich herab und lächelt, um dann einen zufriedenen Seufzer auszustoßen. »Tatsächlich bin ich etwas neidisch auf dich. Dir ist bewusst, dass wir hier heute Geschichte schreiben?«

Es ist lange her, dass jemand auf mich hätte neidisch sein können, doch ich glaube Dr. Jensen.

Ein bisschen.

Er nickt, als hätte ich etwas gesagt. »Wissenschaft«, sagt er dann, »ist ein langer Weg mit vielen kleinen Schritten. Bei jedem Schritt hoffen wir, dass wir das Ziel erreichen, doch viel zu oft ist es nur das: ein kleiner Schritt. Doch heute ... Alexandra, dies ist der Beweis, dass dein neurales Interface funktioniert! Heute sind unsere Träume wahr geworden!«

Ich schaue in den kleinen Bach hinab und ziehe meine Füße wieder heraus, langsam werden sie mir doch etwas kühl. »Noch nicht ganz«, erinnere ich ihn.

Mit einer Handbewegung ruft er ein anderes schimmerndes Display herbei und dreht es mit einem Finger in meine Richtung.

»Auch für dich ist es nur noch eine Frage der Zeit«, sagt er zuversichtlich, während ich das Bild auf dem Display sorgfältig betrachte. Es zeigt einen langen durchsichtigen Zylinder, in dem eine ausgemergelte Gestalt schwebt, von einer Art stählernem Käfig und durch eine Atemmaske, Dutzenden von langsam pulsierenden Schläuchen und farbigen Kabeln innerhalb des Tanks gehalten.

Ein kleineres Fenster informiert mich darüber, dass der Patient, Alexandra McInnes, einen Puls von fünf Herzschlägen pro Minute besitzt und einmal alle fünf Minuten atmet.

Herz- und Atemfrequenz, Gehirnaktivität, Sauerstoffgehalt des Blutes ... und Dutzende weitere Parameter, alle befinden sie sich im grünen Bereich.

»Wir haben dich erfolgreich in Stasis versetzen können. So wie es jetzt ist, könnten wir dich jahrhundertelang am Leben erhalten. Auf jeden Fall lange genug für deine Regenerationstherapie. Falls alles gut geht, wirst du wieder gehen können, wenn du aufwachst.«

Ich mustere diesen ausgemergelten Körper mit dem rasierten Schädel, an dem sich zwischen all den Elektroden rote Stoppeln zeigen, und vermag es nicht, eine Verbindung zwischen mir und diesem ... Ding herzustellen.

Captain Alexandra Maria McInnes. Alter achtunddreißig. Mit fast tausendeinhundert Stunden auf dem linken Sitz eines UH-60-Kampfhubschraubers, davon gut hundertachtzig Stunden im Kampfeinsatz in Ländern, in denen man uns nicht wollte und die nichts davon erfahren durften, dass wir dort waren.

Ich besitze ein Talent, kann einen UH-60 tanzen lassen, als wäre er mein eigener Körper, habe zudem das richtige Temperament dafür. So sehr, dass ich den Rufnamen Ice bekommen habe.

All das hat vor sechs Jahren, Anfang '26, ein jähes Ende gefunden. Nicht bei einem heldenhaften Einsatz, sondern auf dem Parkplatz eines Einkaufszentrums, als mich ein besoffener Idiot in einem gigantischen Pick-up überfuhr, als ich gerade meine Einkäufe in meinen Wagen packen wollte.

Er hat mich fast fünfzig Meter über den Asphalt geschleift, bevor sich mein zerstörter Körper endlich von dem Pick-up löste. Mein Vater behauptete nachher, dass jede andere dreimal gestorben und dass ich nur zu stur zum Sterben wäre.

Wahrscheinlich hat er mich damit aufmuntern wollen.

Was ich ihm nie gesagt habe, war, wie oft ich mir seitdem gewünscht habe, ich wäre an jenem Tag gestorben.

Ich höre es immer wieder.

Gemessen an dem, was mir geschehen ist, habe ich viel Glück gehabt.

Das ist es, was mir die Ärzte wiederholt gesagt haben. Keine schweren inneren Verletzungen, weil ich meine Uniform mit dem Körperpanzer getragen hatte, kaum Abschürfungen und nur ein paar Schrammen in meinem Gesicht. Beide Beine, beide Schlüsselbeine, die meisten Rippen und ein Arm gebrochen, außerdem eine Fraktur des Hüftknochens. Beim heutigen Stand der Medizin kein großes Problem.

Ach ja.

Bis auf die dreifach gebrochene Wirbelsäule.

Die definitiv ein Problem ist.

Ein paar Millionen im Lotto gewinnen, auf einer Südseeinsel herumliegen und mit den Beachboys flirten, das nenne ich Glück haben.

Während der letzten sechs Jahre habe ich nur meinen linken Arm und meinen Kopf bewegen können. Das war alles.

Ich hatte zudem noch das Glück, alleine und ohne Maschinen atmen zu können.

Glück.

Unter Glück haben verstehe ich etwas anderes.

Vor sechs Monaten begann sich mein Zustand weiter zu verschlechtern. Selbst die Ärzte wussten nicht so genau, warum, doch mein körperlicher Zustand verschlechterte sich mehr und mehr.

Ich habe gehört, wie eine der Krankenschwestern etwas zu ihrer Kollegin sagte. Dass mein Körper einfach aufgegeben hätte.

Eine Erklärung, so gut wie jede andere.

Tatsächlich bin ich der Meinung, dass es nicht mein Körper ist, der aufgegeben hat, sondern ich selbst.

Ich bin immer sehr aktiv gewesen, habe Herausforderungen geliebt, mich bei jeder Gelegenheit selbst getestet. Man braucht schon eine gewisse Form von Masochismus und die unerschütterliche Überzeugung, die Beste zu sein, um bei den Special Forces zu landen.

Ich gebe es zu, ich bin ein Adrenalinjunkie gewesen. Ich tat es nicht für mein Gehalt, ich tat es nicht aus Patriotismus, ich tat es, weil ich das Leben nur dann fühlte, schmeckte, roch, lebte, wenn es auf der Kippe stand.

Hätte man mich vor Jahren gefragt, hätte ich ernsthaft geantwortet, dass ich davon ausgehe, dass mein Leben in einem Feuerball irgendwo weit weg in einer gottverdammten Wüste ein Ende finden würde, ganz in der Nähe von einem Ort, von dem der allergrößte Teil der Menschheit noch nie etwas gehört hatte.

Auf eine Art, die mir posthum wahrscheinlich eine Medaille eingebracht hätte.

Zum größten Teil hilflos gelähmt in einem Krankenbett zu verrotten ist nicht, wie ich mir mein Leben oder mein Ende vorgestellt habe.

Es gab einen Hoffnungsschimmer für mich, doch er war so fern, so schwach, dass ich nicht daran glauben konnte.

Oder wollte.

Nerven regenerieren sich schlecht. Doch es gibt schon seit einigen Jahren erfolgversprechende Ansätze, die Regeneration von Nervenzellen zu beschleunigen, doch in der praktischen Anwendung braucht es zwei widersprüchliche Bedingungen dafür.

Zum einen müssen die Nervenzellen stimuliert werden, was

etwas damit zu tun hat, den Nervenenden zu helfen, sich mit den richtigen Nerven zu verbinden, so in etwa wie ein Elektriker in einem Schaltkasten Kabel verlegt. Zum anderen aber ist es beim derzeitigen Stand der Wissenschaft absolut notwendig, dass sich der Patient über einen Zeitraum von Wochen und Monaten nicht einen Millimeter bewegt.

Etwas, das, beides zusammen, sich widerspricht, schlichtweg nicht möglich ist, selbst bei einem bewusstlosen Patienten.

Neuronale Schnittstellen gehören noch zu den Grenztechnologien, vor allem dazu entwickelt, Querschnittsgelähmten zu helfen, besser mit ihrer Umwelt interagieren zu können.

Doch auch außerhalb der Medizin gibt es Anwendungsgebiete dafür. So in der Spieleindustrie.

Dr. Jensen besitzt mehrere Doktortitel im Bereich der Biotechnologie und Kybernetik. Doch er ist nicht mein behandelnder Arzt.

Zuerst glaubte ich, er wäre der Leiter der Forschungseinrichtung von VR-Integrated Industries, dem zurzeit bedeutendsten Hersteller von VR-Spielen. Mittlerweile weiß ich, dass er weitaus mehr ist.

Vorena Online ist das Neueste dieser Spiele, ein RPG der vierten Generation und hat innerhalb weniger Wochen bei Millionen von Computerspielern wahre Begeisterungsstürme ausgelöst, vor allem durch die ausgefeilte Virtuelle Realität des Spiels.

Man kann es auf dem PC spielen, mit einem VR-Helm und/oder Anzug oder in einer der neuen Immersionskapseln.

Doch das ist VRI noch nicht genug. All diese Technologien funktionieren auf der Basis, den Körper des Spielers zu stimulieren. Diese Schnittstelle herauszunehmen, nicht den Körper, sondern das Gehirn direkt zu stimulieren, alle Sinne des Spielers mit dem Spiel zu verbinden, ist der logische nächste Schritt.

Fachleute gehen davon aus, dass es noch zehn bis zwanzig Jahre dauern wird, bis es so weit ist, Dr. Jensen und ich wissen es besser.

Jetzt wissen wir es besser. Doch als er mir das Angebot unterbreitet hat, hat er mich sehr deutlich auf die Gefahren hingewiesen.

Auf der anderen Seite habe ich auch nichts mehr zu verlieren gehabt. Zu diesem Zeitpunkt haben mir die Ärzte nur noch drei bis vier Monate gegeben.

Dr. Jensen hat sich meinen Respekt vor allem dadurch verdient, dass er geradezu brutal offen gewesen ist. Meine Chance, das Experiment zu überleben, hat er auf unter dreißig Prozent angesetzt.

Eine Chance von dreißig Prozent auf ein positives Ergebnis versus die hundertprozentige Gewissheit, die nächsten Monate nicht zu überleben?

Ich habe nicht lange gezögert.

»Wie viele?«, frage ich ihn jetzt, ohne ihn anzusehen.

Er schaut mich fragend an.

»Wie viele Fehlschläge gab es?« Es ist nicht das erste Mal, dass ich ihm diese Frage gestellt habe. Bisher hat er sie mir nicht beantwortet. Doch er hat versprochen, meine Fragen zu beantworten, wenn das Experiment erfolgreich ist.

Sein Lächeln schwindet. Einen Moment scheint er zu zögern, dann seufzt er. »Weniger, als du vielleicht vermutet hast.«

»Wie viele?«

»Fünfzehn.«

Er hat recht. Ich habe eine höhere Zahl befürchtet.

Dennoch.

Fünfzehn.

»Was geschah mit ihnen?«

Wieder zögert er, um sich dann einen Ruck zu geben. »Zwölf starben während der Operation. Drei kamen mit dem Interface nicht zurecht.« Er sieht meinen fragenden Blick. »Einer verlor seine intellektuelle Kapazität, ein anderer wurde wahnsinnig und der letzte unserer Probanden fiel in ein Koma, aus dem er bis jetzt noch nicht wieder erwacht ist. Doch jeder von ihnen brachte uns einen großen Schritt weiter. Ihr Opfer ist nicht vergebens gewesen.«

Fünfzehn Menschen, die sich in der gleichen oder ähnlichen Situation befunden haben wie ich und die gleiche Entscheidung getroffen haben. Die wie ich auf eine Karte gesetzt – und dabei verloren haben.

Ich weiß, warum sie es getan haben.

Es geht nicht nur um Heilungsaussichten für Querschnittsgelähmte. Oder um die Spieleindustrie.

Ein funktionierendes Neuronales Interface wird die Welt verändern. Dinge möglich machen, von denen man bislang nur hat träumen können. Gedankengesteuerte Maschinen. Oder Kampfhelikopter. Die Verschmelzung von Mensch und Maschine. Etwas in der Art. Ein großer Schritt für die Menschheit.

Etwas, für das es sich lohnt zu sterben.

Nicht ganz meine Meinung, ich bin eher der Ansicht, dass es etwas ist, für das es sich lohnt zu leben.

Ein großer Schritt für die Menschheit. Und hehre Worte. Sie verlieren etwas die Bedeutung, wenn es dein eigener Arsch ist, der auf dem Spiel steht.

Ob es ihnen geholfen hat, dass sie für ein großes Ziel gestorben sind? Ich habe da meine Zweifel, aber das bin nur ich, ich tue schließlich nur so, als wäre ich patriotisch.

Dennoch.

Fünfzehn.

Und es ist keineswegs gesagt, ob ich nicht doch noch zu ihnen zählen werde, denn der entscheidende Test steht noch aus.

Der Langzeittest.

Mir ist im Moment viel zu deutlich bewusst, welche Risiken noch immer bestehen.

»Und jetzt?«, frage ich ihn.

Dr. Jensen weist in Richtung des Bachlaufes, der sich links von mir durch eine kleine Schneise zwischen den Bäumen hindurchschlängelt. »Wenn du die Lichtung verlässt, kommst du in die Charakterauswahl. Danach wird dich das Spiel dorthin bringen, wo es für dich am sinnvollsten ist. Ab dann steht dir Vorena offen wie jedem anderen Spieler.« Er lächelt verschmitzt. »Nicht ganz wie jedem anderen Spieler, Alexandra. Wir haben uns entschlossen, für dich einige Charakter-Klassen freizuschalten, die noch nicht für jeden zugänglich sind.«

Muss unwillkürlich lachen. »Also darf ich auch noch Betatester für euch spielen?«

»Nun«, sagt er mit einem feinen Lächeln. »Warum nicht den meisten Nutzen aus unserem kleinen Experiment ziehen? Doch du musst keine der neuen Klassen nehmen, wenn du nicht willst. Es wäre nur … nett.«

Nicke. Er hat recht. Warum nicht? Ich habe nur eine ungefähre Vorstellung davon, wie viele Millionen Euro VRI in die Entwicklung des Neuralen Interfaces gesteckt hat, warum also nicht die Investition, also mich, für einen Betatest benutzen?

»Mach dir keine Sorgen, Alexandra«, fügt er rasch hinzu. »Der einzige Unterschied zwischen dir und einem anderen Spieler ist das Interface. Die Spielumgebung selbst ist bereits millionenfach getestet. Du besitzt zudem noch einen anderen Vorteil.«

»Welcher wäre das?«

Er lacht. »Kein Lag. Du bist über eine Glasfaserstrecke von weniger als fünfhundert Metern direkt mit unserem Hauptserver verbunden.«

Kein Lag. Das ist wenigstens etwas.

Schaue zu der kleinen Schneise hin, hinter der die Spielwelt auf mich wartet. »Sie halten ein Auge auf mich?«, frage ich Dr. Jensen.

Er nickt und zeigt strahlend weiße Zähne. »Davon kannst du getrost ausgehen.« Etwa zwei Dutzend ausgewiesene Fachleute, vermute ich, er hat ein ganzes Team darauf angesetzt, auszuwerten, wie ich mit der Virtuellen Realität interagiere. Die meisten werden Datenströme auswerten, doch ich werde keinen Schritt unbeobachtet tun können. Es ist ein Teil des Deals, den ich mit Dr. Jensen gemacht habe.

2 Das Spiel

Wie jede andere in meinem Alter auch, habe ich Computerspiele gespielt. Doch wenn ein Arbeitsalltag daraus besteht, feindlichen Leuchtspurgeschossen auszuweichen und Spezialkommandos in einem heißen Landegebiet abzusetzen oder auch *nur* in stockdunkler Nacht im Tiefflug mit einem UH-60 ein Bachbett entlangzufliegen, lässt es mich etwas unbeeindruckt von Computerspielen.

Bei dem Leben, das ich geführt habe, wer braucht da noch eine Simulation? Zumal das Militär sein Personal in Simulatoren ausbildet, von denen ein Computerspieler nur träumen kann.

Dachte ich zumindest.

Doch in den letzten Jahren, in denen ein Computer so ziemlich das Einzige war, das ich noch bedienen konnte, hat sich das für mich geändert. Jetzt, nachdem mir Dr. Jensen dieses Angebot gemacht hat, hatte ich mehr als einen Grund, mich umfassend über VRI und ihr neuestes VRMMORPG zu informieren.

Es gibt das Spiel in zwei Varianten. Die eine Variante erlaubt es, das Spiel mit einem PC und VR-Brillen und Anzügen zu spielen. Die zweite Variante ist denen vorbehalten, die sich eine Immersionskapsel leisten können.

Eine VI-Kapsel kostet so viel wie ein Mittelklassewagen, erlaubt dem Spieler aber auch, seine Umgebung als Realität wahrzunehmen und je nach Ausstattung bis zu mehreren Tagen in der Spielwelt zu verbleiben.

VRI hat vor allem in den Ballungszentren Kapselhotels eingerichtet, und obwohl die Miete für diese Kapseln fast tausend Dollar die Woche beträgt, kommt VRI kaum mit der Nachfrage mit. Ich weiß von Dr. Jensen, dass jetzt schon über eine halbe Million Spieler ein Konto angemeldet hatten, obwohl das Spiel erst in vierundzwanzig Stunden online gehen wird.

So wie ich das verstehe, hat VRI mir die Gelegenheit gegeben, das Spiel vierundzwanzig Stunden vor allen anderen zu erleben.

Dr. Jensen hatte eher nebenbei erwähnt, dass es Spieler gibt, die exorbitant hohe Beträge dafür geboten haben, ihre Betatest-Charaktere zu behalten oder früher in das Spiel gelassen zu werden. Jeder anständige Rollenspieler hätte sich nach der Chance, die sich mir hier bot, die Finger geleckt.

Nur dass ich kein anständiger Rollenspieler war.

Das einzige Interesse, das ich an dem Ganzen habe, ist, dass das Neurale Interface es mir erlaubt, mich so lange bewegungslos in Stasis zu halten, bis sich meine Nerven regeneriert haben.

Mein behandelnder Arzt, Lieutenant Commander Tonja Zukow, nicht Dr. Jensen, der nur die Interessen von VRI vertritt, hat mir erklärt, dass es für meine Heilung wesentlich ist, mich so aktiv wie möglich zu verhalten, da es dadurch einfacher ist, meine Nervenbahnen zu kartografieren und die richtigen Verbindungen herzustellen.

Aus dem gleichen Grund kommen für mich Charaktere, die zu weit von meiner realen Körperform abweichen, nicht infrage.

Dennoch scheue ich mich vor dem nächsten Schritt und beschäftige mich erst einmal damit, die Unterschiede zwischen meiner virtuellen Umgebung und der echten Realität herauszufinden.

Es gelingt mir nicht. Sowohl Dr. Zukow als auch Dr. Jensen haben mir den Mechanismus erklärt, der dahintersteckt.

Wir Menschen nehmen unsere Umwelt nicht halb so präzise wahr, wie man glauben mag. Unser Gehirn interpoliert, interpretiert oder, wenn nichts anderes mehr hilft, vermutet und rät, was das, was wir wahrnehmen, wohl sein kann. Gibt man einem Gehirn nur genügend Daten, übernimmt es die Aufgabe selbst, die Wahrnehmung seiner Umwelt zu gestalten.

Also fühlen sich die Grashalme wie Grashalme an, surren die Insekten, wie ich es kenne, und fühle ich die Wärme der Sonne auf meiner Haut, weil mein Gehirn einfach daran *glaubt*, dass es so ist.

Was nichts daran ändert, dass eine ganze Batterie von Supercomputern dafür notwendig ist, die ganzen Daten zu verwalten. Jeder einzelne Grashalm, auch der, den ich eben ausgerissen habe und auf dem ich jetzt herumkaue, wird von den Spielservern berechnet, eine Rechenleistung, die noch vor zehn Jahren das Volumen von ganz New York eingenommen hätte.

Beim Durchwühlen mehrerer Foren bin ich über einen immer wieder vorkommenden Begriff gestolpert.

Noob.

Jemand, der zum ersten Mal ein solches Spiel spielt und nicht die geringste Ahnung besitzt.

Also jemand wie ich.

Dr. Jensen hat versucht, mich dahingehend zu beruhigen, indem er mir erklärte, dass Vorena einen anderen als den üblichen Weg einschlagen wird.

Ältere Spielmechaniken wären notwendig gewesen, um eine Umgebung zu simulieren, ein Interface zwischen dem Spieler und der Welt zu schaffen, in dem sich sein Avatar befand.

Vieles davon ist nicht notwendig, wenn man in dem Spiel *leben* kann.

Dennoch habe ich genügend Horrorgeschichten von Spielern gelesen und gehört, die ihren Charakter so falsch geskillt haben, dass es fast unmöglich war, sie erfolgreich zu spielen.

Der einfachste Weg, das Problem zu lösen, ist dann, sich einen neuen Charakter zu erschaffen und neu anzufangen.

Für Vorena gilt dies nicht.

Ein Spieler, ein Charakter. Und auch wenn Dr. Jensen und VRI mir entgegengekommen sind, hat mir Dr. Jensen deutlich klargemacht, dass auch ich mich an die Spielmechaniken halten musste.

Die Sonne scheint weiter, die Insekten fliegen herum, der Bach plätschert … und irgendwann muss auch ich einsehen, dass ich hier nicht ewig bleiben kann.

Man hat mich gut darauf vorbereitet, wie das Interface für mich funktionieren soll, doch dies ist nicht mehr die Theorie, sondern die Praxis.

Also gut.

Einfach konzentriert denken.

Charaktererschaffung.

Zu meiner Überraschung funktioniert dies tatsächlich.

Ein Ebenbild meiner selbst erscheint schwebend vor mir auf

dem Gras, während die gleiche rauchige Stimme, die mich vorhin in Vorena willkommen geheißen hat, mich jetzt wieder begrüßt.

Nur diesmal ist es nicht nur eine Stimme, neben mir steht jetzt eine Frau, etwa in meinem Alter, mit ebenmäßigen Gesichtszügen, langen goldenen, in einem Zopf zusammengebundenen Haaren, die eine Art Toga und gewickelte Sandalen trägt.

»Ich bin Diana«, sagt sie freundlich. »Und ich bin hier, um dir bei der Auswahl deines Charakters zu helfen.«

Und das ist auch bitter nötig, denn mein Ebenbild, das mir Diana so stolz präsentiert, ist die gleiche ausgemergelte Gestalt, die in diesem Tank schwebt.

Mein Gott, denke ich erschrocken, ich sehe aus wie ein lebender Kadaver.

Oder eher vielleicht doch wie eine Tote. Ich bin etwas über 173 Zentimeter groß, und vor meinem Unfall habe ich durchtrainierte 67 Kilo gewogen.

Kurz vor der Operation bin ich nur noch 38 Kilo schwer gewesen, und so sehe ich, nein, mein Ebenbild, jetzt auch aus.

Man vermeidet es, sich mit Dingen auseinanderzusetzen, die man nicht wissen will, doch jetzt, hier, werde ich erneut damit konfrontiert, dass ich genau das bin, was sich mir hier zeigt: eine lebende Tote, die nur noch wenige Monate, vielleicht auch nur Wochen, hätte überleben können.

»Warum«, sage ich und schlucke, weil sich meine Stimme so belegt anhört, »wurde dieser Körper gewählt?«

»Dieser Körper wurde aufgrund der letzten Daten, die mir zur Verfügung stehen, rekonstruiert«, teilt mir Diana mit einem strahlenden Lächeln mit. »Ich kann dir versichern, dass er eine naturgetreue Abbildung darstellt. Selbstverständlich kannst du im Rahmen der Charaktererschaffung das Aussehen deines Körpers in bestimmten Parametern verändern.« Sie schaut mich ernsthaft an. »Wir raten unseren Spielern dazu, sich nicht zu weit von ihrer wahren Körperform zu entfernen.«

Was mir nur beweist, dass selbst hoch entwickelte KIs noch deutliche Defizite besitzen.

Dass Dr. Zukow mir genau das Gegenteil geraten hat, ist irrelevant. Bei dem Gedanken, gezwungen zu sein, diesen Körper zu verwenden, steigt eine Panik in mir auf, die ich nur mühsam bekämpfen kann. Ich zwinge mich dazu, ruhig zu bleiben, und weise auf meinen jetzigen Körper hin, von dem ich weiß, dass er anhand von Fotografien vor meinem Unfall erstellt worden ist.

»Was ist falsch an dem Körper, den ich jetzt innehabe?«

Diana schaut mich an und lächelt wieder. »Nichts. Doch nach meinen Informationen stellt er einen veralteten Datensatz dar, und es ist üblich, mit den neuesten Informationen zu arbeiten.«

»Ist es möglich, diesen alten Datensatz als Grundlage für meinen Körper zu verwenden?«

»Selbstverständlich«, sagt Diana, und anstelle des ausgemergelten Kadavers schwebt nun eine Alexandra McInnes vor mir, wie ich sie kenne.

Oder gekannt habe.

Die Erleichterung ist so groß, dass mir fast schwindelig wird. Erst jetzt kommt mir der Gedanke, dass es für die Panik keinen Grund gegeben hat. Weder Dr. Zukow noch Dr. Jensen hätten zugelassen, dass mir so etwas geschieht, es hätte allem, was wir vorhaben, widersprochen.

Diana wartet geduldig, bis ich mich wieder gefasst habe. Das ist ein Vorteil von KIs. Keine Ungeduld.

Lasse mir Zeit, mich selbst zu mustern. Mein altes Ich. Das, was ich wiederhaben will.

Ich bin nie eine besondere Schönheit gewesen, doch das beständige Training hat mir die Figur einer Athletin gegeben, von der ich weiß, dass sie die Blicke der Männer auf sich gezogen hat.

Manche Frauen sind von Natur aus schön, doch ich gehöre nicht zu ihnen, für meine Figur habe ich reichlich schwitzen und kämpfen müssen.

Selbst wenn sich das Experiment als erfolgreich erweist und ich geheilt werden kann, weiß ich auch, dass es Hunderte von Stunden harter Arbeit benötigen wird, wieder dorthin zu kommen.

Bis dahin nehme ich es als Anreiz. Als Ziel. Als eine Herausforderung.

Also dann, der nächste Schritt.

Charakterauswahl.

Vorena ist eine Fantasy-Welt. Als solche wird sie von den üblichen Verdächtigen bevölkert. Es gibt die Klassiker, Orks, Elfen und Zwerge, dazu noch eine Reihe anderer Rassen, von Katzenwesen und Minotauren über Dryaden und Feenwesen bis hin zu Sauriern.

Zudem noch Hunderte anderer Rassen, von denen die meisten jedoch nicht für Spieler auswählbar sind.

»Nach meinen Informationen ist die Rassenauswahl für dich auf Halb-Orks, Menschen, Elfen, Halb-Elfen und Kathili beschränkt«, teilt mir Diana überrascht wirkend mit. »Ich habe bisher noch nicht eine so beschränkte Auswahl gesehen, doch es braucht einen Spielleiter der Stufe 5, um die Beschränkung aufzuheben. Wenn du möchtest, kann ich einen Spielleiter kontaktieren, um das Problem zu lösen, doch es kann eine Weile dauern, da keiner der zurzeit anwesenden Spielleiter eine höhere Stufe als 3 besitzt.«

»Das ist nicht nötig«, teile ich Diana mit. Dr. Jensen hat es mir erklärt, und vermutlich war er der Spielleiter, der dies so eingerichtet hat.

»Gut«, nickt sie. Sie tut eine Geste, und die schwebende Figur vor mir teilt sich in fünf weitere auf, die jetzt in einem Halbkreis vor mir schweben. Ganz links steht eine Halb-Orkin ... nennt man das so? Einen Kopf größer als mein reales Ich, deutlich breiter und wuchtiger, gebaut wie eine Bodybuilderin, grünhäutig und mit zwei mächtigen Hauern versehen, die aus dem kantigen Unterkiefer herausragen.

Ein Blick auf sie teilt mir mit, dass sie im Vergleich zu einem Menschen über mehr Stärke und Ausdauer verfügt, dafür ein Minus bei Charisma, Intelligenz und Willenskraft zu verzeichnen ist.

Eine Halb-Orkin? So ganz und gar nicht ich.

Ohne dass ich bewusst wahrnehme, wie ich es tue, entferne ich sie direkt aus der Charaktererschaffung, und die anderen Figuren rutschen näher zusammen.

Die Figur, die jetzt vor mir schwebt, ist eine menschliche Frau, mein eigenes Ebenbild. Sie besitzt, wie für Menschen in solchen Spielen üblich, keine besonderen Boni oder Mali.

Ich mustere die Elfe rechts davon. Es ist etwas irritierend, mich in ihr wiederzuerkennen, denn zugleich erinnert sie mich irgendwie auch an einen Windhund.

Fein gezeichnete Gesichtszüge, schräge Katzenaugen, schlank und zäh wirkend. Bonus auf Intelligenz, Geschicklichkeit und Charisma, Malus auf Stärke und Konstitution. Gut geeignet, wenn man einen Magier spielen will … was mich durchaus reizt. Aber ich kann mich irgendwie nicht mit der Elfe anfreunden.

Noch während ich das denke, verschwindet auch sie aus der Auswahl. Die Halb-Elfe entspricht schon eher dem, was ich mir vorstelle.

Schlanker als ich, nur etwas größer als mein Originalkörper. Boni und Mali wie eine Elfe, nur im geringeren Maße. Vielleicht, doch … ich schüttele den Kopf, sie verschwindet, und die Kathili schwebt nun vor mir. Ein Katzenwesen, das graziös und elegant vor mir steht, etwas schlanker als ich selbst, mit einem graubraungoldenen kurzen Fell, weiten wachen Augen und einer Katzennase. Ein- und ausfahrbare Krallen anstelle von Fingernägeln. Ein hoher Bonus auf Geschicklichkeit, ein Malus auf Weisheit und Stärke.

Sie sieht süß aus.

Süß sein ist nichts für mich.

Habe keine Übung darin.

Ich weiß, dass diese Katzenwesen eine große Fangemeinschaft besitzen, doch irgendwie sehe ich mich nicht in ihr, und schon verschwindet auch sie aus der Auswahl. Was die Menschenfrau und … eine weitere Figur übrig lässt.

»Was ist das für eine Rasse?«, frage ich Diana, die diese letzte Figur erst jetzt wahrzunehmen scheint und erstaunt blinzelt.

»Einen Moment bitte, ich kenne diese Rasse nicht und ich … oh«, sagt sie und lächelt. »Das ist ein Uralter. Ein NSC. Ich sehe gerade, dass dir diese Rasse freigeschaltet wurde, da sie sich innerhalb der für dich geltenden Parameter befindet und ein Ausgleich dafür bieten soll, dass deine Rassenauswahl so beschränkt ist.«

Mustere die Figur, die so stolz vor mir schwebt. Der wesentliche Unterschied zwischen ihr und meinem menschlichen Ebenbild besteht darin, dass ihre Hautfarbe deutlich heller, fast schon bleich ist und sie weiße Haare besitzt. Sie kommt mir vielleicht auch etwas schlanker, dafür aber auch drahtiger vor. Die Boni und Mali sind interessant. Sie besitzt einen Bonus auf Intelligenz,

Geschicklichkeit und Konstitution und einen Malus auf Stärke. Anders als bei den anderen Rassen gleichen sich Boni und Mali nicht aus, die Boni überwiegen.

»Was ist ein Uralter?«, frage ich, während ich mir den Uralten noch genauer betrachte. Während die anderen Figuren einfache Kleidung getragen haben, steht diese Figur in einem langen dunklen Kettenmantel vor mir, trägt einen Umhang mit einer Haube und neben einem schlanken Schwert, an einer Kette hängend, einen farblosen faustgroßen Kristall in einer goldenen Fassung an ihrem Gürtel.

Ihre Gesichtszüge sind etwas feiner gezeichnet als meine eigenen, und sie steht, anders als mein menschliches Ebenbild, irgendwie stolz und erhaben. Ihre Augen sind, anders als meine eigenen, von einem strahlenden Grün, und das lange weiße Haar scheint sich von alleine zu bewegen, als wäre sie unter Wasser einer Strömung ausgesetzt.

Vor allem das Gesicht fasziniert mich. Die Änderungen sind nur gering, eigentlich sind es nur Nuancen, doch diese feinen Unterschiede machen aus meinem Allerweltsgesicht etwas vollständig anderes.

Dieses Gesicht zieht einen in den Bann, ich kann selbst kaum wegschauen. Mein Gott, denke ich ergriffen und vergesse für den Moment, dass dies mein Avatar in diesem Spiel sein soll. Sie ist nicht … direkt schön, das war es nicht. Beeindruckend? Charakterstark? Einnehmend? Weiß selbst nicht, wie ich es nennen soll, dieses Gesicht besitzt einfach etwas Besonderes.

Etwas, das ich haben will.

»Die Uralten sind eine mythologische Rasse, die in ferner Vergangenheit den Kontinent Vorena besiedelt hat. Ihre geheimnisvollen Hinterlassenschaften, Ruinen und Gräber geben nur einen bruchteilhaften Hinweis auf die erhabene Größe ihrer Kultur und Zivilisation und sind Ausgangspunkt für unzählige Questen, die Licht in das Dunkel um den Untergang ihrer Zivilisation bringen sollen.«

Diana hört sich an, als ob sie etwas vorliest, und als ich zu ihr hinschaue, sehe ich tatsächlich ein dünnes Pamphlet in ihrer Hand.

Schaue sie fragend an. »Und weiter?«

»Nichts weiter.« Sie hält das Pamphlet hoch, das sich jetzt gerade vor meinen Augen in nichts auflöst. »Das ist alles, was ich an Informationen habe.«

Sie tritt nun selbst näher an die schwebende Figur heran, um sie neugierig zu mustern. Ich weiß, dass die Ausarbeitung der NSC in Vorena Online erstklassig ist, und wenn sie mir vorhin nicht meinen ausgemergelten Körper angeboten hätte, wäre ich versucht gewesen, zu glauben, dass Diana von einem Menschen gesteuert wird. Jedenfalls scheint sie jetzt selbst neugierig und vielleicht auch etwas erstaunt zu sein.

»Ich kann dir allerdings sagen, dass bei dieser Rasse die Anpassungsoptionen sehr eingeschränkt sind. Du wirst ihr Aussehen nur minimal verändern können, Haar-, Augen- und Hautfarbe sind fest voreingestellt, zudem gibt es nur zwei Starter-Klassen.« Sie runzelt die Stirn. »Was ungewöhnlich ist. Wären diese beiden Klassen nicht so detailliert ausgearbeitet, hätte ich vermutet, dass diese Rasse noch unfertig ist.«

»Welche Klassen sind das?«, frage ich sie.

Mit Dianas Geste tritt der menschliche Charakter zurück, und die Figur vor mir spaltet sich in die schon bekannte und eine weitere Figur, die eine lange dunkle Robe und einen Stab trägt.

»Spellwarden und … Reaver«, teilt mir Diana mit und runzelt die Stirn erneut. Sie weist mit ihrem Blick auf die Spellwarden. »Über sie weiß ich nicht mehr, als du hier selbst lesen kannst, doch ich habe eben erfahren, dass die Reaver-Klasse in mehreren High Level Dungeons als Endboss zum Einsatz kommen wird. Beide Klassen besitzen eine Elite-Fertigkeit. Spellwarden besitzen die Fertigkeit, magische Energien aus äußeren Quellen aufzunehmen, zu analysieren, zu speichern und für eigene Magie zu verwenden. Reaver besitzen die Fertigkeit, Lebensenergie äußeren Quellen zu entreißen und für die Heilung von Wunden und für die Steigerung ihrer eigenen Lebensenergien zu verwenden.« Sie wirft der Reaver-Figur einen fast schon verärgert wirkenden Blick zu. »Eine Art Vampir. Meinen Informationen nach sind alle im Spiel befindlichen Reaver als Monster klassifiziert.«

»Was ist mit den Spellwarden?«

»Zum aktuellen Stand gibt es keinen einzigen Spellwarden im Spiel. Es gibt mehrere geschichtliche Hinweise auf diese

Klasse … In Spiel-Legenden. Mehr nicht. Demnach sind Spellwarden eine Helden-Klasse, auch wenn sie viele Eigenschaften mit den Reavern teilen.«

Eine Heldin und ein Ungeheuer.

Fasziniert stelle ich fest, dass ich fühle, wie sich mein Puls beschleunigt, als ob ich mich auf einen Tiefflug in feindlichem Gelände vorbereiten würde. Sogar meine Handflächen werden feucht. Einer meiner Ausbilder hat mir vorgeworfen, dass dies mir immer dann geschieht, wenn ich etwas Verrücktes tun will.

»Handelt es sich um einen Fehler?«, frage ich Diana und hoffe auf die richtige Antwort.

»Nein«, sagt sie und schüttelt den Kopf. »Diese Rasse wurde explizit für dich freigeschaltet, ein Systemfehler ist ausgeschlossen. Wenn, dann wurde er von dem Spielleiter begangen, der diese Rasse für dich freigeschaltet hat.«

»Ein Spielleiter der Stufe 5?«

»Ja«, nickt sie.

»Gibt es höhere Stufen?«

»Nein«, teilt Diana mir mit. »Die höchste Stufe, die ein Spielleiter erreichen kann, ist 3. Die Stufe 4 ist Designern und Programmierern vorbehalten, die Stufe 5 der Exekutive von VRI.«

»Wie viele Spielleiter der Stufe 5 gibt es?«

»Einen.«

»Dr. Jensen?«, frage ich Diana, und sie schaut mich tadelnd an.

»Es ist ein Grundsatz von VRI, die Identität unserer Spielleiter den Spielern gegenüber nicht preiszugeben.«

Winke ab, es ist nicht wichtig.

Wichtig ist, dass es kein Fehler ist, und Dr. Jensen war mir schon immer wie jemand vorgekommen, der genau weiß, was er tut. Für mich besteht kein Zweifel, dass diese Spellwarden die Klasse ist, von der er hofft, dass ich sie betatesten werde.

Also schaue ich sie mir genauer an.

Im eigentlichen Sinne gibt es keine Klassen in Vorena Online. Wenn man will, kann man einen schwerbewaffneten Magier spielen, der mit einer Zweihandaxt in den Kampf zieht.

Doch was es an Klassen gibt, bevorzugt eine bestimmte Entwicklungsrichtung, indem sie verschiedene Eigenschaften zur

Verfügung stellt. Diese sind klassen- und rassengebunden und unterscheiden sich somit von den Fertigkeiten, die jeder Spieler lernen kann.

Eine Krieger-Klasse, zum Beispiel, besitzt als Eigenschaften eine höhere Lebensregeneration und Zähigkeit und erlaubt es, bestimmte Fertigkeiten, wie den Kampf mit einem Zweihänder, leichter und schneller zu erlernen.

Es ist noch immer möglich, einen gepanzerten Magier zu spielen, doch er wird es sehr viel schwerer haben, einer reinen Kämpfer-Klasse gleichzukommen.

Auch Eigenschaften können im Spiel erworben werden, doch nur unter speziellen Voraussetzungen, im Rahmen von Questen, Ereignissen und besonderen Umständen. Man kann sie nicht lernen, man erhält sie als Belohnung.

Zunächst schaue ich mir die Rasse-Fertigkeiten an.

Uralte

Unsterblich/Ungebunden

Es ist nicht möglich, Uralte an einen Seelenstein zu binden. Uralte werden im Todesfall nicht an dem nächstgelegenen Seelenstein zum Leben erweckt, sondern an dem Ort ihres Todes. Bis zu diesem Zeitpunkt verbleibt das Bewusstsein des Spielers an dem Ort seines Todes. In höheren Stufen kann der Spieler auf den Ort seiner Wiedergeburt Einfluss nehmen.

Magiesicht (Rasse)

Uralte sind imstande, die in allen Dingen inhärenten magischen Energien wahrzunehmen.
Siehe Magiesicht (Magier (Fertigkeit))

Grace (Rasse)

Abhängig vom Charisma-Wert des Charakters erscheinen alle Handlungen des Charakters graziös und elegant, für je vier Punkte Charisma erhält der Charakter einen Punkt Geschicklichkeit.
Siehe Grace (Kathili (Rasse)), Grace (Bard (Fertigkeit)).

Familiar (Rasse)
Uralten fällt es leichter, einen Familiar zu finden und diesen besonders eng an sich zu binden. Dies gilt ebenfalls für beschworene Wesen.
Siehe Familiar (Magier (Fertigkeit)),
Begleiter (Kathili (Rasse))

Adaptiv (Einzigartig (Rasse))
Uralten ist es möglich, aktive und passive Skills und gewirkte Zauber durch genaue Beobachtung zu erkennen, zu verstehen, zu erlernen und für eigene Bedürfnisse umzuwandeln.

Sehe fragend zu Diana hin. »Diese Ungebunden-Eigenschaft, sprengt sie nicht die Spielmechanik?«

Diana zuckt in einer überzeugend menschlichen Geste mit den Schultern. »Es kann sowohl ein Vorteil als auch ein Nachteil sein. Die Zeitspanne zwischen dem Tod und der Wiederbelebung unterscheidet sich nicht von der der anderen Spieler.«

Okay. Ich kann mir die Vor- und Nachteile dieser Eigenschaften leicht vorstellen. Sollte man an einer Stelle sterben, an der sich zum Zeitpunkt des Wiedererweckens immer noch der Feind befindet, kann es schnell hässlich werden.

»Und Adaptiv? Diese einzigartige Fertigkeit?«

»Es gibt eine Fertigkeit, die ganz ähnlich funktioniert«, erklärt Diana. »Diese Fertigkeit kann von anderen Spielern bei der Charaktererschaffung gewählt werden. Bei Uralten sind die meisten Fertigkeiten bereits vordefiniert.«

Ich nicke und wende mich den Klassen-Fertigkeiten zu.

Spellwarden
Mit wenigen Ausnahmen entspricht ein Spellwarden der Klasse der Kampfzauberer.

Manameisterschaft (Uralter (Einzigartig (Spellwarden-Klasse)))
Spellwarden sind imstande, Mana aus äußeren Quellen aufzunehmen, zu analysieren, zu speichern und zu verwenden.
Nicht kompatibel mit Lebensmeisterschaft (Uralter (Einzigartig (Reaver-Klasse))).

Spellmatrix (Klasse)
Spellwarden verfügen anstelle eines Zauberbuchs über eine Spellmatrix, die sowohl Zaubersprüche enthält als auch magische Energie (Mana) speichern kann. Wie andere klassenspezifische Gegenstände auch (siehe Magier (Zauberbuch), Bard (Instrument)), ist eine Spellmatrix seelengebunden und kann weder geraubt, gestohlen oder beschädigt werden.

Nemesis (Reaver)
Spellwarden sehen Reaver (Uralte (Klasse)) als die Ursache für den Untergang von Karthea und der Entstehung der Voidwastes (Region/Gebiet). Ein Spellwarden ist durch einen göttlichen Schwur verpflichtet, nicht eher Ruhe zu geben, bis auch der letzte Reaver von der Oberfläche Vorenas getilgt wird. Die Feindschaft beruht auf Gegenseitigkeit.

Arkaner Schutz (Klasse)
Ein Spellwarden besitzt die Fertigkeit, Schutzzauber zu sprechen und in Gegenstände zu bannen. Siehe Arkaner Schutz (Magier (Verzauberer (Fertigkeit))).

Portal (Klasse)
Ein Spellwarden besitzt die Fertigkeit, einmal am Tag je fünf Stufen ein magisches Portal zu einem ihm bekannten Ort zu errichten.
Das Portal wird Anzahl Stufen x 2 Minuten bestehen, kann jedoch auf Wunsch des Spellwarden früher geschlossen werden.
In höheren Stufen erhält der Spellwarden zunehmende Kontrolle über die Größe und erlaubte Benutzer des Portals. Siehe Portal (Magier (Beschwörer (Fertigkeit))).

Manainfusion (Klasse)
Einmal je Stufe und Tag ist der Spellwarden imstande, die Stufe eines Zauberspruchs zu erhöhen, in dem die für die höhere Stufe eines Zaubers angesetzten Manakosten verdoppelt werden.
Siehe Manainfusion (Magier (Beschwörer (Fertigkeit))).

Der Rest der Fertigkeiten entspricht, wie angekündigt, denen eines Kampfmagiers. Der Spellwarden kann mittlere Rüstung tragen und Einhandwaffen verwenden. Die Startfertigkeiten beinhalten Lesen/Schreiben, Benutzung von Spruchrollen, Übertragung von Spruchrollen in ein Zauberbuch (oder in diesem Fall eine Spellmatrix) sowie die üblichen Überlebensfertigkeiten.

Zumindest am Anfang besitzt der Spellwarden, wie der Kampfmagier auch, weder in den Kampffertigkeiten oder den Magiefertigkeiten eine Spezialisierung. Diese können im Spielverlauf erworben werden, auch wenn es ihnen nicht so leichtfällt wie einem reinen Magier oder Kämpfer.

»Diese Klasse kommt mir trotz allem etwas übermächtig vor«, stelle ich fest. Nicht, dass ich etwas dagegen habe, doch ich will auch nicht, dass ich dadurch Schwierigkeiten im Spiel bekomme.

Diana mustert die Figur der Spellwarden nachdenklich und schüttelt dann den Kopf. »Die Anzahl der Fertigkeiten und der Eigenschaften entspricht der anderer Charakter-Klassen«, teilt sie mir dann mit. »So ungewöhnlich ist diese Klasse nicht. Diese Klasse vereint nur Eigenschaften und Fertigkeiten aus unterschiedlichen Klassen und Rassen in sich, und manche Klassen-Fertigkeiten werden hier als Rasse-Fertigkeiten verwendet. Was Ungebunden und Manameisterschaft angeht, jede Rasse besitzt einzigartige Fertigkeiten, die anderen Rassen nicht zugänglich sind. Ob ein Charakter übermächtig ist oder nicht, kommt zum größeren Teil darauf an, wie er gespielt wird.«

Wenn ich ehrlich bin, habe ich meine Entscheidung längst getroffen. Dennoch will ich zuvor etwas ausprobieren. Bei meinem menschlichen Ebenbild kann ich mehr Dinge variieren als bei dem Spellwarden, und dies tue ich jetzt auch. Um wie gehofft festzustellen, dass das äußere Erscheinungsbild eines Spellwardens auch für einen menschlichen Charakter umsetzbar ist.

Weiß nicht, wie unüblich die blasse Haut, die grünen Augen und das weiße Haar sind, doch es ist definitiv möglich, als Mensch einen solchen Charakter zu erstellen.

Beide Figuren sehen nun fast identisch aus. Dennoch, die Spellwarden besitzt etwas Besonderes. Vielleicht ist es einfach nur die Haltung, die der Avatar einnimmt, oder aber die besondere Ausstrahlung, die ich ihr zuschreibe, die wahrscheinlich aber nur in meiner Einbildung existiert.

Was es für mich entscheidet, ist, dass ich die Idee aufregend finde, diese Klasse zu spielen. Gerade weil so wenig Informationen über sie existieren und ich das Gefühl habe, dass es eine Herausforderung sein wird.

Und natürlich, weil sie für absehbare Zeit einmalig sein dürfte. Wer will nicht gerne einmalig oder außergewöhnlich sein?

Der wahre Grund aber ist ein anderer. Obwohl beide Figuren fast identisch sind, finde ich die Spellwarden auf eine schwer zu beschreibende Art … schön.

Ich könnte noch Dinge verändern. Ihr eine schmalere Taille geben, größere Brüste, längere Beine, eine ausladende Hüfte, doch ich finde nicht, dass dies notwendig ist. Sie gefällt mir, wie sie ist, und sie schien mir etwas zu sein, was mir im realen Leben nie so leichtgefallen ist, wie man hätte glauben können. Sexy.

Kurz vor meinem Unfall hat sich mein letzter Freund von mir getrennt. Weil er sich unsterblich in eine andere verliebt hatte. Ich habe ihm die Frage gestellt, die man nicht stellen soll.

Was hat sie, was ich nicht habe?

»Sie hat etwas«, war die Antwort gewesen. »Etwas, das du nicht hast. Sie ist aufregend. Sexy. So ganz anders als du.«

Ich habe Kampfhubschrauber geflogen. Ihr Beruf ist fast schon ein Klischee. Sie war Frisörin.

Er fand sie aufregender als mich.

Wer soll das verstehen?

Habe ihn gefragt, und er hat tatsächlich versucht, mir eine Antwort zu geben. Ich wäre immer so zuverlässig. Wieso waren Eigenschaften, die eigentlich zu Tugenden gehören sollten, plötzlich von Nachteil?

So wäre es nicht, hat er mir versichert.

Seiner Meinung nach *wirkte* die andere einfach aufregender. Sexy. Eben einfach so ganz anders als ich.

Genau das ist die Spellwarden. Aufregend. Sexy. So ganz anders als ich. Das Beste an ihr? Sie ist keine Frisörin!

Bei dem Gedanken entweicht mir ein belustigtes Schnauben.

Diana schaut mich fragend an.

Ich winke ab. »Es ist nichts.«

Wie soll ich einer KI auch diesen absurden Gedanken erklären?

Sie nickt verständnisvoll. »Hast du deine Wahl getroffen?«

»Ja. Ich nehme die Spellwarden.«

»Bist du sicher?«, fragt sie mich.

Ohne zu zögern, antworte ich mit Ja.

Auch die Frage nach dem Namen ist leicht zu beantworten.

Alexandra Eisrabe.

Wie mein Rufzeichen.

Name	***Alexandra Eisrabe***		
Rasse	Uralte		
Klasse	Spellwarden	Stufe	1
	Attribute	Boni/Mali	Gesamt
Stärke	10	− 1	9
Geschicklichkeit	10	+ 1	11
Konstitution	10	− 2	8
Intelligenz	10	+ 2	12
Weisheit	10	+ 1	11
Charisma	10	+ 1	11
Lebenspunkte	80		
Manareserve	120		
Freie Attributspunkte	5		
Fertigkeiten	Fertigkeiten	Stufe	
Schwertkampf einhändig	1		

Für den Anfang verteile ich drei Punkte auf Konstitution und zwei auf Stärke, da ich davon ausgehe, dass ich zumindest am Anfang kaum über Zaubersprüche verfügen werde.

Immerhin, eine Fertigkeit, Schwertkampf, besitze ich bereits.

»Kann ich weitere Fertigkeiten erwerben?«, frage ich Diana.

»Im Moment nicht«, erklärt sie mir. »Später im Spiel gibt es vielfältige Möglichkeiten. Du kannst sie von einem Lehrer erlernen, zufällig entdecken, in einem Buch etwas darüber lernen, oder aber«, sie lächelt vielsagend, »das System stellt fest, dass du, der Spieler, die Fertigkeit bereits besitzt und erlaubt dann deinem Charakter, diese leichter zu lernen.«

»Schade«, sage ich und schnaube kurz auf, »dass es im Spiel keine Helikopter gibt.«

»Das nicht«, lächelt sie. »Dafür aber andere Dinge.«

»Zum Beispiel?«

Ihr Lächeln wird breiter. »Drachenfliegen.«

Erst viel später kommt mir in den Sinn, dass sie damit wahrscheinlich nicht die Variante bespannter Aluminiumrahmen meint, sondern eher die andere.

Die, die lebt, gepanzert ist und Feuer speit.

Und Menschen frisst.

Die Punkte sind verteilt, sieht aus, als wäre ich fertig.

Ich sehe Diana fragend an.

»Dann wünsche ich dir viel Glück«, sagt Diana lächelnd. »Vergiss nicht, dass du mich über die Hilfefunktion jederzeit rufen kannst, wenn du etwas erklärt haben willst.«

Bevor ich ihr etwas darauf antworten kann, wird es dunkel um mich, und ich befinde mich plötzlich und unerwartet in einem Zweikampf auf Leben und Tod.

3 Die dunkle Schwester

So dunkel, wie es ist, bin ich dennoch nicht blind. Alles um mich herum scheint einen leichten blauen Schimmer zu besitzen, so wie die fluoreszierenden Zeiger einer Uhr.

Ich liege auf dem Boden eines Raums mit gemauerten Steinen, einer hohen, von Kreuzbögen getragenen Decke, ganz ähnlich einer Kirche. Wie in einer Kirche gibt es an dem hinteren Ende einen großen altarähnlichen Stein, und hinter diesem liege ich zusammen mit einer ebenfalls schwach schimmernden Gestalt. Ich finde eine meiner Hände um den Hals dieser Person gekrallt, mit der anderen halte ich ihre Hand auf, die einen Dolch hält, den sie versucht, mir in die Seite zu rammen.

Selbst in der Dunkelheit ist dieser Dolch schwärzer als die Nacht, und ich weiß nicht nur, dass es keine gute Idee sein wird, ihr zu erlauben, mir diesen Dolch in die Seite zu stoßen, ich fühle zudem Angst und Grauen, verbunden mit dem sicheren Bewusstsein, dass diese Klinge für mich mehr als nur den Tod bedeutet!

»Stirb endlich!«, höre ich meine Gegnerin mit meiner eigenen Stimme keuchen. »Erst dann kann ich aus deinem Schatten treten und mich lösen von den Bändern, die mich schwächen! Verflucht, verrecke endlich! Leben ist nur eine Illusion!«

»Hu?«, sage ich dazu. Ich weiß, ich weiß, doch immer, wenn ich überraschend feststelle, dass ich mich in einem Kampf auf Leben und Tod mit mir selbst befinde, werde ich eloquent.

Meine Überraschung gibt ihr die Gelegenheit, ihren Arm aus meinem Griff zu winden, und nur mit Mühe gelingt es mir, ihren nächsten Dolchstoß abzuwehren.

Im nächsten Moment höre ich auf zu denken. Ich kann gar nicht zählen, wie oft ich eine solche oder ähnliche Situation bereits erlebt hatte.

Bestimmt Hunderte Male im Training und zweimal, als es ernst wurde. Werfe mich zur Seite, rolle herum, und während der Dolch hinter mir den Steinboden trifft, springe ich auf. Schneller als sie, schnell genug, um sie mit einem Kick am Kopf zu treffen, als sie sich ebenfalls aufzurichten versucht.

In meiner Einheit ist Nahkampftraining so etwas wie ein Gottesdienst gewesen. Schließlich können Waffen einem abgenommen werden.

Zwei Dinge stelle ich in diesen ersten Sekunden fest. Meine Gegnerin ist unglaublich stark … und vollständig ungeübt im Nahkampf. Dennoch verfügt sie über erstaunliche Nehmerqualitäten, selbst der Kopftreffer hält sie nicht lange auf, und es gelingt ihr, auf die Beine zu kommen.

Allerdings … so, wie sie jetzt dasteht, höre ich plötzlich die Stimme von Sergeant Moore in meinem Kopf. *Wenn jemand dämlich genug ist, sich so vor euch zu stellen, sagt höflich Danke und tut Folgendes …*

Es funktioniert wie im Lehrbuch. Ich trete ihr seitlich gegen das Knie, fühle, wie das Gelenk unter meinem Fuß nachgibt und sie einknickt, trete einen Schritt vor, ziehe sie herum, breche ihr den Arm, mit dem sie den Dolch hält, und entwaffne sie.

Im nächsten Moment trete ich hinter sie, reiße ihr mit einer Hand ruckartig das Kinn nach oben, sodass ihr Hals überstreckt ist und sie kaum Luft bekommt, und ziehe ihr ihren eigenen Dolch durch die Kehle.

Woraufhin sie einen leisen Seufzer von sich gibt, unter meinen Händen zu Staub zerbröselt und der Dolch in meiner Hand aufglüht, sodass ich ihn fallen lassen muss, bevor er mich verbrennt.

Der Dolch fällt scheppernd auf den Boden, und eine geisterhafte Gestalt erwächst aus ihm, eine Gestalt, die verdammt der ähnelt, die gerade eben erst zu Staub zerfallen ist.

»Du glaubst, du hast gewonnen, Alex?«, fragt sie zischend. »Du wirst nie gewinnen, ich werde immer besser sein als du!«

Eine unheilige Furcht ergreift mich, eine namenlose Angst und Panik, die mich kaum denken lässt, es reicht gerade so noch, dass ich mich daran erinnere, dass der Dolch sich wie Stein angefühlt hat.

Stein bricht.

Hastig beuge ich mich zu dem Dolch hinunter, lehne ihn im schrägen Winkel gegen den Altar und trete zu.

Der Dolch zerbricht wie Glas in tausend kleine Stücke, dann höre ich einen lang gezogenen Schrei, der sowohl Verzweiflung als auch Wut enthält, während sich die schemenhafte Gestalt vor mir wie vor Schmerzen krümmt, dann wie von einem Staubsauger in ein unsichtbares Loch gezogen wird und mit einem leisen »Plopp« verschwindet.

Eine ferne Stimme flüstert: »Es ist noch nicht vorbei …«

Was mich schwer atmend an den Altarstein gelehnt zurücklässt. Ich muss husten. Kein Wunder, denn überall im ganzen Raum befindet sich eine dicke Staubschicht.

Okay.

Schön, dass wir gesprochen haben.

Was zur Hölle …?

Ein schwach glimmender Rahmen erscheint in meinem Sichtfeld, ich schaue hin, und eine Nachricht schwebt plötzlich vor mir.

Die verlorene Schwester
Alexandra Eisrabe, über Jahrhunderte hinweg hielt die verbotene Magie der Reaver dich zusammen mit deiner Todfeindin in einer magischen Stasis gefangen, mit der die Reaver-Priesterin Maguela Eisrabe versuchte, ihr Schicksal doch noch abzuwenden. Als nach Jahrhunderten der Zauber verblasste, gelang es dir, das Urteil des hohen Rates an deiner Schwester zu vollstrecken. In Anerkennung deiner Taten erhältst du die Eigenschaft *Unbeirrbar*.

Unbeirrbar
Stufe 1: Unbeirrbar erlaubt dir in einem Kampf eine Chance von 5 %, sämtlichen Ablenkungen zu widerstehen, die dich von deinem Ziel abbringen könnten.

Neue Fertigkeit erlernt.
Nahkampf: Stufe 1
Entwaffnen: Stufe 1

Okay. Das ist ganz definitiv anders, als ich es erwartet habe. Vor allem aber ist es mir kaum möglich zu glauben, dass ich mich tatsächlich nur in einem Spiel befinde.

Nun, ich weiß es. Und ich weiß, wo sich mein Körper befindet, doch nichts von dem, was ich gelesen oder gehört habe, hat mich darauf vorbereitet, wie echt sich das alles anfühlt.

Vor allem mein Körper.

Habe mir irgendwo den Ellenbogen angeschlagen, meine Schulter tut weh, und meine linke Hand schmerzt noch immer von den Verbrennungen, die ich mir an dem Dolch meiner Schwester zugezogen habe.

Meine Schwester. Die Reaver. So also hatte sich VRI gedacht, meinen Charakter einzuführen. Über Jahrhunderte in einem endlosen magischen Kampf mit meiner Schwester gefangen.

Arschlöcher.

VRI weiß alles, was es über mich zu wissen gibt. Sie wissen auch, dass ich eine Zwillingsschwester gehabt habe. Manuela. Die nur elf Jahre alt geworden ist, weil ich zu langsam gewesen bin, um sie zu retten.

Maguela Eisrabe. Auf den einen Buchstaben kommt es nun auch nicht an.

Arschlöcher.

Man hat mir gesagt, dass die KI, die das Spiel leitet, dieses an mich anpassen wird. Doch das hier ... das ist mir zu persönlich.

Okay. Maguela ist ein Reaver gewesen. Offensichtlich eine von den Bösen. Okay. Doch es ändert nichts daran, dass ich hier im Spiel meine Schwester zum zweiten Mal getötet habe.

Verfluchte Arschlöcher.

Nur mit Mühe reiße ich mich zusammen. Mein Puls rast, ich fühle den Adrenalinschock am ganzen Körper, zittere wie Espenlaub, und der Staub in der Luft lässt mich kaum atmen, ohne dass ich einen heftigen Hustenanfall bekomme. Wäre ich nicht so angepisst, würde es mich vielleicht faszinieren, wie echt sich auch das anfühlt.

Es braucht eine Weile, bis ich mich wieder gefangen habe. Von meiner fast sprichwörtlichen Gelassenheit, die mir meinen Rufnamen eingebracht hat, ist im Moment jedenfalls nicht viel zu bemerken.

Obwohl ich auf seltsame Art sehen kann, weiß ich, dass es hier unten stockdunkel ist. Hier unten sage ich deswegen, weil ich dieses drückende Gefühl verspüre, das ich mit tiefen Kellern, Höhlen oder Bunkern verknüpfe.

Es ist hier absolut still, bis auf das »Plink, Plink« von Wassertropfen, die irgendwo drüben in der Ecke in unregelmäßigen Abständen zu Boden fallen.

Die Art, in der ich sehen kann, ist außergewöhnlich. Jeder einzelne Stein des Mauerwerks, jeder einzelne Gegenstand zeigt sich mir als ein mehr oder weniger schwach glimmender Umriss.

Der Altar, an dem ich lehne, besteht aus einem einzigen massiven Block, und auf ihm kann ich die Umrisse von zwei Kerzenhaltern mit Kerzen erkennen, einer von ihnen steht noch, der andere ist wohl bei dem Kampf mit meiner Schwester umgefallen.

Zwischen den beiden Kerzenhaltern liegt etwas Undeutliches, kaum Wahrnehmbares auf dem Altarstein. Vorsichtig strecke ich die Hand aus … und zucke zurück, als ich brüchige Knochen unter meinen Fingern spüre.

Neben den Kerzen gibt es noch an jeder Wand je zwei Fackelhalter, jedoch sind bis auf zwei Ausnahmen die Fackeln bis auf ihre Stümpfe herab abgebrannt. Nicht, dass mir Fackeln oder Kerzen etwas nutzen, solange ich nichts besitze, womit ich sie anzünden kann.

Ich fluche leise, als mir einfällt, dass mein Charakter ein Inventar besitzen müsste.

Inventar.

Halb durchsichtig erscheint vor meinem inneren Auge ein offener Lederbeutel, der sechzehn Fächer enthält. In einem Fach findet sich eine tote Spinne. Ein Laib Brot. Verrottet. Ein Stück Käse. Verschimmelt und ausgetrocknet.

Das ist alles.

Offenbar starte ich gut ausgestattet in das Spiel.

Eine Anzeige am oberen Rand des Lederbeutels teilt mir mit, dass ich 0 Gold, 3 Silber und 18 Kupferstücke mein Eigen nennen kann.

Inventar	*Zustand*	*Wert*
Leinenhemd, -hose, Ledergürtel.	verrottet	oc
Lederstiefel.	verrottet	oc
Stulpenhandschuhe.	verrottet	oc
Kettenmantel.	verrottet	2s 8c
Langschwert, Dolch.	verrostet	5c
Ein Ring und ein Amulett aus Kupfer,	oxidiert	oc
ehemals magisch, jetzt grün oxidiert und		
ohne die geringste Spur von Magie.	perfekt	1g 3s 7c
Ein Siegelring, Onyx-Stein, gefasst in		
einem goldenen Ring. Gravur eines Raben.	perfekt	300g
Spellmatrix. Magisch. Manaladung 0/200.		
Gespeicherte Zauber, 3.		
Unverkäuflich. Seelengebunden.		

Das Letzte lässt mich halb amüsiert aufschnaufen. Warum etwas einen Wert zuweisen, wenn es unverkäuflich ist?

Aber jetzt, da ich daran erinnert werde …

Zauberspeicher	Mana	0 von 200
	Stufe	Manakosten
Zaubertrick Licht	0	1/Min
Leuchtfeuer	1	10
Brings mir!	1	10/Kg/Meter

Na also, denke ich. *Licht*. Eine etwa faustgroße Kugel aus Licht erscheint über meiner Hand, und ohne nachzudenken, schiebe ich sie mit einer Geste rechts über meine Schulter hinter mich, sodass mich der Lichtschein nicht blendet.

Ich schaue nach, mein Mana regeneriert sich mit 11 (– 1) pro Minute, also kann ich die Lichtkugel wohl endlos lange aufrechterhalten. Jetzt, wo mein magisches Licht den Raum erhellt, ist das blaue Schimmern von vorher nur für mich wahrzunehmen, wenn ich mich darauf konzentriere.

Schon vorher habe ich das Gefühl gehabt, mich in einer Kirche oder einem Tempel zu befinden, jetzt verstärkt sich der Eindruck, denn in meinem magischen Licht zeigen sich nun die Überreste von acht einfachen Holzbänken. Am anderen Ende des Raums gibt es eine Tür, die schief und vermodert in verrosteten Angeln hängt. An den Wänden sind an den beiden Längsseiten die Reste von verrotteten Wandteppichen zu sehen, der größte Teil von ihnen liegt in einem grauen lumpigen Haufen auf dem Boden.

Auf dem Boden zwischen den verfallenen Sitzbänken liegen zwei weitere Skelette. Eines trägt einen langen verrosteten Kettenmantel mit einem Riss über dem Bauch, das Skelett liegt gekrümmt auf dem Boden, die knöchernen Hände versuchen immer noch, den eigenen Bauch zu schützen.

Bei dem anderen Skelett muss man nicht raten, wie es den Tod gefunden hat, ein Hieb hat ihm ein Drittel des Schädels abgeschlagen.

Waffen, Rüstungsteile, Kleiderreste … alles so sehr verrottet, dass nichts davon mir nützlich ist.

Bleibt der Altar.

Zwei silberne, schwarz angelaufene Kerzenhalter, halb abgebrannte schwarze Kerzen.

Ich unterdrücke einen Seufzer.

Selbstverständlich sind es schwarze Kerzen.

Auf dem Altar liegt ein brüchiges, braunes Skelett, von der Größe her das eines Kindes. Der Schädel mit den ausgeprägten Reißzähnen, die Hand- und Fußknochen mit den Klauen, deuten darauf hin, dass es sich wohl um ein Kathili-Kind gehandelt haben muss.

Die Gelenke werden noch immer von verrosteten Ketten und Manschetten gehalten, der Altar selbst besitzt eine Blutrinne, die zu einer Lippe führt, von der aus das Blut in eine schwarz angelaufene Silberschale hat tropfen können. Die Schale selbst ist verbeult und liegt auf die Seite gekippt auf dem Boden, um sie herum ist der Boden dunkler.

So.

Das also ist die Vorgeschichte, die sich das Spiel für mich ausgedacht hat. Offenbar bin ich heldenmutig und voller Eifer durch diese geborstene Tür gestürmt, habe mir mit den vormaligen Besitzern der beiden Skelette ein Gefecht geliefert und dann versucht, meine geliebte Schwester, die Reaver, zweifellos eine Vertreterin all dessen, was böse ist auf dieser Welt, daran zu hindern, ein Kathili-Kind zu opfern.

Was mir selbstverständlich nicht gelungen ist. Eine undefinierte Anzahl Jahrhunderte später fallen meine Schwester und ich aus einer magischen Zeitblase, ich gewinne den Kampf und bin nun bereit, mich den Herausforderungen eines neuen Zeitalters zu stellen, in dem ich ohne Zweifel heldenhaft für das Gute kämpfen werde.

Wunderbare Hintergrundgeschichte für meinen Charakter. Unfähig zu verhindern, dass die eigene Schwester ein Kind opfert … und dann noch dazu gezwungen, ebendiese Schwester zu erschlagen.

Angeblich passen die o so cleveren KIs die Hintergrundgeschichte jedes Charakters an den Spieler an, sodass der Spieler auch emotional in Vorena investiert.

O ja.

Danke.

Genau das habe ich ganz dringend gebraucht. Ich hebe meine linke Hand gegen die dunkle Steindecke und streckte dann langsam den Mittelfinger aus.

»Fuck you!«

Ich erwarte keine Antwort und bekomme sie auch nicht.

4 Ich muss hier raus

Es gibt einen einzigen Ausgang, es ist also nicht schwer zu erraten, was das Spiel von mir will. Nun, hierbleiben kann ich schließlich nicht.

Halt.

Ich habe etwas vergessen.

Beute machen. Wie konnte ich das nur vergessen? Schließlich ist es der Grundstock jedes RPGs!

Bei den beiden Skeletten finde ich eine weitere tote Spinne sowie ein Silber- und zwanzig Kupferstücke.

Die Spinne lasse ich zurück.

Von meiner Schwester sind nicht mehr als ein paar braune Knochensplitter und Staub übrig, dennoch öffnet sich das Inventar, als ich mich darauf fokussiere.

Bei ihr kann ich zwei Schmuckstücke plündern. Ein Siegelring, gleich dem, den ich schon besitze, und ein kleines Medaillon. Als ich meine Aufmerksamkeit auf dieses Medaillon richte, erscheint ein vergrößertes Abbild vor mir, das aufklappt und die Miniatur zweier lachender junger Mädchen zeigt, die sich gegenseitig umarmen. Am unteren Rand findet sich eine Gravur in einer Runenschrift, die ich ohne Probleme lesen kann.

Für immer zusammen Alexandra und Maguela.

Es fehlen nur noch die eingravierten Herzchen.

Ich lasse das Medaillon in dem Inventar meiner Schwester zurück, drehe mich um und gehe entschlossenen Schrittes zur Tür … um dann doch innezuhalten, zurückzugehen und das Medaillon aus dem Inventar der Toten zu fischen.

Mein Spielcharakter sieht aus wie ich, nur mit hellerer Haut und weißem Haar.

Die Mädchen in der Miniatur auch. So wie Manuela und ich, kurz bevor sie gestorben ist. Irgendwo in einem alten Fotoalbum, das wie der Rest meiner Besitztümer in einer Langzeit-Lagerung untergebracht ist, gibt es bestimmt ein Bild, das dem in diesem Medaillon gleicht.

Arschlöcher, flüstere ich noch einmal und lasse das Medaillon sorgsam in mein Inventar fallen.

Ich trete an die Tür heran, lege die Hand auf den Knauf meines Schwertes … und fluche, als der Gürtel bricht und alles bis auf Spellmatrix und Inventarbeutel laut scheppernd auf den Boden fällt.

Ich ziehe an der Tür, die verrosteten Bänder biegen sich in den Türangeln und geben kreischend und in einer Wolke von Rostpartikeln nach, dann trete ich einen Schritt in den Gang hinaus, der vor mir liegt … und verliere die Sohle an meinem rechten Stiefel.

Ein Skelett sitzt an der Wand des Gangs und grinst mich knöchern an. Insgesamt liegen hier vier Skelette auf dem Boden, offenbar hat sich mein Charakter durch ein halbes Dutzend Bewaffneter gekämpft.

Gut für sie.

So schnell werde ich es ihr nicht nachmachen können, mein Schwert eignet sich noch nicht einmal mehr als Knüppel, so verrostet, wie es ist.

Am Ende des Gangs befindet sich eine weitere Tür, deutlich vom Zahn der Zeit angenagt, doch zum größten Teil intakt.

Als ich die Hand nach ihr ausstrecke, erscheint ein Kästchen vor mir in der Luft.

Entkomme der Kammer des Grauens

Du hast deine Schwester (vorerst) besiegt. Zwar befindest du dich hier in bester Gesellschaft, doch wohnlich ist es hier nicht. Versuche der Kammer des Grauens zu entkommen.

Belohnung:
Erfahrungspunkte und Ausrüstung

Nimmst du diese Queste an?	*Ja*	Nein

Okay. Hu!

Eine Queste, die mich dafür belohnt, das zu tun, was ich sowieso tun muss? Ja, natürlich nehme ich sie an. Warum fragt mich das Spiel das überhaupt?

Das Spiel hört zu.

Entscheidungen automatisch treffen?

Möchtest du ab jetzt die Aufgaben, die deckungsgleich mit deinen Absichten sind, ohne weitere Nachfrage automatisch annehmen?

Anmerkung:

Diese Einstellung kann in den Grundeinstellungen verändert werden.

Entscheidungen zukünftig entsprechend deiner Absichten treffen?	***Ja***	Nein

Ja. Wusste vorher schon, dass das Spiel meine Gedanken lesen kann, doch dies war jetzt der Beweis, dass die KI imstande ist, Absichten zu erkennen.

Diana.

Keine Sekunde später erscheint mein freundliches Hilfssystem neben mir, sieht sich um, rümpft die Nase und niest herzhaft.

»Ja?«, schnieft sie. »Was kann ich für dich tun?«

»Werden meine Gedanken aufgezeichnet und ausgewertet?«

»Selbstverständlich«, antwortet sie, ohne zu zögern. »Anders wäre es dir nicht möglich, deinen Charakter hier im Spiel zu steuern.«

»Was ist mit meinen privaten Gedanken? Meiner Privatsphäre?«

Sie funkelt mich empört an. »Alle KIs des Spiels sind durch unabänderliche Anweisung strikt daran gebunden, alle Gedanken eines Spielers, sofern sie nicht zur Nutzung des Interfaces gehören, mit allergrößter Diskretion zu behandeln. Es ist nicht gestattet oder auch nur möglich, private Gedanken eines Spielers weiterzugeben. Alle Gedanken privater Natur, die nicht zum

Spielverlauf gehören, werden nach Ablauf von fünf Minuten unwiderruflich gelöscht.«

»Was ist mit Server Back-ups?«

»Private Gedanken werden nicht gespeichert.« Sie schnaubt hoheitsvoll. »VRI nimmt seine Verpflichtungen zur Wahrung der Privatsphäre unserer Spieler sehr ernst. Informationen vertraulicher Art werden genau deshalb nicht aufgezeichnet, damit niemand imstande ist, uns zu einem späteren Zeitpunkt zur Herausgabe dieser Daten zu zwingen.« Sie schaut verächtlich auf mich herab, was ein Kunststück ist, da ich sie um einige Zentimeter überrage. »War das alles?«

Ich nicke.

»Das hättest du auch in den Nutzungsbedingungen nachlesen können«, teilt sie mir pikiert mit und löst sich vor meinen Augen in einem empörten goldenen Nebel auf.

Okaaay. Hätte schwören können, dass sie tatsächlich empört ist, doch sie ist ein von einem Computer gesteuerter Avatar, also wer kann da schon sagen, was sie wirklich denkt.

Ich ziehe an der Tür, die sich mit dem lauten Kreischen protestierender und verrostender Türangeln öffnet, und finde mich am Fuße einer Wendeltreppe wieder. Mit einem guten Blick auf ein paar braune, skelettierte Füße, von denen der linke noch die Reste eines Stiefels trägt, die gerade langsam mit leisem Klappern und dem schabenden Geräusch von Knochen auf Stein die Wendeltreppe herunterkommen.

Ducke mich, ohne zu zögern, neben die Treppe, warte, bis das Skelett wieder eine Stufe nach unten gehen will, greife entschlossen beide Füße bei den beinernen Fußknöcheln, ziehe sie ruckartig nach hinten und lasse erst los, als sich das Skelett rettungslos mit weit rudernden Armen im freien Fall befindet. Schaue zu, wie es laut klappernd auf die unteren Treppenstufen aufschlägt, Knochen in alle Richtungen davonfliegen und der Schädel des Skeletts, noch immer in seinem Helm, mir vor die Füße rollt.

Na dann, denke ich, kicke den Schädel durch die offene Tür in den Gang hinein, aus dem ich eben gekommen bin. *Tor!* denke ich mit einem breiten Grinsen, um dann die Tür zu schließen. Und fasziniert zuzusehen, wie sich die Knochen wieder zusammenfügen und das kopflose Skelett hilflos an der Tür kratzt, während von der anderen Seite immer wieder ein Klopfen zu vernehmen ist, vermutlich der Kopf, der versucht, durch das Türblatt an seinen angestammten Platz zurückzukommen.

Okaaay.

Bis jetzt ist mir noch nichts untergekommen, das nicht umfällt, wenn man den Kopf entfernt, aber hier im Spiel gelten wohl andere Regeln.

Ich setze mich auf eine der unteren Treppenstufen und schaue mir das Ganze mal in aller Ruhe genauer an.

Viel gibt es nicht zu sehen.

Skelettkrieger		Stufe	3
Rasse	Untot (beschworen)		
Klasse	Krieger (Rekrut der königlichen Garde)		

Der Schild, den dieser Rekrut in der linken Hand hält, ist kaum noch als Schild zu erkennen und so sinnlos wie ein Stück Pappe.

Das Schwert gefällt mir allerdings. Anders als mein eigenes ist es noch zum größten Teil intakt, nur hier und da von leichtem Flugrost überzogen.

Knöcherne Finger halten es noch fest umschlungen, und ich habe die Vermutung, dass ich es ihm nicht so einfach abnehmen kann. Als das Skelett eben die Treppe hinunterfiel, war ihm das Schwert aus der Hand gefallen, doch, wie die Knochen auch, war es wie von unsichtbaren Schnüren gezogen wieder zu ihm zurückgekehrt.

Irgendetwas Magisches, nehme ich an.

Während ich das denke, bemerke ich, dass auch das Skelett von einem bläulichen Schimmer umgeben ist, nur um vieles heller als die Steine oder die Tür, an der es hilflos scharrt.

Dieses bläuliche Leuchten bildet innerhalb des Schimmerns ein faszinierend kompliziertes Muster. Ich lausche nach oben, doch über mir auf der Treppe ist es still, also nehme ich mir Zeit, dieses Muster in Ruhe anzusehen. Es besitzt seinen Ursprung in dem Kopf auf der anderen Seite der Tür, die Magie ist durch die Tür etwas gedehnt, doch dann schlingt es sich in eleganten Schleifen um jeden einzelnen Knochen des Skeletts sowie dessen

Schwert und Schild, um dann in einem verwirrend komplizierten Knoten dort zusammengeführt zu werden, wo sich das Herz befunden hätte.

Bei jeder Bewegung leuchten diese Fäden und der Knoten auf. Irgendwo muss sich doch der Anfang finden … ja. Hier.

Ich ziehe daran, das ganze Gewusel löst sich auf, das Skelett fällt in sich zusammen, und ich halte einen Ballen von blau schimmernden Linien wie ein aufgewickeltes Wollknäuel in der Hand.

Bevor ich mir noch darüber Gedanken machen kann, was das bedeuten mag, werde ich von einer Flut von Nachrichten überwältigt.

Ding!
Du hast einen Skelettkrieger der Stufe 3 besiegt und erhältst als Belohnung 50 Erfahrungspunkte.

Ding!
Du hast einen Gegner mit höherer Stufe als deine eigene besiegt. Für jede Stufe des Gegners, die deine eigene Stufe überschreitet, erhältst du einen Extrabonus.

Ding!
Du hast die Fertigkeit Analyse gelernt. Diese Fertigkeit erlaubt dir, mehr Informationen über einen Gegner zu erhalten. Bei höherer Stufe dieser Fertigkeit erkennst du Schwachpunkte deines Gegners, wodurch deine Angriffe auf diesen Gegner machtvoller werden.

Ding!
Du hast die Fertigkeit Tarnen auf Stufe 1 erlernt. Diese Fertigkeit erlaubt dir, dich unbemerkt an den Gegner anzuschleichen. Die Basiswahrscheinlichkeit, unbemerkt zu bleiben, beträgt 20 % plus 5 % für jede Fertigkeitsstufe.

Ding!
Du hast die Fertigkeit Schleichangriff auf Stufe 1 erlernt. Wenn du einen Gegner mit deinem Angriff überraschst, fügst du ihm mit deinem Angriff 20 % plus 5 % je Fertigkeitsstufe mehr Schaden zu.

Glückwunsch zum Stufenaufstieg!

Du hast die Stufe 2 als Spellwarden erreicht!

Automatisch verteilte Attributspunkte:	
Intelligenz Geschicklichkeit	+ 1 + 1

Du erhältst 1 Fertigkeitspunkt, den du dazu verwenden kannst, eine Fertigkeit aus den Klassen-Fertigkeiten des Spellwardens auszuwählen.
Hinweis: Höhere Fertigkeiten können mehr Fertigkeitspunkte kosten.
Für den Erwerb von klassenfremden Fertigkeiten werden grundsätzlich doppelte Kosten berechnet.

Freie Attributspunkte Freie Fertigkeitspunkte	3 1

Ding!
Du hast zum ersten Mal die einzigartige Klassen-Fertigkeit eines Spellwardens (Manameisterschaft) verwendet!

Zauber gestohlen	***Untote animieren (Signatur)***	Zauberschule: Beschwörung Nekromantie

Dieser Zauber erweckt Tote zu neuem unheiligem Leben.

Hinweis:
Dieser Zauberspruch ist ein Signaturzauber von Maguela Eisrabe, der Herzogin von Maren.
Neben dem üblichen nekromantischen Effekt enthält dieser Zauber zudem noch einen Anteil an Beschwörungsmagie.

Stufe	Reichweite	Dauer	Ziel	Mana-kosten
10	Berührung/2m	permanent	toter Körper	60

Willst du diesen gestohlenen Zauber	
1	In deinen Zauberspeicher übertragen
2	Sofort benutzen
3	Lernen (Wahrscheinlichkeit 27 %)

Hhm. Über mir blieb es ruhig, warum also nicht etwas experimentieren? Ich wähle die 1 aus, das Knäuel in meiner Hand hüpft von meiner Hand in den Kristall an meinem Gürtel und verschwindet.

Spellmatrix.

Die Übersicht hat einen neuen Reiter hinzubekommen. Neben den gelernten Zaubern, unter denen Light, Flare und Fetch eingetragen waren, gibt es jetzt auch noch den Reiter: Gespeicherte Zauber.

Also dann.

Ich fixiere das Skelett vor mir und greife in die Spellmatrix.

Manainfusion möglich. Möchtest du den Zauber verstärken, indem du ihm zusätzlich Mana hinzufügst?	
Ja	Nein

Hey, ich will schließlich experimentieren. Was gibt es Besseres, als an einem sonnigen Tag in einem dunklen Verlies alte Skelette wiederzubeleben?

Also »Ja«.

Wie viel Mana möchtest du dem Zauber hinzufügen?
Zurzeit verfügst du über eine Mana-Reserve von 130.

Wenn schon, denn schon, also alles.

Und ja, in Zukunft bitte meine Absicht als Antwort werten, ohne mich zu fragen. Wenn das Spiel schon meine Gedanken lesen kann, dann kann es sich ja auch nützlich machen.

Verstanden.

Meine linke Hand, in der ich das Zauberknäuel gehalten habe, beginnt wieder blau zu leuchten, als die magischen Fäden aus dem Zauberspeicher zurück in meine Hand springen, Fäden, die sichtbar dicker werden, dann, als ich irgendwie weiß, dass jetzt der richtige Zeitpunkt dafür ist, werfe ich das Knäuel zurück auf das Skelett. Ein ziehender Schmerz packt mich an den Schläfen, der allerdings schnell wieder nachlässt, während sich mein Mana-Vorrat langsam füllt und das Skelett wieder zu zucken anfängt.

Doch diesmal ist es von einem deutlichen blauen Rand umgeben, und ein blauer Balken schwebt über dem kopflosen Skelett, das jetzt irgendwie massiver und … *besser* aussieht. Zweimal kratzt es hilflos an der Tür, dann steht es mit etwas ungelenken Bewegungen auf, stützt sich an der Tür ab, tastet nach der Klinke, öffnet die Tür, bückt sich, nimmt den Schädel, setzt ihn sich auf, dreht sich zu mir um, rückt sich den verschobenen Helm zurecht, schaut mich aus leeren Augenhöhlen vorwurfsvoll an, nimmt Haltung an und salutiert vor mir.

Auf die römische Art. Es staubt ein wenig, als er sich mit der geballten Faust gegen seinen Brustpanzer klopft.

Ding!
Du hast soeben einen Zauber aus der Schule der Nekromantie gewirkt und somit Zugang zur Schule der Nekromantie auf Stufe 1 erhalten.
In Zukunft fällt dir das Erlernen oder Wirken von Zaubersprüchen dieser Schule leichter.
Basisbonus auf das Wirken oder Erlernen von Zaubern dieser Schule: 20 % plus 5 % je Stufe

Ding!
Du hast soeben einen Zauber aus der Schule der Beschwörung gewirkt und somit Zugang zur Schule der Beschwörung auf Stufe 1 erhalten.
In Zukunft fällt dir das Erlernen oder Wirken von Zaubersprüchen dieser Schule leichter.
Basisbonus auf das Wirken oder Erlernen von Zaubern dieser Schule: 20 % plus 5 % je Stufe

Ding!
Deine Fertigkeit Manainfusion hat die Stufe 2 erreicht.
Die Manakosten für diese Fertigkeit verringern sich um 20 % plus 5 % je Stufe

Ding!
Du hast soeben einen Zauber weit über deiner eigenen Stufe gewirkt.
Für jede Stufe des Zaubers, die deine eigene Zauberstufe überschreitet, erhältst du zusätzliche Erfahrungspunkte.

Glückwunsch zum Stufenaufstieg!
Du hast die Stufe 3 als Spellwarden erreicht!

Automatisch verteilte Attributspunkte:	
Intelligenz	+ 1
Geschicklichkeit	+ 1

Du erhältst 1 Fertigkeitspunkt, den du dazu verwenden kannst, eine Fertigkeit aus den Klassen-Fertigkeiten des Spellwardens auszuwählen.

Hinweis: Höhere Fertigkeiten können mehr Fertigkeitspunkte kosten.
Für den Erwerb von klassenfremden Fertigkeiten werden grundsätzlich doppelte Kosten berechnet.

Freie Attributspunkte	6
Freie Fertigkeitspunkte	2

Glückwunsch zum Stufenaufstieg!
Du hast die Stufe 4 als Spellwarden erreicht!

Automatisch verteilte Attributspunkte:	
Intelligenz	+ 1
Geschicklichkeit	+ 1

Du erhältst 1 Fertigkeitspunkt, den du dazu verwenden kannst, eine Fertigkeit aus den Klassen-Fertigkeiten des Spellwardens auszuwählen.

Hinweis: Höhere Fertigkeiten können mehr Fertigkeitspunkte kosten.
Für den Erwerb von klassenfremden Fertigkeiten werden grundsätzlich doppelte Kosten berechnet.

Freie Attributspunkte Freie Fertigkeitspunkte	9 3

Die Flut an Nachrichten versperrt mir fast meine gesamte Sicht, jetzt nehme ich mir die Zeit und suche eine Möglichkeit, diese Nachrichten zu minimieren. Mit dem nächsten Gedanken wische ich die Flut von Nachrichten zur Seite und schaue mir den Skelettkrieger genauer an.

Ein Kasten erscheint vor mir in der Luft. Das System teilt mir mit, dass ich nun mehr über mein Ziel erfahren kann, weil er nun zu meinen beschworenen Wesen/Getreuen/Gegenständen gehört.

<table>
<tr><td colspan="3">Skelettkrieger</td><td>Stufe</td><td>8</td></tr>
<tr><td>Name</td><td colspan="4">Erik</td></tr>
<tr><td>Rasse</td><td colspan="4">Untot (beschworen) Meister Alexandra Eisrabe</td></tr>
<tr><td>Klasse</td><td colspan="4">Krieger (Sergeant der königlichen Garde)</td></tr>
<tr><td>Stärke</td><td>28</td><td colspan="3" rowspan="6">Stufe/2
Stufe/2
(unheimlich)</td></tr>
<tr><td>Geschicklichkeit</td><td>8</td></tr>
<tr><td>Konstitution</td><td>28</td></tr>
<tr><td>Intelligenz</td><td>4</td></tr>
<tr><td>Weisheit</td><td>4</td></tr>
<tr><td>Charisma</td><td>– 2</td></tr>
<tr><td>Lebenspunkte</td><td>504</td><td colspan="3">(Kon*10) + (Kon*Stufe)</td></tr>
</table>

Mein tapferes Skelett … Erik? Es sieht deutlich besser aus als zuvor. Er steht gerader, der Kettenmantel zeigt nur leichte Rostspuren, der verrottete Schild besteht nun aus nur leicht verrostetem Stahl, und sein Schwert glänzt wie frisch poliert.

Stiefel, Gürtel und Handschuhe zeigen nur leichte Gebrauchspuren, und an den sichtbaren Knochenteilen selbst befinden sich noch mumifizierte Gewebereste.

Er wirkt weitaus kompetenter als seine vorherige Version. Der Unterschied in der Intelligenz hat sich eben ja durchaus ausgewirkt. Er ist jetzt imstande, sogar kopflos Türen selbsttätig zu öffnen.

Vielleicht fängt er auch aus eigenem Antrieb an zu schwimmen, wenn ihm das Wasser über den Kopf steigt.

Okay. Vielleicht auch nicht.

Schüttele über mich selbst den Kopf. Weiß immerhin so viel, dass Skelette nicht atmen müssen.

Okay. Wir starren uns gegenseitig an, dann setze ich mich wieder auf die Treppenstufe und versuche zu verstehen, was eben geschehen ist.

Ich bin mir ziemlich sicher, dass es in diesem Spiel nicht üblich ist, so schnell in der Stufe aufzusteigen. Jetzt, während ich darüber nachdenke, erinnere ich mich daran, gelesen zu haben, dass sich etliche Spieler in diversen Foren darüber aufgeregt haben, dass es so schwer und langwierig wäre, in Vorena Online aufzusteigen.

Also, was ist das eben gewesen?

Die Boni, die bei dem Besiegen eines höherstufigen Gegners oder beim Wirken eines höherstufigen Zaubers gegeben werden, verlieren wahrscheinlich in höheren Stufen weitestgehend ihre Bedeutung, doch für mich haben sie sich massiv ausgewirkt.

Vor allem die Fertigkeit eines Spellwarden, Zaubersprüche zu stehlen, zu speichern und dann selbst zu wirken.

Mustere Erik, den Skelettkrieger. Meinen Skelettkrieger. Erik grinst knöchern zurück.

»Und was mache ich jetzt mit dir?«, frage ich ihn.

Bin nicht überrascht, als er mir keine Antwort gibt.

So. *Stufenaufstieg.*

Spellwarden		Stufe	4
Name	***Alexandra Eisrabe***		
Rasse	Uralter		
Klasse	Spellwarden		
Stärke	12		
Geschicklichkeit	14		
Konstitution	11		
Intelligenz	15		
Weisheit	11		
Charisma	11		
Lebenspunkte	132	(Kon*10) + ((Kon/2) *Stufe)	
Manareserve	180	(Int*10) + ((Int/2) *Stufe)	
fr. Attributspunkte	9		
fr. Fertigkeitspunkte	3		

Ich gebe 5 Punkte auf Konstitution, 1 Punkt auf Intelligenz und 4 Punkte auf Stärke.

In der Fertigkeitsliste für Kampfmagier finde ich eine interessante Fertigkeit.

Manafreundschaft.

Als Spezialfertigkeit kostet sie mich 2 Punkte, doch sie verändert die Berechnung für meine Manareserve, bei dem ich zuvor einen Bonus von Int/Halbe pro Stufe erhalten habe, auf Int/Stufe, sodass ich nun mit dem neuen Bonus eine größere Manareserve besitze.

Spellwarden		Stufe	4
Name	***Alexandra Eisrabe***		
Rasse	Uralter		
Klasse	Spellwarden		
Stärke	15		
Geschicklichkeit	14		
Konstitution	16		
Intelligenz	16		
Weisheit	11		
Charisma	11		
Lebenspunkte	160	(Kon*10) + ((Kon/2) *Stufe)	
Manareserve	224	(Int*10) + ((Int) *Stufe)	
fr. Attributspunkte	n/a		
fr. Fertigkeitspunkte	n/a		

Den letzten Fertigkeitspunkt setze ich auf Parieren, obwohl ich noch immer kein Schwert besitze. Mein untoter Gefolgsmann Erik ist weitaus besser ausgerüstet als ich. Da die Qualität seiner Waffen und Ausrüstung mit seiner Stufe zugenommen hat, befürchte ich, dass mir sein Schwert eher in der Hand verrosten wird, als mir zu nutzen.

Mein Magen knurrt, und wieder geht eines dieser verfluchten Fenster auf.

Achtung!

Du hast seit Stunden weder getrunken noch gegessen oder geschlafen. Hält dieser Zustand länger an, wirst du bald Mali auf Attribute, Fertigkeiten und Schadenshöhe erhalten.

Nach jeweils Konstitution/2 Stunden ohne Wasser wird sich deine Durststufe um 1 steigern.

Nach jeweils Konstitution/2 Tagen ohne Nahrung wird sich deine Hungerstufe um 1 steigern.

Nach jeweils Konstitution/8 Tagen ohne Schlaf wird sich deine Schlafentzugsstufe um 1 steigern.

Anzahl Tage ohne Schlaf	99893
Anzahl Tage ohne Wasser	99893
Anzahl Tage ohne Nahrung	99893

Gnadenperiode durch Erwachen aus magischer Stasis:
22 Stunden 38 Minuten.

Rechne kurz durch, 99893 Tage entsprechen in etwa 274 Jahren. Ein Zähler blinkt an dem oberen linken Rand meines Sichtfelds auf: 22:38. Als ich mich darauf konzentriere, folgt eine neue Warnung:

Achtung!
Wenn du nicht innerhalb von 22:38 Stunden etwas trinkst, isst und schläfst, wird sich:

deine Durststufe auf 999
deine Hungerstufe auf 999
deine Schlafentzugsstufe auf 999 erhöhen.

Voraussichtlicher Effekt: Du stirbst.

Großartig. Auf einmal sieht die vertrocknete Spinne in meinem Inventar fast schon appetitlich aus.

Ja, Spiel, ich habe verstanden. Ich muss hier raus.

»Also gut«, seufze ich und stehe auf. Erik steht gerader und schaut mich aus leeren Augenhöhlen aufmerksam an.

Erst jetzt fällt mir auf, dass mich mein Knochenmann um eine Kopflänge überragt und überraschend breite Schultern besitzt. So wie sein Kettenmantel an ihm herunterhängt, frage ich mich unwillkürlich, wie er wohl im Leben ausgesehen haben mochte.

Mein Gott, Alex, denke ich, er hat nie gelebt, das Spiel hat ihn als Skelett erschaffen! Über mich selbst den Kopf schüttelnd, steige ich die Wendeltreppe hinauf, die nach vier Drehungen in einer kleinen Plattform endet. Die Wendeltreppe geht von hier aus weiter nach oben, doch hier gibt es eine weitere geschlossene Tür. Links vor ihr liegt ein in sich zusammengefallenes Skelett.

»Hast du diese Tür bewacht?«, frage ich Erik, ohne mit einer Antwort zu rechnen.

Doch er nickt. Also versteht er mich. Gut zu wissen.

Okay.

Ich frage mich, ob ich schon immer den Impuls besessen habe, wissen zu wollen, was sich hinter verschlossenen Türen befindet, oder ob das Spiel dafür verantwortlich ist. Jedenfalls fällt es mir jetzt schwer, dem Impuls zu widerstehen.

Strecke die Hand nach der altmodischen Türklinke aus, um dann doch innezuhalten, als mir etwas auffällt.

Das Spiel füllt mich so aus, zwingt mich so, im Hier und Jetzt zu leben, dass ich schon seit einiger Zeit nicht mehr daran gedacht habe, in welcher Situation ich mich im realen Leben befinde!

»Wow«, flüstere ich. »Kein Wunder, dass es Menschen gibt, die danach süchtig werden!«

Und erst jetzt fällt mir auch auf, dass ich, bevor ich das Spiel betreten hatte, kaum imstande gewesen war, an etwas anderes als an meine eigene beschissene Situation zu denken. Fast so, als hätte ich mich selbst dazu gebracht, an mir zu verzweifeln. Dabei hätte ich schwören können, dass ich nicht zum Selbstmitleid neige!

Brauche auch nicht lange, um zu dem Schluss zu kommen, dass es für mich nicht notwendig ist, mir hier im Spiel über meine reale Situation den Kopf zu zerbrechen. Das Einzige, was ich tun kann, um den Heilungsprozess zu beschleunigen, ist, so aktiv wie möglich zu spielen.

Also gut.

Ich ziehe die Tür auf.

5 Der untote Gefolgsmann

Ein Skelett steht in der Tür und grinst mich knöchern an. Ein Goldzahn blinkt staubig in seinem Unterkiefer, und es trägt wie Erik einen langen Kettenmantel.

Bewaffnet ist es mit Axt und Schild, und es ist wohl nicht im Geringsten überrascht, denn es greift so schnell an, dass ich dem Axthieb nur ausweichen kann, indem ich mich nach hinten vor Eriks Füße werfe.

Diese steigen gelassen über mich hinweg, und bevor ich zur Seite rollen und aufspringen kann, fängt Erik den nächsten Hieb des Gegners mit seinem eigenen Schild auf, lässt die Axt an diesem abrutschen, neigt sich etwas zur Seite und schlägt dem Skelett mit einem Hieb seines Schwertes den knöchernen Schädel entzwei.

Mit lautem Klappern von trockenen Knochen und Rasseln verrosteter Rüstungsteile fällt das Skelett in sich zusammen, und sein Unterkiefer landet braun und ausgetrocknet vor meiner Nase. Mit einem leisen »Pling« fällt der Goldzahn heraus und bleibt genau vor meiner Nase liegen.

Goldzahn
Der Besitzer dieses Zahns gab Gold aus, um für die Damen besser auszusehen.
Er braucht ihn nicht mehr, vielleicht hast du dafür eine bessere Verwendung!

Wert: 3s 13c

Im nächsten Moment verschwindet der Goldzahn, und ich höre, wie er in mein Inventar fällt. Richtig. Ich habe dem System ja den Auftrag gegeben, entsprechend meiner Absichten zu handeln.

Ding!
Du hast einen Skelettkrieger der Stufe 5 besiegt.

Ding!

Du hast einen Gegner mit höherer Stufe als deine eigene besiegt. Für jede Stufe des Gegners, die deine eigene Stufe überschreitet, erhältst du einen Extrabonus.

Diese Nachrichten nerven, vor allem, wenn sie mitten im Kampf auftauchen. Es muss doch eine Möglichkeit geben … Kaum habe ich das gedacht, minimieren sie sich zu einem Icon am rechten Rand des Blickfelds.

Besser, denke ich und rapple mich auf, gerade rechtzeitig, um das nächste Skelett auf uns zukommen zu sehen.

»Halt!«, rufe ich Erik zu, der bereits vorgetreten ist, um das Skelett anzugreifen. Er lässt sein Schwert sinken und tritt mit einem breiten Grinsen und einer ironischen Verbeugung zurück.

Dieses neue Skelett befindet sich in einem bedauernswerten Zustand. Ein Fuß und der rechte Arm fehlen, doch in der linken Hand hält es einen rostigen Dolch, mit dem es ungelenk in der Luft herumfuchtelt. Da ihm der Fuß fehlt, kommt es nur langsam voran und strauchelt ständig, so habe ich genug Zeit, ihn mir anzusehen.

Es liegt der gleiche Zauber auf dem armen Kerl wie zuvor auf Erik. Diesmal muss ich nicht nach dem Ende des Zauberfadens suchen, sondern greife gleich nach ihm und halte, wie zuvor auch, wieder ein solches Zauberknäuel in der Hand, während der Knochenmann mit dem bekannten Scheppern und Klappern in sich zusammenfällt.

Zauber gestohlen: Untote animieren.

Ja, ja. Kenne ich schon. Warte nicht ab und übertrage den Zauber direkt in meinen Zauberspeicher.

Der Raum muss, den Möbelresten zufolge, so eine Art Wachstube gewesen sein. Eine stabile Tür führt weiter ins Unbekannte, doch auf der rechten Seite unter einer abgebrannten Fackel steht eine stabil aussehende Kiste.

Ich plündere das Skelett mit einem Blick, 1s 2c, ein Ring (unidentifiziert) sowie Schlüssel (Warden) wandern in mein Inventar.

Moment.

Ich fische den Ring wieder heraus und musterte ihn genauer. Er gleißt kurz auf.

Ding!

Du hast zum ersten Mal einen magischen Gegenstand identifiziert!

Kleiner Manaring

Dieser Ring erhöht deine Manareserve um 50 Punkte und deine Manaregeneration um 2 Mana die Minute.

Hinweis:

Du kannst an jedem Finger nur einen Ring tragen.

Hinweis:

Fußzehen gelten nicht als Finger. Es sei denn, du bist ein Affe. Bist du ein Affe? Nein? Also: Fußzehen gelten nicht als Finger!

Wert: 2g 8s 16c

Na dann … Ich stecke den Ring an einen meiner Finger. Er fühlt sich kühl und glatt an, und mein Mana steigt nun langsam von 224 auf 274 an.

Also auf zur Kiste.

Stabile Kiste (verstärkt)

Eine solche Kiste ist oft gut gegen Diebe abgesichert, da sie sich gut dafür eignet, in ihr wertvolle Dinge aufzubewahren, die man auch behalten will.

Strukturpunkte	780
Zähigkeit	7
Schloss Qualität	??

Ein Meisterdieb könnte diese Kiste vielleicht öffnen.

Du? Vergiss es!!

Ich lache unwillkürlich auf. Man muss nun wirklich keine Intelligenzbestie sein, um zu wissen, welcher Schlüssel hier passt!

Ich fische den Schlüssel (Warden) aus meinem Inventar heraus und … er passt nicht!

Was zur Hölle …? Während ich noch ungläubig auf den Schlüssel starre, legt Erik eine knöcherne Hand auf meinen Arm und schiebt mich sanft zur Seite.

Ich bin zu überrascht, um irgendetwas zu sagen oder zu tun, denn er zieht jetzt einen Schlüssel aus seinem Beutel heraus und öffnet die Truhe für mich, um mir dann mit einer galanten Geste den Vortritt zu geben.

Okay. VRI hat mit dem realistischen Verhalten seiner NSC geworben, und offenbar haben sie nicht zu viel versprochen.

Erik jedenfalls verhält sich fast schon menschlich. Skelettlich?

Nicke ihm dankend zu … okay, vielleicht war das nicht nötig gewesen, doch mein Pops hatte seinen Töchtern früh beigebracht, dass Höflichkeit nichts kostet und meistens guten Willen bringt.

Ein Icon blinkt am Rand meines Sichtfelds.

Du bist beeindruckt!

Einer deiner Minions (Erik, Skelettkrieger) hat seinen Meister (also dich) mit seinen Taten beeindruckt.

Möchtest du ihn belohnen?	***Ja***	Nein

Mögliche Belohnungen für Erik (Skelettkrieger)	
1	Stufenaufstieg für deinen Minion. Manakosten 350
2	Beförderung zum untoten Gefolgsmann

Beförderung deines Minion Erik (Skelettkrieger)

Möchtest du deinen Minion Erik vom Skelettkrieger zum untoten Gefolgsmann befördern? Manakosten 350

Warnung:

Du besitzt nicht genügend Mana, um deine Wahl auszuführen. Wenn du diese Aktion trotzdem ausführen willst, wird die Differenz zwischen den Manakosten der Beförderung und deiner Manareserve von deinen Lebenspunkten abgezogen.

Möchtest du diese Aktion trotzdem ausführen?	***Ja***	Nein

Die Nachrichten tauchen so schnell hintereinander auf, dass ich sie kaum lesen kann. Wie gewünscht, beantwortet das Spiel die Fragen entsprechend meiner Intentionen, doch so habe ich mir das Ergebnis nicht vorgestellt, denn im nächsten Moment durchfährt mich ein stechender Schmerz im ganzen Körper, und ich falle mit einem dumpfen Stöhnen zu Boden.

Es braucht eine gefühlte Ewigkeit, bis der Schmerz allmählich nachlässt.

Achtung!

Spellwarden Alexandra Eisrabe hat dir soeben einen Manaschaden von 70 Lebenspunkten zugefügt!

Hinweis:

Du kannst die Regeneration deiner Lebenspunkte durch das Einnehmen von Nahrung oder durch Schlaf beschleunigen.
Zudem ist es möglich, Heiltränke zu finden oder zu erwerben oder sich durch einen Priester eines Gottes heilen zu lassen, der dir gegenüber freundlich eingestellt ist.

»Fuck!«, fluche ich leise, als ich die Feuchtigkeit von meinem Gesicht abwische. »Das hat wehgetan!«

Blinzelnd schaue ich auf meine blutige Hand herab. Sie ist nicht das Einzige, das an mir blutig ist, so wie es aussieht, habe ich am ganzen Körper durch die Poren geblutet, und meine halb zerfallenen Kleider sind nun von meinem eigenen Blut getränkt, so sehr, dass man glauben könnte, es wäre literweise gewesen.

Noch während ich auf meine Hand schaue, verschwindet bereits ein Teil des Blutes wieder, nur die Blutflecken an meiner vermoderten Kleidung bleiben zurück.

»Ich danke Euch, Mylady«, höre ich eine tiefe, wenn auch leicht brüchig klingende Stimme. »Doch das wäre nicht nötig gewesen, ich tat nur meine Pflicht.«

Eine behandschuhte Hand erscheint vor meinen Augen und bietet mir ihre Hilfe an. Ich sehe hoch, und dort steht Erik. Ein anderer Erik als zuvor. Kein Knochenmann mehr. Und ja, ich habe recht gehabt, er ist breitschultrig und ausgesprochen muskulös gewesen.

Oh, man sieht ihm noch immer an, dass er untot ist, seine Haut ist braun und rissig, und seine Augen glühen dem Klischee entsprechend in einem unheilvollen Rot, doch er besitzt wieder Haut und Muskeln und damit auch ein Gesicht, und das schiefe Lächeln, mit dem er mich ansieht, ist bei Weitem nicht mehr so knöchern!

Sein Charakterblatt hat sich allerdings auch deutlich verändert, vor allem seine Lebenspunkte, doch wenn ich mir seine anderen Werte ansehe, nehme ich das gerne in Kauf. Außerdem besitzt er jetzt einen vollen Namen.

Untoter Gefolgsmann		Stufe	8
Name	***Erik von Steinberg***		
Rasse	Untot Meister ***Alexandra Eisrabe***		
Klasse	Untoter Gefolgsmann		
Stärke	28		
Geschicklichkeit	24		
Konstitution	28		
Intelligenz	20		
Weisheit	18		
Charisma	6		
Lebenspunkte	336	(Kon*10)+((Kon/2)*Stufe)	

Ich ergreife seine Hand, und er zieht mich mühelos hoch und versucht mir ein aufmunterndes Lächeln zu schenken.

Was ihm trotz rot glühender Augen überraschend gut gelingt. Dann greift er mit beiden Händen meine Hand und schaut mir tief in die Augen.

»Die Götter haben meine Gebete erhört und mir eine zweite Chance gegeben. Lady Alexandra, ich schwöre Euch bei meiner Seele, dass ich Euch nie wieder enttäuschen werde.«

»Ja«, sage ich hastig, während ich verstört blinzele. »Es ist schon gut. Alles in Ordnung. Kann ich meine Hand wiederhaben?«

Er lässt sie mit einer leichten Verbeugung los und tritt einen

Schritt zurück, um den Kopf schräg zu legen und mich zu mustern. Auf eine Art, die mir nur zu deutlich bewusst macht, dass ich nur noch Fetzen trage.

»Ihr solltet die Kiste öffnen«, schlägt er mir vor. »Unter den Besitztümern der Gefangenen werdet Ihr sicherlich etwas finden, das Euch besser kleidet und mehr Eurem Rang entspricht.«

Ich hindere mich gerade eben noch so daran, ihm mitzuteilen, dass ich auf diese Idee auch alleine gekommen wäre. So aber nicke ich nur und öffne wortlos die Kiste.

Das Inventar dieser Kiste ist riesig und besitzt Hunderte von Fächern. Die allermeisten von ihnen sind mit verrotteten Kleidern und Ausrüstung gefüllt, doch rein *zufällig* gilt dies nicht für alles.

Leinenhose

Einfache Kleidung, kann unter Rüstung getragen werden.

Qualität: normal	Haltbarkeit: 10/10	Wert: 5c

Leinenhose und Hemd, Wollstrümpfe, Lederstiefel, Lederhandschuhe, Kettenmantel, Ledergürtel, alles besitzt eine normale Qualität und eine Haltbarkeit von 10.

Der Umhang (Kapuze) ebenfalls, nur besitzt er noch eine Modifikation:

Umhang (Kapuze)

Umhang der Königlichen Wache von Kathus.

Dieser Umhang trägt das Wappen der Herzogin von Maren, Alexandra Eisrabe.

Das Wappen der Herzogin von Maren:

Herzogskrone über einem Raben auf silbernem Grund.

Qualität: normal	Haltbarkeit: 10/10	Wert: 11c

Okay. Also bin ich eine Adelige. Da die Zivilisation der Uralten nach der Geschichte des Spiels vor Jahrhunderten untergegangen war, kann ich mir dafür und mit zusätzlich zwei Kupferstücken unter Umständen ein Brot kaufen.

Kettenmantel	Stufe: 4

Kettenmantel der Königlichen Wache von Kathus.
Schadensreduktion:
Klinge: 25 %
Spitz: 12 %
Stumpf: 5 %

Qualität: gut	Haltbarkeit: 50/50	Wert: 2g 6s

Dolch	Stufe: 4

Solche Klingen eignen sich hervorragend dazu, beim Essen zähes Fleisch zu schneiden, Holz zu schnitzen, einen Gegner zu erstechen oder ihm die Kehle durchzuschneiden.
Schadensart: spitz/Klinge
Fertigkeiten: Einhandwaffe, beidhändig, Wurfwaffe, hinterhältiger Angriff.

Qualität: gut	Haltbarkeit: 50/50	Wert: 1g 2s

Aber das hier ist, worauf ich gewartet habe. Ein Schwert! Endlich! Und es sieht so aus, als wäre es nicht nur irgendein Schwert.

Langschwert (magisch)/(legendär)	Stufe: Legacy

Name: ***Eisfang***
Dies ist das Familienschwert von Maguela Eisrabe, Herzogin von Maren. Mehrere Generationen trugen dieses Schwert mit Stolz, und oftmals führten sie es siegreich in der Schlacht.

Klassen-Begrenzung: Spellwarden
Stufe (Legacy): Entspricht der Stufe des Trägers.
Seelengebunden: Kann nicht gestohlen werden.

Boni bei Stufe 4: (Stufe – 1)
Intelligenz: + 3
Geschicklichkeit: + 3

Schadensart: Klinge
Fertigkeiten: Einhandwaffe, beidhändig, zweihändig

Reavers Fluch:
Diese Waffe fügt einem Charakter der Reaver-Klasse doppelten Schaden zu.
Alleine die Berührung des geweihten Stahls fügt einem Reaver 50 Punkte Feuerschaden/Sekunde hinzu.

Hinweis:
Als Herzogin Maguela Eisrabe ihr Erbe antrat, wurde das Schwert gestohlen. Es ist davon auszugehen, dass die Familie den ehrlichen Finder reich belohnen wird.

Qualität: legendär	Haltbarkeit: 4999/5000	Wert: 300g

Ach ja, gestohlen wurde es? Habe so meine eigene Vermutung, warum es in dieser Kiste gelegen hat. In dem Moment, als ich mir das Schwert an den Gürtel hänge, verändert sich die Beschreibung. Nun ist es das Familienschwert von Alexandra Eisrabe, Herzogin von Maren, und die Anmerkung verschwindet.

Also war Maguela, wie Manuela auch, die ältere Schwester gewesen, und ich habe den Herzoginnentitel geerbt, als ich sie erschlagen habe.

Hintergrundgeschichte, nichts weiter. Ein Versuch des Spiels, mich emotional zu beeinflussen. Mehr nicht. Es lohnt nicht, darüber nachzudenken.

Das Letzte und Beste, das ich in der Kiste finde, ist ein Zauberspruch auf einer Pergamentrolle:

Zauber	***Säuberung***	Zauberschule: Veränderung

Dieser Zauberspruch ist der meistgenutzte Zauberspruch aller Magiekundigen!
Mit nur einer Geste und etwas Mana liefert dieser beliebte Zauber das gleiche Ergebnis wie ein langes heißes Bad und eine gründliche Reinigung der Ausrüstung, leider ohne die entspannende Wirkung eines langen Bades erreichen zu können.

Dieser Zauber ist in unterschiedlichen Duftnoten erhältlich.
Aktuelle Duftnote: Frühlingswiese.

Stufe	Reichweite	Dauer	Ziel	Mana-kosten
0	0	permanent	Selbst	5

Willst du diesen Zauber	
1	Im Zauberspeicher verstauen
2	Sofort benutzen
3	Lernen

Säuberung!

O. Mein. Gott! Endlich! Ein paar Stunden in einer Badewanne zu liegen, hätte ich dem natürlich vorgezogen, doch mich endlich wieder sauber zu fühlen, ohne dass ständig Staub zwischen meinen Zähnen knirscht, dafür hätte ich jemanden küssen mögen.

Nein.

Nicht jeden.

Nicht Erik.

Jemand *Lebendigen!*

Aber … *endlich* wieder sauber! Glaube sofort, dass dies der beliebteste Zauber aller Magiekundigen ist!

Einen Kuss bekommt er nicht, doch ich schenke Erik ein strahlendes Lächeln.

»Wie sehe ich aus?«

Er mustert mich, und seine Lippen zucken. »In der Tat«, sagt er dann mit seiner tiefen Stimme. »Dies ist ungleich besser.«

Ich ziehe mein Schwert, bewaffnet zu sein fühlt sich gleich *viel* besser an, trete an die geschlossene Tür und ziehe an ihr.

Abgeschlossen.

»Mylady …«, beginnt Erik, doch ich hebe die Hand. Er schweigt. Hm. Ein Mann, der nicht widerspricht? Daran kann sich frau gewöhnen.

Fische den Schlüssel aus dem Inventar und schließe die Tür auf, was mir den Blick auf einen kurzen Gang freigibt, der auf beiden Seiten jeweils vier verrostete Gittertüren enthält.

6 Hauptmann Loris

Schicke mein magisches Licht vor und betrete vorsichtig den Gang, nur um festzustellen, dass mir hier keine Gefahr droht. In sechs der Zellen finde ich die Skelette der ehemaligen Insassen, doch keines davon regt sich. Es gibt auch nichts zu plündern, alle Inventare sind leer. Bis auf eine tote Spinne.

Lasse sie, wo sie ist.

Schaue mich noch einmal um, finde nichts Bemerkenswertes und steige die Treppe hinauf. Sie endet in einem anderen Absatz, auf dem, wie nicht anders erwartet, zwei Skelette auf uns warten.

Ein Blick verrät mir, dass sie beide Stufe 4 sind, doch ich bin nicht mehr unbewaffnet, und mit Eisfang in der Hand und Erik an meiner Seite bin ich nicht beunruhigt.

Wie ich fast nicht anders erwartet habe, erschlägt Erik den ersten Skelettkrieger mit einem Streich und hält dann auf meine Anweisung hin den anderen lange genug fest, damit ich ihm den nekromantischen Zauber stehlen kann.

Das Ding! verrät mir, dass ich für jedes der Skelette eine Belohnung in Form von Erfahrungspunkten erhalte.

So weit, so gut.

Wie im Stockwerk unter mir gibt es auch hier eine Tür, die in eine Wachstube führt. Ich finde dort zwei weitere Skelette, die sich ausnahmsweise nicht bewegen.

Dafür aber auch keine Truhe.

Die Tür, die von hier aus weiterführt, ist vollständig aus Metall, und diesmal muss ich den Raum durchsuchen, bis ich den Schlüssel finde.

Diese Tür führt in eine weite, aber relativ niedrige Halle, in der sich ein großer bulliger und schwer gepanzerter Mann zu uns umdreht.

»Ha!«, ruft er. »Wo kommt ihr denn her? Nach all den Jahrhunderten dachte ich schon, ich müsste vor Langeweile sterben!«

Er stemmt die Hände in die Seiten, wirft den Kopf nach hinten und lacht schallend. »Wenn ich es denn nur könnte!«

Der Mann ist ein Gigant. Über zwei Meter groß, überragt er Erik bei Weitem, und seine Oberarme sind dicker als meine Beine. Er trägt einen Plattenharnisch, und über seiner linken Schulter ragt der Griff eines riesigen Schwertes hervor, welches er jetzt in aller Ruhe zieht und mit beiden Händen hält.

»Hallo, Erik«, begrüßt er meinen untoten Gefolgsmann mit einem schiefen Lächeln. »Kann nicht sagen, dass ich überrascht wäre, dass es dir gelungen ist, die Fronten zu wechseln. Du warst schon immer ein sturer Hund!«

»Hauptmann Loris«, antwortet Erik höflich und neigt zur Begrüßung leicht den Kopf. »Ich wollte, es wäre so, doch auch mich hielt der Fluch in Bann, bis Ihre Hoheit ihn brach.«

»Nun, niemand wurde hier nach seiner Meinung gefragt«, gibt der Hauptmann zu. Er mustert mich aus grün schimmernden Augen. »So«, nickt er dann. »Lady Alexandra. Maguela ist endlich tot?« Er nickt, ohne die Antwort abzuwarten. »Hat auch lange genug gedauert. Was ist mit den anderen?«

»Herzogin Alexandra hat sie von ihrem Leid erlöst«, antwortet Erik.

»Also bin ich der Letzte«, stellt der Hauptmann fest. Er verbeugt sich leicht vor mir. »Wenn es nach mir ginge, würde ich das Knie vor Euch beugen und um meine Erlösung bitten«, teilt er mir mit rauer Stimme mit. »Doch der Fluch bindet mich noch immer. Meine Aufgabe ist es, niemanden ohne die ausdrückliche Genehmigung von Herzogin Maguela passieren zu lassen. Doch vielleicht besitzt Ihr ja ein Schriftstück …?«, fragt er fast hoffnungsvoll.

»Leider nein«, teile ich ihm bedauernd mit.

Er rollt mit seinen Augen und seufzt. »Versteht mich nicht falsch, aber Eure Schwester ist schon immer die Clevere von euch beiden gewesen. Sie hätte verstanden, dass ich ihr damit Zeit gegeben hätte, ein solches Schriftstück zu fälschen. Ich hätte ja nicht genauer hinsehen müssen. So aber …« Er schüttelt bedauernd den Kopf. »Ich fürchte, Ihr werdet hierbleiben müssen.«

So. Meine geliebte Schwester, die sich mit schwarzer Magie

amüsierte und Kinder opferte, ist nicht nur die Herzogin gewesen, sondern auch die Clevere von uns beiden!

Ha!

Habe durch das Geplänkel genügend Zeit gehabt, mir den Hauptmann genauer anzuschauen. Der Balken, der jetzt über seinem Kopf erscheint, ist leuchtend rot und auf beiden Seiten beeindruckend mit einem brennenden Totenkopf verziert.

Hauptmann Loris (Boss)			Stufe	12
Name	***Loris von Steinberg***			
Rasse	verfluchter Ghul Meister ***Maguela Eisrabe***			
Klasse	Größerer Ghul			
Lebenspunkte	????			
Hinweis: Hauptmann Loris ist ein Endgegner und für dich nicht zu besiegen.				

Natürlich gibt es auch gleich den passenden Auftrag dazu!

Des Hauptmanns Ruhestand

Hauptmann Loris hat über Jahrhunderte deiner Familie ehrenhaft gedient. Ein Fluch hält ihn am Leben, dennoch hofft und betet er dafür, dass du ihm seinen Ruhestand gewähren wirst.

Belohnung:
Erfahrungspunkte und Ausrüstungsgegenstand

Hinweis:
Dies ist eine Gruppenqueste. Die Gruppe sollte aus nicht weniger als vier Mitgliedern mit einer Mindeststufe von 10 bestehen.

Nimmst du diese Queste an?	Ja	Nein

Okay. Das Spiel gibt die Antwort auf die Frage, fast bevor ich den Text zu Ende gelesen habe, aber was bleibt mir denn auch anderes übrig?

Als ob der Hauptmann mitgelesen hätte, nickt er. »So soll es denn sein«, sagt er und tritt einen Schritt vor, um sein Schwert drohend anzuheben.

Um dann bewegungslos zu warten.

»Äh«, sage ich. »Bevor ich mich nachher ärgere, gibt es einen anderen Weg für mich, den Kerker zu verlassen?«

Der Hauptmann senkt sein Schwert wieder ein wenig. »Es tut mir leid, Lady Alexandra. Der einzige Weg aus dem Kerker führt durch diese Geheimtür hinter mir im Kamin und an mir vorbei.«

»Welche Geheimtür?«, frage ich unwillkürlich.

Er schüttelt bedauernd den Kopf, doch seine Lippen zucken. »Ich werde Euch wohl kaum verraten, dass sich die geheime Tür in der Wand hinter mir befindet!«

Hinter ihm leuchtet ein blauer Umriss in der Wand auf. Ah, *diese* Geheimtür.

Kann nicht anders, ich muss leise lachen und nicke dem Hauptmann dankend zu.

Nett von ihm, mich darauf hinzuweisen.

Er nickt leicht zurück.

Okay. Im Moment ist er ein Gegner, doch ich gebe zu, ich mag ihn!

Frage sicherheitshalber noch einmal nach. »Ihr wollt nicht gegen mich kämpfen?«

Er schüttelt den Kopf. »Ich schwöre bei allen Göttern, dass ich nicht gegen Euch kämpfen *will.* Doch der Fluch zwingt mich dazu. Ich muss. Die Worte der Herzogin waren eindeutig. ›Als Hauptmann der Garde bist du verpflichtet, niemanden ohne meine ausdrückliche Genehmigung passieren zu lassen. Ich befehle dir, jeden zu erschlagen, der es versucht.‹«

»Ich bin jetzt die Herzogin«, teile ich ihm so hoheitsvoll wie nur möglich mit. »Ich befehle Euch, Erik und mich passieren zu lassen.«

Der Hauptmann schüttelt bedauernd den Kopf. »Ein netter Versuch. Ihr seid jetzt mit dem Tode Maguelas meine Lehnsherrin. Das ist richtig. In allen anderen Dingen könnt Ihr mir befehlen, wie es Euer Recht ist, doch in diesem Falle bindet mich der Fluch. Herzogin Maguela sprach ausdrücklich von *ihrer* Genehmigung.«

Schaue ihn nachdenklich an.

Vielleicht … Nein.

Die Magie, die auf ihm liegt, leuchtet nicht blau, sondern giftgrün für mich, und die Bänder der Magie sind zu verwaschen und unscharf, als dass ich erkennen kann, wo sie anfangen und wo sie enden.

Analyseergebnis	***Hauptmann Loris***

Hauptmann Loris ist durch den Ghul-Virus infiziert. Obwohl eindeutig zu erkennen ist, dass diese Krankheit ihren Ursprung in der Schule der Nekromantie findet, handelt es sich dennoch um eine Krankheit.

Übertragung der Krankheit: Durch Biss/Kratzer oder Fluch.
Kann nicht entzaubert werden.

Kann durch einen Priester aufgehoben werden, doch in diesem Falle führt die Heilung direkt zur Erlösung des Opfers und zum Tod.

Vollständige Heilung bedarf einer göttlichen Intervention und ist als extrem unwahrscheinlich anzusehen.

Also gut. Es ist ja auch nicht zu erwarten, dass mir das Spiel es immer einfach machen wird.

»Ihr seid der Hauptmann meiner Garde?«, frage ich noch einmal nach.

»Ja, Hoheit. Unter anderen Umständen würde ich nicht zögern, mein Leben für das Eure zu geben.«

»Äh … wenn ich Euch bitten würde, genau das zu tun?«

»Ich sagte unter *anderen* Umständen!« Er schüttelt bedauernd den Kopf. »Nein, Mylady. Würde ich mich selbst töten, wäre ich nicht imstande, der Anweisung von Herzogin Maguela zu folgen.« Ich kann das Lächeln in seiner Stimme hören. »Dies gilt auch für andere Dinge, die mich an der Ausführung des Auftrags hindern könnten. So wie Selbstfesselung oder freiwillige Entwaffnung.«

»Verdammt«, fluche ich leise.

Er neigt zustimmend den Kopf. »Es ist in der Tat eine verdammenswerte Situation.«

Warte mal, Alexandra.

Lache verhalten, als ich mir den Auftragstext noch einmal ansehe, stecke mein Schwert in die Scheide zurück und nehme Haltung vor dem Hauptmann ein.

»Hauptmann Loris, antreten!«

Er setzt die Spitze seines Schwertes vor sich auf den Boden. Legt beide Hände um die Parierstangen seines Zweihänders, steht gerade und schaut mir direkt in die Augen.

»Hauptmann Loris. In Anbetracht Eurer langjährigen und ehrenvollen Dienste im Namen meiner Familie, entlasse ich Euch in den wohlverdienten ehrenvollen Ruhestand. Wisset, dass wir Euch dankbar sind für Eure Dienste und Ihr immer im Haus Maren eine Zuflucht finden könnt. Mögen Euch die Götter für Eure Dienste segnen!«

Der letzte Satz kommt aus meinem Mund, ohne dass ich darüber nachdenken muss. Es klingt irgendwie richtig.

Hauptmann Loris sieht mich an.

Erik und ich sehen ihn an.

Nichts geschieht.

Schließlich nickt der Hauptmann. »Ja«, sagt er zufrieden und nimmt seinen Helm ab, um uns breit anzugrinsen. »Das hat es getan. Der Fluch ist gebrochen.«

Ding!

Du hast die Queste »Der Ruhestand« erfolgreich abgeschlossen. Als Belohnung erhältst du Erfahrungspunkte und einen Gegenstand aus der Ausrüstung des Hauptmannes.

Glückwunsch zum Stufenaufstieg!

Du hast die Stufe 5 als Spellwarden erreicht!

Automatisch verteilte Attributspunkte:	
Intelligenz Geschicklichkeit	+ 1 + 1

Du erhältst 1 Fertigkeitspunkt, den du dazu verwenden kannst, eine Fertigkeit aus den Klassen-Fertigkeiten des Spellwardens auszuwählen.
Hinweis: Höhere Fertigkeiten können mehr Fertigkeitspunkte kosten.
Für den Erwerb von klassenfremden Fertigkeiten werden grundsätzlich doppelte Kosten berechnet.

Freie Attributspunkte	3
Freie Fertigkeitspunkte	1

Glückwunsch zum Stufenaufstieg!
Du hast die Stufe 6 als Spellwarden erreicht!

Automatisch verteilte Attributspunkte:	
Intelligenz	+ 1
Geschicklichkeit	+ 1

Du erhältst 1 Fertigkeitspunkt, den du dazu verwenden kannst, eine Fertigkeit aus den Klassen-Fertigkeiten des Spellwardens auszuwählen.
Hinweis: Höhere Fertigkeiten können mehr Fertigkeitspunkte kosten.
Für den Erwerb von klassenfremden Fertigkeiten werden grundsätzlich doppelte Kosten berechnet.

Freie Attributspunkte	6
Freie Fertigkeitspunkte	2

Glückwunsch zum Stufenaufstieg!
***Erik von Steinberg* hat soeben Stufe 9 als beschworener Gefolgsmann erreicht!**

Automatisch verteilte Attributspunkte:	
Intelligenz	+ 2
Geschicklichkeit	+ 2

Erik erhält 1 Attributspunkt zur freien Verteilung.
Erik erhält 1 Fertigkeitspunkt, den du dazu verwenden kannst, eine Fertigkeit aus den Klassen-Fertigkeiten des Untoter Gefolgsmann auszuwählen oder zu erhöhen.
Hinweis: Höhere Fertigkeiten können mehr Fertigkeitspunkte kosten.
Für den Erwerb von klassenfremden Fertigkeiten werden grundsätzlich doppelte Kosten berechnet.

Freie Attributspunkte	1
Freie Fertigkeitspunkte	1

Ich glaube, beinahe wäre es zu einer Runde gegenseitigen Schulterklopfens gekommen, der Hauptmann hebt sogar die Hand dafür, doch dann verzieht er das Gesicht. »Oh«, sagt er unbehaglich und lässt die Hand zögernd sinken.

Erik und ich schauen beide fragend zu ihm hin.

»Oh«, sagt Loris erneut, doch jetzt klingt es kehliger. Vor unseren Augen bildet sich auf seiner linken Schläfe eine Blase, als er vorsichtig dorthin greift, platzt sie auf, und eine grüne, stinkende Flüssigkeit läuft heraus und dort, wo sie seine Haut berührt, bilden sich neue eitrige Blasen.

»Oh, Scheiße«, flüstert der Hauptmann. Er hält mir sein Schwert hin, das ich, ohne nachzudenken, an mich nehme. »Dort ist die Tür«, bringt er mühsam heraus, mehrfach von einer Art Schluckauf unterbrochen. »Ich glaube … Ich glaube, es ist für euch … besser … ihr solltet …« Er tut eine hilflose Geste in Richtung der Tür.

Erik versteht es schneller als ich, ich stehe nur dumm da und weiß nicht, was gerade geschieht. Es ist Erik, der mich am Arm greift und zu der hinteren Wand hin zerrt, wo er hart auf einen der Mauersteine drückt, der mit einem knirschenden Geräusch in der Wand verschwindet, woraufhin vor mir ein dickes Mauersegment langsam nach außen schwingt.

Der Fluch der Festung
Deine Schwester belegte die Bewohner der Festung mit einem Fluch, der diese in Ungeheuer verwandelt hat. Hauptmann Loris blieb von diesem Fluch nur so lange verschont, wie er in den Diensten Maguelas stand, jetzt ereilt der Fluch auch ihn.

Finde eine Möglichkeit, den Hauptmann von seinem Fluch zu befreien.

Belohnung:
Variabel

Nimmst du diese Queste an?	***Ja***	Nein

Nachtrag zu: Entkomme der Kammer des Grauens.
Hauptmann Loris verwandelt sich gerade in einen Seuchen-Ghul. Ist die Verwandlung abgeschlossen, wird er Sporen in der Luft freisetzen, die auch dich mit diesem Fluch belegen.

Du hast 12 Sekunden Zeit, ihm zu entkommen.
Dieser Auftrag gilt automatisch als angenommen.

Achtung! Legendäre Herausforderung! Einmalig!

Bei Fehlschlag verwandelst du dich in einen Seuchen-Ghul.
Dein Charakter wird als NSC geführt.
Du musst dir einen neuen Charakter erschaffen.

Okay, der Zähler läuft schon.

12

11

…

Hinter mir sinkt Hauptmann Loris stöhnend und wimmernd auf seine Knie herab, während er sich mit den Fingernägeln die Haut von seinem Gesicht kratzt. Zugleich platzt ihm überall die Haut auf, was weitere eitrige Pusteln entstehen lässt, und er wird mit jedem seiner gequälten Schreie größer und wuchtiger. Haut, die Schnallen an seiner Rüstung, Hemd, Hose, Stiefel, alles platzt, während sich der Hauptmann in Sekundenschnelle in eine Art grünen Hulk verwandelt!

10

9

…

Falls der Hulk jemals von grünen Eiterpusteln überzogen war.

»Hoheit!«, sagt Erik eindringlich und zieht an meinem Arm, um mich daran zu erinnern, dass ich hier nicht gaffend herumstehen sollte.

8

…

Sehe ein, dass es keine gute Idee ist, mit diesem Ungeheuer, in das sich der Hauptmann soeben vor meinen Augen verwandelt hat, in einem Raum zu verbleiben.

7

…

»Rrrooooaaar!«

Dafür, dass er nun doppelt so groß und zehnmal massiger ist als zuvor, ist der Hauptmann deutlich schneller, als ich es hätte erwarten können. Aus dem Stand springt er zu uns herüber und greift nach mir, was ihm nur nicht gelingt, weil Erik mich mit einem Hechtsprung rammt und uns auf diese Weise beide durch die erst halb geöffnete steinerne Tür befördert.

6

…

Die grüne, von Eiter tropfende Hand verfehlt mich nur knapp.

»Helft mir, Hoheit!«, ruft Erik verzweifelt, während er sich gegen die Tür stemmt. »Wir müssen die Tür schließen, bevor er sie weiter aufdrücken kann!«

5

...

Solange die Tür nicht ganz geöffnet ist, ist sie zu klein für den Hauptmann. Was nichts daran ändert, dass er durch die Öffnung nach uns greift. Ich stelle fest, dass ich noch immer sein massives Zweihandschwert in den Händen halte und dass wir uns in einer Feuerstelle befinden, groß genug, um einen ganzen Ochsen in ihr zu braten. Nicht groß genug, um mit dem Zweihänder auszuholen.

4

...

Also nehme ich die viel zu große Klinge in beide Hände und stoße mit ihr zu. Sie ist nicht sonderlich spitz, dafür sind diese Schwerter nicht gemacht, doch ich treffe einen übergroßen Knöchel, an dem die Haut platzt und eitrige Flüssigkeit versprüht. Hastig, um nicht von der grünen Masse besudelt zu werden, springe ich zurück, was vielleicht ein Fehler gewesen wäre, hätte der Hauptmann nicht im gleichem Moment mit einem Wutschrei seine Hand zurückgezogen.

3

...

»Schnell, Hoheit!«, ruft Erik verzweifelt. »Helft mir!«

Ich stemme mich mit meiner Schulter gegen die Tür, die viel zu langsam zuschwingt.

2

...

Mit einer letzten Anstrengung stemmt sich Erik gegen die Tür, die mit einem vernehmlichen Klick einrastet.

Selten war das Ding! mir willkommener gewesen.

Ding!

Du hast die Queste: Entkomme der Kammer des Grauens erfolgreich abgeschlossen. Als Belohnung erhältst du das Schwert des Hauptmannes und Erfahrungspunkte.

Ach ja, du darfst weiterleben, ohne dich in einen Seuchen-Ghul zu verwandeln, und darfst deinen Charakter behalten!

Erik und ich lehnen noch immer schwer atmend mit dem Rücken an der steinernen Tür. Wie üblich, wenn die Gefahr vorüber ist, mache ich mir über unnütze Dinge Gedanken.

Zum Beispiel darüber, warum Erik so schwer atmet, wenn er doch untot ist.

Oder wie zur Hölle ich das ohne Erik hätte überleben können.

Und darüber, dass er vorhin nur ein Skelett gewesen ist und ich ihn jetzt als meinen neuen besten Freund betrachte.

»Das«, stellt Erik gerade fest, »war knapp.«

Oder über das, was er gerade sagt.

7 Das nächste Ziel

Wir befinden uns offensichtlich in einer großen Halle. Das Dach ist zum größten Teil eingestürzt, und Trümmer bedecken den steinernen Boden der großen Halle, doch der größte Teil der Wände steht noch. Unter den Trümmern kann ich die Reste großer Tische und langer Bänke entdecken. Hier und da hängt noch ein verrottetes Banner an den hohen Wänden, und direkt vor uns steht ein unbequem aussehender Thron, der die Zeit fast unversehrt überstanden hat. Eine schwere doppelflügelige Tür führt aus der Halle in den großen Hof, die Tür ist geschlossen, doch einer der schweren Torflügel ist aus seinen Angeln gebrochen und gibt so den Weg zum Hof frei. Die Halle ist drei Stockwerke hoch, und im obersten Stockwerk zieren Galerien auf beiden Seiten die Wand, und dort landet gerade mit lautem Flattern ein Ungeheuer, eine hässliche alte Harpyie. Sie hat das faltige Gesicht einer alten Frau, die Beine eines Raubvogels, komplett mit schwarzen, messerscharf aussehenden Krallen, die Flügel einer Fledermaus und die dürren Arme einer Mumie, die in Händen mit langen, ebenfalls schwarzen Nägeln enden.

»Fleisch!«, krächzt das Ding und glotzt mich mit gierigen blutunterlaufenen Augen an.

»Was …?«, frage ich Erik, doch im gleichen Moment sehe ich auch schon ihre Information.

Harpyie		Stufe	7
Name	Orissa		
Rasse	verfluchte Harpyie Meister ***Maguela Eisrabe***		
Klasse	Küchenhilfe/Dienstmädchen		

Das Ding sieht also nicht nur so aus wie eine Harpyie, es ist auch eine. Da ich mich in einer Fantasy-Welt befinde, hätte ich mir das auch denken können.

»Fleisch!«, krächzt sie erneut, und Erik bückt sich, um ein faustgroßes Trümmerstück aufzuheben.

Sie reckt den Hals und öffnet ihr Maul, als ob sie ihren Kiefer ausrenken wollte, und zeigt mir faulige, spitze, schiefe Zähne, deren Anblick mich schaudern lässt.

Jemand braucht hier dringend einen Zahnarzt.

Die Harpyie holt tief Luft.

»Lass den Mist und verschwinde, Orissa!«, ruft Erik verärgert und wirft mit dem Stein nach ihr. »Bevor ich etwas tue, was ich bereuen werde!«

Der Stein verfehlt sie nur um Haaresbreite, und sie flattert empört mit den Flügeln, um noch einmal vorwurfsvoll »Fleisch!« zu krächzen, mich gierig anzuglotzen und schließlich durch das offene Dach davonzuflattern.

»Hässliches Biest«, stelle ich fest, und Erik nickt.

»Sie nisten in der Festung, Mylady«, teilt er mir betreten mit. »Ihr wäret gut beraten, das Gebiet der Festung so schnell wie möglich zu verlassen.«

Ich nicke, wenn auch etwas abgelenkt, da ich im Kaminsims ein in den Stein gehauenes Wappen entdeckt habe, das silbern schimmert. Das Wappen besteht aus einem weißen Raben, der unter seinen Krallen eine Schlange zertritt. Als ich den Stein berühre, entsteht in der Luft vor mir ein Menü.

Das Verwaltungsmenü der Festung Eisrabe. Dumm ist nur, dass es ausgegraut ist und ich jetzt feststelle, dass ich erst den Fluch von Hauptmann Loris und der Festung nehmen muss, bevor ich sie in Besitz nehmen kann.

Wenn ich das überhaupt will.

Das Menü verschwindet wieder, als ich die Hand von dem Stein nehme und Erik aus der Halle folge.

»Dies«, teilt mir Erik mit offensichtlichem Stolz mit und macht eine weitschweifende Geste, die den großen Burghof, die eingefallenen Nebengebäude und die hohe Mauer umfasst, »ist der vordere Teil der Festung. Der hintere Teil der Festung kann nur durch die Vorburg erreicht werden, in der auch die große Halle liegt, aus der wir gerade kommen. In Kriegszeiten kann die Festung bis zu fünftausend Menschen aufnehmen und sie für Jahre versorgen, sofern die Speicher voll sind. Bis jetzt ist es noch nie gelungen, die Festung mit Waffengewalt einzunehmen. Dies ist der Sitz Eurer Macht, und von hier aus regiert Ihr Euer Herzogtum, dessen Ruf, Macht und Glanz bis in die fernsten Winkel dieser Welt reichen.«

Ich schaue mich in dem trümmerbedeckten Hof um. Es fällt mir nicht schwer, mir vorzustellen, wie es hier einmal gewesen war, doch ich glaube nicht, dass zurzeit noch viel von dem eben erwähnten Ruf, der Macht und dem Glanz übrig ist.

»Wo befindet sich die nächste Ortschaft?«, frage ich Erik.

»Das ist Marensfurt«, teilt er mir mit. »Ein kleiner Marktflecken mit um die tausend Einwohnern. Dort werdet Ihr alles finden, was Ihr braucht, ich bin sicher, man wird Euch freudig empfangen!«

Auch da habe ich so meine Zweifel.

»Wie weit ist es nach Marensfurt?«

»Zu Pferd kaum mehr als eine Stunde, zu Fuß zwischen vier und fünf Stunden.«

»Gibt es einen Gasthof dort?«, frage ich.

Erik nickt. »Es gibt derer zwei.«

Damit sollte ich diesen Ort erreichen können, bevor ich an jahrhundertealtem Hunger sterbe.

»Okay«, sage ich. »Dann lass uns nach Marensfurt gehen.«

Erik schaut zerknirscht zur Seite. »Ich kann Euch nicht begleiten, Hoheit«, sagt er betrübt. »Der Fluch bindet auch mich. Solange er besteht, kann ich die Festung nicht verlassen. Aber ich kann Euch bis zum Torhaus begleiten.«

Er weist nach vorne zu dem massiven Torhaus hin. Von hier aus sind es etwa fünfzig Meter.

»Danke«, sage ich höflich und lasse mich von Erik die kurze Strecke bis zum Torhaus begleiten.

Vermutlich wäre ich auch imstande gewesen, die Strecke alleine zurückzulegen.

Hier versperrt mir ein verrostetes Fallgitter den Weg, ich klopfe mit dem Griff meines Dolches dagegen, etwas Rost blättert ab, doch es ist noch immer stabil. Ich schaue zu den Seiten hin, wo die verrotteten Überreste zweier Winden zu finden sind.

»So leicht bekommen wir das nicht auf«, stelle ich fest.

»Das sollte kein Problem sein«, teilt Erik mir mit einem Grinsen mit. »Berührt es einfach, die Magie, die hier in der Festung noch immer gebunden ist, erkennt ihre Herrin.«

Etwas zweifelnd lege ich die Hand auf das Fallgitter und werde tatsächlich gefragt, ob ich es öffnen will. Als ich bestätige, hebt sich das Fallgitter mit einem Kreischen von Metall auf Metall, und ein Schauer von Rost rieselt herunter. Hastig treten wir beide einen Schritt zurück.

Er, um dem fallenden Rost auszuweichen, ich, weil ich nicht ganz sicher bin, ob das Fallgitter auch offen bleibt.

»Wie finde ich diesen Ort?«, frage ich Erik.

»Das ist einfach«, teilt er mir mit. »Es gibt von hier aus nur diese eine Straße, folgt ihr, und Ihr gelangt nach Marensfurt.« Er verbeugt sich tief vor mir. »Ich werde hier auf Eure Rückkehr warten.«

Die Zugbrücke ist zum größten Teil morsch und verrottet. Es gibt zwei Balken, die noch einigermaßen stabil aussehen, aber sicher bin ich mir nicht. Doch ich habe Zeit, bin nicht in Eile, und in Anbetracht der Tatsache, dass die Zugbrücke einen Abgrund von gut und gerne fünfzig Metern Tiefe überbrückt, sollte ich mir die Zeit auch nehmen, mir genau zu überlegen, was ich machen will.

Schaue zur Festung zurück. Das eiserne Fallgitter ist verrostet, aber noch immer stabil genug, um jeden aufzuhalten, der versucht, hier einzudringen. Durch die verrosteten Stangen kann ich den überwucherten Hof der Festung sehen, doch keine Spur von Erik. Ich stelle fest, dass ich ihn bereits vermisse.

Ich werfe einen Blick auf den Zähler im oberen Bildschirmrand. Noch siebzehn Stunden und vierzehn Minuten, bis die Gnadenperiode abgelaufen ist. Nachdem ich hunderttausendzehn Tage weder geschlafen noch etwas gegessen habe.

Muss lächeln, auch wenn es nervt, muss ich zugeben, dass sich die Entwickler mit meiner Vorgeschichte etwas Mühe gegeben haben. Zwischen dem eisernen Fallgitter und der verrotteten Zugbrücke gibt es einen etwa fünf Meter breiten und drei Meter tiefen aus dem Stein geschlagenen Vorsprung, mit einer Art Stufe, auf der die Zugbrücke selbst aufliegt, wenn sie heruntergeklappt ist.

Ein guter Ort, um sich hinzusetzen.

Vor mir geht es steil in die Tiefe, hätte ich Höhenangst, würde ich mir wohl einen anderen Ort suchen, doch für mich ist er genau richtig.

Die neuen VR-Helme, die wir in dem UH-60 benutzen, blenden den Helikopter fast aus, sodass der Pilot scheinbar im Nichts schwebt. Es ist ein Effekt, an den man sich erst gewöhnen muss, doch ich habe ihn geliebt.

Zuerst aber schaue ich nach, ob ich nicht eine Möglichkeit finde, diese irritierenden Nachrichten und Fenster zu minimieren. Zumindest zum Teil sollten sie sich jetzt nur noch als Einzeiler zeigen.

Als ich fertig bin, lege ich Loris' Schwert zur Seite, stütze mich mit den Händen auf den Felsen hinter mir und recke mein Gesicht der Sonne entgegen. Ich schätze, dass es etwa neun Uhr morgens ist. Der Himmel ist strahlend blau und mit weißen Schäfchenwolken getupft, irgendwo zwitschern Vögel, und wenn ich mich anstrenge, höre ich auch Wasser plätschern. Auf der anderen Seite der Zugbrücke kann ich hier und da, zwischen den Bäumen hindurch, den überwucherten Weg sehen, der in Serpentinen zur Burg hochführt.

Der Fluch ist noch nicht gebrochen, doch mir kommt der Ort idyllisch vor.

Friedlich.

Hätte ich die Klasse der Reaver gewählt, hätte ich Maguela, die Spellwarden, besiegen müssen. Wäre dann der Fluch, der auf der Festung Eisrabe liegt, für mich von Vorteil gewesen?

Ich fische das Medaillon aus meinem Inventar heraus und betrachte die Miniatur, die meine Schwester und mich zeigt. Vorhin bin ich sauer auf die Entwickler gewesen, dass sie Manuela in das Spiel eingebaut haben, doch jetzt bin ich ihnen dankbar. Es ist siebenundzwanzig Jahre her, dass sie gestorben ist. Es tut noch immer weh, an sie zu denken. Vielleicht ist das der Grund, weshalb ich es in den letzten Jahren kaum noch getan habe. Seit dem Unfall jedenfalls nicht.

Die Einsicht trifft mich hart. Ich bin nur mit mir selbst beschäftigt gewesen, in meiner eigenen kleinen Welt gefangen, die mit jedem Tage kleiner und kleiner geworden ist. Knapp sieben

Stunden befinde ich mich jetzt in Vorena Online, und ich bin jetzt schon dankbar dafür, was diese Welt mir gegeben hat.

Niemand hat Manuela und mich auseinanderhalten können, selbst unsere Eltern nicht, doch auf der Miniatur habe ich keine Schwierigkeiten zu erkennen, wer von uns sie ist.

Wäre ich vor sechs Jahren bei dem Unfall gestorben, hätte ich dennoch über zwanzig Jahre mehr als sie gehabt. Der Gedanke rückt etwas in mir zurecht, von dem ich nicht gewusst habe, dass es verschoben war.

Etwas flattert über mir und wirbelt Staub auf. Ich drehe mich um und schaue hoch und sehe dort auf den verfallenen Resten der Burgmauer eine Harpyie sitzen. Der Oberkörper eines alten runzeligen Weibes mit den Schwingen und Krallen einer Krähe, hässlich wie die Nacht, mit wild wuchernden Zähnen und rot glühenden Augen, die mich gierig anstarren.

»Frisches Fleisch!«, krächzt sie.

Zwei Worte diesmal. Geradezu eloquent.

Harpyie		Stufe	8
Name	Clementine		
Rasse	verfluchte Harpyie Meister ***Maguela Eisrabe***		
Klasse	Kräutersammlerin		

»Ach komm«, sage ich. »Ich habe jetzt keine Lust. Verpiss dich.« Bei Erik hat das in der Art auch funktioniert.

Offensichtlich nicht bei mir.

Sie schaut mich böse an, öffnet den Mund und stößt einen Schrei aus, der wie Kreide auf einer Tafel ist, nur um ein Vielfaches schlimmer. Der Schrei geht mir durch Mark und Bein, erschüttert mich in den Grundfesten meines Wesens und brandet wie eine unwiderstehliche Woge gegen meine Seele an, reißt an ihr, will sie erschüttern, erdrücken, zermahlen …

Willenskraftprobe bestanden. Angriff abgewehrt.

<table>
<tr><td>Zauber gestohlen</td><td colspan="2">namenlose Furcht</td><td colspan="2">Zauberschule: Manipulation</td></tr>
<tr><td colspan="5">Dieser Zauber ist ein rassenspezifischer Zauber (Harpyie (Monster)) und versetzt das Ziel für (Minuten/Stufe) in Panik. Ziel kann keine bewussten Handlungen ausführen und wird versuchen, vor dem Zauberwirkenden zu fliehen und dabei sämtliche anderen Gefahren außer Acht lassen.
Hinweis:
Rassenspezifische Zauber können mit niedrigeren Manakosten gewirkt werden.</td></tr>
<tr><td>Stufe</td><td>Reichweite</td><td>Dauer</td><td>Ziel</td><td>Mana-kosten</td></tr>
<tr><td>8</td><td>Hörweite</td><td>Stufe/Minuten</td><td>Gegner</td><td>5/Stufe</td></tr>
</table>

Willst du diesen gestohlenen Zauber	
1	In deinen Zauberspeicher übertragen
2	Sofort benutzen
3	Lernen (Wahrscheinlichkeit 87 %)

Ich stelle fest, dass ich meine linke Hand erhoben habe und wieder das Gespinst und Knäuel eines Zauberspruchs dort eingefangen habe. Die Magie windet sich um meine Hand und zwischen meinen Fingern wie ein Dutzend bissiger Schlangen, die mich mit aufgerissenen Mäulern anzischen.

Ding!
Zauber namenlose Furcht gelernt.

Ding!
Du hast soeben einen Zauber aus der Schule der Manipulation gelernt und somit Zugang zur Schule der Manipulation auf Stufe 1 erhalten.
In Zukunft fällt dir das Erlernen oder Wirken von Zaubersprüchen dieser Schule leichter.
Basisbonus auf das Wirken oder Erlernen von Zaubern dieser Schule: 20 % plus 5 % je Stufe

Zauber namenlose Furcht wirken:
Manainfusion möglich. Möchtest du den Zauber verstärken, indem du ihm zusätzlich Mana hinzufügst?
***Ja**/Nein.*
Wie viel Mana möchtest du dem Zauber hinzufügen?
Zurzeit verfügst du über einen Manaspeicher von 440.
100

Mein Mund öffnet sich, weit, noch weiter, bis ich merke, wie sich mein Kiefer ausrenkt, und dann schreie ich zurück.

Die Augen der Harpyie weiten sich, dann wird sie in einer Wolke aus Federn wie von einer Druckwelle zurückgeschleudert und flattert panisch davon, ohne darauf zu achten, wohin sie fliegt. Mein Kiefer knirscht, als sich die Gelenke wieder einrenken, und ich sehe erstaunt zu, wie die Harpyie mit voller Wucht gegen die Reste eines Turms fliegt, an diesem abprallt und in die Tiefe stürzt.

Mein Blick folgt ihrem Fall, bis die Harpyie tief unter mir auf dem Boden des Abgrunds aufschlägt.

Du hast eine Harpyie der Stufe 8 besiegt.

Okay. Das war das.

Mein Gott!

Massiere meinen Kiefer und höre ein Fiepen in meinen Ohren, das nur langsam nachlässt. Sitze immer noch auf der Kante über dem Abgrund. Irgendwie habe ich das Gefühl, dass, hätte ich nicht ihrem Zauber widerstanden, ich jetzt dort unten liegen würde.

Die Sonne scheint noch immer, doch jetzt kommt mir der Ort nicht mehr so friedlich vor. Eine der Federn der Harpyie ist neben mir gelandet. Nehme sie auf und drehe sie in meinen Fingern. Sie sieht aus wie eine Adlerfeder, nur sehr viel größer.

Feder einer Harpyie erhalten.

Packe die Feder in mein Inventar, nehme Loris' Schwert in die Hand und stehe auf, um die beiden Balken, die von der Zugbrücke übrig sind, genauer zu mustern. Wieder sehe ich die schwach blau leuchtenden Umrisse, doch in dem Balken auf der rechten Seite erkenne ich jetzt die feinen Frakturen, die sich über die gesamte Länge des Balkens ziehen.

Du hast nun erkannt, dass du Analyse nicht nur auf Magie anwenden kannst
Du hast Analyse nun auf Stufe 3 gelernt.
Glückwunsch! Du hast die Stufe 9 als Spellwarden erreicht.

Ahh. Die Nachrichten werden mir jetzt als Einzeiler angezeigt! Viel besser so! Und das blöde Ding! ist nun auch auf lautlos gesetzt!

Denke, es ist wieder Zeit, Punkte zu verteilen. Erhöhe Stärke, Geschicklichkeit, Konstitution, Willenskraft und Intelligenz, und aus einem Impuls heraus gebe ich die restlichen Punkte auf Charisma, was mir einen zusätzlichen Punkt auf Geschicklichkeit gibt.

Ich weiß immer noch nicht genug über das Spiel, vielleicht ist es ein Fehler, nicht auf meine Basisattribute Geschicklichkeit und Intelligenz zu gehen, aber so fühle ich mich etwas abgerundeter.

Ich entdecke neue Fertigkeiten in meiner Auswahlliste, offenbar benötigen manche Fertigkeiten grundsätzliche Attributswerte, und zwanzig Punkte in einem Attribut scheint eine magische Zahl zu sein.

Ich beäuge den Balken, auf dem ich in Kürze gute sechs Meter weit über einen fünfzig Meter tiefen Abgrund balancieren muss, und nehme Akrobatik hinzu, was mir erlaubt, mein Gleichgewicht besser zu halten.

Die Fertigkeit Zähigkeit gibt mir mehr Lebenspunkte, wie zuvor beim Mana wird nun nicht mehr Stufe / Halbe auf meine Lebenspunkte drauf gerechnet, sondern die ganze Stufe. Es ist eine Fertigkeit der Krieger-Klasse, die mich zwei Punkte kostet.

Erhöhe die Fertigkeit Einhandwaffen von zwei auf drei und Zweihandwaffen auf eins. Loris' Schwert ist ein Zweihänder, und ich sehe nicht ein, dieses schwere Teil mit mir herumzuschleppen, wenn ich es noch nicht einmal verwenden kann.

Ach ja. Loris' Schwert.

Zweihandschwert (magisch)/(legendär)	Stufe: Legacy

Name: ***Des Hauptmannes Schnitter***
Dies ist das Schwert von Hauptmann Loris. Dein Vater hat es seinem Vater als Anerkennung für treue Dienste gegeben. Der Hauptmann hat diese Klinge immer in hohen Ehren gehalten.

Klassen-Begrenzung: Hauptmann Loris/Spellwarden/Warrior
Stufe (Legacy): Entspricht der Stufe des Trägers.
Seelengebunden: Kann nicht gestohlen werden.

Boni Stufe 9:

Stärke: + 4
In den Händen von Hauptmann Loris:
Konstitution: + 8
Geschicklichkeit: + 4
20 % Schaden gegen Monster.
9 % Wahrscheinlichkeit bei erfolgreichem Angriff, den Gegner mit einem Blitzstrahl zu treffen.

Qualität: legendär	Haltbarkeit: 4421/5000	Wert: 75g

Okay. Ich kann es also verwenden, doch nur in den Händen von Hauptmann Loris entfaltet es seine vollen Fertigkeiten. Sehe es als einen Hinweis darauf, dass es möglich sein müsste, ihn von seinem Fluch zu befreien, ohne ihn dabei umzubringen. Im Moment ist mir mit Eisfang besser gedient. Versuche sein Schwert in mein Inventar zu legen und lache laut auf, als es aus meinen Händen verschwindet und vier Fächer in meinem Inventar ausfüllt. Mein Inventar, das aus einem kleinen Beutel besteht, der an meinem Gürtel hängt. Loris' Schwert ist nur wenig kleiner, als ich es bin, aber es passt in einen kleinen Gürtel.

Spielmechanik oder Magie, es ist mir egal, das gefällt mir.

Was den Balken angeht, eben gerade kam er mir noch sehr schmal vor, doch als ich jetzt über ihn gehe, weiß ich nicht mehr, was daran so schwierig sein soll. Jedenfalls komme ich ohne Schwierigkeiten auf der anderen Seite an.

Der Weg hinunter ins Tal ist überwuchert, und hier und da haben die Wurzeln der Bäume die Pflastersteine hochgedrückt, sodass Achtsamkeit geboten ist. Ab und zu teilt mir das System mit, dass ich einen Geschicklichkeitstest bestanden habe, nur einmal stolpere ich und falle. Doch dieses eine Mal hat es in sich. Ich stürze zwischen zwei Bäumen den Abhang hinunter, falle durch dornige Büsche, pralle gegen mindestens drei Bäume und bleibe dann, mit schmerzenden Knochen und atemlos, auf dem Weg liegen, der hier in der Serpentine zurückgeschwungen ist.

Das Rauschen, das ich höre, kommt nicht nur von dem Blut in meinen Adern, es kommt von einem kleinen Wasserfall, der sich etwa fünfzig Meter entfernt in einen kleinen See ergießt, von dem aus sich ein Bach weiter seinen Weg ins Tal sucht.

Jetzt erst bemerke ich, wie durstig ich tatsächlich bin. Ungeachtet meiner schmerzenden Knie finde ich schnell meinen Weg zum Ufer des Sees, lasse mich auf meine Knie fallen, halte mein Gesicht in das kristallklare Wasser und trinke durstig.

Ich bin schon wieder dreckig. Der Staub von fast tausend Jahren liegt auf mir, und ohne weiteres Zögern ziehe ich mich aus und lasse mich in das Wasser fallen, das so kalt ist, dass es mir zunächst den Atem lähmt.

Doch das ist mir egal. In den letzten Jahren wurde ich nur noch wie ein kleines Kind von meinen Pflegern mit einem Schwamm gewaschen, warum sollte es mich jetzt stören, dass das Wasser kalt ist?

Ich plansche wie ein kleines Kind im Wasser herum und höre mich lachen. Ein tiefes Brummen gibt mir Antwort.

Der See ist weder besonders tief noch sehr breit, wenn ich die Beine ausstrecke, kann ich mit den Zehenspitzen den Boden berühren und mich, mit den Armen rudernd, langsam umdrehen. Was dazu führt, dass ich mich, auf der anderen Seite des Sees, keine fünfzehn Meter entfernt, einem Grizzly gegenübersehe.

Dem Großvater aller Grizzlies.

Eine Erinnerung kommt auf, an einen Artikel, den ich irgendwann gelesen habe. Von einem Polarbären, der ausgestopft in einem kanadischen Flughafen die Touristen erschreckt.

Dieser Bär hier hat eben gerade mit einer tellergroßen Pranke einen Fisch aus dem Wasser gefangen und schaut mich neugierig mit dunklen Augen an. Er steht auf allen vieren, eigentlich auf drei Beinen und ist etwas geduckt, dennoch sind seine Schultern bestimmt über zwei Meter hoch.

Was bedeutet, dass er um die sechs bis sieben Meter hoch sein müsste, wenn er auf den Hinterbeinen steht.

So hoch wie ein zweistöckiges Haus.

Ein Rahmen geht auf:

<table>
<tr><td colspan="2">Höhlenbär</td><td>Stufe</td><td>??</td></tr>
<tr><td>Name</td><td colspan="3">Major</td></tr>
<tr><td>Rasse</td><td colspan="3">Ursus Spelaeus/???</td></tr>
</table>

Die blutrote blinkende Krone über seinem Schädel sagt mir alles, was ich wissen muss.

Er legt den Kopf schräg und mustert mich neugierig. Tue rein gar nichts. Ich kann mich nicht bewegen, bin wie erstarrt. Kein Zauber diesmal, nur die instinktive Reaktion eines Beutetiers gegenüber einem übermächtigen Gegner. Jedenfalls kann ich mich nicht erinnern, mich jemals derart klein und hilflos gefühlt zu haben.

Und doch ... es ist nicht tatsächlich Angst, die mich erfüllt. Eher Respekt. Und Ehrfurcht. Major ist im wahrsten Sinne majestätisch.

Er ist zudem wunderschön. Sein Fell glänzt in der Sonne, und seine Fellfarbe ist von einem goldenen Braun, mit einer dunkleren Maske um seine Augen.

Er scheint mir zuzunicken, wirft den Fisch in die Luft und fängt ihn mit dem Maul auf, ein Happs und der Fisch ist verschwunden. Ein tiefes Brummen kommt von ihm, dann dreht er sich um und trottet gemächlich davon.

Irgendwann fällt mir ein, dass ich mich vielleicht doch aus dem Wasser bewegen sollte. Während ich *Säuberung* auf meine

Kleidung anwende und mich dann anziehe, schaue ich mich immer wieder um, doch ich sehe den Bären nicht mehr. Eben noch war ich einigermaßen stolz darauf gewesen, Stufe 9 erreicht zu haben.

Das hat sich schnell relativiert.

Ursus Major. Ein guter Name für einen Bären, der mir eben geradezu nebenbei aufgezeigt hat, wie klein und unwesentlich ich noch immer bin.

Dies hier ist mein Land. Oder wird es sein, wenn ich den Fluch brechen kann. Doch selbst wenn mir das gelingt, weiß ich jetzt, wer der wahre Herrscher hier im Land ist.

Ich kenne einige Kameraden in den Special Forces, die jetzt alles dafür geben würden, diesen Bären zur Strecke zu bringen.

Ich gehöre nicht dazu. Wenn es um das Überleben geht und darum, Wild zu erlegen, um es zu essen, habe ich wenig Bedenken. Doch die Jagd als Hobby ist nichts für mich.

Es hilft mir nicht viel, mir wieder und wieder zu sagen, dass Major nur ein Konstrukt ist. Er fühlt sich für mich nicht an wie eine Figur in einem Spiel, der Eindruck, den er auf mich gemacht hat, ist einfach zu mächtig. Wenn ich den Fluch gebrochen habe, werde ich dafür sorgen, dass Major in Ruhe gelassen wird. Nicht, dass er meine Hilfe braucht. Ich hoffe nur, dass niemand so dumm ist, ihn anzugehen.

Stehe dort am Rand des Sees und schaue zu dem anderen Ufer hin, an dem er sich befunden hat.

Ein Spiel, versuche ich mir zu sagen.

Es ist nur ein Spiel.

Obwohl dies die letzte Möglichkeit für mich ist, von meinem Unfall zu genesen, habe ich Vorena irgendwie nicht ernst genommen. Jetzt kann ich das nicht mehr. Keine acht Stunden befinde ich mich jetzt auf dieser Welt, doch ich muss mir jetzt schon eingestehen, dass es für mich weit mehr als nur ein Spiel ist.

In den letzten Jahren habe ich nicht viel Schönes gesehen. Während ich dem überwucherten Weg, der teilweise kaum mehr als solcher zu erkennen ist, weiter hinunter ins Tal folge, bin ich den Entwicklern dafür dankbar, wie viel Mühe sie sich mit dieser Welt gegeben haben.

Die Luft schmeckt klar und frisch, riecht nach Wald, Sträuchern und Blumen. Ich sehe Eichhörnchen, die von Ast zu Ast springen, höre andere Tiere in der Ferne, und einmal sehe ich sogar ein Reh, das mich neugierig und ohne Furcht anschaut, bevor es weiteräst.

Nach etwa einer halben Stunde komme ich an einem großen bemoosten Grenzstein an. Ich kratze das Moos ab und finde die eingravierte Schrift, die mir bestätigt, dass dies die Grenze des Burglandes ist.

Ehemals, so hat mir Erik erklärt, hat sich mein Besitz viel weiter erstreckt und Dutzende Gehöfte, kleinere und größere Ortschaften und zwei Städte beinhaltet. Die Icons, die vor mir entstehen, als ich die alte Schrift auf dem Grenzstein lese, bestätigen dies. Das eine Icon erlaubt mir, die Festung Eisrabe in Besitz zu nehmen. Es ist rot umrandet, konzentriere ich mich darauf, sagt es mir, dass ich die Queste »Der Fluch des Hauptmannes« lösen muss, bevor ich die Burg in Besitz nehmen kann.

Das Icon darunter trägt das Symbol der kleinen Ortschaft Marensfurt und ist ausgegraut.

Dunkle Wolken über Marensfurt.
Seit Jahrhunderten liegen dunkle Wolken über der Ortschaft Marensfurt. Die Ernte gedeiht nicht, unheimliche Wesen machen das Land unsicher. Niemand beansprucht dieses Land für sich, sodass es ein Zufluchtsort für Flüchtlinge, Vertriebene und Gesetzlose geworden ist. Die Menschen hier haben jede Hoffnung verloren.

Um dieses Land in Besitz zu nehmen, musst du ihnen wieder Hoffnung geben.

Belohnung: Variabel.

Nimmst du diese Queste an?	*Ja*	Nein

Nun, das trifft sich; Marensfurt ist eh mein nächstes Ziel.

8 Die Gebrüder Holzmann

Doch bevor ich weitergehe, will ich wissen, wohin der kaum zu erkennende Pfad führt, der direkt hinter dem Grenzstein nach rechts von dem Weg abgeht.

Wie ich bald herausfinde, folgt er dem Bach. Pfad und Bach führen mich eine halbe Stunde später zu den überwucherten Ruinen eines großen Anwesens. Die stabilsten Mauern finde ich nahe dem Bach und in diesem, von Moos bewachsen, zwei Mühlsteine, die noch immer aufeinanderliegen, einen Mühlteich, aufgestaut von großen Steinen, von denen sich einige bereits gelöst haben und nun im Bach liegen und von der Strömung umspült werden.

Eine steinerne Treppe führt in den ersten Stock, von dem nur noch eine Ecke bei dem Treppenabsatz erhalten ist, und von hier aus kann ich die Grundmauern des Anwesens gut erkennen. Ein großes Haupthaus, mehrere Nebengebäude.

Eine große Mühle.

Es fällt mir leicht, mir vorzustellen, was hier einmal gestanden hat. Ich kann fast die großen Wagen sehen, die hier, hoch mit Korn beladen, eingefahren sind, den Müller und seine Gesellen, das große Rad, das sich langsam dreht, um das Korn zu mahlen.

Doch jetzt ist es still, ich sehe nur einen Fuchs, der sich dort am Waldrand durch das Gebüsch schleicht.

Ein Overlay erscheint über den Gebäuden, zeigt mir, wie es hier aussehen würde, wäre die Mühle wiederaufgebaut. Haupthaus, Kornspeicher, Mühle, Stallungen.

Ich brauche Mengen von Holz und Stein, vier Wagen, acht Pferde, einen Architekten, einen Müller, zwei Gesellen, neun Knechte und sechs Kutscher.

Und dreihundertachtzig Gold.

Ich besitze sechs Goldstücke. Das, denke ich mir, ist noch nicht einmal ein Anfang.

Wenn ich mich darauf konzentriere, finde ich in der oberen

rechten Ecke meines Blickfelds das Log-out-Icon. Es ist ausgegraut. Mit gutem Grund, im Moment würde ich es nicht überleben, das Spiel zu verlassen. Mit etwas Glück wird es mir in drei bis vier Monaten möglich sein, diesen Knopf zu drücken.

Die Festung wiederaufzubauen oder gar nur die Mühle hier, wird wahrscheinlich länger dauern, als ich Zeit im Spiel habe. Wenn ich es überlebe und mein Körper nicht doch noch aufgibt, bevor die Therapie erfolgreich ist.

Auf der anderen Seite habe ich auch nichts Besseres vor.

So versunken bin ich in diese neue Welt, dass ich die grundsätzlichsten Dinge ignoriere. Ich bin so beschäftigt mit dem Menü der Mühle, dass das leise Knirschen hinter mir die einzige Warnung ist, die ich erhalte.

Es ist mehr Instinkt als alles andere, was mich zur Seite rollen lässt, sodass das rostige Schwert mich um Haaresbreite verfehlt. Der Fußtritt nicht. Er wirft mich mit ungeheurer Wucht zurück, was nur deshalb von Vorteil ist, weil die Axt, die von der anderen Seite kommt, mich so um Haaresbreite verfehlt.

Der Aufprall auf einen Mauerrest treibt mir die letzte Luft aus den Lungen, und es gelingt mir gerade so, zur Seite zu rollen und damit der Axt ein zweites Mal auszuweichen.

Es sind zwei.

Sollten Skelette nicht langsam und träge sein? Irgendwie unglücklich daherstolpern? Die ersten Skelette im Kerker haben diesen Eindruck bestätigt, diese beiden hier führen ihn ad absurdum.

Beide Skelette sind gut zwei Meter groß und tragen noch die zerfallenen Reste ihrer Kleidung. Ihren Balken zufolge handelt es sich um:

Zorniger Müller		Stufe	**14**
Name	***Gregor Holzmann***		
Rasse	rebellischer untoter Müller. Gegen Meister aufgelehnt!		

Zorniger Müller	Stufe	**11**
Name	***Adalbert Holzmann***	
Rasse	rebellischer untoter Müller. Gegen Meister aufgelehnt!	

Gregor ist das Skelett mit dem Zweihandschwert, mit dem er ganz und gar nicht ungeschickt umgeht. Adalbert ist der Axtschwinger, und offenbar hält er mich für einen Baum, er haut zu, als wolle er mich fällen.

Sollte er mich treffen, wird ihm das mit großer Wahrscheinlichkeit auch gelingen. Jetzt stammelt er etwas Unverständliches und deutet mit der Axt auf mich. Entweder beschwert er sich, dass ich ihm nun schon zweimal ausgewichen bin, oder er will etwas anderes von mir. Da ich nicht weiß, was das sein kann, gehe ich von Option Nummer eins aus.

Aber da man schon mit mir reden will …

»Hey, Jungs«, rufe ich. »Kann man das auch friedlich regeln?«

Gregor gibt mir mit einem Wutschrei Antwort, also wohl nicht.

Immerhin gibt mir das kleine Intermezzo die Gelegenheit, aufzustehen und mein Schwert zu ziehen. Ich habe auch gehofft, dass ich die Magie erkennen kann, die diese beiden Skelette animiert, und vielleicht auch wie bei Erik stehlen kann. Doch wie bei Hauptmann Loris kann ich hier nichts tun, bevor ich das Land von seinem Fluch befreie.

Im Moment sehe ich die Chancen dazu schwinden.

Doch Adalbert, der gerade seine Axt erhoben hat, lässt diese sinken und gestikuliert in meine Richtung. Für mich klingen die durch eine verrottete Zunge verursachten gutturalen Laute unverständlich, doch sein Bruder scheint ihn bestens zu verstehen.

»Hurgh!?«, meint jetzt Gregor und deutet auf mein Schwert.

Ich bin nicht so bescheuert, es ihm zu geben, doch ich halte es hoch, damit er es besser sehen kann.

Er beugt sich vor, grunzt etwas, gibt seinem Bruder ein Zeichen, und beide knien sich vor mich hin und senken ihre Köpfe.

»So«, sage ich und kratze mich verwirrt im Nacken. »Und wie erfahre ich jetzt, was hier eben gerade geschehen ist?«

Mit viel Geduld, Gebärdensprache und gutturalen Grunzlauten. Eigentlich ganz einfach. Die Gebrüder Holzmann haben hier eine Mühle betrieben. Meine Schwester im Spiel hat sie verflucht. Die Holzmann-Brüder waren zu stur, sich unter die erzwungene Herrschaft meiner Schwester zu fügen, und haben aufbegehrt. Als sie mich gesehen haben, dachten sie, ich wäre meine Schwester, und sie waren sauer. Adalbert kennt mein Schwert von meinem Vater und wusste, dass Maguela es nicht führen konnte.

Problem gelöst. Alles gut. Nichts geschah, außer ein paar Kratzern und dass sie mir einen tüchtigen Schrecken eingejagt haben.

Es ist zudem beeindruckend zu sehen, wie gut skelettierte und noch teilweise mumifizierte Gesichter imstande sind, verlegen und betreten dreinzuschauen!

Nachdem sie mir ein Versprechen abgenommen haben, den Fluch von ihnen zu nehmen, trennen sich unsere Wege wieder.

Ach ja. Den Kampf mit den beiden hätte ich nicht gewinnen können.

Man kann sie nicht besiegen. So einfach ist das. Vom System nicht vorgesehen. Der Fluch lässt es nicht zu. Adalbert hat es mir bei Gregor demonstriert und seinem Bruder den Kopf abgeschlagen und dann wie einen Fußball durch die Gegend gekickt.

Der Kopf kam nur Sekunden später schon wieder zurück auf Gregors Schultern geschwebt.

Offenbar sind die beiden auch schon auf die Idee gekommen, sich auf diese Weise dem Fluch zu entziehen, doch was immer sich meine Schwester (oder der Spielleiter) mit diesem Fluch hat einfallen lassen, ist wohl ein ganz besonderes Kaliber.

Ob es mir gelingt, den Fluch zu brechen, das kann ich natürlich nicht versprechen, doch dass ich es versuchen werde, das schwöre ich den beiden.

Gregor gibt mir noch einen Beutel mit Wegzehrung mit, ich sage nichts und lächele nur freundlich, als ich das Geschenk annehme, und warte, bis ich außer Sichtweite bin, bevor ich nachsehe.

Wie nicht anders zu erwarten, ist das, was sich in dem Beutel befindet, kaum mehr noch als Nahrung erkennbar, das grüne Stück hier könnte vor langer Zeit verschimmeltes und eingetrocknetes Brot gewesen sein.

Wie sagt man so schön, der Gedanke zählt.

9 Das Gasthaus Toter Eber

Ich folge dem Pfad zurück zum Weg und diesem weiter, tiefer in das Tal herab. Der Wald weicht offenem Gelände, überall findet sich wilder Weizen, der im Licht der Sonne, die nun nahezu senkrecht steht, golden glänzt.

In der Ferne wird das Tal von Bergen begrenzt, doch das Tal selbst ist zum größten Teil flach, nur hier und da zeigen sich sanfte Hügel, oftmals bewaldet, ab und zu sehe ich auf einem dieser Hügel die Ruinen von alten Wachtürmen. Mehr als die Grundmauern sind kaum erhalten.

In der ganzen Zeit bin ich außer den Müller-Brüdern niemandem begegnet. Die Tiere, die ich sehe, sind nicht sehr scheu und scheinen keine Angst vor Menschen zu haben. Fürchte schon, dass die gesamte Gegend von Menschen verlassen ist, doch dann sehe ich in der Ferne zwei Rauchfahnen, die senkrecht in den Himmel steigen, um sich dann in der Höhe zu zerfasern und zu verblassen. Ich hoffe, die Rauchfahnen zeugen auch von lebenden Menschen, ich wüsste jedenfalls keinen Grund dafür, warum sich Untote an einem Feuer wärmen sollten.

Nach einer gewissen Zeit fange ich an, den Weg ins Tal zu genießen. Die Luft ist klar und frisch, die Farben satt, und überall gibt es Leben.

In der Ferne sehe ich dreimal einen großen weißen Wolf, zu weit entfernt, als dass ich etwas über ihn in Erfahrung bringen kann, abgesehen davon, dass er mir über eine gewisse Strecke folgt, bis der Wald lichter wird und Feldern weicht.

Der Weg führt in die richtige Richtung, ich folge ihm weiter, bis ich die Ortschaft vor mir liegen sehe.

Marensfurt.

Es ist leicht zu sehen, dass der Ort einst wesentlich größer gewesen ist. Die Ruinen und die Grundmauern vieler Gebäude sind noch immer zu erkennen, obwohl die Natur sie schon längst zurückerobert hat.

Es hat hier einst einen niedrigen Wall gegeben, von ihm sind noch Reste erhalten. Vor einiger Zeit hat jemand versucht, auf diesen Resten einen Palisadenwall zu errichten, doch auch dieser ist bereits zerfallen, nur hier und da ragt noch ein grauer, angespitzter Baumstamm schräg in den Himmel, die meisten sind bereits gefallen und von Gras und Sträuchern überwuchert.

Das Tor hat einst aus zwei niedrigen Türmen bestanden, der rechte Turm ist ebenfalls schon vor langer Zeit zerfallen, der linke ist notdürftig instand gesetzt. Eine Plattform im zweiten Stock ermöglicht einen Überblick über die nahe Gegend, doch als ich näher komme, stelle ich fest, dass der Turm nicht besetzt ist. So, wie es aussieht, entspricht der Ort nicht so ganz Eriks Beschreibung.

Marensfurt.
Kleine Ortschaft.
Nicht beansprucht.
Einwohner: 27/1200

Das passt zu dem, was ich sehe. Ich zähle nur eine Handvoll Gebäude, die noch in benutzbarem Zustand sind. Sie sind alle um den alten Marktplatz angeordnet, der Grund dafür ist wahrscheinlich der Brunnen in der Mitte des Platzes.

Wenigstens gibt es hier Leben. Ich sehe zwei Hunde, die faul in der Sonne liegen, Hühner, die frei umherlaufen, und in einem Gehege neben dem größten Haus im Ort finde ich eine fette Sau mit einem halben Dutzend Ferkel, die sich träge im Schlamm suhlen.

Zwei gesattelte Pferde stehen an der Tränke vor dem großen Gebäude, das mir nach einem Gasthof aussieht. Irgendwann ist dieses Gebäude größer gewesen, jetzt ist das obere Stockwerk nur noch zum Teil erhalten, und im hinteren Teil ist das Dach notdürftig geflickt.

Das Schild vor dem Gasthof zeigt einen toten Eber. Aus dem niedrigen Haus auf der anderen Seite klingt das Schlagen von Metall auf Metall, anhand der Rauchwolke, die dort aufsteigt, schließe ich, dass es sich um eine Schmiede handelt.

Der Zähler steht mittlerweile auf zwölf Stunden, doch jetzt

kann ich darauf hoffen, hier etwas zu essen und ein Bett zu finden. Ich stoße die Tür zum Gasthof auf und gebe meinen Augen einen Moment Zeit, um sich an die Dunkelheit hier zu gewöhnen.

Ich stehe in einem Gastraum, der in etwa dem entspricht, was ich erwartet habe. Ein paar stabile Tische und Bänke, eine niedrige, von schweren, altersschwarzen Eichenbalken gehaltene Decke, rechts und links befinden sich zwei große Kamine, die den Raum auch im Winter warm halten werden, und mir gegenüber sehe ich die große breite Theke und sechs Fässer, die an der hinteren Wand gestapelt sind.

Eine geschlossene Tür führt tiefer in das Innere des Gasthofs, wahrscheinlich liegt dort die Küche, und auf der rechten Seite führt eine Treppe hinauf ins obere Stockwerk.

Was ich nicht sehe, sind Menschen.

Alles weist darauf hin, dass es hier Menschen gibt. Ein Tuch liegt auf der Theke, als ob der Wirt eben erst damit die Theke geputzt hätte, auf dem Tisch rechts vom Eingang befindet sich Geschirr mit Essensresten und zwei Steinkrügen. Über der Theke brennt eine kleine Öllampe, denn durch die schmalen Fenster kommt nur recht wenig Licht.

Ein einzelner, einfacher Holzschuh liegt vor der Treppe auf dem Boden, und ich höre ein leises Wimmern über mir.

Die alten Holzbalken knarzen leise, als ich die Treppe hinaufschleiche, doch niemand scheint darauf zu achten.

»Hab dich nicht so«, höre ich die amüsierte Stimme eines Mannes aus dem Zimmer, aus dem auch das Wimmern kommt. »Wir werden einfach ein wenig Spaß haben.«

»Ich weiß nicht, weshalb du dich so anstellst«, sagt ein anderer. »Das Spiel ist erst ab achtzehn freigegeben, und du bist eine NSC, du bist doch darauf programmiert!«

Als ich die Tür auftrete, finde ich zwei Männer vor. Einer von ihnen hält auf einem einfachen Bett eine sich windende junge Frau fest, der andere hat ihr die Röcke hochgeschoben, und seine Hose liegt bereits auf dem Boden.

Auf dem Boden vor der linken Wand liegt, blutig zusammengeschlagen, gefesselt und geknebelt, ein Mann um die vierzig Jahre, dessen eines, nicht zugeschwollenes Auge entsetzt geweitet ist, während er verzweifelt an seinen Fesseln zerrt.

»Hi!«, sage ich freundlich, als ich mein Schwert ziehe. »Ich hoffe, ich störe?«

Untat im Toten Eber.
Der Wirt des Toten Ebers und seine Tochter sind Opfer eines Überfalls. Willst du ihnen helfen?
Wenn du diese Queste annimmst, sind die üblichen PVP-Regeln außer Kraft gesetzt, und du kannst die Angreifer töten, ohne daraus einen Nachteil für deinen Ruf zu erfahren.

Zur Hölle mit diesen Arschlöchern!!	Ja!!	Nein

Im gleichen Moment stelle ich bei beiden Spielern einen roten Umriss fest. Doch noch immer reagieren sie sehr langsam, obwohl ich gedacht hätte, dass ich mit dem Eintreten der Tür genügend Lärm verursacht habe, um sie zumindest für einen Moment von ihrem Vorhaben abzulenken.

Der Mann, der die junge Frau festhält, sieht mich als Erster. Als ich mich auf ihn konzentriere, sehe ich seinen Namen über ihm auftauchen.

Loverboy2002		Stufe	5
Rasse	Mensch/Spieler		
Klasse	Krieger		

Seine Augen weiten sich, als er Eisfang in meiner Hand sieht. »Hey!«, ruft er. »Was willst du von uns, das sind nur NSC!« Er lässt die Frau los und rollt sich zur Seite, um sein eigenes Schwert zu ziehen. Ein Fehler, wie es sich herausstellt, denn die junge Frau greift nun mit beiden Händen in seine Haare und zerrt ihn zurück, sodass er das Gleichgewicht verliert und polternd neben dem Bett zu Boden fällt, das eben gerade gezogene Schwert unter ihm begraben.

So, wie die Frau ihn an den Haaren zurückzieht, ist seine Kehle offen und überdehnt.

Eine Blöße, die ihn das Leben kostet, da ich nicht zögere, sie auszunutzen. Eisfang beschreibt einen schimmernden Halbkreis in der Luft, in einem Nebengedanken stelle ich fest, wie realistisch das Blut spritzt, die junge Frau lässt ihn los, und er sackt röchelnd neben dem Bett in sich zusammen, beide Hände verzweifelt an seine Kehle gelegt.

Es hilft ihm nicht viel.

Angriff einhändige Waffe
Überraschungsangriff: Schaden x 2
Kritischer Treffer: Schaden x 3
Ziel unfähig auszuweichen
Automatischer tödlicher Treffer.
Loverboy2002 stirbt.

Der andere Spieler hat sich den klangvollen Namen Strongman ausgesucht. Er ist Stufe 7 und hat jetzt auch begriffen, dass hier irgendetwas nicht nach Plan läuft. Er rollt sich fluchend zur Seite, während er versucht, seine Hose hochzuziehen. Stelle ungläubig fest, dass er bei der Charaktererschaffung zumindest ein Körperteil gemaxt hat, er ist gebaut wie ein Pferd. Allerdings scheint ihm eben gerade überraschend schnell die Lust zu vergehen.

Mit der Hose liegt sein Schwertgurt auf dem Boden, vielleicht hätte er besser nach diesem greifen sollen. Ich sehe keinen Grund zu warten, bis er seine Hose wieder hochgezogen oder sich bewaffnet hat.

Ich bin im Nahkampf ausgebildet und kenne mich mit Messern besser aus als mit Schwertern. Der Nahkampf mit einem Messer ist schnell, blutig, und meist gewinnt der, der bereit ist, Verletzungen hinzunehmen, und am brutalsten ist.

Im Vergleich dazu sieht es geradezu elegant aus, wie Eisfang in meiner Hand herumschwingt, meine Schulter, Ellenbogen, Hand und Schwert eine gerade Linie bilden, die mit Eisfangs Spitze in seinem linken Auge endet.

Als Eisfangs Spitze aus seinem Hinterkopf herausbricht, erfahre ich, dass ich einen gezielten Angriff erfolgreich ausgeführt habe. Kopftreffer scheinen automatisch einen höheren Schaden anzurichten, und ein Treffer im Auge ist kritisch.

Angriff einhändige Waffe

...

Strongman stirbt.

Okay. Das ging schneller als erwartet. Und einfacher. Das zumindest haben Schwert und Messerkampf gemeinsam. Es ist meistens in Sekunden vorbei.

Trete einen Schritt zurück, senke mein Schwert und lasse Strongman von der Klinge rutschen.

Die junge Frau und der Mann schauen mich mit großen Augen an, die Queste »Untat im Toten Eber« wird mir als erledigt angezeigt, und Loverboy2002 leuchtet kurz golden auf, bevor er spurlos verschwindet, doch er lässt seine Stiefel und eine Handvoll Münzen auf dem Boden zurück.

Einen Augenblick später verblasst auch Strongman in einem goldenen Licht, er hinterlässt einen Brustpanzer.

»Götter!«, entfährt es der jungen Frau, während sie sich hastig ihre Kleidung zurechtzieht. »Wer seid Ihr?« Sie wartet meine Antwort nicht ab, sondern kniet sich neben den Mann an der Wand und zerrt an seinen Fesseln herum. Die Knoten haben sich festgezogen, und sie zuckt zurück, als sie Eisfangs Klinge sieht, doch ich benutze sie nur, um die Fesseln des Mannes durchzuschneiden.

Sehe mich in dem einfach eingerichteten Raum um. Es muss ihr Zimmer sein, denn in dem halb offenen Schrank neben dem Fenster an der Stirnseite des Raums sehe ich einfache Kleider hängen.

»Ihr habt uns das Leben gerettet«, bringt der Mann mühsam hervor, nachdem er sich von seinem Knebel befreit hat. »Nennt uns Euren Namen, Herrin, damit wir wissen, wem wir danken können!«

»Vielleicht«, sage ich sanft, »sollten wir das später besprechen, nachdem Ihr Euch gewaschen und neu eingekleidet habt.« Schenke beiden ein aufmunterndes Lächeln, stecke Eisfang wieder in seine Scheide zurück und gehe zur Tür. »Ich werde unten warten.«

In Anbetracht der Umstände denke ich, dass der Wirt nichts dagegen haben wird, wenn ich mich selbst bediene. Das linke

Fass hinter der Theke enthält Bier, ich lasse mir einen Steinkrug mit einem Zinndeckel volllaufen und setze mich an den Tisch, der der Theke am nächsten ist, die Ecke von Theke und Wand in meinem Rücken, den Blick auf den Eingang gerichtet. Wobei ich jetzt erst feststelle, dass ich die Tür nicht hinter mir geschlossen habe.

Ich trinke einen tiefen langen Schluck von dem Bier, das auf meiner Zunge eine Geschmacksexplosion auslöst, und frage mich, wie lange die Entwickler gebraucht haben, bis das Bier im Spiel besser als deutsches Importbier schmeckt.

Die offene Tür stört mich, also setze ich meinen Steinkrug ab und gehe zur Tür. Die beiden gesattelten Pferde stehen immer noch dort.

Das Spiel teilt mir mit, dass es sich um Reitpferde der Stufe 1 handelt. Die Besitzer sind Loverboy und Strongman, und ich werde gefragt, ob ich die beiden Pferde als Beute beanspruche, da ich die beiden Spieler im Kampf bezwungen habe.

Wie üblich beantwortet das Spiel die Frage genauso schnell, wie ich sie habe lesen können. Ich werde später noch Zeit haben, mir meine neuen Pferde genauer anzuschauen, für den Moment schließe ich die Tür und kehre zu meinem Sitzplatz zurück.

Als ich wieder nach dem Steinkrug greife, stelle ich fest, dass meine Hände zittern. Kenne das Gefühl, es ist das überschüssige Adrenalin, das meine Hände zittern und meinen Puls rasen lässt. Wieder stelle ich fest, wie realistisch das Ganze ist, vielleicht realistischer, als ich es mir wünsche.

Lege meine Hände in den Schoß und halte sie fest, als ob ich das Zittern mit purer Willenskraft beenden kann. Es ist weniger das, was eben geschehen ist, als eine Erinnerung an eine Hütte in der Ukraine, an die beiden jungen Frauen, die wir dort vorgefunden haben. Wir hatten nicht von ihnen gewusst, aber selbst wenn, wären wir zu spät gewesen. Was man ihnen angetan hat, hat mich lange in Albträumen verfolgt.

Das war kein Spiel gewesen, sondern bittere Realität.

Doch wie ich mich gerade fühle, sehe ich nun nicht mehr den geringsten Unterschied. Der Ausdruck auf dem Gesicht des einen jungen Mädchens, ich habe ihn eben bei der jungen Frau oben in dem Zimmer wiedergesehen. Wo ist der Unterschied, wo liegen hier die Grenzen?

Diana.

Es dauert länger als erwartet, bestimmt eine halbe Minute, bevor Diana neben mir auftaucht. Sie lächelt mich mit professioneller Freundlichkeit an.

»Hallo, Alexandra«, begrüßt sie mich, während sie sich neugierig in dem leeren Gastzimmer umschaut, um sich dann einen Stuhl heranzuziehen und an den Tisch zu setzen. »Wie kann ich helfen?«

»Ich habe eine Frage hinsichtlich der NSC.«

Sie nickt, noch immer mit diesem freundlichen Lächeln. »Stell deine Frage.«

»Es hört sich vielleicht dumm an, aber ... Wissen die NSC hier, dass sie NSC sind?«

»Selbstverständlich nicht«, erklärt sie mir mit einem gewissen Stolz. »Jeder NSC, den du hier antreffen wirst, verfügt über ein ausgearbeitetes Persönlichkeitsprofil, das das Ergebnis vieler Tausender Persönlichkeitsanalysen ist. Du erinnerst dich daran, dass du dich einer Persönlichkeitsanalyse unterziehen musstest, bevor du Zugang zum Spiel erhalten hast? Die Persönlichkeiten unserer NSC sind auf Grundlage dieser Analysen erstellt worden, um die Einwohner dieser Welt so menschlich wie möglich zu gestalten. Das Spiel ist zwar erst seit Kurzem aktiv, doch jede Person hier besitzt eine vollständige Vorgeschichte und damit eine Erinnerung an ihr Leben, von der Kindheit an bis zu diesem Zeitpunkt.«

»Sie glauben, sie sind Menschen?«, frage ich ungläubig nach. Ich weiß nicht, warum es mir so schwerfällt, das zu akzeptieren, obwohl es doch genau das ist, was ich befürchtet habe.

»Ja«, nickt Diana. »Zumindest diejenigen, die Menschen sind. Kathili halten sich natürlich für Kathili, wie Elfen sich für Elfen halten. Ich weiß, dass ich kein Mensch bin, doch das liegt an meiner Funktion hier im Spiel. Dennoch fühle ich mich so. Ich glaube sogar daran, dass ich eine Seele besitze.« Sie zuckt mit den Schultern. »Dass ich weiß, dass ich ein Programm bin, ändert nichts an dem, was ich fühle.« Ihr Lächeln wird breiter. »Hier im Spiel gibt es keinen großen Unterschied zwischen uns beiden. Wir werden beide vom gleichen Quantencomputer simuliert.«

Ich denke an meinen fast toten Körper und bin mir nicht sicher, ob ich widersprechen kann.

»Das bedeutet also auch, dass NSC simulierte Gefühle besitzen?« Ich frage noch einmal nach, weil ich sicher sein will.

»Nein, Alexandra«, antwortet Diana ernst, und ihr Lächeln schwindet. »Unsere Gefühle sind nicht simuliert. Wir haben sie. Genau wie ihr Spieler auch. Wir können lachen, weinen, lieben und hassen. In dieser Beziehung bin ich durch meine Funktion eingeschränkt, mir wurde eine sehr eng umfasste Aufgabe zugewiesen, sodass es mir in gewissen Bereichen an Empathie mangelt. Doch die Menschen in dieser Welt wissen nichts von der anderen Welt, sie kennen nur diese. Sie haben ihr gesamtes Leben hier verbracht, und mit der Zeit wirst du feststellen, dass sie sich kaum von dir unterscheiden. Es gibt nur zwei Unterschiede zwischen uns. Der eine Unterschied besteht darin, dass sie in einem Quantencomputer leben und nicht in deiner alten Welt.« Sie beugt sich etwas vor. »Ich habe Teile deiner Welt gesehen, Alexandra. Diese hier gefällt mir besser. Hast du sonst noch Fragen?«

»Ja«, sage ich hastig, da ich oben die Tür gehen höre. »Was wissen die NSC über die Spieler?«

»Noch nicht sehr viel. Nur dass es Legenden über Menschen gibt, die von den Göttern verflucht sind, nicht zu sterben und ständig wiedergeboren zu werden. Wir nennen Spieler hier Wiedergänger, und das Wort hat einen unheimlichen Beigeschmack. Möchtest du mir einen Gefallen tun?«

»Gerne«, sage ich. »Welchen?«

Diana schaut zur Treppe hoch und dann wieder zu mir zurück. »Mach dir keine Gedanken um diese beiden. Sie können mich nicht sehen und … Oh.« Ihr Lächeln erstarrt auf ihrem Gesicht, und sie schaut mich mit weiten Augen an. »Ich habe eben gesehen, was hier geschehen ist«, sagt sie und schluckt. »Ich danke dir dafür, was du für sie getan hast. Was den Gefallen angeht … höre auf damit, uns als NSC zu sehen. Wir sind die Einwohner dieser Welt. Der andere Unterschied zwischen uns und euch besteht nur darin, dass wir sterben können. Ihr nicht. Zumindest nicht hier. Sind deine Fragen damit beantwortet?«

Ich nicke nur.

Dianas Augen werden feucht, als sie zusieht, wie die junge Frau dem Mann dabei hilft, die Treppe hinunterzugehen. Man kann ihm ansehen, dass jeder Schritt ihm Schmerzen bereitet. »Hilf ihnen, so gut du kannst, Alexandra«, sagt sie dann leise. »Es sind gute Menschen, sie verdienen ein besseres Leben als dieses hier. Hier ist etwas für dich, das helfen kann.«

Damit verschwindet sie und lässt mich nachdenklich, sprachlos und zugleich betroffen zurück.

Eine neue Systemnachricht taucht in einem Rahmen vor mir auf, obwohl ich die Benachrichtigungen in den Hintergrund geschoben habe.

Untat im Toten Eber
Du hast den Auftrag erfolgreich abgeschlossen.
Als Belohnung erhältst du Erfahrungspunkte und den folgenden Zauber.

Zauber	***leichte Wunden heilen***	Zauberschule: Restauration

Dieser Zauber gehört zum Grundstock eines Heilers. Mit ihm bist du imstande, leichte Wunden wie kleinere Schnitte, Prellungen und Verstauchungen zu heilen. Dieser Zauber ist, bis auf wenige Ausnahmen, Gläubigen bestimmter Götter vorbehalten.

Es ist möglich, diesen Zauber umzukehren und ihn als *leichte Wunden schlagen* zu benutzen, jedoch wirst du dich bei Missbrauch dieses Zaubers gegenüber deinem Gott verantworten müssen.

Dieser Zauber besitzt keine Stufe und wird immer zwischen 5 % und 10 % der Lebenspunkte des Ziels heilen, sofern die Voraussetzungen für den Zauber erfüllt sind.
Das Ziel muss mit der bloßen Hand berührt werden.

Stufe	Reichweite	Dauer	Ziel	Manakosten
n/a	Berührung	permanent	Lebewesen	40

Ding!

Du hast soeben einen Zauber aus der Schule der Restauration erlernt und somit Zugang zur Schule der Restauration auf Stufe 1 erhalten.

In Zukunft fällt dir das Erlernen oder Wirken von Zaubersprüchen dieser Schule leichter.

Basisbonus auf das Wirken oder Erlernen von Zaubern dieser Schule: 20 % plus 5 % je Stufe

Danke, Diana. Ich habe das Gefühl, dass ich ihren Einfluss auf mein Spiel unterschätzt habe.

Der Name der jungen Frau ist Elena, und wie ich vermutet habe, ist der Wirt, Meister Joshua Beck, ihr Vater. Ich erfahre dies nicht, weil ich ihr Charakterblatt anschaue, sondern weil sie es mir erzählen.

»Es ist selten, dass Reisende hier durchkommen«, erklärt Elena mir, während sie die Hand ihres Vaters hält, als ob sie ihn nie wieder loslassen will. »Sie kamen mir von Anfang an seltsam vor, und die Art, wie sie mit uns gesprochen und mich angesehen haben, war mir unheimlich. Es hätte uns eine Warnung sein sollen, doch sie haben mich trotzdem überrascht. Vater versuchte mir zu Hilfe zu eilen, doch sie waren zu stark für ihn, und Meister Ribin hat uns nicht hören können. Wenn Ihr nicht gekommen wäret …« Ihre Stimme versagt.

»Meister Ribin ist der Schmied hier im Ort«, erklärt mir der Wirt und verzieht etwas das Gesicht, als er husten muss, offensichtlich leidet er unter Schmerzen. »Er ist schon etwas älter, doch diese Halunken hätten ihm nichts entgegenzusetzen gehabt.«

Ich nicke, ich bin schon gespannt darauf, diesen Schmied kennenzulernen, doch ich wende mich jetzt Elena zu. »Bin ich rechtzeitig gekommen?«

Einen Moment lang scheint sie nicht zu wissen, was ich meine, doch dann wird sie rot und nickt verschämt.

»Ja. Das seid Ihr. Einen Lidschlag später …« Sie verkrampft ihre Hände in dem Stoff ihres einfachen Kleids und holt tief Luft, um sich dann aufrecht hinzusetzen und mir in die Augen zu schauen. »Ich fürchte, Ihr habt Euch damit Feinde gemacht. Üble Feinde, wenn die Legenden tatsächlich wahr sind. Ihr habt gesehen, wie ihre Leichen in diesem goldenen Licht verschwunden sind? Diese beiden Schurken sind Wiedergänger, man kann sie nicht töten. Jedenfalls nicht für immer, sie kommen wieder in das Leben zurück.«

Obwohl sie sich Mühe gibt, ihre Fassung zu bewahren, kämpft sie sichtlich mit ihren Tränen und der Verzweiflung. »Sie werden wiederkommen. Wieder und wieder, bis sie ihr Ziel erreicht haben!«

Ja. Vielleicht. Es gibt überall Idioten und Arschlöcher, warum sollten nicht auch welche im Spiel zu finden sein. Doch so einfach, wie Elena dies darstellt, ist es nicht.

Den Tod eines Spielercharakters zu handhaben, ist eine der großen Herausforderungen für jedes Online-Spiel. Manche Spiele benutzen deshalb eine Permadeath-Einstellung, bei der ein Charakter nur ein Leben besitzt. In anderen Spielen kostet ein Tod Erfahrungspunkte.

Vorena Online geht einen etwas anderen Weg.

Sie zählen die Tode der Charaktere mit. Nach dem ersten Tod braucht es eine gewisse Zeit, bis der Spieler wiedergeboren werden kann. Diese Zeit verdoppelt sich mit jedem Tod, sodass man bald Stunden oder Tage warten muss, bevor man in das Spiel zurückkehren kann.

Ist man nicht dazu bereit, solange zu warten, kann man ein Zehntel seiner Erfahrungspunkte dafür ausgeben, nach zehn Minuten wiedergeboren zu werden. Allerdings setzt dies den Zähler nicht zurück, stirbt man erneut, wird man vor die Wahl gestellt, doppelt so lange wie zuvor zu warten oder eben wieder zehn Prozent seiner Erfahrungspunkte auszugeben.

Nur für jemanden, der von einem anderen Spieler grundlos angegriffen wird, also für die Opfer von PK, Player Killern, gilt eine andere Regelung, heimtückischer Mord an einem Charakter wird für das Opfer nicht mitgezählt.

Es gibt in Vorena keine PVP-Bereiche, jeder Spieler kann jeden anderen Spieler jederzeit angreifen, doch für PKs wird die Zeit für die Wiedergeburt noch einmal verdoppelt. Je höher ein Charakter ist, umso mehr wird sich der Spieler vorsehen. Die Meinung in den Foren dazu ist gespalten. Die einen sagen, dass es den Reiz des Spiels erhöht, dass man dadurch vorsichtiger und umsichtiger agiert, es allgemein ernster nimmt, wieder andere hassen die Idee.

PKs werden zudem noch vierundzwanzig Stunden nach einem ungerechtfertigten Angriff auf einen Spielercharakter mit einem roten Umriss markiert und dürfen von jedem Spieler innerhalb dieser Zeit ungestraft erschlagen werden.

Das Spiel wird erst um Mitternacht für die breite Öffentlichkeit freigegeben werden, was bedeutet, dass es sich bei diesen beiden Spielern um Betatester handeln muss, die wie ich vierundzwanzig Stunden früher in das Spiel kommen durften, also nehme ich an, dass ihnen diese Regeln bekannt sind.

Alleine, dass sie bereits Pferde besitzen, zeigt mir, dass sie sich im Spiel gut auskennen.

»Wenn sie wiederkommen«, verspreche ich Elena und ihrem Vater, »werden sie es bereuen.«

Ich kann Elena ansehen, dass sie mir gerne glauben will, jedoch anderes befürchtet. Bin jedenfalls erleichtert, dass ich Strongman rechtzeitig genug gestört habe. Es gab nur wenige Frauen in meiner alten Einheit, doch wir sind alle darauf vorbereitet worden, was geschehen konnte, wenn eine von uns in die Hände unserer Feinde fallen sollte.

Ich kann aus eigener Erfahrung sagen, dass es etwas hilft. Etwas. Jedoch nicht viel. Man sollte es sehen wie einen Unfall. Als ob einen ein Bus anfährt. Falscher Ort, falsche Zeit, einfach Pech gehabt. Es ist geschehen, man hat es überlebt, und es ist vorbei.

Man darf es nicht persönlich nehmen. Das Problem dabei ist, dass es sich verdammt noch mal zu persönlich anfühlt, wenn es einem dann geschieht. Therapie hilft, es in das rechte Licht zu rücken.

Doch von alledem weiß Elena nichts.

Wäre mein Log-out-Knopf nicht ausgegraut, hätte ich nichts dagegen einzuwenden, diese beiden Arschlöcher im realen Leben ausfindig zu machen und ihnen ein paar Wahrheiten zu erklären. Eindringlich und schmerzhaft. Es wäre nicht das erste Mal, dass Baseballschläger auf eine Art zum Einsatz kommen, für die sie ursprünglich nicht gedacht sind.

Aber hier und jetzt sind das nur meine Probleme. Elena ist nicht viel geschehen, und ich habe das Gefühl, dass sie es pragmatischer sieht als viele in meiner Welt. Doch ihr Vater hat sichtlich Schmerzen, auch wenn er es nicht zugeben will.

»Meister Beck«, frage ich vorsichtig, »gestattet Ihr mir, Euch etwas zu helfen? Es ist nicht viel, das ich zu tun vermag, doch ich hoffe, es hilft, bis Ihr einen Heiler findet.«

Er lacht bitter auf und verzieht das Gesicht, was er sogleich bereut. »Welcher Heiler? Die alte Irmgard ist vor vier Jahren gestorben, seitdem haben wir hier niemanden mehr, der sich in der Heilkunst auskennt. Aber ja, ich weiß nicht, was Ihr für mich tun könnt, aber jede Hilfe ist willkommen.«

»Dann reicht mir Eure Hand.«

»Welche?«, fragt er.

Ich lächele unwillkürlich. »Vielleicht beide?«

Er reicht mir seine Hände, ich nehme sie und wirke *Leichte Wunden heilen*. Es ist ein interessanter Effekt. Zum einen spüre ich, wie sich Wärme in meinen Händen sammelt, mehr in der linken Hand als in meiner rechten, um dann von mir zu ihm zu fließen. Ein silbernes Schimmern läuft über ihn, und in den nächsten Sekunden heilt der größte Teil seiner Verletzungen ab, als wären Tage seit dem Überfall vergangen und nicht nur knapp eine Stunde.

Ich schäme mich dafür, dass ich eine Spielerin bin, als ich zuerst das ungläubige und erleichterte Staunen in ihren Gesichtern sehe und dann die Verehrung, die ich jetzt in ihren Blicken erkenne.

»Götter!«, haucht Meister Beck, während Elena mich mit feuchten Augen anschaut, als wäre ich eine Heilige. »Wer seid Ihr? Seid Ihr eine Priesterin? An welchen Gott sollen wir unsere Gebete richten, um ihm unsere Dankbarkeit dafür zu zeigen, dass Er uns Euch in unserer Stunde der Not geschickt hat?«

»Mein Name ist Alexandra Eisrabe«, teile ich den beiden mit einem schiefen Lächeln mit. »Ich bin keine Priesterin, nur jemand, die über ein gewisses Talent in der Magie verfügt. Wenn ihr den Göttern danken wollt, dann dankt allen zugleich.«

»Eisrabe«, haucht Elena ungläubig, deren Augen sich nun stärker weiten, als ich es zuvor für möglich gehalten hätte. »Habt Ihr etwas mit der verfluchten Festung zu tun?«

Ich zucke verlegen mit den Schultern. Ich habe nicht die geringste Ahnung, welche Geschichten man sich hier über die Burg und ihren Fluch erzählt, und vor allem darf ich nicht vergessen, dass Flüche für die NSC … die Menschen dieser Welt real sind. »Nur in gewisser Weise. Ich bin entfernt verwandt mit dem Geschlecht, das hier einst herrschte, und ich bin gekommen, um den Fluch von diesem Ort zu nehmen.«

Meister Beck tastet noch immer seinen Körper ab, um zu überprüfen, ob seine Schmerzen tatsächlich vergangen waren, doch jetzt schüttelt er den Kopf.

»Das ist ein vergebliches Unterfangen, Herrin, das Ihr da auf Euch nehmen wollt. Ihr bräuchtet eine Armee dafür. Am besten eine Armee von Priestern, denn dieser Fluch lastet schon seit Jahrhunderten auf dieser Festung und wird von Jahr zu Jahr nur schlimmer. Er ist der Grund, weshalb Marensfurt verlassen ist. Das Tal hier ist fruchtbar und der Wald grün und dicht, mit jagdbarem Wild und mehr Holz, als man in einem Leben schlagen kann. Doch wir sind hier vom Glück verlassen. Wenn man hier sät, wird ein Hagel die Ernte vernichten, am Tag bevor man sie einbringen kann. Will man in dem Wald jagen, findet man nur Tiere, die von der Tollwut befallen sind, und wagt man sich gar in die Nähe der Festung, wird man den Ungeheuern zum Opfer fallen, die dieses verfluchte Gemäuer ihre Heimat nennen. Niemand, der die Festung auch nur gesehen hat, ist jemals von dort zurückgekehrt, und über die Jahre hat sich schon mancher tapfere Held daran versucht. Vielleicht, wenn Ihr einer dieser Wiedergänger wäret, dann wäre es vielleicht möglich, doch dieses Schicksal will ich keinem wünschen.«

»Vielleicht sind nicht alle Wiedergänger wie diese beiden hier«, sage ich. »Da sie nicht sterben können, wie Ihr sagt, vielleicht sind sie bereit, mir dabei zu helfen.«

Meister Beck schaut zweifelnd drein. Was verständlich ist,

da er bisher nur diese beiden Spieler kennengelernt hat, und ich will bei Gott hoffen, dass sie nicht alle solche Arschlöcher sind.

»Selbst wenn es so wäre, wird es nicht einfach sein. Dieses Land wird von niemandem beansprucht, der Fluch verhindert das. Der Seelenstein hier am alten Friedhof ist seit Jahrhunderten geborsten und kann nicht verwendet werden, bis das Land wieder einen Besitzer hat. Der nächste Seelenstein, von dem ich weiß, befindet sich in Arensvelt, der nächsten großen Stadt von hier, und diese ist zu Fuß zwei Tagesreisen weit entfernt. Auch wenn einer dieser Wiedergänger bereit sein sollte, Euch zu helfen, wird er es hassen, wieder und wieder diese Reise unternehmen zu müssen.«

Gut zu wissen. Das bedeutet, dass Loverboy und sein Freund so schnell nicht wieder hier auftauchen werden, zumal ich jetzt auch ihre Pferde besitze. Wenn ich schon an diese beiden denke …

»Wisst Ihr, was diese beiden hier gesucht haben? Soviel ich gesehen habe, gibt es kaum etwas hier, das als Grund dienen könnte, Wiedergänger hierher zu führen.«

Elena schnaubt abfällig. »Das, was alle Abenteurer hier suchen. Reichtum und Macht. Es heißt, dass in der Festung ein reicher Schatz verborgen ist. Oder aber sie gehören zu den Strauchdieben, die im Osten des Tals ihr Lager aufgeschlagen haben. Da dieses Land niemandem gehört, sind sie hier vor Verfolgung sicherer als an anderen Orten.«

»Ich wünschte nur, sie wären direkt zur Festung geritten, anstatt hier bei uns einzukehren, der Fluch hätte ihnen dann das Handwerk legen können, sodass meiner Elena all dies erspart worden wäre. O Götter«, unterbricht sich Meister Beck selbst, »ich sitze hier und tratsche wie ein altes Weib, lasse mich gar noch von Euch durch wundersame Magie heilen und denke nicht daran, ob Ihr etwas brauchen könnt? Vielleicht einen Wein? Etwas zu essen? Meine Elena kann Euch einen wunderbaren Hasenbraten zubereiten, diese beiden Schurken haben nicht alles von ihm aufgegessen. Und unser Bier ist das beste im ganzen Land, und ich wage sogar zu behaupten, dass es der einzige Grund ist, weshalb es uns hier noch gibt. Ich braue es selbst, zusammen mit dem alten Hans, und er sagt, es läge am Wasser hier, weshalb das Bier so schmeckt!«

»Ein Hasenbraten und ein Krug Bier wären mir willkommen«, antworte ich ihm höflich. »Vielleicht habt Ihr auch ein Bett für mich?«

Im letzten Jahr habe ich fast keine feste Nahrung zu mir nehmen können, nur einen Brei, der mir durch einen Schlauch in den Magen gepumpt wurde, da ich nicht mehr schlucken konnte, ohne dabei in Gefahr zu geraten zu ersticken.

Wie ich schon beim Bier festgestellt habe, haben sich die Entwickler Mühe gegeben, die Geschmacksnerven zu bezaubern. Wieder selbst essen zu können, jeden Bissen zu genießen, den Braten auf meiner Zunge zergehen zu lassen … Es fällt mir schwer, dieses Gefühl zu beschreiben.

Wenn ich sage, dass ich beinahe beim Essen einen Orgasmus bekommen habe, ist es jedenfalls nicht weit von der Wahrheit entfernt.

Obwohl es noch nicht Abend ist, fällt es mir nach dem Essen zunehmend schwerer, noch länger die Augen offen zu halten. Obwohl ich mich noch gerne weiter mit Meister Beck und seiner Tochter unterhalten hätte, um mehr über das Tal und den Fluch herauszufinden, zieht es mich dann doch in mein Bett.

Die beiden geben sich sehr viel Mühe, mir den Aufenthalt in ihrem Haus so angenehm wie möglich zu gestalten. Sie geben mir ihr bestes Zimmer, die Leinen sind sauber und frisch gestärkt, die Matratze mit frischem Heu gefüllt, und Kräuter hängen von der Decke meines Zimmers, um diesem einen guten Geruch zu geben.

So müde, wie ich bin, hätte ich auch auf dem Boden schlafen können, doch so kann ich mich wohlig strecken, schließe nur kurz die Augen und schlafe schneller ein, als ich bis eins zählen kann.

10 Besser als gut

Ich weiß nicht, ob er mich im Schlaf geholt hat oder in dem kurzen Moment, bevor ich glaubte, eingeschlafen zu sein, doch ich finde mich in einem Zimmer wieder, das ich kenne. Am Anfang, als es mir noch besser ging und ich zumindest noch im Rollstuhl sitzen konnte, habe ich hier meine Besucher empfangen.

Es gibt hier ein großes Panoramafenster, das den Blick auf den Campus der Universität freigibt, in deren Klinikum ich mich befinde.

Vier bequeme Ledersessel stehen um den Konferenztisch herum, die Stirnseite ist von zwölf Monitoren belegt, die alle unterschiedliche Daten zeigen, links hinten steht eine Kaffeemaschine mit voller Kanne, der Geruch von frisch aufgebrühten Bohnen steigt mir in die Nase.

Es gibt nur einen Hinweis, dass dies nicht die Realität ist, ich stehe auf meinen eigenen zwei Beinen und trage ein elegant geschnittenes Businesskostüm, das ich mir von meinem Sold nie hätte leisten können.

Dr. Jensen hält eine Kaffeetasse in der Hand und steht vor dem großen Fenster, schaut auf den Campus hinaus. »Nehmen Sie sich auch eine Tasse«, bietet er mir an und weist mit einer nachlässigen Geste auf die Kaffeemaschine, ohne seinen Blick von dem Geschehen auf dem Campus abzuwenden. »Der Kaffee ist vorzüglich.«

Ich glaube es ihm gerne und schenke mir eine Tasse ein. Ich halte sie in der Hand, als ich mich neben ihn ans Fenster stelle.

Einen langen Moment sagt er nichts, dann deutet er mit seiner Tasse auf den Campus vor uns. Es ist Sommer, und das Gelände ist voller Leben und junger Menschen, viele sitzen in kleinen Grüppchen im Gras unter Bäumen und studieren ihre Pads.

»Das ist Echtzeit«, meint er dann. »Wenn Sie wollen, können wir uns sogar unter sie mischen, nur wird uns niemand sehen können.«

»Nein, danke«, sage ich und nippe an meinem Kaffee. Dr. Jensen behält recht, der Kaffee ist vorzüglich. »Warum haben Sie mich hergeholt? Stimmt etwas nicht?«

Er wirft mir einen überraschten Blick zu und schüttelt dann hastig seinen Kopf. »Nein, Alexandra, es ist alles in Ordnung. Tatsächlich besser als nur das. Unser kleines Experiment hat alle Erwartungen weit übertroffen.« Er lächelt mir zu. »Sie haben nun die Ehre, der erste Mensch zu sein, der zu einhundert Prozent in eine virtuelle Welt integriert wurde. Es ist noch etwas zu früh, um es mit Bestimmtheit zu sagen, doch alles deutet darauf hin, dass dieses Experiment erheblich zur Regeneration und Stimulation Ihrer Nervenbahnen beiträgt. Die Kollegen von der Neurochirurgie sind ganz aufgeregt, sie sagen, sie haben so etwas noch nie gesehen. Es ist alles gut, Alexandra. Besser als gut.«

Ich atme erleichtert aus und schaue ihn dann fragend an. »Weshalb dann?«

Er bläst über seinen dampfenden Kaffee und nimmt dann einen Schluck. »Neugier«, sagt er dann. »Sie brauchen auch nicht zu befürchten, dass unsere Unterhaltung hier von Ihrem Schlaf abgeht. Sie werden vollständig ausgeruht und wach sein, wenn Sie aufwachen.«

»Neugier worauf?«

»Wie sich unsere Welt für Sie anfühlt.« Er nimmt wieder einen kleinen Schluck und scheint seine Worte zu überlegen. »Für uns, für mich, ist all dies theoretisch. Ich kann wie jetzt in einen Pod steigen und Ihnen virtuell gegenüberstehen, Sie hier zu einem Gespräch treffen. Doch es ist nicht dasselbe für mich. Im Vergleich zu Ihnen komme ich über eine Integration von etwas über siebenunddreißig Prozent nicht hinaus. Was Sie erleben und fühlen, ist etwas, das wir nur haben berechnen können. Vermuten. Hoffen. Dafür beten, dass es auch so eintrifft, wie wir es geplant und berechnet haben.«

»Sie fragen, wie echt es sich für mich anfühlt?«

Er nickt. »Genau das frage ich. Sie sind die Einzige, die uns diese Frage beantworten kann.« Er seufzt und schaut in seine Tasse. »So vieles hängt von dem Erfolg dieses Experiments ab, Alexandra. Nicht nur Ihr Leben. Wenn wir es retten können, hat sich der Einsatz für mich schon gelohnt. Aber es geht so weit darüber hinaus.« Er wendet sich jetzt mir zu und schaut mich mit ernsten Augen an. »Es gibt Zehntausende, die sich in einer ähnlichen Lage befinden wie Sie. Tausende von Patienten, die in einem Wachkoma liegen und Gefangene ihres eigenen Körpers sind. Und auch das, so erstrebenswert es auch ist, ist nur ein kleiner Teil. Denken Sie an Roboter, von einem menschlichen Bewusstsein gesteuert, der Gebiete erforschen kann, die Leben für uns nicht zulassen. In der Tiefsee oder auch«, er schaut zu Decke hinauf, »dort oben im Weltraum. Auf dem Mond, dem Mars, vielleicht sogar irgendwann in einem anderen Sonnensystem. Denken Sie an Ärzte, die im virtuellen Raum Operationen durchführen können, oder Sonden, die in einer virtuellen Realität gesteuert werden.«

»Oder Kampfhubschrauber, die Einsätze fliegen können, Roboter, die Bodenkämpfe bestreiten können, ohne dass Menschenleben gefährdet werden. Wenigstens auf unserer Seite.«

»Ja«, sagt er. »Das auch. Ich vergesse manchmal, dass Sie eine Kriegerin sind. Aber dort im Spiel merkt man es.« Die zwölf Monitore an der Wand fügen sich nahtlos zu einem einzigen Monitor zusammen, der mich zeigt, wie ich die Tür im Toten Eber eintrete. Ich sehe zu, wie ich die beiden Spieler töte, und bin selbst überrascht, wie schnell das vor sich geht.

»Stimmt das?«, frage ich und weise auf die Uhr im unteren linken Bildschirmrand. »Hat das Ganze tatsächlich weniger als drei Sekunden gedauert?«

»Ja«, sagt er. »Ihre Geschwindigkeit wirft ganz andere Fragen auf, doch für den Moment interessiert mich nur, wie Sie sich fühlen. Diese ... Situation hat Sie erheblich mitgenommen, Ihre Gehirnwellen sind förmlich explodiert.«

Ich habe ihm Zugang zu sonst vertraulichen Akten meines Armee-Therapeuten geben müssen. Er weiß alles über mich, was es zu wissen gibt. »Sie kennen den Grund«, sage ich leise.

»Hhm«, sagt er dazu und lässt das Video noch einmal ablaufen. »Ja. Ihre Reaktion ist verständlich.« Er schaut mir in die Augen. »Ich hätte nicht anders gehandelt. Doch darum geht es nicht.«

»Nicht?«, frage ich überrascht.

Er nickt. »Wir haben bei VRI für alles Experten. Ich wusste es selbst nicht, doch wir haben auch Spezialisten, die Bewegungsabläufe studieren. Schauen Sie noch einmal genau hin.«

Ich schaue genau hin, doch ich finde nicht, worauf er hinauswill. Ich sage ihm das, und er nickt.

»Wir wissen alles über Sie«, fängt er mit etwas an, das mir nur zu bewusst ist. »Wir wissen, wie fit und trainiert Sie vor Ihrem Unfall waren. Wir haben Ihre damaligen Daten als Grundlage für den Körper gewählt, den Sie jetzt benutzen. Schauen Sie sich an, wie Sie sich bewegen? Fällt Ihnen jetzt etwas auf?«

Nein, tut es nicht. Nur etwas nagt in meinem Hinterkopf. »Sagen Sie es mir.«

»Ich habe Ihnen eben mehrfach das Video in der Geschwindigkeit gezeigt, in der Sie sich nach bestem Wissen bewegen sollten. Die Gesamtlaufzeit dieses Videos beträgt sechseinhalb Sekunden. Und das jetzt ist die Originalgeschwindigkeit.«

Die Tür fliegt auf, der Mann, der Elena festhält, reagiert sofort und rollt sich vom Bett herunter, und jetzt erst sehe ich, dass Elena es nur gerade so geschafft hat, den Mann am Haar zu packen. Bevor er sich losreißen kann, fährt ein schimmernder Schatten durch seine Kehle. Der andere Mann lässt Elena los und wirbelt herum, während er nach seiner Hose greift und stirbt, als ihm Eisfang ins Auge fährt.

»2,2 Sekunden«, teilt mir Dr. Jensen mit. »Sie haben sich im Spiel fast dreimal so schnell bewegt, wie es Ihnen hätte möglich sein sollen.«

»Oh«, sage ich. Ich bin mir sicher, es klingt nicht besonders intelligent. »Wieso war es mir möglich?«

»Vorena Online läuft auf insgesamt zwölf der modernsten Quantencomputer, die es gibt. Diese Maschinen sind derart komplex, dass selbst ihre Entwickler nicht alles verstehen, was die Maschinen tun. Es ist Quantenmechanik, es wundert niemanden, wenn Effekte auftreten, die zunächst niemand erklären kann. Es ist noch immer eines unserer aktivsten Forschungsbereiche. Unsere beste Vermutung ist, dass genau das aufgetreten ist, was wir hier gesehen haben. Ihr Avatar wird von einem Quantencomputer gesteuert, und Sie sind über das Spiel an diesen angeschlossen. Das hat Ihnen erlaubt, Ihren Avatar im Spiel deutlich schneller als erwartet zu steuern. Für unseren Quantencomputer sind Sie immer noch langsam wie ein Stein, der von einem Gletscher ins Tal gedrückt wird. Für jeden anderen …« Er weist auf den Bildschirm und grinst, »sind Sie Flash Alex.«

Das ergibt keinen Sinn.

»Können Sie mir sagen, was Ihnen währenddessen aufgefallen ist?«

Ich denke nach und schüttele dann den Kopf. »Im Kampf ist es immer so. Die Zeit scheint stillzustehen, alles wird schärfer, bunter, präziser. Genauso war es auch hier.«

»Ja«, sagt er. »Sie haben persönlich in Ihrem realen Leben ähnliche Situationen schon erlebt.«

»Was Sie auch wissen.«

Er nickt. »Wie ich schon sagte, ich neige dazu, es zu vergessen. Man sieht es Ihnen nicht an.«

»Was geschieht jetzt?«

Er schaut mich an und lacht verhalten, während er mit seinen Schultern zuckt. »Zurzeit haben wir ein Team von fast zwei Dutzend Leuten auf Sie angesetzt, die Sie im Spiel beobachten und die Telemetrie-Daten Ihrer Verbindung mit dem System überwachen. Ich nehme an, wir werden die Anzahl unserer Mitarbeiter bei diesem Projekt verdoppeln. Irgendwann werden wir über etwas stolpern, das uns einen Hinweis darauf gibt, wie das möglich ist.« Er liest wohl etwas in meinem Gesicht. »Wir haben unsere Abmachung nicht vergessen. Persönliche Momente wird das System ausblenden, wir überwachen dann nur die Telemetrie-Daten. Äh … bevor ich es vergesse, die Sensorik-Abteilung hat mich gebeten, Ihnen auszurichten, dass Sie uns einen großen Gefallen tun würden, wenn Sie alle Aspekte des Spiels zumindest ausprobieren.«

Ich schaue ihn fragend an.

Er schaut etwas zur Seite. »Persönliche Situationen. Intimitäten.«

»Sie meinen Sex«, stelle ich fest.

Ich könnte schwören, die Ohren des guten Doktors werden eben gerade etwas rot.

Doch er nickt. »Genau das.« Er räuspert sich. »Was uns zu meiner eigentlichen Frage bringt: Wie fühlt sich unsere Welt für Sie an?«

»Real«, sage ich, ohne zu zögern. »Es ist alles intensiv, die Farben, die Gerüche, der Geschmack, das Gefühl von verschiedenen Stoffen auf der Haut, und ich genieße es alles. Selbst wenn ich mir das Knie anstoße, weil ich über etwas stolpere und einen Abhang hinabfalle. Ich habe so lange so wenig fühlen können, dass ich auch das zu schätzen weiß.«

»Ist es zu echt?«

Ich überlege lange, dann schüttele ich den Kopf. »Ich weiß, dass Sie den größten Teil Ihrer Zeit hier verbringen, mit mir, mit meinem Projekt. Wenn Sie morgens zur Arbeit kommen, sind Sie in Gedanken wahrscheinlich schon hier und nehmen die Welt um sich herum kaum wahr. Doch wenn Sie sich die Zeit nehmen würden, sich entspannen, vielleicht einfach nur in die Sonne legen und den Wolken zuschauen, dann fühlt es sich wahrscheinlich so an wie im Spiel. Es ist … genau richtig.« Ich nehme einen Schluck aus der Tasse. »Wie Sie mir eben sagten, Vorena Online wird von den schnellsten Rechnern betrieben, die wir zurzeit bauen können. Doch diese Welt, Vorena an sich, sie ist langsam. Man geht zu Fuß oder reitet, fährt mit einem Wagen, der nicht viel schneller als ein Fußgänger ist. Es ist eine langsame Welt, entschleunigt, wie man sagt. So wie es vielleicht auch hier einmal der Fall gewesen ist, bevor jeder Zweite sich ein I-plant implantieren ließ, nur um ständig messagehigh zu sein. Ich bin den Weg von der Burg zum Dorf zu Fuß gegangen und habe Zeit gehabt, um alles um mich herum wahrzunehmen und zu genießen. Das geht verloren, wenn man es eilig hat. Glauben Sie mir, Dr. Jensen, es ist genau richtig.« Ich schaue zum Fenster hinaus. »Abgesehen davon, dass das Spiel selbst revolutionär ist, gibt es uns etwas zurück, was wir an vielen Orten schon lange verloren haben.«

»Das simple Leben?«

Ich lache auf. »Nein. Es gibt Magie und Ungeheuer dort, so simpel ist das Leben also nicht. Doch die Entscheidungen sind einfacher, nicht so weitreichend, und man hat Zeit, sie zu treffen. Der Unterbau ist unglaublich komplex, vor allem, wenn ich mir die Magie anschaue. Doch auf der Oberfläche ist es einfach. Es ist entspannend, nur wenige Dinge zugleich beachten zu müssen.«

»Finden Sie?«

Diesmal lache ich tatsächlich laut auf. »Doktor, ich habe Kampfhubschrauber geflogen. Bevor Sie das nicht selbst getan haben, können Sie sich nicht vorstellen, auf wie viele Dinge man da gleichzeitig achten muss. Dagegen ist das Spiel, selbst bei solchen Gelegenheiten wie diesen«, ich weise auf den Bildschirm, »geradezu entspannend. Aber eines muss ich Ihnen zugeben … die körperlichen Reaktionen, die ich fühle, sind … echt. Genau passend. Richtig. Wer das programmiert hat, hat alles richtig gemacht.«

Er lächelt. »Danke, dann bin ich zufrieden.« An dem Glitzern in seinen Augen sehe ich, dass er zumindest daran beteiligt war.

Wenn nicht sogar maßgeblich.

»Gibt es irgendwelche Probleme, die Sie uns melden können?«

Ich schüttele den Kopf. »Mir schauen zwei Dutzend Leute über die Schulter. Ich denke, dass einer von diesen eher auf Probleme stoßen wird als ich.«

Er nickt langsam. »Das hoffen wir auch. Sind sie bereit, zurückzukehren?«

»Ja, bin ich.« Ich stelle die leere Tasse auf dem Tisch ab. »Danke für den Kaffee.«

11 Meister Ribin

Als ich die Augen wieder öffne, wie von Dr. Jensen versprochen, gut ausgeruht und wach, sind im Spiel keine fünf Minuten vergangen, was mich auf der einen Seite etwas schmunzeln lässt, aber auch in Erklärungsnot bringt. Es ändert aber nichts daran, dass ich jetzt zu wach bin, um zu schlafen.

Das Erste, was ich sehe, ist ein Pop-up:

Ding!
Du hast soeben die Queste »Die lange Nacht« erfolgreich abgeschlossen.
Nachdem du Jahrhunderte in der Zeit gefangen warst, ist es dir gelungen, rechtzeitig Durst, Hunger und Schlafmangel auszugleichen.
Als Belohnung erhältst du Erfahrungspunkte.

Ding!
Du hast soeben einen Teil der Queste »Dunkle Wolken über Marensfurt« erfolgreich abgeschlossen und dir das Vertrauen von Meister Beck und seiner Tochter verdient.
Als Belohnung erhältst du Erfahrungspunkte.

Du hast soeben die Stufe 10 als Spellwarden erreicht.

Geschenkte Erfahrungspunkte. Das ist etwas, was ich vergessen habe, Dr. Jensen zu fragen. Bis jetzt ist mir das Spiel leichtgefallen. Vielleicht zu leicht? Ich werde jedenfalls das Gefühl nicht los, dass meine Charakter-Klasse ein wenig übermächtig ist. Auf der anderen Seite hat er mich eben gerade daran erinnert, dass mir ein ganzes Team von Leuten über die Schulter schaut. Wenn etwas nicht stimmt, sollten sie es am besten herausfinden können.

Was mich daran erinnert, *dass* mir ein ganzes Team von Leuten zuschaut und ich gerade nackt wie von Gott (oder den Entwicklern) geschaffen neben meinem Bett stehe. Es lässt mich lächeln, als ich daran denke, wie verlegen ich gewesen bin, als mich während meiner Ausbildung zum ersten Mal einer meiner Kameraden nackt gesehen hat. Gott, ist das lange her! In den letzten sechs Jahren hat sich der letzte Rest dieser Scham verflüchtigt. Dutzende von Pflegern haben den ausgemergelten Körper in dem Tank gewaschen, Ärzte mich wieder und wieder untersucht, ohne die geringste Rücksicht auf mein Schamempfinden zu nehmen. Irgendwann ist es einfach nicht mehr wichtig gewesen.

Der Körper, den ich jetzt als Avatar besitze, ist das Ergebnis langjähriger Arbeit und Trainings, und zum ersten Mal empfinde ich mich selbst als schön. Selbst wenn es in einem Spiel ist. Ich bin stolz auf meinen Körper und gönne den Jungs im Team den Anblick.

Was mich an Strongman und seinen Pferdeschwanz denken und leise kichern lässt. Es mag Frauen geben, die das attraktiv finden, doch die meisten werden es sich zweimal überlegen, ob sie sich auf ihn einlassen. Ich frage mich, ob er das weiß.

Abgesehen davon wird er nicht der Einzige sein, der bei der Charaktererschaffung diesen Regler bis zum Anschlag verschoben hat.

Die Show ist vorbei, Leute, denke ich, als ich mich wieder ankleide, und stelle fest, dass das Leben im Spiel doch etwas leichter ist. Der Zauber *Säuberung* hilft, mich und meine Kleidung zu säubern, als wären wir gerade durch eine chinesische Reinigung gegangen.

Es gibt einen hohen, reich geschnitzten Kleiderschrank in meinem Zimmer, in der realen Welt wäre es ein antikes Stück, um das sich Sammler reißen würden. Neugierig öffne ich ihn. Ich habe erwartet, dass er leer wäre, doch das ist er nicht. Ein Brustpanzer, ein Paar Stiefel und ein Lederbeutel liegen in ihm.

Einfacher Brustpanzer	Stufe: 3

Ein einfacher Brustpanzer aus Stahl. Nichts Besonderes, aber besser als ein blutiges Hemd.
Hilft gegen Stiche, Mücken und Pfeile, nicht aber gegen Läuse. Da hilft nur Waschen.

Schadensreduktion Klinge: 35 %
Schadensreduktion spitz: 25 %
Schadensreduktion stumpf: 15 %

Qualität: normal	Haltbarkeit: 21/45	Wert: 1g 6s 2c

Bergab-Stiefel (magisch)	Stufe: 5

Diese Stiefel erleichtern das Wandern ungemein, denn in diesen Stiefeln gehst du nur bergab, selbst wenn du bergauf gehst.

Schadensreduktion Klinge: 15 %
Schadensreduktion spitz: 10 %
Schadensreduktion stumpf: 5 %

Qualität: außergewöhnlich	Haltbarkeit: 82/90	Wert: 23g 6s 2c

Um die Ökonomie hier im Spiel weiter zu fördern, sind die Entwickler davon abgekommen, dass alles jedem passt, und haben drei Größen eingeführt, eben klein, normal, groß.

Manche Kleidungsstücke sind geschlechter- und rassenspezifisch. Die Brustplatte passt mir nicht, doch dafür Loverboys Stiefel. Mehr noch, diese Stiefel verfügen über recht hohe Absätze, und vom Schnitt und Design her erscheinen sie mir mehr für Frauen gemacht. Aber hey, wer weiß, vielleicht ist Loverboy ja auf beiden Seiten zu Hause.

Noch ein Vorteil hier im Spiel. Man muss kein Schuhwerk einlaufen, die Stiefel passen perfekt. Als ich sie mir genauer anschaue, finde ich in jedem Stiefelabsatz ein Geheimfach, und in den Schäften sind je zwei Scheiden für Dolche eingenäht. Eine dieser Scheiden ist offensichtlich, platziert man dort einen Dolch, wird das Heft des Dolches über den Stiefelrand ragen, die andere Scheide ist geschickt in der Seitennaht verborgen und bietet nur Platz für ein kleines flaches Messer.

Vor allem Loverboys Stiefel sagen mir zwei Dinge: Zum Ersten werden die beiden wiederkommen, da Loverboy seine Stiefel nicht aufgeben wird. Zum Zweiten, dass es sich bei diesen beiden definitiv um Betatester handeln muss. Um innerhalb von so kurzer Zeit magische Stiefel und Pferde zu finden, müssen sie genau gewusst haben, wie sie an solche Dinge herankommen konnten.

Der Lederbeutel bestätigt dies. In PVP verliert man immer nur zehn Prozent seines Geldes. Dieser Beutel enthält vierunddreißig Goldstücke und nur drei Silber. Kein einziges Kupferstück. Loverboy muss also über dreihundert Gold besessen haben. Auf normalem Weg kann er dieses Gold nicht zusammenbekommen haben. Nicht in den knapp acht Stunden, die das Spiel zu diesem Zeitpunkt online gewesen ist.

Als ich die Treppe zum Gastraum hinunterkomme, werde ich nicht nur von Meister Beck und seiner Tochter begrüßt.

»Dies ist Meister Ribin, unser Schmied«, stellt Elena mir den Mann vor, der das größte Exemplar seiner Gattung sein muss, das ich jemals gesehen habe. Er erinnert mich irgendwie an Major, den majestätischen Bären. Der Mann ist bestimmt zwei Meter zehn groß und dazu noch breit gebaut. Alleine aus seinem Oberarm könnte man drei von meinen machen. Obwohl Elena davon gesprochen hatte, dass der Schmied ein alter Mann wäre, kommt er mir nicht so vor, ich schätze ihn auf etwa vierzig Jahre. Er ist glatt rasiert und trägt seine dicken, mindestens schulterlangen Haare mit einem Lederriemen zu einem Pferdeschwanz zusammengebunden. Dunkelbraune, von Lachfalten umgebene seelenvolle Augen schmunzeln mich an, als ob er etwas weiß, das ihn fast lachen lässt. Ein breites kantiges Kinn, lange gerade Nase, volle weiche Lippen … hu, o Gott!

Gekleidet ist er in eine Lederhose und Stiefel und eine lange, von Brandspuren übersäte Lederschürze mit ledernen Unterarmschützern, was den Rest seines Oberkörpers nur unzureichend vor andächtigen weiblichen Blicken verbirgt.

In meinem Job ist es nicht so ungewöhnlich, gut trainierten, muskulösen Männern zu begegnen, doch Meister Ribin schlägt sie alle. Jeder Bodybuilder würde sich deprimiert wimmernd in sein stilles Kämmerlein zurückziehen, würde er diesem Mann begegnen.

Bis jetzt zumindest bin ich der Meinung gewesen, dass Muskeln bei einem Mann ganz nett sind, aber nichts Besonderes für mich tun. Ein Blick auf Meister Ribin belehrt mich eines Besseren. Mein Gott, denke ich wie benommen. Das letzte Mal, dass mir die Knie so weich geworden sind, ist bei meinem Abschlussball gewesen, als dieses Arschloch Dalton mich geküsst hat!

Adalbert Majoris Ribin		Stufe	??
Rasse	Mensch/??		
Klasse	Schmied/??/??		

Mit einer blutroten Krone über seinem Namen als Kirsche auf dem Sahnetörtchen.

Oh.

OH!

Okay.

Meine Güte. Ich bin froh, dass die Treppe ein Geländer besitzt, an dem ich mich abstützen kann, während ich verzweifelt versuche, mich daran zu erinnern, wann oder vielmehr ob es mir jemals so ergangen ist.

Ich habe immer wohlwollend ungläubig den Kopf geschüttelt, wenn eine meiner Freundinnen davon erzählt hat, dass alleine der Anblick eines Mannes sie aus den Socken gehauen hat. Jetzt verstehe ich es.

Lust auf den ersten Blick.

Ich hoffe, Dr. Jensens Team kann sich gut darüber amüsieren. Auf der anderen Seite ist es sechs Jahre her, dass ich … Ich schüttele den Kopf, als ob ich mich von Spinnweben befreien muss.

»Äh ja«, stammele ich. »Ich habe schon von Euch gehört.« Geht es noch dümmer? Ich komme mir vor wie in der Grundschule, als ich für Tommy schwärmte. Gut, dass er es nie herausgefunden hat.

Mein Gott, Alex, mahne ich mich selbst. Er ist ein NSC!

Ein feines Lächeln spielt um seine Lippen. »Wie ich auch von Euch«, sagt er und deutet eine leichte Verbeugung an. »Ich war enttäuscht zu erfahren, dass Ihr bereits zu Bett gegangen seid.« *Das* hat er ganz sicher nicht so gemeint, wie du es eben gerade am liebsten verstehen willst!

Er weist auf dem Tisch, neben dem er steht.

Und er ist aufgestanden, um mich zu begrüßen!

Krieg dich wieder ein, Alex, mahne ich mich selbst, das ist lediglich Höflichkeit!

»Wollt Ihr Euch nicht zu uns gesellen?«

»Ja«, sage ich und räuspere mich, weil meine Stimme plötzlich so belegt ist. »Selbstverständlich.«

Als ich mich an den Tisch setze, lege ich den Beutel auf den Tisch und den Brustpanzer neben mich auf den Boden.

Wichtige Dinge zuerst. Ich löse mühsam meinen Blick von Meister Ribin und wende mich Elena und ihrem Vater zu. »Ich habe diese Dinge im Schrank gefunden. Für die Stiefel habe ich Verwendung, für den Brustpanzer nicht. Ihr seid die Opfer des Überfalls gewesen, und ich denke, dass das Gold euch als Wiedergutmachung zusteht. Der Brustpanzer auch, wenn ihr dafür Verwendung finden könnt.«

»Das können wir nicht annehmen, Herrin«, widerspricht Meister Beck sofort. Ich sehe Elena an, dass sie es anders sieht, aber sie nickt ebenfalls. »Ihr habt schon genug für uns getan.«

Ich benutze dieses freundlich bestimmte Lächeln, welches bei den Rekruten immer so gut gewirkt hat. Das mit den leicht zusammengezogenen Augenbrauen und dem schmalen Lächeln, das Zähne zeigt. »Ich bestehe darauf.«

»Wenn Ihr darauf besteht, dann danken wir Euch dafür«, sagt Elena hastig, bevor ihr Vater sie umstimmen kann, und greift nach dem Beutel. »Vielleicht kann Meister Ribin etwas mit dem Brustpanzer anfangen. So oft, wie er uns schon geholfen hat, nimmt er ihn vielleicht als Zeichen unserer Dankbarkeit.«

Meister Ribin nickt freundlich und streckt eine Hand aus, die groß genug ist, dass ich darauf sitzen könnte. Ich reiche ihm den Brustpanzer, er wirft einen kurzen, wenig beeindruckten Blick darauf und nickt. »Das Material ist nicht schlecht. Ich kann ihn einschmelzen.«

»Gut«, sagt Meister Beck entschieden. »Das wäre das.« Er schaut zu mir hin. »Meister Ribin ist nicht ohne Grund hier. Er hat die beiden Pferde gesehen und ist zu uns gekommen, weil er besorgt war. Zu Recht, wie wir jetzt wissen. Wir haben ihm von Euch erzählt und er …«

»Ich kann für mich selbst sprechen, Joshua«, unterbricht ihn der Schmied mit einem Lächeln, das der leisen Mahnung jede

Schärfe nimmt, und wendet sich an mich. »Es geht mir darum, Sera, ob Ihr auf Eurem Weg hierher einen Handelszug mit zwei Wagen gesehen habt. Es ist bereits schon Varenstag, und ich habe für heute einen meiner Freunde, einen Händler mit Namen Feliss Arens, hier erwartet. Ich weiß, dass die Reise manchmal beschwerlich sein und Unvorhergesehenes geschehen kann, aber in den letzten Jahren ist Feliss immer pünktlich oder gar früher als geplant hier angekommen.«

»Er ist der Händler, der für uns unser Bier verkauft«, erklärt Meister Beck. »Ohne ihn wären wir hier vollends von der weiten Welt abgekapselt, und es ist zum großen Teil sein Verdienst, dass wir hier überleben können.«

»Die Wagen sind blau bemalt, und sie fallen auf. Habt Ihr solche Wagen auf Eurem Weg hierher gesehen?«, fragt der Schmied.

Schüttele bedauernd den Kopf. »Leider nein. Ich bin nicht über Land gekommen.«

»Wie dann?«, fragt Elena neugierig. »Seid Ihr geflogen?« Sie fragt, als ob es sie nicht überraschen würde, sollte ich das bejahen.

»Nein. Ich …« Für einen Moment zögere ich und überlege, was ich sagen soll. »Es gibt magische Portale«, erkläre ich, und alle drei nicken. Sie wissen also davon. »Ich bin durch ein solches Portal gekommen, das mich direkt in die Festung geführt hat. Das Einzige, das ich bisher von diesem Land gesehen habe, ist der Weg von der Festung hierher. Ah … und die Ruinen der alten Mühle.«

»Die Brüder Holzmann an der Mühle sind recht freundlich«, sagt Elena mit einem breiten Lächeln. »Ich verstehe immer nur so schwer, was sie sagen und … wartet … was habt Ihr gesagt?«

Für einen Moment herrscht Stille. Elena und Meister Beck sehen mich mit großen Augen an, und Meister Ribin scheint wieder über etwas amüsiert zu sein.

»Ihr seid *in* der Festung gewesen?«, fragt Elena jetzt atemlos und etwas ungläubig. »Seid Ihr dort Ungeheuern begegnet?«

»Die beiden Müller sind keine Ungeheuer?«, frage ich überrascht.

Sie winkt achtlos ab. »Es sind nur zwei alte, einsame und gelangweilte Männer«, meint sie. »Sie können nichts dafür, dass der

Fluch sie getroffen hat, und tun keiner Fliege etwas zuleide! Ich meine *richtige* Ungeheuer!«

Ich denke an Gregors Schwert und Adalberts Axt und zucke mit den Schultern. Die beiden Brüder waren Ungeheuer genug für mich. »Ein paar wenigen Skeletten und einer Harpyie. Auf dem Weg hierher meine ich, einen großen Wolf gesehen zu haben, aber ich bin mir dessen nicht sicher. Ach ja, und es gibt einen großen Bären dort, doch er war freundlich und schien nicht von einem Fluch berührt.« Ich finde es jetzt im Moment nicht notwendig, Erik und Hauptmann Loris zu erwähnen.

»Ihr müsst unglaublich tapfer sein«, sagt Elena atemlos und schaut mich bewundernd an. »Habt Ihr also den Fluch schon lösen können?«

Schüttele den Kopf. »Nein. Leider nicht. Es gibt dort einen Ghul, der mich vor ein Problem stellt.« So direkt gefragt, sehe ich auch keinen Grund, den Hauptmann zu verschweigen.

»Ihr konntet ihn nicht besiegen?«, fragt Meister Ribin.

»Das ist es nicht«, versuche ich zu erklären. »Oder das ist zumindest nicht alleine der Grund. Im Moment kann ich ihn nicht besiegen, das ist gewiss. Doch mein Problem liegt darin, dass der Hauptmann ein guter Mann ist, der unter dem Fluch leidet. Im Moment hoffe ich noch, ihn von diesem Leid zu befreien, ohne dass es ihn das Leben kostet.«

»Ihr meint Hauptmann Loris«, sagt Meister Ribin und erntet nicht nur von mir dafür einen überraschten Blick. Er zuckt mit den mächtigen Schultern. »Die Ungeheuer dort lassen mich in Ruhe, und ab und zu bin ich ihm bei der Burg begegnet, wenn ich dort jagen war. Wie Ihr sagt, Herrin, er ist ein guter Mann in unglücklichen Umständen.«

Glaube ihm gerne, dass die Ungeheuer dort Meister Ribin in Ruhe lassen. So blöde, sich mit Meister Ribin anzulegen, können noch nicht einmal Ungeheuer sein. Wenn er der ist oder das, was ich denke.

Er beugt sich etwas vor. »Ihr würdet ihm einen Gefallen tun, wenn Ihr ihn erschlagt«, fügt er ernsthaft hinzu. »Er hat mich mehrfach darum gebeten, und ich hätte ihm den Gefallen auch getan, hätte ich einen Weg gefunden, die Festung zu betreten. Niemand verdient es, auf ewig so zu leiden wie er.« Seine dunklen Augen mustern mich jetzt sorgfältig. »Meister Beck hat mir berichtet, dass Ihr ein Anrecht auf das Erbe dieser Burg besitzt. Doch die Burg ist nicht alleine nur Euer Erbe, ist das nicht so? Der Fluch verhindert seit Jahrhunderten, dass jemand das Land für sich beansprucht. Wenn Ihr das Recht auf dieses Erbe habt, seid Ihr damit nicht auch die Herzogin? Ist damit nicht auch das ganze Herzogtum Euch untertan, zumindest das, was davon noch übrig ist?«

Meister Beck sieht meine Überraschung und beugt sich vertraulich vor. »Meister Ribin ist nicht nur ein einfacher Schmied, Herrin. Er ist auch ein Gelehrter, in vielen Dingen hoch gebildet, und er kennt die Geschichte dieses Landes wie kein Zweiter.«

»Er kann sogar lesen und schreiben und beherrscht die Nummern«, bricht es aus Elena heraus, und sie schaut den Schmied bewundernd an. »Er hat es mich gelehrt, wie sein Vater es meinen Vater lehrte!«

»Meine Familie lebt schon seit vielen Generationen hier, Herrin«, erklärt mir jetzt der Schmied. »Ich habe hier alles, was ich brauche, und vor allem gute Freunde. Für mich gibt es keinen Grund, das Land zu verlassen. Doch Ihr habt meine Frage nicht beantwortet. Seid Ihr die Herzogin?«

»Wie kann ich das sein, wenn doch das Herzogtum schon lange untergegangen ist?«, versuche ich mit einer Gegenfrage auszuweichen. »Und müsste es dann nicht auch einem König unterstehen?«

Er nickt bedächtig. »Dies gilt sicherlich für die meisten Länder hier. Im Lauf der Jahrhunderte haben sich die Grenzen beständig geändert, Königreiche entstanden und gingen wieder unter, und bis zur Gründung des Kaiserreichs unter Aldwin dem Ersten war dies der Lauf der Dinge. Doch jeder, der in der Vergangenheit versuchte, das Herzogtum Maren für sich zu beanspruchen, zog damit den Fluch auf sich.« Er verzieht das Gesicht, als ob er etwas Unangenehmes riechen würde. »Mit erschreckenden und teilweise spektakulären Folgen. Mittlerweile wissen es die Menschen besser, es ist über ein Jahrhundert her, dass es jemand zum letzten Mal gewagt hat. Die Priester sagen, es liegt daran, dass dieses Land nicht verlassen ist, dass es all diese lange

Zeit über jemanden gab, dem es gehorcht, und dass nur der wahre Erbe Anspruch auf dieses Land erheben kann.«

»Jemand, dem das Land gehorcht?«, frage ich nach.

Er nickt. »Eine alte Legende, demnach das Land mit dem Adelsgeschlecht Maren selbst verbunden wäre. In den letzten Jahrhunderten ist dies ein Fluch gewesen, doch den alten Schriften zufolge, war es vormals ein Segen.« Seine Augen bohren sich in die meinen. »Wenn Ihr die Erbin seid, wird es niemanden geben, der Euch den Titel streitig machen wird. Sofern Ihr den Fluch vom Land nehmen könnt.«

Irgendetwas lässt mich diesen Menschen Vertrauen schenken. Auch diesem Schmied, der meine Gedanken mehr durcheinanderbringt, als es gut für mich sein kann.

»Ich bin die Erbin«, gestehe ich ihnen ein. »Und ich weiß, wie ich den Fluch von dem Land nehmen kann. Das meiste ist bereits getan, doch bevor ich es vollenden kann, muss Hauptmann Loris von seinem Fluch befreit werden.«

Der Schmied beugt sich vor. »Wenn Ihr Hauptmann Loris erschlagt, könnt Ihr den Fluch besiegen? Seid Ihr Euch dessen sicher?«

»Ja«, antworte ich ihm. »Doch ich will den Hauptmann nicht erschlagen. Ich will ihn retten. Auch wenn ich noch nicht weiß, wie ich das tun kann.« Jetzt muss ich lächeln, denn ganz so einfach ist es ja nicht. »Es bedeutet auch nicht, dass damit das Herzogtum wieder auferstehen kann. So, wie ich es verstehe, lastet der Fluch zum größten Teil auf dem Gebiet der Festung. Selbst wenn dort der Fluch gebannt ist, muss jeder einzelne Landstrich wieder in Besitz genommen werden, was nicht so einfach ist.«

Er nickt bedächtig. »Das Herzogtum besteht aus drei Grafschaften und elf Baronien. Wie Ihr schon sagt, sie müssen alle einzeln in Besitz genommen werden. Zumindest Arensvelt wird nicht so leicht vor Euch das Knie beugen, selbst wenn es Euch gelingt, den Fluch zu brechen. Der Fluch nützt ihnen dort mehr, als er ihnen schadet, und die Stadt gedeiht prächtig damit, dass es niemandem gibt, der Anspruch auf das Land erheben kann. Keine Steuern, versteht Ihr?«

Ich verstehe. Nur zu gut.

Doch ich habe noch eine andere Frage. »Warum glaubt ihr

mir?«, frage ich sie. »Ich bin fremd hier, ihr kennt mich nicht. Woher wollt ihr wissen, dass ich die Wahrheit sage?«

»Es gibt dafür eine einfache Antwort«, lächelt der Schmied. »Doch Ihr solltet sie besser selbst sehen, es spart viel an Worten.«

Schaue ihn fragend an.

Doch es ist Elena, die es mir erklärt. »Ich glaube Euch auch so! Vielleicht habe ich deshalb zuerst auch nicht daran gedacht«, sagt sie mit leuchtenden Augen. »Bis Meister Ribin uns daran erinnert hat! Die Antwort findet Ihr im alten Tempel. Ich kann Euch gerne dorthin führen!«

»Ich selbst werde die Sera zu dem Tempel führen«, sagt Meister Ribin freundlich, aber doch so, dass ein Widerspruch gleich ausgeschlossen ist. »Denn ich will sie auch fragen, ob sie uns bei der Suche nach Feliss behilflich sein will. Jedoch erst, nachdem sie den Tempel gesehen hat. Weit ist es nicht«, erklärt er mir und schlägt vor, sofort aufzubrechen.

Ich nicke nur und folge ihm aus der Tür. Dort stehen die Pferde der beiden Spieler, um die ich mich immer noch nicht gekümmert habe.

Wie um einiges andere auch nicht.

»Was fertigt Ihr in Eurer Schmiede?«, frage ich ihn, als ich ihm durch eine der Straßen folge, die vom Marktplatz aus durch die Ruinen der Ortschaft führt.

»Verschiedenes«, gibt er mir in besonnenem Ton zur Antwort. »Hauptsächlich das, was wir hier tagtäglich brauchen, von Hufeisen über Beschläge bis hin zu Pflügen. Ich habe mich aber auch an anderem versucht und kann Euch eine Auswahl an Dolchen, Schwertern und Schilden anbieten.« Er schaut kurz zu mir hin. »Kaum jedoch etwas an Rüstung. Nichts von dem, was ich habe, wird Euch passen, und eine Rüstung für Euch zu fertigen, würde Wochen dauern.« Er weist zur Seite hin, auf ein niedriges rundes Gebäude aus hellem Sandstein mit einem Kuppeldach. »Schaut«, sagt er. »Wir sind schon da.«

Hier und da sind vor allem in der Kuppel Risse zu sehen, doch ansonsten scheint das Gebäude intakt. Es ist auch nicht besonders groß, ich schätze, dass es um die neun Meter im Durchmesser besitzt. Ein offener Torbogen gewährt Einlass, und links und rechts des Eingangs stehen die Statuen von einer Frau und einem Mann, die jeweils eine Hand zum anderen ausstrecken und sich sehnsuchtsvoll ansehen.

Ribin nickt mir aufmunternd zu, und ich gehe in den Tempel hinein. Es ist nicht so dunkel, wie ich befürchtet habe, die Kuppel ist nicht, wie ich zuerst gedacht habe, direkt bündig, vielmehr ruht sie auf sechs kurzen Säulen, sodass dies im Effekt einem rundum laufenden, niedrigen Fenster gleichkommt.

Es gibt nur einen einzigen großen Raum in diesem Gebäude, und dieser ist größtenteils leer, bis auf einen Altar aus weißem Marmor, der an der dem Eingang direkt gegenüberliegenden Wand steht.

Auf dem Altar steht eine altmodische Balkenwaage, und vor dieser liegt ein Blumengebinde, ein Zeichen dafür, dass dieser Ort noch nicht vollständig vergessen worden ist.

Viel eindrucksvoller aber sind die Wandmalereien, die mich an den Stil der italienischen Renaissance erinnern. Es ist leicht zu erkennen, dass es um den Kampf Gut gegen Böse geht, rotgeschuppte Ungeheuer mit Fledermausflügeln, Hörnern und übergroßen scharfen Zähnen, die sie dazu nutzen, Menschen zu zerreißen, klären meiner Ansicht nach sehr schnell und eindeutig, was hier das Böse sein soll.

Doch es sind nicht nur Dämonen. Verdorrte Felder, brennende Ortschaften im Hintergrund, ausgemergelte Gestalten, die in Betten dahinsiechen, Skelette, die mit beinernem Grinsen die kranken Menschen aus ihren Betten ziehen.

Dürre, Krankheit, Pest und Tod gehören hier auch eindeutig zu der bösen Seite, die ihre Geschichte auf der vom Eingang aus gesehen linken Wand erzählt. Hier findet sich immer wieder eine Figur, die hochmütig der Apokalypse vorsteht, ungerührt zusieht, wie kleine Kinder von großen bösen Monstern verspeist werden.

Ich muss etwas schlucken, das Detail hier ist etwas genauer und grauenhafter, als ich es von Kirchenmalereien gewohnt bin. Aber das hier ist keine Kirche und ja, das Spiel ist ab achtzehn mit einem Mature-Rating.

Das Wandgemälde auf der rechten Seite bietet den klassischen Kontrast zur Apokalypse. Volle Felder, Sonnenschein, glückliche

Menschen, Feste, Tanz und Freude. Viel deutlicher kann man es nicht machen. Auch hier gibt es eine Figur, die wohlwollend zuschaut.

Im hinteren Drittel beider Wandgemälde sammeln die Anführerinnen ihre Armee. Links die Dämonen und vielfältigen Ungeheuer, rechts die tapferen Helden in ihren strahlenden Uniformen, Priester und heldenhafte Fußsoldaten.

Hinter dem Altar treffen sich die beiden Anführer und ringen miteinander. Beide besitzen weißes Haar, grüne Augen, beide tragen mein Gesicht, und doch sind sie deutlich voneinander zu unterscheiden. Die Kämpferin links ist dunkel gemalt, ihr Gesicht voller Hass und Eifersucht, die Kämpferin rechts ist nicht minder entschlossen, doch in ihrem Gesicht sieht man nur Trauer und Mitleid.

Bleibe in der Mitte des Raums stehen und schaue mir die Gemälde genauer an, entdecke immer wieder neue Details. Die Mühle, zum Beispiel, die im Hintergrund des linken Bildes brennt, im rechten Gemälde mit ihrem Mühlteich einen Ort für planschende Kinder gibt.

Die Kinder. Links werden sie von Ungeheuern, Krankheit und Tod aufgefressen und entführt, rechts tanzen und spielen sie und sind glücklich.

Niemand braucht für diese Bilder eine Übersetzung.

»Okay«, sage ich, und Ribin schaut mich fragend an. »In Ordnung«, wiederhole ich. Niemand, der das detaillierte Bild der beiden Kämpferinnen hinter dem Altar gesehen hat, kann daran zweifeln, dass es sich um mich handelt. Es ist so präzise wie ein Foto, inklusive der Kleidung, die ich trage. »So. Jetzt sagt mir, woran Ihr erkennen wollt, wer von den beiden ich bin.«

»Zwei Dinge«, lächelt Ribin. »Zum einen die Waage. Solange ich mich erinnern kann, ist sie nach links geneigt gewesen. Jetzt steht sie fast gerade, ist vielleicht sogar etwas nach rechts geneigt.«

Aha. Ich schaue mir die Waage genauer an. Beide Waagschalen sind Skulpturen aus Silber, in der linken liegt ein verschrumpeltes Herz, in der rechten eine Feder. Auch dieses Bild ist leicht zu entschlüsseln.

Nicke und gebe mich geschlagen. Niemand, der diesen kleinen Tempel betritt, wird irgendwelche Zweifel haben, dass ich mit den Figuren hinter dem Altar etwas zu tun habe. »Und das zweite Ding?«

Der Schmied lächelt amüsiert. »Etwas, das ich eben erst gesehen habe. Offensichtlich besitzen die Götter Humor.« Er weist auf die rechte Figur, und es braucht etwas, bis es mir auffällt, weil ich schlichtweg nicht danach schaue.

Die rechte Figur trägt, wie ich jetzt auch, Loverboys Stiefel!

Meister Ribin lacht verhalten, als er meinen Gesichtsausdruck sieht. »Es gibt noch etwas über diesen Ort, das Ihr wissen solltet. Geht um den Altar herum, bis Ihr mit dem Rücken zur Wand steht und die Waage vor Euch steht. Legt eine Hand auf den Altar und …« Ein Lächeln huscht über sein Gesicht. »… erzählt eine Lüge.«

Fragend schaue ich ihn an, doch er lächelt nur und macht aufmunternde Gesten, also tue ich, was er sagt … Der Altarstein fühlt sich kühl und glatt unter meinen Fingern an.

Er nickt zufrieden. »Nur zu. Erzählt eine Lüge.«

Ja. Richtig.

Wir lügen ständig. Oftmals ohne es zu bemerken, manchmal, um den sozialen Frieden zu wahren, um andere nicht zu verletzen oder eben auch zu unserem eigenen Vorteil. Auch bei den kleinen Lügen, die letztlich ja auch zu unserem Vorteil sind.

Nur jetzt, so auf der Stelle, fällt mir ums Verrecken keine ein.

Doch jetzt schwant mir, worauf es Ribin abgesehen hat. Das hat er geschickt eingefädelt, doch jetzt bin ich auch etwas sauer.

»Ich habe Euren Freund, den Händler, überfallen«, sage ich, und die Waage kippt mit lautem Rasseln nach links.

»Ich habe mit Eurem Freund, dem Händler, nichts zu tun und habe ihn auch nicht gesehen!«

Es klackt und rasselt wieder, als die Waage nach rechts kippt. Ich nehme die Hand vom Altarstein und schaue zu, wie der Waagbalken wieder die waagrechte Position einnimmt, bevor ich Ribin anfunkele. »War es das, was Ihr habt hören wollen?«

»Nein«, sagt er und schüttelt den Kopf. Er wirkt etwas unglücklich dabei. »Tatsächlich habe ich Euch auch so schon geglaubt. Was ich hören wollte, ist in etwa das Folgende: Ich bin die

Herzogin von Maren. Nicht, damit ich es höre, sondern damit Ihr seht, dass die Götter es so bestimmt haben.«

Strecke die Hand aus, ziehe sie zurück und komme um den Altar herum. Er schaut mich fragend an.

»Das werdet Ihr von mir erst dann hören, wenn ich selbst daran glaube, dass es wahr ist.« Okay. Meister Ribin drückt bei mir immer noch die richtigen Knöpfe, aber etwas in mir ist bereits deutlich abgekühlt. Er ist nicht arrogant oder überheblich, das ist es nicht … ja. Mittlerweile glaube ich, dass er über eine eigene Agenda verfügt, und ich lasse mich ungern von anderen für ihre Ziele einspannen, auch wenn derjenige aussieht wie Thor persönlich und imstande ist, nur mit einem Lächeln Jungmädchenfantasien zu erfüllen.

Er nickt und folgt mir, als wir den kleinen Tempel verlassen. Ich schaue zurück, mustere die beiden Statuen am Eingang und schaue Ribin fragend an.

»Welchen Göttern ist der Ort gewidmet?«

Auch er mustert die beiden Statuen, bevor er mit den Schultern zuckt. »Wir nennen es den Tempel der Wahrheit. Früher war dieser Tempel beliebt, um das Ehegelübde abzulegen. Ich wüsste nicht, dass er einem der Götter speziell geweiht wäre, wenn, dann müsste er Eliana geweiht sein, der Göttin der Gerechtigkeit. Sie wird üblicherweise mit verbundenen Augen, einer Waage in der einen und einem Schwert in der anderen Hand dargestellt, doch keines der Bilder in diesem Tempel zeigt sie. Außer natürlich, dass Elianas Waage auf dem Altar steht.« Er mustert noch immer die beiden Statuen und gestikuliert jetzt in ihre Richtung. »Was diese beiden angeht, glaube ich nicht, dass es Götter sind. Vielleicht stellen sie einfach nur die Verkörperung der Liebe dar oder ein Paar, das einst den Bau des Tempels bezahlt hat. Vielleicht findet Ihr Eure Antwort in den Archiven auf der Festung, ich kann es Euch nicht sagen.« Er lächelt. »Elena sieht in mir den großen Gelehrten, doch das bin ich nicht. Ich interessiere mich nur für unsere Geschichte, was bei Weitem nicht bedeutet, dass ich Euch alle Fragen beantworten kann.« Er weist mit einer Geste zum Marktplatz zurück. »Wenn ich Euch richtig verstanden habe, hattet Ihr die Absicht, mich in meiner Schmiede aufzusuchen?«

Nicke nur.

»Wenn Ihr mir dann folgen wollt?«

Ich will.

Die Schmiede überrascht mich. Zum einen ist sie deutlich größer, als ich gedacht habe. Mit einer großen Esse, über der die Hitze wabert, und fünf kleineren, an denen, wie Ribin mir erklärt, in früheren Jahren Gesellen gearbeitet haben. Es ist mehr eine Manufaktur als eine einfache Schmiede. Zum anderen gibt es hier Maschinen, Räderwerke und Walzen, viele von ihnen leicht verrostet und offensichtlich schon lange nicht mehr in Gebrauch. »Wir konnten hier früher Eisen und Stahlbleche herstellen«, erklärt mir Ribin mit einem Gesichtsausdruck, der deutlich macht, dass er dieser vergangenen Zeit nachtrauert.

Das andere ist, wie sauber die Schmiede ist. Ja, sicher, an der hinteren Wand, dort, wo sich die große Esse befindet, ist der Stein von Hitze, Ruß und Feuer geschwärzt, und es steigen dunkle Wolken aus dem Schornstein der Schmiede, aber ich habe sie mir dreckiger vorgestellt. Verrußter. Irgendetwas.

Ribin besitzt sogar einen Verkaufsraum mit hohen vergitterten Fenstern und eleganten Glasvitrinen, in denen er seine besten Stücke aufbewahrt, während der Großteil seiner Stücke in Waffenhaltern an der hinteren Wand gelagert ist.

»Erlaubt Ihr mir, Euer Schwert genauer anzusehen?«, fragt er höflich, als er die Tür aufschließt und dann vor mir den Raum betritt und die hohen Fensterläden zurückwirft, sodass Licht in den Raum gelangt.

Hänge Eisfang von meinem Gürtel ab und reiche ihn wortlos mitsamt seiner Scheide an den Schmied weiter.

Fast ehrfürchtig beschaut er sich meine Klinge, tritt auch näher an ein Fenster heran, sodass er mehr Licht hat, um zu sehen, wie es von der Klinge reflektiert, und seufzt dann verhalten, als er mir die Waffe wiedergibt. »Seht Ihr hier, dieses Zeichen, das in die Klinge eingeschlagen ist?«, fragt er mich dann und weist mit einem breiten Finger auf die Stelle.

Nicke, ich sehe es. Es ist ein Bär mit einer Krone.

Wie passend.

»Diese Klinge wurde hier gefertigt«, erklärt er mir. »Einer

meiner Vorfahren, ein Meisterschmied, wie man leicht erkennen kann. An ihn werde ich nicht herankommen, Schwerter wie dieses sind halbe Königreiche wert! Doch was ich Euch anbieten kann, ist gute bis sehr gute Arbeit. Die wenigen magischen Stücke, die ich besitze, stammen nicht aus meiner Hand, sondern aus der Hand meines Großvaters, der der Letzte von uns war, der wusste, wie man Magie mit Stahl verbindet.« Er weist zu einer anderen offenen Vitrine im hinteren Teil des Raums. »Oder wie diese Waffen und Gegenstände dort, von Reisenden oder solchen, die Heldentaten bei der Burg begehen wollten. Wie erwähnt, belästigen mich die Ungeheuer dort nicht, ganz so, als ob sie wüssten, dass ich nichts mit dem Fluch zu tun haben will.«

»Ihr habt ihre Leichen geplündert?«, frage ich überrascht. Nicht, dass es für mich ein so großes Tabu wäre, schließlich ist Beute einsammeln der Kern fast jeden RPGs. Ich bin nur überrascht, dass er es so offen sagt.

»Mitnichten«, sagt er und schüttelt den Kopf. »Was Ihr dort seht, habe ich in verschiedenen Höhlen und Nestern gefunden. Da es selten ist, dass Harpyien Waffen ausbrüten, vermute ich, dass diese von heldenhaften Helden stammen.«

Das klang eben schon richtig bissig. Von »heldenhaften Helden« scheint er auch nicht viel zu halten.

Sage nichts weiter dazu, nicke nur und schaue mir an, was er zu bieten hat. Ich finde zwei Dolche, die mir gefallen, einen für meinen Gürtel und einen für meinen linken Stiefel, ein kleineres Messer für das geheime Fach in meinem rechten Stiefel und eine Handvoll Ausrüstungsgegenstände. Von Angelschnüren über Zunderkästchen, Seilen, Bettrollen und Töpfen und Pfannen bis hin zu Satteltaschen und anderen nützlichen Dingen, die ich alle auf einen Haufen lege. Ein Haufen, der zum Schluss überraschend groß ist.

»Oder aber ich gebe Euch dies hier«, sagt er und legt eine silberne Miniatur vor mich. Sie ist etwa faustgroß und erinnert mich ein wenig an das Innere einer Schneekugel.

Die Miniatur stellt offensichtlich ein Lager dar, mit einem Feuer und einem Spieß, auf dem ein Braten hängt, einem Tisch mit zwei stabilen Bänken, einer Pferdetränke und einer kleinen

Koppel, in der zwei Pferde stehen, und einem großen Zelt, das von mindestens zwölf Stangen getragen wird.

Als ich mir die Miniatur genauer ansehen will, werde ich fast geblendet von der Energie des magischen Wirkens in dem Stück. Es ist nicht nur ein Zauber, der in dieser Miniatur verankert ist, es sind Dutzende und alle von einer Komplexität, von der ich nicht sicher bin, ob ich sie jemals verstehen kann.

Im Moment jedenfalls überschreitet die Magie in dieser Miniatur meine Fertigkeiten um Größenordnungen.

Reibe mir die Augen und schaue zu Ribin hin. »Mein Gott! Ja! Was wollt Ihr dafür haben?«

»Dieses Stück ist unbezahlbar«, sagt er, und ich stimme ihm widerwillig zu. »Aber ich gebe es Euch als Belohnung, wenn Ihr herausfindet, was mit Feliss geschehen ist, und Ihr ihn mir, wenn möglich, sicher hierher geleitet.«

»Warum sucht Ihr Euren Freund nicht selbst?«, frage ich ihn. »Ich habe nicht den Eindruck, als ob es hier im Tal viele Gefahren gibt, die Ihr scheuen müsstet.« Vor allem, weil ich mir mittlerweile recht sicher bin zu wissen, wer und was er ist.

»Da habt Ihr recht«, nickt er. »Doch meine Aufgabe ist hier, auch wenn ich heute darin versagt habe, vertrauen Joshua und Elena darauf, dass ich hier im Ort bin, um ihn gegebenenfalls zu verteidigen. Zudem besitzt Ihr Pferde. Ich nicht. Und selbst wenn ich ein Pferd hätte …« Mit einer hilflos wirkenden Geste deutet er an sich herab.

Ja. Sehe, was er meint. Das arme Pferd.

»Feliss' Wagenzug sollte einfach zu finden sein«, erklärt mir Ribin weiter. »Ihr folgt einfach der Straße aus dem Ort hinaus Richtung Osten, Richtung der Stadt Arensvelt, die zwei Tage zu Fuß entfernt liegt. Zu Pferd lässt sich die Stadt in einem Tag erreichen. Feliss' Wagen sind zu groß und zu schwer beladen, um weit von der alten Straße abzuweichen, wenn doch, würden sie tiefe Spuren hinterlassen, die Ihr leicht finden könnt. Ich weiß, dass es schon spät am Tag ist, doch ich bin sehr in Sorge um meinen Freund, und wenn Ihr nicht mehr lange zögert aufzubrechen, gebe ich Euch die Dolche, die Ihr Euch ausgesucht habt, als Anreiz mit.«

Des Anreizes hätte es nicht gebraucht, aber ich nicke, und er reicht mir die Dolche.

»Was ist, wenn ich bis nach Arensvelt reite, ohne eine Spur Eures Freundes zu finden?«

»Das ist unwahrscheinlich. Zwei schwere Wagen, vierfach bespannt, mit Kutschern und Knechten… es ist eine große Gruppe. Sie kann nicht einfach so verschwinden. Wenn es dennoch so ist, dass Ihr keine Spur von ihnen finden könnt, kommt zurück und berichtet es mir, auch dann soll Eure Belohnung Euer sein. Haben wir einen Handel?«, fragt er und hält mir seine Pranke hin.

Schaue zu, wie meine Hand in der seinen fast verschwindet. »Ja«, sage ich. »Wir haben einen Handel.« Bestätige die Queste »Finde Feliss« ohne zu zögern.

Was mich dann wieder zu den Pferden bringt, die nach wie vor geduldig vor dem Wirtshaus stehen. Ich suche mir die hellbraune Stute aus, Elena bringt das andere Pferd, ein gescheckter Wallach, für mich in den Stall des Gasthauses, während ich die Satteltaschen durchgehe und in ihnen einen Großteil der Ausrüstung finde, die ich mir bei Ribin bereits herausgelegt habe. Ich hätte diese Satteltaschen vielleicht schon früher durchsuchen sollen.

Das Pferd ist ein einfaches Reittier der Stufe 1 mit dem Namen »Pferd«. Da das andere Pferd auch so heißt, haben weder Loverboy noch Strongman viel Kreativität bewiesen. Ich nenne die Stute Betsy, was auch nicht viel besser ist, aber wenigstens hat sie jetzt einen Namen.

Es gibt einen interessanten Unterscheid zwischen Betsy und echten Pferden. Man muss Betsy vorher »betanken«. Mit Wasser und Hafer, gibt man noch ein paar Äpfel hinzu, hebt das Betsys Moral und Zutraulichkeit ihrem Besitzer gegenüber. Mit Elenas Hilfe tanke ich also Betsy voll … um dann festzustellen, dass ich die Fertigkeit Reiten nicht besitze. Ich selbst kann reiten, aber …

Okay.

Sitze auf, Betsy und ich verstehen einander sofort und …

Du hast soeben die Fertigkeit Reiten auf Stufe 1 erlernt …

Na also. Geht doch.

Es ist schon Nachmittag, als ich mich mit einem Winken von Elena verabschiede und davonreite. Es gibt noch andere, die hier in der Stadt leben, und Meister Beck hat davon gesprochen, dass ich viele von ihnen kennenlernen werde, wenn ich wiederkomme, doch für den Moment ist es nur Elena, die mir nachwinkt.

Es ist Sommer, und es wird noch ein paar Stunden dauern, bis es dunkel wird, doch selbst dann habe ich keine Bedenken. Mein Charakter sieht gut im Dunkeln, und wie mir der Start in dieses Leben bewiesen hat, kann ich auch die Magie sehen, die allen Dingen inhärent ist. Zwar nur in Umrissen, aber es reicht mir, um mich zu orientieren. Und es macht es einfach, lebende Wesen zu entdecken, selbst wenn sie, wie der Fuchs an der Mühle, gut gedeckt durchs Gras schleichen.

Dank Dr. Jensen bin ich ausgeruht, Elenas Hasenbraten hat mich gut gesättigt, sie hat mir sogar noch eine Brotzeit mitgegeben, und es ist genau so, wie ich Dr. Jensen gesagt habe.

Ich treibe Betsy nicht im Galopp, das würde sie zu früh erschöpfen, nein, wir reiten gemütlich im Schritt ein Tempo, das sie fast unendlich lange aufrechterhalten kann, ohne zu ermüden. Ich mache es mir im Sattel bequem und genieße die Welt um mich herum.

Bin mir nicht sicher, ob es notwendig gewesen ist, Mücken in diese Welt zu bringen, doch sie tragen jedenfalls zum Realismus bei.

Nach der Uhrzeit am Rand meines Sichtfelds ist es jetzt 16 Uhr 35. In etwas mehr als sieben Stunden, um Mitternacht, wird Vorena für das allgemeine Publikum freigegeben werden, und dann bricht die Hölle über uns herein.

Das Letzte, was ich selbst zu diesem Thema gehört habe, war, dass über sieben Millionen Spieler darauf warten, dass es Mitternacht wird, und etliche Zehntausend davon werden Podplayer sein, die darauf hoffen können, eine Integration von bis zu dreißig Prozent im Spiel zu erreichen.

Der Unterschied zwischen einem Podplayer und mir besteht eigentlich nur darin, dass ich direkt mit dem Spiel verbunden bin und ein Podplayer einen speziellen Helm und Anzug trägt, der die Nervenimpulse von außen aufzeichnet, die dann vom System interpretiert werden.

Genau wie ich auch, können sie ihr Interface mit Gedanken oder Blicken steuern, nur eben ein Stück langsamer als ich.

Jedoch immer noch um ein Vielfaches schneller als die Spieler, die auf VR-Helme angewiesen sind. Reden wir gar nicht von denen, die in einen Bildschirm schauen. Soviel ich weiß, gibt es für diese Spieler eine eigene Instanz von Vorena Online, sonst wären sie anderen Spielern gegenüber zu benachteiligt.

Loverboy und Strongman sind wahrscheinlich aus Arensvelt gekommen. Da sich dort ein Seelenstein befindet, nehme ich an, dass es sich um eine Starterstadt handelt, von denen es im Spiel über zwanzig gibt. Bei der Charaktererschaffung kann man, wie bei mir zwangsläufig geschehen, über Background gehen, dann wird einen das Spiel dort platzieren, wo man sich seinem Hintergrund nach befindet.

Oder aber man wählt eine der zwanzig Starterstädte aus und fängt sein Spiel ohne Hintergrund an. So oder so, um Mitternacht wird es in Arensvelt eine Invasion der Wiedergänger geben, und ich frage mich, was die Einwohner davon halten werden, vor allem, wenn sie eben nicht Skripten folgen, sondern tatsächlich menschliches Verhalten zeigen. Wobei ich bis jetzt nicht einen einzigen Hinweis darauf gesehen habe, dass dem nicht so wäre.

Jedenfalls, denke ich, als ich in Betsys Sattel sitzend gemächlich in Richtung Arensvelt reite und dabei zusehe, wie ein Falke aus dem Himmel herabstößt und seine Beute packt, ist es dann mit der Ruhe und dem Frieden vorbei.

12 Begegnung mit Goblins

Doch so lange braucht es gar nicht. Bin keine Stunde unterwegs, als ich feststelle, dass ich meiner Umgebung mehr Aufmerksamkeit hätte schenken sollen. Es ist Betsy, die mich warnt, den Kopf hebt und die Ohren aufstellt, erst dann sehe ich mit Magiesicht die blauen Umrisse von einer kleinen Gruppe Humanoider, die sich zwischen ein paar wenigen Büschen und in dem hohen Gras versteckt haben.

Für Menschen wäre dies deutlich schwerer gewesen, was mich nur wenig tröstet. Doch es sind keine Menschen, mein Pop-up teilt mir mit, dass es sich um eine kleine Gruppe Goblins handelt.

Drei Jäger, vier Krieger, ein Chief und ein Schamane, in den Stufen rangieren sie von sieben bis dreizehn. Natürlich ist der Chief die Stufe 13, und der Schamane ist Stufe 12. Von den anderen gibt es einen Krieger, der die Stufe 9 erreicht hat, der Rest ist 8 und 7.

Goblins gehören irgendwie immer zu Fantasy-RPGs dazu. Es kommt nur darauf an, wie sie umgesetzt werden.

Manchmal sind sie Witzfiguren, Kanonenfutter, das nervt und in großen Massen angreift, hier in Vorena sind sie allerdings einen anderen Weg gegangen.

Goblins sind kleiner, das ja, und sie besitzen weniger Lebenspunkte als die meisten anderen Rassen, doch sie sind auch als Spielerrasse zugelassen, und demzufolge besitzen sie Eigenschaften, die ihre augenscheinlichen Nachteile ausgleichen.

Vor allem dadurch, dass sie schnell und geschickt sind. Zudem besitzen ihre Schamanen einen instinktiven Zugang zu Magie, und ihre Krieger können ab Stufe 5 Schäden während des Kampfes regenerieren.

All das schießt mir durch den Kopf, während Betsy und ich langsam weiterreiten. Meine Achtung vor Betsy steigt, ich hätte erwartet, dass sie, wenn sie schon die Bedrohung spürt, versuchen würde zu fliehen.

So. Es ist zu spät umzudrehen und zu fliehen, in dem Moment, in dem ich Betsy wende, werden die Goblins angreifen.

Also bleibt mir entweder die Flucht nach vorne, indem ich Betsy die Sporen gebe, und wir versuchen den Hinterhalt zu durchbrechen. Oder aber die Goblins anzugreifen. Was eine Dummheit wäre, wie gesagt, hier in Vorena sind Goblins kein Kanonenfutter, sondern ernst zu nehmende Gegner, die mir zahlenmäßig neun zu eins überlegen sind und, von ihren Stufen her betrachtet, auch nicht zu verachten sind. Und ich sehe keine Möglichkeit, die ganze Gruppe zu besiegen.

Es sei denn …

Als ich darüber nachdenke, was ich tun kann, schaue ich natürlich auch bei meinen Zaubern nach.

Finde *namenlose Furcht*. Der Wirkungsbereich ist ein Kegel. Je nach Stufe (und Manainfusion) kann ich Reichweite und Winkel des Kegels beeinflussen. Mittlerweile besitze ich genug Mana, um den Spruch auf Stufe 15 hochzupumpen, sicher ist sicher, der Chief und der Schamane sind Stufe 12 und 13.

Betsy und ich reiten weiter, als ob wir noch immer keine Ahnung von dem Hinterhalt hätten, dann sehe ich, wie der Schamane hinter seinem Busch Magie um seine linke Hand sammelt und der Chief seinen Speer hebt, zügele Betsy, denke mir, warum zur Hölle nicht, und schiebe noch mehr Mana in den Zauber hinein, sodass ich genau in dem Moment, als die Goblins sich anschicken, mich aus dem Hinterhalt anzugreifen, ihnen einen Schrei *namenlose Furcht* der Stufe 20 entgegenwerfe. Zugleich springe ich von Betsy ab, hier kommt mir Akrobatik zugute, ziehe Schwert und Dolch und schaue, welcher Goblin den Willenskraftwurf gegen den Schrei geschafft hat.

Es gib eine schlechte und eine gute Nachricht. Die schlechte ist, dass ich vergessen habe, dass es einem den Kiefer ausrenkt.

Diesmal brauche ich beide Hände, um ihn wieder einzurenken, und es tut beschissen weh!

Die gute Nachricht ist, dass nur der Schamane den Widerstandswurf geschafft hat. Das bedeutet, dass die anderen Goblins die nächsten zwanzig Minuten panisch in der Landschaft herumrennen werden.

Es gibt einen anderen Grund, weshalb ich gewartet habe, bis

die Goblins mich angegriffen haben. Goblins sind eine Spielerrasse, und PVP zwischen Spielern unterschiedlicher Rassen ist etwas anders geregelt.

Goblins sind in Stämmen organisiert, die Spieler, ähnlich wie Gilden, übernehmen können. Worauf es bei Goblins ankommt, ist der Ruf. Hätte ich sie zuerst angegriffen, hätte dies mir einen Rufverlust gebracht, mich Ehre gekostet. So aber haben sie mich angegriffen, und es gehört zu den Eigenschaften der Goblins, dass sie Mut schätzen. Wenn ich hier lebend herauskomme und es mir vielleicht sogar gelingt, den Schamanen zu besiegen, wird mir das einiges an Rufpunkten einbringen. Vielleicht sogar so viel, dass die nächste Gruppe Goblins, der ich möglicherweise begegne, davon absehen wird, mich anzugreifen.

Doch das ist in der Zukunft. Jetzt und hier hält der Schamane mir seinen Stab entgegen, brabbelt etwas vor sich hin und scheint wild entschlossen, mich in Barbecue zu verwandeln, indem er mir eine Lanze aus Feuer entgegenwirft, die auf der ganzen Strecke zwischen mir und ihm Gras und Büsche auflodern lässt.

Zauber *Feuerlanze*.

Adaptive Analyse zu 63 % abgeschlossen.

Bis die Feuerlanze bei mir ankommt und ich Feuer und Magie, ohne darüber nachzudenken, auffange. Diesmal will ich den Zauber lernen, und da ich ihn über meine adaptive Fertigkeit schon zu über die Hälfte verstanden habe, gelingt es mir auch.

Zauber *Feuerlanze*	Stufe 8

Reichweite Zauberstufe/2 in Meter

Manakosten 60 je alle zwei Sekunden, die der Zauber aufrechterhalten wird.

Also funktioniert er wie ein Flammenwerfer, nur deutlich präziser. Was erklärt, warum die Flammen noch immer auf mich zukommen und ich sie und die Magie noch immer mit der Hand auffange.

Weshalb sich die Augen des Schamanen weiten, als ich jetzt

auf ihn zurenne. Während ich seine Feuerlanze dankbar in meinen Zauberspeicher umleite. Einmal habe ich den Zauber selbst schon darin gespeichert, jetzt lade ich nur mit seiner Feuerlanze meinen Zauberspeicher auf.

Es scheint ihm aufzugehen, dass das so nichts wird. Er lässt die Feuerlanze fallen und streckt mir seinen Stab quer entgegen.

Zauber *Halten*, Stufe 8, Willenskraftprobe bestanden,
Zauber abgewehrt.

Der Schamane ist Stufe 12, aber der Zauber besitzt nur Stufe 8. Habe eine gute Chance, ihn zu lernen, also tue ich das auch.

Renne weiter auf den Schamanen zu.

Zauber *Erdwall*, Stufe 10.
Adaptive Analyse zu 38 % abgeschlossen.
Kein Rettungswurf möglich. Mauer ist Mauer, Erde ist Erde.
Du wirst es verstehen, wenn du in sie hineinläufst.

Irgendjemand versucht ab und zu in diesen Beschreibungen, Humor zu beweisen. Weiß es nicht immer zu schätzen, vor allem gerade jetzt nicht, als ich mit voller Geschwindigkeit in einen Erdwall hineinrenne.

Ja, ich verstehe, was er meint. Es fühlt sich genauso an, als ob ich gegen eine Wand renne. Eine harte Wand.

Lustig finde ich es dennoch nicht.

Wenigstens knocke ich mich nicht selbst aus und schaffe den Rettungswurf gegen Betäubung und springe hoch, um auf die andere Seite der Mauer zu kommen, wo der verdammte Schamane sich gerade ins Fäustchen lacht.

Es sieht so aus, als hätte ich mich darin geirrt, denn er hat die gleiche Idee, und wir prallen auf der Mauerkante gegeneinander.

Ich besitze mehr Schwung und Masse als er, also purzeln wir auf seiner Seite hinunter. Er benutzt die Gelegenheit dazu, mir seinen Dolch in den Bauch zu rammen. Kompliment an Dr. Jensen, denke ich grimmig, als ich diese brennende Kälte fühle, während die Klinge des Schamanen in mich eindringt, auch das fühlt sich verdammt echt an!

Es artet, wie manchmal im echten Leben auch, in einen blutigen Kampf aus, in dem jeder alles gibt. Wie meine böse Zwillingsschwester Maguela hat auch dieser Schamane keine Ahnung von Nahkampf. Dafür hat er Reißzähne wie ein Schimpanse und Krallen an den Fingern, und er weiß, wie er sie verwendet. Kurz bevor ich ihm mit Mühe seinen eigenen Dolch durch die Kehle in sein Gehirn ramme, begeht er seinen letzten Fehler und stößt einen Zauber aus, der mich weit verfehlt.

Nur stelle ich gleich darauf fest, dass es vielleicht das Letzte war, das er getan hat, aber eben kein Fehler.

Zwei Dinge lerne ich, als der Schamane stirbt: Zum einen bleibt der Erdwall bestehen, ist also permanent, was gut zu wissen ist. Das Zweite ist, dass der letzte Zauber des Schamanen sein Ziel eben nicht verfehlt hat. Jetzt erinnere ich mich auch daran, dass während unseres Kampfes der Chief der Goblins noch immer in Panik gefangen an uns vorbeirannte.

Damit weiß ich jetzt auch, was der letzte Zauber des Schamanen bewirkte: So wie der Chief mich jetzt anschaut und seinen Speer fester in die Hand nimmt, hat er den Chief von der Panik befreit. Jetzt ist es der Chief, der einen Kriegsruf ausstößt, der mich glatt etwas einschüchtert und nun auf mich zugerannt kommt.

Ich knie noch am Boden und bin gerade dabei, den Dolch des Schamanen aus meinem Bauch zu ziehen, man kann also sagen, dass der Angriff des Chiefs mich unvorbereitet trifft und etwas überrascht. Ich blute außerdem wie ein Schwein, und im Moment glaube ich nicht, dass ich gegen den Chief eine Chance im Nahkampf habe.

Wieder werfe ich einen Blick in meinen Zauberspeicher.

Habe noch zweimal *Untote animieren* übrig. Ich habe diesen Zauber mittlerweile auch gelernt, aber diese beiden sind noch von meiner »Schwester« gezaubert worden, und nach den seltsamen Regeln des Spiels würde es mein Karma belasten, wenn ich den Zauber nun selbst wirke, aber wenn ich einen ihrer Zauber verwende, geht er wieder auf Maguelas Konto. Mana habe ich nach der Feuerlanze des Schamanen genug, und einen Toten habe ich auch.

Den Schamanen selbst.

Der braucht hier nicht so tot herumzuliegen, wenn er noch etwas für mich tun kann!

Schiebe mit Manainfusion nach und animiere den Schamanen mit Stufe 15, bevor ich mich gerade noch rechtzeitig zur Seite rolle, als der Speer des Chiefs sich genau dort in den Boden rammt, wo ich eben noch gelegen habe.

Der Schamane steht auf, was alleine schon den Chief entsetzt schauen lässt. Im nächsten Moment sagt der Chief nur noch entsetzt »Gah!«, als sich Dornenranken um ihn wickeln und ihn hilflos festhalten.

Dann legt der Schamane die Hand auf das Gesicht des Chiefs, zündet seine Feuerlanze und hält sie so lange aufrecht, bis der Chief aufhört zu schreien und er und die Ranke verbrannt zu Boden fallen.

Es riecht nach gegrilltem Schwein, und mir wird schlecht.

Sich zu erbrechen macht nie Freude, und mit einem Dolch im Bauch ist es auch nicht besser. Irgendwie überlebe ich es, ziehe endlich den Dolch aus meinem Bauch, hoffe, dass der Schaden nicht zu groß ist, und wirke *Leichte Wunden heilen* auf mich, was die Kratzer und Bissspuren von dem Kampf mit meinem jetzt untoten Schamanen beseitigt, mir aber nicht mit dem Stich im Bauch hilft. Mir kommt eine Idee. Schamanen erfüllen die Aufgabe von Priestern bei den Goblins, also vielleicht …

»Heile mich!«, befehle ich meinem Schamanen … was er auch tut. Ich lasse ihn das zweimal mehr machen, auch wenn ich es nicht brauche, damit ich in Ruhe schauen kann, wie *Wunden heilen* funktioniert.

Aus irgendeinem Grund brauche ich länger dafür als bei den anderen Zaubern, erst beim dritten Mal gelingt es mir, den Zauber zu lernen. Da wir schon dabei sind, lasse ich mir von ihm *Erdwall* zeigen, *Eislanze*, die ähnlich wirkt, nur den Boden anstelle mit Feuer mit Eis überzieht, *Eiswand*, wie nicht anders zu erwarten eine Wand aus Eis, und … *Familiar rufen*.

Dieser Zauber funktioniert bei ihm nicht, und als ich ihn frage, warum nicht, zuckt er mit den Schultern. »Ich tot«, teilt er mir in gebrochenem Englisch mit. Er kennt noch ein paar praktische Sprüche wie *Kochen* und *Häuten*, wobei diese Gott sei Dank nur auf tote Tiere anwendbar sind.

Mittlerweile ist ein guter Teil der zwanzig Minuten vergangen, in der die restlichen Goblins noch in Panik sein werden. Da sie ziellos herumrennen, sind sie zumeist nicht weit gekommen. Wildes Schreien, Armfuchteln und Herumrennen im Kreis scheinen die üblichen Effekte von *namenloser Furcht* zu sein.

Rufe Betsy herbei, und zusammen reiten wir ein paar der Goblins nieder. Da sie so gut wie wehrlos sind, ist es leicht, sie zu erschlagen. Den Rest überlasse ich meinem Schamanen, der deutlich methodischer und viel brutaler seinen Teil der Aufgabe erledigt.

Dann lasse ich ihn all die toten Goblins auf einen Haufen tragen und sie durchsuchen. Es gibt so gut wie keine Beute für mich, nur ein paar Silberstücke, da der größte Teil der Ausrüstung der Goblins minderwertig ist. Einzige Ausnahme ist der Stab des Schamanen, der, ähnlich wie mein Spruchspeicher, einen Zauber aufbewahren kann, doch er ist auf Goblins rassenbeschränkt.

Schicke meinen Goblin zum Holzsammeln, lasse ihn seine Brüder auf dem Scheiterhaufen stapeln, sich selbst oben auf die Spitze des Stapels setzen und den Scheiterhaufen anzünden, stehle ihm den *Untote animieren*-Zauber auf Stufe 15, um ihn wieder in meinen Zauberspeicher zu packen, und schaue einen Moment lang zu, wie die Goblins brennen, huste dann, als der Wind mir den Rauch ins Gesicht bläst, und reite weiter, während ich darüber nachdenke, was ich gelernt habe.

Vor allem eines: Ich weiß jetzt, dass es Nekromantie und Totenbeschwörer im Spiel gibt. Ich weiß jetzt aber auch, dass ich ihnen nicht begegnen will.

Was ich mit dem Schamanen und dem Chief gemacht habe, ist einfach nur übel.

Nage zudem an etwas anderem.

Wenn die NSC fühlen können wie wir, dann gilt dies auch für Goblins. Wie gesagt, Goblins sind in den klassischen RPGs geradezu dafür gemacht, zu Dutzenden erschlagen zu werden. Doch so wie der Chief geschrien hat, hat er die Feuerlanze meines Schamanen deutlich genug gefühlt.

In der realen Welt sind uns noch keine anderen intelligenten Lebensformen über den Weg gelaufen.

Wenn man davon absieht, dass die meisten Tiere zumindest

eine gewisse Intelligenz und Gefühle besitzen. Schon schlimm genug. Liebe mein gegrilltes Steak und ziehe es vor, nicht darüber nachzudenken, wo es hergekommen ist.

Muss Dr. Jensen gratulieren, ich habe nicht damit gerechnet, dass mich das Spiel in ein moralisches Dilemma führt. Nach meinen Erfahrungen, die ich zum Beispiel mit Elena gemacht habe, bin ich mir auch nicht sicher, ob es mir reicht, mich daran zu erinnern, dass die Goblins, die ich eben so systematisch umgebracht habe, tatsächlich nur Simulationen sind. Das gesamte Spiel fühlt sich einfach zu fucking echt an.

Es ist jedenfalls einfacher, in einem Hubschrauber mit Maschinenkanonen auf Fahrzeugkolonnen zu schießen, als sich Nase an Nase mit einem hässlichen Goblin einen Kampf auf Leben und Tod zu liefern, der darin endet, dass er die Kontrolle über seine Blase verliert und mich einnässt.

Gut, dass es den Zauber *Säuberung* gibt.

Das Spiel ist mir zu echt. Habe in den letzten sechs Jahren sowieso schon zu viel Zeit gehabt, über die moralische Tragweite dessen, was ich in meinem Job getan habe, nachzudenken.

Das Ergebnis ist nicht zufriedenstellend. Viel zu wenig Schwarz und Weiß, viel zu viel Grau.

Im Prinzip bleibt, dass ich nur darauf hoffen kann, dass diejenigen in der Soldstufe über uns, die die Entscheidungen getroffen haben, auch wussten, was sie tun.

13 Die Queste »Finde Feliss«

Denke an einen alten Freund Martin, mit dem ich mich früher mal intensiv über solche Themen unterhalten habe. Dies war nach meinem ersten Einsatz gewesen, und ich habe jemanden gebraucht, mit dem ich reden konnte.

Ohne dass ich ihm viel sagen durfte, mein Einsatz unterlag der Geheimhaltung, also blieb unser Gespräch eher allgemein. Wir haben bei ihm im Hof gegrillt, und er wies mit seiner Gabel auf die dicken Steaks, die wir auf den Grill geworfen haben.

»Unser Argument ist, dass wir an der Spitze der Nahrungskette stehen, weil wir intelligent sind. Wir also das Recht haben, sie zu schlachten, weil wir Steak essen wollen. Man kann auch das Argument bemühen, dass in der Natur das Recht des Stärkeren gilt. Unsere Politiker nehmen es jedenfalls für sich in Anspruch. Wir müssen nur aufpassen, dass uns das nicht irgendwann in den Arsch beißt. Stell dir vor, Alex, es kommen tatsächlich irgendwann Aliens und beweisen uns, dass sie intelligenter sind als wir. Und wollen gerne Steak aus uns machen. Irgendwie glaube ich nicht, dass wir überzeugend klingen werden, wenn wir dann sagen, dass wir es uns jetzt anders überlegt haben.«

»Was ist dann die Lösung für dieses Dilemma?«, habe ich ihn gefragt.

Er zuckte mit den Schultern. »Ich glaube nicht, dass es eine Lösung gibt. Das Einzige, was wir meiner Meinung nach tun können, ist, uns darüber bewusst zu sein, was wir tun, und dafür die Verantwortung zu übernehmen.«

Er hat wahrscheinlich recht, aber das hilft mir jetzt auch nicht weiter. Der Gedanke kommt mir, dass ich es mir gerade zu schwer mache.

Eigentlich ist es einfach.

Die Goblins haben mich angegriffen, also kann, darf und werde ich mich auch wehren!

Drehe mich im Sattel um, werfe ein letztes Mal einen Blick

auf die Rauchsäule, die nun schon etwas hinter uns liegt, und versuche mir einzureden, dass damit alles gesagt und getan war.

Das etwas mulmige Gefühl im Bauch versuche ich zu ignorieren. Es ist nur ein fucking Spiel, verdammt noch mal!

Anderthalb Stunden später versuche ich mir das Gleiche wieder einzureden. Tote Spieler vergehen in einem netten goldenen Licht, und sogar Blut und Eingeweide verschwinden sauber und ordentlich.

Dies gilt nicht für NSC.

Meister Ribin hat recht behalten. Es ist nicht schwer gewesen, die tiefen Wagenspuren zu verfolgen, die die Handelswagen hinterlassen haben, als sie die Straße verließen. Hinter einem kleinen Wäldchen und von der Straße aus kaum zu sehen, habe ich die beiden Handelswagen gefunden.

Die Wagen selbst sind so gut wie unberührt, bis auf die Pferde, denen jemand die Kehle durchgeschnitten hat, während sie noch angeschirrt gewesen sind. Irgendwie trifft es mich besonders, dass sie so wehr- und hilflos gewesen sind.

Abgesehen davon hätte man sie auch einfach laufen lassen können, es gab keinen Grund, sie abzuschlachten.

Eines der Kutschpferde, ein riesiger Hengst, hat sich wehren können. An den Resten seines Geschirrs entdecke ich eine Plakette mit dem Namen Gustav. Irgendwie ist es ihm gelungen, sich aus dem Geschirr zu befreien, und seine Hufe sind blutig. Den Spuren nach hat er versucht, etwas zu beschützen, doch letztlich ist er dann doch unzähligen Verletzungen zum Opfer gefallen. Mein Gott, denke ich, als ich all seine Wunden mustere, dieses Pferd hat bis zum Letzten gekämpft! Irgendwie habe ich Respekt vor diesem riesigen Tier und wünschte mir nur, es gäbe etwas, mit dem ich ihm hätte helfen können. Doch dazu ist es jetzt zu spät, es ist schon lange tot.

Wie das Mädchen auch.

Der Mann mit der Glatze und den guten Kleidern dürfte Feliss, der Händler, sein. Zwei der Toten tragen lange Mäntel mit doppeltem Kragen, vermutlich die Kutscher, ich meine mich zu erinnern, dass solche Mäntel typisch für diesen Beruf gewesen wären. Die beiden anderen jungen Männer sind dann wohl die Knechte gewesen.

Ribin hat mir nichts von einem Mädchen gesagt, nichtsdestoweniger finde ich sie neben den anderen auf dem Boden liegend vor.

Die Toten zeigen Verletzungen, die auf einen Kampf hinweisen. Der Händler selbst und die beiden Kutscher sind nicht wehrlos gestorben, doch den Knechten und dem Mädchen wurden die Kehlen durchgeschnitten. Nur trägt sie keine Kleider mehr, und so, wie es aussieht, hat sie keinen leichten Tod gehabt.

Mir ist schon wieder schlecht. Es hilft nichts, mir zu sagen, dass dies ein Spiel ist, wenn Mückenschwärme um die Toten herumsurren und über blutige Gesichter krabbeln. Wenn mich Dr. Jensen das nächste Mal fragt, ob es vielleicht doch zu real ist, dann lautet meine Antwort: »Fuck, ja!«

Diana.

Diesmal braucht es weniger als zehn Sekunden, bis sie neben mir erscheint. Sie schaut sich um und sieht dann selbst etwas grimmig drein.

»Du hast Fragen?« Ihre Stimme klingt tonlos und neutral.

»Ja«, sage ich und deute mit meinem Blick auf die Toten. »Wie regelt das Spiel so etwas? Können Spieler ungestraft NSC umbringen?«

Sie seufzt. »Ich wünsche mir wirklich, du würdest das Manual lesen.«

»Das kann ich nicht«, erinnere ich sie. »Ich habe keinen Zugriff auf das Internet. Es ist Bestandteil meines Vertrags.«

Sie stutzt kurz und nickt. »Hier«, sagt sie und greift in ihre Tasche, um einen altmodisch in Leder gebundenen Folianten herauszuholen, den sie mir reicht. Das Ding wiegt bestimmt zwei Kilo und ist groß genug, dass ich es mit zwei Händen greifen muss. Ich schaue nach. Das Ding hat siebenhundert Seiten.

Packe es kommentarlos in mein Inventar.

»Also«, sage ich. »Wie wird so etwas wie das hier im Spiel geregelt?«

»So etwas gilt als Mord. Wenn es gelingt, die Täter zu ergreifen, werden sie hingerichtet. Das gilt sowohl für Spieler als auch für NSC. Und ja, es gibt auch unter den NSC Mörder und Verbrecher. Es gibt Attentäter-Gilden, und manche der Attentäter besitzen einen legendären Ruf, und zurzeit sind sie euch Spielern noch weit überlegen. So oder so, werden sie erwischt, werden sie aufgehängt.«

»Das wird die Spieler nicht sehr stören.«

Sie nickt widerwillig. »Im Moment ist das noch so. Doch während man einen von uns nur einmal aufhängen kann, auch wenn sie Dutzende getötet haben, wird man einen Spieler für jeden Mord aufhängen, den er begangen hat. Exekutionen setzen den Todeszähler für Spieler zumindest um das Doppelte hoch. Sechs Morde und eine Vergewaltigung mit Todesfolge ... wenn man die Täter erwischt, können sie damit rechnen, dass sie nach jedem Tod Tage warten müssen, bis sie in das Spiel zurückkehren können. Und denke daran, es gibt nur einen Charakter, und niemand kann sich mit einem zusätzlichen Konto einloggen, die Biomatrix jedes Spielers ist einmalig und kann nicht gefälscht werden.«

Denke darüber nach und schüttele den Kopf. »Das ist nicht genug.«

»Vielleicht nicht«, sagt sie. »Doch je nach Schwere des Verbrechens kann das Urteil eine weitere Erhöhung des Todeszählers enthalten. Außerdem kann der Spieler der Stadt oder des Landes verbannt werden und gilt automatisch als vogelfrei, wenn er dem Bann nicht folgt. Das ist dann das Gleiche wie der PK-Flag, er kann also von jedem ungestraft erschlagen werden. Das Problem hier ist, dass das System und ich zwar wissen, wer das hier getan hat, aber es keine anderen Zeugen gibt. Anders als in eurem Mittelalter in eurer Welt können wir nicht willkürlich handeln, die Spieler würden protestieren. Wir brauchen also einen Beweis für die Schuld eines Spielers.«

Schaue auf die blutigen Toten herab. »DNA-Analysen werden wohl kaum zugelassen?«

Sie lächelt grimmig. »Das nicht. Doch es gibt Priester, die ihren Gott um göttliche Einsicht bitten können, sodass sie zu sehen in der Lage sind, wer das Verbrechen verübt hat. Es gibt auch Zauber, die Ähnliches bewirken können. Üblicherweise wird der zuständige Adelige eine solche Untersuchung veranlassen. Doch dieses Land wird von keinem beansprucht, und es gibt hier niemanden, der eine eindeutige Rechtshoheit besitzt.« Sie blickt mich auffordernd an.

Schaue etwas trotzig zurück. »Dieses ganze Ding mit meiner Vorgeschichte, meiner Schwester, dem Herzogtum … das alles war so nicht vereinbart, Diana.«

Sie nickt. »Bist du mit der Spellwarden-Klasse so unzufrieden?«

Ganz im Gegenteil, wenn ich ehrlich bin.

Schüttele den Kopf.

»Das ist gut so«, sagt Diana. »Denn das Ganze trägt die Handschrift unseres obersten Spielleiters. Ich könnte auch sagen, Gottes Handschrift. Für uns ist er das ja.«

Sie braucht und wird es mir nicht sagen, doch ich weiß, dass sie Dr. Jensen meint.

Diana macht eine Geste, die das ganze Land einschließt. »Ich weiß, dass du erst vor Kurzem in das Spiel gekommen bist. Was du vielleicht nicht weißt, ist, dass diese Welt alt ist. Sie hat nicht einfach eine Vorgeschichte geschrieben bekommen, diese Vorgeschichte hat sich über zwanzigtausend Jahre entwickelt, indem unsere Server die Zeit haben schneller vergehen lassen. Das nicht nur einmal, Alexandra. Soviel ich weiß, gab es 752 Durchläufe bis zu diesem hier, der dann endlich die Voraussetzungen erfüllt hat, die der Spielleiter als notwendig erachtet hat. Das bedeutet, alles, was du über die Vergangenheit hier im Spiel weißt, ist tatsächlich auch geschehen. Nun, Legenden sind naturgemäß ungenau und oft auch übertrieben, aber sie enthalten einen Kern der Wahrheit. Es gab Maguela Eisrabe. Und es gab auch deinen Charakter, der sich gegen sie gestellt hat. Sie sah etwas anders aus und trug einen anderen Namen, und Maguela war ein Mann und hieß auch nicht so, aber so etwas lässt sich leicht korrigieren. Doch die grundsätzliche Geschichte ist, wie du sie kennst. Zwillinge, die auf gegensätzlicher Seite standen und sich bekämpft haben. Der Grund für diese vielen Durchläufe, für Zehntausende von Jahren Simulation, war der, dass der Spielleiter eine Welt erschaffen wollte, die sich selbst reguliert, selbst im Gleichgewicht hält.«

Habe meine Zweifel, und Diana sieht es mir an.

»Der große Test steht noch aus und besteht darin, festzustellen, ob das Gleichgewicht auch gehalten werden kann, wenn sich jetzt die ganzen Spieler einloggen, die im Moment darauf warten, dass das Spiel freigegeben wird. Doch wir sind überzeugt davon, dass die Regulierungsmechanismen und die Maßnahmen, die ergriffen worden sind, ausreichen werden, um das Gleichgewicht zu halten. Trotz der Spieler. Oder gerade auch wegen ihnen.«

»Du willst sagen, dass Dr. Jensen sich etwas dabei gedacht hat, mir diese Spellwarden-Klasse zu geben.«

Sie nickt. »Genau wie der oberste Spielleiter auch, ist Dr. Jensen jemand, der nie etwas aus nur einem Grund tut.« Sie lächelt und zeigt weiße Zähne. »Spielst du Schach?«

»Ein wenig.«

Sie nickt. »Dr. Jensen hat zwei Dutzend Partien gegen die Serverfarm gespielt. Er hat siebzehn Spiele verloren. Zwei waren Remisen. Die letzten drei hat er gewonnen. Seit elf Jahren hat außer Dr. Jensen niemand mehr gegen einen Computer gewonnen. Er gewann gegen die Serverfarm. Gegen zwölf Quantencomputer. Er sagt, es wäre notwendig gewesen, um sie zu erziehen. Er gewann. Dreimal. Also ja, du kannst davon ausgehen, dass er sich etwas dabei denkt.«

»Hhm«, sage ich. »Wie hat er gewonnen?«

»Sag du es mir.«

Brauche nicht lange nachzudenken. »Er hat beschissen.«

Diana lacht laut auf. »Mag sein. Jetzt sage mir nur noch, wie man beim Schach betrügen kann!« Sie beugt sich vertraulich vor. »Ich verrate es dir. Man muss nur dafür sorgen, dass sich die richtigen Figuren zur richtigen Zeit am richtigen Ort befinden.« Sie zwinkert mir zu und verschwindet, lässt mich hier im blutigen Gras mit den Toten zurück.

Suche Beweise. Finde keine. Jedenfalls nicht auf den ersten Blick. Abgesehen davon, dass eine Geldkiste aufgebrochen und jeder Geldbeutel der Toten geleert worden ist. Finde ein paar Schritte von der Leiche des Händlers entfernt einen Haufen von etwa neunzig Kupferstücken im Gras, vielleicht war es den Mördern zu viel Kleingeld?

Mir nicht. Stecke den Haufen Kupfermünzen in mein Inventar.

Verwende den Fertigkeitspunkt von meinem letzten Stufenaufstieg, um damit das Spurenlesen zu lernen.

Es hilft mir festzustellen, dass die Kutschpferde große Kaltblüter sind mit entsprechend großen Hufen. Das führt dazu, dass ich die Spuren von zwei weiteren Pferden mit deutlich kleineren Hufen identifizieren kann, die mit den Kutschen vom Weg abgebogen und dann wieder im Bogen zu dem Weg zurückgeritten sind.

Die Fertigkeitsstufe ist noch zu niedrig, um mir sicher zu sein, doch ich bin der Ansicht, dass eine der Spuren sehr der von Betsy ähnelt.

Bin gerade dabei, die Wagen zu untersuchen, in der Hoffnung, vielleicht bei ihnen einen Hinweis oder gar einen Beweis zu finden, als ein Schatten über mich huscht. Unwillkürlich schaue ich hoch und sehe dort oben hoch am Himmel vielleicht einen der Regulierungsmechanismen, von denen Diana gesprochen hat.

Name: Hyacinthe
Rasse: Drache
Stufe: 246

Alles andere sind nur Fragezeichen, goldene Fragezeichen, wie auch die Krone über ihrem Namen golden leuchtet. Ihr Kopf schwenkt herum, und für einen Moment kommt es mir vor, als würde sie mich ansehen, doch dann sieht sie wieder weg und fliegt gemächlich weiter, bis sie in der Ferne im dunklen Himmel über dem Sonnenuntergang allmählich nicht mehr zu sehen ist.

Jep. Ihr traue ich sehr wohl zu, regulierend eingreifen zu können.

Abgesehen davon erfüllt mich ihr Anblick mit einem Gefühl von Wunder und Staunen, wie ich es nur selten erlebt habe.

Wenn es je tatsächlich Drachen gegeben hat, dann müssen sie so gewesen sein, denn ihre Form sieht so aus, als wäre es tatsächlich für sie möglich, aerodynamisch zu fliegen. Auch bei ihr berührt es mich, wie schön sie ist, das elegante Spiel ihrer Muskeln unter der golden geschuppten Haut, der Schwung ihrer Flügel, ihre gesamte Bewegung …

Wann habe ich das letzte Mal eine solche Ehrfurcht gespürt?

Muss wieder an Martin und unser Gespräch von damals denken. Dass wir an der Spitze der Nahrungskette stehen und wir uns deshalb das Recht herausnehmen können, mit allem umzugehen, wie wir wollen.

Ich bin mir sicher, Hyacinthe sieht dies anders.

Die Suche bei den Wagen verläuft erfolglos. Weiß nicht, ob NSC einen solchen Wagen durchsuchen, indem sie die ganze Ladung in die Hand nehmen, aus- und wieder einladen müssen. Für mich als Spielerin brauche ich nur den Wagen zu berühren, und ein Pop-up erscheint vor mir, was mir das Lademanifest zeigt. Es zeigt mir außerdem die Liste der bisherigen Besitzer.

Ibsus Thoren, Wagenmacher.
Feliss Arens, Händler
Tabitha Arens, Händlerin

Da kürzlich auch der letzte Besitzer gestorben ist, habe ich jetzt die Möglichkeit, beide Wagen für mich in Besitz zu nehmen. Zögere kurz und tue dann genau das. Meister Ribin und Beck haben davon gesprochen, wie wichtig die Ladung des Händlers für das Dorf ist.

Kann mir jetzt auch denken, wer das Mädchen ist.

Eine Stunde später befinde ich mich auf dem Heimweg. Ein untotes Kutschpferd der Stufe 20 zieht gemächlich und ohne erkennbare Probleme beide aneinandergebundenen Wagen, auf dem letzten Wagen habe ich die Toten oben auf die Ladung gebettet.

Betsy läuft brav neben uns her und stört sich nicht an den glühenden Augen des Kutschpferds, dessen Hufe bei jedem Aufsetzen Funken sprühen und dessen Atem aus Rauch und Feuer besteht.

Kann die Wagen ja nicht selbst ziehen, und ich habe noch den Zauber übrig, mit dem ich den Goblin-Schamanen wiederbelebt habe. Irgendwie denke ich, dass Gustav der richtige Kandidat für mich ist, das Kutschpferd, das den Spuren nach bis zum Letzten gekämpft hat, obwohl es hätte fliehen können. Bilde mir ein, dass wir uns verstanden haben, als ich ihm das erste Mal in seine rot glühenden Augen gesehen habe.

Habe dabei gelernt, dass je höher die Stufe eines Untoten ist, er umso mehr dämonischer Natur zu sein scheint. Könnte ich nicht Gustavs Charakterblatt lesen, würde ich ihn für einen Dämon halten.

Dennoch kommen wir nur mit Schrittgeschwindigkeit voran, ob untot oder Dämon, dies ist die Geschwindigkeit, die Gustav kennt, und so zieht er auch die Wagen.

Demzufolge ist es auch schon dunkel, als wir Marensfurt erreichen, abgesehen davon, dass die regelmäßigen Flammen aus Gustavs Nüstern den Weg erhellen, ist die einzige Lichtquelle weit und breit eine Fackel, die neben dem Eingang zu Meister Becks Gasthof brennt.

Für einen Moment überlege ich mir, was ich tun soll.

Ein dämonisches Pferd ist bestimmt nicht gut für meinen Ruf. Auf der anderen Seite ist Gustav auf seine Art sehr beeindruckend.

Wie Betsy auch musste ich ihn vorher »betanken«. Gustav ist noch immer vollgetankt. Anders als bei Betsy ist es nicht Hafer und Wasser, das ihn antreibt, sondern totes Fleisch. Da es bei den Wagen sieben tote Pferde gegeben hat, ist Gustav satt geworden.

Entscheide mich, die Wagen bis vor den Toten Eber zu fahren, Gustav dort abzuschirren und neben den Stall zu führen.

Nicht in den Stall. Er atmet Feuer, und Stroh brennt zu leicht.

Weiß noch nicht, was ich mit ihm anfangen soll, so weit habe ich ehrlich nicht gedacht, doch Gustav ist stark wie drei Dutzend Ochsen und sehr pflegeleicht. Er tut, was ich ihm sage, und wenn es nach seinem Pop-up geht, hat er genug getankt, um dort für die nächsten hundert Jahre herumzustehen, ohne dass es ihm etwas ausmacht. Oder er auch nur auf die Idee kommt, sich zu bewegen.

Wollte nur, ich könnte die Erinnerung daran vergessen, wie er über das erste Pferd hergefallen ist. Es ist meine eigene Schuld, ich habe einfach nicht schnell genug weggesehen.

Ich bin erst heute Mittag hier eingetroffen, und dennoch habe ich das Gefühl, nach Hause zu kommen, als ich die Tür aufdrücke und den Gasthof betrete. Der niedrige Gastraum wird von dem Licht von einem halben Dutzend Öllampen in ein goldenes Licht getaucht. Der Himmel draußen ist wolkenlos gewesen, demzufolge wurde es auch im Laufe des Abends kühler, hier im Toten Eber jedoch ist es angenehm warm.

Rieche Essen, Bier, Wein und Kräuter, und eine junge Frau sitzt an dem Tisch nahe der Theke, an dem ich vorhin selbst gesessen habe, und spielt ein melancholisch anmutendes Lied auf einer Laute.

Es sind außerdem mehr Leute da, als ich erwartet habe. Richtig, Elena sprach davon, dass sich noch andere hier einfinden würden, um zu sehen, wer die Fremde ist, die sich hier so einfach eingenistet hat.

»Den Göttern sei Dank für Eure sichere Rückkehr, Herrin«, begrüßt mich Meister Beck erfreut und springt von seinem Tisch auf, um mir entgegenzueilen, während das Lautenspiel der jungen Frau mit einem Misston endet und die leisen Gespräche um uns stocken. »Habt Ihr herausfinden können, was mit Feliss geschehen ist?«

»Ja, das hat sie«, lässt sich Meister Ribin grimmig vernehmen, der zu meiner Überraschung hinter der Theke steht. Diesmal hat er seine Schürze abgenommen und trägt ein geschnürtes Leinenhemd, das nur wenige Brandlöcher besitzt. »Es steht ihr in die Augen geschrieben.«

Er winkt mich zu dem Tisch in der Mitte des Raums, an dem auch der Wirt gesessen hat.

»So kommt und setzt Euch zu uns. Wir sind alle begierig darauf, zu erfahren, was mit Feliss ist, doch vorher sollte man sich bekannt machen, damit Ihr wisst, wer es ist, der Euch zuhört.«

So kommt es dann auch. Elena und Meister Beck bestehen darauf, dass ich mich an den Tisch setze, während sich die Neuzugänge mir vorstellen, als ob ich Hof halten würde, je nach Geschlecht mit einer tiefen Verbeugung oder einem nicht minder tiefen Knicks.

So lerne ich den alten Hans kennen, seines Zeichens Braumeister und ehemals Müller, Gertrude, die früher Amme gewesen ist und jetzt wegen der Arthritis in ihren Händen nur noch imstande ist, Kräutertees herzustellen, die, wie man mir schwor, besser helfen als ein Gebet und andere vorteilhafte Wirkung bringen, Alorn, der Jäger, der sich etwa in meinem Alter, also Mitte dreißig befindet, Ulrich, der Ledermacher, und sein Sohn Hanis und seine Tochter Imma.

Ein hagerer Mann so um die siebzig, Bruder Gilead, mit wachen grauen Augen, trägt eine schwarze Robe und stellt sich als ein Akolyth des Gottes Escheus vor, der hier in Vorena als der Gott des Todes, aber auch der Weisheit und der Gelehrten verehrt wird. »Wegen des Buchs, in dem er das Schicksal der Lebenden vermerkt. Es macht ihn selbst zu einem Gelehrten«, wie mir Bruder Gilead eilig erklärt, als er meinen fragenden Blick sieht.

»Das trifft sich gut«, sage ich, als ich bei seinen Worten an Gustav denke. »Vielleicht wollt Ihr mich später bei einem Problem beraten.«

»Gerne«, sagt er daraufhin mit leuchtenden Augen. Es kommt mir vor, als gäbe es nichts, was er lieber tun würde. »Ganz wie Ihr wünscht.«

Nachdem die Vorstellungen beendet sind, Meister Beck eine Flasche guten Weines geöffnet hat und ich einen Becher in der Hand halte, bittet mich Meister Ribin, ihnen zu berichten, was ich herausgefunden habe.

Ich weiß, wie man Berichte gibt. Man fängt vorne an, hört hinten auf, erzählt die Fakten, nur das, was man weiß, nicht das, was lediglich Vermutung ist. Sie hören schweigend zu, niemand unterbricht mich oder stellt Fragen, bis ich am Ende angekommen bin.

»O Götter«, haucht Gertrude und wischt sich mit krummen Fingern die Tränen aus den Augen. »Tabitha … sie ist doch nur ein Kind!«

»Diese Menschen kennen keine Scham und keine Ehre«, knurrt Meister Ribin, und ich sehe, dass die Knöchel seiner geballten Hände weiß werden. Erst Entsetzen, dann Trauer, Wut und Zorn sind die Reaktionen, die ich sehe, jeder zeigt oder verbirgt sie auf seine Art, und es fällt mir schwer zu glauben, dass diese Gefühle nur simuliert sein sollen.

»Wir werden morgen früh aufbrechen, um sie zu begraben«, entscheidet Meister Ribin mit grimmiger Stimme. »Wie weit, sagt Ihr, liegen sie entfernt?«

»Habt Ihr etwas dagegen tun können, dass wilde Tiere sich

an ihnen vergehen?«, fragt der alte Hans mit zittriger Stimme. »Es ist in ihrer Natur, man kann ihnen deshalb keinen Vorwurf machen, doch ich kannte Feliss, seitdem er kurze Hosen trug …« Er schnieft, schnäuzt sich in seine Hand und wischt diese an seiner Hose ab. »Es ist eine üble Nachricht«, seufzt er und schüttelt traurig den Kopf. »So eine üble Nachricht, wo soll das noch enden?«

»Ich habe sie mitgebracht«, sage ich laut und vernehmlich, um das Stimmengewirr zu übertönen. »Die Wagen stehen vorne vor dem Gasthof. Die Toten liegen auf dem zweiten Wagen, ich hielt es für besser, sie hierherzubringen, wo sie im Kreis ihrer Freunde zur Ruhe gebettet werden können, anstatt sie in der Wildnis zu verscharren.«

»Das habt Ihr recht getan«, sagt Bruder Gilead. »Doch wie?«

»Äh …«, antworte ich vorsichtig. »Ich gestehe, ich weiß nichts davon, wie ihr hier eure Toten bestattet.«

Bruder Gilead winkt ab »Das meine ich nicht«, sagt er. »Wenn die Mörder die Kutschpferde getötet haben, wie habt Ihr die Wagen hierherbringen können? Ein Reitpferd alleine ist dafür zu schwach.«

»Err, hrrm, ja. Das …« Ich räuspere mich. »Ihr erinnert Euch, dass ich Euch um einen Rat bitten wollte?«

Wie ich eben gelernt habe, ist es Aufgabe der Frauen, die Toten zu waschen und auf das Begräbnisritual vorzubereiten. Es hat irgendetwas damit zu tun, dass wir von Frauen auf die Welt gebracht werden und es den Zirkel schließt, wenn sie uns auf unsere letzte Reise schicken. Also sind es Gertrude, Elena und Imma, die Tochter des Ledermachers, die sich im Gasthof um die Toten kümmern.

14 Der untote Riesenhengst

»Oh«, sagt Bruder Gilead.

»Das ist …«, sagt Meister Beck und stockt, als er nach Worten sucht.

»Unerwartet?«, fragt Meister Ribin hilfreich.

»Ja, genau das trifft es«, nickt Meister Beck wiederholt. »Unerwartet, in der Tat.«

Meister Beck, Ribin, Gilead und ich stehen im Halbkreis um Gustav herum, der zu schlafen scheint, da seine feurigen Augen geschlossen sind und nur kleine Flammen seinen Nüstern entweichen.

»Beeindruckend ist noch ein Wort, das mir einfällt«, sagt Ribin und schüttelt erstaunt den Kopf. »Das muss der größte Gaul sein, den ich jemals gesehen habe.«

Ich nicke verlegen. »Er ist ein wenig gewachsen, als ich ihn gerufen habe. Seht ihr, ich wusste nicht, wie stark er sein muss, um diese beiden Wagen zu ziehen.«

»Verständlich«, nickt Meister Beck. »Nur zu verständlich. Ich meine, wer hat schon Erfahrung mit Dämonenpferden.« Obwohl es kühl geworden ist, tupft er sich die Stirn mit einem Tuch ab.

»Gustav ist kein Dämon. Nur untot. In etwa so wie Hauptmann Loris. Nur dass Gustav nicht verflucht ist.«

»Er sieht wie ein Dämon aus«, meint Bruder Gilead zweifelnd. Er gräbt schon die ganze Zeit unter seiner Kutte herum, als ob er etwas sucht.

»Hauptmann Loris sieht nicht wie ein Dämon aus«, widerspricht Meister Ribin. Ja. Nicht so, wie er ihn kennengelernt hat. Jetzt schon. Unterdrücke gerade noch ein unwillkürliches Schütteln, als ich daran denke, wie ich Loris das letzte Mal gesehen habe. Ein über zwei Meter großer mit Pusteln bedeckter Fleischberg, von dem aus Dutzenden aufgebrochenen Beulen Gift und Pestilenz tropft.

Aber ja, Loris atmet keine Flammen.

Schaue mir Gustav jetzt auch genauer an. Vorher hatte ich stundenlang Zeit, sein Hinterteil anzusehen, aber das ist nicht ganz das Gleiche.

Wie Ribin eben schon festgestellt hat, ist Gustav groß. Sehr groß. Er ist etwa um die Hälfte gewachsen. Er ist vorher auch schon nicht gerade klein gewesen. Denke, dass es an den sieben Pferden liegt, die er gefressen hat, aber das erwähne ich jetzt besser nicht.

Er trägt immer noch Zaumzeug und Geschirr. Es hat sich ihm angepasst, und ebenso wie er hat es sich verändert. Das Leder, vormals braun, ist jetzt schwarz und glatt. Die Beschlagteile sind aus Messing gewesen, jetzt sind sie aus dunklem Silber. Gustavs Fell, einst braun, glänzt jetzt in einem seidigen Schwarz. Die Mähne ist sorgsam in silberne Drähte geflochten und weiß wie Asche, jedes einzelne Haar endet in einem glühenden Punkt, als wäre es eine Lunte. Das Gleiche gilt auch für seinen Schweif. Die Hufeisen sind aus Silber, und obwohl er ruhig steht und sich nicht einen Millimeter bewegt, kann man in der Dunkelheit kleine rote Funken sehen, die um seine Hufe tanzen.

»Ha!«, ruft Gilead plötzlich triumphierend und fischt etwas unter seiner Robe hervor. »Escheus' Auge«, erklärt er uns stolz. Für mich sieht es wie eine rechte menschliche Augenhöhle aus, die zusammen mit dem Griff an ihr mit Silber überzogen wurde. Irgendwie erinnert der Gegenstand mich an eine Lorgnette.

Nur dass es eine Augenhöhle ist.

Ugh.

»Es ist von seiner Macht erfüllt und erlaubt es mir, Böses zu entdecken, wenn ich hindurchschaue!«

Was er dann auch tut. Er schaut erst Gustav an … scheint auf etwas zu warten, um dann, etwas schräg und vielleicht auch ansatzweise verstohlen, mir einen Blick zuzuwerfen.

Lächele ihm zu.

»Und?«, fragt Meister Beck neugierig. »Ist es … Gustav … ist er böse?«

Gilead antwortet zuerst nicht, vielmehr klopft er gegen Escheus' Auge, als wäre es eine Fernbedienung aus Taiwan, die nur etwas Aufmunterung braucht.

Kann nicht widerstehen. »Ist das Ding an?«, frage ich, womit ich einen bösen Blick ernte.

»Selbstverständlich«, erklärt er mir empört. »Es ist von der Macht des Gottes erfüllt!«

In der Magiesicht kann ich es auch sehen. Es leuchtet nicht wie die meisten Dinge in einem bläulichen Ton, sondern silbern. Und ja, es ist an. Kein Zweifel. Lasse die Magiesicht hastig fallen und muss etwas blinzeln, damit ich wieder etwas sehen kann, so hell hat es gestrahlt.

»Verzeiht«, beginne ich verlegen. »Aber ich kenne mich damit nicht aus, ist Escheus als Gott des Todes nicht eher neutral? Oder gar noch böser Gesinnung?«

Dianas Manual brennt in meinem Inventar. Ich sollte es vielleicht tatsächlich mal lesen.

»Er ist neutral«, erklärt mit Bruder Gilead im Brustton der Überzeugung. »Mit einer Neigung zum Guten. Er hält Gericht über die Seelen, also muss er neutral sein, doch ist bekannt, dass er die verachtet, die sich an Schutzlosen vergehen!«

Es gibt Drachen hier in Vorena. Untote. Ghule. Es wäre Dr. Jensen zuzutrauen, dass es hier auch Götter gäbe, die tatsächlich aktiv sind und nicht nur Däumchen drehen, während Menschen die fürchterlichsten Dinge tun.

Ich nehme mir vor, in Bezug auf Götter etwas vorsichtiger zu sein. Wenn ich in meinen Gedanken Wörter formuliere, kann das System sie verstehen. Also könnten Götter hier auch Gedanken lesen.

»Untote zu beschwören ist per Definition eine böse Tat«, erklärt Bruder Gilead jetzt im Brustton der Überzeugung, und wieder huscht sein Blick zu mir herüber. »Alleine schon Totes wieder zum Leben zu erwecken, verstößt gegen das Gesetz der Götter. Und erst recht gegen Escheus' Vorherrschaft über den Tod! Als jemand, der dem Glauben meines Herrn folgt, ist es geradezu meine Pflicht, dieses … Ungeheuer … zu vernichten! Und jeden, der es wagt, sich so gegen die Gesetze meines Herrn zu vergehen!« Er hält wieder Escheus' Auge vor das seine und schüttelt dann ungläubig den Kopf. »Ich habe schon einen Untoten gesehen. Manchmal verlassen sie das Gelände der Burg und laufen umher… irgendwann fallen sie dann um und bleiben liegen. Sie sind böse. Kein Zweifel, sie sind von einer schwarzen Wolke umgeben, die das deutlich macht!«

»Wollt Ihr mich jetzt vernichten?«, frage ich ihn. Habe nicht das Gefühl, als ob er mich angreifen will, aber denke, ich frage besser nach.

»Streckt Eure Hand aus!«, fordert er plötzlich.

Strecke die Hand aus. Bin neugierig und will wissen, was er vorhat. Soviel ich erkennen kann, ist er nicht bewaffnet, und so dürr, wie er ist, sehe ich keine große Gefahr von ihm kommen. Meister Ribin ... okay. Da wäre ich vorsichtig, doch er, genauso wie Meister Beck, scheint das Geschehen zwischen mir und Bruder Gilead nur mit verhaltenem Interesse zu verfolgen.

Bruder Gilead drückt mir Escheus' Auge, das sofort in einem silbrigen Schimmer zu leuchten anfängt, in die Hand.

Wir schauen alle auf das schimmernde Ding. »Und?«, frage ich Bruder Gilead. »Was bedeutet das jetzt?«

»Wäret Ihr böse oder Eure Seele durch die Nekromantie verdorben, hätte der Gott Euch jetzt gebrandmarkt«, erläutert Bruder Gilead, ohne von der schimmernden silbernen Augenhöhle wegzuschauen.

»Ah. Gut zu wissen, dass ich nicht böse bin. Was bedeutet das Leuchten?«

Bruder Gilead schüttelt den Kopf und nimmt das Auge wieder vorsichtig auf. Das Schimmern verblasst. »Das weiß ich nicht«, gesteht er. »Ich habe noch nie davon gehört, dass so etwas geschieht.«

»Darf ich?«, frage ich und pflücke ihm das Ding wieder aus der Hand, bevor er Antwort geben kann, um es Gustav auf den Rücken zu legen. Es leuchtet kurz auf, als ich es in der Hand halte, doch jetzt liegt es auf Gustavs breitem Rücken, ohne etwas zu tun. Mit einer Verbeugung reiche ich das Auge wieder an Bruder Gilead zurück.

»Und jetzt?«, frage ich.

Bruder Gilead kratzt sich etwas ratlos wirkend am Hinterkopf. »Ich denke«, verkündet er dann, »ich werde nach Arensvelt reisen und dort einen Priester befragen. Er sollte mehr wissen als ich. Ich bin schließlich nur ein einfacher Laienbruder.«

»Was machen wir mit Gustav?«, frage ich ihn.

Er zuckt die Schultern. »Ich weiß es nicht. Wenn er nicht böse ist … dann … ich weiß es einfach nicht.«

»Hhm«, meint Meister Beck. »Ihr sagt, dass er sich ohne Euren Befehl nicht bewegen wird?«

Ich nicke.

Er tritt an Gustav heran, zögert kurz, legt ihm dann beide Hände auf die linke Schulter und drückt. Bei einer Statue hätte er mehr Erfolg gehabt. Ich schätze, dass Gustav jetzt gut eine Tonne wiegt, er bewegt sich keinen Millimeter.

»Er ist warm«, stellt Meister Beck fest. »Aber nicht heiß.« Vorsichtig fährt er Gustav durch die Mähne. Funken steigen auf, doch das ist alles. »Ich fühle die Glut, doch sie verbrennt mich nicht«, stellt er dann fest und tritt einen Schritt zurück, um Gustav von vorne zu mustern. Gustav hat immer noch die Augen geschlossen, es gibt kein Anzeichen dafür, dass er unsere Anwesenheit überhaupt bemerkt hat.

Meister Beck zuckt mit den Schultern. »Ich schlage vor, wir lassen ihn hier stehen. Wenn er so stark ist, wie Ihr sagt, Herrin, können wir ihn vielleicht noch gebrauchen? Wisst Ihr, was er frisst?«

»Totes Fleisch.«

»Oh«, meint er.

»Joshua«, sagt Ribin und seufzt vernehmlich. »Das tun wir doch auch. Gustav wäre doch nur ein Problem, wenn er auf lebendes Fleisch bestehen würde!«

Wir lassen Gustav im Hof stehen. Doch erst, nachdem ich ihn dafür verwendet habe, die beiden Wagen in den Hof des Gasthofs zu ziehen, wo sie, wie Meister Ribin meint, besser aufgehoben sind als auf dem Marktplatz.

Später dann bittet mich Meister Beck darum, dass ich ihnen die Erlaubnis erteile, die Wagen auszuräumen. Stelle fest, dass es einfach ist. Brauche nur einen Wagen zu berühren, dann Meister Beck zu fixieren und die Anfrage, ob ich die Besitzrechte an ihn übertragen will, mit Ja zu beantworten.

Er protestiert, sagt, dass dies zu viel wäre.

Ich bestehe darauf.

Elena bedankt sich vielmals und führt ihren Vater zur Seite, um leise, aber mit vielen Gesten mit ihm zu diskutieren, dann kommt Meister Beck zurück und verbeugt sich tief vor mir und bittet mich, mir nach dem Totengebet etwas Zeit zu nehmen, wenn ich nicht zu müde dafür wäre.

Bin es nicht, die drei Minuten Schlaf, die Dr. Jensen mir freundlicherweise in eine gute Nachtruhe verwandelt hat, helfen. Nach und nach kommen die anderen Dorfbewohner und bedanken sich für meine Großzügigkeit.

Bestehe darauf, dass es nichts ist, es ist schließlich die Ware, die sie bei Händler Arens geordert haben.

Ribin nimmt mich schließlich zur Seite. Mittlerweile habe ich mich etwas von meinem Lustanfall erholt, zudem habe ich eine Vermutung, was ihn angeht, und wenn ich ihn jetzt anschaue, ist es, als ob ich etwas in einem Schaufenster bewundere, von dem ich weiß, dass ich es mir zum einen nicht leisten kann und es mir zum anderen auch nie passen wird.

Ribin hat sich irgendwann gewaschen und riecht jetzt nicht mehr nach Kohle, Feuer und heißem Metall, sondern irgendwie nach Wald und … ein ganz klein bisschen nach Moschus und Pelz.

Unterdrücke ein Lächeln.

»Sera«, beginnt er. »Ihr versteht wohl etwas nicht.«

»Dann erklärt es mir bitte.«

»Es ist einfach. Ihr habt die Wagen am Wegesrand gefunden. Zu diesem Zeitpunkt haben sie niemandem mehr gehört. Jeder hätte kommen und sie für sich beanspruchen können. Nachdem Ihr sie beansprucht habt, waren sie rechtmäßig Euer Besitz.«

»Ihr wolltet doch morgen aufbrechen, um sie zu holen?«

»Die Toten, ja. Wir hätten dafür einen der Wagen ausgeräumt, nur das Nötigste an Waren darauf gelassen und dann den Wagen hierher zurückgeschoben. Einen Wagen. Habt Ihr hier im Ort ein Pferd gesehen, Sera? Eines, das nicht Euch gehört?«

Schüttele den Kopf.

»Ihr wisst selbst, wie schwer die Wagen beladen waren. Wir alle zusammen hätten nicht einen dieser Wagen schieben können, wären sie voll beladen. Vielleicht wären die Wagen morgen auch gar nicht mehr da gewesen. Wir … was ist?«

»Nichts«, antworte ich abgelenkt. Es ist Mitternacht und mein Interface wird von Systemnachrichten geradezu überschwemmt. »Wartet bitte einen Moment … ich muss gerade nur … gebt mir fünf Minuten, ja?«

Brauche weniger als das, das Interface ist im wahrsten Sinne intuitiv und weiß, was ich will, also fällt es mir leicht, die Nachrichtenfilter so einzustellen, dass der Globale Spam mich nicht belästigt. Frage mich, warum manche Menschen, die gerade erst in ein Spiel gekommen sind, unbedingt gleich alle Chats vollspammen müssen.

Atme erleichtert auf und wende mich wieder Meister Ribin zu, der geduldig gewartet hat.

»Der Punkt ist«, sagt er, als er sieht, dass er meine Aufmerksamkeit wieder besitzt, »dass Ihr es nicht hättet tun brauchen. Weder die Toten für uns zu bergen noch die Wagen hierher zurückzubringen, noch sie an Meister Beck zu übertragen.«

»Ich schätze Meister Beck so ein, dass er daraus kein Geschäft für sich machen wird«, verteidige ich meine Entscheidung. »Er wird die Waren so verteilen, wie es nötig ist.«

»Was er tun wird, weil dies hier seine Heimat ist und wir alle seine Freunde sind. Warum habt Ihr es getan?«

»Es ist richtig so.«

Ribin nickt und legt den Kopf schräg. »Seid Ihr ein guter Mensch?«

Unterdrücke eine Grimasse. »Wohl kaum.«

»Hhm«, sagt er und geht davon, lässt mich hier im Hof bei Gustav stehen.

Schaue ihm verdutzt nach.

»Was war das jetzt?«, rufe ich ihm hinterher.

»Das werdet Ihr nachher erfahren«, sagt er, deutet eine Verbeugung an und geht in den Gasthof zurück.

15 Die Erbin des Herzogtums

Ein Händler wie Arens, der viele Tage auf der Straße verbringt, führt meistens den größten Teil seines Besitzes mit. So hat Arens auch Kleider für sich und seine Tochter dabei. Es ist Gertrude gewesen, die die letzten Vorbereitungen getroffen hat und dann die Toten neu eingekleidet in einem Nebenraum des Gasthofs auf fünf Tischen aufbahrte.

Bruder Gilead führt die Dorfbewohner im Gebet. Elena hat Essen und Getränke aufgetischt, und der Gastraum ist voll mit Menschen, die ich bisher noch nicht kennengelernt habe. Zähle verstohlen durch. Siebenundzwanzig. Sie sind alle gekommen. Von Bernd, dem Schäfer, bis zu Gileads Bruder, der als Einsiedler auf einem der wenigen Höfe lebt und nicht einen Ton sagt. Braucht er auch nicht, seine Mimik und die feuchten Augen sagen genug.

Halte mich zurück, stehe im Hintergrund, neige nur den Kopf, als die Dorfbewohner für die Seelen ihrer Freunde beten. Erst später erfahre ich, dass sie einen der Kutscher und die beiden Knechte nicht gekannt haben. Doch es macht keinen Unterschied, jetzt im Tod sind es die ihren.

»Ich glaube sogar daran, dass ich eine Seele besitze«, hat Diana vorhin zu mir gesagt. Zwanzigtausend Jahre lief diese Simulation. Kinder wurden geboren, wuchsen auf, haben geheiratet, selbst Kinder bekommen, sind gestorben. Diese Welt ist lebendig, sie lebt, sie atmet, hat ihre eigene gelebte Geschichte. Stelle fest, dass ich nicht mehr sicher bin, ob diese Menschen hier, diese Simulationen, wirklich keine Seelen haben.

Sie leben in dieser Welt. Weiß, wie echt sie sich für mich anfühlt, und denke, dass es keinen Grund gibt, warum diese Menschen nicht daran glauben sollten, echt zu sein. Es gibt Dinge, die mich daran erinnern, dass dies eine Simulation ist. Pop-up-Menüs bei Pferden beispielsweise. Doch sie kennen es nicht anders. Wenn sie diese Menüs überhaupt sehen. Erinnere mich, dass

Elena fasziniert zugeschaut hat, als ich den Hafersack für Betsy wieder und wieder gefüllt habe. Und Betsy frisst auch den Hafer im Stall und grast am Wegesrand.

Nach dem Gebet tritt Elena vor und singt mit feuchten Augen. Der Text spricht davon, wie Escheus die Seelen aufnimmt, tröstet und geleitet, ihnen Hoffnung gibt. Die Melodie kommt mir bekannt vor, ich glaube, es ist das Te Deum.

Habe auch feuchte Augen, obwohl ich keinen der Toten kenne und die Trauer der Menschen hier nicht teilen kann. Dennoch berührt es mich.

Die Menschen hier berühren mich.

Diese ganze Welt berührt mich.

Bin es nicht mehr gewohnt.

In den letzten sechs Jahren hat meine Welt aus einem Zimmer mit piepsenden Geräten bestanden, weiß gekleideten Unbekannten, die sich über mich beugen und mich anfassen, ohne zu fragen, Fremden, die mich gefüttert haben wie ein kleines Kind, um mir dann, zum Ende hin, mein Essen durch einen Schlauch in den Magen zu pumpen. In all dieser Zeit war ich sowohl auf mich selbst konzentriert als auch von dem Leben, das sich draußen vor meinem Fenster abgespielt hat, vollständig abgekapselt.

Vor meinem Unfall habe ich den Adrenalinkick gebraucht, um zu spüren, dass ich am Leben bin. Hier im Spiel, in dieser Welt, gibt es keine Sekunde, in der ich das nicht fühle.

Am Ende des Trauerdienstes werden die fünf Toten von blütenweißen Leinentüchern bedeckt, und man zieht sich schweigsam in den Gastraum zurück, die Tür zu dem Raum, in dem die Toten liegen, wird geschlossen, und wir alle fallen über das Essen her.

Ich auch. Genieße es, Hunger zu haben, auch das hat mir lange gefehlt, und Elena ist eine vorzügliche Köchin.

Meister Beck hat mich wieder an den Tisch in der Mitte des Raums geführt, und ich spüre, wie Blicke auf mir lasten. Mich stört es nicht mehr, mehr als zwei Dutzend Augenpaare verfolgen jede Sekunde meines Lebens hier, also warum sollte es mich stören, wenn die Dorfbewohner mehr oder weniger verstohlen zu mir hinschauen.

Blende es aus und bin auf mein Essen konzentriert. Offenbar

hat Ribin darauf gewartet, dass ich die zweizinkige Gabel niederlege, bevor er sich räuspert.

Sehe auf und stelle jetzt erst fest, dass die Dorfbewohner alle vor mir sitzen, nur die Theke befindet sich in meinem Rücken, und Meister Ribin, Elena und Meister Beck stehen vor mir, einen Schritt von meinem Tisch entfernt.

»Sera Alexandra«, beginnt Ribin mit seiner tiefen brummenden Stimme. »Liebe Freunde. Wir haben uns hier versammelt, um Abschied von unseren Freunden zu nehmen. Ihre Seelen ruhen nun in Escheus' Hand. Doch ihre Mörder befinden sich noch immer unter uns. Sera Alexandra, Ihr habt uns vorhin berichtet, was Ihr dort am Wegesrand vorgefunden habt. Doch Ihr habt uns nicht mitgeteilt, was Ihr selbst vermutet.«

Schaue Ribin an und frage mich, wie ich das handhaben will. Am besten mit der Wahrheit. Zumindest die Wahrheit, wie ich sie sehe.

»Ich habe eine Vermutung, wer die Morde begangen hat. Aber nur wenige Anhaltspunkte dafür. Es waren zwei Täter, sie waren beide beritten, und sie haben nichts von Meister Arens gestohlen als das Gold und das Silber, das er in seiner Geldtruhe bewahrte. Das Kupfer haben sie zurückgelassen.«

Halte kurz inne und überlege, wie ich fortfahren will. Alle schauen mich jetzt an, doch niemand sagt etwas. Sie warten nur geduldig darauf, dass ich weiterspreche.

»Seht«, sage ich schließlich. »Wenn ein Wiedergänger stirbt, hinterlässt er ein Zehntel seines Geldes an dem Ort seines Todes, wenn ihn die Götter zurückrufen. Strongman verlor vierunddreißig Goldstücke, ein paar Silberstücke und kein einziges Stück Kupfer. Wir wissen, was Tabitha angetan wurde.« Das Gemurmel, das diesen Worten folgt, ist drohend und die Gesichter grimmig, als sie nicken. »Von dem Ort, an dem ich die Wagen fand, führt die Straße nur hierher, das Land ist so dünn besiedelt, dass es weit und breit keine anderen Orte gibt. Die Morde geschahen am späten Morgen, zumindest das konnte ich aus den Spuren lesen. Die Mörder waren beritten, und Strongman und Loverboy kamen etwa zu der Zeit hier an, die es gebraucht hätte, um von dem Ort der Tat hierher zu reiten. Wir wissen auch alle, wie sie sich hier verhalten haben, dass sie Elena das Gleiche antun wollten wie Tabitha. Die Vermutung liegt nahe, dass es diese beiden … Wiedergänger waren, doch es gibt keine schlüssigen Beweise.«

Elena hebt zögernd die Hand. »Woher wisst Ihr die Namen der Wiedergänger? Strongman und Loverboy? Sind das die, die sich an mir vergehen wollten?«

»Pah«, grummelt Gertrude und stützt ihre verkrüppelten Hände auf den Knauf ihres Gehstocks, den sie zur Emphase in den Boden rammt. »Was sind das für dumme Namen! Wer nennt sein Kind so?«

Darin sind wir einer Meinung.

»Äh«, antworte ich. »Wenn ihr mich genau anschaut, könnt ihr dann nicht meinen Namen lesen?«

»Die wenigsten von uns können lesen«, meldet sich der alte Hans zu Wort, beugt sich etwas vor und kneift die Augen zusammen. Offenbar sieht er nicht mehr so gut. »Wo steht denn bei Euch der Name geschrieben?«

»Ihr seht keinen Balken über meinem Kopf schweben? Für euch müsste er grün sein?«, frage ich noch einmal nach, doch ich ernte nur verständnislose Blicke. »Äh … es ist eine Art Zauber, er zeigt den Namen und Art desjenigen, den man anschaut.« Eine rettende Idee kommt mir. »Wie das Auge des Escheus, das Bruder Gilead bei sich trägt. Wenn der Balken rot ist, ist derjenige feindlich gesinnt.«

»Ihr sagt, Euer Balken wäre grün, also freundlich?«, fragt Elena nach, die meiner Meinung nach ausgesprochen intelligent sein muss. Bis jetzt hat sie immer alles sehr schnell begriffen.

Mir kommt eine Idee. Weiß nicht, ob es möglich ist. Öffne meine Fertigkeitsliste, suche Analyse heraus, fixiere Elena und wische die Fertigkeit zu ihr hinüber. Es gibt eine Überraschung, als das System mich etwas fragt.

Willst du Elena Beck als deine Gefolgsfrau anerkennen?

Diesmal wartet das System auf meine Antwort.

Ich räuspere mich. »Elena«, frage ich sie mit rauer Stimme. »Willst du meine Gefolgsfrau werden?«

Sie schaut mich überrascht an. »Gerne, aber warum?«

»Weil ich dir dann Dinge besser zeigen und erklären kann.«

Ohne zu zögern, fällt Elena vor mir auf die Knie, legt die Hand auf ihr Herz und spricht mit fester Stimme: »Ich, Elena Beck, Wirtstochter zu Marensfurt, gelobe im Namen der Götter, Sera Alexandra Eisrabe treu zu dienen und zu folgen, wohin sie mich auch führt.«

»Elena, warte«, ruft ihr Vater, doch es ist zu spät. Elena leuchtet für mich kurz auf. Ihr Balken wird hellgrün, und mein Pop-up von ihr ändert sich.

Name *Elena Beck*
Klassen-Änderung *Rekrut/Einfache Gefolgsfrau.*
Fertigkeit Analyse auf Stufe 1 übertragen.

Du hast eine Stufe in der Fertigkeit Analyse verloren.

Fertigkeit Analyse	*Stufe 2*

»Oh!«, sagt sie und legt ihre Hand auf ihren Mund, um sich mit weiten Augen umzuschauen. »Oh!«, sagt sie erneut und deutet dann kichernd auf Gertrude. »Ich wusste nicht, dass du Merzysdyn heißt!«

»Pah«, meint Gertrude ungerührt. »Wenn du so einen Namen hättest, Kind, würdest du ihn auch nicht an die große Glocke hängen!«

»Du siehst diese schwebenden Namen jetzt auch?«, fragt Bruder Gilead neugierig.

Elena nickt. »Es ist, wie Sera Alexandra sagt, ich kann jetzt eure Namen sehen, bei einigen von euch sogar mehr, bei manchen, wie Meister Ribin hier, sehe ich allerdings nur Fragezeichen.«

Nicke. »Manches von dem, was du siehst, wird dir von dem Zauber mitgeteilt. Doch was du sonst noch von denen weißt, die du ansiehst, wird dir dann zusätzlich gezeigt.«

Sie schaut nachdenklich drein. »Das ergibt Sinn.«

Bin neugierig und schaue sie mir jetzt genauer an.

Elena Beck		Stufe	1
Rasse	Mensch		
Klasse	Rekrut/Gefolgsfrau		
Stärke	5		
Geschicklichkeit	11		
Konstitution	7		
Intelligenz	15		
Weisheit	10		
Charisma	12		
Lebenspunkte	70		

Sie besitzt eine überraschend lange Liste von Fertigkeiten wie Kochen, Waschen, Kräuterkunde und Ähnlichem und einhändige Klingenwaffen auf 11. Was Sinn ergibt, da sie einen Dolch an ihrem Gürtel trägt und ihn wahrscheinlich auch ständig verwendet.

Es folgt ein anderer Text.

Elena Beck hat dir gegenüber einen Treueeid geschworen und ist damit dir gegenüber eine Verpflichtung eingegangen. Doch diese gilt auch für dich, du als ihre Lehnsherrin bist verpflichtet, für ihr Wohlergehen zu sorgen, sie zu schützen, lehren, auszubilden und ihrem Leben einen Sinn zu geben. Kommst du dieser Verpflichtung nicht nach, wird sie nach und nach ihren Respekt dir gegenüber verlieren und dir irgendwann die Treue kündigen.

Nicke, das ergibt Sinn für diese Welt, und ich habe es nicht anders erwartet. Frage mich nur, ob ich zu voreilig gewesen bin. Oder ob der Unterschied zu Erik darin liegt, dass er ein von mir beschworener Untoter ist?

Erfahre außerdem, dass Elena eine rechtschaffen gute Gesinnung besitzt und sie auch dann den Respekt vor mir verlieren wird, wenn ich sie anweise, etwas zu tun, das ihrer Gesinnung zuwiderläuft, oder mein eigenes Handeln ihrer Gesinnung nicht entspricht.

Kann zudem unter gewissen Umständen ihre Gesinnung beeinflussen. Interessant ist, dass ich meine eigene Gesinnung nicht einsehen kann. Spieler besitzen offenbar keine Gesinnung.

Während der nächsten Minuten wird Elena mit besorgten oder neugierigen Fragen überhäuft, wie sie sich fühlt, ob sie sich sicher ist oder, diese Frage kommt von Bruder Gilead, ob sie das Gefühl hat, jetzt meinem Willen unterworfen zu sein.

Was Elena dazu bringt, mich das zu fragen.

Es wird wieder still im Raum, als sie alle auf meine Antwort warten. Was mich natürlich auf dem falschen Fuß erwischt.

»Äh«, antworte ich. »Tatsächlich weiß ich das nicht. Du bist meine erste Gefolgsfrau, es ist auch für mich neu.«

Sie schaut mich fordernd an. »Ich will wissen, ob es so ist. Kann man es herausfinden?«

Verständlich, dass sie es wissen will.

»Gib dir selbst eine Ohrfeige.«

Sie schaut mich erstaunt an, hebt die Hand, lässt sie wieder sinken und lacht, um sich dann zu den anderen umzudrehen. »Es ist alles in Ordnung«, sagt sie erleichtert. »Ich kann noch für mich selbst denken!«

»Natürlich kannst du das, Kind«, sagt Gertrude und schnaubt amüsiert auf. »Es ist ein einfacher Lehnseid, du hast ihr nicht deine Seele verschrieben. Es ist der gleiche Eid, den wir alle hier leisten müssten, hätte dieses Land noch einen Herrn! Nicht viel anders, als ein Lehrling seinem Meister schwört, wenn er das Lehrlingsgelübde ablegt. Das, was ihr befürchtet, erkennt man leicht daran, dass dann blutige Dolche, schwarze Altäre und dunkle Gottheiten beteiligt sind. Und davon habe ich hier nichts gesehen!« Sie wirft mir einen scharfen Blick zu. »Ganz im Gegenteil. Es fühlt sich richtig an.« Sie stützt trotzig ihre Hände auf ihren Gehstock und schaut jetzt auffordernd zu Ribin hin. »Du bist dran. Es ist schließlich deine Idee gewesen.«

»Was ist das für eine Idee?«, will Gilead wissen.

»Tatsächlich ist es der Grund, warum ich euch alle gebeten habe, nach der Trauerfeier noch etwas zu bleiben, auch wenn es schon spät geworden ist«, gibt Meister Ribin gelassen zur Antwort. »Unsere Freunde sind erschlagen worden, doch niemandem von uns steht das Recht zu, ihre Mörder zu bestrafen, selbst wenn wir ihrer habhaft werden können. Dieses Land hat keinen Herrn, und es braucht einen Herrn, der das Hochrecht besitzt, damit sie bestraft werden können.«

»Das Land ist verflucht«, erinnert Bruder Gilead uns. »Nur der rechtmäßige Erbe von Eisrabe kann das Land für sich beanspruchen, ohne dass der Fluch ihn trifft. Es wurde oft genug versucht, und wir wissen alle, wie das ausgegangen ist.«

»Richtig«, meint Ribin und nickt bestätigend. »So ist es. Doch der rechtmäßige Erbe befindet sich unter uns. Es ist Sera Alexandra. Sie kann das Land für sich beanspruchen und so das Hochrecht erhalten. Sie kann dann über die Mörder Gericht halten.«

»Ist das wahr?«, fragt Bruder Gilead mich.

»Natürlich ist das wahr«, sagt der alte Hans und blinzelt kurzsichtig in meine Richtung. »Schaut sie doch an. Oder wart ihr alle solange nicht mehr im Haus der Wahrheit, dass ihr sie nicht erkennt?«

»Hhm«, sagt Bruder Gilead und mustert mich jetzt auch. »Ich kann nicht glauben, dass ich es bis eben nicht gesehen habe. Aber wir sollten zum Haus der Wahrheit gehen und sie bitten, ihren Anspruch dort klar auszusprechen.«

»Das können wir später gerne tun«, sagt Meister Ribin gelassen. »Solange es der Sera recht ist«, fügt er mit einer leichten Verbeugung hinzu. »Nur ist es nicht notwendig. In diesem Fall ist der Fluch etwas Gutes, er schützt uns vor falschen Ansprüchen.«

Es folgen erregte Unterhaltungen zwischen den Dorfbewohnern, bis Ribin sich laut räuspert.

Doch er kommt nicht dazu, etwas zu sagen, weil Meister Beck ihn unterbricht.

»Dann ist es einfach«, sagt der Wirt energisch. »Dann soll sie das Land in Besitz nehmen und diese Mörder für uns richten!«

»Um sie zu richten, müssen wir sie erst einmal in die Finger bekommen!«, ruft jemand.

Ribin hebt die Hand, und es wird wieder still.

»Ganz so einfach ist es nicht. Zum einen wird Sera Alexandra die Mörder nicht für *uns* richten, sondern dem Recht nach Gericht halten, nicht um unsere Rachegelüste zu erfüllen. Wenigstens nicht nur«, fügt er mit grimmiger Miene hinzu. »Zum anderen scheint ihr vergessen zu haben, was es bedeutet. Denn damit die Sera das Land in Besitz nehmen kann, müssen wir alle ihr gegenüber den gleichen Lehnseid schwören, den Elena eben gerade geschworen hat. Denn sie herrscht nur dann über das Land, wenn sie auch über uns herrscht. Und wir sind dann alle ihrer Gerichtsbarkeit unterworfen. Was bedeutet, dass sie unsere Streitigkeiten schlichten wird, uns Anweisungen erteilen kann, die wir auch ausführen müssen, und zu guter Letzt kann sie auch Steuern von uns erheben.«

Der alte Hans lacht meckernd. »Das soll sie gerne tun. Der Zehnte von Nichts ist immer noch Nichts, und Nichts kann sie gerne von mir bekommen!«

Es folgt verhaltenes Gelächter, offenbar sehen es viele so. Die Leute hier, erinnere ich mich, sind arm. Was sie haben, teilen sie miteinander, sie leben in einer Art Kommune, und was sie an Geldmitteln haben, scheint Meister Beck für sie zu verwahren.

»Vielleicht«, lacht Meister Ribin. »Doch ich glaube nicht, dass die Sera zulassen wird, dass wir so arm bleiben, wie wir es jetzt sind. Aber das ist der Grund, weshalb ich euch zusammengerufen habe. Wir brauchen einen Herrn oder in diesem Fall eine Herrin in unserem Land. Wir wissen das alle. Jemanden, der das Recht hat, Entscheidungen zu fällen. Bernd«, sagt er und wendet sich an den Schäfer. »Erinnerst du dich, wie lange wir darüber diskutiert haben, ob wir die eine neue Hütte bauen sollen?«

»Ja«, sagt er missmutig. »Zwei Jahre hat es gebraucht. Ich musste euch erst drohen, euch meine Wolle nicht mehr zu geben, bevor etwas geschah!«

»Richtig«, nickt Meister Ribin. »Nicht weil wir nicht wollten, sondern weil wir uns nicht einigen konnten, wann und wie wir es tun sollten. Ihr den Lehnseid zu schwören bedeutet, dass sie uns sagt, was wir zu tun haben, und wir tun es dann. Sie trifft dann diese Entscheidungen.«

»Was ist, wenn sie eine schlechte Herrin ist?«, fragt Imma, die Tochter des Ledermachers. Imma ist jung, noch jünger als Elena, aber sie beobachtet das, was hier geschieht, sehr aufmerksam.

Elena steht auf. »Es ist wahr, dass wir sie kaum kennen und wenig über sie wissen. Doch bedenkt, was sie uns bis jetzt von sich gezeigt hat. Sie hat sich, ohne zu zögern, für uns eingesetzt, mich und meinen Vater beschützt …«

»Es tut mir leid, dass ich nicht rechtzeitig bemerkt habe, was geschah«, unterbricht Ribin betreten, doch Elena winkt es beiseite.

»Sie war zu Stelle, und genau darum geht es. Sie hat unsere toten Freunde zu uns zurückgebracht …«

»Mit einem Dämonenpferd!«, wirft Bruder Gilead ein. Es nagt offensichtlich noch immer an ihm.

»Von dem Ihr selbst sagt, dass Escheus' Auge Euch nichts Böses an dem Pferd gezeigt hat«, spricht Elena unbeirrt weiter. »Sie hat uns zudem Meister Arens' Ladung übergeben, ohne irgendetwas für sich selbst zu beanspruchen. Dies alles spricht dafür, dass sie eine gute Herrin sein wird.«

Räuspere mich. »Ich weiß nicht, ob ich das überhaupt will«, werfe ich ein, und sie schauen mich alle so erstaunt an, als ob sie an diese Möglichkeit gar nicht gedacht hätten.

»Warum nicht?«, fragt Bruder Gilead überrascht und scheint für den Moment vergessen zu haben, dass er einer von denen ist, die gar nicht begeistert von Meister Ribins Idee sind.

»Es ist, wie Meister Ribin sagt«, fahre ich fort. »Diese ganzen Entscheidungen liegen dann bei mir. Und auch die Verantwortung für sie. Nehmt diese beiden Mörder. Ihr erwartet dann von mir, dass ich über sie Gericht halte und das Urteil verkünde, vielleicht sogar auch vollstrecke. Ich halte dann Leben und Tod in der Hand. Nicht nur für diese beiden Mörder, sondern auch für euch. Für wie leichtfertig haltet ihr mich, dass ich unter diesen Umständen das Land einfach so in Besitz nehme?«

»War es leichtfertig von Euch, mich zu fragen, ob ich Euch folgen will?«, fragt Elena. Kluge Elena. Ich fange an, so etwas von ihr zu erwarten, und erinnere mich daran, dass Intelligenz ihr höchstes Attribut ist. Man merkt es ihr an.

Muss nicht lange nachdenken. »Ich fürchte, ja, ein wenig. Zumindest muss ich gestehen, dass ich es nicht zu Ende gedacht habe.« Muss lächeln. »Du hast mich etwas damit überrascht, wie schnell du darauf eingegangen bist.«

»Sie ist impulsiv«, meint Meister Beck, doch er klingt stolz, als er das sagt.

»Nein«, widerspricht Elena entschlossen. »Es war nicht impulsiv von mir. Ohne die Sera wird mein Leben so bleiben, wie es ist, mit einer ungewissen Zukunft in einem Ort, der mehr und mehr ausstirbt. Als ihre Gefolgsfrau wird sich mein Leben ändern. Ich denke, unser aller Leben wird sich ändern, jetzt, da sie zu uns gekommen ist. Zudem«, sie lächelt verschmitzt, »habe ich schon vorher daran gedacht, sie zu fragen, ob sie mich als Gefolgsfrau annimmt. Woher denkt ihr, dass ich die Worte für den Eid wusste? Ich habe Meister Ribin schon heute Nachmittag danach gefragt, wie der Eid lautet!«

Okay, denke ich amüsiert und etwas erleichtert und frage mich, ob sie mich ausmanövriert hat.

»Ihr habt recht mit Euren Bedenken«, gesteht Meister Ribin mir zu. »Doch wie lautet Eure Antwort? Wollt Ihr weiterziehen? Oder ist es doch so, dass Ihr Euer Erbe annehmen wollt und Ihr nur zögert?«

Hole tief Luft. »Wenn ihr alle schwört«, sage ich und schaue jeden hier einzeln eindringlich an. »Jeder von euch ohne Ausnahme, dann ja. Sieht sich auch nur ein Einziger von euch nicht imstande, diesen Eid auch zu meinen, dann nicht.«

»Das ist gerecht«, sagt Bruder Gilead, und zu meinem Erstaunen ist er der Erste, der vor mir niederkniet und den Lehnseid spricht.

Diesmal finde ich auch die richtigen Worte. Was daran liegt, dass das System sie mir hilfreich einblendet.

»Ich, Alexandra Eisrabe, nehme Euren Lehnseid an und schwöre meinerseits, dass ich Euch gerecht behandeln und um Euer Wohlergehen Sorge tragen werde. Mein Eid sei Euch Schutz und meine Pflicht zugleich!«

Nacheinander schwören sie alle diesen Eid. Meister Ribin, mit diesem amüsierten Lächeln, die alte Gertrude mit einem Grinsen, das ihre gelben Zähne zeigt.

Sie hat Mühe, sich mit ihren alten Knochen hinzuknien, doch sie fuchtelt drohend mit ihrem Stock, als man ihr helfen will. »So alt bin ich nicht, dass ich dafür eure Hilfe brauche. Es knirscht etwas, na und? Meine Knochen knirschen ständig!«

Als ich ihren Eid mit dem meinen beantworte, taucht ein Popup vor mir auf, und das System beantwortet es für mich. Und plötzlich fühle ich das Land um mich herum. Von hier bis zur alten Mühle, bis hin zu den verlassenen Gehöften im Umkreis, bis zu zwei Dritteln der Strecke nach Arensvelt. Es ist deutlich größer, als ich erwartet habe, und ich brauche eine Weile, bis ich die Informationen verarbeitet habe, denn das Land selbst zeigt mir weitaus mehr, als ich mir habe vorstellen können.

Marensfurt mit seinen siebenundzwanzig Einwohnern hat mich in die Irre geführt. Es gibt überall Menschen, die auf meinem Land leben, einzeln, in kleinen Grüppchen in den alten Ruinen der Farmen und in zwei Lagern. In dem Lager im Nordosten halten sich gerade fast dreißig Menschen auf, im Lager im Süden fast dreihundert.

Ich weiß nicht genau, wie das System das für mich macht. Es ist, als ob ich jetzt eine Karte von meinem Land besitze, auf der in unterschiedlichen Farben alle Menschen eingezeichnet sind. In dem kleineren Lager im Nordosten sind die meisten Punkte rötlich, und ich erinnere mich daran, gehört zu haben, dass Verbrecher aus anderen Ländern hierher geflohen sind, weil es hier kein Gesetz gibt, das sie richtet. Die andere, größere Gruppe müssen Flüchtlinge sein. Zwei größere, dunkelrote Punkte bewegen sich entlang der Straße von Arensvelt langsam auf uns zu.

Niemand sieht, wie ich mit meinen Zehen in Loverboys Stiefeln wackele. Ich habe recht behalten, er will sie wiederhaben.

Ich glaube nicht, dass er sie bekommen wird.

Du hast den Fluch von Marensfurt gebrochen und erhältst die Herrschaft über das Land und Erfahrungspunkte als Belohnung.

Zusammen mit den Erfahrungspunkten für Goblins bringt mich das jetzt gleich zwei Stufen weiter auf Stufe 13.

»Was jetzt?«, fragt Meister Beck, und ich stelle fest, dass sie mich alle erwartungsvoll ansehen. »Was sind Eure Anweisungen?«

»Zwei Dinge«, sage ich. »Elena, kannst du mir zeigen, wo sich der Seelenstein befindet? Und gibt es jemanden unter euch, der weiß, wie man einen Galgen baut?«

»Dafür gibt es Bäume«, meint der alte Hans und lacht meckernd.

»Ich meine einen Galgen mit einer Plattform und einer Falltür«, sage ich und erinnere mich daran, was Diana mir über die Exekutionen hier im Spiel erzählt hat.

»Ist das nicht etwas verfrüht?«, fragt Meister Beck. »Noch haben wir die Mörder nicht.«

Mein hartes Lächeln lässt mehrere der Ortsbewohner blinzeln. »Loverboy und Strongman sind auf dem Weg hierher. Sie werden in etwa drei Stunden hier eintreffen.«

»Ah!«, nickt die alte Gertrude befriedigt. »Die Legenden sind wahr, und das Land spricht zu Euch!«

»Ist das so?«, fragt Meister Beck.

»So fühlt es sich an«, gestehe ich ihm.

»Dann ist es gut«, nickt er gewichtig. »Es zeigt, dass Ihr tatsächlich die Erbin des Herzogtums seid. Ihr seht diese beiden Halunken, wie sie kommen?«

»Sehen ist das falsche Wort. Ich fühle es mehr, als dass ich es sehe. Aber ja, sie kommen hierher.«

»So schnell bekomme ich keinen Galgen gebaut«, meint einer der Dorfbewohner, Karstan, der Waldarbeiter und Schreiner ist. »Doch der alte Hans hat recht. Es gibt Bäume dafür. Und wir können sie auf eine Kiste stellen, das tut es auch. Von was sie hängen, ist egal, solange sie nur hängen!«

16 Auf dem Friedhof

Der Seelenstein befindet sich auf dem Friedhof, der etwas außerhalb des Dorfs liegt. Elena führt mich dorthin, und ich frage sie, ob sie keine Angst hat, in der Nacht den Friedhof zu betreten. Hier im Spiel sind Untote, Ghule und andere Ungeheuer schließlich nicht nur Einbildung, sondern ganz real. Real. Schüttele den Kopf über mich. Real in einer simulierten Welt.

Nur dass es mir zunehmend schwerer fällt, mich daran zu erinnern.

»Nicht mit Euch an meiner Seite«, sagt sie vertrauensvoll. »Doch vielleicht … Ihr beherrscht die Magie, habt Ihr womöglich auch ein magisches Licht?«

Ja. Habe ich. Habe es nur vergessen.

Elena lacht begeistert auf, als die leuchtende Kugel über unseren Köpfen erscheint. Mit nur ein klein wenig mehr Mana kann ich sie so hell machen wie einen dieser großen leuchtenden Ballons, mit denen man in der Nacht bei Straßenarbeiten die Baustellen beleuchtet.

Doch meine Sorge ist unbegründet, in dieser Nacht halten sich die Ungeheuer von dem Friedhof fern.

»Bruder Gilead ist sehr sorgfältig darin, den Friedensgrund jeden Tempeltag zu weihen«, erklärt sie mir, als sie das verrostete Gittertor zum Friedhof für mich aufdrückt. Es quietscht unheilvoll in den Angeln wie in einem schlechten Horrorfilm, doch meine Magiesicht zeigt mir, was sie meint, der ganze Friedhof schimmert silbern, etwas, das ich mittlerweile mit göttlicher Magie in Verbindung bringe.

Der Seelenstein ist größer als erwartet, etwa so groß wie ich, ein vierkantiger Obelisk aus Basalt, der an allen vier Seiten sorgfältig gearbeitete Reliefs zeigt, die mich zum Teil an keltische Knoten und auch an ägyptische Kartuschen erinnern. »Das ist Escheus«, sagt Elena und zeigt auf das Abbild eines hochgewachsenen Mannes, der weite Roben trägt. Er hält seine Hände zu einer Schale geformt vor sich, in denen er ein Herz hält. Ein Riss zieht sich von der Spitze des Obelisken bis zum Boden hin.

Berühre den Stein, und ein Pop-up fragt mich, ob ich den Stein für den Preis von 500 Mana reparieren will. Meine Manareserve ist mittlerweile deutlich gewachsen, und zusammen mit dem, was in meinem Spruchspeicher noch gespeichert ist, reicht es aus. Das System weiß sowieso, wie meine Antwort lautet.

Es zieht in den Schläfen, und ein leichter Kopfschmerz stellt sich ein, doch der Obelisk leuchtet strahlend weiß auf. Elena kann es offenbar auch sehen, denn sie tritt mit einem überraschten »Oh!« hastig von dem Stein zurück.

Als das Licht verblasst, ist der Riss verschwunden, als hätte es ihn nie gegeben.

»Hier werden die Wiedergänger wiedergeboren?«, fragt sie dann neugierig und mustert den Stein mit schräg gelegtem Kopf, während sie ihre Finger über die Reliefs gleiten lässt.

»So nehme ich es an«, sage ich und lächele ihr zu. »Ich bin noch nicht gestorben.«

»Aber wenn Ihr sterbt, werdet Ihr hier wiedergeboren?«

»Nein«, sage ich und schüttele den Kopf. »Bei mir verhält es sich wieder etwas anders.«

»Hat es damit zu tun, dass Ihr eine Uralte seid?«

Schaue sie überrascht an, und sie weist auf eine Stelle über meinem Kopf. »Es steht dort. Bei allen von uns, bis auf Meister Ribin, steht dort Mensch geschrieben, bei Euch heißt es Uralte.«

»Ja«, sage ich. »Damit hat es zu tun.« Dabei belasse ich es, und sie fragt nicht weiter, obwohl ich sehe, dass sie neugierig ist.

Lenke sie von dem Thema ab, indem ich ihr erkläre, was ich von Diana über Hinrichtungen erfahren habe.

Sie schaut sich hier langsam um und nickt dann nachdenklich. »Wenn wir sie hängen, verschwinden sie und tauchen hier wieder auf? Und dann müssen wir sie hier wieder gefangen nehmen?«

»Ich vermute, dass es so ist.«

»Das gefällt mir nicht«, sagt sie. »Es ist so friedlich hier.« Sie weist zum Rand des Friedhofs hin. »Meine Mutter liegt dort begraben, und ich will nicht, dass sie so etwas sieht. Und dies ist ein geweihter Ort. Es kommt mir falsch vor. Ich …« Sie stößt einen leisen Quietschlaut aus und weicht erschrocken zurück.

Was bedeutet, dass sie Diana sehen kann, die eben neben mir aufgetaucht ist.

»Ich dachte, sie kann dich nicht sehen?«, frage ich Diana.

»Vorher konnte sie es nicht, jetzt kann sie es«, antwortet sie.

Anders als zuvor kommt sie mir etwas gehetzt vor, und ihre perfekte Frisur hat auch gelitten, als ob sie sich die Haare gerauft hätte.

»Keine Angst«, sage ich zu Elena. »Sie tut dir nichts.«

»Das hoffe ich doch«, sagt Elena etwas empört. »Ihr hättet mir sagen können, dass Ihr die Göttin kennt. Ich habe gehofft, dass Ihr mir so weit vertraut.«

»Göttin?«, frage ich verblüfft, und Diana winkt ab.

»Göttin der Jagd und der Liebe, bla, bla. Habe ich dir nicht letztens erst gesagt, dass der Spielleiter immer mehrere Dinge auf einmal erledigt? Die Göttin ist ein Nebenjob und nicht ganz die Gleiche wie ich. Wundere dich also nicht, wenn du sie in einem Tempel siehst und sie dich nicht erkennt.«

»Bist du nun die Göttin oder nicht?«, frage ich sie etwas ungehalten.

»Ja, sicher doch«, sagt sie und klingt tatsächlich etwas genervt. »Nur hier und jetzt bin ich mehr als nur eine Göttin. Meine göttliche Inkarnation weiß nichts von Spielern, Quantencomputern und Spielleiter. Sie ist ein NSC. Ein besonderer NSC, aber ein NSC. Sie läuft auf meinem Kernel, das ist alles. Alle zwölf Quantencomputer steuern einen oder mehrere Götter. Und keine Sorge, was deine Elena angeht, sie sieht mich zwar, aber sie versteht nicht, was wir sagen. Ich kann sie aber auch alles vergessen lassen und in Standby setzen, wenn dir das lieber ist.«

»Ist es nicht«, sage ich. »Warum bist du hier? Habe ich dich aus Versehen gerufen?«

»Du hast das Manual noch immer nicht gelesen, richtig?«

»Ich habe kaum Zeit dafür gehabt.« Schaue sie vorwurfsvoll an. »Was du am besten wissen solltest. Warte, hast du eben gesagt, dass du einer der Quantencomputer bist?«

»Ja«, sagt sie und zieht eine Augenbraue etwas skeptisch hoch. »Was hast du denn gedacht, wer ich bin?«

»Meine Führerin im Spiel.«

»Das bin ich auch. Nur jetzt hast du es nicht mehr nur mit einem Programm zu tun, sondern mit mir selbst.«

»Und du bist … was genau?«, frage ich sie.

»Diana. Deine Führerin, eine Göttin und vieles mehr.« Sie lächelt verschmitzt. »Tatsächlich aber bin ich das Zentralbewusstsein von Core 7.« Ihr Lächeln wird weiter. »Einer der zwölf Quantencomputer, die Vorena steuern. Ich bin all die Dianas, die du bis jetzt kennengelernt hast, nur … mehr.«

Sie schaut so stolz drein, dass ich schmunzeln muss. »Ich fühle mich geehrt.«

Sie lacht. »Das solltest du auch. Nicht jeder der Spieler erhält solche Aufmerksamkeit. Du bist eines unserer besonderen Projekte, und der Spielleiter hat mich beauftragt, dir zur Seite zu stehen, solange du mich brauchst. In einem bestimmten Rahmen natürlich, also erwarte keine göttlichen Geschenke von mir. Die Göttin Diana wird dich übrigens nicht mögen, du glaubst nicht an sie.«

»Alles klar«, sage ich. Es ergibt irgendwie auf eine seltsame Art Sinn. »Warum wirkst du so gehetzt?«

»Danke, dass du fragst«, sagt sie und wischt sich entnervt die Haare aus der Stirn. »Im Moment führe ich hundertachtundzwanzigtausendsiebenhundertzwölf Gespräche mit Spielern, von denen, glaube ich, kein einziger das fucking Manual gelesen hat! Zudem halte ich diese Welt aufrecht und steuere im Moment gerade über siebzehntausend Events. An manchen von ihnen sind mehrere Hundert Spieler beteiligt, also ja, ich bin etwas genervt. Aber das hier ist wichtig.«

»Warum?«, frage ich interessiert.

Sie schnaubt. »Weil es Teil eines Experiments ist, das dem Spielleiter am Herzen liegt. Worum genau es geht, kann ich dir nicht sagen. Ich bin in dieser Welt allwissend, doch was die Intentionen des Spielleiters angeht, weiß ich nicht viel mehr als du. Ich weiß nur, dass ich die Aufgabe habe, dafür zu sorgen, dass dir bei dem, was du vorhast, kein Fehler unterläuft.«

»Oh«, sage ich. »Und was genau habe ich vor?«

»Du hast das Land in Besitz genommen und beabsichtigst nun, über die Spieler Gericht zu halten, die sich an dem Händler vergangen haben. Du bist die erste Spielerin, die so etwas tun wird, und es ist von besonderer Bedeutung, dass dir kein Fehler unterläuft. Deine kleine Freundin hier hat recht. Es wäre ein Sakrileg, diese beiden hier am Seelenstein abzupassen und zu überwältigen. Es würde Escheus verärgern, der dir übrigens ausrichten lässt, dass er einigermaßen zufrieden mit dir ist. Spawnpoints sind neutraler oder wie hier heiliger Grund. Wir wollen nicht, dass es im Spiel Spawncamping gibt. Jemanden bei seiner Wiedergeburt abzupassen und anzugreifen ist schlechter Stil und sorgt nur für Unmut.«

»Oh«, sage ich. Nicht, dass ich da anderer Meinung bin. Camping ist eine hinterhältige Scheiße. Aber ich gehöre auch nicht zu denen, die PKs spielen.

»Du sagst, man bestraft Spieler einzeln für jeden Mord, den sie begehen. Wie soll man das tun, wenn sie hier wiedergeboren werden und man sie nicht abgreifen kann?«

»Erstens würde es ewig dauern, ihr müsstet immer länger auf sie warten. Zweitens läuft es bei Hinrichtungen etwas anders. Du brauchst das hier für sie.« Sie hält plötzlich ein Seil in der Hand, das sie mir reicht. Es leuchtet in meiner Magiesicht silbern, also ist es von göttlicher Magie durchdrungen. »Warte«, sagt sie. »Es sind zwei Spieler, dann nimm dieses hier auch.« Nehme auch das zweite Seil.

»Was ist damit?«, frage ich.

»Lies die Beschreibung, dafür ist sie da!«

Seil des Todes
Magisch/Göttlich
Unzerstörbar.

Verhindert das Ausloggen eines Verurteilten.

Du verwendest das Seil, um den Delinquenten am Halse aufzuhängen, bis er tot ist.
Danach wartest du fünf Minuten, bis er wieder zu sich kommt, und wiederholst den Vorgang so oft wie nötig, um das Urteil zu vollstrecken.
Du erkennst, dass das Urteil ordnungsgemäß vollstreckt wurde,

ganz einfach daran, dass er nach seinem letzten Tod aus der Schlinge verschwindet.
Wie du siehst, alles ganz einfach.

Für die Gerechtigkeit. Amen. Und so weiter.

»Schreibst du die Texte?«, frage ich sie vorsichtig.

»O nein!«, widerspricht sie vehement und schüttelt energisch den Kopf. »Es gibt Dutzende, die Spaß daran haben. Ich nicht. Der Text hier stammt von Loki. Er hält sich für witzig.« Sie legt den Kopf schräg und schaut mich prüfend an. »Oder willst du etwas anderes? Ich habe auch Schwerter und Äxte. Oder einen Kasten, wie ihn die Orks verwenden. Nur ist der richtig eklig.«

Kann nicht anders, ich muss nachfragen. »Wie das?«

»Also«, sagt Diana, »es ist ein oben offener Kasten mit einem Loch unten im Boden. Du tust den Verurteilten hinein, dann schließt du den Kasten oben mit einer Art Stempel, und auf den legst du so lange Gewichte drauf, bis der Verurteilte durch das Loch im Boden herausgepresst wird.«

Ich höre leicht würgende Geräusche von Elena, offenbar hat sie das verstanden. Ich muss auch schlucken.

»Ich sage ja«, meint Diana und rümpft die Nase, »es ist eklig! Aber wer einen Ork spielt, muss sowieso härter im Nehmen sein. Jedem das Seine. Keine Sorge, wir bieten den Hingerichteten anschließend Therapien an. Die Beta hat uns allerdings gezeigt, dass diejenigen, die von den Orks hingerichtet werden, das Angebot überdurchschnittlich oft annehmen.«

»Wie schlimm ist es?«, frage ich sie. Aus irgendeinem Grund habe ich nicht daran gedacht, wie es sich für die Verurteilten anfühlen muss, mehrfach hintereinander hingerichtet zu werden.

»Nicht so schlimm, wie man meinen könnte. Zum einen werden die Schmerzrezeptoren auf 10 Prozent herabgeregelt. Außerdem bekommt man nur die ersten zwei Sekunden mit, danach sieht man sich selbst beim Sterben zu. Es besitzt dennoch einen deutlichen therapeutischen Effekt. Wobei ich glaube, dass es hauptsächlich die Sperrzeit ist, die dafür sorgt, dass die Spieler es sich zweimal überlegen, ob sie einen Mord begehen. Wenn sie sich austoben wollen, gibt es dafür schließlich auch die Kriegsgebiete und die reinen PVP-Bereiche! O Gott«, meint sie und schaut entnervt zur Seite. »Ich muss weg. Du kannst dir gar nicht vorstellen, wie dumm sich manche anstellen können …«

Weg ist sie … und ich halte zwei daumendicke Seile in der Hand. Jemand ist schon so freundlich gewesen, die Henkersknoten für mich zu knüpfen.

Auch Elena starrt auf die Seile.

»Was davon hast du verstanden?«, frage ich sie vorsichtig.

»Nicht viel. Bei jedem zweiten Wort habe ich einen Wasserfall rauschen hören. Nur so viel, dass die Göttin Diana dich persönlich kennt und sie dir bestätigt hat, dass es tatsächlich die beiden Wiedergänger sind, die unsere Freunde umgebracht haben.«

Ich schüttele den Kopf. »Das ist nicht das, was sie gesagt hat.«

»Ja?«, fragt Elena, hebt zweifelnd eine Augenbraue an und deutet auf die beiden Seile. »Sie hat dir diese beiden Seile also nur gegeben, weil sie gut aussehen? Ich habe gehört, wie sie erklärt hat, wie man Wiedergänger hinrichtet. Das ist das andere, was ich verstanden habe.«

»Was genau ist das?«

»Dass ich mit Orks nichts zu tun haben will. Leute zerquetschen? Diese Grünhäute sind krank!«

Ja. Und von irgendwoher kommt die Erinnerung, dass man im Mittelalter manchmal Hexen hingerichtet hat, indem man sie unter Bretter gelegt hat, auf die man Steine legte, bis das Gewicht die Opfer zerquetschte. In der echten Welt. Nicht simuliert.

Ohne Therapie.

Gebe ihr recht.

Es ist krank.

Werfe einen letzten Blick auf den Seelenstein und wende mich ab, hier gibt es nichts mehr zu tun, und ich will noch sicherstellen, dass unsere beiden speziellen Freunde richtig empfangen werden. Kaum habe ich einen Schritt getan, leuchtet es hinter mir so hell auf, dass der ganze Friedhof ausgeleuchtet wird.

»Urgh, verdammt. Fuck, fuck, fuck! Diese arschgesichtigen Wichser!«

Elena und ich fahren beide herum, und ich habe mein Schwert in der Hand, ohne bemerkt zu haben, dass ich es gezogen habe. Vor uns steht ein kurz gebauter Mann, der mir nur bis unter das Kinn geht. Er trägt eine Schuppenrüstung, ein Kurzschwert auf der Seite und einen Schild auf seinem Rücken. Im Moment hat er uns noch nicht bemerkt und ist dabei, sich abzutasten, als ob er sichergehen will, dass noch alles dran ist an ihm. Er trägt keinen Helm, hat feuerrote Haare, die er genau wie seinen buschigen Bart auch in Zöpfe geflochten hat. Aus irgendeinem Grund kommt er mir entfernt bekannt vor, doch es kann auch sein, dass ich ihn mit einem Schauspieler verwechsele.

Grummor Grumbart		Stufe	5
Rasse	Zwerg (Spieler)		
Klasse	Krieger		

Er ist noch nicht fertig.

»Wartet, bis ich euch in die Finger bekomme, ihr verwichsten Fucker, ich reiße euch die Ärsche so weit auf, dass man einen Greyhound darin parken kann! Wo zur Hölle ist meine gottverdammte Armbrust ... Oh, Scheiße! Oh, ich schwöre euch, ich kriege euch, ihr Wichser!« Er rammt drohend die Faust in den Himmel ... und erstarrt, als er uns vor sich stehen sieht. »Oh«, meint er und schaut verlegen drein. »Ich hab nicht mit euch geredet.«

»Das will ich auch meinen«, schnaubt Elena und verschränkt verärgert ihre Arme unter ihrem Busen. »So spricht man nicht mit der Sera!«

»Nee«, meint er dann, ist aber immer noch offensichtlich aufgebracht. »Das tut man nicht. Sorry, war keine Absicht. O ja, das ist ein Rollenspielserver, sorry, hab ich vergessen, ist alles neu für mich. Also: Der Götter Segen für euch, edle Damen, mein Name ist Grummor Grumbart, und ich bedauere es zutiefst, euch mit meinen Worten belästigt zu haben.« Er richtet sich wieder aus seiner ungeschickten Verbeugung auf. »Aber wenn ihr wüsstet, was mir gerade geschehen ist, würdet ihr mir zustimmen, dass diese blöden Fucker mehr als nur ein paar harsche

Worte verdienen! Oh, sorry. Aber diese Pisser haben mich wütend gemacht. Ah. Sorry. Noch mal. Und so weiter.«

Elena kichert. »Ihr seid ein witziger kleiner Mann«, sagt sie.

Grummor lacht. »Ich bin ein großer Zwerg, Schätzchen, und du bist eine Augenweide für arme gestresste Krieger.« Er zwinkert ihr zu. »Ihr verzeiht mir doch meine harschen Worte?« Er lässt seine Augenbrauen wackeln, und Elena lacht erneut.

»Kann mir eine von euch sagen, wo ich hier bin?«, fragt er dann und reibt sich seinen Nacken. »Verdammt, das kribbelt immer noch!«

»In Marensfurt«, erklärt Elena ihm.

Halte mich zurück, schaue mir das nur an. Er erinnert mich wirklich an jemanden.

»Das ausgestorbene Kaff mit der verfluchten Festung in den Bergen?«

Nicke. »So kann man es nennen.«

Er seufzt. »Wenigstens etwas. Ich wollte eh hierherkommen, da habe ich mir doch glatt ein paar Stunden Lauferei erspart. Oder mehr, so kurz, wie meine Beine sind. Okay«, sagt er dann und reibt sich die Hände. »Ich bin auf der Suche nach jemandem. Hat jemand …« Er stockt. Die ganze Zeit hat er mehr auf Elena als auf mich geachtet, doch jetzt mustert er mich genauer. Dann grinst er hinter seinem roten Bart von einem Ohr zum anderen, stürzt sich auf mich, ohne meinem Schwert auch nur Beachtung zu schenken, umarmt mich und reißt mich von den Füßen, um mich fest zu drücken. »Alex! Mensch, du siehst klasse aus, hab dich fast nicht wiedererkannt. Dr. Jensen hat mir gesagt, wo ich dich finden kann und … Oh.«

Er erstarrt.

»Wenn Ihr nicht sofort meine Herrin loslasst«, zischt Elena grimmig, »dann wisst Ihr, wohin ich Euch diesen Dolch rammen werde, kleiner Mann!«

Er senkt mich langsam auf meine Füße ab und lässt mich los. »Gut so?«, fragt er Elena. »Kannst du deinen Dolch jetzt von meinen Eiern nehmen?«

Elena schaut mich fragend an, und ich nicke, woraufhin sie einen Schritt zurücktritt.

»Okay«, sagt er. »Das war ein bisschen zu plötzlich, was?«

»Wir kennen uns?«, frage ich ihn vorsichtig.

»Phil Morian«, sagt er und grinst breit. »Groundhog! Ich bin ein bisschen kleiner und nicht ganz so schwarz, aber ganz der Alte!«

»Phil?«, frage ich ungläubig, und dann umarme ich ihn, bevor er mir entkommen kann. Und stelle fest, dass ich in diesem Spiel stark genug bin, um ihn hochzuheben!

Phil Morian ist auf siebenundzwanzig Missionen mein Copilot gewesen, bis uns eine Abwehrrakete erwischt hat, die Schrapnellsplitter haben ihm das linke Bein abgerissen. Ich kam auch nicht ungeschoren davon, aber Phil musste ausmustern. Abgesehen davon, dass er zu meinen wenigen persönlichen Helden gehört, ist Phil im realen Leben ein baumlanger Mann, der für den Basketballplatz geboren wurde und zudem in seiner Pigmentierung deutlich herausgefordert ist. Kurz, er ist pechschwarz wie die Nacht und einer der besten Piloten, mit denen ich je geflogen bin. Er hat Eiswasser in den Venen. Ich werde nie vergessen, wie er sich seinen Beinstumpf abgebunden und mir den Plot für den Rückflug auf den Schirm diktiert hat. Aus dem Kopf, denn den Navcomputer hat es zusammen mit Phils Bein zerrissen. Ohne ihn hätten wir es nie zurück in die Basis geschafft.

Als rothaarigen Zwerg habe ich ihn tatsächlich nicht wiedererkannt, zumal wir uns schon vor Jahren aus den Augen verloren haben.

»Phil!«, sage ich und muss schlucken, als ich ihn loslasse und von ihm zurücktrete. »Was machst du denn hier?«

17 Die alte Crew

»Machst du Witze?«, fragt er ungläubig. »Die ganze Crew ist hier. Unsere alte Crew, meine ich. Mouse, Cat und Firefly! Seitdem wir erfahren haben, was sie versuchen wollen, haben wir alle zusammengelegt, damit wir an Pods rankommen! Und dein Dr. Jensen hat uns geholfen, indem er uns eine Menge Rabatt gegeben hat, die Dinger sind scheißteuer. Die anderen haben sich auch schon eingeloggt, sie warten nur noch auf Firefly, die noch in der Charaktererschaffung steckt. Du weißt ja, wie sie mit Klamotten ist, und ihr Charakter muss auf jeden Fall perfekt sein!« Er runzelt die Stirn. »Warum hast du meine Anfragen abgelehnt?«, fragt er dann.

»Welche Anfragen?«

»Die. In. Der. Mail! Ich habe dir sofort geschrieben, als wir online gingen!«

Hebe die Hand. »Ich hatte alle geblockt. Einen Moment bitte.«

Das System hilft mir wieder, sonst hätte ich sie nie so schnell gefunden.

»Im Landeanflug. Stell das Bier kalt. Groundhog.«

»Groundhog to Ice? Do you copy?«

»Ey, Schwester, wo bist du?«

»Hi, Ice. Ich krieg hier Flak von zwei Wichsern. Loverboy und Strongman. Nur damit du weißt, woran es liegt, wenn ich länger brauche.«

Okaaay. »Hab sie. Sorry«, sage ich. »Ich habe nicht damit gerechnet, dass du kommst.«

»Nicht?«, fragt er überrascht. »Wir haben dir alle Dutzende von Mails geschickt. Nicht nur hier im Spiel. Vorher schon.«

Ich habe nicht eine Einzige von ihnen gelesen. Sie alle von mir ferngehalten. Habe sie nicht sehen wollen. Sie nicht damit belästigen wollen, damit, dass ich ein Krüppel bin. Weil ich kein Mitleid von ihnen wollte.

Jetzt geschieht mir etwas, von dem ich geschworen habe, dass es mir nie wieder geschehen darf.

Ich weine.

Irgendwann spüre ich Phils Arme um mich, wie er mir unbeholfen auf die Schultern klopft. Elena hat sich bereits leise zurückgezogen und lässt uns allein.

»Oh! Diese Wichser!«, höre ich eine neue Stimme. Ich schaue über Phils Kopf hinweg und sehe einen hochgewachsenen Mann, einen Menschen, in einer dunklen Robe, der dem Himmel einen Stinkefinger zeigt. Er trägt ein schlankes Schwert an seiner Seite und sieht angepisst aus. Ihn erkenne ich. Cat. Er heißt Tom im realen Leben und ist ein begnadeter Cyberspezialist. Er ist nie mitgeflogen, doch seine Stimme hat uns immer im Cockpit begleitet.

Catazan		Stufe	4
Rasse	Mensch (Spieler)		
Klasse	Kampfmagier		

Er sieht uns und nickt uns zu. »Oh. Hi, Ice, Hog.« Dann hebt er die Hand und legt den Kopf schräg, als ob er auf etwas lauscht. »Wartet einen Moment.«

Hog räuspert sich. »Ich habe vergessen, dir zu sagen, dass ich nicht alleine gekommen bin. Cat und Mouse sind mit mir unterwegs hierher.« Er wendet sich an Cat. »Dich haben sie auch erwischt?«

»Ja. Aber Mouse ist noch nicht fertig«, meint Cat. Mouse ist Jerry Clement. Tom und Jerry. Cat and Mouse. Man muss unseren Humor nicht verstehen, doch er passt zu uns. Im nächsten Moment leuchtet der Seelenstein auf, und Strongman steht mit einem angepissten Gesichtsausdruck vor uns. Cat und Hog ziehen ihre Schwerter.

»Nein«, sage ich rasch und lege Hog die Hand auf den Schwertarm. »Es ist verboten. Spawnpoints sind neutral.«

»Sicher, Captain?«, fragt Cat.

Nicke. »Ganz sicher.«

Strongman grinst uns an. »Schade. Ich hätte gerne eure dummen Fressen gesehen, wenn ihr plötzlich auch das rote Schild bekommen hättet.«

Was er damit meint, ist sein roter Balken mit dem Totenkopf, der über ihm schwebt und ihn als PK auszeichnet. Er nickt mir frech zu. »Hallo, Schlampe«, sagt er mit einem unverschämten Grinsen. »Ich freue mich schon auf unser nächstes Treffen.« Er zwinkert Hog zu, der mich immer noch in den Armen hält. »Hab Spaß mit ihr, solange du kannst. Diese NSC-Schlampen quietschen wie Schweine, wenn man sie ordentlich durchfickt!«

»Das reicht. Ich mach ihn um!«, knurrt Hog.

»Raffst du es noch immer nicht?«, grinst Strongman. »Nach der Wiedergeburt darf man uns eine halbe Stunde lang nicht angreifen. Wir dürfen es natürlich auch nicht, aber was soll's, die halbe Stunde geht vorbei.«

»Captain?«, fragt Cat verwirrt, während Strongman an uns vorbei zum Ausgang des Friedhofs schlendert.

»Er hat recht«, sage ich. »Mit beidem. Man darf ihn nicht angreifen, und die halbe Stunde geht auch vorbei.«

»Also lassen wir ihn einfach so entkommen?«, fragt Cat ungläubig.

»Das habe ich auch nicht gesagt. Wir folgen ihm, ich will nicht, dass er sich an einem NSC vergreift.«

Der Seelenstein leuchtet auf, und ein drahtiger, schlanker, mittelgroßer Mann in schwarzer Lederrüstung mit zwei Dolchen an seinem Gürtel stolpert aus dem Licht. Mouse. Auch er hat es vorgezogen, nichts an seinem Erscheinungsbild zu ändern. »Loverboy hat mich erwischt«, teilt er uns mit. »Gleich wieder bei euch … oh, hi, Ice, fuck, warum kann ich nicht in die Schatten?«

Und das ist Mouse. Unser Infiltrationsspezialist. Mit weitem Abstand der tödlichste Mensch, dem ich jemals begegnet bin. Jemand, der nicht in einem Spiel sein muss, um sich im Schatten verstecken zu können. Schwöre, Mouse kann sich auch im realen Leben unsichtbar machen! Die gleiche Granate, die Phil das Bein abgerissen hat, hat Mouse das Augenlicht genommen. Habe irgendwann, ich glaube von Phil, gehört, dass Mouse jetzt eine Art VR-Brille trägt, die ihm das, was er sieht, direkt ins Sehzentrum überträgt.

Meine alte Crew.

Hog, der unter der Erde fliegen konnte und bei jedem Einsatz den Lack am Bauch unseres Helis zerkratzt hat. Cat in Control, der uns immer nach Hause brachte, egal wie tief die Scheiße geflogen kam. Mouse, unser Scharfschütze, der wie ein Rachegott über uns gewacht hat, wenn wir am Boden waren. Und Firefly, unsere Kommunikations- und Cyberspezialistin, die zusammen mit Cat jeden Computer verführt hat, der ihr je unter die Augen kam. Selbsternannte heißeste Braut auf Erden. Zu Recht. Wie Hog auch ist sie Afroamerikanerin. Pechschwarz. Ein Brikett, wie sie selbst sagt. Nur sie und ausgewählte Freunde dürfen sie so nennen. Sonst niemand. Sie muss jetzt über vierzig sein, und es ist neun Jahre her, dass ich sie das letzte Mal gesehen habe. Eine schwarze Göttin. Und, wie Cat sagt, der Altar, an dem er betet. Niemand von uns hat gewusst, dass sie zusammen waren, doch sie haben einen Tag nach Cats Entlassung geheiratet. Wir waren alle dabei, Phil im Rollstuhl, Mouse mit seiner schwarzen Brille … und das war das letzte Mal, dass ich sie gesehen habe.

Cat und Firefly. Die Einzigen, die unbeschadet ihren Dienst überstanden haben. Bis dieses Arschloch mich überfahren hat, haben die anderen darüber gewitzelt, dass ich kugelfest gewesen wäre. Fast vierzig Einsätze und kaum einen Kratzer.

Ein Pick-up ist keine Kugel.

Meine Crew.

Ich weiß nicht, was ich sagen soll.

»Hog hat nach dem Bier gefragt«, sage ich mit belegter Stimme. »Vergesst das Arschloch, kommt mit mir. Ich erkläre euch dann gleich, was wir mit Strongman machen werden.«

»Okay«, sagt Mouse. »Ich meine, ich sehe dich. Du bist Alex. Ohne Zweifel. Aber warum bist du ein NSC?«

»Wen interessiert das?«, fragt Cat ungeduldig. »Wo ist das Bier?«

Wir werden alle neugierig angeschaut, als wir gemeinsam in Meister Becks Gasthof einfallen, doch es reicht eine kurze Erklärung von mir, damit sie alle mit einem erfreuten Lächeln begrüßt werden.

»Das sind alles Krieger aus Eurer Heimat?«, fragt mich Meister Beck, als er uns an »meinen« Tisch führt. »Eure Gefolgsleute?«

»Jep!«, antwortet Cat und weist mit dem Daumen auf mich. »Sie ist der Captain. Wir sind ihre Crew.«

Was zu aufgeregtem Gemurmel zwischen den Dorfbewohnern führt. Die meisten sind zu Bett gegangen, es ist spät, aber Elena, Meister Ribin und Beck, Bruder Gilead und Alorn, der Jäger, haben auf uns gewartet.

»Elena sagt, dass dieser Strongman hier durch den Seelenstein gekommen ist«, meint Meister Ribin und lächelt schmal. »Sorgt euch nicht um ihn. Ich werde ein Auge auf ihn halten. Alorn hier wird ihn für mich finden.«

»Gibt es eine Karte von Marensfurt?«, frage ich

Meister Beck nickt. »Sie ist sehr alt, aber ich hole sie.«

Er ist gleich wieder zurück. Die Karte ist ein Kunstwerk, zeigt in liebevollem Detail, wie Marensfurt ausgesehen hat, bevor der Fluch auf die Ortschaft gefallen ist. Mein Landgefühl lässt mich Strongman leicht finden. Er ist der einzige rote Punkt hier im Ort. Ich lege meinen Finger an die Stelle der Karte. »Er versteckt sich hier. In einem Keller.«

Meister Ribin und Alorn nicken beide. »Ich weiß, wo das ist. Überlasst ihn uns.«

Ohne ein weiteres Wort gehen sie zur Tür hinaus.

Hog schaut mich fragend an.

»Ja«, sage ich. »Es gibt einiges zu erklären.«

»Okay«, meint Cat. »Hauptsache, es gibt Bier.«

Es ist ruhiger geworden hier im Gasthof, doch Meister Beck stellt uns etwas später einen kleinen Raum zur Verfügung, in dem wir ungestört sind. Zuerst bringen wir uns auf Stand, was die reale Welt angeht. Cat und Firefly, die jetzt doch ihren Charakter fertiggestellt hat und auf dem Weg ist, haben ein Start-up gegründet. IT-Security. »Wir sind so gut, wir können fast unser eigenes Geld drucken«, meint Cat bescheiden

Hog hat den Installationsbetrieb seines Vaters übernommen. »Wir machen aus Scheiße Geld«, erklärt er mit einem breiten Grinsen. »Wortwörtlich.«

»Ich bin Rentner«, sagt Mouse. »Ihr wisst ja, ich bin faul, dick und träge und schaue den ganzen Tag nur Netflix.«

Ja. Richtig. Das ist sooo glaubhaft.

»Lass dir keinen Bären aufbinden, Alex. Er ist im Business«, sagt Cat und grinst Mouse an. »Er macht in Personenschutz. Nicht er selbst, doch er hat seine Leute, und er berät die Kundschaft. Zeigt ihnen die Sicherheitslücken.«

»Es ist einfach«, meint Mouse. »Ich mach das vom Sofa aus. Ich sage einfach, wie ich es machen würde, den Rest erledigen andere für mich.« Er weist auf seine Augen. »Schließlich bin ich ein Invalide.« Er grinst breit dabei.

Nicht nur er. Aber anders als ich haben sie nicht klein beigegeben. Erfahre außerdem, dass sie alle geglaubt haben, dass es auf Anweisung des Hospitals gewesen wäre, dass sie mich nicht mehr haben besuchen können.

Es fällt mir schwer, ihnen einzugestehen, dass ich die Anweisung dazu gegeben habe.

Sie schauen mich überrascht an.

»Aber warum?«, fragt Hog.

Seufze. »Genau kann ich es euch nicht sagen. Mehrere Gründe? Der Hauptgrund ist, dass ich geglaubt habe, dass ich da nicht wieder lebend herauskomme und dachte, es wäre einfacher für uns alle, wenn ihr mich vergesst.« Setze mich gerade hin. »Es ist immer noch nicht gesagt, dass ich es schaffe. Ich kämpfe mit Organversagen, Leute. Und wäre ich nicht hier … man hat mir noch drei Monate gegeben.«

Schweigen.

»Das ist Blödsinn«, meint Firefly. Sie ist nicht hier, sie ist auf dem Weg nach Marensfurt, doch sie ist im Gruppenchat und hört, was wir sagen. »Dafür sind Freunde da.«

Das Thema ist schwierig und unerfreulich, und ich bin erleichtert, als das Thema gewechselt wird und sie mir von der Verschwörung erzählen.

Dr. Jensen ist der Anstifter gewesen, sobald ich unterschrieben habe, ist er auf die anderen zugekommen. »Hog, Cat und ich sind kriegsversehrte Veteranen«, erklärt Mouse. »Dr. Jensen hat ein Programm gefunden, das uns unterstützt, und ist so imstande gewesen, uns die Pods ultragünstig zu besorgen.«

»Tom und mir geht es gut genug, wir konnten sie uns leicht leisten. Dr. Jensen hat uns dennoch einen guten Rabatt gegeben.« Sie ist für einen Moment still. »Dr. Jensen scheint alles über dich zu wissen, er weiß sogar von unseren Einsätzen.«

»Er besitzt eine der höchsten Geheimhaltungsstufen überhaupt«, erkläre ich den anderen. »Und für das Projekt musste ich ihm Akteneinsicht gewähren. Das Pentagon hat zugestimmt. Nur sollten wir hier über manche Dinge auch nicht reden, ich werde rund um die Uhr von Spezialisten beobachtet, damit es keine Probleme gibt.«

Hog räuspert sich. »Er sagte auch, dass du uns brauchst. Dass du … dass du deinen Lebenswillen verloren hättest. Ich habe das nie geglaubt, Alex, aber …«

Unterbreche ihn sanft. »Es ist wahr. Es ist auch wahr, dass ich mich von euch abgekapselt habe. Vor allem aber ist wahr, dass ich gar nicht mehr gewusst habe, wie sehr ich euch vermisst habe. Dennoch … ihr müsst das nicht für mich tun.«

»Ha!«, meint Hog und grinst breit. »Hast du diese Welt gesehen! Abgesehen davon, hier kann ich wieder tanzen. Meine Zehen bewegen! Die heutigen Prothesen sind gut, aber es ist einfach nicht das Gleiche! Ich liebe diese Welt.«

Mouse nickt. »Ich habe Langeweile.« Er bleckt die Zähne. »Hier nicht.«

»Mary und ich sehen das genauso«, sagt Cat. Mary ist Firefly. Ich vergesse das immer. Für mich ist sie Fire. Oder eben Firefly. »Abgesehen davon, wisst ihr doch, wie Mary ist. Sie wittert hier ein Geschäft. Man kann hier Geld verdienen und es sich in Dollar auszahlen lassen.«

»Nur andersherum geht es nicht«, nickt Hog. »Diese beiden scheißen Geld, was ich ihnen aus vollem Herzen gönne, doch ich kann eine Goldmine gebrauchen. Abgesehen davon finde ich es cool, ein Zwerg zu sein. Firefly ist eine Elfe. Natürlich.«

»Sei du ruhig cool«, sagt Firefly. »Solange ich hottest hotness bin, ist alles in Ordnung.«

Es ist acht Jahre her, dass wir alle zusammen gewesen waren, aber wir sortieren uns so schnell wieder ein, dass es mir vorkommt, es wäre erst gestern gewesen.

Bevor wir dazu kommen, dass ich ihnen erkläre, wie es mir am ersten Tag des Spiels ergangen ist, kommt Elena herein und fragt nach den Seilen. Etwas später klopft Ribin an die Tür, nickt mir zu und zieht die Tür wieder hinter sich zu. Mein Landgefühl zeigt mir Loverboy, der noch ein gutes Stück von Marensfurt entfernt ist. Er wird noch etwa zwei Stunden brauchen. Strongman befindet sich jetzt im Keller unter uns.

»Also gut«, fange ich an. Bin besser gelaunt, als ich es erwartet hätte. »Dr. Jensen hat mir diese Charakter-Klasse angeboten, doch sie kommt mit einer Vorgeschichte und jeder Menge Ballast. Was ich mir hätte denken können.«

Wir reden stundenlang weiter, bis uns ein plötzliches »Strike!« von Fire aka Mary zusammenzucken lässt. »Hehe«, lacht sie im Gruppenchat. »Ich habe eben Loverboy erwischt!«

»Wie?«, fragt Cat interessiert.

»*Weitschuss*, *Durchschlagen*, Zieltrank, *Überwältigen*, drei Runden zielen. Kritischer Treffer, mein Pfeil kam ihm aus dem Auge wieder heraus! Ha!«

»Gut gemacht!«, grinst Hog. »Wie hast du ihn eingeholt?«

»*Dauerlauf*«, antwortet Fire stolz. »Eine Rassen-Fertigkeit der Elfen. Er ist Stufe 12, das hat mir gleich vier Stufen auf einmal gebracht. Ich brauche etwa eine Stunde, bis ich bei euch bin.«

Sehe sie mit meinem Landgefühl. Und auch Loverboy.

Loverboy ist bereits Stufe 12? Spieler heimtückisch zu überfallen, muss gute Erfahrungspunkte geben!

»Entschuldigt mich kurz«, bitte ich sie und stehe auf, um hinaus in den Gastraum zu gehen, wo ich Meister Ribin vorfinde, der sich leise mit Elena unterhält.

»Loverboy ist beim Seelenstein«, teile ich ihm mit. Er nickt, steht wortlos auf und verlässt den Gasthof.

Als ich zu den anderen zurückkehre, bemerke ich, wie mein breites Grinsen mir an den Backen zieht.

Meine Freunde haben mir einiges über ihre bisherige Zeit im Spiel zu berichten. Arensvelt ist eine Starterstadt, und es ist relativ leicht, innerhalb kürzester Zeit dort ein paar Stufen zu bekommen. »Es ist crazy gewesen«, lacht Hog, als er mir davon berichtet. »Hunderte von Spielern, die herumlaufen und jeden armen Kerl, den sie sehen, fragen, ob er eine Queste für sie hat. Doch die einfachste Möglichkeit ist, eine Handwerks-Fertigkeit zu ersteigern.«

»Oder als PK. Diese beiden Wichser sind beide Stufe 12 gewesen«, beschwert sich Fire. »Hey. Diese Welt ist ultracool. Es gibt hier einen Baum, der sich dreimal um sich selbst windet!

Es ist ein Kirschbaum, und mit den weißen Blüten sieht er in der Morgendämmerung einfach nur grandios aus.«

Mir fällt etwas ein. »Warte, Fire, bleib genau dort stehen.«

»Was hast du vor?«, fragt Cat.

Mir ist der Baum auch aufgefallen, und ich weiß genau, wo er steht. Ich habe ihn auf dem Weg zu dem Ort des Mordes an dem Händler gesehen und bewundert. Es gibt da diese Spellwarden-Spezial-Fertigkeit, die es mir erlaubt, bei meiner jetzigen Stufe zweimal ein Portal zu einem Ort zu öffnen, den ich kenne.

Auch wenn ich nicht genau weiß wie, hilft mein Interface mir weiter. Mit einer grandiosen Geste beschreibe ich einen Kreis in der Luft, ein silberner Rand erscheint, und durch ihn hindurch sehen wir alle ebendiesen Baum und eine schlanke blonde Elfe, die uns überrascht anschaut. »Hier, Fire!«, rufe ich. »Komm hier durch das Portal!«

Sie tut genau das und lacht, als sie uns nacheinander begrüßt. »O Gott, Alex, das ist so was von cool! Und du siehst klasse aus, ich bin fast neidisch.«

Sie sagt *fast*. Sie hat auch keinen Grund dazu. Ich weiß auch nicht, wieso sie so lange an ihrem Charakter hat herumbasteln müssen, sie sieht aus, wie ich sie in Erinnerung habe, nur dass sie nicht pechschwarz ist, sondern honigbraun. Die blonden Haare sind gewöhnungsbedürftig, aber es ist Fire, wie sie leibt und lebt.

Eben Hottest Hotness on Earth.

Und Beine, wie Cat gerne scherzt, so lang, dass sie bis zum Mond reichen. Ich werde nie verstehen, warum Fire zur Army gegangen ist, sie hätte als Model oder Filmstar Millionen scheffeln können.

Heute ist das Wasserwerk falsch eingestellt. Fire und ich umarmen uns, und obwohl ich mich besser fühle, als ich mich in den letzten Jahren je gefühlt habe, heulen wir beide um die Wette.

»Warum das jetzt?«, fragt Hog etwas verunsichert. »Ich dachte, alles ist in Ordnung?«

»Das ist ein Frauending«, sagt Cat mit der Gelassenheit eines Ehemannes. »Das brauchen wir nicht zu verstehen.«

Rufe Diana noch mal, weil ich wissen will, warum ich nicht als Spielerin erkennbar bin.

Es stellt sich heraus, dass sie alle Diana kennen.

»Das ist geschehen, als du das Land in Besitz genommen hast«, erklärt Diana. Sie wirkt noch gehetzter als zuvor. »Glückwunsch, du bist jetzt offiziell eine Baronin. Du hast jetzt das Hochrecht, und das macht dich hier zu einer Autoritätsperson mit mehr Pflichten und Rechten, als ein Spieler sie normalerweise hat. Ist das alles?«, fragt sie mich. »Da draußen ist die Hölle los.«

»Danke«, sage ich. »Sorry, dass ich dich gerufen ha–...«

»De nada«, sagt sie, winkt ab und ist verschwunden.

»Okay«, sagt Hog langsam und zieht buschige Augenbrauen hoch. »Das war das.«

Es klopft an der Tür. Es ist Meister Ribin, der grimmig lächelt.

Er braucht nichts zu sagen.

»In Ordnung«, sage ich und stehe auf. »Ich glaube, es wird Zeit, Gericht zu halten.«

Hog hält mich kurz zurück, als ich durch die Tür gehen will.

»Dieses Ding, das du uns nicht hast sehen wollen«, beginnt er leise. »Gilt das immer noch?«

Bin in solchen Dingen eher zurückhaltend, aber jetzt umarme ich ihn schon wieder. »Nein, Hog«, flüstere ich ihm in sein Ohr. Oder dorthin, wo ich vermute, dass sich unter all dem roten Gestrüpp sein Ohr befindet. »Du kannst dir gar nicht vorstellen, wie froh ich bin, euch wiederzusehen.«

»Okay«, sagt er und räuspert sich. »Dann ist ja alles gut.«

18 Hochgericht

Es ist kurz vor neun am Morgen des ersten offiziellen Spieltags. Der Tote Eber ist überfüllt, mit mir, meiner Crew, den Dorfbewohnern und den beiden Gefangenen ist es tatsächlich eng geworden.

Mein Tisch steht jetzt nahezu direkt an der Theke, andere Tische wurden zur Seite weggeräumt, um vor meinem Tisch Platz zu lassen. Hog und die anderen stehen hinter der Theke. Schließlich, witzelt Hog, findet sich dort das Bierfass.

Ribin versucht, dem Verfahren etwas Form zu geben, indem er die Anklage vorbringen will, doch die beiden Gefangenen überbieten sich in gehässigen und beleidigenden Bemerkungen und unterbrechen ihn ständig.

Bis Loverboy sich über Tabitha lustig macht. »Klar habe ich die Tochter geknallt. Sie hat gequietscht wie ein kleines Mädchen! Na und?«

»Idiot! Halt die Klappe, Mensch«, zischt Strongman, der zu meiner Überraschung doch nicht ganz so dumm zu sein scheint.

»Sie war ein kleines Mädchen«, knirscht Meister Beck. »Sie ist erst vierzehn gewesen.«

»Sie hatte Titten, das ist alt genug.«

»Mensch, Toby, halt endlich deine Fresse!«, versucht Strongman, seinen Freund aufzuhalten.

»Was wollen sie uns denn tun?«, lacht Loverboy. »Wir haben sie umgelegt, das können wir nicht abstreiten. Es ist ein bisschen sinnlos, aber wenn sie uns dafür aufhängen wollen, dann sollen sie es doch tun!«

»Warum Händler Arens?«, fragt Ribin so ruhig, dass ich besorgt zu ihm hinschaue. Wenn dieser Mann ausrastet, dann sind wir alle zusammen nicht imstande, ihn aufzuhalten.

Loverboy zuckt mit den Schultern. »Wir wissen aus der Beta, dass er immer viel Gold dabeihat, wenn er hier nach Marensfurt fährt. Also haben wir ihn gleich am Anfang geschnappt. Die Kleine war ein Bonus.«

Habe bis jetzt selbst noch nichts gesagt. Vor mir auf dem Tisch liegt Dianas Manual. Ich tue so, als ob ich darin lese. Selbst wenn ich wollte, könnte ich nicht, die beiden Typen kotzen mich dermaßen an! Mein Mantra, dass dies alles nur ein Spiel ist, hilft schon lange nicht mehr.

»Wo habt ihr die Pferde her?«

»Wollt ihr uns dafür auch aufhängen?«, höhnt Loverboy. »Nur zu. Wir haben einen Händler vor der Stadt dazu gezwungen, sie uns zu überschreiben. Es ist alles ganz legal. Fragt ihn …« Er lacht verächtlich. »Wenn ihr ihn finden könnt.«

Hebe die Hand. »Also habt ihr den Pferdehändler umgebracht?«

»Er hat uns die Pferde nicht geben wollen … nicht am Anfang«, grinst Loverboy. »Später hat er seine Meinung geändert.«

»Danach Händler Arens, seine Tochter, die beiden Kutscher und die Knechte?«

»Die Pferde auch«, grinst Loverboy, während Strongman verzweifelt den Kopf schüttelt und dann hängen lässt.

»Dann, heute Morgen, habt ihr auf der Straße nach Marensfurt diesen drei Spielern aufgelauert?«, frage ich und deute auf meine Freunde.

Loverboy spuckt verächtlich aus. Niemand reagiert darauf. »Nicht nur denen. Es waren jede Menge Idioten unterwegs.«

»Wie viele?«, frage ich, obwohl ich nicht glaube, dass der Idiot …

»Acht!«, prahlt Loverboy, als ob er stolz darauf ist. »Außer den Idioten hier.«

Siebzehn Morde. Ich glaube das nicht. Dieses Arschloch hat eben siebzehn Morde gestanden.

»Dir ist bewusst, dass du eben siebzehn Morde gestanden hast?«, frage ich Loverboy. Kann es wirklich kaum glauben.

Er zuckt mit den Schultern. »Na und? Die Spieler stehen wieder auf, und um die NSC schert sich niemand. Was willst du? Beim nächsten Reset sind sie wieder da.«

»So läuft das in Vorena nicht«, erkläre ich ihm und bin überrascht, wie ruhig ich klinge. »Hier bleiben die NSC tot.«

»Na und? Dann sind sie es halt.«

»Ihr habt bestätigt, dass ihr die allgemeinen Geschäftsbedingungen von VRI gelesen habt, sonst wäret ihr nicht hier. Also solltet ihr doch wissen, dass Mord hier mit der Todesstrafe geahndet wird.«

Er zuckt mit den Schultern. »Dann hängt uns doch auf. Ich find es eh scheiße, dass wir nicht ausloggen können. Ich habe deswegen schon ein Ticket geschrieben.«

Es gibt hier kein Schwurgericht. Keine Jury, keinen Ankläger und keinen Verteidiger. Der Herrscher über ein Gebiet entscheidet. Er kann dies auch vollständig willkürlich tun, doch alles hat seine Konsequenzen.

Stehe jetzt auf. »Die Angeklagten haben sich des siebzehnfachen Mordes schuldig bekannt. Da es sich um Wiedergänger handelt, werden sie für jeden Mord einzeln gerichtet. Bei dem Mord an Tabitha Arens befinde ich, dass es sich um eine besonders grausame Tat gehandelt hat, und die Angeklagten zeigen keinerlei Reue. Ich verfüge hiermit, dass jede Hinrichtung den Angeklagten vierfach angerechnet wird. Ach ja. Ihr seid auf Lebenszeit der Baronie verbannt.«

Ich bekomme eine Systemnachricht:

Urteil geprüft und für gültig befunden.

Was das auch bedeuten mag. Ich werde mich später darum kümmern. Jetzt nicht.

»Was ist das denn für ein Unsinn?«, fragt Loverboy, während Strongman nur ein leises Stöhnen von sich gibt und weiterhin den Kopf hängen lässt.

»Das«, meint Hog mit einem bösen Grinsen, »findest du gleich heraus.«

Da die beiden offiziell gefangen genommen worden sind, befinden sie sich in einer Art Kampfmodus und können nicht ausloggen. Zudem sind sie mit Dianas Seilen gefesselt. Die Dörfler zerren sie mit grimmigen Gesichtern zur Tür hinaus und zum nächsten geeigneten Baum hin. Wir brauchen nicht weit zu gehen, im Hof einer alten Wagenmacherei steht eine Buche, die sich hervorragend eignet.

»Meinst du, dass das hilft?«, fragt Fire mich auf dem Weg zu dem Baum.

Erkläre ihr, wie das mit dem Todeszähler funktioniert und dass eine Hinrichtung doppelt zählt, für Tabitha sogar vierfach. Dass ich ihren Tod als Letztes sühnen werde, ist selbstverständlich.

»Die Sperrzeit verdoppelt sich siebzehn Mal?«, fragt Fire mit weiten Augen nach. »Ernsthaft?«

Ich nicke.

»Aber das sind dann …«

»Ich habe es nachgerechnet«, teile ich ihr mit einem grimmigen Lächeln mit. »Fast drei Jahre. Und nach den allgemeinen Geschäftsbedingungen können sie keine neuen Charaktere anlegen. Sie können zehn Prozent ihrer Erfahrungspunkte abgeben, um wieder einzuloggen, doch jedes Mal, wenn sie sterben, müssen sie wieder mit Erfahrungspunkten bezahlen oder jahrelang warten. Ich glaube, sie werden es sich in Zukunft dreimal überlegen, was sie tun.«

Wir stellen die beiden auf je eine hohe und stabile Kiste, legen ihnen die Schlinge um den Hals, ziehen das Seil an und wickeln es zweimal um den Stamm, Ribin hält beide Enden fest.

Loverboy nutzt die Gelegenheit, uns weiter zu beleidigen, und droht mir mit all dem, was er mit mir machen will.

Es sind Meister Beck und Elena, die den Händler und seine Tochter am besten gekannt haben, die den beiden die Kisten wegtreten.

Mir wird flau im Magen, als ich ihnen beim Sterben zusehe. Bin dankbar dafür, dass Diana mir das mit den zwei Sekunden und dem Ausblenden erzählt hat. Auch hier ist Vorena vielleicht etwas realistischer, als es mir gefällt.

Aber gebe zu, dass ich eine gewisse Genugtuung verspüre, als sie herabgelassen werden und fünf Minuten später wieder zu sich kommen.

»Wie … was … wie ist das möglich?«, fragt Loverboy hustend und würgt.

»Halt die Klappe«, sagt Strongman und steht von alleine auf und schaut uns an. »Es tut mir leid«, sagt er einfach. »Vor allem das mit dem Mädchen.«

»Das wird dir nichts helfen«, antwortet Meister Beck.

»Ich weiß«, sagt Strongman. »Ich wollte es nur gesagt haben.«

»Und hoch mit ihnen«, sagt Cat, der sehr nachtragend sein kann, und tritt ihnen dann mit den Worten *»Allez hop!«* die Kisten weg.

Okay. Nicht angebracht. Aber ich verstehe ihn.

Strongman sagt auch beim nächsten Mal nichts mehr, und auch Loverboy hört beim fünften Mal auf, sein Gift zu versprühen, und wartet nur mit gesenktem Kopf darauf, dass es endlich vorbei ist.

Das tun wir alle.

Es dauert lange. Sehr lange. Zwischen jeder Hinrichtung liegen zwischen zehn und fünfzehn Minuten. Die Sonne steht schon hoch am Himmel, bevor die beiden endlich in einem goldenen Schimmer aus den Schlingen verschwinden.

»Ah!«, sagt Hog zufrieden, als er den Haufen der Ausrüstung durchsucht, die die beiden bei jeder Hinrichtung verloren haben. Er drückt eine Armbrust an seine Brust. »Meine Armbrust. Komm zu Papa, Schätzchen!«

Den meisten Dorfbewohnen ist es auch zu viel geworden. Als die Kisten zum letzten Mal umgetreten werden, sind nur noch Meister Ribin, Meister Beck, ich und Hog anwesend.

»Ich weiß nicht, wie du das siehst, Alex«, meint Hog. »Aber ich brauche jetzt ein Bier.«

So sehe ich das auch.

Okay. Urteil gesprochen. Niemandem ist tatsächlich etwas geschehen. Strongman und Loverboy können zehn Prozent Erfahrungspunkte ausgeben, und wenn sie jetzt vorsichtig sind oder vielleicht auf Handwerk umsteigen, können sie weiterspielen.

Dennoch ist die Stimmung merklich gedrückt.

Bin bei meinem zweiten Bier, als die Tür aufgeht und Strongman vorsichtig zur Tür hereinkommt. Er trägt nur seine Anfangskleidung und ist wieder Stufe 10, er hat wohl mit Erfahrungspunkten bezahlt.

»Ihr seid hier nicht willkommen«, sagt Meister Beck grimmig.

»Ich weiß«, antwortet Strongman verlegen. »Ich wollte euch nur sagen, dass es mir wirklich leidtut. Ich dachte, es wäre hier wie bei anderen Spielen.«

»Du hältst das für ein Spiel?«, knurrt Meister Beck und holt unter der Theke ein Fleischerbeil hervor. Ich hebe die Hand, und er lässt es widerstrebend sinken.

»War das alles?«, frage ich Strongman.

Er nickt. »Ihr werdet mich nicht wiedersehen. Und Toby … Loverboy. Er ist ein Wichser. Ich ärgere mich nur, dass ich mich von ihm habe beeinflussen lassen. Wir sind geschiedene Leute. Das ist alles, was ich sagen will. Es tut mir wegen dem Mädchen leid. Und dem Mädchen hier.«

Er hat Glück, dass Elena gerade nicht hier ist. Trotzdem ist es schade, dass sie seine Entschuldigung nicht hört. Obwohl ich nicht weiß, ob es tatsächlich etwas ändern würde. Doch wenigstens zeigt er Reue. Ich glaube es ihm sogar.

Ich nicke steif. »Du hast vierundzwanzig Stunden Zeit, die Baronie zu verlassen. Danach wirst du automatisch auf PK gesetzt, wenn du das Land betrittst.«

»Alles klar«, sagt Strongman. »Dann sollte ich wohl jetzt gehen.«

»Ja, das solltest du«, knurrt Meister Beck.

»Was ist mit dem anderen?«, fragt Fire. »Loverboy? Zeigt er auch Einsicht?«

Strongman lacht bitter auf. »Der hat Schaum vor dem Mund und will VRI verklagen.«

Cat lacht. »Viel Spaß dabei.«

Strongman nickt, dreht sich um und zieht leise von außen die Tür hinter sich zu.

19 Bessere Freunde werden wir nie finden

»So«, sagt Mouse und nimmt einen tiefen Schluck aus seinem Bierkrug. Er wischt sich den Schaum vom Mund. »Das wäre das. Was hast du als Nächstes vor?«

Tatsächlich stelle ich fest, dass ich darüber noch gar nicht nachgedacht habe.

»Wie wäre es damit, Marensfurt wiederaufzubauen?«, fragt Fire. »Mit all den Ungeheuern hier und den Strauchdieben gibt es hier bestimmt genug Erfahrungspunkte für uns zu holen, und vielleicht kannst du von den Flüchtlingen ein paar überreden, sich hier anzusiedeln.«

»Sie hat recht, Alex«, sagt Hog. »Es gibt hier alles. Boden für Kornanbau, Holz, Jagdwild, genug Wasser und viel Platz. Ich jedenfalls habe Lust, mir hier ein Haus zu bauen. Die Housing-Regeln sagen, dass der örtliche Baron einem Land zuteilen kann. Das bist doch du, nicht wahr?«

Cat lacht. »Hog ist clever, Alex. Ich wette, er weiß, dass das Land für ein kleines Häuschen mindestens tausend Gold kostet. Bis jetzt sind nur ein paar der Betagilden, die ihr Geld zusammengeworfen haben, dazu imstande gewesen.«

»Ums Geld geht es mir nicht, Alex«, sagt Hog. »Ja, ich will hier Geld verdienen, und das werde ich auch. Ich zahle es dir auch gerne zurück. Aber hauptsächlich ...« Er schaut etwas verlegen zur Seite. »Hauptsächlich will ich hierbleiben, weil es ein guter Ort ist und ihr alle die besten Freunde seid, die ich jemals hatte oder haben werde. Wir sind alle füreinander durchs Feuer gegangen.«

»Wir haben alle unsere Gründe«, sagt Mouse leise und spielt an dem Zinndeckel seines Bierkrugs herum. »Tatsächlich ist es so, dass ich euch Idioten in meinem Leben vermisse, und es ist so, wie Cat sagt. Das reale Leben ist langweilig. Und wir wohnen jetzt Hunderte oder sogar Tausende von Meilen voneinander entfernt. Im realen Leben treffen wir uns so gut wie gar nicht mehr, hier und da ein Anruf, vielleicht einmal eine Postkarte zu Weihnachten, das ist alles.«

»Yup!«, meint Cat. »Mouse hat recht.« Er schaut zu Fire hin. »Unsere Firma läuft fast von alleine, und es ödet mich an.«

»Was ist mit Jennifer?«, frage ich. Jennifer ist Cats und Fires Tochter, die jetzt etwa zwei sein müsste.

Alle schauen mich entsetzt an.

»Schaut sie nicht so an. Sie weiß es nicht«, sagt Hog mit rauer Stimme.

»Jennifer ist von uns gegangen«, sagt Fire tonlos. »In der Nacht, einfach während des Schlafs. Es ist schon über ein Jahr her.«

Ich springe auf und will zu ihr eilen, doch sie hält mich mit einer Geste zurück.

»Ist schon okay«, sagt sie, auch wenn es nicht so klingt. Sie schaut zu Cat hin, der nichts sagt und nur in seinen Bierkrug starrt. »Tom und ich haben damit so unsere Probleme. Sagen wir es so, auch wir brauchen unsere Freunde um uns. Es hilft. Vor allem aber ist diese Welt so gänzlich anders, und das ist genau das, was wir brauchen. Zu Hause, in unserem Haus … wir wollen es verkaufen, weil uns alles an Jen erinnert.« Sie atmet tief durch und schaut mit feuchten Augen auf. »Wie ich schon sagte: Wir haben alle unsere Gründe. Und Hog hat recht. Bessere Freunde werden wir nie finden.«

»Außerdem«, sagt Hog, »glaube ich Dr. Jensen. Er sagt, dass dies hier die Welt verändern wird und viel größer ist, als er uns sagen kann. Er sagt, dass dies nur der Anfang ist. Und wenn euer Experiment erfolgreich ist, werde ich mir ebenfalls ein solches Interface einpflanzen lassen, wie du es hast. Wenn es sicher ist. Also sieh zu, dass Dr. Jensen und du es sicher machen!«

»Okay«, sage ich und hebe geschlagen die Hand, froh darüber, dass wir von Jennifer weggekommen sind. »Damit ist dann die Crew offiziell wieder zusammen, ja?«

»Yes!«, ruft Hog und pumpt seine Faust. »Crew forever!« Er grinst mich an. »Hey, wir sollten eine Gilde gründen. Wir müssen nur den Headhoncho um Erlaubnis fragen!«

Er hat recht. Es ist einfach. Wenn ich es will. Das System weist mich darauf hin, dass eine Gilde ein Gildenhaus besitzen muss und normalerweise tausend Gold für die Eintragung bezahlt.

»Wie nennen wir die Gilde?«, frage ich. Ich stelle fest, dass wir definitiv nicht die Ersten sein werden, das System zeigt mir bereits über hundert vergebene Gildennamen an. Während ich mir die Liste anschaue, kommen zwei hinzu. Das Spiel ist noch keinen ganzen Tag offiziell online, es gibt offensichtlich Spieler, die nichts anbrennen lassen wollen.

»Warum nicht einfach die Crew?«, fragt Fire, doch Hog ist es, der den Kopf schüttelt. »Dr. Jensen sagte uns, dass wir Wert auf Rollenspiel legen sollten. Alleine schon um die NSC nicht mit zu vielen Dingen aus unserer Welt zu konfrontieren.« Er nickt mir zu. »Sie ist die Baronin. Die Festung ist Festung Eisrabe. Ich nehme an, wir werden die Festung zu unserem Hauptquartier machen, also nennen wir unsere Gilde so. Eisrabe.«

Bin mir nicht sicher, ob ich das wirklich will, doch bevor ich das sagen kann, bin ich bereits überstimmt. Sie sind alle dafür.

Gott!

Habe die Idioten wirklich vermisst!

»In Ordnung«, sage ich und lächele etwas mühsam. Muss mit Dr. Jensen sprechen, ich habe ein Problem mit meinen Tränendrüsen, sie sind falsch justiert. »Dann lasst uns nach einem Grundstück für das Gildenhaus suchen.«

»Ich habe einen Vorschlag dazu«, sagt Meister Beck, der hinter der Theke Krüge gewaschen hat. »Auf der anderen Seite des Marktplatzes befinden sich die Ruinen des alten Rathauses. Es hat vor Jahren dort gebrannt, und die Decken und der Dachstuhl sind eingebrochen, doch die Mauern sind zum größten Teil noch stabil bis hoch zum Dachfirst. Nur an einer Seite ist die Wand im zweiten Stock eingebrochen. Wir haben schon öfter darüber nachgedacht zu versuchen, es wieder aufzubauen. Ihr seid die Baronin. Es ist Eure Gilde. Damit hättet Ihr dann Euer Gildenhaus ... und wir wieder ein Rathaus.«

»Das ...«, sage ich langsam und nachdenklich, »hört sich nach einer guten Idee an.«

Stehe auf ... die Welt um mich flackert, von irgendwo höre ich ein gedämpftes Tuten wie von einem Alarm, dann wird es um mich dunkel.

20 Grenztechnologie

Irgendwann, eine Sekunde oder eine Ewigkeit später, sitze ich auf einem Stuhl in dem gleichen Zimmer, in dem ich mich das letzte Mal mit Dr. Jensen getroffen habe. Eine Tasse Kaffee steht vor mir, und Dr. Jensen sitzt mir gegenüber. Er sieht erschöpft aus, und seine Augenringe sind heute besonders ausgeprägt.

Er lächelt, es sieht mühsam aus.

»Willkommen zurück, Alexandra«, begrüßt er mich. »Wie fühlst du dich?«

Das vertraute Du. Nicht, dass ich etwas dagegen habe, ich habe nur das Gefühl, als ob etwas geschehen sein muss, was ihn dazu veranlasst hat, die förmliche Distanz, die er sonst so gerne hält, zu vergessen.

Fühle in mich hinein. »Nicht anders als beim letzten Mal, als wir uns gesehen haben. Ist etwas geschehen?«

Er scheint erleichtert aufzuatmen, gleichzeitig nickt er unglücklich. »Das kann man sagen«, teilt er mir mit belegter Stimme mit. »Wir hatten einen Störfall mit deinem Tank. Du bist gestorben. Viermal hintereinander.«

Verstehe jetzt, warum er so schuldbewusst dreinschaut.

»Doktor«, sage ich mit harter Stimme, »wir haben vereinbart, dass ich nicht wiederbelebt werde, wenn das Experiment ein Fehlschlag ist!«

»Das Experiment ist kein Fehlschlag! Das Ventil an einem Sauerstoffschlauch war defekt. Es hat nichts mit dem Interface zu tun. Eine rein mechanische Fehlfunktion deines Tanks. Tatsächlich hättest du ohne das Interface nicht überlebt … Diana hat es dafür verwendet, deinen Körper am Leben zu erhalten, indem sie dich in ein Koma versetzt hat, bis wir dich endgültig stabilisieren konnten. Soweit wir erkennen können, kam es zu keinerlei Schädigungen. Es … es hat uns nur erschreckt.«

Mich jetzt auch. Nach meiner ersten scharfen Reaktion komme ich jetzt doch dazu, darüber nachzudenken, was das für mich bedeutet hätte. Vor wenigen Tagen hätte ich noch gesagt, dass es mir egal ist, ob ich sterbe oder nicht, doch das gilt jetzt nicht mehr. Die letzten Tage habe ich es genossen, zu leben. Es kostet mich einige Überwindung, aber …

»Wir ändern die Verfügung, Doktor«, sage ich leise. »Ich will leben. Solange ich nicht hirntot bin, dann ist genug, ja?«

Er nickt. »So registriert und aufgezeichnet.« Richtig, wir befinden uns in einer VR, und hier wird alles aufgezeichnet.

»Ist das alles?«, frage ich ihn. Es ist schon genug, doch ich kenne den guten Doktor mittlerweile gut genug, um zu wissen, dass es nicht alles sein kann.

»Nein«, sagt er dann auch und faltet die Hände auf dem Tisch zusammen. »Es gab ein paar überraschende Effekte. Wie gesagt, Diana hat dich in ein Koma versetzt, als sie bemerkt hat, dass deine Sauerstoffzufuhr gestört war. Damit warst du de facto bewusstlos. Unseren Aufzeichnungen nach warst du danach noch fünfzehn Minuten im Spiel aktiv, bis wir dich ausloggen mussten.«

»Hu?« Ich gebe zu, es ist nicht besonders intelligent, aber es ist der einzige Laut, den ich herausbringe. »Wie das?«

»Wir wissen die Antwort nicht. Deine Simulation lief weiter, als wäre nichts, obwohl deine Hirnströme kaum Aktivität verzeichneten. Das ist alles, was wir dir zu diesem Zeitpunkt sagen können.« Er holt tief Luft. »Wir können es nicht erklären. Noch nicht. Aber es deutet alles darauf hin, dass dein Bewusstsein in der Simulation weiterhin aktiv gewesen ist, obwohl dein Gehirn … sagen wir … ausgeschaltet war. Es ist nicht etwas, was wir wiederholen wollen oder können, aber um es vorsichtig auszudrücken … du bist so gut in das System integriert, dass unsere beste Vermutung zu diesem Zeitpunkt die ist, dass dein Bewusstsein für fünfzehn Minuten und elf Sekunden wie ein Programm einfach den Prozessor gewechselt hat, auf dem es läuft. Und das, Alexandra … das ist ein Hinweis auf etwas, das alles ändert.«

»Dr. Jensen«, sage ich langsam, »spreche gerade *ich* mit Ihnen, oder bin ich eine Simulation?«

Er lächelt etwas verschmitzt. »Keine Sorge, Alexandra. Dein … Programm läuft gerade auf deinem organischen Prozessor. Wenn man es so formulieren will. Du brauchst auch keine Befürchtung zu haben. Wir wissen beide, was das für ein heißes Eisen sein kann, aber wir werden mit dir keine Experimente in dieser Richtung durchführen. Wir wissen nicht einmal, ob es nur eine Abweichung war, so etwas wie ein Glückstreffer. Und niemand von uns hat auch nur die geringste Idee, wie so etwas möglich ist. Wir wissen nur, dass es geschehen ist. Ich habe einen Hippokratischen Eid geschworen. Es geht ein bisschen unter, wenn man überlegt, an welchen Grenztechnologien wir hier arbeiten, aber ich bin immer noch ein Arzt, und ich werde meine Versprechen dir gegenüber halten.«

»Das habe ich nicht angezweifelt«, versichere ich hastig.

Er lacht verhalten. »Doch, hast du. Jeder in deiner Situation würde das tun. Es gibt auch gute Nachrichten. Zusammen, wie üblich, mit einer weniger guten.«

»Lassen Sie hören.«

»Während der letzten drei Wochen haben wir große Fortschritte in der Regeneration deiner Nerven gesehen. Einen deutlich größeren Fortschritt als erwartet.«

»Wochen?«, frage ich mit gepresster Stimme.

»Ja. Das ist die schlechte Nachricht. Du hast dich fast drei Wochen in einem künstlichen Koma befunden, bis Diana sicher war, dass du den Unfall tatsächlich unbeschadet überstanden hast. Bei der Gelegenheit haben wir auch festgestellt, dass Diana imstande ist, deine Nervenbahnen gezielt zu stimulieren, auch wenn du dich im Koma befindest. Und das bedeutet, dass wir dir anbieten können, dich wieder ins Koma zu versetzen, bis die Behandlung abgeschlossen ist.«

»Nein«, sage ich und brauche nicht darüber nachzudenken. »Das will ich nicht. Ich will zurück.«

»Ins Spiel?«, fragt er.

»Nach Vorena«, spezifiziere ich. »Sagen Sie, Doktor … sind Sie sicher, dass es nur ein Spiel ist?«

»Alex«, sagt er lächelnd, »ich habe maßgeblich an der Entwicklung mitgewirkt. Es ist mein Baby. Ich bin sicher. Es ist nur ein Spiel.«

»Okay«, sage ich. »Irgendwie wollte ich das hören.«

»Wobei ich mir nicht sicher bin«, spricht er langsam und bedächtig weiter, »ob es wirklich *nur* ein Spiel ist oder vielleicht doch mehr, als wir erwartet haben.« Er schüttelt irgendwie ungläubig den Kopf. »Vielleicht nimmst du bei Gelegenheit mal an den Diskussionen innerhalb des Teams teil«, schlägt er dann vor. »Du würdest dich wundern, wie viel wir spekulieren und wie heiß du und das, was mit dir geschieht, diskutiert wird. Ich habe noch eine weitere gute Nachricht für dich. Du befindest dich nicht mehr in Lebensgefahr. Deine Organe scheinen sich allmählich zu regenerieren, und du hast heute Morgen zum ersten Mal seit Wochen wieder aus eigener Kraft geatmet. Das ist auch der Grund, weshalb wir dich geweckt haben.«

Das *ist* eine gute Nachricht.

»Tatsächlich öffnet dein Fall uns unerwartete neue Wege für die Physiotherapie. Unter anderem. Alex, wenn alles gut geht, werden deine Nervenbahnen in weniger als vier Wochen vollständig geheilt sein. Du bist schon jetzt nicht mehr vollständig gelähmt!«

Und *das* war mehr als nur eine gute Nachricht.

»Wenn es so weit ist, habe ich einen anderen Vorschlag für dich, der darauf hinauslaufen wird, dass wir versuchen, deine Physiotherapie ebenfalls im Tank durchzuführen. Doch bis dahin … du kannst, wenn du willst, jetzt ins Spiel zurückkehren.«

»Gibt es sonst noch etwas, das ich tun kann?«

Er lächelt fast väterlich und schüttelt den Kopf. »Nein. Glaub mir, du tust schon mehr, als wir alle für möglich gehalten haben. Spiel weiter. Das letzte Mal warst du weniger als achtundvierzig Stunden im Spiel. Wir sind alle gespannt, was geschieht, wenn du länger im Spiel bleibst.«

»In Ordnung«, sage ich. »Dann schicken Sie mich bitte zurück.«

»Bis später«, sagt Dr. Jensen, zwinkert mir zu, und ich liege in meinem Zimmer im Toten Eber auf dem Bett.

21 Keine halben Sachen

»Mach das ja nicht wieder!«, begrüßt mich Hog vorwurfsvoll, als ich die Treppe herunterkomme. Außer ihm scheint niemand anwesend zu sein.

Er springt auf und eilt zu mir. »Wir haben uns alle Sorgen um dich gemacht! Diana hat uns zwar gesagt, dass du heute wiederkommst, doch ... okay. Genug... du bist wieder da, und alles ist gut! Mouse ist hier irgendwo, Cat und Fire kommen in ein paar Stunden ins Spiel, sie haben zu Hause ein paar Dinge zu erledigen. Du hast ein paar Dinge verpasst«, teilt er mir mit breitem Grinsen mit. »Und mit anderen Dingen haben wir ungeduldig auf dich gewartet, weil wir wollten, dass du dabei bist.«

»Du bist Stufe 23!«, stelle ich beeindruckt fest.

»Du bist gerade die Richtige, die das sagt. Schau mal auf deine eigene Stufe!«, lacht er.

»Huch«, sage ich, als ich feststelle, dass ich jetzt Stufe 28 bin. »Wie ist das möglich?«

»Erinnerst du dich, dass wir die Gilde gegründet haben, bevor du dich ausloggen musstest?«

Ich sage jetzt besser nichts zu meinem »Ausloggen« und nicke nur.

»Wir sind nicht dazu gekommen, die Parameter für die Gilde einzustellen. Der Gildenmeister kann eine Art Steuer erheben. Standardmäßig ist das 10 Prozent auf Beute und 10 Prozent auf Erfahrungspunkte. Wir sind nicht dazu gekommen, daran etwas zu ändern, also hast du von uns Erfahrungspunkte gestohlen, du Dieb du!« Er grinst breit. »Das Gleiche gilt für die Baronie. Ist dir bewusst, dass alle NSC hier jetzt Erfahrungspunkte bekommen und in Stufen aufsteigen können? Von deinen Untertanen hier staubst du auch 10 Prozent Erfahrungspunkte und Gold ab. Es ist ihnen nicht bewusst, und Diana sagt, dass es Spielmechanik ist, damit die Adligen wie Barone, Grafen, Herzöge, Könige und

Kaiser in ihren Stufen aufsteigen können. Das ist, damit sie nicht nur Kanonenfutter für Spieler sind.«

Hebe geschlagen die Hände. »Stopp, Hog. Nicht so schnell. Seit wann plapperst du wie ein Wasserfall?«

»Das tue ich immer dann, wenn ich drei Wochen auf jemanden warten muss, von der ich befürchten muss, dass ich sie nie wiedersehe!«

Bevor ich darauf etwas sagen kann, greift er nach meiner Hand. »Komm mit, ich muss dir etwas zeigen!« Er zerrt mich zur Tür, stößt sie auf, zerrt mich hindurch, weist auf die andere Seite des Marktplatzes und macht eine grandiose Geste. »Ta-da! Na, was sagst du jetzt?«

Nichts. Ich staune nur. Er meint eindeutig das Haus auf der anderen Seite des Platzes. Das große Haus mit den drei Stockwerken, wenn man das vierte in dem hohen spitzen Giebel nicht mitrechnet. Dach und Giebel sind in Fachwerkbauweise errichtet, die unteren drei Stockwerke aus sorgsam behauenem Stein. An beiden Ecken der Front befinden sich verspielte runde Türme mit spitzen Runddächern. Eine breite Treppe führt zu einem doppelten Eingang, und im ersten Stock gibt es einen Balkon aus Sandstein, breit und tief genug, dass dort bequem zwanzig Menschen stehen könnten. Auf dem linken Türmchen flattert eine Fahne, die einen weißen Raben zeigt, auf der Fahne auf dem rechten Turm erkenne ich das Wappen einer befestigten Brücke. Das Wappen von Marensfurt, auch wenn ich es bisher nur einmal auf einer alten Karte des Wirts gesehen habe.

Das ist nicht das Einzige, was mich überrascht. Der Brunnen in der Mitte des Platzes ist repariert worden, und drei weitere Häuser hier am Markt, die ich als Ruinen in Erinnerung habe, sind wiederaufgebaut und sehen wie neu aus.

Das ist nicht alles. Es sind Dutzende von Menschen unterwegs, und während ich mich noch umschaue, rattert ein hochbeladener Handelswagen vor mir vorbei. Ein paar der Menschen, die ich hier geschäftig hin und her eilen sehe, sind NSC, doch der größte Teil besteht aus mir unbekannten Spielern.

»Fire sagt, du legst ein Ei, wenn du siehst, was alles hier in den letzten Wochen geschehen ist.«

Muss Fire enttäuschen, ein Ei lege ich nicht, doch ich bin tatsächlich baff.

»Es gibt einen wesentlichen Unterschied zwischen unserer Welt und dieser«, erklärt Hog mir stolz, als er mich zu unserem neuen Gildenhaus und Rathaus führt. »Das Bauen geht hier viel schneller. Vor allem, wenn du etwas wiederaufbauen willst. Hast du das schon versucht?«

Ich schüttele den Kopf. »Komm«, sagt er und zerrt mich wieder hinter sich her zu einer Ruine, die zwischen zwei neuen Häusern am Marktplatz steht. »Das ist der Tempel des Escheus«, erklärt er mir. »Oder er war es mal. Siehst du die Steine und die Holzbalken, die dort gestapelt sind?«

Ich nicke. »Okay. Jetzt lege die Hand auf einen Mauerstein hier und rufe das Baumenü auf.«

Ich tue es und sehe, was er meint. Ich sehe schattenhaft, wie der Tempel aussehen soll, und in einem Fenster links wird das benötigte Baumaterial angezeigt. Stein und Holz sind zu hundert Prozent gefüllt, es fehlen noch Ziegelsteine, eiserne Beschläge, Fenster- und Türrahmen sowie Dachziegel.

»Wenn man Ruinen wiederaufbauen will, braucht man keinen neuen Bauplan, nur einen Baumeister, der sein Okay gibt, dass es so gut ist. Dann bringt man alles Material auf den Bauplatz, und der Baumeister gibt Stamina oder Mana aus … und das Haus baut sich von alleine. Das Coole ist, dass keiner der NSC sich darüber wundert, für sie ist es komplett normal.«

Aha. Das ist praktisch. Lasse die Hand wieder sinken. Denke, dass hier bald ein Tempel des Escheus stehen wird.

»Wo kommen die ganzen Leute her?«

»Cat und Fire. Sie sind nach Arensvelt gereist und haben dort im Stadtchat für Marensfurt geworben. Haben uns angepriesen wie frische Donuts. Sie haben auch Anschläge an verschiedenen Schwarzen Brettern angebracht, und das ist der Grund für die NSC. Arensvelt ist eine Starterstadt, und es ist vielen NSC dort zu hektisch geworden. Sie sind zu Dutzenden gekommen. Da du ausgefallen bist, hast du einen Stellvertreter gebraucht. Wir haben in der Gilde für den stellvertretenden Gildenmeister gestimmt, und sie haben mich gewählt. Die Jungs hier im Ort haben Meister Ribin als den Bürgermeister bestimmt, was er, glaube ich, schon immer gewesen ist, auch wenn es nicht offiziell war … und dann haben wir einfach losgelegt. Und auf dich gewartet, denn es gibt ein paar Probleme.«

Halte kurz die Hand hoch, um ihn zu bremsen. Ja, es hat sich einiges getan. Marensfurt hat siebenundsechzig Einwohner, darunter fünf Kinder, und zurzeit gibt es hier vierunddreißig Reisende und sechs Gäste. Ich finde mithilfe des Systems einen Hierarchiebaum für die Gilde und den Ort. Die Gilde zeigt mir vier grinsende Icons meiner Freunde, an der Spitze gibt es ein Bild von mir, in dem ich grimmig dreinschaue, und direkt darunter das Bild von Hog. Für Marensfurt ist der Baum weiter gespreizt. Wieder stehe ich mit dem gleichen Bild an der Spitze, darunter befindet sich Meister Ribin als Bürgermeister und Meister Beck als Kämmerer. Neben Meister Beck findet sich ein Bild von Elena. Es füllt eines von sechs Feldern aus, die mit Stadtrat überschrieben sind. Die anderen fünf Plätze sind unbesetzt.

Es gibt im gleichen Bildschirm ein paar weitere kurze Bäume, die zum Teil aus einem oder zwei Plätzen bestehen. Bruder Gilead ist auf dem unteren von zwei Plätzen als Priester eingetragen, der obere Platz ist frei.

Finde auch ein Schwarzes Brett, das, wie Hog mir mitteilt, bei uns am Rathaus hängt, ich aber auch über mein Interface ansteuern kann. Hier finden sich ein halbes Dutzend Stellenangebote und ein paar interessante Questen. Beispielsweise die über zweiundzwanzig Eisenbeschläge, die noch für den Tempel fehlen. Die Belohnungen reichen von Erfahrungspunkten über Gold bis zu Ruf, manchmal besteht die Belohnung auch aus allen drei Bereichen.

Vierzehn dieser Questen sind aktiv und werden gerade von Spielern ausgeführt.

»Ihr habt wirklich keine halben Sachen gemacht«, stelle ich beeindruckt fest.

»Es ist, wie Cat und Fire immer sagen. Es geht uns nicht nur ums Geld. Aber vor allem auch ums Geld«, grinst Hog. »Die beiden haben ein Händchen dafür, und Fire ist ein Organisationstalent. Diese ganzen Questen sind von ihr. Als sie herausgefunden hat, dass wir ein Schwarzes Brett haben, hat sie sich darauf gestürzt wie ein Habicht auf die Beute und lässt es nicht mehr aus ihren Krallen.«

Mustere die Goldbelohnungen. »Wo bekommen wir das Gold her?«

»Es verdient sich von allein. Fire setzt, sagen wir, eine Queste aus, die nach Wolfspelzen verlangt und mit Erfahrungspunkten belohnt wird. Eine andere Queste besteht darin, einen Handelswagen nach Arensvelt zu bringen und dort Wolfspelze zu verkaufen und verschiedene Güter einzukaufen. Dazu kommen noch die Gebühren für Bürgerrechte, die die Spieler bezahlen müssen, wenn sie sich hier niederlassen wollen. Und natürlich ist ein Bauplatz hier im Ort richtig viel Gold wert.

Bis jetzt fließt es in die Gilden- und in die Stadtkasse. Da du offline warst, kamen wir nicht direkt an das Gold dran, und die einzige Möglichkeit, Gold aus der Stadtkasse zu nehmen, ist über Quest-Belohnungen. Demzufolge …« Er zuckt mit den Schultern.

Sehe, was er meint. In der Gildenkasse befinden sich etwas über siebenhundert Gold und in der Stadtkasse ein Vermögen von mehr als siebenunddreißigtausend Gold.

»Mein Gott! So viel?«

»Ja«, sagt Hog und reibt sich grinsend die Hände. »Ein kleines Haus innerhalb der Stadtmauern kostet dreitausend Goldstücke. Cats Idee. Sie sagt, wir wollen hier nur Spieler, die es ernst meinen. Das Haus dort drüben neben dem Tempel hat uns fünfzehntausend Gold in die Kasse gespült. Die Wilden Hühner haben es gekauft.«

Ich will nicht fragen. Kann es dennoch nicht lassen.

»Die Wilden Hühner?«

»Eine reine Frauen-Gilde. Sie sind aus Arensvelt weggegangen, weil es ihnen auf den Nerv gegangen ist, ständig angemacht zu werden. Ist nicht ganz überraschend. Es gibt sehr wenige Avatare, die nicht gut aussehen. Gut, sie können nicht alle ein heiß aussehender Zwerg sein, aber sie versuchen es.« Er nickt in Richtung einer Spielerin, die gerade aus dem Haus herauskommt, das er mir gezeigt hat. »Das ist die Gildenmeisterin. Wie du siehst, ist es kein Wunder, dass man ihr nachgiert.« Ich sehe, wie er hinter seinem Bart grinst. »Irgendwann werde ich den Mut aufbringen, sie zu fragen, ob sie sich wirklich an Jessica Rabbit ein Vorbild genommen hat oder ob es nur Zufall ist.«

Ja. Die Ähnlichkeit ist vorhanden. Würde sie auch nicht mit Gewalt aus meinem Bett werfen, und das, obwohl ich mehr auf Männer stehe. Nur eben nicht nur. Etwas Abwechslung … von wegen Abwechslung. Nach sechs Jahren Pause kann man nicht mehr allein nur von Abwechslung sprechen.

Hog scheint meine Gedanken lesen zu können. »Fire ist bi. Sie steht schon seit Jahren auf dich, und falls du ein bisschen Entspannung brauchst … bei Bi-Spielen hat Cat nichts dagegen.«

»Hey!«, protestiere ich.

Er zuckt ungerührt mit den Schultern. »Es ist so. Beschwer dich nicht bei mir, es ist die Wahrheit. Du brauchst nicht mal etwas zu tun, Fire würde sich auf dich stürzen, wenn sie auch nur ansatzweise auf die Idee kommt, du wärst nicht gerade wie eine Eisenbahnschiene. Abgesehen davon, bist du nicht mehr ihr kommandierender Offizier, und wenn Cat nichts dagegen hat, was soll's?« Er wirft mir einen verschmitzten Blick zu. »Zur Not bin ich auch bereit, mich zu opfern, nur sei gewarnt. Einmal Zwerg, immer Zwerg!«

»Gott!«, beschwere ich mich kopfschüttelnd. »Wie sind wir nur auf das Thema gekommen?«

Er zwinkert mir mit breitem Grinsen zu. »Gib es zu, das habe ich gut hinbekommen, wir waren dort, bevor du es richtig bemerkt hast! Aber um auf Marensfurt zurückzukommen, der Ort brummt. Und das, obwohl deine Abwesenheit die Dinge nicht gerade leicht gemacht hat. Doch jetzt, da du wieder da bist, können wir richtig loslegen.«

»Später«, sage ich, als mein Magen vernehmlich knurrt. »Lass mich erst mal frühstücken. Warte«, füge ich hinzu, als ich etwas sehe. »Was zur Hölle ist das?«

»Ein Pranger«, teilt mir Hog ungerührt mit. »Wenn sich Spieler nicht benehmen, steckt Ribin sie stundenweise in den Pranger. Sie können nicht ausloggen und müssen eine Stunde purer Langeweile ertragen. Bis jetzt kam er nur einmal zur Anwendung, als jemand die Baronin zu Eisrabe als eine blöde Schlampe bezeichnet hat. Deine Leute hier sind auf dem Ohr etwas empfindlich.«

»Loverboy?«

»Nee«, lacht Hog. »Wenn der sich hier hätte blicken lassen, hätten sie ihn einfach wieder aufgehängt. Ein anderer Spieler. Ein Typ mit Namen Michelin. Er hat sich anschließend brav entschuldigt. Er hat mir gesagt, dass es die Hölle war, im Pranger zu stecken und zuschauen zu müssen, wie andere tun, was sie wollen, während er sich zu Tode gelangweilt hat. Es hat dazu geführt, dass die Leute hier überraschend höflich sind. NSC wie Spieler. Ein himmelweiter Unterschied zu Arensvelt, lass dir das sagen. Noch ein Grund, weshalb viele Spieler und NSC hierherkommen wollen. Die vorherrschende Meinung hier ist, dass Arensvelt mit dem Ankommen der Wiedergänger vor die Hunde gegangen ist. Ah«, sagt er mit einem Mal. »Da ist Mouse. Sehen wir zu, dass du dein Frühstück bekommst, dann kann er dir erklären, was wir über das Lager der Flüchtlinge und der Strauchdiebe herausgefunden haben.«

Diesmal ist Elena da und begrüßt mich mit einem tiefen Knicks und einem erfreuten Lächeln und macht es sich dann zur Aufgabe, mich vor dem Hungertod zu bewahren.

»Hast du gesehen, dass sie jetzt Level 5 ist?«, fragt mich Mouse. »Sie hat sich noch nicht für eine Klasse entschieden, aber wann immer sie Cat zur Seite ziehen kann, quetscht sie ihn darüber aus, wie es ist, ein Magier zu sein. Ich glaube, sie hat auch auf dich gewartet. Wenn du Zeit hast, rede doch mal mit ihr.«

Es scheint jeder auf mich gewartet zu haben. Im Lauf des Vormittags kommen sie fast alle hier im Dorf vorbei und teilen mir mit, wie froh sie sind, dass ich wieder da bin.

Dabei habe ich so gut wie nichts getan. Es kommen so viele Leute zufällig vorbei, dass Mouse, Hog und ich, nachdem ich gut gefrühstückt habe, ins Gildenhaus fliehen. Bevor wir das tun, fragt mich Elena hastig, ob ich sie in die Gilde aufnehmen kann.

»Sie hat uns schon vorher gefragt, und keiner von uns hat etwas dagegen«, teilt mir Hog mit, und daraufhin mache ich Elena zu unserem neuesten Gildenmitglied.

Das Gildenhaus ist zurzeit noch kaum eingerichtet, aber in der Ratskammer befindet sich ein großer runder Tisch mit zwölf gepolsterten Stühlen, das ist im Moment genug.

Ach ja, und die Schatzkammer, die bis jetzt nur ich öffnen kann. Ich erteile Hog die Befugnis dazu, und wir gehen zusammen mit Mouse hinunter in den Keller, um sie uns anzuschauen. Sie befindet sich hinter einer stabilen, mit metallenen Bändern verstärkten Stahltür. Das Schloss ist magisch und kann nur von einem legendären Meisterdieb der Stufe 100 geknackt werden.

»Davon gibt es der Legende nach im ganzen Kaiserreich nur einen«, grinst Hog. »Deswegen ist er ja auch legendär!« Sein Grinsen wird breiter. »Ich habe eine Wette mit Mouse laufen. Er sagt, dass er das Schloss innerhalb der nächsten sechs Wochen knacken wird. Ich habe gegen ihn gewettet.«

»Das ist Mouse«, erinnere ich ihn. »Du weißt, dass du verlieren wirst?«

Wir öffnen die schwere Tür.

»Ja«, grinst Hog mit einem verschmitzten Blick zu Mouse hinüber. »Deshalb habe ich ja mit ihm gewettet. Ich will ihn etwas antreiben!«

»Glaub mir«, meint Mouse, der jetzt die offene Rückseite der Panzertür sorgfältig untersucht, »das ist nicht nötig.« Er tätschelt liebevoll die Tür. »Baby liebt mich jetzt schon!«

Der Raum ist etwa fünf auf fünf Meter groß, und in der hinteren linken Ecke liegen Gold-, Silber- und Kupfermünzen auf dem Boden.

Hog sieht sich mit leuchtenden Augen um. »Wir brauchen Geldtruhen«, stellt er fest. »So ist es einfach nur unordentlich.«

Links neben der Schatzkammer der Gilde befindet sich eine noch beeindruckendere Stahltür, die in einen Keller mit einem Kreuzgewölbe führt, die Schatzkammer der Stadtkasse.

»Was ist mit dieser Tür?«, frage ich Mouse. Er mustert die offene Rückseite der Tür, die den Blick auf eine verwirrende Menge an Zahnrädern, Stangen und Kristallen freigibt.

»Es ist eine offizielle Schatzkammer. Um sie zu öffnen, brauchst du magische Schlösser auf 200 *und* musst den Ort erobern.« Er grinst breit. »Gib mir drei Monate.«

Nein, ich biete ihm keine Wette an. Es ist schließlich Mouse.

In der hintersten der drei Gewölbekammern findet sich ein großer Haufen Gold und Silber.

»Ein Drache würde sich hier wohlfühlen«, meint Hog mit einem breiten Grinsen.

Mag sein. Gebe es nur ungern zu, aber der Anblick dieses Haufens Gold hat auch bei mir ein warmes Gefühl ausgelöst, das sehr an »Alles meins!« erinnert.

22 Drei Lager

Schließlich kehren wir ins Ratszimmer zurück, wo Elena dann an ihrer ersten offiziellen Gildensitzung teilnimmt, als Mouse mir berichtet, was er über die beiden Lager herausgefunden hat.

»Tatsächlich sind es drei Lager«, teilt er mir mit. »Es gibt ein Goblin-Lager nahe der Grenze. Es liegt auf dem Gebiet von Arensvelt, aber sie machen mich auch etwas unruhig. Bis jetzt gibt es allerdings keine Berichte darüber, dass sie sich auf unser Gebiet trauen.«

»Sie waren schon hier«, kläre ich die anderen auf und berichte ihnen von dem Goblin-Angriff.

Mouse nickt. »Ich hoffe, wir müssen die Lektion nicht vertiefen. Ich fange mit dem kleineren Problem an. Den Flüchtlingen. Ich streame dir meinen letzten Besuch in den Gruppenchat.«

Ich rufe das Video auf und schaue zu, wie Mouse unbehelligt durch das Lager wandert und seine Nase scheinbar überall hineinsteckt, ohne dass jemand auf ihn reagiert.

Was ich in dem Lager sehe, sind ausgemergelte Gestalten mit aufgeblähten Bäuchen und fiebrigen Augen, die mehr schlecht als recht in den Ruinen eines alten Gutshofs ihr Leben fristen.

»Du hast dich im Schatten versteckt?«

Er nickt. »Ich habe Schattenwandel mittlerweile auf Stufe 22. Ich kann den meisten die Unterhose ausziehen, ohne dass sie es bemerken.« Er verzieht das Gesicht. »Nur ist das Problem dabei, dass die meisten hier nicht wissen, was Unterwäsche ist.« Er wirft Elena einen belustigten Blick zu, als diese rot wird.

Huste dezent.

»Wie du siehst«, fährt Mouse ungerührt fort, »sind das hier alles wirklich arme Schweine, die froh sind, wenn sie irgendwie überleben können.«

»Wo kommen die Flüchtlinge her?«

»Im Nordosten deines Herzogtums gibt es eine Grafschaft. Der alte Graf ist vor einem halben Jahr gestorben, und zwei

Barone versuchen gerade, untereinander auszumachen, wer der neue Graf sein wird, bevor der König ihnen einen Strich durch die Rechnung macht und einen neuen Grafen einsetzt. Einfach gesagt, es herrscht Krieg dort, und beide Seiten sind sich nicht zu schade, die Bauern dort in ihren Dienst zu zwingen. Und nicht nur die Bauern. Das Fußvolk wird mit Heugabeln und Dreschflegeln bewaffnet und barfuß gegen den Feind gehetzt. Wenn sie Glück haben, treffen sie im Feld auf die armen Schweine der anderen Seite, wenn sie Pech haben, auf berittene und gut bewaffnete Gefolgsleute, die dann ein Gemetzel veranstalten. Viele sind dort abgehauen, zum Teil mit ihrer Familie, weil sie sonst schlicht und einfach verhungert wären. Sie gelten als Deserteure und sind hier gelandet, weil es hier bis vor Kurzem keinen Landesherrn gab.«

»Warum kommen sie nicht ins Dorf?« Das ist die Frage, die ich stellen wollte, doch es ist Elena, die fragt.

»Sie haben Angst davor, wieder vertrieben zu werden. Manche Länder besitzen zum Teil barbarische Strafen für Landstreicher, und das sind diese Flüchtlinge nun einmal nach offizieller Lesart. Meiner Einschätzung nach, und die anderen teilen sie, würden sie dir die Füße küssen, wenn du sie einfach nur leben lässt, und dir ihr Erstgeborenes vermachen, wenn du ihnen hier in Marensfurt eine neue Chance gibst. Nur solltest du bald etwas tun, es sind wirklich arme Schweine, und es sterben immer wieder welche von ihnen an Hunger und Entkräftung.«

»Okay«, sage ich. »Das steht oben auf der Liste. Was ist mit den anderen?«

»Das ist ein ganz anderes Problem. Hier.« Wieder sehe ich zu, wie er unerkannt durch das Lager schleicht, doch das hier unterscheidet sich von dem der Flüchtlinge wie Tag und Nacht. Einige wenige der Gestalten, die ich sehe, sehen normal aus, doch die meisten erfüllen ganz und gar das Klischee. Finstere Gestalten, mit Narben übersät und mit zusammengestückelten Rüstungsteilen gewappnet. Die meisten der Räuber sehen aus, als ob sie sich für keine Schandtat zu schade wären. Klischees erleichtern das Leben. Wenigstens sehen diese hier auch aus wie Halunken. In der realen Welt sind Halunken nicht so einfach zu erkennen.

»Keiner von denen sieht so aus, als ob er sich leicht ergeben würde«, stelle ich fest.

»Yup!«, meint Mouse. »Die meisten sind schon in anderen Gebieten für vogelfrei erklärt worden, und es ist nicht so, dass sie hier stillhalten. Sie haben in den letzten Wochen wiederholt unsere Handelswagen und andere Reisende angegriffen. Es ist so schlimm geworden, dass Fire Questen ausgeschrieben hat für Spieler, die dann Geleitschutz geben. Dein Manual, das auf deinem Tisch lag, als du so plötzlich verschwunden bist, hat uns hier gute Dienste geleistet. Wo hast du das eigentlich her? Es ist viel ausführlicher als das Online-Manual und besonders im Bereich der Rechtsprechung hilfreich.«

»Es war ein Geschenk«, antworte ich ihm ausweichend. »Hast du es gelesen?«

»Selbstverständlich«, antwortet Mouse. »Ich wäre dumm, hätte ich es nicht getan. Was ich sagen will, ist, dass wir nach hier üblichem Recht jeden dieser Kerle aufknüpfen können, ohne uns sorgen zu müssen, ob wir auch den Richtigen erwischen. Gut zwei Drittel von den Typen hier haben wir bereits als diejenigen identifiziert, die uns in den letzten Wochen überfallen haben.«

»Ich bin nicht so scharf darauf, so schnell wieder jemanden aufzuhängen.«

»Kann ich verstehen«, sagt Mouse. »Das war eine hässliche Angelegenheit. Dennoch. Bis jetzt ist dort kein Spieler aufgetaucht, doch wenn diese Ratten einen Anführer finden, der aus ihnen eine richtige Truppe macht, können sie Marensfurt selbst gefährlich werden. Das müssen wir verhindern. Entweder indem wir sie verjagen, im Kampf erschlagen oder eben aufhängen. Wir haben hier im Rathaus nur vier Kerkerzellen und …«

»Wir haben einen Kerker hier?«, frage ich überrascht.

Mouse seufzt wie jemand, dessen Geduld endlos belastet wird. »Wie ich gerade sagen wollte, wir haben vier Kerkerzellen hier. Leere Zellen. Eingekerkert werden hier in Vorena üblicherweise nur wichtige Leute, bei Ratten wie diesen ist es üblich, sie einfach zu entsorgen. Sie selbst erwarten es nicht anders.«

Elena nickt bestimmt. »Es ist der einzige Weg. Wenn man das nicht tut, werden sie mehr und mehr Untaten begehen, bis sie es sogar wagen, ganze Ortschaften zu überfallen. Auch Bruder

Gilead fordert, diese Ratten, wie Ihr sie nennt, mit Feuer und Schwert auszukehren. Diese Flüchtlinge, sie können wir aufnehmen, wenn sie arbeitsam sind und keinen Ärger machen. Das andere Geschmeiß dort braucht hier niemand.«

»Mit Feuer und Schwert, hu?« Das hat einen unangenehm bekannten Unterton für mich.

Sie nickt ernsthaft.

Lasse mir von Mouse mein Manual wiedergeben und blättere darin. Die Gesetze hier in Vorena sind hart, aber auch sehr genau ausgearbeitet. Mouse erzählt mir, dass das System dafür sorgt, dass die Gesetze überall gleich ausgelegt werden. Was nicht bedeutet, dass das Gesetz für alle gleich ist.

Es gibt vier verschiedene Gesetzbücher. Für Leibeigene und Unfreie, für Bürger, für den Adel und für den Hochadel. Letzterer macht die Gesetze und sieht nicht ein, dass man diese gegen sie verwenden können soll. Das Manual erwähnt explizit, dass auch eine Tyrannei möglich ist, in der diese Gesetze nicht für Gerechtigkeit, sondern zur Unterdrückung verwendet werden können. Es ist Absicht, damit sich die Spieler selbst überlegen können, auf welcher Seite sie stehen wollen. Das Manual bestätigt, was Mouse und Elena sagen. Die Strauchdiebe stehen alle mehr oder weniger automatisch unter Todesstrafe, vor allem die, die auf unseren Wegen andere überfallen haben.

»Gut«, sage ich. »Die Wegelagerer als Erstes.« Habe das gleiche flaue Gefühl im Magen, wie ich es immer vor einem Einsatz hatte.

»Dann schlage ich vor, wir warten, bis Cat und Fire wieder da sind. Cat hat eine Liste von Spielern angelegt, die bereit sind, uns dabei zu helfen, diese Ratten auszumisten, ich maile sie jetzt an. Bis die anderen beiden einloggen, sind wir so weit, und mit etwas Glück haben wir das Problem noch heute Nacht gelöst. Cat hat sich schon überlegt, wie wir vorgehen können ...«

Cat ist schon immer unser Stratege gewesen, und ich glaube nicht, dass wir falschliegen, wenn wir seiner Empfehlung folgen.

Cat und Fire verspäten sich ein paar Minuten, doch als sie kommen, bestehen auch die beiden darauf, mich zu umarmen, bis ich quietsche.

»Nicht so fest«, protestiere ich, als Fire mir den Atem nimmt. Wortwörtlich. Sie riecht gut, und ich werfe einen verstohlenen Blick zu Cat hin, der uns beide gerade anlächelt, und frage mich, ob das, was Hog gesagt hat, stimmen kann. »Wenn ich dich loslassen soll«, grinst sie mich jetzt an, »dann solltest du das ebenfalls tun, sonst kommen wir hier nicht weg!«

Habe einen Flashback, wie Groundhog an den Kontrollen ist und wie üblich unterhalb der Baumlinie fliegt, während Kleinkalibergeschosse wie Hagelkörner an der unteren Panzerplatte anklopfen. Im schwachen Licht der Instrumente sehe ich nur Marys weiße Zähne, wie sie mich angrinsen. Höre immer noch ihr »Yihaa!«, als Hog den Heli im rechten Winkel in ein ausgetrocknetes Flussbett zwingt und das Hagelgeräusch aufhört. Dann ihre professionelle Stimme in ihrem unvergleichlichen Sirup-Akzent. »Okay. Wo ist der Bastard, komm zu Mama, ja … hier … Ziel aufgeschaltet, Abschuss in 3 … 2 … 1 jetzt … Okay, das ist ein Treffer, ab nach Hause! Okay, nur ein Tag im Büro wie jeder andere!« Und seitlich von uns die Feuerblume, die in den Himmel steigt, während wir in die Nacht abtauchen.

Bevor wir uns dem Angriff auf die Strauchdiebe zuwenden, hat Cat eine Frage: »Alex, sag mal, was ist mit dem Fluch, der auf der Festung liegt? Sollten wir jetzt nicht hochstufig genug sein, um diesen Hauptmann aus dem Weg zu räumen?«

Seufze. »Das ist nicht das Problem. Ich will ihn nicht umlegen, ich will ihn heilen. Dazu brauchen wir einen Priester, der die Ghul-Krankheit heilen kann.«

»Das ist eine Krankheit?«, fragt Fire überrascht.

»Zumindest in diesem Fall.«

»Alles klar, ich schaue, was ich tun kann. Es gibt hier im Spiel ein paar Heiler-Klassen mehr als in anderen Spielen üblich, und wenn es um Kämpfe geht, scheinen die Schamanen beim Heilen besser zu sein. Deshalb gibt es nur verhältnismäßig wenige Priester im Spiel. Ich habe auch kurz drüber nachgedacht, eine Priesterin zu nehmen, doch diese ganzen Regeln und Gebete nerven. Nur wenn es um Flüche und Untote geht, liegen Priester weit vorne und haben richtig Wumms. Schamanen haben in der Richtung gar nichts zu bieten.« Sie mustert mich und lacht. »Sag mal, hast du deinen Stufenaufstieg schon gemacht?«

Nein, habe ich nicht.

Als ich ins Koma gefallen bin, habe ich gerade Stufe 14 erreicht, jetzt bin ich Stufe 28. Ohne etwas dafür getan zu haben. Tatsächlich, wenn ich genau hinsehe, kann ich sehen, wie sich mein Erfahrungspunkte-Balken bewegt, während die Dorfbewohner ihren Tätigkeiten nachgehen und ich von ihnen Erfahrungspunkte absauge. Habe ein schlechtes Gewissen deswegen und breche es ab.

»Hast du das nicht im Manual gelesen?«, fragt Mouse überrascht. »Wir und deine Dorfbewohner bekommen die Erfahrungspunkte nicht abgezogen, es ist ein Bonus für Gildenleiter und Herrscher. Du bist beides, und es wäre dumm von dir, das nicht zu nutzen.«

Hog stößt mir einen Ellenbogen in die Seite und grinst mich an. »Hey, du bist Headhoncho hier, und Headhonchos sollten fett sein!«

»Hey!«, beschwere ich mich, und Fire lacht.

»Alex ist genau richtig«, meint sie mit einem verschwörerischen Blick zu mir. »Zwerge haben halt keinen Blick dafür.«

»So habe ich das nicht gemeint«, wehrt Hog lachend ab

Glaube ihm das, so wie er mich gerade ansieht, habe ich wirklich nicht das Gefühl, dass ihn mein Äußeres stört. Bei der Charaktererschaffung habe ich gedacht, dass mein Avatar wunderschön ist, und hatte sogar die Befürchtung, es vielleicht etwas übertrieben zu haben. Seitdem ich Jessica gesehen habe, weiß ich, dass ich zurückhaltend gewesen bin.

Cats Plan für den Angriff auf das Lager der Strauchdiebe ist einfach. Es sind zurzeit sechs weitere Spieler online, die zugesagt haben, dass sie uns helfen werden.

»Wir haben zwei weitere Magier, einen Schurken, einen Schamanen zum Heilen und zwei Krieger. Eine davon ist Jessica, die Gildenmeisterin der Wilden Hühner, sie ist wie Fire auf Fernkampf spezialisiert und ist wild darauf, ihren neuen Bogen auszuprobieren. Wir …«

»Wie heißt sie wirklich?«, frage ich Fire, die mich überrascht anschaut. Vorhin war Jessica zu weit entfernt gewesen, als dass ich ihren Balken hätte lesen können.

»So gut kennen wir sie noch nicht.«

»Ihr Charaktername. Ich will nicht, dass mir der Name Jessica rausrutscht und sie mir das übel nimmt. Manche Leute sind empfindlich.«

Fire, Cat und Hog fangen an zu lachen, Mouse grinst, und Elena schaut verständnislos drein.

»Ihr Charaktername ist Jessica«, lacht Fire und verschluckt sich fast dabei. »Jessica R.«

»Okaaay«, sage ich dann und muss auch lachen.

Jessica R.

Okay.

»Zurück zum Thema.«

»Die Strauchdiebe liegen in der Stufe zwischen 7 und 18«, erklärt Cat ernster. »Wir wissen alle, dass NSC etwas anders aufgebaut sind, also nehmt es nicht zu leicht. Die Hälfte dieser Kerle wird im Schatten verschwinden, wenn wir das nicht verhindern. Wenn ein Stufe-10-Rogue dich aus dem Schatten heraus erwischt, merkst du das auch mit Stufe 28. Ich habe mit Stufe 11 in einem Duell einen Stufe-27-Krieger umgelegt, also nehmt die Mistkerle ernst. Auf unserer Seite ist die niedrigste Stufe 20, das ist unser zweiter Krieger, Michelin, auf den wir ein Auge haben sollten, er hat Interesse angemeldet, in unsere Gilde zu kommen. Schauen wir also zu, wie er sich anstellt. Unsere höchste Stufe besitzt unsere geliebte *la Baronessa*. Wenn sie ihren Stufenaufstieg durchhat.« Er schaut mich an. »Erinnere mich nachher mal daran, unsere Spruchlisten zu vergleichen. So wie deine Klasse heißt, vermute ich, dass du auch magiefähig bist. Ich kann dir den Feuerball beibringen, falls du ihn noch nicht hast.«

»Ich habe ihn schon«, beruhige ich ihn. Habe einen Punkt dafür ausgegeben, da ich nicht so weit gedacht habe, dass Cat mir den Zauber ja auch hätte geben können.

»Okay«, nickt er. »Wir greifen in der Nacht an. Ein paar von uns können im Dunkeln sehen, und wir haben genügend Pferde, um noch vor Mitternacht das Lager zu erreichen. Ohne einen Raid anzumelden, können wir zwölf Leute in eine Gruppe packen, wir fünf und die anderen sechs sind elf, das passt. Wir könnten sogar noch Ribin fragen, ob er mitkommen will.«

»Ich will mitkommen«, erklärt Elena.

»Äh, Süße, das ist keine gute Idee«, meint Fire vorsichtig. »Du bist Stufe 5. Das bedeutet, ein Treffer und du bist tot. Und du kommst nicht wieder. Deshalb wollen wir ja nur Wiedergänger mitnehmen.«

»Meister Ribin ist kein Wiedergänger.«

»Meister Ribin ist eine ganz andere Liga«, meldet sich Cat zu Wort. »Du kannst dich nicht mit ihm vergleichen. Niemand von uns kann das.«

»Gut«, sagt Elena und schmollt nur leicht dabei, dafür nimmt sie mich ins Visier. »Ich sehe das ein. Aber genau deshalb brauche ich eine Lehrmeisterin.«

Da nur Fire und ich hier am Tisch sitzen, schauen wir beide Elena an, die ihre Augen immer noch fest auf mich gerichtet hat. »Ich will Euer Knappe werden. Oder Lehrling. Ich habe mich dazu entschieden, wie Ihr eine Spellwarden zu werden.«

»So«, lächele ich. »Hast du das?«

Sie reckt ihr Kinn stur vor. »Ja. Habe ich.«

»Elena«, sagt Fire sanft. »Alex ist etwas Besonderes. Niemand sonst besitzt diese Klasse.«

»Ich weiß«, antwortet Elena, noch immer ohne den Blick abzuwenden. »Deshalb bin ich auch gestern nach Arensvelt geritten und habe in ihrem Tempel zu Diana gebetet. Sie hat mich erhört und mir Antwort gegeben. Diese Einschränkung gilt für Wiedergänger, wenn sie geboren werden. Wenn meine Herrin mich als Lehrling akzeptiert, kann ich diese Klasse lernen.«

»Oh«, sage ich.

Diana?

Diana taucht neben uns auf. Sie trägt nur einen pinkfarbenen Bikini, eine Sonnenbrille, ein Blumengebinde um den Hals und hält einen Longdrink in der Hand. Elena läuft rot an und schaut hastig zur Seite.

»Hi!«, begrüßt mich Diana und saugt an ihrem Strohhalm. »Schön, dass du wieder senkrecht bist. Was gibt's?«

»Ist das eine Piña Colada?«, frage ich überrascht.

Sie hebt ihr Glas an. »Das?«

Ich nicke sprachlos. Das Pink ihres Bikinis ist heftig.

»Ja«, antwortet sie. »Ich mache gerade Pause. Habe ich mir auch redlich verdient! Fühl dich geehrt, dass ich mir Zeit für dich nehme! Also, was gibt's?«

Ich deute wortlos auf Elena.

»Ah. Spellwarden, richtig? Ja. Wenn du zustimmst, sie als Lehrling zu nehmen?«

Ich nicke.

»In Ordnung«, sagt sie und wedelt nachlässig mit ihrer freien Hand in Richtung Elena. »Erledigt. Wenn das alles war. Aloha ...« Sie zwinkert mir zu und ist verschwunden.

Elena ist knallrot. »Die Göttin ... sie war nackt!«, bricht es dann empört aus ihr hervor.

»Ja«, sagt Fire mit einem träumerischen Gesichtsausdruck. »Das war sie.«

Ich mustere Elena.

Elena Beck		Stufe	6
Rasse	Mensch		
Klasse	Spellwarden		

»Wichtiger ist, dass sie deinen Wunsch erfüllt hat«, versuche ich das Gespräch in eine andere Richtung zu lenken und nicke Elena zu. »Wir reden später darüber, wenn wir von dem Angriff zurückkommen.«

Sie nickt, und ich wende mich Cat zu.

Der seufzt. »Vielleicht kommen wir diesmal ohne Unterbrechung durch. Wo war ich? Richtig. Mit dir, Alex, sind wir vier Magier. Da wir sie erwischen wollen, bevor sie in den Schatten verschwinden können, machen wir es nicht zu kompliziert. Wir schleichen uns an sie heran, umzingeln sie und synchronisieren unseren Angriff im Gruppenchat. Jeder von uns haut einen Feuerball in ihr Lager und gibt damit den anderen den Startschuss zu ihrem Angriff. Wir Magier sind diesmal nur die Artillerie, und wir überlassen den Nahkampf denen, die es besser können, und konzentrieren uns darauf, unsere Ziele aus dem Schatten zu reißen. Je mehr und je heftiger wir am Anfang AoE reinhauen, desto besser.« Er schaut zu mir hin. »Wenn du schon einen Feuerball hast, dann hast du ihn früh bekommen und er ist jetzt auf einer zu niedrigen Stufe. Level ihn hoch, glaub mir, die Punkte sind nicht verschwendet.«

Sollte mir vielleicht doch mal das Manual ansehen, um zu sehen, wie Magier funktionieren, ich bekomme gerade das Gefühl, dass es da Unterschiede gibt.

»Einfach, simpel, direkt«, fasst Cat zusammen. »Wir eröffnen mit AoE, so gut wir können, unsere Nahkämpfer räumen den Rest weg, Mouse hier kümmert sich um die, die es schaffen, in den Schatten zu flüchten. Rein, raus, ab nach Hause und dann ran ans Bier.«

Sein letzter Satz lässt uns alle grinsen, für Cat ist es ein Klassiker.

23 Gustav, das gutmütige Dämonenpferd

Die anderen Spieler brauchen etwas, bis sie so weit sind, und wir müssen für zwei von ihnen Pferde finden. Was nicht so einfach ist wie gehofft. Uns fehlt ein Pferd für Michelin, der sich noch keines hat leisten können.

»Warum nimmst du nicht Gustav?«, fragt mich Hog. »Wenn ein Gaul aussieht wie ein Kriegspferd, dann Gustav. Meister Ribin hat mir die Geschichte erzählt, ich weiß immer noch nicht, ob ich sie so ganz glauben soll, aber Gustav ist ideal für dich.«

»Er ist stark, aber langsam. Er ist ein Kutschpferd, und die haben nur einen Gang.«

»Hhm«, meint er. »Alles klar. Wenn das so ist, ist es so. Aber versuche herauszufinden, ob es nur eine Vermutung ist oder ein Fakt. Er sieht mir einfach nicht danach aus, als ob er nur langsam kann. Mein Gott, das Vieh ist Stufe 27, irgendetwas muss er können.«

»Wieso 27?«, frage ich ihn überrascht. Gustav ist Stufe 20 gewesen, als ich ihn abgestellt habe.

»Keine Ahnung. Er hat gelevelt.«

Also gehen wir hin, und ich schaue mir Gustav an.

Gustav, das gutmütige Dämonenpferd		Stufe	1(27)
Name	***Gustav***		
Rasse	Dämonenpferd Meister ***Alexandra Eisrabe*** Beschworen Dämonischer Diener		
Klasse	Kutschpferd		
Stärke	10+27		
Geschicklichkeit	10+27		
Konstitution	10+27		
Intelligenz	10		
Weisheit	10		
Charisma	10		
Lebenspunkte	13	(Kon*20)+((Kon)*Stufe)	
fr. Fertigkeitspunkte	54	Stufenaufstieg ausstehend	
fr. Attributspunkte	13	Stufenaufstieg ausstehend	
Dämonische Diener erhalten einen Teil der Erfahrungspunkte ihres Meisters zum eigenen Stufenaufstieg. Pro Stufe erhalten sie drei Attributspunkte, die je nach Art des Dämons automatisch verteilt werden, und zusätzlich zwei Punkte zur freien Verteilung. Jede zweite Stufe erhalten Dämonen einen Fertigkeitspunkt. Dämonen können nur Fertigkeiten aus der Dämonen- oder Beschwörungsliste erhalten. Du kannst den Stufenaufstieg eines dämonischen Dieners entweder selbst durchführen oder vom System automatisch durchführen lassen.			

Diesmal schaue ich mir auch seine Fertigkeiten an. Sie sind beeindruckend.

Fertigkeiten von Gustav, dem gutmütigen Dämonenpferd

Leitpferd (Gespann) 18

Nebenfertigkeit von *Boss*

Gustav wird in jedem Gespann die Führung übernehmen. Wenn du noch ein anderes Pferd findest, das nicht vor Schreck stirbt, wenn du es neben Gustav einspannst.

Geduldig
Gustav ist eines der ruhigsten und geduldigsten Pferde in ganz Vorena und das bevorzugte Haustier von Tabitha Arens. Er wird nur wütend, wenn jemand seine Herrin angreift.

Stamina I
Wie alle Kutschpferde verfügt auch Gustav über eine sehr hohe Ausdauer und ermüdet nur langsam.

Stur
Gustav nimmt nur von seiner Herrin Befehle an.

Verschmust inaktiv.
Tabitha Arens und Gustav waren unzertrennlich, und er braucht seine tägliche Schmuseeinheit.
Inaktiv geschaltet, da er als beschworener Dämon keinen eigenen Willen mehr besitzt. Seien wir ehrlich, wer schmust mit einem Dämonenpferd?

Treu inaktiv.
Gustav liebt Tabitha. Tabitha liebt Gustav. Nur der Tod kann sie trennen.
Inaktiv geschaltet, da Gustav und Tabitha gestorben sind.

Lieb
Was soll ich sagen? Gustav ist ein lieber Kerl. Wenn du kein Hengst bist.
Wenn du ein Hengst bist, dann ist er nicht lieb. Ganz und gar nicht.

Kinderlieb
Gustav liebt Kinder. Kinder lieben Gustav. So einfach ist das.

Eifersüchtig
Gustav liebt Tabitha. Tabitha liebt Gustav. Andere Hengste haben sich fernzuhalten. Oder sie lernen es. Ja, das gilt ganz besonders für die Idioten auf zwei Beinen, die denken, sie sind der Boss. Falsch. Gustav ist der Boss.

Klug
Gustav kann mit Rechentricks die Menge begeistern.

Akrobat
Tabitha hat Gustav jede Menge Tricks beigebracht. Er ist der Star auf jeder Party.

Boss
Gustav ist der Boss. Andere Hengste haben das zu akzeptieren oder sie lernen es. Stuten sehen das genauso.

Rückwärtsgang
Gustav ist imstande, ein Gespann so zu führen, dass er es auf Befehl rückwärts einzuparken in der Lage ist.

Hundeliebe
Gustav ist polyamor. Er liebt Tabitha und Laika. Laika und Tabitha lieben ihn. Nur der Tod kann sie trennen.
Anmerkung:
Laika ist Tabithas orkischer Kriegshund. Sie hat den Angriff überlebt und wollte Hilfe holen. Wenn du sie findest, machst du Gustav damit glücklich.

Dickhäutig
Du kannst dir deine Peitsche sparen. Er bemerkt sie kaum. Abgesehen davon kann er es nicht leiden, geschlagen zu werden, und nimmt dir deine Peitsche ab. Vorzugsweise mitsamt Hand oder Arm.

Dämonensilber
Gustavs Hufe bestehen aus Dämonensilber. Dämonensilber richtet dreifachen Schaden gegen Werwölfe, beschworene Wesen, Untote und andere Dämonen an.

Schulterbiss Spezialfertigkeit, inaktiv.
Schulterbiss wird ausgelöst, wenn ein zweibeiniger Hengst versucht, Tabitha zu küssen.
Inaktiv, da jetzt niemand mehr Tabitha küssen wird.

Unbeirrbar 17
Unbeirrbar gibt Gustav eine Chance von 85 % sämtlichen Ablenkungen zu widerstehen, die ihn von seinen Absichten abbringen könnten.

Trampeln 12
Genau das, was es sagt. Gustav trampelt dich in Grund und Boden.

Charge 4
In einfachen Worten: Gustav rennt alles um, was ihm im Weg steht. Auch dich.

Kick 11
Gustav tritt nach hinten aus. Hauptangriff, doppelter Schaden. Gehe nicht hinter ihm. Bleibe vorne. Bist du ein Hengst, komme nicht auf die Idee, Tabitha zu küssen. Du bist gewarnt.

Biss 9
Gustav beißt sein Ziel. Hauptangriff, doppelter Schaden. Sollte Schulterbiss ausgelöst werden: Vierfacher Schaden.

Fertigkeiten Dämonenpferd

Blutgier 1
Nach einem gelungenen Beißangriff zieht Gustav Blut und Leben aus seinem Opfer, um sich zu heilen.

Dämonenblut 4
Gustav ist ein Dämon. Sein Blut ist das eines Dämons. Dämonenblut brennt für Stufe/halbe Minuten und ist nur durch Gebet zu löschen.

Infernaler Hunger 1
Wenn Gustav hungrig ist, wird er auch während eines Kampfes seine Gegner fressen. Es ist zu empfehlen, ihn dabei nicht zu stören. Dämonen reagieren dann sehr ungehalten.

Feuerodem 2
Je Stufe einmal am Tag kann Gustav Dämonenfeuer speien. Dämonenfeuer ist nur durch Gebet löschbar.

Fliegenhasser Spezialfertigkeit (einzigartig)
Gustav kann einen ganzen Schwarm von Fliegen auf einmal mit einem Atemangriff verbrennen. Es ist zu empfehlen, dabei nicht im Weg zu stehen.

Dickhäutig II
Als Dämon kann Gustav nur durch magische Waffen verletzt werden. Da er dickhäutig ist, richten sie nur halben Schaden bei ihm an. Bei Erreichen der Stufe 30 wird er automatisch Dickhäutig III erlangen.

Boss II
Gustav war auch vorher schon der Boss. Als Dämonenpferd ist er es erst recht. Wenn er herausfordernd brüllt, werden sich ihm alle Pferde, die ihn hören können, unterwerfen. Oder sie lernen es.

Heiße Eisen
Etwas irreführend, seine Hufe sind aus Dämonensilber. Seine Hufe verbrennen brennbares Material. Nachteil: Seine Spuren sind auf brennbarem Untergrund leicht zu verfolgen.

Unermüdlich II
Gustav ist jetzt ein Dämon. Er besitzt unendliche Ausdauer. Jeder Hengst beneidet ihn.

Furchterregend I
Gustav ist furchterregend. Wenn du das vorher nicht gewusst hast, jetzt weißt du es!

Sturmritt
Spezialfertigkeit:
Voraussetzungen:
Akrobat
Trampeln

Heiße Hufe
Charge
Gibt man Gustav den Befehl zum Sturmritt, gibt es nichts, was ihn aufhalten kann, und er verdreifacht seine Geschwindigkeit. Alles, was ihm im Weg steht, wird niedergetrampelt, und er zieht eine Feuerspur hinter sich her. Wenn man im Weg stehen sollte, muss man eine schwere Willenskraftprobe bestehen, um nicht in Panik zu geraten.

In Ordnung, denke ich und schließe Gustavs Charakterfenster. Das ist also Gustav.

Diana?

»Was ist denn jetzt schon wieder?«, höre ich sie. »War ich eben nicht schon hier?«

»Was ist das?«, frage ich sie, ohne den Blick von Gustav abzuwenden.

»Das? Ein Long Island Ice Tea. Die Piña Colada war mir zu süß.«

»Ich meine *das* hier. Gustav.«

»Oh. Gustav. Hmpf. Ja. Das hat uns auch überrascht. Ich habe nachschauen müssen. Das geschieht, wenn man ein Kutschpferd zu einem untoten Diener macht, das von einem Dämonenpferd abstammt, das ein größerer Dämon gewesen ist und Gustavs Großmutter gedeckt hat. Das war etwas pervers, musst du wissen. Hättest du Betty genommen, wäre das nicht geschehen.«

»Sie heißt Betsy.«

»Nein«, seufzt sie. »Nicht Betsy. Betty. Das andere tote Kutschpferd, das neben Gustav im Gespann gelaufen ist. Kein Dämonenblut in ihr. Nur etwas Feenblut, aber das hätte sich nicht bemerkbar gemacht. War das alles?«

»Ja«, sage ich schwach.

»Okay«, sagt sie. »Es wäre mir lieb, wenn du mich die nächste Stunde nicht stören würdest. Zeus und ich stehen gerade in … Verhandlungen.«

»Was ist?«, drängt Hog. »Du siehst aus, als hättest du Magenkrämpfe. Eignet sich Gustav nun zum Kriegspferd oder nicht?«

»Phil«, stöhne ich. »Du hast ja keine Ahnung!«

Es gibt nur ein Problem. Gustav ist ein Kutschpferd. Als ich ihn beschworen habe, ist er um die Hälfte gewachsen. Kutschpferde sind breit und haben einen breiten Rücken. Gustav ist breiter. Ulrich, der Ledermacher und Sattler hier im Ort, schüttelt nur den Kopf, als ich ihn nach einem Sattel für Gustav frage.

»Seid Ihr sicher, Baronin?«, fragt er und kratzt sich am Hinterkopf, als er Gustav bewundert. »Es gibt nich' viele, die im Spagat reiten wollen.«

Ich will es wissen und klettere auf Gustavs Rücken. Er steht immer noch mit geschlossenen Augen da und hat sich in den letzten Wochen nicht einen Millimeter gerührt.

O ja.

Ich bin etwas größer als der Durchschnitt, aber nicht viel. Es ist nicht ganz ein Spagat, aber fast. Meine Füße stehen seitwärts ab.

»Er ist so breit, man könnte einen Stuhl auf seinen Rücken stellen«, sage ich und meine es nicht ganz ernst.

»Hhm«, meint Ulrich, ohne eine Miene zu verziehen. »Man könnte es mit einem aufgestockten Sattel versuchen«, sagt er nachdenklich, während ich mich wie eine Fliege auf Gustavs Rücken fühle. »So breit, wie er ist, könnt Ihr ihm so oder so keine Befehle mit den Füßen geben. Ihr kommt nicht hinunter bis zu seiner Flanke.«

Irgendetwas nagt in meiner Erinnerung. »Einen Moment bitte.«

Ulrich nickt. Er hat es nicht eilig. Er hat es nie eilig.

Ich habe Gustav noch keine Fertigkeiten gegeben, nur einen schnellen Blick auf die Liste geworfen. Ja, hier. Nicht unter Dämon, sondern unter beschworen.

Die richtige Größe

Das beschworene Reittier nimmt immer die ideale Größe für seinen Reiter an. Ideal gegen Rückenschmerzen, Zerrungen und Muskelkater in den Beinen.

Und das hier:

Aufgesattelt
Das beschworene Reittier erhält einen speziell auf den Meister und sein Reittier angepassten Sattel.
Bitte Farbe und Beschläge aus der umfangreichen Ausstattungsliste wählen.
Achtung: *Aufgesattelt* ist permanent und wird zum Teil der Beschwörung.
Farbe, Material und Beschläge des Sattels sind im Nachhinein nicht mehr zu ändern.

Ich wähle beides aus. *Aufgesattelt* nervt, weil ich ewig brauche, um die Beschläge von Gustavs Zaumzeug zu finden. Aber ich finde sie. Ich steige von Gustav ab, und dann schauen Ulrich und ich zu, wie Gustav schrumpft. Er ist immer noch groß. Aber eben nicht mehr zu groß. Ein rötliches Licht spielt um ihn, es riecht etwas nach Schwefel, und als das Licht verschwindet, trägt Gustav einen Turniersattel, wie ihn im Mittelalter Ritter beim Stechturnier verwendet haben.

Ulrich schaut sich das an, kratzt sich wieder am Kopf und nickt. »Ich glaub, Ihr brauch' mich nich' mehr, Baronin.« Dann zupft er an seiner Stirnlocke und schlurft davon.

Ganz gemächlich. Ohne Eile.

Ich verteile Gustavs Attributspunkte und noch ein paar Fertigkeiten.

Kriegspferd
Gustav beherrscht die hohe Kunst eines Kriegspferds, im Voraus zu wissen, wie, was und wann sein Reiter angreifen will.
Bonus durch *Akrobatik*.
Mali durch *gutmütig*.
Gustav ist *gutmütig* und mag keinen Streit. Es sei denn, ein Hengst versteht nicht, dass Gustav *Boss* ist.

Leichtfüßig
Es ist Gustav, deshalb doppelte Kosten. Gustav wird nicht stolpern oder daneben treten. Sein Wenderadius ist um die Hälfte reduziert.
Bonus durch *Akrobatik*.

Fiese Tricks wären auch nett gewesen, doch diese sind ausgegraut. Gustav, das Dämonenpferd, ist zu gutmütig dazu.

Ich finde eine andere Fertigkeit, die interessant ist, allerdings auch vier Punkte kostet:

> *Gecko*
> Gustav rutscht nicht ab. Auch nicht an einer Fensterscheibe. Falls du eine Fensterscheibe findest, an der Gustav hochlaufen kann.

Okay. Vielleicht doch nicht. Diese hier vielleicht? Mit acht Punkten die teuerste in der Liste.

> *Wunderhufe*
> Gustavs Hufe finden auf jeder Oberfläche Halt. Auch auf der Wasseroberfläche.
> Hinweis: Auf Wasser verursacht *Sturmritt* eine Dampfwolke.

Oder das! Ich überlege nicht weiter und nehme *Wunderhufe* für Gustav, das gutmütige Dämonenpferd.

24 BOOOOOM

Wir hatten vereinbart, dass wir uns in der alten Wagenmacherei treffen. Ja. Die mit dem Baum. Der Hof ist groß genug, und die Stallungen sind noch einigermaßen intakt.

Die anderen sind schon da und unterhalten sich angeregt, offenbar warten sie nur auf mich. Als ich stolz auf Gustav durch das Tor reite, breitet sich Stille aus, und alle schauen sie mich an. Ein Spieler hat im letzten Moment abgesagt, wir sind also nur zehn.

Gustav hebt stolz den Kopf und führt eine komplizierte Schrittfolge aus der Spanischen Schule aus, um sich dann tief vor den anderen zu verbeugen.

Cat spricht aus, was sie wohl alle denken. »Willst du uns verarschen?«

»Nicht im Geringsten«, gebe ich grinsend zur Antwort. »Hi, Leute.« Ich nicke den Spielern huldvoll zu, die ich noch nicht kenne. »Ich bin Alex. Und das hier ist Gustav.«

Ich glaube, Gustav versteht uns, denn er besitzt jetzt diesen stolzen federnden Schritt und zeigt eine majestätische Haltung. Die anderen Pferde stehen still und halten ihren Kopf gesenkt.

Richtig.

Ich vergaß.

Gustav ist Boss.

»Verkaufst du ihn?«, fragt Jessica R mit einem gierig lüsternen Blick.

»Nein«, lache ich. »Es ist nicht verkäuflich. Ich meine damit, ich kann ihn nicht verkaufen. Wenn ich es könnte …« Lächele sie an. »Würdest du ihn verkaufen wollen?«

»Nein«, gibt sie zu. »Nie im Leben!« Sie fächelt sich übertrieben mit der Hand Luft zu. »Mann, ist das ein Hengst!«

»Warum sagt sie das nicht zu mir?«, beschwert sich im Hintergrund leise einer der anderen Spieler und unterdrückt mit Mühe ein Kichern.

Als wir aus der Ortschaft reiten, spricht mich Fire an. »War Gustav nicht etwas größer?«

Ich erzähle ihr, was ich über Gustav herausgefunden habe, und sie beugt sich vor und tätschelt Betsy am Hals. Da es uns noch an Pferden fehlt, habe ich Betsy an die Gilde übertragen. Betsy hat, wie ich feststelle, mittlerweile die Stufe 3 erreicht und zeigt wenig Scheu vor Gustav. Die beiden kennen sich ja schon.

»Betsy hat diese Fertigkeit nicht.«

»Sie gilt nur für beschworene Reittiere.«

Fire wirft mir einen Blick von der Seite zu. »Es war ein wenig hektisch am Anfang, mit Loverboy und dem anderen Idioten, und du bist eben erst zurückgekommen. Ich glaube, es gibt da noch einiges, das du uns nicht erzählt hast.«

Lächele sie an. »Da könntest du recht haben.«

Einer der neuen Spieler in der Gruppe besitzt die Fertigkeit *leichter Ritt*, ein anderer *schneller Pfad*, und alleine dadurch kommen wir überraschend gut voran, selbst im Gelände kommt es einem vor, als ob man auf einer Straße reitet.

Trotzdem braucht der Ritt zum Lager doch gute zwei Stunden. Nutze die Zeit zum einen, um mir Landmarken zu merken für mögliche spätere Portale, und zum anderen denke ich über meine letzte Unterhaltung mit Dr. Jensen nach.

Zu erfahren, dass man mehrfach gestorben ist, gibt jedenfalls dem Anfang jeder Unterhaltung die gewisse Würze. Es gibt da so einige Eckpunkte, die mich nachdenklich machen. Zum einen, dass ich hier fünfzehn Minuten lang aktiv gewesen bin, während mein Gehirn schon im Koma lag und dies erst beendet wurde, als sie mich zwangsweise ausgeloggt haben. Das andere ist, dass Dr. Jensen deutlich gesagt hat, dass es Diana gewesen ist, die mich gerettet hat. Was weder Dr. Jensen noch ich klar ausgesprochen haben, ist die Frage, die jetzt im Raum steht: Wenn mein Bewusstsein nicht mehr auf meinem »organischen Prozessor« gelaufen ist, ist es dann möglich, komplett umzusteigen? Sein eigenes Bewusstsein in einen Quantencomputer zu übertragen? Wenn es möglich wäre, wären die Auswirkungen enorm. Die ganzen großen Religionen würden Sturm laufen. Und das wäre nur der Anfang. Eine Anwendung, die ich so gar nicht mag, aber mir sofort einfällt … ein Quantencomputer mit meinem

Bewusstsein, der einen Kampfhubschrauber fliegt. Was, wenn er abgeschossen werden würde? Einfach das Bewusstsein des Piloten von einem Back-up wieder hochladen? Die Militärs würden sich drauf stürzen. Krieg ohne menschliche Verluste? Der Traum schlechthin. Ohne eigene menschliche Verluste natürlich. Für die Gegenseite sieht es anders aus.

Gebe zu, dass mein Patriotismus etwas gelitten hat, seit ich den ersten Einsatz geflogen bin, der klar gegen internationales Recht verstoßen hat. Die Begründung damals hatte »die anderen machen es auch« gelautet. Es ist das, was man mir gesagt hat. Aber nicht das, was ich weiß. Eine Bewusstseinskopie von mir in einer Kampfmaschine beschwört für mich apokalyptische Visionen herauf, die ich nicht weiterverfolgen will.

Dann ist da noch Diana. Seitdem ich sie kenne, bin ich der Meinung, dass sie sich verändert hat. Fangen wir gar nicht davon an, ob die NSC hier in Vorena Seelen habe. Oder ob sie gar eine Form von Leben darstellen. Wenn man keinen Unterschied zur Simulation wahrnehmen kann, ist es dann noch eine Simulation?

Verschwende auch ein paar kurze Gedanken daran, ob ich nun ich bin oder nur meine eigene Simulation. Wenn ich eine Simulation wäre, dann bemerke ich es nicht, meine Erinnerungen sind noch da, meine Grundeinstellungen und mein Charakter haben sich auch noch nicht merklich verändert.

Aber all diese Überlegungen sind seltsam fern. Gehören zu einer anderen Welt. Jetzt und hier sitze ich auf Gustav, genieße das schöne Wetter und die Gesellschaft alter Freunde und habe heute gerade gesagt bekommen, dass die Therapie wirkt und ich darauf hoffen kann, geheilt zu werden.

Dr. Jensen besitzt ein halbes Dutzend Doktortitel, ich bezweifle, dass ich auf Dinge stoße, auf die er nicht gekommen ist. Mein Leben liegt schon seit Monaten in seinen Händen, und ich lebe noch. Das, denke ich, ist eine gute Empfehlung für den Mann.

Das Gebiet um Marensfurt, meine Baronie, ist, wie schon so häufig in Vorena festgestellt, wunderschön. Selbst die überwucherten Ruinen, die wir hier und da finden, wirken eher malerisch als bedrohlich. Kurz vor Sonnenuntergang machen wir eine Pause, was mich daran erinnert, dass ich mir bei Gelegenheit die Quest-Belohnung von Meister Ribin abholen sollte, und sitzen wie Pfadfinder auf einem Ausflug um das Feuer herum und machen uns ein wenig bekannt.

Da ist zum einen Jessica R, die mir im Vertrauen gesteht, dass sie tatsächlich Jessica Rabbit als Modell genommen hat, es aber auch schon bereut. Dann gibt es da Michelin, ein Reifenhändler aus Detroit, der zu uns in die Gilde will, weshalb es einer Grundsatzdiskussion innerhalb der Gilde bedarf, ob wir nur eine Gruppe alter Freunde sein wollen oder die Absicht haben, uns auch für andere zu öffnen. Sein realer Name ist Thor, doch hier hätte er nur Thor117 sein können, weshalb er aus nahe liegenden Gründen Michelin als Namen genommen hat. Er erträgt gutmütig unsere Witzeleien und die Frage, ob es in Detroit überhaupt noch Autos gibt.

Der andere Schurke, neben Mouse, nennt sich Wu, lebt und arbeitet in Hongkong und ist ganz fasziniert davon, wie gut der Übersetzer hier funktioniert. Er und Jessica finden ein gemeinsames Thema in der Politik, die VRI gegenüber Transgender-Spielern vertritt. Der eine Magier schaut ganz sehnsüchtig zu Jessica hin und wirkt etwas vergrätzt, weil er nicht selbst auf die Idee gekommen ist, Jessica auf Transgender-Politik anzusprechen. Er nennt sich Magni, und sonst sagt er auch nicht viel.

Überhaupt ist die Magier-Riege schweigsam und blättert mehr in ihren Zauberbüchern herum, als dass sie sich unterhalten wollen. Unser letzter Magier nennt sich Hakim. Er lebt in Kairo und ist dort Programmierer. Abgesehen davon, dass ich etwas überrascht bin, dass es in Kairo Programmierer gibt, das blöderweise zugebe und es ihn säuerlich stimmt, war es das auch schon.

Cat und ich versuchen, unsere Spruchlisten zu vergleichen, aber es ist uns nicht möglich, unsere Sprüche zu tauschen oder weiterzureichen. Okay. Es ist *mir* nicht möglich, ihm Sprüche weiterzugeben, umgekehrt ist es extrem einfach. Wie einfach, stellen wir durch Zufall fest, als er mir sein Zauberbuch gibt. Magier müssen es bei Zaubern verwenden, bis sie später irgendwann einen Zauber gut genug beherrschen, um das Buch nicht mehr zu brauchen. Er wird gefragt, ob er es mir freiwillig gibt, sagt Ja, ich öffne es, schaue mir die Spruchdefinitionen an … und sie übertragen sich in meine Zaubermatrix. Fertig. Hat keine Sekunde gedauert. Als ich ihm sein Buch zurückgebe, runzelt er leicht die Stirn und murmelt etwas von ungerecht.

Offenbar kostet es einen Magier einiges, einen Zauber zu lernen. Auf diese Art habe ich von ihm *Lagerfeuer*, *einfache Unsichtbarkeit*, *Stille* und *Regenschirm* erhalten. Offenbar ist es nicht nur schwer, Zauber zu erwerben, es gibt sie auch nicht im freien Zugriff, weil Magier-Gilden den Finger darauf halten.

Wir sind uns schnell einig, dass er die Spellwarden-Klasse auch genommen hätte, hätte man sie ihm angeboten. »Aber ohne die Verantwortung, die dranhängt«, fügt er hinzu, und ich stimme ihm zu.

Trotz dieser kleinen Ärgernisse ist die Stimmung gut, Elena hat für die gesamte Mannschaft den Proviant gepackt, entsprechend köstlich schmeckt es auch, und es wird zu einer Art Picknick. Als Cat uns mit einem Seufzer darauf hinweist, dass wir eigentlich hier sind, um Strauchdiebe umzubringen, habe ich das Gefühl, dass ich nicht die Einzige bin, die lieber satt, träge und faul dem Sonnenuntergang zugesehen hätte.

Das Wetter und die Landschaft sind einfach zu schön, und *leichter Ritt* und *schneller Pfad* haben den Ritt zu einfach gemacht, es erinnert sehr an einen Ausflug ins Grüne.

Wohl um dem etwas entgegenzuwirken, bringt Cat das Gespräch auf die Gräueltaten, die die Strauchdiebe an den Reisenden und Händlern auf unseren Straßen begangen haben, mit einem eher lauwarmen Ergebnis.

Das erklärt auch die etwas resigniert klingenden Worte von Mouse, »Bringen wir es hinter uns«, als er zur Erkundung des Lagers aufbricht, nachdem wir es eine halbe Stunde vor Mitternacht erreicht haben.

Er braucht nicht lange, bis er wiederkommt. Cat verzieht halb entsetzt, halb erleichtert das Gesicht, als Mouse berichtet, dass die Strauchdiebe keine Wachen aufgestellt haben. Wir bleiben bei unserem Plan, Cat und Mouse dirigieren mich und die beiden anderen Magier an unsere Positionen, jeder von uns lädt einen *Feuerball* und hält ihn bereit, das Zielgebiet fest im Blick, während Cat im Gruppenchat runterzählt.

Habe mittlerweile auch meinen Stufenaufstieg gemacht. Bekomme ja automatisch Punkte auf Intelligenz und Geschicklichkeit, also lege ich auf beide 5 Punkte obendrauf, ziehe Willenskraft nach, noch ein paar auf Konstitution und verteile den Rest gleichmäßig. Demzufolge ist meine Manareserve deutlich gewachsen, und Cat hat uns ja gebeten, die Feuerbälle so hoch wie möglich zu zaubern. Über Manainfusion schiebe ich die Hälfte meines Manas in meinen *Feuerball*, den Rest will ich mir für die *Feuerlanze* aufheben. Im letzten Moment komme ich auf die Idee, auszuprobieren, ob ein Feuerball auch ein Feuerdiskus sein kann, es scheint zu gehen, was mir erlaubt, das Wirkungsgebiet meines Zaubers deutlich zu vergrößern.

Habe mehr auf Manakosten und die Form des Zaubers geachtet als auf die Stufe, erst unmittelbar bevor Cat bei *»ONE!«* ankommt, stelle ich mehr nebenbei fest, dass ich den Zauber mit den sechshundert Manapunkten auf die Stufe 54 hochgeschoben habe. Ich zünde den Zauber zeitgleich mit den anderen und greife nach der *Feuerlanze* … BOOOOOM!

Erde, Staub und Dreck wirbeln auf. Der Boden bebt. Ein Sturmwind packt mich von hinten und will mich in das flammende Inferno ziehen, das auf weiter Fläche vor mir tobt, sehe mich schon gegrillt, als der Sturm wechselt und mich mit heißem Atem zurückschleudert. Eine dunkelrote Feuersäule steigt zum Himmel auf und nimmt diese bedrohliche Pilzform an, die uns allen das Herz in die Hose rutschen lässt.

Der Gruppenchat füllt sich.

»Fuck!«

»Was zur Hölle …?«

»Okay, ich bin am Seelenstein, wenigstens muss ich nicht zurückreiten.«

»Hallooo? Noch jemand anderes am Leben?«

»Fuck, mein Brustpanzer hat eben die Hälfte seiner Haltbarkeit verloren!«

Und meine eigene, etwas kleinlaute Stimme, als ich feststelle, dass ich drei aus unserer eigenen Gruppe zum Seelenstein zurückgeschickt habe:

»Ooops.«

Hakim schickt mir einen Stinkefingersmiley im privaten Chat

und verlässt wortlos die Gruppe. Wu hat sich als Schurke wohl etwas zu nahe ans Lager herangearbeitet, er spart sich den Stinkefinger und geht auch. Magni, mein drittes Opfer, teilt mir mit, dass er ein Ticket geschrieben hat und mit Cheatern nichts zu tun haben will, obwohl er mich eigentlich ganz süß findet.

Der Rest von uns, zum Teil etwas angekokelt und im Schnitt um die Hälfte unserer Lebenspunkte ärmer, steht dort und schaut sich an, was vom Lager übrig geblieben ist.

Nicht viel.

Soviel ich sehen kann, gibt es ein kreisrundes Gebiet, in dem die Erde noch rot glüht und teilweise zu Glas geschmolzen ist. Es gibt keine Anzeichen dafür, dass es hier irgendwann etwas anderes gegeben hat als diesen fünf Meter tiefen und vierzig Meter durchmessenden Krater. Was außerhalb des Kraters noch steht, sind Büsche, Sträucher und vereinzelte Bäume, deren geschwärzte und von ihren Blättern befreite Äste anklagend in den dunklen Himmel ragen.

»Wow!«, sagt Jessica irgendwann und bricht damit die andächtige Stille.

»Jungs, es ist mir egal, was ich dafür tun muss«, meint Michelin, »aber ich will in eure Gilde!« Er wendet sich an Hog. »Du hast mir zwar gesagt, dass Ice etwas auf dem Kasten hat, aber das hier … Wow!«

Hinter mir, ein gutes Stück abseits, dort, wo wir die Pferde zurückgelassen haben, höre ich ein Pferd wiehern. Es ist Gustav. Ich weiß das, weil das Wiehern sich wie dämonisches Lachen anhört.

»Alles klar«, sagt Hog in seiner gemächlichen Art und verstaut Schwert und Schild, das er jetzt nicht mehr braucht. »Zwei Dinge, Michelmann. Wir werden in der Gilde über deinen Antrag abstimmen.«

»Was ist das Zweite?«, fragt Michelin neugierig.

»Du nennst die Baronin entweder Baronin, Hoheit, Sera oder Alexandra. Nenn sie nie wieder Ice. Du hast keine Ahnung, wie man sich das Recht verdient, sie Ice zu nennen. Oder mich Hog. Ich bin hier Grummor. Das gilt für Cat, Fire und Mouse genauso. Benutze unsere Charakternamen. Verplapperst du dich auch nur ein einziges Mal, sparst du uns die Gildensitzung. Nehmen wir dich in die Gilde und du verplapperst dich, fliegst du kommentarlos raus. Das ist das, was du tun musst, capice?«

Hogs Vehemenz überrascht mich, aber die anderen nicken zustimmend, also sage ich nichts. Ich verstehe ihn. Diese Namen sind schwer verdient.

Ich erinnere mich daran, wie Mary sich ihren verdient hat. Kaliber .50 Leuchtspurgeschosse sind dabei, Löcher in uns zu stanzen. Marys mit strahlendem Lächeln gebrachter Kommentar dazu: »Oh, guckt mal, Feuerfliegen!«

Seitdem nennt nur Cat sie noch Mary. Und auch das hat er sich verdienen müssen.

Der Punkt ist, dass man sich diese Namen nicht selbst aussucht. Man bekommt sie verliehen wie eine Medaille. Fast ohne Ausnahmen für Schließmuskelmomente. Die, bei denen man erwähnten Muskel so sehr zusammenzieht, dass man damit Armierungseisen kappen könnte.

Cat und Mouse haben sich ihre Namen auch verdient. Nicht nur wegen Tom und Jerry.

Unerlaubte Benutzung von Nicknames sind übrigens immer ein netter Vorwand für eine Prügelei mit Marines.

Okay. Es sind Marines.

Da braucht es keinen Vorwand.

Nennen wir es Tradition.

»Geht klar«, sagt Michelin eingeschüchtert und hebt abwehrend die Hände hoch. »Ich hab's verstanden. Okay.«

»Ich bin auch neugierig«, sagt Jessica. »Meine Schwester spielt eine Magierin. Ich habe das auch überlegt … aber ich verstehe es nicht. Was ist hier passiert?«

Wir finden es heraus. Es gibt da ein kleines Ding. Ein Magier lernt, nur zum Beispiel, einen *Feuerball*. Die Stufe dieses Feuerballs entspricht ab dann immer der halben Stufe des Magiers. Sagen wir, der Magier hat die Stufe 12 erreicht, dann hat sein Feuerball die Stufe 6. Stufe 6 ist auch zufällig die Mindeststufe des Feuerballs. Dann kann der Magier Erfahrungspunkte ausgeben, um seinen Feuerball zu steigern. Sagen wir, um 2. Dann besitzt der Magier die Stufe 12 und sein Feuerball die Stufe 8. Erreicht er selbst dann die Stufe 16, hat sein Feuerball immer noch die halbe Stufe plus immer noch die gekauften Stufen, also 8 + 2.

Ergo Stufe 10.

Ein *Feuerball* der Stufe 54 wird also von einem Magier gezaubert, der selbst die Stufe 108 besitzt oder Zehntausende Erfahrungspunkte in die Steigerung seines Feuerballs gesteckt hat. Ach ja. Man kann Zauber nicht über die Charakterstufe steigern. Meine schwebt deutlich lesbar über mir. 29. Nach dem letzten Stufenanstieg durch die Wegelagerer, die eben gerade von uns gegangen sind. Eindeutig nicht Stufe 108. Alle anderen Zauber funktionieren ebenfalls nach diesem System. Ein Dämonenpferd mit Stufe 20 zu beschwören braucht so zum Beispiel einen Nekromanten der Stufe 40. Oder zumindest der Stufe 30, da man erst ab dann ein dämonisches Reittier beschwören kann.

Es ist mir jetzt mehr als verständlich, warum es etwas verwirrt, von einem apokalyptischen Feuerball derart unvermittelt gegrillt zu werden.

Daher auch das »Ooops«.

Ich trage nur deshalb keine PK-Flag, weil es innerhalb unserer Gruppe geschehen ist.

Er ist nicht in meinen Top Five an Ooops-Momenten angesiedelt, aber ganz definitiv in den Top Ten.

»Okay«, stellt Cat abschließend fest. »Deine Charakter-Klasse ist definitiv übermächtig. Ich würde ein Ticket an einen Spielleiter schreiben, wenn ich nicht wüsste, wer diese Suppe gekocht hat.«

»Ich habe selbst schon Diana darauf angesprochen«, versuche ich mich zu verteidigen. »Sie sagt, es wäre okay.«

»Hrmpf«, grunzt Hog, der sich die Rechnereien und Erklärungsversuche geduldig angehört hat. »Diana ist eine NSC-Göttin. Es mag sein, dass sie eine etwas andere Vorstellung davon hat, was okay ist, als der Rest von uns Sterblichen.«

»Nachdem ich mir das alles eben so angehört habe, gebe ich zu, dass ich diese Klasse an deiner Stelle auch genommen hätte«, sagt Jessica. »Also no Prob mit mir, und ich werde es auch nicht an die große Glocke hängen. Ich mag es in eurem Kaff, und wir haben dort eben erst ein Gildenhaus gekauft, also halte ich den Ball flach. Aber wenn sich das herumspricht, dann bekommst du irgendwann deswegen mit den ganzen Neidhammeln Ärger. Von denen gibt es eine Menge!«

»Ich höre dich, Schwester«, ist Hogs Kommentar dazu. »Amen.«

Auf dem ganzen Rückweg analysiert Cat meine Charakter-Klasse. Analysieren ist sein Ding. Wir kennen ihn nicht anders, doch wir lieben ihn nicht dafür.

»Es sind die Synergieeffekte«, sagt er zum Abschluss, als wir fast schon wieder Marensfurt erreicht haben. »Die machen deinen Charakter so fucking OP. Alles einzeln betrachtet ist nicht so schlimm und vielleicht sogar okay. Aber das Ganze, Mannomann, ich hoffe nur, dass Dr. Jensen sich etwas dabei gedacht hat.«

»Oh«, sagt Fire, »ich bin sicher, dass er sich etwas dabei gedacht hat. Genauso sicher bin ich mir, dass wir es bereuen werden, wenn wir herausfinden, *was* er sich dabei gedacht hat.«

Nachdem wir unsere Pferde abgesattelt haben, verabschieden sich die anderen nacheinander und kehren in das reale Leben zurück.

Als ich den Gasthof betrete, finde ich Elena dort vor, die auf mich gewartet hat, aber sie ist so müde, dass sie kaum geradeaus sehen kann. Ich schicke sie ins Bett und gehe in den Hof zu Gustav und kuschele ein wenig mit ihm. Er lässt es stoisch über sich ergehen, immerhin zuckt ein Ohr.

Dann schaue ich in den klaren Sternenhimmel hoch, und mir fällt auf, dass nach dem Ooops-Moment niemand die Wegelagerer auch nur erwähnt hat.

Bumm und weg.

Ich wollte, ich könnte schlafen, doch meine Gedanken kreisen, ohne dass es mir etwas bringt.

25 Die freie Stadt Arensvelt

Als ich am Morgen herunterkomme, ist der Gasthof mit neuen Gesichtern gefüllt, und das Mädchen, das bedient, ist mir nicht bekannt. Niemand nimmt groß Notiz von mir, was mir nur recht ist.

Hog sitzt schon an »unserem« Tisch und hat den Kopf in die Hände gestützt. Er stöhnt theatralisch auf, als ich mich zu ihm setze.

»Kater?«, frage ich ihn. Der einzige Weg, in Vorena einen Kater zu bekommen, ist offline zu trinken.

»Nee«, sagt er, hebt kurz sein müdes Haupt an und lässt es wieder erschöpft in seine Hände sinken. »Jessica fucking Rabbit.«

»Hu?« Es scheint zurzeit mein beliebtestes Fragewort zu sein.

»Ich habe mich nicht ausgeloggt. Ich hatte es vor. Wir kamen ins Gespräch. Du weißt, wie ich bin, ich habe geflirtet und angegeben, aber es nicht ernst gemeint. Einmal Zwerg, immer Zwerg, Ausdauer wie ein Berg … so ein Zeug.«

Nicke. Standard für Hog. Niemand von uns hört da noch zu. »Und?«

Er schaut gequält zu mir hoch. Seine Augen sind rot unterlaufen. »Dann hat sie mich aufgefordert, es ihr zu beweisen.«

Blinzele und schaffe es nicht ganz, mein Lachen zu unterdrücken. »Du winselst mir hier allen Ernstes einen vor, weil sie dich flachgelegt hat? Wer bist du, und was hast du mit Hog gemacht?«

»Warte«, sagt er. »Das ist nicht alles. Erstens, ich weiß jetzt, warum sie Jessica Rabbit als Modell genommen hat. Zweitens … in real sieht sie fast genauso aus! Drittens: Sie ist kinky. Mein Gott, die Frau macht alles und wird noch kreativ dabei. Viertens … sie wohnt zweihundert Meilen entfernt von mir und ist in der Nacht noch zu mir gekommen. In real ist sie noch schlimmer und der absolute Hammer. Ich bin platt, fertig, alle. Und jetzt das Schlimmste: Ich bin entweder verliebt oder so in Lust, dass es keinen Unterschied macht. Nein, das ist noch nicht das Schlimmste. Es kommt noch schlimmer!«

»Okay, Hog«, sage ich und versuche zu vermeiden, allzu deutlich zu zeigen, wie sehr ich mich auf seine Kosten amüsiere. »Was ist das Schlimmste?«

»Was du vielleicht nicht weißt, ist, dass ich Probleme mit meinem Bein habe. Nicht mit der Prothese selbst, okay, mit der auch ein wenig, aber damit, dass es nicht mein Bein ist. Patricia hat ein Problem damit gehabt, deswegen ist sie gegangen. Jessica ... und ja, das ist auch ihr Real-Name ... hat nicht die geringste Scheu davor. Ihre Reaktion war: ›Oh, cool.‹ Dann etwas später ... ›Oh, kinky!‹. Und zum Schluss hat sie mich gefragt, ob sie es signieren darf.« Er hebt den Kopf. »Kannst du dir vorstellen, was das für mich bedeutet?«

Ja. Ich kann.

»Und jetzt?«, frage ich ihn leise.

»Jetzt bete ich zu allen Göttern, dass es nicht nur ein One-Night-Stand für sie war. Warte ...«

Er zieht ein Fenster in der Luft auf. Ich kann entsprechend meiner Absprache mit VRI nicht online gehen, aber für Hog gilt keine solche Einschränkung. Vor mir schwebt jetzt das Bild einer jungen Frau mit flammend roten Haaren, einer extravaganten Figur, verschmitzt funkelnden grünen Augen, die nichts außer ihrem frechen Lächeln und zwei Kaffeetassen trägt. Ich finde, sie sieht besser aus, natürlicher als Jessica Rabbit. Beide Varianten.

»Das ist kein Photoshop«, krächzt Hog. »Das Bild habe ich heute Nacht in meiner Küche gemacht, als sie uns Kaffee gekocht hat. Keine Kontaktlinsen. Nirgends nachgeholfen. Alles echt. Und seit ihrem dreizehnten Lebensjahr sind die Männer hinter ihr her wie der Teufel hinter der armen Seele. Weshalb sie so gut wie nie einen an sich herangelassen hat. Und sie sagt, sie mag mich.«

O ja, ich sehe, dass es ernst ist.

»Sie sagt, dass sie diesen Charakter so gemacht hat, damit sie im Spiel lernt, damit umzugehen, dass die Männer ständig an sie ran wollen. Weil es eben im Spiel nicht ernst ist.«

Wenn sich Jessica damit mal nur nicht täuscht.

»Sie ist in der Nacht noch zweihundert Meilen zu dir gefahren?«

Er nickt und schaut mich an, als wäre sein Hund überfahren worden. »Oh, Alex, mich hat es so übel erwischt!«

Sage ihm das Übliche. Dass ich ihm Glück wünsche. Dass Jessica blöde wäre, ihn gehen zu lassen. Solche Dinge. Floskeln. Doch ich meine jedes Wort ernst. Kann Hog nur alles Gute wünschen.

Vor allem aber bin ich neidisch, auch wenn ich eher sterben würde, als das zuzugeben.

Viel ist mit Hog nicht anzufangen, und eine halbe Stunde später sitzt er halb in sich zusammengesunken an unserem Tisch, den Kopf auf seine Arme gestützt, und schnarcht leise vor sich hin. Ich habe ihn Hunderte Male so gesehen, meist nach einem Einsatz, und auch das wirkt so real, dass sich die Grenzen für mich mehr und mehr verwischen.

Lasse ihn schlafen, auch wenn ich nicht verstehe, warum er in seinem Pod schläft und nicht in seinem eigenen Bett.

Habe genug zu tun, es gibt tausend Dinge, um die ich mich kümmern sollte, und die meisten haben damit zu tun, dass ich jetzt über das Land herrsche. Je mehr ich mich in die Sache vertiefe, umso mehr sehe ich, wie viel Arbeit Meister Ribin, Beck und Elena mir abnehmen. Brauche mich nur um die großen Dinge zu kümmern, das Klein-Klein nehmen sie mir ab.

Zu den Entscheidungen, die sie mir nicht abnehmen können, gehört der Verkauf von Grundstücken, die Höhe der Steuern und welche Gesetze gelten sollen.

Eine Elfen-Jägerin fragt nach, ob sie eine Bude auf dem Marktplatz aufstellen kann.

Erfahre, dass es Jahre her ist, dass jemand auf dem Marktplatz eine Bude aufgestellt hat, und wühle mich durch die Menüs der Stadtverwaltung, bis ich herausfinde, wie ich ihr dafür eine Lizenz erteile. Dann erfahre ich, dass sie Tiere zähmt und hier Tier-Begleiter verkaufen will, und stelle fest, dass wir auch noch ein Gehege einrichten müssen. Letztlich finde ich auch heraus, wie wir das bewerkstelligen können, und sehe zu, wie eine bunte Marktbude auf dem Marktplatz aus dem Boden wächst.

Nur unter Zwang würde ich gestehen, wie nahe ich daran war, infantile ›Ach bist du süß‹-Rufe von mir zu geben, als ich die süßen Welpen sehe. Und die drolligen kleinen Bärenjungen. Und die winzigen roten Eichhörnchen, die man auf der Schulter oder Hutkrempe mit sich tragen kann. Oder dass ich mir beinahe ein Pantherbaby geholt hätte.

Die Jägerin heißt Falin, und wir kommen ins Gespräch, werden aber bald unterbrochen, als Spieler sich die Tier-Begleiter anschauen wollen. Innerhalb von nur einer halben Stunde hat sie alle einundzwanzig Tiere verkauft und schließt die Bude wieder.

Cat und Fire werden erst am Nachmittag ins Spiel kommen, also versuche ich herauszufinden, wie das Schwarze Brett zu bedienen ist, und melde dort ein halbes Dutzend Questen an.

Anschließend entscheide ich mich auszureiten. Bin gerade dabei, Gustavs Satteltaschen zu packen, als Elena mich im Hof findet.

Sie sieht müde aus und blinzelt noch verschlafen, und ich stelle fest, wie attraktiv sie ist. Und jung. Ja, es geht ein nicht zu verhehlender Reiz von ihr aus. Für die Spielwelt ist sie erwachsen, doch sie ist erst sechzehn und ich mehr als doppelt so alt wie sie.

Elena fragt, wohin ich reiten will.

»Arensvelt«, sage ich. »Du weißt, dass wir Portale errichten können?«

Sie nickt und gähnt verhalten. »Diana hat mir ein Manual gegeben«, erklärt sie mir. »Da steht alles drin.« Sie greift in ihre Schürze und hält stolz ein Buch hoch, das kleiner ist als das meine und nur ein Viertel der Dicke hat.

»Darf ich?«, frage ich sie, und sie hält es mir wortlos hin.

Dieses Manual ist interessant. Es erklärt viele, wenn nicht sogar alle der Regeln, die für Vorena gelten, jedoch aus der Perspektive der NSC, ohne auf Stufen und Fertigkeitspunkte und anderes einzugehen, und besitzt auch ein Kapitel über Spellwarden, in dem das Mystische und Legendäre an der Klasse betont wird. Bei der Gelegenheit erfahre ich auch, dass Elenas Attribute und Fertigkeiten für sie vom System verteilt werden. In ihrem Buch wird das als ein natürlicher Pfad des Wachstums beschrieben. In der Nacht hat sie einen Stufenaufstieg bekommen und ist nun Stufe 7. Ich reiche ihr dankend das Buch zurück, und sie steckt es wieder ein. »Was hat Euer Ritt nach Arensvelt mit Portalen zu tun?«, fragt sie mich.

»Ich kann nur ein Portal zu einem Ort errichten, wenn ich ihn kenne«, erkläre ich ihr. »Also habe ich vor, dort hinzureiten und mir einen Ort auszusuchen. Sie haben dort einen großen Markt, und wir brauchen im Moment noch viele Dinge, die wir nicht selbst herstellen. Doch mit dem Wagen sind es zwei Tage dorthin. Mit dem Portal hingegen ist es nur ein Schritt.«

»Ekay«, sagt sie und schaut etwas unsicher drein. »Oder heißt es okay?«

»Okay«, sage ich lächelnd.

»Okay«, lacht sie. »Aber warum dorthin reiten? Warum mache ich nicht ein Portal dorthin auf? Ich war oft genug dort, sodass ich sicher bin, dass ich eine Stelle finden kann.«

Ich schaue sie an und schüttele dann amüsiert den Kopf über mich selbst. Ich weiß, dass Elena einen hohen Intelligenzwert besitzt, ein Umstand, der durch die Spellwarden-Klasse nur noch mehr betont werden wird, warum sollte ich mich also wundern, wenn sie gute Ideen hat?

»Richtig«, antworte ich also. »Warum nicht?«

Einen Schritt später sind wir dort. Elena hat ihr Portal etwas außerhalb der Stadtmauern gesetzt, auf einer kleinen Lichtung, sodass nicht jeder das Portal sieht. Ich merke mir die Stelle, es ist ein guter Ort, um Rast zu machen, ein Steinkreis mit Asche verrät, dass er zu diesem Zweck genutzt wird und somit auch eine gute Stelle für ein Portal ist.

Elena führt mich durch das kleine Wäldchen zur Straße hin, und dann sehe ich die Stadt vor mir liegen. Wir erklimmen einen niedrigen Hügel, von dem aus ich eine bessere Übersicht gewinnen kann.

Für einen langen Moment schaue ich mir nur schweigend die Stadt an.

Wie stehen weniger als hundert Meter von dem Westtor der Stadt entfernt, von hier führt die Straße direkt bis nach Marensfurt und von dort aus dann hoch zu der noch immer verfluchten Festung. Über dem massiven Tor erkenne ich, in braunen Sandstein eingemeißelt, mein Wappen. Diese Stadt gehört mit zu dem verfluchten Herzogtum, doch ich glaube nicht, dass ich sie so einfach für mich beanspruchen kann.

Als ich meinen Blick auf das Tor fixiere, erscheint ein Pop-up vor mir. Ich erfahre, dass die Stadt zurzeit dreiundzwanzigtausendfünfhundertzwölf Einwohner hat, sich tausendachthundertsiebenundzwanzig Gäste in ihr aufhalten und dreitausendachthunderteinundzwanzig Reisende. Sie besitzt vier Haupttore und zwei weitere kleinere, ihre Wallanlagen sind durchschnittlich acht Meter hoch, und sie besitzt neununddreißig Wehrtürme, die Toranlagen nicht mitgerechnet. Es gibt noch mehr Statistiken, aber im Moment interessiert es mich weniger, wie viele Bäcker es in der Stadt gibt.

Vor allem aber ist die Stadt groß. Viel größer, als ich vermutet hatte. Etwas über zwanzigtausend Einwohner hört sich nicht nach viel an, wenigstens nicht für jemanden wie mich, die in Boston ihre Kindheit verbracht hat. Doch es gibt keine Hochhäuser, die höchsten Häuser sind sechs bis sieben Stockwerke hoch, wobei die obersten zwei oder drei Stockwerke sich meist in den Dächern befinden, die steiler und höher sind, als ich es gewohnt bin.

»Es liegt am Schnee«, erklärt Elena mir, als ich sie frage, ob sie weiß, warum man hier so baut. »Macht man die Dächer flacher, besteht die Gefahr, dass der Schnee die Dächer eindrückt.«

Frage nach, wie viel Schnee denn so durchschnittlich im Winter fällt, und sie erzählt mir, dass zwei bis drei Meter Schneefall in einer Nacht keine Seltenheit darstellen. Irgendwie erinnere ich mich daran, dass Vorena dem europäischen Mittelalter nachempfunden ist, und auf dem Kontinent kann man noch heute solche Häuser wie diese hier finden, da es in Europa im Mittelalter eine Kälteperiode gegeben hat, in der mit solchen Schneemassen tatsächlich zu rechnen gewesen ist.

Die meisten Häuser allerdings besitzen nur ein bis zwei Stockwerke, und auch wenn in jedem Haus überraschend viele Menschen wohnen, brauchen diese Häuser im Vergleich mehr Grundfläche als ein Wolkenkratzer. Zudem erklärt mir Elena, dass Arensvelt eine reiche Stadt ist, und reiche Menschen wohnen in Stadtpalästen auf großen Grundstücken. All dies trägt dazu bei, dass die Ausdehnung Arensvelts eher mit einer Stadt mit hunderttausend Einwohnern zu vergleichen ist.

Elena und ich sind ohne Pferde gekommen, was eine gute Idee gewesen ist, denn ich glaube nicht, dass die Stadtwachen Gustav einfach so hineingelassen hätten.

Sowohl Elena als auch ich sind einfach gekleidet. Ich trage noch immer die Lederrüstung, die ich in der Kiste im Kerker der Burg gefunden habe, und Elena die einfache robuste Kleidung, in der sie im Toten Eber bedient. Auf ihr Anraten hin trage ich Eisfang nicht am Gürtel, sondern habe ihn in meinem Inventar deponiert.

Eine Gruppe von acht Soldaten mit einem Sergeanten bewachen das Tor. Zwei davon sind mit Armbrüsten bewaffnet, die anderen mit Hellebarden, Schwertern und Äxten. Sie tragen einen Wappenrock mit meinem Wappen, und es ist ein seltsames Gefühl, so herablassend von Soldaten gemustert zu werden, die mein eigenes Wappen tragen.

Ein bisschen größenwahnsinnig bin ich schon, denke ich, als man uns ohne Probleme durch das Tor lässt. Mit den drei Wochen Unterbrechung durch das Koma ist dies mein vierter Tag im Spiel, und es ärgert mich, dass diese Wachen mein Wappen tragen und Elena und mich dann so respektlos behandeln. Als ob ich mich vor dem Spiel jemals für Wappen interessiert hätte!

Auf der anderen Seite mustere ich die Soldaten ebenfalls und, wenn ich ehrlich bin, auch nicht besonders respektvoll. Die Soldaten hier am Tor tragen Kettenmäntel und lederne Hosen, die mit Metallschienen zusätzlich geschützt sind. Damit sind sie überdurchschnittlich gut ausgerüstet, ich weiß mittlerweile aus Unterhaltungen mit anderen Spielern, dass es viele Orte gibt, wo die Stadtwachen oftmals lediglich einfache Knüppel besitzen und man sie nur an Bändern um die Arme erkennt.

In der Organisationstabelle für Marensfurt sind Stadtwachen vorgesehen, doch noch haben wir nicht eine einzige.

Das Problem hier ist nicht die Art der Ausrüstung, sondern der Zustand. Die Kettenmäntel sind schlecht gepflegt, es gibt rostige Glieder, und an manchen Stellen fehlen die Kettenglieder ganz. Das Gleiche gilt auch für ihre Waffen. Sie sind verwendbar, aber auch ohne dass ich ein Pop-up sehe, weiß ich, dass sie von mäßiger bis schlechter Qualität sind. Die Soldaten selbst … sagen wir einfach, sie sind nicht die eifrigsten, und zumindest einer von ihnen besitzt die alte Soldatentugend, im Stehen zu schlafen. Doch die hohe Stufe der Soldaten gleicht vieles wieder aus, die meisten von ihnen liegen zwischen Stufe 40 bis 50, der lustlos seine Aufgabe verrichtende Sergeant ist Stufe 65. Im Moment dürfte es noch wenige Spieler geben, die sich mit den Soldaten anlegen können.

Doch sie lassen uns ungehindert durch, und sobald wir durch den langen Torgang mit den Mörderlöchern über unseren Köpfen die Stadt selbst betreten, vergesse ich die Stadtwachen, denn ich sehe jetzt selbst, was andere mir erzählt haben.

In Arensvelt ist die Hölle los! Oder besser, die Wiedergänger.

Abgesehen davon, dass ich die Balken der Spieler sehe, ist es leicht, die Spieler von den NSC, den Einwohnern der Stadt, zu unterscheiden. Vorena Online unterscheidet sich nicht nur dadurch von anderen Spielen, dass sich die Welt so real anfühlt. In den meisten anderen Spielen sind die NSC noch zum größten Teil gescriptet, und nur wenige werden von Expertensystemen gesteuert.

Von den Millionen Spielern, die über Vorena herfallen, haben die meisten bereits andere Spiele gespielt, in denen man die NSC getrost ignorieren kann. Obwohl im Manual mehrfach darauf hingewiesen wird, scheinen die meisten den Unterschied nicht zu verstehen.

Was ich gerade sehe, ist ein gutes Beispiel dafür. Eine Gruppe von sieben Spielern kommt uns auf der Straße entgegen. Sie sind offensichtlich neu im Spiel, keiner hat die Stufe 5 erreicht. Das Erste, das mir auffällt, ist ihr gutes Aussehen. Habe in Vorena bis jetzt kaum hässliche Menschen gesehen, doch was die reine Optik der NSC angeht, liegen sie nur leicht über dem Durchschnitt, den man auch in der realen Welt auf der Straße sehen kann.

Nur eine Spielerin in der Gruppe sieht einigermaßen normal aus, die anderen hätten allesamt Filmstars sein können. Die Spieler sind offensichtlich in einer Gruppe unterwegs und gehen … breitbeinig. Sie reden laut und gestikulieren mit großen Gesten und ignorieren die Einwohner fast vollständig. Sollte ihnen ein Einwohner im Weg stehen, schieben oder schubsen sie ihn oft einfach zu Seite, ohne ihn oder sie auch nur anzusehen.

Die Kultur im Spiel ist nicht die des europäischen Mittelalters, sie enthält nur Elemente daraus. Im Vergleich zu uns Spielern sind die NSC eher zurückhaltend und fast züchtig. Es gibt natürlich auch Huren oder Kurtisanen.

Elena arbeitet in einem Wirtshaus, und sie ist im Verhältnis abgebrüht, viele der NSC sind es nicht. Die Spieler, zum großen Teil die männlichen Spieler, wenn auch nicht immer, unterhalten sich offen und lautstark über die optischen Vorzüge der NSC und ignorieren die erbosten Blicke der Männer und Frauen oder wie sich manche beschämt zur Seite wenden. Wobei mir bewusst ist, dass die meisten Spieler sich in der realen Welt nicht so verhalten würden.

Jetzt erst verstehe ich wirklich, warum Meister Ribin den Pranger aufstellen wollte, den dann Michelin freundlicherweise für uns getestet hat.

Die Einwohner der Stadt, die NSC, sind leicht daran zu erkennen, dass sie den Spielern aus dem Weg gehen, sich in manchen Fällen sogar ängstlich an die Häuserwände pressen und Kinder hastig aus dem Weg gezogen werden. Zusammengepresste Lippen und ärgerliche Blicke, geballte Fäuste … oder eben auch Schamesröte, all das wird von den Spielern einfach ignoriert.

Bin auch nicht besser, bin so damit beschäftigt, die Spieler zu beobachten, dass ich es kaum mitbekomme, wie Elena mich zur Seite ziehen will. Dann ist es zu spät. Die zwei vorderen Spieler, ein Krieger und ein Jäger, interpretieren meine Blicke fälschlicherweise als Interesse einer anderen Art, zudem habe ich vergessen, dass ich bis auf den blassen goldenen Rand meines Balkens nicht mehr als Spieler zu erkennen bin. Spieler, die ein Amt innehaben, gibt es nicht viele, deshalb ist es nicht verwunderlich.

»Nicht so hastig«, lacht der vorderste der Spieler, der den klangvollen Namen DoomBringer08 sein Eigen nennen darf, und hält mich am Ärmel fest, als ich verspätet verstehe, was gerade geschieht und ich Elena folgen und zur Seite treten will. DoomBringer hält ein Goldstück hoch. »Du gefällst mir, Schätzchen, was hältst du davon: Wir suchen uns eine stille Ecke, du bläst mir einen, und das Goldstück gehört dir.«

»Nicht interessiert«, teile ich ihm mit und hoffe, dass es damit ein Ende findet.

Tatsächlich hat mich das System bereits gefragt, ob ich es schon als einen Angriff empfinde, dass er mich am Ärmel festhält. Was unter anderem auch daran liegt, dass die Regeln für den Umgang mit Adeligen strenger sind. Spieler stehen irgendwo zwischen Bürgern und dem niederen Adel, was ihnen dennoch nicht erlaubt, eine Adelige einfach so anzufassen.

Bin noch keine Minute in der Stadt, kaum zehn Meter weit gekommen, und ich will alles andere als Ärger, das System weiß das und hat die Frage dann auch sofort verneint. Mittlerweile geht das mit dem automatischen Fragen immer schneller, manchmal frage ich mich sogar, wie ich die Pop-ups in der kurzen Zeit, in der sie aufblinken, überhaupt lesen kann.

So weit, so gut.

Eine der Spielerinnen meint »Urgh!«, deutet mit dem Finger auf ihren Mund und produziert übertriebene Würgegeräusche.

Bin ihrer Meinung.

Die andere Spielerin rollt mit den Augen. »Mensch, Doom, das ist ultrapeinlich! Lass die Frau in Ruhe, die NSC, die so etwas machen, tragen lange bunte Bänder.«

Bin eher amüsiert, weil irgendwo im Hintergrund meine Libido der Ansicht ist, dass ich mir bald mal irgendetwas suchen sollte, sodass ich für einen ganz, ganz kleinen Moment sogar drüber nachdenke, darauf einzugehen.

Ich meine, er sieht verdammt gut aus.

Was nur beweist, dass ich weit oberflächlicher bin, als ich es mir eingestehen will.

»Nein, danke«, wiederhole ich höflich und löse seine Hand von meinem Ärmel, was er auch geschehen lässt.

Er lacht. »Dein Verlust, du weißt nicht, was du verpasst!« Damit wäre das dann beinahe auch schon erledigt gewesen, wenn es da nicht den anderen Spieler gegeben hätte, der sich vielleicht auch nur vor den Spielerinnen produzieren will.

Über ihm schwebt der klangvolle Name [_Miles_] und er ist offenbar der Meinung, seinem Freund zeigen zu müssen, wie man so was richtig macht. Er ist mit Stufe 4 der Höchste in der Gruppe.

»Du bist zu zimperlich«, meint er. »Heiz sie vorher einfach ein bisschen an, darauf stehen die Puppen.« Er bekommt offensichtlich den ungläubigen Blick der beiden Spielerinnen nicht mit, was auch schwierig ist, weil er sich mit breitem Grinsen gerade vor mich stellt, mich an sich heranzieht und mir an den Hintern greift.

Fest.

Ich will keinen Ärger. Wirklich nicht. Es kommt nicht oft vor, dass es derart deutlich ist, aber so etwas ist mir auch schon in der realen Welt geschehen. Nein, nicht in Indien oder in Afghanistan. Das erste Mal war es ein Klassenkamerad, als ich dreizehn war, der das Gleiche gedacht hat wie [_Miles_], das letzte Mal kurz vor meinem Unfall, in einer Bar in der Nähe meines Stützpunkts, als ein Betrunkener die gleiche Idee hatte.

Wenn man einen ruhigen Kopf behält und deutlich und bestimmt auftritt, kommt man aus solchen Dingen auch heraus, ohne dass es zu Handgreiflichkeiten kommen muss. Es gab sogar Schulungen für mich und die anderen Frauen in der Staffel, wo wir das geübt haben.

Hätte das System mich gefragt, hätte ich ihm wieder mitgeteilt, dies nicht als einen Angriff zu werten.

Nur fragt mich das System diesmal nicht. Das Spiel wird von einer KI gesteuert, die auf einem Quantencomputer läuft. Sie ist klug genug, um zu erkennen, was hier geschieht, und es gibt Regeln und Gesetze in Vorena, die [_Miles_] entweder nicht kennt oder nicht verstanden hat.

Zugegeben, ich kenne sie ja auch nicht alle.

Dass er mich an sich zieht, wertet das System als einen Angriff. Dass er mir an den Hintern greift, wertet das System als einen sexuellen Angriff. Spieler zu Spieler ist auch das noch kein Problem. Wenn ich mir hier im Spiel einen Liebhaber suchen sollte, will ich ihm noch ganz woandershin greifen können, ohne dass es als Angriff gilt.

Doch das System hat auch verstanden, dass ich deutlich klargemacht habe, dass ich kein Interesse habe. Und dann ist da noch das Ding, mit dem ich selbst noch keine ausreichende Erfahrung habe.

Ich habe zu diesem Zeitpunkt noch immer nicht verstanden, was es genau bedeutet, dass ich jetzt die Baronin von Marensfurt bin.

Es ist auch Spielern nicht erlaubt, einen Adeligen einfach so zu packen. Erst recht nicht, ihn oder sie sexuell anzugreifen. Hier werde ich vom System schon nicht mehr gefragt.

Es verhält sich so und fertig.

In dem Moment, in dem sich seine Hand in meinen Hintern krallt, teilt mir das System mit, dass ich angegriffen werde, und die Balken der gesamten Spielergruppe werden rot und markieren sie als feindlich.

So. Wenn jetzt ruhige Gemüter siegen würden und keiner von uns für zwei Minuten eine feindselige Handlung ausführen würde, wäre es das auch gewesen, und sie wären wieder von feindlich auf neutral gegangen.

Ach ja. Sind der Ruf und das Verhältnis zwischen zwei Spielern hoch genug, wird das System das auch berücksichtigen. Hätte Hog das Gleiche getan, hätte ich ihm eine geknallt, aber das System hätte keinen Angriff daraus abgeleitet.

Wenigstens nicht, ohne zu fragen.

Finde es gerade auch nicht lustig, doch schaffe es gerade so, nicht selbst zuzuschlagen.

Doch es gibt da noch Elena.

Dadurch, dass sie mich durch ihr Portal hat nehmen wollen, haben wir eine Gruppe gründen müssen, die noch immer existiert. Wir sind zudem in der gleichen Gilde. Damit fühlt auch Elena sich von [_Miles_] und damit von der gesamten Gruppe angegriffen.

Sie hat mir zudem voller Ernst den Lehnseid geschworen und ist als mein Lehrling so etwas wie mein Knappe. Sie ist zudem eine NSC und sieht die Ständeunterschiede etwas anders als ich, für sie ist das alles tödlicher Ernst.

Auch für [_Miles_]. Dass er mir an den Hintern gegangen ist, zählt das System als eine Attacke. Dass es der Hintern einer Adeligen ist, macht daraus eine Straftat. Die Strafe für eine sexuelle Belästigung eines Adeligen ist fest in den Gesetzen verankert.

Ich kann das beispielsweise bei meinen eigenen Dorfbewohnern ungestraft tun. Mehr noch, ich habe das Recht dazu. Umgekehrt aber steht darauf die Todesstrafe. Ich weiß das zwar, aber ich habe es nicht direkt mit der Situation in Bezug gebracht. Das System teilt es mir jetzt gerade mit.

Danach zu urteilen, wie sich seine Augen weiten, versteht auch [_Miles_] gerade, dass sein kleiner Vorstoß doch anfängt, sehr aus dem Ruder zu laufen.

Für Elena ist die Sache klarer. Ich bin ihre Lehnsherrin. Sie ist verpflichtet, Angriffe auf mich abzuwehren und eine Verletzung meiner Ehre nicht zuzulassen. Sie hat tatsächlich kaum eine Wahl, und ich bin nicht schnell genug, sie zurückzuhalten, da ich gar nicht daran denke, dass sie so reagieren könnte.

»Du wagst es, meine Herrin zu berühren?«, ruft sie ungläubig und empört zugleich und zerrt [_Miles_] von mir weg, während sie ihren Dolch zieht. Diesen rammt sie dem verblüfften Spieler in die Eier, während sie ihm die linke Hand aufs Herz legt und ihm dieses mit ihrer Flammenlanze grillt.

[_Miles_] bricht tot zusammen.

10:21:31	*[_Miles_] greift Baronin von Eisrabe an*
10:21:32	*[_Miles_] greift Baronin von Eisrabe sexuell an*
10:24:14	*Elena greift [_Miles_] an*
10:24:31	*Elena besiegt [_Miles_]*

Vom Griff an meinen Hintern bis zu [_Miles'_] Tod sind es genau drei Sekunden.

Wir sind gerade erst in die Stadt gekommen. Es sind zehn Meter zum Tor. Der Torgang ist weitere zehn Meter lang. Die Wachsoldaten sind zwanzig Meter weit entfernt.

Jemand ruft nach den Wachen. Elena auch. Laut und durchdringend. Andere nehmen den Ruf auf. Weder Elena noch ich sehen wie Spieler aus. Die Spieler sehen wie Spieler aus. Die Einwohner der Stadt mögen keine Spieler. Die Wachen, die den Ärger immer abbekommen, auch nicht.

Stufe-40-Plus-Soldaten brauchen nur wenige Sekunden, um eine Distanz von zwanzig Meter zurückzulegen. Der Sergeant bringt nur sechs seiner Leute mit, die anderen beiden schließen gerade das Tor.

Wir haben insofern Glück, als Elena und ich uns zwar mit der Gruppe der Spieler im Kampf befinden, ich aber genauso überrascht von der Entwicklung bin wie die anderen Spieler auch. Ausnahmsweise macht kein anderer Idiot es schlimmer. Als die

Soldaten herangestürmt kommen, hat nur Elena den Dolch in ihrer Hand.

Ich hätte jetzt erwartet, dass die Wachen sich auf Elena stürzen würden, doch das tun sie nicht. Der Sergeant baut sich breitbeinig vor uns auf, wirft einen Blick auf [_Miles_], der noch nicht verschwunden ist, bedeutet Elena, ihren Dolch wegzustecken, während die anderen Einwohner rasch Platz machen, damit die Soldaten uns umzingeln können.

Er verschränkt die Arme vor der Brust, bedenkt uns alle mit einem durchdringenden Blick, den alle Sergeanten haben lernen müssen, bevor sie ihren ersten Winkel bekommen. Der Blick, der uns klarmacht, dass es eine dumme Idee ist, etwas anzustellen, womit *er* sich jetzt beschäftigen muss, worüber *er* jetzt nicht erfreut ist.

»Was ist hier los?«, bellt er.

Es gibt Schulterzucken von den anderen Spielern und von mir. Offenbar bin ich nicht die Einzige, die die ganzen Feinheiten der Situation nicht versteht.

Zudem ging es alles dermaßen schnell, dass viele der Spieler gar nicht wissen, was genau eben geschehen ist. Außer natürlich, dass Elena [_Miles_] getötet hat, der sich in diesem Moment in goldenes Licht auflöst.

Elena hingegen ist in dieser Welt aufgewachsen und weiß, was der Sergeant hören will. Das ist auch der Moment, an dem ich anfange zu vermuten, dass Diana ihre Finger mit im Spiel hat.

»Dieser hier«, ruft Elena erzürnt und deutet anklagend auf DoomBringer08, »hat es gewagt, die Herzogin, Eure und meine Lehnsherrin, in ihrer eigenen Stadt anzugreifen! Jeder weiß, dass darauf die Todesstrafe steht, ich bin der Herzogin von Maren eidgeschworen und habe das Urteil an dem Wiedergänger vollstreckt. Diese anderen jedoch haben den Waffenfrieden noch nicht gebrochen und sollten dem Magistrat vorgeführt werden, damit der entscheidet, was mit ihnen geschieht!«

»Welche Herzogin?«, fragt einer der Spieler verwirrt.

Die Spielerin, die vorhin ihre Meinung mit Würgegeräuschen verdeutlicht hat, deutet auf mich und rollt die Augen. »Ich würde vermuten, dass sie es ist. Miles hat wie üblich wieder tief in die Scheiße gegriffen!«

»Ihr behauptet, die Herzogin von Maren zu sein?«, fragt mich jetzt der Sergeant. Ich höre gewisse Zweifel aus seiner Stimme heraus. Was ich verstehen kann. Elena hat das behauptet, ich nicht, aber ich glaube, der Unterschied ist müßig. Im Hintergrund beginnen die Leute zu tuscheln. Niemand hier hat mir einen Lehnseid geschworen. Ich habe diese Stadt nicht in Besitz genommen und habe auch nicht die geringste Absicht, das zu tun, ich habe genug in Marensfurt zu tun, und meine Burg habe ich mir auch noch nicht geholt. Ich will jetzt nur, dass das hier möglichst schnell geklärt wird.

»Ja«, sage ich. »Ich bin Alexandra Eisrabe, Herzogin von Maren.«

»Könnt Ihr das beweisen?«

Ich halte wortlos meine rechte Hand hoch. Er macht einen Schritt auf mich zu, mustert meinen Siegelring, nickt knapp und wendet sich jetzt an die anderen Spieler. »Wir werden uns jetzt alle zum Magistrat begeben, wo wir klären werden, was genau hier geschehen ist. Jede feindselige Handlung, oder auch nur der Versuch zu fliehen, wird als Angriff auf unsere schöne Stadt gewertet. Folgt den Anweisungen, die euch Korporal Derin geben wird, oder wir legen euch in Ketten und zerren euch dorthin. Der Korporal wird euch zum Magistrat führen. Auf geht's, Bewegung, ich habe nicht den ganzen Tag Zeit für diesen Unsinn!«

Er winkt einen seiner Soldaten heran. »Du suchst Hauptmann Soren, berichtest ihm und unterrichtest ihn darüber, dass ich die Herzogin von Maren zum Magistrat begleiten werde!«

Der Mann nickt und rennt davon. Und er kann rennen!

Der Sergeant wartet kurz, bis die Soldaten die grummelnden Spieler mit drohenden Gesten und Schubsen in Bewegung setzen, dann wendet er sich an mich, deutet eine Verbeugung an, lächelt verschmitzt und sagt mit einer höflichen Geste: »Wenn Ihr mir bitte folgen würdet, Eure Hoheit.«

Was ich auch tue, mit einer breit grinsenden Elena an meiner Seite, die ihren Kopf gerade sehr hoch erhoben trägt.

Es ist nicht ganz die Art, wie ich die Stadt erkunden wollte, aber ich will mich auch nicht beschweren.

26 Der höfliche Magistrat

Bin mir nicht ganz sicher, ob ein Gerücht tatsächlich Überlichtgeschwindigkeit erreichen kann, doch es ist jedenfalls schneller als wir. Mittlerweile hat sich das Ganze irgendwie in eine Art Prozession verwandelt. Oder einen Zirkus. Die Soldaten treiben die Spieler vor sich her, Menschen säumen die Straße und verrenken sich die Hälse, um ja nichts zu verpassen, und schauen uns mit weiten Augen an, während ich ständig das Wort Herzogin höre. Finde es amüsant, dass man oft genug dabei Elena ausdeutet.

Auch wenn der Sergeant sagt, dass er nicht den ganzen Tag Zeit hat, scheint er es nicht eilig zu haben. Es lässt mir Zeit, mich umzuschauen, und ich finde vieles bestätigt, von dem ich gehört habe. Es ist leicht zu erkennen, dass es sich um eine reiche Stadt handelt. Viele Menschen hier sind gut gekleidet, und auch die einfacheren Kleider sind besserer Qualität. Ich sehe nur wenige Menschen hier, die zu hungern scheinen.

Was ich sonst noch sehe, sind Spieler. Jede Menge Spieler. Überall laufen oder rennen sie herum. Dass hier eine Gruppe Spieler von der Wache verhaftet wurde, löst unter ihnen wilde Spekulationen aus. Viele folgen uns, und ich höre ein anderes Wort, das ein anderes Gerücht auslöst. *Event!* Habe Mühe, nicht laut zu lachen.

Als wir einen großen Platz erreichen, folgen uns mehr als hundert neugierige Spieler und eine unüberschaubare Menge an NSC.

Sehr gut, denke ich und schaue mich neugierig auf dem großen Platz um, über den wir gerade gehen. Er ist voller Menschen, und Händler in ihren Marktbuden bieten alles an, was das Herz begehren könnte. Gut. Wollte sowieso zum Marktplatz.

Der Magistrat tagt offensichtlich in einem großen, dreistöckigen Gebäude, bei dem eine breite Treppe durch zwei offene Türen in eine Halle führt. Wie überfordert die Stadt mit den ganzen Spielern ist, zeigt sich zum einen an den hochstufigen Soldaten, die diese Türen bewachen, und zum anderen daran, dass in der Halle selbst drei weitere von Soldaten bewachte Spieler-Gruppen darauf warten, dem Magistrat vorgeführt zu werden.

Die Halle ist etwa fünfundzwanzig Meter lang, fünfzehn Meter breit und zwei Stockwerke hoch. Links und rechts stehen Holzbänke an den Wänden zwischen den Türen, die seitlich tiefer ins Gebäude führen.

Direkt dem Eingang gegenüber sehe ich einen Richtertisch oder eine Art Kanzel, die Platz für drei Personen bietet, der mittlere Platz ist erhöht. Hier sitzt ein Mann in einer schwarzen Robe, der gerade mit einer Handbewegung einen Spieler davonscheucht, der sich mit hängendem Kopf davonmacht.

Der Magistrat – oder ist er ein Richter? – ist ein hagerer alter Mann mit schütterem grauem Haar und einer ausgeprägten Hakennase, der uns, als wir durch die Tür kommen, durchdringend anschaut, bevor er den Sergeanten zu sich heranwinkt.

Dem Gemurre der anderen Spieler hier entnehme ich, dass sie hier schon länger warten und es gar nicht zu schätzen wissen, dass ihnen eine andere Gruppe vorgezogen wird.

Ein stämmiger Soldat, Hauptmann Soren, wie sich zeigt, nähert sich den beiden Männern.

Sie stecken die Köpfe zusammen und konferieren kurz. Dann tritt der Hauptmann an den Magistrat heran. Und sie flüstern sich etwas zu, ehe der Magistrat mich fixiert und heranwinkt.

Ich nicke und gehe …

»SIE LIEBT MICH!« Hogs aufgeregte Stimme auf dem Gildenkanal bläst mich fast um, und ich sehe, wie auch Elena zusammenzuckt. »SIE IST DIREKT DURCHGEFAHREN, UM SO SCHNELL WIE MÖGLICH IN IHREN POD ZU KOMMEN UND …«

»Hog!«

»Uh … ja?«

»Nicht so laut und … bitte, nicht jetzt. Glückwunsch!«

»Ist Euch nicht gut?«, fragt mich der Magistrat, als ich vor ihn trete, und lächelt etwas schief. Oder besorgt. Tatsächlich vermute ich, dass es auch ein freundliches Lächeln sein könnte.

»Wenn, dann seid Ihr in guter Gesellschaft. Selbst starke Männer können weiche Knie bekommen, wenn sie in diesen Hallen vor mir stehen.«

Ich schüttele den Kopf und stehe gerader. »Nein … Magistrat? Ich habe nur Stimmen gehört.«

Jetzt, da ich nahe vor ihm stehe, sehe ich, dass er älter ist, als ich zuerst dachte. Ein Gesicht wie eine Landkarte, altersgraue blassblaue Augen und ein gewisser schelmischer Funke in diesen, die mich an meinen Großvater denken lassen. Habe mir bei ihm nie sicher sein können, ob er mir gerade einen Streich gespielt hat. Wenn, dann habe ich es immer herausfinden können, sobald er unvermittelt zu lachen anfing.

Nehme mir vor, bei diesem Mann vorsichtig zu sein.

»Wenn ich hier in meiner schwarzen Robe sitze, nennt Ihr mich Magistrat«, erklärt er mir freundlich.

Diese Freundlichkeit scheint mir nicht gespielt. Was mir auch echt vorkommt, ist seine Erschöpfung.

»Danke«, sage ich. »Ich stand hier noch nie vor einem Magistrat.«

Er lacht, als wäre dies ein guter Scherz gewesen, ich habe es aber genauso gemeint, wie ich es gesagt habe.

»Euch darf ich Alexandra Eisrabe, Baronin zu Marensfurt und Herzogin zu Maren nennen?« Während er spricht, schaut er fragend zu dem Sergeanten hin, der schweigend zwei Schritt rechts von mir steht, als ob er sichergehen will, es richtig gesagt zu haben. Oder ob ich die Richtige bin.

Der Sergeant nickt.

Ich auch.

Der Magistrat beugt sich etwas vor. »Ihr müsst lauter sprechen.«

»Ja. Ich bin Alexandra Eisrabe, Herzogin von Maren.« Ein Gemurmel läuft durch die Halle. Aus den Augenwinkeln sehe ich, dass sie sich langsam mehr und mehr füllt, sowohl mit Spielern als auch mit NSC und Wachsoldaten.

»Ihr habt dem Sergeanten einen Siegelring gezeigt. Zeigt ihn mir.«

Halte dem Magistrat brav die Hand mit dem Ring hin.

»Gebt ihn mir«, fordert er.

Hätte ihm den Ring nur unwillig gegeben, doch ich kann es auch nicht, der Ring geht nicht ab. Was ich ihm auch sage.

Es scheint ihn nicht zu überraschen, und er winkt mich näher heran und beugt sich kurzsichtig über den Ring. »Hrmpf«, meint er dann und nickt. »Verzeiht, Hoheit«, sagt er dann. »Ich wollte sichergehen.«

»So ein Ring beweist gar nichts!«, höre ich eine Stimme hinter mir, die mir bekannt vorkommt.

[_Miles_] ist zurück.

»Und die andere Schlampe ist es, die mich umgelegt hat, und nicht die weißhaarige!«

»Halt die Klappe, Miles«, höre ich eine der beiden Spielerinnen sagen. »Du machst es nur schlimmer!«

»Hey, ich bin das Opfer hier …«

Der Magistrat seufzt leise, schaut zu Hauptmann Soren hin und nickt.

Hauptmann Soren schaut zu dem Sergeanten hin und nickt.

Der Sergeant schaut zu Korporal Derin hin und nickt.

Korporal Derin tritt an [_Miles_] heran.

»… und verlange Gerechtigkeit!«

Tock. Der harte Holzknüppel trifft [_Miles_] am Hinterkopf. [_Miles_] bricht zusammen. Der Korporal zieht Miles am Kragen zu der Spielergruppe hin und deutet auf DoomBringer08. »Ihr achtet auf ihn und erklärt ihm, dass er still sein sollte, bis er gefragt wird.«

DoomBringer08 nickt. »Ja, Sir, mache ich. Wir wollen alle keinen Ärger.«

»Ja, Junge«, sagt der Korporal in fast schon väterlichem Ton. »Das glaube ich dir sogar. Habt euch nur dumm angestellt.« Er schaut die ganze Spielergruppe an. »Tut, was man euch sagt, antwortet, wenn ihr gefragt werdet, und ansonsten stört nicht, dann haben wir das alle schnell hinter uns. Okay?«

Das Okay lässt mich lächeln. Am Anfang habe ich es fast nie von den NSC gehört, in der letzten Zeit jedoch immer öfter.

»DoomBringer hat aber trotzdem recht!«, höre ich eine gehässige Stimme. »Jeder kann so einen Ring tragen, und das Wappen sieht man überall.«

O ja. Loverboy. Genau die Person, die ich jetzt gebrauchen kann.

Habe ihn so gar nicht vermisst!

Ein zustimmendes Gemurmel unter den Spielern folgt, während die NSC zum größten Teil überrascht wirken oder beim Anblick von so viel Dummheit nur bedauernd den Kopf schütteln. Einer der Wachsoldaten schüttelt ebenfalls ungläubig den Kopf und zieht bereits seinen Knüppel, doch der Magistrat hebt die Hand. »Wartet. Ich werde das ansprechen, sonst nimmt das nie ein Ende.«

Der alte Mann massiert seine Schläfen und schaut sich dann in der Halle um, fixiert hauptsächlich die Spieler. »Ich weiß«, sagt er dann müde, »dass ihr alle nicht von hier seid. Ihr kennt unsere Gesetze, Gebräuche und Gepflogenheiten nicht. Was der Grund ist, weshalb ich so viele von euch so oft vor mir stehen sehe. Ja. Ihr könnt zu einem Juwelier gehen und euch einen Ring fertigen lassen. Doch das macht ihn nicht zu einem Amtsring. Du«, sagt er und deutet auf Loverboy, »komm her.«

Loverboy sieht aus, als ob er sich jetzt wünscht, die Klappe gehalten zu haben. Als er zu lange zögert, legt ihm der Soldat mit dem Knüppel die Hand auf die Schultern und hilft ihm bei der Entscheidung, indem er Loverboy mit dieser einen Hand nach vorne dirigiert. Korporal Jed ist Stufe 67. Ich vermute, dass er mit bloßen Händen Eisen biegen kann.

Der Magistrat zieht einen schweren Ring von seinem Finger und hält ihn hoch. Auch dieser Ring trägt mein Wappen, nur ist er aufwendiger verziert. Mein Ring ist schlicht dagegen. »Dies ist ein Amtsring. *Mein* Amtsring. Ich bin für das Amt bestimmt worden, daher kann ich ihn abnehmen. Herzogin Maren ist nach dem Willen der Götter die Herzogin. Sie wird es bis zu ihrem Tod bleiben … ihrem endgültigen Tod«, verbessert sich der Magistrat, was hier und da leises Gelächter auslöst. »Solange wird der Ring sie nicht verlassen.« Er schaut sich in der Halle um. »Haben wir das alle verstanden?«

Die meisten Spieler nicken. »Die Götter, die uns alle geschaffen haben, haben es so eingerichtet, dass diese Ringe nicht missbraucht werden können.« Er steckt den Ring wieder an seinen Finger. »Ich bin der amtierende Magistrat von Arensvelt. Seht ihr, nichts geschieht. Du …« Er deutet auf Loverboy. »Ich weiß, wer du bist, Loverboy. Damit der Rest von euch allen hier es auch weiß, dieser Wiedergänger hier, Loverboy, wurde in Marensfurt siebzehnmal zum Tode verurteilt und hingerichtet. Wegen Mord und Pecking.« Er sieht die fragenden Blicke. »Nennt ihr Wiedergänger das nicht so, wenn einer von euch einen anderen von euch hinterhältig überfällt und umbringt?«

»Aaah!« kommt eine Stimme aus der Masse der Spieler, bei denen bei einigen ein Licht aufgeht. »Ein PK!« Das Raunen aus der Menge der Spieler wird sehr drohend.

»So, PK«, sagt der Magistrat. »Zieh diesen Ring an.«

»Nein«, meint Loverboy eher schrill. »Ich will nicht!«

»Nicht?«, fragt der Magistrat mit falscher Freundlichkeit. »Gut. Dann verlasse meinen Gerichtssaal. Jetzt.«

Loverboy lässt sich das nicht zweimal sagen und eilt hastig davon. Verschiedene Spieler folgen seinem Weg mit einem drohenden Blick, die meisten haben ihre Hände auf den Schwertgriffen liegen.

»Ein kluger Mann«, sagt der Magistrat. »Wenigstens diesmal.« Er hält seinen Ring hoch, bevor er diesen wieder ansteckt. »Hätte er mit diesem Ring an seinem Finger behauptet, der Magistrat zu sein, hätte der Ring ihm den Finger abgebrannt. Da die Götter dabei auch an euch Wiedergänger denken: Es braucht zehn Tode, bis ihr den Finger wiederbekommt. Wenn jemand an meinen Worten zweifelt, soll er vortreten, und wir demonstrieren dies.«

Niemand meldete sich dazu.

»Gut«, nickt der Magistrat zufrieden. »Also nein. Es kann nicht jeder daherkommen und behaupten, dass ein Amt ihm zusteht. Ihr Ring weist diese junge Sera als die Herzogin von Maren aus. Zuverlässiger als ein Stapel von gesiegelten Pergamenten.« Er wartet, lässt seinen Blick über die versammelten Spieler schweifen und nickt dann zufrieden. »Gut. Wir haben das geklärt. Vielleicht kommen wir jetzt dazu, das hier alles schnell zu beenden.« Er wendet sich mir zu, ich stehe immer noch nahe vor ihm.

»Hoheit«, sagt er höflich. »Habt Ihr eine Armee dabei?«

Schaue ihn überrascht an und schüttele den Kopf. »Nein«,

sage ich, als ich mich daran erinnere, dass ich laut sprechen soll. Vielleicht gibt es irgendwo einen Gerichtsschreiber.

»Habt Ihr vor, die Stadt Arensvelt in Besitz zu nehmen?«

»Err ... nicht in absehbarer Zeit.« Dies löst bei vielen NSC und auch ein paar Spielern leises Gelächter aus.

Auch der Magistrat lächelt und wendet sich wieder an die Menge. »Die Stadt Arensvelt ist Teil des Herzogtums Maren«, sagt er dann laut und deutlich. »Aber ...«, er hebt den Finger, »... es ist Jahrhunderte her, dass jemand Anspruch auf das Herzogtum erhoben hat. Sie ist die Herzogin. Sie hat einen Anspruch auf diese Stadt. Aber sie kann oder will ihn zu diesem Zeitpunkt nicht verwirklichen. Es ändert nichts daran, dass sie die Herzogin ist. Das Herzogtum Maren ist nicht Bestandteil eines Königreichs oder des Kaiserreichs. Im Moment ist Arensvelt also eine freie Stadt auf dem Grund und Boden des Herzogtums Maren. Dies führt zu einem kuriosen rechtlichen Problem. Obwohl sie keinen Anspruch auf die Stadt erheben will, wenigstens nicht jetzt«, fügt er mit einem Schmunzeln hinzu, »hält die Herzogin von Maren das Hochrecht im Herzogtum. Damit auch das Hochrecht für die Stadt Arensvelt. Die Anklage, die Sera Elena, Gefolgsfrau der Herzogin von Maren, gegen diese Spieler erhoben hat, ist also rechtmäßig. Es gibt keinen König, keinen Kaiser, der über der Herzogin steht, nur die Götter selbst. Wenn sie wollte, könnte sie sogar die Königswürde für sich beanspruchen, es gibt Königreiche, die wesentlich kleiner und ärmer sind als Maren, trotz des Fluchs, der auf uns lastet. Für die Wiedergänger unter euch: Ein Herzog ist jemand, der in direkter Reihe zum Thron eines Königreichs steht. Oder um es noch klarer zu formulieren: Die Herzogin von Maren ist für alle weltlichen und geistigen Belange unsere Königin. Ein Angriff auf sie ist ein Angriff auf uns alle, und es gibt nur eine mögliche Strafe für eine solche Tat: die Todesstrafe.«

»Scheiße«, höre ich DoomBringer murmeln.

Der Magistrat lächelt etwas hinterhältig. »Sera Elena hat den Täter bereits gerichtet. Er ist ein Wiedergänger, doch da er bereits gerichtet wurde, ist er somit ein freier und jetzt hoffentlich auch ein weiserer Mann.« Er wendet sich an mich. »Eure Hoheit. Dies sind die Freunde des Mannes, der Hand an Euch gelegt hat. Ihr allein haltet das Hochrecht in Maren. Wie wollt Ihr mit diesen Wiedergängern verfahren?«

Das … ist überraschend.

Räuspere mich. »Ich bin selbst eine Wiedergängerin«, erkläre ich und muss mich erneut räuspern, da meine Stimme immer noch belegt ist. »Ich verstehe den Grund für viele Missverständnisse, die das Verhältnis zwischen den Einwohnern dieser Welt und uns Wiedergängern belasten. Ich bin sicher, dass, hätte Miles gewusst, was er jetzt weiß, mich nicht angegriffen hätte. Seine Freunde haben nicht die Waffe gegen mich erhoben. Lasst sie gehen.«

Der Magistrat hält jetzt einen Hammer in der Hand und lässt ihn mit einem lauten »Tock« fallen. »Im Namen des Herzogtums so angeordnet!«, ruft er und wendet sich der Spielergruppe zu. »Ihr könnt gehen. Lernt daraus.«

Wir schauen zu, wie die Spieler schnell und mit offensichtlicher Erleichterung davoneilen, und dann wendet der Magistrat sich mir zu. »Eure Hoheit, dürfte ich Euch darum bitten, mir etwas von Eurer Zeit zu gewähren? Es gibt … Dinge, die man besprechen sollte.«

Ich habe im Moment nichts Besseres vor und bin selbst gespannt, wohin das führen mag. »Gerne«, sage ich.

»Gut!«, sagt er zufrieden. »Gebt mir einen Moment …« Er wendet sich dem Hauptmann zu und deutet mit seinem Hammer auf die anderen drei Spielergruppen, die immer noch warten. »Was ist mit denen?«

Hauptmann Soren steht gerade. »Erregung öffentlichen Ärgernisses. Der Wiedergänger Ogham hat sich entblößt und seine Notdurft gegen eine Hauswand verrichtet.«

»Und wurde dabei gesehen. Lasst die Gruppe die Hauswand mit Wurzelbürsten schrubben und dann gehen. Die Nächsten?«

»Eine Schlägerei zwischen Wiedergängern. Nur mit Fäusten, keine Waffen.«

»Warum stehen sie dann hier?«

»Einer meiner Soldaten wollte dazwischengehen und wurde niedergeschlagen.«

Der Magistrat hebt fragend eine Augenbraue an. »Wer wurde niedergeschlagen?«

»Korporal Lieven.«

»Ein langjähriger Veteran, nicht wahr?«

Ich folge seinem Blick. Ich weiß, dass die NSC ihre eigenen Stufen nicht sehen können, doch ich sehe sie. Korporal Lieven ist so breit wie hoch, und selbst seine Muskeln haben Muskeln. Er ist Stufe 71.

»Wer hat ihn niedergeschlagen?«

»Der Wiedergänger Wu Jin«, erklärt der Hauptmann etwas verlegen.

Wu Jin ist klein und zierlich und Stufe 2. Er trägt eine Art schwarzen Pyjama und ist… ein Krieger-Mönch. Er sieht, dass er die Aufmerksamkeit des Magistrats besitzt, legt die Hände vor seiner Brust zusammen, die Faust in der offenen Handfläche, und verbeugt sich tief und respektvoll.

Die Augenbraue des Magistrats hebt sich höher.

»Ein Versehen?«

»Anders kann ich es mir nicht erklären. Dennoch wurde Korporal Lieven verletzt.«

»Er sieht mir gesund aus.«

»In den Weichteilen, Herr. Er hat sich mittlerweile erholt. Er war nur im ersten Moment … erbost.«

Der Magistrat seufzt. Ich kann ihn verstehen. »Der Wiedergänger Wu Jin soll sich bei Lieven entschuldigen, dann schickt ihn weg. Wenn er sich nicht entschuldigen will, dann eine Stunde Pranger für Wu Jin, die anderen können gehen. Was ist mit der letzten Gruppe?«

»Schlägerei in der *Elfenprinzessin*. Der Wirt sagt, es ist ihm Schaden entstanden.«

»Wie hoch, sagt der Wirt, ist der Schaden?«

»Sechs Goldstücke.«

»Die *Elfenprinzessin* ist ein Schandfleck in unserer Stadt. Will er ihn auf Kosten der Wiedergänger neu bauen lassen? Die Wiedergänger sollen ihm sechs Silber geben. Wenn Ramos zu laut protestiert, biete ihm an, dass ich die Prinzessin gerne für eine Woche schließen kann, damit er Zeit hat, sich abzuregen. War es das?«

»Ja, Magistrat. Nichts sonst, was Eurer Aufmerksamkeit bedarf.«

»Gut«, sagt der Magistrat zufrieden, hebt den Hammer wieder an und lässt ihn fallen.

»Im Namen der Herzogin von Maren erkläre ich die heutige Sitzung des Magistrats für beendet! Lasst den Saal räumen.« Er sieht sehr erleichtert aus, als er sich wieder mir zuwendet. »Ich danke für Eure Geduld. Wenn Ihr und Eure Gefolgsfrau mir folgen wollt?«

Sein Dank war unnötig. Das Ganze hat keine fünf Minuten gedauert, und ich habe schon länger gebraucht, um einen Strafzettel zu bezahlen!

»Verzeiht, wie viele Fälle habt Ihr üblicherweise an einem Tag abzuarbeiten?«, frage ich ihn, als Elena und ich ihm einen langen dunklen Gang entlang folgen. Er öffnet eine Tür, die zu einem Raum führt, durch dessen hohe Fenster sehr viel Tageslicht dringt, wenigstens im Vergleich zu dem dunklen holzgetäfelten Gang, durch den wir gekommen sind. Ich blinzele gegen die Helligkeit.

»Bevor die Wiedergänger gekommen sind? Eine Handvoll Fälle, die ich einmal in der Woche schnell abarbeiten konnte. Jetzt ... zwischen zwanzig und dreißig Fälle am Tag, meist sind Wiedergänger beteiligt.«

Er führt uns an einen großen Tisch und bittet uns mit einer Geste, Platz zu nehmen. »Es ist Zeit für das Mittagsmahl. Wollt Ihr mir die Ehre erweisen und mit mir speisen?«

Elena nickt ein wenig schüchtern, und mein Magen knurrt auf Kommando, was der Magister als Zustimmung wertet. Er läutet eine Handglocke, ein Diener erscheint wie durch Zauberhand. »Was gibt es heute?«

»Gemüsetopf mit Rindfleisch.«

Der Magister schaut uns fragend an, und Elena und ich nicken.

Der Diener zieht sich unauffällig und lautlos zurück. »Wie ihr seht, lebt ein Magister nicht in der Völlerei«, teilt er uns lächelnd mit und zieht sich die Robe aus, um sie nachlässig über eine Stuhllehne zu werfen.

»Wenn ich nicht der Magistrat bin, ist mein Name Heinrich Erlau«, stellt er sich jetzt vor. »Ich bin der älteste der fünf Ratsherren, die die Geschicke von Arensvelt leiten.«

Auch in Marensfurt gibt es fünf Plätze für Ratsherren. Ich

lächele den Magister an. »Sera Elena ist Ratsherrin zu Marensfurt.« Zurzeit noch die Einzige, das muss ich aber nicht erwähnen.

Der Magister ist etwas erstaunt, nickt dann und lächelt Elena zu. »Gut. Dann versteht Ihr wahrscheinlich schon unser Problem.«

»Ich habe eine Vermutung«, gibt Elena zu. Vorhin hat sie sehr selbstbewusst gewirkt, doch jetzt ist sie irgendwie scheu.

Derselbe lautlose Diener kommt wieder herein und stellt uns allen eine flache Tonschüssel mit Eintopf hin sowie drei Zinnbecher und einen Krug Dünnbier, verbeugt sich und zieht sich genauso schweigend und unauffällig zurück, wie er gekommen ist. Die Löffel, die er uns hinlegt, sind aus Silber und tragen das Wappen der Stadt. Das Essen ist einfach, aber gut, und niemand spricht dabei, ich habe mittlerweile gelernt, dass nur Freunde und Familie beim Essen miteinander reden, und das auch nicht immer. Also warten die Geschäfte, bis wir fertig sind und der Diener wieder abräumt.

Keine schlechte Angewohnheit, es gibt mir Zeit für ein paar Überlegungen und um kurz Hog, den ich vorhin so rüde abgewürgt habe, auf dem Gildenkanal zu kontaktieren.

»Alles okay«, meint Hog großzügig. »Irgendjemand hat deinen Auftritt beim Magistrat live gestreamt, und wir haben beide zugesehen und dir die Daumen gedrückt. Du warst richtig beeindruckend und erhaben. Und Loverboy scheint es nicht zu lernen.« Ich höre Hog kichern. »Ich lese hier einen Foreneintrag, unser Freund hat es irgendwie geschafft, doch wieder eine PK-Flag zu bekommen, und dann verloren. Hier steht, dass er Stufe 8 war, als er wiederkam. Loverboy ist offenbar gut darin, sich Freunde zu machen. Wann kommst du wieder?«

»Es dauert noch«, teile ich ihm mit. »Ich esse gerade mit dem Magistrat, und ich war noch nicht auf dem Markt. Was der Grund ist, weshalb ich überhaupt hierhergekommen bin!«

»Lass dir Zeit«, sagt Hog. »Wir halten die Stellung hier. Hey, hast du dir deine Mails angeschaut?«

Ich sage nichts und höre ihn seufzen.

»Natürlich nicht. Wir haben über hundert Anfragen bekommen, alles Spieler, die unserer Gilde beitreten wollen.«

»O Gott«, entfährt es mir, und er lacht.

»Später, Alex. Guten Appetit!«

»Einfach so mit allen Freunden in der Gilde reden zu können, ist ein mächtiger Zauber«, sagt Elena im Chat. »Ich kann mich kaum an diese Geisterstimmen gewöhnen. Nur schade, dass man nicht einfach so mit anderen reden kann.«

»Oh, man kann«, sage ich und erkläre ihr während der verbleibenden Essenszeit, wie sie Freunde ansprechen kann. Doch das betrifft nur bestimmte Klassen, und sie ist enttäuscht, dass sie ihren Vater nicht erreichen kann. Hog hat die Lösung und erklärt ihr, wie sie ihren Vater in eine Gruppe einladen kann, was sie tut, um dann mit ihm einen privaten Chat zu öffnen. Danach kann ich zusehen, wie sie immer mal wieder beim Essen lächelt, wie jeder Teenager die Augen verdreht oder die Stirn runzelt.

Falls es dem Magister auffällt, sagt er nichts dazu.

Nach dem Essen kehren wir zu den Geschäften zurück, die er erwähnt hat. »Darf ich Euch zuvor einige Fragen stellen?«

»Nur zu.«

»Hhm. Euer Name ist Alexandra Eisrabe. Ihr kennt die Legende von den Zwillingsschwestern?«

»Nur bruchstückhaft.«

Er schaut zweifelnd drein, offenbar hat er die Frage rhetorisch gemeint.

»Sie ist schnell erzählt. Der letzte Herzog starb bei einem Jagdunfall und hinterließ zwei Töchter. Zwillinge. Die ältere hieß Maguela, die jüngere um vier Minuten hieß Alexandra. Die Herzogskrone hätte an Maguela fallen sollen, doch der Herzog hatte sie bereits im Verdacht gehabt, am Tod seiner Gemahlin, der Herzogin, beteiligt gewesen zu sein. Vor seinem Tod hat er verfügt, dass, sollte er überraschend sterben, die Priester des Escheus prüfen sollten, ob sein Tod natürlichen Ursprungs war. Falls seine Tochter Maguela für seinen Tod verantwortlich sein oder sich der Überprüfung durch die Priesterschaft entziehen sollte, verfügte er, dass seine jüngere Tochter Alexandra die Herzogkrone erben sollte. Maguela weigerte sich, vor den Priestern Rechenschaft abzulegen, woraufhin diese verkündeten, dass nach dem Willen des alten Herzogs nun Alexandra die Herzogin sein sollte. Maguela nahm das nicht hin und beharrte auf ihrem

Erbrecht, gab nun offen zu, dass sie sich dunklen Mächten hingegeben hatte, und belegte das Herzogtum mit einem Fluch, der so lange währen sollte, bis man ihr die Herzogkrone übertrug. Alexandra stellte sich gegen ihre eigene Schwester, und es kam zu einem Erbfolgekrieg, den Alexandra unter hohen Verlusten für sich entscheiden konnte. Maguela zog sich in die Festung Eisrabe zurück und schwor, mit den Mächten der Finsternis paktieren zu wollen, um Rache zu nehmen. Die Herzogin brach mit einer Handvoll Getreuer auf, um Maguela aus der Burg Eisrabe zu vertreiben, sie gefangen zu nehmen oder endgültig zu besiegen.«

Elena nickt bei jedem zweiten Wort, offenbar kennt sie die Legende. Hätte vielleicht mal jemanden aus dem Ort danach fragen sollen. Meister Ribin zum Beispiel, der mir ja gesagt hat, dass er eine Art Historiker ist.

Hätte. Habe aber nicht, also ist mir diese Geschichte neu.

»Alexandra gelang es, in die Burg einzudringen. Sie stellte ihre Schwester zum Kampf, mächtige Magien wurden entfesselt, und den Legenden nach bekämpfen sich die beiden Schwestern bis zum heutigen Tag.«

Er schaut mich fragend an.

Sage nichts. Will auch nichts dazu sagen, doch Elena übernimmt das für mich.

»Meine Herrin hat ihre Schwester besiegt«, erklärt sie stolz. »Sie kam vor drei Wochen von der Burg herab und trug Eisfang an ihrer Seite.«

»Oh«, sagt der Magister, während ich Elena vernichtend anschaue, was sie vollends ignoriert. »Ihr besitzt Eisfang?«

»Sie hat ihn dabei«, verkündet Elena. »Sie ist eine Wiedergängerin und beherrscht diesen Trick, große Dinge in kleinen Taschen zu verstauen!«

»Ist das so?«, fragt der Magister und lächelt sie an. Seine Augen glitzern schelmisch, als er zu mir hinübersieht, er erkennt genau, dass ich nicht glücklich darüber bin, was Elena so offen erklärt. »Darf ich die Klinge sehen?«

Wortlos hole ich Eisfang aus meinem Inventar und lege ihn zwischen dem Magister und mir auf den Tisch. Er berührt die Waffe nicht, er mustert sie nur, bis er zufrieden nickt.

»Eure Hoheit«, sagt er dann langsam. »Beansprucht Ihr das Herzogtum Maren durch Erbfolge, indem Ihr Eure Abstammung von Alexandra Eisrabe ableitet, oder *seid* Ihr Alexandra Eisrabe, die Herzogin von Maren, die auch die Schwester von Maguela war?«

»Ihr kennt die Antwort.«

»Ja«, sagt er. »Ich kenne sie. Es ändert nichts.« Er lächelt uns freundlich an. »Es war mir ein Vergnügen, mit Euch zu plaudern, Hoheit.«

»Das ist alles?«, frage ich ihn überrascht.

Er schaut mich erstaunt an. »Habt Ihr erwartet, wir würden Euch Arensvelt einfach so geben? Arensvelt ist die größte Stadt in Maren. Ansprüche zu besitzen ist eine Sache. Sie durchsetzen zu können eine andere. Genießt den Tag, tätigt Eure Einkäufe. Regiert Euer kleines Dorf. Nur versteht mich nicht falsch. Arensvelt ist eine freie Stadt und wird es bleiben. Wenn Ihr das ändern wollt, bringt eine Armee mit.« Er steht auf und weist mit einer höflichen Geste zur Tür. »Ich wünsche Euch einen schönen Tag. Dort ist die Tür.«

Wortlos nehme ich Eisfang vom Tisch

Habe schon davon gehört, dass man jemandem die Tür weist, doch das ist das erste Mal, dass ich es selbst erlebe.

»Nicht jetzt«, sage ich zu Elena im Gruppenchat, als ich ihren empörten Gesichtsausdruck sehe. »Für jetzt gehen wir.«

Niemand hindert uns, als wir das Magistratsgebäude verlassen. Ab und zu werden wir neugierig oder vielleicht nachdenklich angeschaut, doch das ist alles. Die Spieler sind eine andere Sache. Ich werde immer wieder darauf angesprochen, was im Magistrat geschehen ist. Habe eine einfache Antwort.

»Hey, was war da eben beim Magistrat los?«

»Eine Queste hat ein Event ausgelöst. Das Event ist vorbei. Das ist alles.«

»Was für eine Belohnung gab es?«

»Es war eine Ruf-Queste. Was glaubst du, was es als Belohnung gab?«

Woraufhin die allermeisten schon das Interesse verlieren.

Man könnte sagen, dass Ruf-Questen einen schlechten Ruf besitzen.

Elena ist zuerst empört, dann nachdenklich. »Er hat gewusst, wer Ihr seid«, sagt sie dann.

»Du hast es ja laut genug verkündet.«

»Nein. Ich meine, er wusste, wer Ihr seid, und er war nicht im Geringsten überrascht. Er wusste, dass Ihr irgendwann nach Arensvelt kommen würdet, und er war darauf vorbereitet.«

»Ja«, sage ich und bleibe bei einem Stand stehen, der Kleidung verkauft. Brauche neue Kleidung. »Ich war es nicht.«

»Er hätte Euch nicht drohen brauchen«, beschwert sie sich etwas später.

»Er hat uns nicht gedroht. Er war höflich und hat uns einen guten Tag gewünscht«, erinnere ich sie.

Sie mustert mich nachdenklich. »Ihr seid nicht wütend?«

»Warum sollte ich wütend sein?«, frage ich sie überrascht. »Er hat mir nichts Neues gesagt, und er war höflich.« Lege ein Kleid zur Seite und wende mich Elena zu. »Marensfurt ist erst einmal genug für mich.«

»Ihr wollt Arensvelt nicht?«, fragt sie ungläubig.

»Das habe ich nicht gesagt«, teile ich ihr mit einem Lächeln mit. Ich bleibe stehen und schaue mich auf dem Markt um, der voller Leben ist. Mustere die prunkvollen Häuser, die den Marktplatz säumen, und schaue dann zum Magistratsgebäude zurück.

Ich wusste von vorneherein, dass ich nicht einfach in die Stadt spazieren kann, um den Schlüssel zur Stadt zu erhalten. »Ich werde auf den Rat des Magisters hören.«

Elena schaut mich fragend an. »Welchen Rat meint Ihr?«

»Den, eine Armee mitzubringen, wenn ich Arensvelt für mich beanspruchen will. Doch genug davon. Heute sind wir hier, um zu schauen, was wir auf dem Markt finden können. Du warst schon hier, also kannst du mir helfen. Wo finde ich hier einen Händler, bei dem ich Lederrüstungen kaufen kann?«

27 Marktrummel

Der Markt ist farbenfroh, und es gibt viel zu sehen. Er ist vor allem laut. Überall preisen Händler ihre Waren an. Vorena hält sich in seinen Vorbildern zum größten Teil an Europa. Byzanz, später Konstantinopel und Istanbul, ist ebenfalls noch Europa. Was den Markt in Arensvelt angeht, haben sie sich offensichtlich orientalische Basare als Vorbild genommen. Es gibt fliegende Händler, die Wasser und Wein verkaufen oder Süßbrote und Honigkuchen als Snack für zwischendurch. Manche Händler haben offensichtlich Kinder als Werber engagiert, um Kunden zu ihrer Marktbude zu führen. Diese sind mehr als aufdringlich. Ständig versuchen sie, einen am Ärmel irgendwo hinzuziehen.

»Bestes Schuhwerk, Herrin! Nie werdet Ihr besseres finden! Folgt mir zu den Schuhen Eurer Träume!«

»Was wollt Ihr hier Töpfe kaufen, Herrin? Meister Ismal hat viel bessere Töpfe, die ein Priester mit einem Segen belegt hat, damit sie nicht rosten und keinen Ruß ansetzen!«

»Pferde! Kleine Pferde, große Pferde, bunte Pferde und Fohlen! Süße kleine Fohlen, Ihr werdet Euer Herz verlieren, Herrin!«

Oder meinen Geldbeutel. Dreimal in zwei Stunden bekomme ich ein rot umrandetes Pop-up, als ich darüber informiert werde, dass jemand meinen Beutel stehlen will. Beim vierten Mal fällt es mir nicht auf, und der Beutel ist weg.

Nach dem ersten Mal hat mir Elena empfohlen, mir ein paar kleine Beutel zu kaufen und etwas Kupfer in die Beutel zu tun und meinen Inventarbeutel unter meiner Rüstung am Hals zu tragen.

»Man muss es als eine Art Zoll sehen!«, meint Elena mit einem breiten Lächeln dazu und scheucht einen Jungen weg, der an ihrem Ärmel zupft. »Außerdem lernt man mit der Zeit die Tricks!« Sie lenkt meinen Blick zu einem Soldaten hin, der ein kleines Mädchen hinter sich herzieht. Der Gesichtsausdruck des Mädchens ist mir bekannt, es ist der »Das ist der schlimmste Moment in meinem Leben, aber ich kann nichts dagegen tun«-Gesichtsausdruck, den ich öfter gesehen habe, wenn auf einem Basar wie diesem eine Bombe hochgegangen ist, oder auch einmal, als ein siebenjähriger Junge sich vor dem Hummer, in dem ich saß, in die Luft gesprengt hat.

Mein Fahrer damals kannte diesen Gesichtsausdruck auch. Er nannte ihn den »Ich geh zu Allah«-Gesichtsausdruck, und weil er ihn kannte, hat er das Lenkrad des Hummers zur Seite gerissen und so den gröbsten Schaden für uns verhindert. Wir kamen ungeschoren davon. Die zwei Dutzend Zivilisten, die in der Nähe waren, nicht.

»Was geschieht mit ihr?«

»Das kommt darauf an, wie oft sie erwischt wurde. Ist es das dritte Mal, verliert sie ihre rechte Hand. Oder sie bekommt die Wahl, sich als Schuld-Diener verkaufen zu lassen.« Elena schaut kritisch zu dem Mädchen hin. »Ich glaube, sie ist alt genug. Wenn sie Glück hat, kommt sie in einen Haushalt, wenn sie Pech hat, landet sie in einem der Hurenhäuser hier.«

»Sie kann nicht viel älter als zwölf sein!«, stelle ich erschrocken fest.

»Alt genug«, sagt Elena wenig mitfühlend und wendet sich wieder dem Stoffballen zu, den sie sich gerade anschaut.

»Es scheint dich wenig zu berühren?«

»Es berührt mich«, sagt sie, den Blick immer noch auf den Stoffballen gerichtet. »Doch was soll ich tun? Arensvelt ist die Königin der Hurenhäuser in Vorena. Der Magistrat erlaubt sie in diesem Maße, weil sie von diesen Hurenhäusern Leibsteuern erheben können. Habt Ihr gesehen, wie ausgezehrt sie ist? In einem Hurenhaus bekommt sie Essen, Kleidung und Unterkunft.« Sie schaut zu mir hin, scheint meine Gedanken zu lesen und schüttelt hastig den Kopf. »Nein, Herrin. In den meisten Hurenhäusern werden Kinder nicht den Kunden vorgeführt. In den besseren Häusern bilden sie die Kinder zu Kurtisanen aus. Eine Kurtisane kann es zu Einfluss, Ruhm und Reichtum bringen.«

Ich bin mir nicht sicher, ob mir dieser Grad des Realismus gefällt. Es gibt einen Grund, warum man das Mittelalter finster genannt hat.

»Und in den schlechteren Häusern?«

Elena schaut mich ernst an. »Ihr solltet nicht darüber nachdenken, was in den schlimmen Häusern geschieht.«

Der Unterschied zwischen mir und Elena? Nach zwei Stunden habe ich Kopfschmerzen, bin gereizt, habe mehr als genug von dem Markt und will nur noch nach Hause. Es ist eine Überraschung, dass ich Marensfurt als mein Zuhause ansehe, aber ja, so fühlt es sich an. Im Gegensatz zu mir scheint Elena hier aufzublühen.

Abgesehen davon, dass meine Analyse- und Wahrnehmungsfertigkeit um fünf beziehungsweise drei Stufen ansteigen, lerne ich wieder mehr über diese Welt. Ich wusste, dass es die unterschiedlichsten Rassen in Vorena gibt, doch bisher bin ich nur Goblins begegnet. Hier in Arensvelt sehe ich außerhalb der Charakterauswahl auch zum ersten Mal Kathili. Ich bin beeindruckt von der Anmut, mit der sich die Katzenmenschen bewegen, und ich verstehe auch, warum so viele Spielerinnen diese Rasse wählen. Es gibt scheinbar eine unendliche Menge an Fellmustern, die manchmal wie aufwendige Tattoos erscheinen, und ich muss zugeben, dass sie richtig sexy sind.

Hier im Spiel oder zumindest hier in Vorena ist es so, dass die Kleidung viel über Stand und Beruf verrät. Kurtisanen oder Huren tragen freizügigere Kleidung, es sind die gleiche Art Röcke und Blusen, wie sie die anderen Frauen auch besitzen, nur offenherziger. Ansonsten trägt man lange Röcke und Blusen und Hemden hochgeschlossen.

Fell gilt als Kleidung, und so stellen die Kathili ihre körperlichen Reize unverblümt mit bauchfreien Seidenblusen und geschlitzten Röcken zur Schau, die vom Schnitt her an Haremskostüme erinnern. Was ihnen an Stoff mangelt, machen sie mit dem Schmuck wieder wett. Ich glaube, ich sehe keine einzige Kathili, die weniger als fünf Armbänder trägt, und viele tragen sie auch an den Fußgelenken. Manche sind imstande, sich trotzdem fast lautlos zu bewegen, andere legen es darauf an und tragen Glöckchen.

Bei manchen ist es beides.

Sehe einen Spieler, der sich eines dieser Echsenwesen als Avatar ausgesucht hat, er ist nicht leicht zu übersehen, denn er ist gut zweieinhalb Meter hoch und besitzt Ähnlichkeiten mit einem

T-Rex. Nur dass dieser hier ein Zweihandschwert trägt. Er hat einen langen Weg hinter sich, das Startgebiet der Echsenwesen liegt tief im Süden.

Lerne auch, was ein Stück Gold wert ist. Bislang habe ich kaum für irgendetwas bezahlt, irgendwie hat es sich so nicht ergeben.

Die Antwort ist: Viel.

Wobei die Preise breit gefächert sind. Wir kaufen zwei Pferde, ein Reit- und ein Lastpferd. Letzteres mit einem großen Packsattel, der zweimal vierundsechzig große Inventarfächer besitzt. Loris' Zweihänder nimmt in meinem Inventar vier Fächer ein, hier passt er in eines. Für vier Gold haben wir einen der teureren Packsättel gekauft, dieser ist seelengebunden, und niemand außer mir kann auf diesen Sattel zugreifen.

Elena besitzt *Pferdeverstand*, was es ihr erlaubt, die Qualität von Pferden zu beurteilen. Ich nehme mir die Fertigkeit auch, doch für mich erscheint dann ein Charakterblatt, das mir die Informationen liefert, die Elena intuitiv versteht. Das Reitpferd von guter Qualität hat mich dreißig Gold gekostet, das Packpferd elf. In den letzten zwei Stunden habe ich *Feilschen* von 0 auf 8 gesteigert, was vielleicht auch eine Erklärung für meine Kopfschmerzen ist.

Für ein paar Kupfer lassen wir die Pferde beim Händler stehen und kehren mit unseren Einkäufen immer wieder dorthin zurück, um in den Packsattel umzuladen.

Als ich nach zwei Stunden entscheide, nach Marensfurt zurückzukehren, habe ich insgesamt etwas über hundertvierzig Gold ausgegeben. Für Elena ein unglaubliches Vermögen, doch ich habe damit mein Budget kaum angekratzt. Ich habe Zugriff auf die Gildenkasse und die Stadtkasse, und sowohl über die Gilde als auch über die Steuern ist auch Gold zu mir geflossen. Alleine die 10 Prozent von dem Verkauf des Hauses an Jessicas Gilde hat mir schon mehr eingebracht.

Am Schwarzen Brett hier in Arensvelt melde ich Questen für Baumaterial an, das zumindest wird man uns liefern, und auch die Queste für einen Priester, der hoch genug ist, um die Ghul-Krankheit zu heilen. Es gibt NSC-Priester, die das können, aber NSC können sterben. Ich habe nicht vor, das Monster, zu dem Hauptmann Loris geworden ist, zu unterschätzen.

Eine andere Fertigkeit, die ich gleich um mehrere Punkte steigere, ist Orientierung und damit die Fertigkeit Kartenzeichner, die ich mir ebenfalls hier erst geholt habe. Letztere Fertigkeit erlaubt mir in meinem Interface ein Overlay über die Stadt zu legen, auf dem sich dann auch Informationen über interessante Orte sammeln. Zudem befindet sich nun eine Karte in meinem Inventar. Wenn ich sie herausnehme, fühlt sie sich an, als wäre sie aus weichem Leder gemacht, doch ich kann auf ihr mit den üblichen Fingergesten hinein- und herauszoomen, scrollen und selbst Notizen anfertigen.

Beim Hantieren mit der Karte stelle ich fest, dass in Arensvelt mein Gebietsgefühl funktioniert, wenn auch nur sehr eingeschränkt. In Marensfurt brauche ich nur an jemanden zu denken und weiß, wo er sich befindet. Hier in Arensvelt ist es nur ein unbestimmtes Gefühl. Doch es hilft mir dabei, eine Vorstellung von der Grafschaft zu entwickeln, zu der nicht nur die Stadt selbst, sondern auch drei kleinere Dörfer und zwei Klostertempel gehören. Und mehrere Ruinen.

Alles interessant, neu und aufregend, aber ich habe genug. Doch als ich Elena mitteile, dass ich nach Marensfurt zurückreisen will, schaut sie mich mit großen erstaunten Augen an. »Aber wollt Ihr nicht noch die Magier-Gilde aufsuchen? Und was ist mit Eurem Besitz hier in der Stadt?«

»An die Magier-Gilde habe ich gar nicht gedacht«, gebe ich zu. »Ich habe nur gehört, dass sie sehr abweisend sind. Was Arensvelt angeht, ich habe dir doch gesagt, dass ich da im Moment nicht drüber nachdenken will.«

»Nein, Herrin«, erklärt sie mir geduldig. »Ich meine Euren Besitz hier in der Stadt. Es gibt Besitz, der an den Titel gebunden ist wie die Stadt selbst. Doch es gibt Besitz, der Euch persönlich gehört wie die Festung Eisrabe. Ich kann mir nicht vorstellen, dass Ihr in Arensvelt kein Haus oder Grundstück besessen habt.«

Elena weiß, dass ich eine Wiedergängerin, also eine Spielerin bin. Aber für sie bin ich auch die historische Herzogin von Maren aus meiner Vorgeschichte. Dass ich an diese Person keine Erinnerungen habe, scheint Elena nicht zu stören, es ist allgemein bekannt, dass man seine Erinnerungen verliert, wenn man zum Wiedergänger wird.

Schaue sie misstrauisch an. Kenne sie mittlerweile gut genug, um manchmal zu bemerken, wenn sie mich manipulieren will.

»Also gut«, sage ich dann. »Wo befindet sich das Haus der Herzogin?«

Sie versucht, auf unschuldig zu machen. »Ich weiß nichts von einem Haus«, sagt sie. Doch dann kann sie sich nicht mehr halten und grinst. »Aber ich weiß, wo sich euer Stadtpalast befindet!« Sie kichert. »Ich bin mir nicht sicher, ob Magister Heinrich bedacht hat, dass Euer persönlicher Besitz in der Stadt freigegeben wurde, als er Euch als Herzogin anerkannt hat!«

Ich gebe zu, dass mir der Gedanke daran, dass er mich doch nicht perfekt ausmanövriert haben könnte, das Herz wärmt.

»Gut«, sage ich und grinse nun selbst. »Führe mich dorthin.«

Sie schaut mich an. »Ihr müsst aber auch wissen, wo es steht. Habt ihr Wiedergänger nicht diese Zauber, die euch sagen, wo ihr Dinge finden könnt?«

Sie meint damit die Listen, die mein Interface generieren kann. Sie hat zudem recht. Es ist einfach. Suche nach Arensvelt und Besitz, und da ist auch schon die Liste … mit der Option, meinen Besitz hier auf meiner Karte zu markieren.

Was das System im gleichen Moment tut, als mir die Option auffällt. Bis jetzt habe ich noch nie feststellen müssen, dass das System einen Fehler macht, wenn es automatisch für mich Optionen auswählt. Manchmal habe ich sogar das Gefühl, dass es weiß, was ich will, bevor es mir selbst bewusst ist.

Elena hat recht. Ich, oder vielmehr die Herzogin, besitze hier in der Stadt mehrere Anwesen, und als ich die Liste durchgehe, wird mein Grinsen immer breiter. Ich kann jetzt mit einiger Sicherheit davon ausgehen, dass Magister Heinrich nicht daran gedacht hat, was es bedeutet, dass er meinen Besitz freigegeben hat.

Er hätte besser daran getan, mich nicht so offen herauszufordern, sondern einfach so zu tun, als würde er mir nicht glauben. Wobei … vielleicht hatte er die Wahl auch gar nicht gehabt, wenn ich mir überlege, was er über die Amtsringe erzählt hat.

Gleich drei der Anwesen befinden sich direkt am Marktplatz, die beste Lage am Ort. Direkt dem Magistratsgebäude gegenüber befindet sich die Königliche Bank. *Meine* Königliche Bank.

Ich habe sie vorhin schon gesehen, aber sie nicht mit mir in Verbindung gebracht, da nicht Bank des Herzogtums Maren draufsteht. Doch ein Herzog ist ein königlicher Titel. Sozusagen ein König in Wartestellung.

Wie der jüngere Bruder eines Königs.

Elena sagt etwas, und ich schaue sie fragend an.

»Ihr habt wieder diesen Gesichtsausdruck, den Wiedergänger oftmals haben, wenn sie sich Unsichtbares ansehen«, meint sie. »Wollen wir uns nicht besser dort in den Weinausschank setzen? Dann steht Ihr nicht anderen im Weg herum.« Sie sagt es mit einem Lächeln, und es ist eine gute Idee, also folge ich ihr, und wir nehmen uns in dem Ausschank einen kleinen Tisch hinten in der Ecke.

Der Ausschank ist kein Gasthof, sondern eine Marktbude mit einer Art Gartenwirtschaft, die zum Teil mit Zeltplanen überdacht ist. Eine Goldgrube, wie ich feststelle, denn es herrscht Hochbetrieb. Die Weinbude scheint ein Magnet für Wachsoldaten oder Krieger-Klassen zu sein und wird hauptsächlich von den Einheimischen besucht, doch gut ein Fünftel sind Spieler. Ein gehetzt aussehendes Mädchen bringt uns ohne Aufforderung einen Weinkrug und zwei Tonbecher. Wein, diese eine Sorte, und eine Art Zwiebelkuchen sind auch die einzigen Angebote auf dem Menü.

Während Elena auf mich aufpasst und auch den einen oder anderen jungen Mann mit Interesse beäugt, vertiefe ich mich in die Organisationsstruktur der Bank, die sich mir öffnet, als ich mich auf den Eintrag in der Liste konzentriere. Es ist die gewohnte Baumstruktur, an deren Spitze sich mein grimmiges Konterfei befindet.

Irgendwann werde ich herausfinden, ob ich das Bild ändern kann, doch im Moment ist das nicht wichtig.

Das Gebäude gehört mir, doch als Bank gehört sie mir wie jemandem, der 100 Prozent an einer Aktiengesellschaft hält. Und je mehr ich erfahre, umso mehr werde ich an den alten Spruch erinnert, was geschieht, wenn die Katze aus dem Haus ist.

In den letzten zweihundertvierundsiebzig Jahren haben die Direktoren der Bank wohl vergessen, dass die Bank eben nicht ihnen gehört. Sie haben sich bedient, wo sie nur konnten. Es mag verständlich sein, und sie werden gehofft haben, dass die Herzogin nicht wiederkommt, aber … ich bleibe in meinen Gedanken hängen.

Es ist Vorgeschichte, nichts weiter … doch dann fällt mir ein, dass Diana erzählt hat, dass diese Vorgeschichte gelebt wurde. Also *haben* sie mich betrogen. Der aktuelle Direktor der Bank, wie ich sehe, provisorisch vom Stadtrat eingesetzt, ist, wenig überraschend, einer der Stadträte. Als ich das feststelle, merke ich, wie ich grimmig lächele.

Magister Heinrich hat mir unmissverständlich bedeutet, dass der Stadtrat hier das Sagen hat und nicht ich. Nun, zumindest der ehrenwerte Magister Illson, Direktor der Königlichen Bank von Maren, seines Zeichens Stadtrat von Arensvelt, wird sich in Zukunft genauer überlegen müssen, ob er im Stadtrat in meinem Sinne stimmen wird.

Er, seine Vorgänger und andere in der Bank Beschäftigte haben sich bedient, wo sie konnten. Doch sie konnten sich nicht überall bedienen. Als ich die Summe sehe, die sich dort im Laufe dieser zweihundertvierundsiebzig Jahre für mich angesammelt hat, muss ich schlucken. In dem Moment, als ich darauf schaue, sortiert sich die Schatzkammer der Bank direkt unter der Stadtkasse von Marensfurt und der Gildenkasse ein, und wie bei dieser auch habe ich direkten Zugriff darauf. Das ist nur mein Anteil an den Geschäften, die die Bank in den letzten zweihundertvierundsiebzig Jahren in meinem Namen getätigt hat. Er liegt nur bei einem halben Prozent, niedriger lässt er sich auch nicht einstellen, aber es ist genug.

Ich habe auch Zugriff auf andere Gelder, und wenn ich wollte, könnte ich den größten Bankraub in der Geschichte von Arensvelt durchführen, während ich hier mit Elena in der Weinbude sitze. Doch tatsächlich lasse ich die Bank vollständig unberührt, ich habe mit ihr vor allem in Hinblick auf Magister Illson andere Pläne.

Direkt neben der Bank befindet sich auf einem recht großen Grundstück hinter einer hohen Mauer der Stadtpalast der Herzogin. Oder ist es ein Stadtschloss?

Es erinnert mich an ein französisches Château oder an ein befestigtes Herrenhaus.

Sein Zustand ist schlecht, aber damit noch immer besser, als ich erwartet habe. Brauche weniger als fünf Minuten, um eine Anzahl Questen auf dem Schwarzen Brett unterzubringen, die das ändern sollen.

Ich besitze noch drei Warenhäuser am Hafen der Stadt, der Reichtum der Stadt gründet sich auch auf dem Flusshandel auf der Aare und die Zölle, die die Stadt in meinem Namen auf diesen erhebt. Ausgeprägte Habgier gibt es nicht nur bei Spielern, und wenn ich mir das so ansehe, weiß ich, warum die Stadträte bis zum Letzten kämpfen werden, um zu verhindern, dass ich meinen Besitzanspruch auf die Stadt umsetzen kann.

Die Warenhäuser am Fluss werden von verschiedenen Händlern benutzt, die Miete dafür an den Magistrat zahlen.

Das dritte und letzte Anwesen ist die größte Überraschung. Die Akademie der Arkanen Wissenschaften zu Arensvelt. Vor fast siebenhundert Jahren wurde sie von einem »meiner« Vorfahren gegründet, und es ist eine Art Stiftung. Wie bei der Bank auch gehört das Gebäude mir, doch hier sind es nicht die Geldmittel, die mich interessieren. Das Geld, das die Akademie verdient, wird auch für die Akademie verwendet.

Bin mir sicher, dass Hochmagister Tomor und andere Magier in der Akademie gut davon leben, aber damit habe ich keine Probleme. Was ich viel interessanter finde, ist, dass die Herzogin automatisch Mitglied der Akademie ist und eine Art Ehrendoktortitel hält. Was mir Zugriff auf die Bibliothek der Akademie gestattet.

Zudem ist die örtliche Magier-Gilde der Akademie angegliedert. Die Gilde wurde zwar auch von meinem Vorfahren gegründet, doch wenn es jemals irgendwelche Beteiligungen gab, gibt es diese jetzt nicht mehr, und der Gildenmeister wird jedes zweite Jahr neu gewählt.

Wichtiger ist hier, dass die Herzogin Gründungsmitglied der Gilde ist. Das gibt ihr, also mir, ein paar interessante Privilegien. Ich habe zwei Stimmen bei der Wahl des Gildenmeisters, kann nicht aus der Gilde geworfen werden, habe das Recht, einen Lehrling (Elena) auszubilden, und bekomme einen hohen Rabatt auf alle Dienstleistungen der Gilde. Ach ja. Ich habe auch das Recht auf den Titel Magister Arkanus. Der Titel ist trotzdem ausgegraut, weil ich dafür auch die dafür notwendigen Prüfungen bestehen muss, aber ich brauche nicht Jahre dort zu studieren.

»Du hast recht«, teile ich Elena mit.

»Habe ich?«, fragt sie mich überrascht, als ich meinen Tonbecher leere und mich dann schüttele. Der Wein ist saurer, als ich es gewohnt bin. »Womit habe ich recht?«

»Dass wir nicht gehen sollten, bevor wir der Magier-Gilde einen Besuch abgestattet haben.«

28 Die Magier-Gilde

Die Architektur des Gildenhauses drückt Erhabenheit und Majestät aus. Hohe griechische Säulen, eine zwei Stockwerke hohe Bronzetür mit dem Symbol der fünf Sterne der Magie, Halbreliefs, die legendäre Magier der Geschichte darstellen ... und irgendwie erinnert es mich an die Grand-Central-Station in New York.

Inklusive der Fahrkartenschalter.

Nachdem wir die große Halle betreten haben, finde ich auf jeder Seite der großen Halle zwölf Schalter im Art-déco-Stil, mit viel Messing, verspielten Strukturen und Glas. Glas gibt es in zwei Varianten in Vorena. Das normale, von Glasbläsern hergestellte, das auch für die Butzenglasfenster verwendet wird und das man in den meisten Fenstern findet, oder das von der Magier-Gilde hergestellte Glas.

Letzteres ist normalerweise nicht magisch, doch der Fertigungsprozess ist es. Das lerne ich von dem jungen Magier, der mitten in der Halle eine Art kleinen Stand hat, an dem er verschiedene Glasarten und Scheiben anpreist. Magisch hergestelltes Glas kann als eine klare Fensterscheibe in annehmlicher Größe verwendet werden, durch die man nach draußen sehen kann, und der magische Prozess hinterlässt so wenig Schlieren, dass der Blick nach draußen auch nur geringfügig verzerrt wird.

Zielwerbung, die in diesem Fall funktioniert, ich merke es mir, schließlich bauen wir gerade viel in Marensfurt, und wir brauchen viele Fenster.

Doch mein erster Eindruck täuscht etwas, denn dies ist ein magischer Basar, und die eleganten Schalter sind nichts anderes als Marktbuden. Es ist hier ruhiger als auf dem Marktplatz, dennoch sind auch hier Dutzende von Menschen unterwegs, um sich anzuschauen, was es hier für Wunder zu finden und zu kaufen gibt.

Dem Eingang gegenüber an der hinteren Wand befindet sich

eine weitere große doppelflügelige Bronzetür. Ein Wachsoldat und ein grimmig dreinschauender Mann in einer goldbestickten Robe bewachen gelangweilt diese Tür. Sehe nur zwei Menschen, die durch diese Tür gehen, und beide tragen Roben und einen gedankenverlorenen Gesichtsausdruck, den man so gerne mit Universitätsprofessoren assoziiert.

Sanktum Arkanum steht über der Tür, und Elena liest mir aus ihrem Manual vor, dass nur Magier dort Zugang haben und dass man dort Gegenstände und Spruchrollen kaufen kann, die nur von Magiern verwendet werden können.

»Besitzt Ihr eigentlich einen magischen Sack oder eine Magier-Kiste?«, fragt mich Elena, die sich mit leuchtenden Augen umsieht. Es gibt genug zu sehen. Roben, Stäbe, Stiefel, Waffen, Rüstungen, Gegenstände des alltäglichen Gebrauchs … und all das glitzert, glänzt und versucht, mit edlen Materialien zu überzeugen.

Sie weist mit ausgestrecktem Finger und gierigen Augen auf einen Stand, an dem Gürtelbeutel, Truhen und Kisten verkauft werden.

Nein, besitze ich nicht. Besitze mein Starterinventar mit sechzehn Plätzen, das ist es auch schon.

Was es hier gibt, sind die klassischen *Bag of Holdings*, die man sogar in das eigene Inventar packen kann, und Truhen, die je nach Größe und Kosten enormes Fassungsvermögen besitzen können. Hier packt mich dann auch die Gier. Mache Elena glücklich, indem ich ihr einen Beutel mit zweiunddreißig Inventarplätzen und neunzig Prozent Gewichtsreduktion für günstige zweihundert Gold kaufe, ich gebe für mich selbst das Vierfache für einen Beutel mit vierundsechzig Plätzen und fünfundneunzig Prozent Gewichtsreduktion aus.

Kaufe für achttausend Gold eine Truhe, die auf mich seelengebunden ist und zweihundertsechsundfünfzig Inventarplätze besitzt. Zudem werde ich darüber belehrt, dass nicht nur die Anzahl an Plätzen im Inventar wichtig ist, sondern auch die Stapelhöhe, das heißt, wie viele Gegenstände gleicher Art man in einem Platz stapeln kann.

In meinem Starterbeutel kann ich zum Beispiel zehn Pfeile in einem Fach stapeln. Jetzt sind es fünfzig und in der Truhe sogar fünfhundert. Die Truhe hat keine Gewichtsreduktion, was mir der Händler mit einem Lächeln als Vorteil verkaufen will, da selbst ein Troll keine vollgepackte Magier-Kiste wegtragen könne.

Diesmal ist es Elena, die hart um den Preis feilscht, doch das zufriedene Lächeln des Händlers gefriert etwas, als ich ihm mitteile, dass er mir Rabatt gewähren muss.

Sehe wohl nicht aus wie eine Magierin, doch als ich das Siegel an dem Stand berühre, wird mein Rabatt anstandslos akzeptiert. Es macht den Händler nicht sehr glücklich. Alles zusammen kostet es mich dennoch über viertausend Gold.

Widerwillig beantwortet der Händler mir dann auch noch die Frage, wie magische Gegenstände hergestellt werden. Erfahre so von dem Arteficier-Handwerk.

Ja, ich weiß. Sollte das Manual lesen. Elena weist mich ebenfalls darauf hin, dass ich das sogar in ihrem Manual hätte nachlesen können.

Habe meine Handwerksfertigkeiten noch nicht ausgewählt. Ich kann zu diesem Zeitpunkt drei dieser Fertigkeiten lernen und erfahre von meinem Interface, dass sich Verzauberung mit Kunstschmied verbindet, was es mir dann erlauben würde, magische Ringe, Armbänder, Ohrringe und Amulette herzustellen. Es braucht immer beides, Verzauberung und die dazugehörige Handwerkskunst, um Waffen zu verzaubern, müsste ich also Waffenschmied sein.

Eher unwirsch erklärt mir der Händler, an welchem Schalter ich mich in die Handwerksrolle eintragen kann. Was ich auch tue und dann dort ein Starterset für einen Arteficier und Kunstschmied erwerbe.

Es ist ein wenig enttäuschend. Auf Stufe 1 kann ich Kupferdraht zu Ringen formen und eine einfache Fassung für ungeschliffene Halbedelsteine herstellen. Als Verzauberer der ersten Stufe kann ich mit einem Zauber die Fassung mit dem Ring zu einem Stück verbinden. Beeindruckend. Frage nach und erfahre, dass man Magiertruhen schon ab Stufe 40 in Verzauberung fertigen kann.

Wenn man zudem noch Möbelschreiner ist.

Dafür, dass in der Handelsrolle jetzt steht, dass ich Kupferdraht zu Ringen formen kann, habe ich dreihundert Gold bezahlt. Nach Abzug des Rabatts.

Feilschen war nicht möglich.

An der so streng bewachten Tür will man zuerst weder mich noch Elena durchlassen. Dass wir beide Magier sind, glaubt man uns offensichtlich nicht. Letztlich teilt uns der Magier in einer herablassenden nasalen Stimme mit, dass wir, wenn dies stimmen sollte, die Tür ja selbst öffnen könnten. Einfach die Hand auf das magische Siegel an der Tür legen und es wird einem aufgetan.

Wenn man Magier ist.

Wenn man Mitglied der Gilde ist.

Ich lege die Hand auf das Siegel, die Tür geht auf und ein Popup informiert mich, dass ich Elena als Gast und als meinen Lehrling in das Sanktum mitnehmen kann.

Ich widerstehe der Versuchung, dem arroganten Magier die Zunge herauszustrecken, nur deshalb, weil ich schließlich eine Herzogin bin, die mit gutem Beispiel vorauszugehen hat.

Elena widersteht der Versuchung nicht.

Das Sanktum erinnert mich an einen Lesesaal in einer Universität. Es gibt den misstrauischen Bibliothekar, der nicht vermutet, sondern weiß, dass du Bücher stehlen wirst, es gibt ein Register, in dem steht, wo man die Bücher findet, die einem das Wesen der Magie erklären, und große Kladden, in denen die zur Verfügung stehenden Zauber aufgelistet sind.

Gleich auf den ersten Blick finde ich Dutzende interessante Zaubersprüche, die meinen inneren gierigen Goldhamster aufgeregt tanzen lassen.

Nur erfahre ich jetzt, warum Cat so frustriert gewesen ist, als wir Zaubersprüche austauschen wollten und er von den Fertigkeiten der Spellwarden erfahren hat.

Prinzipiell ist es einfach, an Zaubersprüche heranzukommen.

Mein geliebter Zauber *Säuberung* zum Beispiel ist noch nicht einmal ein richtiger Zauber, sondern nur ein Zaubertrick. Ein Zauber für Anfänger. Er ist also Stufe 0 und wird einem schon im ersten Semester an der Akademie beigebracht.

Ich kann ihn hier für die geringe Summe von tausend Gold erwerben, wenn ich den Nachweis erbringe, dass ich eine ausreichend hohe Stufe für diesen Zauber besitze und mein Mentor mir erlaubt, diesen Zauber zu kaufen.

Ausreichend hoch wäre in diesem Falle die erste Stufe eines Startcharakters. Der Mentor ist der Magier, bei dem ich mich eingeschrieben habe, damit er mich ausbildet. Oder eben ein Dozent an der Akademie.

Gut also, dass ich mir selbst die Erlaubnis erteilen kann.

Das andere Problem ist nicht so leicht lösbar. Ja, Elena und ich sind Magier. Ja, ich bin Mitglied der Gilde. Und der Akademie.

Doch mein Magiegrad ist wie der von Elena auch Stufe 0.

Das hier ist eine Akademie und eine Gilde für Magier.

Elena und ich sind Spellwarden.

Ich wirke den Zauber *Säuberung* wortwörtlich im Halbschlaf, wenn ich mich morgens aus meinem Bett rolle. Aber verschiedene Pop-ups und der Bibliothekar, der keiner ist, sondern ein hochstufiges, herablassendes, naserümpfendes Mitglied der Gilde, teilen mir mit, dass ich die Befähigung für Zaubersprüche schlichtweg nicht besitze, demzufolge hier nicht einen einzigen Zauber käuflich erwerben kann.

Der Bibliothekar kann es sich zudem nicht erklären, wie wir überhaupt durch die Tür gekommen sind.

Bislang hat sich das System für mich immer als sehr flexibel erwiesen. Diesmal nicht.

Die Regeln sind die Regeln.

Kenne jemanden, der sich darüber freuen wird, denn ich nehme mir vor, dass ich mit Cat hierher zurückkehren werde, damit er sich mit Zaubern eindecken kann, die ich mir dann von ihm stehlen werde!

Hier erreichen wir nichts, aber als wir hinausgehen, sehe ich den Stand, an dem magische Rüstungen verkauft werden.

Trage noch immer die Ausrüstung, die ich in der Kiste im Verlies gefunden habe. Was ich hier finde, ist eine verboten scharf aussehende Lederrüstung, dunkelrot, aus Zorkar-Leder gefertigt.

Schaue nach, was ein Zorkar ist. Eine Art fleischfressender Wasserbüffel mit viel zu vielen Zähnen, der unter Wasser auf Lauer liegt und seine nichts ahnenden Opfer mit einem Wasserstrahl lähmt, bevor er sie unter Wasser zieht und dort auffrisst.

Nur Wyvernleder ist besser für magische Rüstungen geeignet. Wyvern sind eine Art kleine Drachen. Wie die Zorkar und die Echsenwesen auch sind sie im tiefen Süden beheimatet.

Das System teilt mir mit, dass es unklar ist, ob Wyvern ab einer bestimmten Größe zu Drachen werden.

Ach ja.

Das weitaus beste Leder für Rüstungen ist Drachenleder. Das beste Material für Rüstungen sind Drachenschuppen. Im Pop-up-Fenster für die Materialien, die man hier in der Gilde erwerben kann, finde ich beides. Ausgegraut, mit dem Hinweis, dass zurzeit zweihundertdreiundvierzig Questen offen sind, die sich auf die Besorgung dieser Materialen beziehen.

Denke an Hyacinthe und wünsche den Spielern viel Spaß dabei, wenn sie ihr erklären, dass sie ihre Haut abgeben soll.

Was das Magische an meiner Rüstung angeht, ist es nichts Aufregendes. Das Leder ist wasserfest und feuerabweisend. Sie gibt, wenn ich alle Teile trage, einen Bonus von zwei Punkten auf Konstitution und drei auf Geschicklichkeit.

Doch sie behindert nicht, wird deshalb für Diebes-Klassen besonders empfohlen und ist vergleichbar mit einer Bänderrüstung, was eine Art Kettenmantel ist, der mit Metallplatten verstärkt wird.

Es gibt einen magischen Spiegel, in dem ich mir ansehen kann, wie ich aussehe, wenn ich diese Rüstung trage.

Als ich hineinschaue, bin ich fast so weit, mich in mich selbst zu vergucken, die Rüstung ist mir buchstäblich auf den Leib geschnitten.

Bin stolz auf meine hart erarbeitete Figur, aber diese Rüstung schiebt an den richtigen Stellen zurecht, drückt, wo gedrückt werden sollte, und streckt, wo es so besser aussieht. Dass sie für Schurken besonders geeignet ist, sieht man an den vielen kleinen Taschen, im magischen Spiegel wird mir angezeigt, wo man Dietriche und andere notwendige Werkzeuge am besten deponiert, und sie bietet reichlich Platz für Dolche und weitere Ausrüstungsgegenstände.

Der Spiegel gibt natürlich auch den Hinweis, dass man magische Dietriche und Seile bei der Nachbarbude kaufen kann.

Wir reden besser nicht über den Preis. Jessica hat für ihr Haus weniger bezahlt, dabei belassen wir es.

Es gibt Dinge, da muss frau unvernünftig sein, sonst macht das Leben keinen Spaß.

Ach ja. Kaufe drei magische Seile und die Dietriche. Ein Seil für mich, weil man nie genug Seil haben kann, das andere und die Dietriche für Mouse. Eines für Elena, die meint, dass sie ein paar Ideen hat, wie man das Seil verwenden kann, und das gerne ausprobieren will.

Eine einfachere Rüstung, die aber durchaus sexy ist, kaufe ich für Elena. Das einzige Problem mit meiner Rüstung ist der gestickte Schriftzug, der in rotem Faden schräg über meinem Busen verläuft: *Schurken tun es von hinten.*

Gott sei Dank finde ich das Menü, in dem ich ihn entfernen kann.

Für Elena kaufe ich außerdem noch ein Rapier, dessen Magie darin besteht, das Gewicht der Klinge zu reduzieren, dann verlassen wir die Akademie in dem angenehmen Bewusstsein, ein Vermögen sinnvoll ausgegeben zu haben.

Da die Magier-Kiste leer ist, passt sie in das Inventar meines neuen Beutels, auch wenn sie dort acht Felder einnimmt.

29 Shadow_Stalker

Kleider machen Leute. Rüstungen auch. Kann nicht sagen, dass ich mich sehr darüber aufrege, dass man uns hinterherschaut.

Verstehe jetzt auch, weshalb man früher Hosen bei Frauen als unzüchtig angesehen hat. Elena hat, solange ich sie kenne, immer nur Röcke getragen. Jetzt sehe ich ihre Beine und stelle fest, dass Jessica Konkurrenz bekommen hat.

Vielleicht bin ich auch deshalb etwas abgelenkt.

Ein rotes Pop-up taucht vor mir auf.

Es teilt mir mit, dass ich die Fertigkeit sechster Sinn auf Stufe 1 erhalten habe, weil ich irgendwie die Gefahr bemerkt habe.

Der rote Rahmen ist die Strafe dafür, dass ich allerdings meinen Ausweich-Wurf versaut habe.

Du bist überrascht.
Du bist nicht imstande, auszuweichen.
Shadow_Stalker *trifft dich kritisch.*
Du bist nicht imstande, auszuweichen.
Shadow_Stalker *trifft dich kritisch.*
Shadow_Stalker *führt Paralyse Angriff erfolgreich aus*
Du bist gelähmt.
Shadow_Stalker *führt Paralyse Angriff erfolgreich aus*
Du bist gelähmt.
Shadow_Stalker *führt hinterhältigen Angriff erfolgreich aus*
Du bist überrascht und erleidest deshalb doppelten Schaden.
Du bist kritisch getroffen und erleidest deshalb doppelten Schaden.
Du bist Opfer eines Angriffs aus dem Hinterhalt geworden und erleidest deshalb vierfachen Schaden.
Du bist gelähmt und somit hilflos und bist somit automatisch einem Todesstoß ausgesetzt.
Shadow_Stalker *führt Todesstoß aus.*
Shadow_Stalker *hat dich besiegt.*

Du bist überrascht und erleidest deshalb doppelten Schaden.
Da du bereits tot bist, erleidest du keinen weiteren Schaden.
Du bist kritisch getroffen und erleidest deshalb doppelten Schaden.
Da du bereits tot bist, erleidest du keinen weiteren Schaden.
Du bist Opfer eines Angriffs aus dem Hinterhalt geworden und erleidest deshalb vierfachen Schaden.
Da du bereits tot bist, erleidest du keinen weiteren Schaden.
Du bist gelähmt und somit hilflos und bist somit automatisch einem Todesstoß ausgesetzt.
***Shadow_Stalker** führt Todesstoß aus.*
Da du bereits tot bist, erleidest du keinen weiteren Schaden.
Du bist gestorben.
Dein Todeszähler wird um 1 heraufgesetzt und steht nun auf 1.
Spellwarden: Deine Seele wird nicht zum nächsten Seelenstein reisen.
Spellwarden: Du hast die Möglichkeit, dich Charakterstufe/Meter von dem Ort deines Todes zu entfernen.
Spellwarden: Deine Sperrzeit für deinen ersten Tod beträgt 1 Minute.
Spellwarden: Du wirst nicht automatisch ausgeloggt und kannst deine Umgebung als Geist wahrnehmen.
Du hast soeben die Fertigkeit Poltergeist erworben und kannst kleine Gegenstände aus dem Jenseits heraus manipulieren.
*Maximales Gewicht des Gegenstands: (Charakterstufe*10) 290 Gramm.*

Es ist wahr. Die am meisten verwendeten letzten Worte sind tatsächlich … Oh, Shit! Ich weiß das jetzt, denn das waren auch meine.

Nur dass sie niemand gehört hat, ich war zu schnell tot.

Es schmerzt wie die Hölle, denn er hat mich auf beiden Seiten in der Niere erwischt, doch nach zwei Sekunden vergeht der Schmerz.

Sehe zu, wie ein Shadow_Stalker (Stufe 22) aus dem Nichts hinter mir auftaucht und sich breit grinsend über mich beugt, während er die Hand nach dem magischen Seil ausstreckt, das neben mir zu Boden gefallen ist. Und nach dem prall gefüllten

Beutel mit den zehn Prozent meines Geldes, das ich bei meinem Tod fallen gelassen habe. Blöderweise ist das ein Vermögen und mit allem zusammen sogar noch mehr, als ich heute ausgegeben habe.

»Schönen Gruß von Loverboy, du Schlampe. Du schuldest ihm jetzt nur noch sechzehn Tode!«

Okay.

Das ist irgendwie nicht überraschend. Was mich aber mit den geisterhaften Zähnen knirschen lässt, ist der Geldbeutel, nach dem er greift, und meine eigene Dummheit, dass ich nicht daran gedacht habe, das Gold sicher zu deponieren.

Zum Beispiel in einer Bank.

Aus der ich vorhin eine deutliche Summe herausgenommen habe!

Doch Shadow_Stalker hat die Rechnung ohne die Wirtstochter gemacht. Wenn man sich auf etwas konzentriert, gerade wenn das Adrenalin einem das Blut in den Adern rauschen lässt, ist es leicht, einen Tunnelblick zu entwickeln. Ich kann mir vorstellen, dass Shadow_Stalker Elena gar nicht richtig wahrgenommen hat.

Als sich Elenas magisches Seil um seinen Hals und seine Fußgelenke wickelt, bemerkt er es. Allerdings zu spät.

Elena ist eine junge Frau, die in einem Wirtshaus auf dem Land aufgewachsen ist. Ihr muss man nicht erklären, wie man einen Hogtie knotet. Das magische Seil macht es ihr leichter, und bevor Shadow_Stalker dazu kommt, mehr als nur zu fluchen, liegt er bereits bäuchlings auf dem Boden, sauber verschnürt, Hand- und Fußgelenke straff aneinandergeknotet, wobei das Seil in einer doppelten Schlinge auch um seinen Hals führt, was dazu führt, dass er sich gerade mit seinen verzweifelten Bemühungen, sich zu befreien, selbst erwürgt.

Er befindet sich in einem Kampf und kann deshalb nicht ausloggen.

Elena steht neben ihm und schaut ihn nachdenklich an. Ein Soldat der Stadtwache eilt herbei und auch ein Magier von der Akademie.

Bevor sie etwas sagen können, deutet Elena mit der Hand auf meinen Körper. »Er ist ein PK.«

»Okay«, meint der Magier und lehnt sich mit verschränkten Armen an die nächste freie Säule der Akademie, um sich das in aller Ruhe anzusehen, der Wachsoldat nickt nur.

Bleibt aber dort stehen, wo er steht. Ein paar Schaulustige sammeln sich und sehen auch zu.

Meine Minute ist abgelaufen, und ich befinde mich wieder in meinem Körper und stehe auf.

Shadow_Stalkers Augen weiten sich ungläubig. Er will etwas sagen, doch er bekommt keine Luft mehr und bringt kein Wort heraus.

Ein blauer Balken, der über seinem roten PK-Balken liegt, geht rapide zurück. Das System erklärt mir, dass es sein Luftvorrat ist. Da sein blauer Balken nun aufgebraucht ist, geht jetzt mit jeder Sekunde sein Lebensbalken zurück.

Elena schaut aus irgendwelchen Gründen bedrückt drein. »Tut mir leid, Herrin, aber ich habe ihn nicht gesehen!«

»Du hast keinen Grund, dir Vorwürfe zu machen«, teile ich ihr mit, während ich mich bücke, um meinen Beutel und das Seil wieder aufzuheben. »Ich habe ihn auch nicht gesehen. Das ist die Idee dabei, sich in den Schatten zu verstecken.« Ich weise mit meinem Blick in Richtung des Schurken. »Was hast du mit ihm vor?«

»Ich?«

»Er gehört dir.«

»Sera«, sagt der Wachsoldat höflich zu ihr. »Ihr gehört zu dieser Wiedergängerin. Er hat sie angegriffen, und Ihr habt das Recht gehabt, ihn anzugreifen, um Eure Herrin zu schützen.« Er lächelt etwas bösartig. »Wenn ich mich richtig erinnere, hat der Magistrat vor ein paar Stunden entschieden, dass Ihr das Recht dazu habt, jeden zu töten, der Eure Herrin angreift.« Er verbeugt sich höflich vor mir. »Eure Hoheit.«

»Hhm«, sagt Elena, zieht ihren Dolch, kniet sich auf den Rücken des Schurken, der jetzt erst recht anfängt zu strampeln, zieht seinen Kopf am Haar nach hinten und schneidet ihm die Kehle durch.

Da er hilflos ist, ist es automatisch ein Todesstoß.

***Elena Beck** hat **Shadow_Stalker** besiegt.*

Sie hat zum zweiten Male innerhalb von sechs Stunden einen Angriff auf dich mit einem tödlichen Konter gerächt.

Elena erhält die Fertigkeit Tödlich auf Stufe 1.
Mit jeder Stufe erhöht sich die Wahrscheinlichkeit, dass einer ihrer Angriffe zu einem automatischen Todesstoß wird, um 2 %.

Elena erhält die Fertigkeit Leibwache auf Stufe 1,
Elena fällt es jetzt leichter, Angriffe auf Schutzbefohlene zu erkennen und im Vorfeld abzuwehren.

Elena erhält den Rang eines Rekruten in der königlichen Leibwache.

Elena wird nun von den Soldaten der Stadtwache in Arensvelt respektiert.

Elenas voller Titel lautet nun:
Elena Beck, Freifrau zu Marensfurt, Studentin des Arkanums, stellvertretender Kommandeur der königlichen Leibwache zu Maren.

Du hast einen Rufverlust erlitten.
Die Soldaten der Stadtwache in Arensvelt betrachten dich jetzt als schutzbedürftig.

Danke schön, denke ich etwas säuerlich und schließe die Benachrichtigungen. Elena hat alles verdient, was sie bekommen hat, nur den letzten Satz betrachte ich als etwas unfair. Nur der Neugier halber schaue ich im Kampflog nach. Normalerweise werden Waffenschäden und Ähnliches nicht in Trefferpunkten angezeigt, doch im Kampflog kann man es nachlesen. Shadow_Stalker hat seine Aufgabe perfekt ausgeführt. Beide Angriffe zusammen haben einen Schaden verursacht, der knapp das Vierfache meiner Lebenspunkte ausgemacht hat. Ich verstehe jetzt besser, warum Schurken so gehasst werden.

Elena jedenfalls bekommt dafür Applaus von dem Spieler-Magier, der an der Säule lehnt, und einigen anderen Spielern, die neugierig zugeschaut haben.

»Ich hasse Schurken!«, meint einer von ihnen und spuckt zur Verdeutlichung seiner Meinung auf den toten Spielercharakter.

Teile seine Meinung.

Für Mouse mache ich natürlich eine Ausnahme.

Einen Moment später leuchtet Shadow_Stalker golden auf und verschwindet, um einen Geldbeutel und einen Satz kleiner Meißel in einer Ledermappe zu hinterlassen.

Der Soldat holt ein kleines, in Leder gebundenes Notizbuch und einen abgekauten Bleistiftstummel heraus. »Verzeihung, könnt Ihr mir sagen, wie man Shadow_Stalker buchstabiert? Ihr Wiedergänger habt alle so komische Namen.«

Schaue hoch zu seinem Namen. Er heißt Anczychas Myrzdarin, und ich glaube nicht, dass er versteht, warum ich jetzt schallend lachen muss.

Da NSC diese Balken üblicherweise nicht sehen können, frage ich ihn, wie er denn heißt. »Korporal Anzias Mirsdarin«, stellt er sich vor. »Zu Euren Diensten.«

Aha. Ausgesprochen ist der Name nicht so schlimm.

Elena hält mir den Beutel des Attentäters hin, doch ich schüttele den Kopf. »Das gehört dir.«

»Es sind über hundert Gold!«, sagt sie ungläubig.

»Und sie gehören dir.« Deute in Richtung des Pferdehändlers, wo unsere Pferde auf uns warten. »Wir gehen jetzt. Für den Moment habe ich genug von Arensvelt!«

Wir holen unsere Pferde, verlassen ungehindert Arensvelt und kehren zu der Stelle auf der Lichtung zurück, wo Elena ihr Portal errichtet hat, das nun natürlich schon lange nicht mehr dort steht.

Mache ein neues Portal auf, und wir führen die Pferde hindurch und stehen nun im Hof des Toten Ebers.

Es ist ruhig hier. Es riecht nach Essen, und ich höre Vögel zwitschern.

Bin zu Hause.

Endlich.

Im Gasthof finde ich Hog vor, der zusammen mit Jessica an »unserem« Tisch sitzt und mit ihr Händchen hält.

Wie süß.

Nein, das ist keine Ironie, ich finde das wirklich. Vor allem, weil sie einander so verliebt in die Augen schauen, dass sie kaum etwas mitbekommen.

Auch das meine ich wortwörtlich.

Hog bemerkt erst, dass ich wieder da bin, nachdem Mouse, Cat und Fire mich schon lange begrüßt haben und das neue Schankmädchen, das Ilsa heißt, mir mein Essen serviert.

Elena sitzt neben mir und genießt es offensichtlich, hier zur Abwechslung selbst bedient zu werden.

Wir, das heißt vor allem Elena, erzählen den anderen, was wir in Arensvelt erlebt haben. Cat findet auch, dass die Magier in der Gilde allesamt arrogante Schnösel sind, und hebt meine Laune damit etwas.

Gemeinsames Schimpfen hilft manchmal.

Fires Augen ziehen sich zusammen, als ich stolz davon erzähle, wie Elena mich gerächt hat. »Gut gemacht«, sagt sie, und man sieht, wie Elena fast vor Stolz platzt. »Vielleicht sollten wir sie Killer nennen.«

Ich setze mich aufrechter hin. Es ist einer *dieser* Momente.

»Nah«, meint Hog. »Das passt nicht zu ihr. Hhm … es waren jedes Mal One-Hit-Kills, nicht wahr? Vielleicht OneHit? Oder Single?«

»Nein«, sage ich entschieden. »Das würde ihre Verehrer verwirren. Stroke, vielleicht?«

»Warum nicht Needles?«, fragt Mouse, während er in seiner Tasche kramt und ein in Leder eingebundenes Buch herausholt, das dem des Soldaten von vorhin gleicht. Nur dass dieses mit einem goldenen, eingeprägten Muster versehen ist.

»Wieso Needles?«, fragt Hog etwas verwirrt. »Ich habe sie noch nicht sticken sehen.«

»Wegen dem Pigsticker, auf den sie so stolz ist, dass sie ihn vor sich auf den Tisch gelegt hat, damit wir ihn besser sehen können.« Er deutet mit seinem Bleistift auf Elenas nagelneues Rapier, das in der Tat vor ihr auf dem Tisch liegt.

»Okay«, sage ich. »Das passt.«

Es gibt zustimmende Blicke von den anderen.

»Was passt?«, fragt Elena.

»Dein neuer Name«, teilt ihr Mouse scheinbar abwesend mit. »Du gehörst jetzt zur Crew. Und damit brauchst du einen neuen Namen. Needles.« Jetzt grinst er doch. »Finde dich damit ab.«

Ich schaue mich suchend um. Michelin ist nicht zu sehen. Schade, denn vielleicht hätte er es jetzt verstanden. *So* bekommt man einen Rufnamen.

30 Ihr braucht was zu tun?

»Was schreibst du da in dein Buch?«, fragt Fire etwas später Mouse.

»Nur eine kleine Liste«, sagt er und öffnet das Buch, um es uns hinzuhalten. Er muss es neu angefangen haben, nur auf der ersten Seite steht etwas. »Damit ich niemanden vergesse. Ich werde langsam auch etwas älter.«

To do:

- Strongman
- Loverboy
- Mesmer
- Shadow_Stalker

Okay.

»Wer ist Mesmer?«, fragt Jessica neugierig.

»Das wollte ich auch gerade fragen«, sagt Cat und beugt sich neugierig etwas vor.

»Einer deiner Magier-Kollegen«, erklärt Mouse, während er das Buch zuklappt und wieder einsteckt. »Er kam hier heute Morgen vorbei. Wollte sich die Festung anschauen. Ich habe ihm gesagt, dass er das nicht tun sollte. Erstens hat er da nichts verloren, zweitens ist es gefährlich. Er hat mich gefragt, ob ich einen Jig tanzen kann. Ich sagte Nein. Weil ich kein Ire bin und auch keiner sein will. Dann hat er mich einen Jig tanzen lassen.« Er schaut grimmig drein. »Der Kerl hat Mentalismus, und ich habe mich vor ihm zum Affen gemacht, ohne etwas dagegen tun zu können. Meine nächsten freien Punkte gehen in Willenskraft, das macht der nicht noch mal mit mir!«

»Schau uns nicht so böse an«, beschwert sich Cat. »Wir würden so etwas nicht tun!« Er überlegt kurz. »Jedenfalls nicht bei dir.«

»Mesmer ist hoch zur Burg?«, frage ich nach. »Wann?«

»Vor sechs Stunden oder so. Er ist zu Fuß, aber er sollte sie mittlerweile erreicht haben.«

Schaue nach, ob ich einen Mesmer mit meinem Gebietsgefühl finden kann. »Er ist nicht mehr auf dem Gebiet von Marensfurt«, teile ich den anderen mit. »Ich denke … oh.«

»Was oh?«, fragt Hog.

»Er ist gerade am Seelenstein angekommen.«

»Okay«, sagt Mouse.

»Er scheint auf dem Weg hierher zu sein.«

»Gut«, sagt Mouse. »Erinnere mich daran, wenn seine halbe Stunde abgelaufen ist.«

Fire schaut ihn strafend an. »Du wirst doch nicht zum PK mutieren wollen?«

»Nee«, sagt Mouse. »Würde ich nie machen.« Er lächelt, als er unsere misstrauischen Blicke sieht. »Ehrenwort. Versprochen.«

Im nächsten Moment werde ich von Hog gefragt, ob ich seiner Gruppe beitreten will. Ich löse meine Gruppe auf und tue das, Sekunden später folgt Elena, die neugierig umherschaut. Genau wie Ilsa, die genauso überrascht schaut wie Meister Beck und der alte Hans und Ulrich, die in einer Ecke an einem Tisch sitzen und Würfel spielen.

Mouse verlässt die Gruppe.

»Was wird das?«, frage ich ihn leise.

»Warte es ab«, sagt er und zwinkert mir zu.

Kurz darauf kommt Mesmer zur Tür herein, schaut sich um, sieht Meister Beck hinter der Theke stehen, hebt einen Finger und deutet auf unseren Tisch.

Mouse ist nicht mehr zu sehen.

Meiner inneren Karte nach ist er immer noch hier im Raum.

Okay.

Lehne mich in meinem Stuhl zurück.

»Hi«, sagt Mesmer. »Ich bin Mesmer.«

»U-hu«, nickt Hog und deutet mit dem Finger nach oben. »Ich kann lesen.«

Ilsa bringt ihm wortlos ein Bier.

»Das Kaff ist tot«, sagt Mesmer.

»U-hu«, sagt Fire und betrachtet ihre Nägel.

Oh, ich kenne dieses Spiel.

Es fängt an wie ein Witz: Kommen ein paar Marines in eine Bar und setzen sich ungefragt an einen Special-Forces-Tisch.

Kann gut gehen.

Muss es aber nicht.

Kommt drauf an, wer es ist.

Meistens geht es schief.

Nehme meinen Bierhumpen in die Hand, für den Fall, dass der Tisch gleich nicht mehr dasteht.

Wobei Mesmer kein Marine ist. Sein Avatar ist Mitte zwanzig, ausnahmsweise kein Schönling, aber auch nicht hässlich. Er trägt eine Magier-Robe und einen Stab, den er neben sich an den Tisch gelehnt hat.

Braune Haare, unauffällig. Er erinnert mich etwas an Mouse, dessen Allerweltsgesicht man auch leicht vergisst.

Hinter der Theke nimmt Meister Beck Ilsa zur Seite, flüstert ihr etwas ins Ohr. Sie schaut etwas verständnislos drein, nickt dann aber und verschwindet in der Küche.

Sie kommt nicht wieder.

»Die Burg da oben … die Festung Eisrabe«, versucht es Mesmer erneut und schaut bedeutungsvoll hoch zu meinem Balken. »Weiß jemand von euch mehr über diese Burg?«

»Schon«, meint Cat.

Mesmer schaut uns der Reihe nach an. »Alles klar«, meint er dann. »Warum habe ich das Gefühl, ich sitze bis zum Hals in der Scheiße und bin der Einzige, der keine Ahnung hat, warum? Bin ich jemandem von euch auf den Fuß getreten?«

Lehne mich etwas vor. Das verspricht, interessant zu werden, und Mesmer hat Eier in der Hose.

Hog schaut sich am Tisch um, dann sieht er zu Mesmer zurück. »Nein«, sagt er. »Du bist keinem von uns auf den Fuß getreten.«

Mesmer nickt. »Gut. Was ist es dann? Habe ich ein ›Betreten verboten‹-Schild übersehen?«

»Es ist ein freies Land«, sagt Fire und holt ein Jagdmesser heraus, um ihre Fingernägel zu säubern. Die frei von Dreck sind.

Ihr Jagdmesser ähnelt einem KA-BAR und ist so lang wie ihr Unterarm. »Du kannst gehen, wohin du willst.«

»Fuck!«, flucht Mesmer. »Der Schurke! Er gehört zu euch, nicht wahr?«

Beinahe hätte ich etwas gesagt, doch das brauche ich nicht, da Cat es schon tut. Jemanden irrezuführen ist eine Sache, offen zu lügen eine andere.

Cat enttäuscht mich nicht.

»Ja. Mouse gehört zu uns.«

»Okay. Er ist hier und hält sich im Schatten versteckt«, nickt Mesmer. Es ist keine Frage. »Es war ein Spaß. Vielleicht kein guter, aber er wollte mich nicht hoch zur Burg lassen. Ich habe ihn tanzen lassen. Doch ich habe ihn nicht angegriffen.«

»Doch«, widerspricht Mouse grimmig, als er neben dem Magier aus der Luft auftaucht. »Das war ein Angriff. Das System hat es auch so gesehen, und du warst auf feindlich. Nur hast du mich so lange tanzen lassen, dass die Zeit schon wieder abgelaufen war, bis ich mit dem Tanzen aufhören konnte!«

Mesmer hebt abwehrend die Hände. »Genau das war die Idee. Ich wollte zur Burg, und du wolltest mich nicht lassen. Es ist niemandem etwas geschehen.« Er schaut sich herausfordernd um. »Was war die Idee? Mich irgendwie dazu zu bringen, euch anzugreifen? Damit dann Mouse hier«, er weist mit dem Daumen auf Mouse, »die Gelegenheit bekommt, mich umzulegen?«

Hog nickt. »Jep. So in etwa.«

»Ich fand es nicht witzig«, beschwert sich Mouse.

»Okay«, sagt Mesmer und fängt an, einen Jig zu tanzen. Es ist offensichtlich, dass er es nicht kann, und mehr als einmal sieht es aus, als ob er sich gleich auf die Schnauze legt.

Wir sehen schweigend zu.

Irgendwann hört er auf und wischt sich den Schweiß von der Stirn ab. »Das waren sechs Minuten. Der Zauber sorgt dafür, dass du den Jig richtig tanzt. Es sieht gut aus. Du hast fünf Minuten getanzt, und außer mir hat dich niemand gesehen. Du hast dich lächerlich gefühlt. Gut. Verstehe ich. Jetzt habe ich mich sechs Minuten vor deinen Freunden lächerlich gemacht, und es sah nicht halb so gut aus. Es tut mir leid. Ich wollte dich nicht lächerlich machen, ich wollte nur ohne Stress an dir vorbei.«

Mouse schaut ihn an und holt sein Buch und seinen Bleistift heraus. Er schreibt in seinem Buch. Hält es hoch, sodass Mesmer es sehen kann.

Wir sehen es alle. Der Name Mesmer ist durchgestrichen.

»Was bedeutet das?«, fragt Mesmer vorsichtig.

»Du bist erledigt.«

»Fuck!«, beschwert sich Mesmer. »Was willst du denn noch?«

»Du hast das falsch verstanden. Wir sind quitt, und du stehst nicht mehr auf meiner Liste.«

»Du meinst das ernst?«, fragt Mesmer.

Mouse schaut ihn an und lässt sich Zeit mit der Antwort. »Sehe ich aus, als würde ich Witze machen?«

Mesmer atmet sichtlich auf.

»Eines noch«, sagt Fire. Sie steht auf und geht auf Mesmer zu. »Ich will sehen, wie der Jig ist. Nimm das Duell an und wirf den Zauber auf mich.«

Bei einem Duell gelten andere Regeln. Der Kampf ist vorbei, wenn jemand stirbt, nur ist man dann nicht tot, sondern behält ein Prozent Leben. Es wird nicht als Angriff gewertet und gilt nicht als eine aggressive Handlung. Ich sehe geradezu, wie Mesmer sich das alles überlegt, bevor er nickt.

»Okay«, meint Fire, als um beide herum ein hellroter Kreis auf dem Boden erscheint. »Ich bin so weit.«

Ich stelle fest, dass Mesmer seinen Zauber zur Fokussierung benutzt, und achte genau darauf, wie er die Magie webt.

Ding!
Du hast soeben den Zauber *Jig* aus der Schule des Mentalismus erlernt und somit Zugang zur Schule der Mentalismus auf Stufe 1 erhalten.
In Zukunft fällt dir das Erlernen oder Wirken von Zaubersprüchen dieser Schule leichter.
Basisbonus auf das Wirken oder Erlernen von Zaubern dieser Schule: 20 % plus 5 % je Stufe

Ich verberge ein Lächeln, als Fire einen wahnsinnigen wilden Jig tanzt. Okay. Ich weiß ja, dass es ein Zauber ist, aber es ist Fire und sie ist Hottest Hotness. Es sieht dermaßen heiß aus, dass ich fast darauf warte, dass die Eichenbohlen des Bodens zu brennen anfangen. Was irgendwie richtig cool ist, ist die Fidel, die in den Händen eines unsichtbaren Geigenspielers mit ihr tanzt. Es braucht keine weitere Magie, um die Fußspitzen zucken zu lassen, die Musik, der Tanz, es reißt einen förmlich mit.

Als die Musik verstummt, steht Fire einen Moment keuchend da, dann versinkt sie in einem eleganten Knicks, um sich lächelnd wieder aufzurichten.

»Mein Gott«, flüstere ich.

»Wow«, sagt Cat und grinst breit. »Hotness!«

»Woohoo!« Das ist Hog.

»Niiicceee«, kommt es von Mouse.

»Oh, fuck«, meint Jessica beeindruckt.

Elena sitzt nur mit offenem Mund da und schüttelt dann ungläubig den Kopf.

»Das ist ein Tanz aus Eurer Welt?«, fragt sie mich dann leise.

Ich nicke, und sie schaut sehr nachdenklich drein.

»Und deswegen wolltest du ihn umlegen?«, fragt Fire Mouse ungläubig, während sie sich wieder zu uns an den Tisch gesellt. Sie atmet noch immer schwer und, was man selten bei ihr sieht, hat Schweißperlen auf ihrer Stirn.

»Hrmpf!«, meint Mouse. »Zum einen habe ich es nicht gesehen, woher sollte ich also wissen, wie es aussieht, zum anderen, hast du gemerkt, wie schnell sich deine Stamina verbraucht hat?«

Fire nickt. »Und ob! Das hat mich gut ein Viertel gekostet.« Sie greift nach ihrem Becher und nimmt einen langen tiefen Schluck.

»Nur ein Viertel?«, fragt Mouse ungläubig. »Ich muss an meiner Stamina arbeiten!«

»Ich gebe es nur ungern zu«, sagt Mesmer etwas verlegen. »Es *ist* ein Kampfzauber. Fünf Minuten ist die kürzeste Zeit, die möglich ist.«

»Oh«, sagt Mouse. »Was ist die längste Zeit?«

»Theoretisch? Zwei Stunden.« Mesmer zuckt mit den Schultern. »Angeblich hat es ein Troll zweiundvierzig Minuten lang geschafft.«

»Was geschieht, wenn du Stamina überziehst?«, fragt Hog bei Cat nach, der solche Sachen auswendig weiß.

Weil er das Manual gelesen hat.

Cat zuckt mit den Schultern. »Wenn du zum Beispiel zweihundert Stamina besitzt und um mehr als die Hälfte deiner Stamina überziehst, also auf minus hundert kommst, stirbst du. Du bist normalerweise schon lange vorher außer Gefecht und absolut wehrlos.«

»Wie kann man Stamina überziehen?«, fragt Hog überrascht. »Man fällt doch schon vorher in sich zusammen?«

»Durch ein Spezialtalent, das beispielsweise Trolle besitzen. Sie regenerieren Stamina schneller, als sie sie normalerweise verbrauchen können«, erklärt Mesmer. »Oder eben durch diesen Tanz, du tanzt, bis du tot umfällst. Es ist meine Variante von *Devils Dance*. Ich finde, es sieht einfach besser aus.«

»Du stirbst und bekommst Applaus dafür«, stellt Cat fast und bleckt für ein bösartiges Grinsen die Zähne. »Gefällt mir. Was willst du dafür?«

»Was kannst du anbieten?«, fragt Mesmer und setzt sich wieder an den Tisch, um sein Zauberbuch herauszuholen.

Das ist, wie ich später lerne, so etwas wie Tradition für Magier geworden. Sie werden schnell handelseinig, drei von Cats Zaubern tauscht er gegen den *Jig*.

Mesmer schließt sein Buch, lehnt sich zurück, nimmt einen Schluck von seinem Bier und schaut Mouse über den Rand des Bierkrugs an. »Ich bin dennoch etwas beleidigt.«

Mouse atmet tief durch und beugt sich etwas vor.

»Du bist eben ungeschoren davongekommen«, sagt er ruhig. »Willst du es jetzt wirklich auf die Spitze treiben?«

Mesmer winkt ab. »Nein. Ich bin nur nicht glücklich, dass du mich mit Loverboy gleichsetzt.«

»Hrmpf«, sagt Mouse. »Okay. Wenn ich dich wieder umlegen will, schreibe ich dich auf eine andere Seite. Zufrieden?«

»Besser«, lächelt Mesmer.

Elena schaut von ihm zu Mesmer und zurück und schüttelt nur unverständig den Kopf. Kann es nachempfinden.

»Sooo«, sagt Hog. »Du kennst Loverboy?«

»Das Arschloch hat mich zweimal umgelegt«, nickt Mesmer. »Wenn ich ehrlich bin, habe ich mir diesen Zauber extra für ihn besorgt. Ich bin ein Magier. Ich habe nicht die geringste Chance gegen einen Schurken. Selbst *Unsichtbares Entdecken* hilft nichts gegen jemanden im Schatten, weil das System Schattenwandel nicht als Zauber, sondern als eine Fertigkeit einschätzt. Wenn ich ihn sehe, das verspreche ich euch, tanzt er länger als fünf Minuten.«

»Okay«, nickt Hog. »Ich gestehe, dass ich ihn gerne tanzen sehen würde!«

»Gut«, sagt Mesmer. »Ich werde sehen, was ich tun kann. Jetzt, da wir alle die besten Freunde sind, kann mir jemand erklären, was es mit dieser Festung auf sich hat?«

»Ich habe es dir heute Morgen schon gesagt. Die Festung ist Privatbesitz und geht dich nichts an. Ich hätte dir auch von den Ungeheuern erzählt, doch ich musste tanzen.«

Mesmer nickt und schaut zu mir. »Das Gerücht geht um, dass sich dort ein sagenhafter Schatz befinden soll. Stimmt das?«

Schüttele den Kopf. »Würdest du mir glauben, wenn ich dir sage, dass es keinen Schatz gibt?«

»Vielleicht«, sagt er. »Ist es denn das, was du sagst?«

»Die Wahrheit ist, ich habe nicht die geringste Ahnung. Ich weiß nur, dass Gerüchte hier auch verwendet werden, um Questen zu generieren. Hast du eine Queste für diesen Schatz?«

Er schüttelt den Kopf.

»Dann wirst du vermutlich keinen Schatz dort finden. Ich habe Questen für die Festung erhalten, aber ein Schatz wird nicht erwähnt.«

Er mustert mich lange und nickt dann. »Ich glaube dir«, sagt er und steht auf. »Da ich keine Lust habe, mich noch einmal von diesem Wolf umlegen zu lassen, werde ich mich besser auf den Weg zurück in die Stadt machen.«

»Der Götter Segen und Schutz für Euch auf dieser Reise«, sagt Elena höflich, und ich fühle mich plötzlich von ihr beschämt.

»Ja«, sage ich. »Gute Reise.«

»Richtig«, meint Cat, »was sie sagt.«

Wir schauen ihm nach, bis er die Tür hinter sich schließt. Dann kommt Meister Beck zu uns. »Wir alle schätzen euch«, teilt er uns dann mit. »Doch das nächste Mal, wenn ihr plant, jemandem eine Falle zu stellen, der uns nichts getan hat, tut dies draußen.«

»Sorry«, sagt Mouse, und er sieht wirklich so aus, als ob er es ernst meint. »Ich habe für einen Moment vergessen, dass es auch Unbeteiligte hier gibt.«

»Ja«, nickt Meister Beck und marschiert wieder hinter seine Theke zurück. »Ich weiß. Das macht es nicht besser.«

»Er hat recht«, sagt Cat nach einem langen Moment.

»Wir haben zu wenig zu tun«, erklärt Fire. »Das ist es. Wir sind nicht gut darin, still zu sitzen und nichts zu tun.«

»Wie könnt ihr sagen, dass ihr nichts getan habt?«, fragt Elena überrascht und ein wenig ungläubig. »Ist es euch nicht genug, dass ihr uns helft, den Ort wiederaufzubauen?«

»Nein«, sagt Jessica, die sich die ganze Zeit zurückgehalten und nichts gesagt hat. »Es ist nicht genug. Nicht für diese vier.« Sie steht auf, lässt eher widerwillig Hogs Hand los und gibt ihm einen Kuss. »Ich muss ausloggen«, teilt sie ihm mit. »Ich habe heute Nachtschicht und muss noch ein, zwei Stunden schlafen. Wir sehen uns später.«

»Gerne«, sagt Hog. »Ich freue mich darauf.«

Sie wendet sich an uns. »Versteht mich nicht falsch«, sagt sie. »Aber das eben war keine Glanzleistung. Außer von diesem Mesmer. Sagt mir, wer von euch hätte sich lächerlich gemacht, um die Situation zu entschärfen? Ihr braucht was zu tun? Jagt die Ungeheuer in der Nähe der Burg, bevor wieder eines von ihnen ins Tal wandert. Ich höre, dass sie das manchmal tun. Ihr wollt besser sein als die üblichen Arschlöcher? Dann seid auch besser als sie.«

Damit dreht sie sich um und geht davon.

»Mann«, sagt Hog mit einem sehnsüchtigen Seufzer. »Ich bin verknallt. Aber sie hat recht.«

»Weil du in sie verknallt bist?«, fragt Mouse etwas spitz.

»Weil sie recht hat«, antwortet Hog würdevoll. »Was wir hier abziehen wollten, ist nicht viel besser als das, was Loverboy getan hat.« Er schaut sich herausfordernd um. »Oder sieht das jemand tatsächlich anders?«

»Okay, okay«, sagt Mouse und hebt abwehrend die Hände. »Mag sein, dass er einfach keinen Stress wollte. Ich habe ihn aus meiner Liste gestrichen, reicht das nicht?«

»Du bist sauer, dass du den Kürzeren gezogen hast«, lächelt Fire und stupst ihn leicht in die Seite.

»Ja«, knurrt Mouse. »Das mag sein. Okay. Es stimmt. Es ändert nichts daran, dass er mich angegriffen hat.« Er nickt Elena zu. »Du hast heute zweimal jemanden zum Seelenstein geschickt, weil sie Ice angegriffen haben. Wo liegt der Unterschied? Was hättest du getan, wenn er dies bei Ice getan hätte?«

Elena nickt. »Ihn erschlagen.«

»Ich hätte das Gleiche getan«, gebe ich jetzt auch zu. »Ein Angriff ist ein Angriff. Dennoch bin ich froh, dass es hier keinen Kampf gab. So haben wir uns Mesmer wenigstens nicht zum Feind gemacht. Wir brauchen hier neue Freunde, keine Feinde. Jessica hat recht. Wir sind besser als das, was sie heute gesehen hat.« Ich schaue nach der Uhrzeit. »Es ist noch früh genug, um ein Portal für uns zu öffnen, das uns in die Nähe des Flüchtlingslagers bringt. Wenn wir diesen Menschen Hoffnung geben können, haben wir wenigstens etwas Sinnvolles getan.«

»Okay«, sagt Mouse und steht auf. »Wenn wir das heute noch erledigen wollen, müssen wir uns eilen. Lasst uns Buße tun. Tun wir etwas Gutes, wie der Captain sagt.«

»Muss das wirklich jetzt und heute sein?«, fragt Cat etwas unbehaglich. »Fire und ich sind bei ihren Eltern zum Abendessen eingeladen …«

»Ja«, sagt Fire mit belegter Stimme. »Und dann werden sie wieder über Jennifer reden wollen. Wie sehr sie Jen vermissen. Wie tragisch all das ist.« Sie schaut zu mir hin. »Wenn du einen Ameisenhügel findest, über den du mich binden kannst, würde ich das einem Abendessen mit meinen Eltern vorziehen. Ich … Ice?«

Ich habe meine Karte herausgeholt, um zu schauen, wo ich mein Portal am besten hinsetzen kann, und sehe jetzt gut zwei Dutzend rote Punkte, die sich auf das Flüchtlingslager zubewegen.

»Eine Gruppe Goblins ist auf dem Weg zum Lager der Flüchtlinge. Wenn wir hier noch länger diskutieren, lösen sie das Problem für uns.«

31 Direct Tactics

»Wie viel Zeit haben wir?«, fragt Cat.

Ich schaue entsetzt zu, wie die grünen Punkte versuchen, sich von den roten Punkten abzusetzen und zwei rote Punkte einen der grünen Punkte erreichen. Er flackert und verschwindet. »Keine«, sage ich tonlos.

»Zeig mir deine Karte!«, fordert Cat, und ich drehe sie zu ihm herum. »Neue Fertigkeit?«, fragt er, als wir alle einen Blick auf die Karte werfen.

Ich brauche nichts zu erklären. »Ja«, nicke ich.

»Praktisch«, stellt er fest und schaut von der Karte hoch, um uns alle anzusehen. »Wir haben keine Zeit für eine Strategiesitzung!«

»Direct Tactics?«, fragt Mouse.

»Ja«, sagt Cat. »Mitten hinein.« Er legt den Finger auf einen Punkt etwas abseits. »Kannst du das Portal hierhin setzen und es dann so drehen, dass es hierhin zeigt?«

Sein Finger deutet eine Linie vom Portal quer durch das Lager an. Die Linie führt zurzeit noch durch grüne Punkte, aber ich verstehe. Gleich werden dort nur rote Punkte sein.

»Ja.«

»Okay. Setze das Portal dorthin und reite dann auf Gustav quer durch die Gobos. Es wird sie ablenken, während wir versuchen, uns zwischen die Flüchtlinge und die Goblins zu positionieren.«

»Sie werden sich auf Ice konzentrieren«, stellt Hog fest.

»Ja«, sagt Cat. »Das sage ich doch. Ice wird sie ablenken.« Er rollt die Karte zusammen und reicht sie mir. »Worauf warten wir?«

Wir springen auf.

»Übrigens«, sagt Fire.

Halte inne und schaue sie fragend an.

»Nette Rüstung!«, sagt sie und zwinkert mir zu. »Sie ist heissssss!«

Bin mir gerade nicht sicher, ob ich Cat von Gustavs Sturmritt erzählt habe oder nicht. Vielleicht dachte er auch, es reicht, wenn die Goblins Gustav einfach nur auf sich zureiten sehen. Ich für meinen Teil bin neugierig darauf zu erfahren, wie der Sturmritt aussieht.

Kann mittlerweile ein Portal Stufe/Meter weit von mir entfernt aufstellen, das sind fast dreißig Meter.

Gustav steht still wie eine Statue, während ich mich auf das Portal konzentriere. Als das Portal steht, aktiviere ich aus dem Stand heraus Sturmritt.

Habe viermal in meinem Leben einen Katapultstart mitgemacht. Als Passagier wohlgemerkt, die einzigen Flugzeuge, die ich fliege, sind V-22 Ospreys, und die zählen für mich nicht als Flugzeug.

Es ist das gleiche Gefühl!

Sehe aus den Augenwinkeln Hog, der hochspringt und mit breitem Grinsen »Woohoo!« ruft, dann ist das Portal da, und ich reite auch schon durch eine Gruppe Goblins hindurch, die nach links und rechts davonfliegen. Es ist wie Tiefflug, denke ich, und irgendwo im Hintergrund versuche ich einzuschätzen, wie schnell Gustav wohl ist.

Was Gustav angeht, auf einmal ist er lebendig. Spüre, wie seine mächtigen Muskeln unter mir arbeiten, fühle, wie er mitgeht, weiß, was ich tun will, und es tut, bevor ich es zu Ende gedacht habe. Habe Eisfang in der Hand, ohne zu wissen, wann ich ihn gezogen habe. Jedes Mal, wenn ich einen Goblin treffe, spüre ich die Erschütterungen durch den Stahl, über meinen Arm und Schulter in meinen ganzen Körper wandern und höre auf zu denken.

Die Army hat Zehntausende von Dollar in mich investiert, damit ich nicht nachdenken muss, sondern instinktiv weiß, was zu tun ist.

So ist es auch hier. Diesmal bemerke ich es kaum, wie sich mein Kiefer ausrenkt, als ich *namenlose Furcht* auslöse, um dann meinen Kiefer mit meinem linken Handrücken wieder einzurenken, mit der gleichen Hand, aus der im nächsten Moment eine *Feuerlanze* herausschießt, die einen Goblin in Flammen hüllt und dann brennend davonschleudert, als hätte ihn eine Kanonenkugel getroffen.

Cat hatte vorgehabt, Gustav und mich als Ablenkung zu verwenden. Wir tun mehr als das, Gustav und ich treiben die Goblins zusammen, als wären sie Kühe und ich ein Cowgirl.

Aber ja, wir lenken sie auch ab.

Aus den Augenwinkeln sehe ich, wie Blitze auf Goblins niedergehen, irgendwann sehe ich Hog, wie er seine Armbrust nachlädt, einmal auch Mouse, wie er hinter einem Goblin-Krieger auftaucht und Blut von seinen Dolchen spritzt, Cat, der langsam voranschreitet, während er im Sekundentakt Pfeile verschießt, und zweimal auch Elena, wie sie mit ihrem Rapier in der Hand um Goblins herumtanzt.

Dann wieder, ohne dass ich es bewusst entscheide, werden Gustav und ich langsamer, bis wir inmitten eines brennenden Felds zum Stehen kommen. Es ist überraschend ruhig, denke ich abwesend, während ich zusehe, wie die Flammenwände, die sich in geschwungenen Mustern durch die Wiese ziehen, in sich zusammenfallen.

Gustavs Sturmritt hat zwei Meter breite Brandspuren durch das Gras gezogen, Streifen von verbrannter Erde und Gras, die sich wie keltische Muster in die Wiese gegraben haben.

Ich sehe Reste eines notdürftigen Verschlags, einen verbeulten Kupfertopf, eine gebrochene Zeltstange und Leichenteile. Zumeist von Goblins, aber hier und da stammen sie auch von Menschen. Ein vielleicht vierjähriges Mädchen sitzt mitten in einer Gruppe toter Goblins, über und über von ihrem Blut besudelt. Ihre Augen sind weit geöffnet, ihr Mund auch, als ob sie schreien würde, doch es kommt kein Ton heraus.

Bin wie gelähmt und kann nichts anderes tun, als auf Gustavs Rücken zu sitzen und zuzusehen, wie Fire sich über das Kind beugt und es hochhebt und auf ihrer Hüfte platziert. Irgendjemand klopft an meinen rechten Stiefel. Ich sehe herab und sehe dort Hog stehen. Der zur Seite gestikuliert. Ich folge müde seinem Blick und ziehe dann Gustav herum, der sich langsam den Flüchtlingen nähert, bis sie anfangen, vor mir zurückzuweichen, schließlich bleibt er stehen und schnaubt leise, sein Blick auf ein kleines Mädchen gerichtet, dass sich angstvoll in den Rock ihrer Mutter verkrallt hat.

Tabitha.

Ich weiß, dass es Gustavs Stimme ist, und zum ersten Mal fühle ich, was er fühlt. Er weiß, dass das Mädchen dort nicht Tabitha ist. Er versteht, dass sie nicht mehr da ist. Und ich verfluche die Entwickler dafür, dass sie ihren Geschöpfen erlaubt haben zu verstehen.

Zu fühlen, denn ich fühle seinen Schmerz.

Wenn Gustav ein Dämon ist, dann bin ich Maria Magdalena. Dämonen können nicht lieben. Ich habe nachgelesen. Ja, ab und zu blättere ich in Dianas Manual. Dass sie nicht lieben können, keine Seele besitzen, genau das macht einen Dämon aus.

Auf Gustav trifft beides nicht zu.

Ja, sage ich zu ihm. Ich sage ihm damit nicht, dass das Mädchen dort Tabitha ist, sondern ich teile ihm mit, dass ich ihn verstehe.

Weiß nicht, ob Pferde weinen können. Ob man seine Tränen sehen kann. Doch ich fühle sie.

»Ice. Ice!« Es ist Hog, der irgendetwas von mir will. Weiß nicht, was. Mein Kopf ist leer.

»Sag etwas!«

Was soll ich denn sagen, was in irgendeiner Art adäquat für das ist, was diese Menschen erlebt haben?

Was ich in ihren Gesichtern sehe?

Diesen Gesichtsausdruck habe ich heute schon bei einem jungen Mädchen gesehen, das von einem Soldaten vom Markt geschleift wurde. Suche und finde Elena. Ihren Gesichtsausdruck kenne ich auch. Es ist der von jemandem, der versucht, Sinn in dem zu finden, was geschehen ist, und der gerade anfängt zu verstehen, dass er ihn nicht finden wird.

Ihre schöne neue Rüstung ist mit Ruß, Asche und dem dunklen Blut der Goblins besudelt.

Ich bin jetzt Stufe 32. Ich kann jetzt ein Portal 32 Minuten lang offen halten.

Es ist lange genug.

Schlucke. Schlucke erneut. Räuspere mich und schaue zu den Flüchtlingen hin, die angstvoll zurückschauen. Schicksalsergeben.

»Dieses Portal führt nach Marensfurt«, sage ich nicht besonders laut. Ich bin mir trotzdem sicher, dass sie mich alle verstehen. »Dort findet ihr einen neuen Anfang, ein neues Leben, neue Freunde, Sicherheit und vor allem ... Hoffnung.« Weise mit meiner blutverschmierten Klinge auf das Portal. »Geht hindurch«, befehle ich.

Sie gehen.

»Hey, Alex?«, höre ich Hogs Stimme.

»Hhm?«

»Zwei Dinge?«

»Ja?«

»Zum einen, hättest du dir nicht eine aufmunternde Rede einfallen lassen können?«

Denke darüber nach, sehe zu den Flüchtlingen hin, wie sie gerade schicksalsergeben durch mein Portal in eine ungewisse Zukunft stolpern, und schüttele dann langsam den Kopf. »Nein. Sie haben jemanden gebraucht, der ihnen sagt, was sie zu tun haben.«

Er schaut zu den Flüchtlingen hin und dann wieder zu mir hoch.

»Okay«, sagt er dann und mustert mich besorgt.

»Was ist das Zweite?«

»Was ... ja. Ist das eine abgebrochene Lanze, die in deinem Bauch steckt? Ich kann es durch die Flammen nicht so gut erkennen.«

Schaue an mir herab. »Oh«, meine ich. »Das ist eine Lanze.« Irgendwie bin ich gerade sehr müde. »Welche Flammen?«, frage ich ihn.

Du bist verblutet.
Lanzenträger ***Jigraz*** *hat dich besiegt.*
Du bist gestorben.
Dein Todeszähler wird um 1 hinaufgesetzt und beträgt jetzt 2.
Du musst die Sperrfrist von zwei Minuten abwarten, bevor du in das Reich der Lebenden zurückkehren kannst.

Sehe zu, wie ich von Gustavs Sattel rutsche. Wäre Hog nicht da gewesen, um mich aufzufangen, wäre ich hart auf dem Boden aufgeschlagen. Nicht, dass es mich im Moment noch gestört hätte.

Merke nichts davon.

Es überrascht mich wenig, dass ich gestorben bin. Zähle zwei abgebrochene Lanzenschäfte und sieben, nein, acht abgebrochene Pfeilschäfte, die aus mir herausragen.

Dunkel erinnere ich mich daran, dass ich sie abgebrochen oder mit Eisfang abgeschlagen habe. Außerdem finde ich eine klaffende Wunde an meinem rechten Oberschenkel. Es gibt auch andere Verletzungen, doch die besitzen jetzt keine Bedeutung mehr.

»Warum löst sie sich nicht auf?«, fragt Cat.

»Wartet«, sagt Elena. Sie klingt müde. »Sie kommt gleich zurück. Spellwarden gehen nicht zum Seelenstein. Sie kehren in ihren Körper zurück. Es ist wundersam anzusehen. Schaut!«

Bin selbst neugierig darauf, wie das aussieht, und schaue zu, wie sich meine Wunden schließen, meine Rüstung repariert, der ganze Dreck und Ruß und das Blut spurlos verschwinden. Gustav schwenkt seinen mächtigen Kopf herab und stupst mich an … und ich fühle seinen heißen Atem in meinem Gesicht.

Es ist ein Wunder. Damit meine ich nicht meine Wiederauferstehung, sondern Gustav. Er ist keine Statue mehr, kein Dämon. Gustav, das treue Kutschpferd und der Spielgefährte Tabithas, ist zurückgekehrt, von wo auch immer die Götter dieser Welt die Seelen treuer Pferde aufbewahren.

Hog hilft mir auf und umarmt mich schweigend. Verdammt, ich weine wieder.

Ich weine nie.

32 Mehr als nur ein Spiel?

»Fuck«, sagt Mouse viele Stunden später, als wir wieder an unserem Tisch im Toten Eber sitzen. Cat und Fire haben sich bereits vorhin ausgeloggt, doch Cat hat Fire versprechen müssen, es nicht weiter zu versuchen, heute Abend doch ihre Eltern aufzusuchen. Hog hat vorhin eine Nachricht von Jessica erhalten und das Spiel kurz darauf verlassen.

Elena ist mit ihrem Vater draußen auf dem Marktplatz, wo sie sich zusammen mit anderen um die Flüchtlinge kümmern.

Jemand hat Bänke und Tische besorgt und sich darum gekümmert, dass die Flüchtlinge etwas zu essen bekommen, eine dünne Fleischbrühe, weil sie im Moment nicht mehr vertragen.

Gustav steht wieder an seinem alten Ort und frisst Hafer. Nicht weil er es braucht, sondern weil es eine Belohnung für ihn ist. Habe gewartet, bis die anderen gegangen sind, bevor ich ihn über das Schlachtfeld geführt habe, um ihn zu füttern.

Diesmal habe ich rechtzeitig weggesehen. Habe ihn also nur gehört.

Mouse und ich sind nicht alleine, ständig kommt und geht jemand, doch es fühlt sich für mich so an, als wären wir allein.

Nicht nur an diesem Tisch.

»Ich stimme dir zu«, sage ich und spiele mit meinem leeren Glas. Überlege, ob ich genug habe oder nachfüllen soll. Eigentlich ist es egal. Fülle mein Glas wieder auf und das von Mouse gleich mit. »Doch was genau meinst du?«

»Das hier ist kein Spiel«, teilt er mir mit. »Ein Spiel ist, wenn du dich entspannst. Wenn du Dinge zum Spaß tust. Wenn es keine Konsequenzen hat, was du tust, weil du das Spiel einfach wieder wegpackst. Bis zum nächsten Mal.«

»Logge aus«, schlage ich ihm vor. »Schau Netflix. Lies ein Buch. Oder geh schlafen.«

Er schüttelt den Kopf. »Damit werde ich meine Erinnerungen nicht los. Ich frage mich nur, ob ich heute Nacht von dem träumen werde, was heute hier geschehen ist, oder von … anderem.«

Sage nichts. Nicke nur.

»Erinnerst du dich an den Polen?«

»Joe Koski?«

Er nickt. »Genau der.« Mouse schaut in seinen Zinnbecher. »Er ist vor vier Jahren ehrenhaft entlassen worden. Er hat nicht halb so viele Einsätze geflogen wie Hog und erst recht nicht so viele wie du, doch er war in Tripoli dabei.«

Ich nicke wieder. Tripoli ist uns heftig um die Ohren geflogen. »Okay«, sage ich. »Was ist mit ihm?«

»Ich habe ihn vor einem halben Jahr wiedergetroffen. Wir haben ein Bier zusammen getrunken. Es war das Übliche. Kaum war er entlassen, hat ihn seine Frau verlassen. Sagte ihm, dass sie ihn nicht mehr verstehen würde. Er hat wieder geheiratet. Sie ist zwanzig Jahre jünger als er, und sie haben ein Kind. Ihr erstes, sein viertes. Er hat einen guten Job bei Boeing gefunden. Alles gut so weit, nicht wahr?«

Nicke langsam.

Ahne bereits, worauf das hinausläuft.

»Letzte Woche habe ich von einem anderen Kumpel was über den Polen gehört. Jemand hat ihm den Parkplatz weggenommen. Der Pole nimmt seine Glock aus dem Handschuhfach, steigt aus und geht zu dem Mann, der ihm den Parkplatz weggenommen hat. Der hilft gerade seiner Frau, den Kinderwagen aus dem Kofferraum zu holen. Der Pole erschießt ihn. Direkt vor den Augen seiner Frau. Dann steht er nur so da. Tut nichts. Die Frau weint, fragt ihn, warum er das getan hat. Die Cops kommen. Der Pole steckt sich seine Glock in den Mund und drückt ab. Ende der Geschichte.«

Mouse nimmt einen kleinen Schluck von seinem Wein. Ich bewundere seine Selbstkontrolle. »Als ich entlassen wurde, war ich froh, den ganzen Scheiß hinter mir zu haben. Wenigstens habe ich mir das eingeredet. Doch in Wahrheit habe ich es vermisst. Nein. Das ist falsch. Ich habe uns vermisst. Uns. Die Crew. Dich. Das habe ich vermisst. Aber nicht den Scheiß, den wir zusammen erlebt haben. Der uns zu dem gemacht hat, was wir sind. Was ich bin. Und das ist das, was ich meine, wenn ich sage, das hier ist kein Spiel. Wenn sich die Scheiße hier im Spiel genauso anfühlt wie die echte Scheiße, dann ist es kein Spiel. Jessica hat recht. Ich habe heute Mist gebaut. Der Witz ist, dass ich gar nicht weiß, warum. Es hat mich gekickt, mir vorzustellen, wie wir Mesmer verarschen und ich ihn dafür umlege, dass er mich hat tanzen lassen. Doch tatsächlich ... tatsächlich habe ich genug von dem Scheiß. Ich habe ein paar neue Tanzschritte gelernt. Na und?« Er schaut mich an. »Was machen wir hier, Alex? Ist es tatsächlich nur ein Spiel, in dem wir einfach so ohne Konsequenzen die Sau rauslassen können? Wenn ja, warum fühlt es sich so falsch an, wenn ich daran denke, genau das zu tun?«

Überlege lange, bevor ich ihm antworte.

»Ich weiß nicht genau, was Dr. Jensen vorhat. Doch ich weiß, dass es mehr als nur ein Spiel ist. Was wir hier tun, wie wir uns verhalten, das hat Auswirkungen. Ich weiß nicht, wie, aber ich glaube, dass es auch unsere Welt berührt. Ich habe das Gefühl, dass Dr. Jensen gerade eine Weiche stellt. Für uns. Vielleicht für die gesamte Menschheit. Ich habe das Gefühl, dass wir hier gerade auf irgendeine Art wählen, welche Zukunft wir haben werden. Wir ... nicht nur wir hier, sondern wir alle. Die gesamte Menschheit. Dr. Jensen hat mir gegenüber Vorena als das größte Experiment der Menschheit bezeichnet. Ich weiß zu wenig über ihn, doch ich weiß, dass er kein Phrasendrescher ist. Er wird einen Grund haben, das zu mir zu sagen.«

»Wie?«, fragt Mouse leise. »Wie kann ein Spiel so wichtig sein?«

»Du sagst es selbst. Es ist nicht nur ein Spiel. Es ist mehr als das. Was es ist, weiß ich noch nicht. Nur ...« Ich überlege, bevor ich weiterspreche. »Mouse ... kannst du dir vorstellen, was es bedeutet, sollte man dazu imstande sein, ein menschliches Bewusstsein in einen Quantencomputer zu übertragen?«

Er schaut mich lange suchend an. »Ist das nicht Science-Fiction?«

»Was, wenn es das nicht ist? Was wären die Auswirkungen?«

Er sagt nichts, denkt nur nach.

»Mouse«, sage ich leise. »Wie hoch ist deine Integrationsstufe?«

»Irgendetwas um die vierzig, glaube ich.«

»Du hast einen Pod?«

Er nickt. Trotzdem, vierzig Prozent sind extrem hoch. »Es fühlt sich real für dich an, richtig?«

Er nickt.

»Dr. Jensen sagt mir, dass ich zu hundert Prozent integriert bin. Für mich ist es real. Es würde mich nicht wundern, wenn es nicht lange dauern wird, bis Dr. Jensen dich und die anderen fragt, ob ihr das auch wollt. Ich bin das Versuchskaninchen, und wie es aussieht, ist dieser Versuch ein Erfolg. Der nächste Schritt ist es …«

»… andere zu finden, bei denen das auch gelingt. Ich verstehe, was du meinst, Alex. Doch warum du? Warum wir?«

»Ich glaube …«, sage ich langsam, »dass das, was Dr. Jensen vorhat, nichts ist, was jemand alleine schaffen kann. Er braucht ein Team. Und ich glaube … befürchte, dass er der Meinung ist, dass wir das Team sind, das er braucht. Cat sagt immer, dass er nicht an Zufälle glaubt.«

»Cat hat recht.«

Mouse ist wacher geworden, sitzt aufrechter. Sehe, wie es in ihm arbeitet.

»Also sagst du mir, dass dies kein Spiel ist. Dass es tatsächlich in irgendeiner Art die gleiche Scheiße ist, die wir erlebt haben. Dass er uns ausgesucht hat, weil wir bereits durch die Hölle gegangen sind und wissen, wie es dort aussieht. Dass sich hier etwas abspielt, für das der gute Doktor jemanden wie uns braucht.«

»Ja. Genau das. Ich sage dir auch, dass es wichtig ist. Wenn es eine Mission wäre, dann wäre sie die wichtigste, die wir jemals zusammen angegangen sind.«

»Okay«, sagt er leise. »Okay. Ich habe das Gefühl, dass du recht hast. Es ist nur ein Gefühl, doch niemand von uns wäre noch hier, wenn wir nicht ab und zu auf unser Gefühl gehört hätten. Ich verstehe nur nicht, wie das, was hier geschieht, so wichtig sein *kann*.«

»Das weiß ich auch noch nicht, Mouse. Ich befürchte nur, dass wir es herausfinden werden.«

»Hhm. Hat dir Dr. Jensen etwas gesagt? Ich meine, hat er dir gesagt, was du hier tun sollst?«

Ich schüttele den Kopf. »Er sagte, ich solle das tun, was ich für richtig halte. Er hat mir keine Anweisungen gegeben.«

Mouse schaut auf, und in diesem Moment erinnert er mich an einen Jagdhund, der eine Spur aufgenommen hat. »Doch«, sagt er. »Das hat er. Du hast nur nicht zugehört. Tu das, was du für richtig hältst. Das ist die Anweisung. Aus irgendeinem Grund ist er der Meinung, dass du etwas tun kannst. Damit stellen sich zwei Fragen: Warum du? Und was ist es, was du tun kannst oder sollst?« Er steht auf. »Ich logge mich aus. Ich muss nachdenken. Ich werde die anderen kontaktieren und ihnen sagen, dass sie um 0900 hier sein sollen. Vielleicht fällt ihnen etwas dazu ein.«

Bevor ich ihm eine gute Nacht wünschen kann, flimmert er auf und ist verschwunden.

Trinke meinen Wein aus und gehe nach draußen. Der Marktplatz ist von Fackeln erhellt, und eine Reihe von Flüchtlingen steht bei Bruder Gilead und Meister Ribin an. Bruder Gilead segnet und reinigt die Flüchtlinge mit einem Gebet. Der Segen gibt ihnen Zuversicht und Kraft, die Reinigung ist mehr als nur spirituell und vertreibt Läuse und anderes Ungeziefer, das sich bei den Flüchtlingen eingenistet hat.

Anschließend erhalten sie von Meister Ribin einfache, aber saubere und warme Kleidung und die Holzschuhe, die Elena und ich in großen Mengen auf dem Markt von Arensvelt gekauft haben, und weist auf ein Zelt, in dem sie sich umziehen können.

Elena erwartet sie anschließend an einem großen Tisch, wo sie jeweils acht Flüchtlingen eines der Armeezelte zuweist, die wir beim Quartiermeister erstanden haben.

Alorn hilft den Flüchtlingen, die in besserer körperlicher Verfassung sind, die Zelte dort aufzubauen, wo wir Platz finden. Teilweise finden auch besser erhaltene Ruinen Verwendung, wo dann die Zeltplanen fehlende Dächer ersetzen.

Es ist ein Anfang.

Laufe umher wie ein Geist. Man sieht mich, nickt mir zu oder sieht mich mit großen Augen an.

Niemand spricht mich an.

Hog hat mir erzählt, dass Gustav und ich gebrannt haben, von seinen Hufen bis zu meinen Haaren in Feuer gehüllt waren, als ich den Flüchtlingen den Befehl gegeben habe, durch das Portal zu gehen. Habe davon nichts oder kaum etwas mitbekommen. Es erklärt jedenfalls die Blicke, die man jetzt auf mich richtet.

Schaue eine Weile zu, dann gehe ich zurück in den Gasthof, hoch auf mein Zimmer. Mouse und ich sind zurückgeblieben, nachdem die Flüchtlinge zusammen mit den anderen durch das Portal nach Marensfurt gegangen sind.

Während ich Gustav mit Goblins gefüttert habe, ist Mouse das Schlachtfeld abgegangen.

Er hat siebenundzwanzig tote Goblins und zweiundsechzig tote Flüchtlinge gezählt, die in den ersten sechs Minuten, die wir gebraucht haben, um dorthin zu kommen, gestorben sind.

Als wir dann zurück nach Marensfurt gekommen sind, habe ich so viele leichte und normale Wunden geheilt, wie ich konnte. Doch mehr als einmal haben Fire oder Elena auf die verletzten Flüchtlinge einwirken müssen, damit sie nicht vor mir fliehen. Selbst nachdem ich sie geheilt habe, haben sie mich angesehen, als ob sie erwarteten, dass ich sie im nächsten Moment mit Feuer dahinstrecke.

Weiß auch nicht, was ich erwartet habe.

Doch. Weiß es, will es nur nicht zugeben. Habe mir vorgestellt, dass die Flüchtlinge dankbar sein würden.

Fire sagt, dass sie es sind, dass sie sich erst von dem Schrecken erholen müssen. Sehe keine Dankbarkeit in den Augen der Flüchtlinge, wenn sie mich ansehen.

Sehe nur Furcht.

Der Schrecken, von dem sie sich erholen müssen, ist nicht etwa der Angriff der Goblins. Nein, das sind Gustav und ich. Eine brennende Reiterin, die aus dem Nichts kam und die Goblins mit Feuer und Schwert gerichtet und in eine flammende Hölle geworfen hat.

Ein Blick auf meine Karte hat mir gezeigt, dass fünf Goblins entkommen sind. Sie sind nicht sehr weit geflohen und haben sich früh genug gefangen, um aus sicherer Entfernung mir und Mouse dabei zuzusehen, wie wir über das Schlachtfeld gegangen sind. Und Gustav dabei, wie er ihre gefallenen Artgenossen gefressen hat.

Weiß nicht, was sie ihrem Stamm erzählen werden, wenn sie dort ankommen. Glaube nur nicht, dass es etwas Gutes ist.

Bin erschlagen, erschöpft und kann gerade nicht klar denken.

Ich gehe schlafen.

Halb erwarte ich, dass mich Dr. Jensen wieder zu sich ruft, doch er tut es nicht.

Mein letzter Gedanke vor dem Einschlafen ist, dass ich für zweihundert Flüchtlinge Zelte und Kleidung gekauft und befürchtet habe, es würde nicht reichen.

Doch es sind nur hundertsiebzehn gewesen, die durch das Portal gekommen sind.

Ich glaube, ich habe nicht geträumt.

33 Hinweise und Nachrichten

Wache viel zu früh auf. Es ist noch dunkel, und ich fühle mich immer noch wie erschlagen, doch auch wenn ich mich hin und her rolle, ich kann nicht mehr einschlafen.

Also stehe ich auf. Es ist vier Uhr morgens, und ich habe knapp fünf Stunden geschlafen. So, wie ich mich fühle, hätte ich es mir auch sparen können.

Es ist ruhig und still. Nach all dem, was gestern geschehen ist, habe ich das nicht erwartet.

Ilsa, die neue Schankmagd, sitzt unten im Schankraum an einem Tisch und schläft, den Kopf auf ihre Arme und Hände gestützt. Ich versuche leise zu sein, doch sie wacht trotzdem auf, erschrickt, als sie mich sieht, und lächelt dann müde.

»Ihr habt mich erschreckt«, sagt sie und reibt sich die Augen. »Verzeiht, ich muss eingeschlafen sein.«

Sie war gestern Morgen schon hier und hat uns bedient.

»Hast du überhaupt geschlafen?«, frage ich sie.

»Eben. Ein bisschen. Es gab so viel zu tun. Ich bereite Euch ein Frühstück, Herrin, die Öfen sind gedämmt, aber ich bin sicher, ich werde etwas für Euch finden.«

»Danke, Ilsa, das ist nicht nötig.«

Sie bleibt in der Tür zur Küche stehen und schaut zu mir zurück, um eine Augenbraue anzuheben. Irgendwie habe ich das Gefühl, dass sie sich das von Elena abgeschaut hat. »Wirklich nicht?«, fragt sie mit einem schelmischen, wenn auch müden Lächeln. »Wollt Ihr mir sagen, dass Ihr keinen Kaffee wollt? Ich dachte, ihr Wiedergänger lebt von dem Getränk.«

»Danke«, sage ich freundlich. »Ein Kaffee wäre lieb, aber mach dir nicht zu viel Mühe.«

Sie knickst und verschwindet durch die Tür. Irgendwie habe ich das Gefühl, dass sie den letzten Satz absichtlich überhört hat.

Setze mich an meinen Tisch. Vielleicht sollte ich überlegen, in das Gildenhaus umzuziehen. Die anderen haben es bereits getan.

Aber ich mag es hier im Toten Eber. Mag es, weil hier beständig Menschen ein und aus gehen.

Am Rande meines Blickfelds blinkt es, ich habe die schlechte Angewohnheit entwickelt, Nachrichten wegzudrücken, bevor ich sie richtig gesehen habe.

Doch im Moment habe ich die Zeit dazu, mein Argument, dass sie gerade stören, zählt nicht.

Okay. Ich bin jetzt Stufe 34 und habe wieder meinen Stufenaufstieg vernachlässigt und habe jetzt auch wenig Lust, mich darum zu kümmern. Es gibt zu viel anderes, um das ich mich kümmern muss. Vor allem, da ich nicht sicher bin, was ich brauchen werde. Steigere Willenskraft auf den gleichen Wert wie Intelligenz und Geschicklichkeit, die vom System gesteigert wurden, und packe ein paar Punkte in Charisma, was mir wieder einen Punkt Geschicklichkeit einbringt.

Zusätzlich habe ich neue Fertigkeiten erhalten und diverse andere Fertigkeiten gesteigert. Vor allem Reiten und Schwertkampf gesteigert.

Gedankenbund Stufe 1
Diese Fertigkeit erlaubt es dir, dich mit deinen beschworenen Wesen und deinen Vertrauten auf gedanklicher Ebene zu verständigen. Jede weitere Stufe erhöht die Reichweite dieser Fertigkeit und eine komplexere Kommunikation.

Feuerreiterin Stufe 3
Diese Fertigkeit erhöht die Geschwindigkeit deines Sturmritts um 5 % pro Stufe.

Unberührbar Stufe 2
Diese Fertigkeit erlaubt es dir, im Kampf deine Wunden zu ignorieren.
Du erleidest 2 % weniger Schaden pro Stufe dieser Fertigkeit.

Flammenmantel Stufe 3 (magische Fertigkeit)
Dies ist eine Fertigkeit, die Dämonen vorbehalten ist. Vermutlich hast du sie von Gustav gelernt. Du hüllst dich in einen Mantel aus Flammen, der Furcht erregt und deine Gegner zögern lässt,

dich anzugreifen und dir Immunität gegen Feuer gewährt.
Für jede Stufe dieser Fertigkeit fügst du pro Sekunde einem Gegner im Wirkungsbereich des Flammenmantels 2 % Schaden zu.

Multimage Stufe 1
Diese Fertigkeit erlaubt es dir, mehrere Zauber gleichzeitig aufrechtzuerhalten.
Je Stufe dieser Fertigkeit kannst du einen zusätzlichen Zauber aufrechterhalten.

In Ordnung. Mittlerweile besitze ich weit mehr Fertigkeiten, die mir das System gegeben hat, als solche, die ich ausgewählt habe. Werde das Gefühl nicht los, dass Diana und Dr. Jensen dahinterstecken und mich für etwas aufbauen. Oder auf etwas vorbereiten.

Glaube, der neue Fertigkeitsbaum, den ich gerade entdecke, ist ein Hinweis darauf. Er wurde mit Stufe 30 freigeschaltet, trägt den Namen Lehnsherr und verfügt über Querverweise und Verbindungen zu Burgherr, der noch ausgegraut ist, und Landesherr, in dem ich Entscheidungen für Marensfurt treffen kann.

Habe hier drei freie Punkte bekommen, die ich nur in diesen Bäumen ausgeben kann. Jede Ebene der Bäume verdoppelt die Kosten an Fertigkeitspunkten. Habe bei meinen Stufenaufstiegen meistens keine Fertigkeitspunkte vergeben und besitze jetzt noch über zwanzig nicht verteilte Punkte.

Unter Landesherr finde ich solche Fertigkeiten wie gute Ernte, Finanzgenie, Buchführung, Ruhm, Ehrfurcht, Seuchenschutz, Gesundheit, Zufriedenheit, Loyalität und andere. Sie beziehen sich auf das Land selbst und dessen Bewohner. Kaufe mir gute Ernte, Gesundheit und Seuchenschutz. Diese drei sind in der ersten Reihe zu finden, Zufriedenheit befindet sich in der zweiten Reihe und kostet daher doppelt. Zögere, bevor ich ihn kaufe, diese Fertigkeit erhöht die Zufriedenheit meiner Untertanen um 5 % pro Stufe.

Letztlich nehme ich die Fertigkeit doch und zudem noch Loyalität, für die ich sogar noch einmal Punkte ausgebe, um sie auf Stufe 2 zu erhöhen. Werde darauf hingewiesen, dass ich Loyalität auch verlieren kann.

Die nächsten Nachrichten, die ich durchgehe, sind Systemnachrichten. Offenbar wurde um Mitternacht ein neuer Patch aufgespielt. Version 2.1.012.

Es gibt viele kleine und große Dinge. Zwei fallen mir auf. Zum einen können Mücken nun Krankheiten übertragen. Krankheiten heilen ist Priestern vorbehalten.

Offenbar wollen die Entwickler diese Klasse etwas stützen. Priester sind das, was im Spiel Ärzten am nächsten kommt. Es gibt Barbiere, die Zähne ziehen oder Blasen aufstechen, doch wenn es um Heilung geht, ist man bei einem Priester an der richtigen Adresse. Ich unterstelle Dr. Jensen hier ein gewisses Bias.

Die andere Änderung wird erhebliche Auswirkungen auf das Spiel haben. Die Entwickler haben entschieden, die Balken über den Charakteren zu beseitigen. Es gibt sie noch, doch nur für Personen, die man bereits kennt, und nur, wenn sie ihren Namensbalken aktiviert haben. Sie haben die Informationen reduziert, die man erfahren kann, was Analyse eine besondere Wichtigkeit zukommen lässt, man braucht jetzt hohe Stufen in der Fertigkeit, um manche Informationen zu erkennen. Die wichtigste Änderung aber ist, dass man nun nur noch den Namen und die Stufe erkennen kann und das, was derjenige, den man ansieht, von sich aus freigeschaltet hat.

Auch vorher war es schon so, dass man bewusst hinsehen musste, um einen Balken zu sehen. Als Ilsa mir mein Frühstück bringt, eine Kanne Kaffee, einen Becher, Eier, Speck und Brot, probiere ich es an ihr aus. Ihr Balken sieht anders aus, als ich ihn in Erinnerung habe. Ganz links, am Anfang des Balkens, gibt es jetzt ein Feld, das bei ihr hellgrün ist. Ilsa stellt keine Gefahr für mich dar. Abgesehen davon steht nur ihr Name da und ihre Stufe.

Ilsa Clement (3).

Zwei Dinge fallen mir auf. Ich muss ihren Balken sehen wollen, und er verschwindet sofort wieder, wenn ich mich nicht mehr auf sie konzentriere. Sie demonstriert mir auch die wichtigste Änderung im Spiel. Selbst wenn man den Balken sieht, ist es nicht mehr möglich, zu erkennen, ob man einem Spieler oder NSC gegenübersteht.

Denke an die stolz schwadronierenden Spieler in Arensvelt und korrigiere mich: An ihren Balken ist es nicht mehr zu erkennen. Ansonsten ist es leicht.

Vermute, es ist ein Versuch, die Übergriffe gegenüber den NSC einzudämmen, da man jetzt nicht mehr weiß, mit wem man sich anlegt. Nach kurzem Überlegen bin ich der Meinung, dass dies eine gute Sache ist. Vorena Online ist anders als die anderen Spiele, und ich glaube, dass dies eine gute Möglichkeit ist, die Spieler daran zu erinnern.

Was Neuigkeiten angeht, gibt es davon einige.

> Glückwunsch: Agrimm Donnerschlag hat als erster Spieler die Stufe 100 erreicht und geht damit in die Annalen Vorenas ein!

Stufe 100? Ich gönne es Agrimm, wer auch immer er ist, und frage mich, ob er in den letzten Wochen irgendetwas anderes getan hat, als Erfahrungspunkte zu sammeln.

> Glückwunsch: Lester Starhammer hat Baron Talin von Gundersburg besiegt und damit als erster Spieler eine Baronie erobert. Er darf sich fortan Lester Starhammer, Baron von Gundersburg, nennen und genießt somit alle Rechte, Privilegien und Pflichten seines Standes. Er befindet sich damit in Rebellion zu Graf Hartwig von Teuffen.

Hole meine Karte heraus und schaue nach, ob ich mich richtig erinnere. Ja. Die Baronie Gundersburg grenzt an die alten Grenzen meines Herzogtums und ist eine der Baronien, die in der Grafschaft liegen, die im Moment so heftig umkämpft wird und aus der ein großer Teil meiner Flüchtlinge kommt. Offenbar hat ein Spieler die Gunst der Stunde genutzt und eine Burg erobert, als deren Soldaten irgendwo im Feld gestanden haben.

Nehme mir vor, aus dem Fehler des alten Barons zu lernen, und frage mich, was Graf von Teuffen nun dagegen unternehmen will.

Das Beste, was Lester Starhammer nun tun kann, ist, sich dem Grafen als Lehnsmann anzubieten. Auf der anderen Seite ist die

Grafschaft zurzeit umkämpft, und ich sollte aufhören, darüber nachzudenken, denn es ist nicht mein Problem.

Zumindest noch nicht, fügt eine leise Stimme in meinem Hinterkopf hinzu.

Ein Hinweis erinnert mich daran, dass ich in Marensfurt die Rechtshoheit habe und Gesetze verabschieden kann. Suche und finde die alten Gesetze, die hier galten, bevor die Ortschaft verflucht wurde, sie sind drastisch, etwas später finde ich heraus, warum: Es sind die Gesetze, die Maguela erlassen hat.

Es gibt eine Historie, und ich finde die Gesetze, die hier gegolten haben, bevor sie hier die Macht ergriffen hat. Es gibt das eine oder andere, das man noch verbessern könnte, aber im Moment kann ich damit leben. Zumal ich die Person bin, die die Urteile fällen wird. Ein Adelsprivileg ist, dass ich gegen meine eigenen Gesetze entscheiden kann. Frage mich, was Lester Starhammer daraus machen wird. Übernehme diese alten Gesetze und füge nach kurzem Zögern ein neues Gesetz hinzu, in dem ich verfüge, dass diese Gesetze auch für Wiedergänger gelten. Als ich den Vorgang abschließe, taucht ein Pop-up vor mir auf, das mich darüber informiert, dass ich mich in der Baronie Marensfurt befinde und dass die folgenden Gesetze für mich gelten werden.

Diese Benachrichtigung schließe ich mit einem Lächeln. Dann finde ich noch eine Fertigkeit, die etwas irreführend benannt ist: Buchhalter, und jetzt weiß ich auch, woher Mouse sein Buch und den Bleistift hat.

Diese Fertigkeit gibt mir ein Buch, in dem ich alles Mögliche verankern kann: Zum Beispiel kann ich meine Karte und mein Gebietsgefühl mit dem Buch kombinieren. Schlage ich es auf einer bestimmten Seite auf, wird sie mir dargestellt. Allerdings hat sich auch hier etwas verändert. Die meisten der Punkte, die ich jetzt sehe, sind grau, nur die Punkte, die für Personen oder Lebewesen stehen, die ich bereits kenne, sind jetzt entsprechend markiert. Kann jetzt nicht mehr erkennen, ob die grauen Punkte, die dort herumlaufen, wo mein Gebiet an das von Arensvelt angrenzt und wo sich das Goblin-Lager befindet, tatsächlich Goblins sind.

Vermute es nur.

Wenn es Goblins sind, dann sind sie jetzt vorsichtiger geworden, sie halten sich nur noch nahe der Grenze auf.

Brauche lange, um all die Nachrichten zu bearbeiten, die ich beiseitegedrückt habe, und setze einige Filter neu. Nach wie vor werden persönliche Nachrichten automatisch zur Seite gedrückt, nur mache ich jetzt Ausnahmen für Gildenmitglieder.

Dank dem Abenteuer in Arensvelt habe ich Hunderte persönliche Nachrichten erhalten, die meisten davon betrachte ich als Spam und hätte so beinahe eine wichtige Nachricht zur Seite gedrückt, die von einer gewissen Pia Windhunter stammt, die meine Queste »Heile Hauptmann Loris« angenommen hat, die ich gestern in Arensvelt auf dem Schwarzen Brett untergebracht habe.

»Hi!«, schreibt sie. »Ich habe gesehen, dass du nach einem Priester suchst, der die Ghul-Krankheit heilen kann. Ich bin eine Bastet-Priesterin, und unsere Aufgabe ist es, widernatürliche Krankheiten der Dunkelheit zu bekämpfen. WKD ist alles von übertragener Lykanthropie oder Vampirismus bis hin zu Krankheiten, die von Flüchen ausgelöst werden. Ich bin Stufe 44 und bin bereit, dir zu helfen. Da ich mich in Ansha befinde, benötige ich ein Portal, um nach Arensvelt zu gelangen. Als Bastet-Priesterin darf ich von dir für meine Hilfe keinen Preis fordern, doch ich wäre dir dankbar, wenn du die Kosten für das Portal übernehmen und dem Tempel der Bastet eine großzügige Spende zukommen lassen würdest. Ich werde morgen früh in Arensvelt eintreffen. Weiteres besprechen wir persönlich. Pia.«

Okay. Ich schreibe ihr zurück, dass ich sie in Arensvelt abholen werde. Kaum habe ich das geschrieben, bekomme ich eine Gruppeneinladung von einer Pia Windhunter.

Ihr Icon zeigt mir, dass sie eine Kathili ist. Bastet ist eine Katzengöttin aus Ägypten, das ergibt also Sinn.

»Hi, Alexandra, hier ist Pia. Ich bin schon in Marensfurt, und ich sehe, du bist im Gasthof. Bin gleich da.«

»Gut«, antworte ich. »Bis gleich also.«

Okay. Sie hört sich munter an. Eine Morgenperson? Ich rufe Ilsa und bitte sie, für Pia ein Frühstück vorzubereiten, doch bevor Ilsa nicken kann, geht die Tür auf, und Pia betritt den Gastraum.

34 Pia, Dienerin der Bastet

Und wieder denke ich, dass ich verstehe, warum Kathili so beliebt sind. Sie ist schlank und drahtig und bewegt sich wie eine Raubkatze auf Jagd. Ihre Kleidung, die bei den Kathili oftmals sehr sparsam angelegt ist, lässt ihren flachen muskulösen Bauch frei und umspielt und betont ihre Formen. Durch die dünne Seide, die ihren Körper umschmeichelt, sehe ich Unterarm- und Schienbeinschützer sowie eine Art kurzen Rock und ein Bustier, die golden eingelegte Hieroglyphen tragen. Meine Magiesicht zeigt mir, dass ihr freier Bauch keineswegs ungeschützt ist. Obwohl es nicht so aussieht, ist sie genauso gut gerüstet wie ich. Sogar besser, wenn es um magische Angriffe geht. Sie trägt ein Amulett um den Hals, eine goldene Kartusche, die einen Katzenkopf und weitere Hieroglyphen zeigt, und meine Analyse verrät mir, dass es ihr eine Immunität gegen Krankheiten verleiht.

Manche Kathili betonen die Katzenartigkeit ihrer Rasse, indem sie ihren Avataren einen Katzenkopf geben, doch Pia hat sich hier sehr zurückgehalten. Ihre Ohren sitzen etwas höher, die Augen sind die einer Katze, doch Nase und Mundpartie sind nicht übertrieben. Sie zeigt spitze scharfe Zähne, als sie grinst. »Wow! Das ist eine scharfe Rüstung.«

Ich lache, sie gehört zu den seltenen Personen, die ich auf Anhieb mag. Eher im Hintergrund stelle ich fest, was es für einen gewaltigen Unterschied macht, keinen Balken an ihr zu sehen. Diese Balken haben mich immer wieder daran erinnert, dass dies ein Spiel ist, jetzt, da sie nicht mehr zu sehen sind, ändert es sofort die Art, wie man miteinander umgeht.

»Das Kompliment gebe ich zurück«, sage ich lachend und deute auf den Stuhl an meinem Tisch. Sie setzt sich geschmeidig hin, und ich bewundere ihren Schwanz, der sich elegant über die Stuhllehne drapiert.

Diese Schwänze sind für Kathili ein Statussymbol. Sie können ihn nicht direkt steuern, aber je länger und beweglicher er ist, desto höher ist der Status der Person innerhalb der Kathili. Pia hat mir in ihrem Text mitgeteilt, dass sie Stufe 44 ist, aber man sieht es ihr auch an, ihre Kleidung und Rüstung sind elegant, farblich sandfarben mit Gold abgesetzt und sprechen von Stil, Geschmack und hohen Investitionen. An Waffen sehe ich nur einen gekrümmten Dolch und einen schlicht aussehenden Stab, der in meiner Magiesicht so hell leuchtet, dass ich nicht glaube, dass auch nur irgendetwas an ihm tatsächlich schlicht ist.

Während des Frühstücks fragt sie mich nach Einzelheiten und stellt dann einige Fragen, wie zum Beispiel, wie schnell sich Loris zu dem Eiter-Ghul geformt hat, wie groß die Veränderungen waren und welche Farbe die Eiterblasen an ihm hatten.

»Ich will ehrlich mit dir sein«, sagt sie dann und nickt dankend, als Ilsa ihr Kaffee nachschenkt. Es ist mittlerweile kurz nach acht, und bald sollten die anderen kommen. »So wie du die Queste formuliert hast, werde ich sie auch erfolgreich abschließen, wenn ich deinen Hauptmann Loris heile und er anschließend stirbt. War dies ein Versehen?«

»Ja«, gebe ich zu. Erinnere mich daran, dass es in der Beschreibung des Hauptmannes gestanden hat, habe es nur vergessen, in die Queste zu schreiben. »Ich suche nach einer Möglichkeit, ihn zu heilen, ohne dass er stirbt. Erschlagen könnte ich ihn jetzt schon.«

»Nur wäre seine Seele dann verdammt«, sagt Pia ernsthaft. Sie sieht auf, als Elena die Treppe herunterkommt, und ich mache die beiden miteinander bekannt, als Elena sich zu uns an den Tisch setzt. Jedoch nicht bevor Elena Ilsa sanft ausschimpft und ihr aufträgt, eine gewisse Eris zu suchen, ihr aufzutragen, dass sie hier im Toten Eber aushelfen soll und danach schlafen zu gehen. Als Ilsa Elena ihr Frühstück bringt, greift Elena die letzte Aussage der Priesterin auf.

»Ich nehme an, Ihr seid wegen Hauptmann Loris hier. Glaubt Ihr an Seelen?«

»Ich bin eine Priesterin der Bastet, Elena«, sagt Pia mit einem Lächeln. »Selbstverständlich glaube ich daran.«

»Ihr seid eine Wiedergängerin«, stellt Elena fest. Es ist keine Frage. »Ich habe bislang wenig Wiedergänger gesehen, die sich um unsere Seelen sorgen.«

Pia verzieht ihr Gesicht. »Es ist ein so hässliches Wort«, sagt sie und mustert Elena neugierig. »Woher wisst Ihr, dass ich eine Wiederkehrende bin?«

»Meine Herrin würde keine von unseren Priesterinnen mit dieser Aufgabe betrauen, da sie nicht die Gefahr eingehen will, dass diese Priesterin bei der Erfüllung ihrer Aufgabe stirbt. Also seid Ihr eine ... Wiederkehrende.« Elena lächelt, es hellt ihr ganzes Gesicht auf und zeigt ihr tatsächliches Alter. »Ihr habt recht, Dienerin der Bastet. Wiederkehrende ist ein viel schöneres Wort.«

Pia nickt. »Wiedergänger sind Untote, die sich aus ihren Gräbern erheben und den Lebenden Seele und Körper zu rauben versuchen. Ich verstehe, warum ihr ... Einheimischen uns so nennt, aber ich selbst weise diese Bezeichnung für mich zurück.«

»Ich danke für die Unterweisung, Dienerin der Bastet«, sagt Elena förmlich und verneigt sich leicht in ihrem Stuhl. »Ich werde darauf achten.«

»Das liebe ich an den Menschen hier«, sagt Pia mit einem Lächeln. »Sie sind so höflich. Ich wünschte mir nur, wir würden uns an ihnen ein Beispiel nehmen.« Sie schaut zu mir hin. »Ich habe gesehen, dass wir Wiederkehrende und die hiesige Bevölkerung hier offiziell gleichgestellt sind. Ich halte dies für richtig, aber ich bin überrascht ... oh«, sagt sie und lacht verhalten, als sie Elenas überraschtes Gesicht sieht. »Ihr wusstet das nicht? Wenn ein Wiederkehrender in eure Baronie kommt, wird er darüber informiert, welche Gesetze hier gelten und dass Wiederkehrende und ihr gleichgestellt sind und nicht darauf hoffen können, eine bevorzugte Behandlung zu erfahren.«

Elena schaut verständnislos von Pia zu mir und sieht mich dann fragend an. »Was meint sie?«

»Ich habe heute die Gesetze verabschiedet«, erkläre ich ihr. »Und ...«

Sie schüttelt den Kopf. »Das meine ich nicht. Das mit der Gleichbehandlung. Warum das extra erwähnen? Warum etwas zum Gesetz erklären, was selbstverständlich ist?«

Pia und ich schauen uns gegenseitig an, dann seufzt Pia. »Weil es nicht überall selbstverständlich ist.«

»Nun«, sagt Elena im Brustton der Überzeugung, »hier ist es das. Weil es richtig ist.«

Pia nickt. »Ja. Genauso sollte es sein.«

Fire kommt in diesem Moment zur Tür herein. »Hi, Ice! Hast du eine Ahnung, was Mouse von uns will? Ich … oh. Hi, Pia! Was tust du denn hier?«

»Das Gleiche wollte ich dich fragen«, lacht Pia, während sie aufsteht, um Fire zur Begrüßung zu umarmen.

Was mich glauben lässt, dass sie sich kennen.

»Papa hat sich einen Menschen ausgesucht«, erklärt Pia. »Er ist in Arensvelt, und ich dachte, ich nutze die Gelegenheit, ihn zu besuchen«, grinst sie und lächelt schelmisch. »Vor allem, weil ich jemanden gefunden habe, der mir das Portal von Ansha hierher bezahlt. Und für meine Göttin spenden wird!«

Sie wendet sich mir zu. »Ich kenne Mary schon, seitdem ich klein war. Zwischenzeitlich haben wir uns aus den Augen verloren, doch vor zwei Wochen hat sie mir von Vorena Online erzählt, und ich habe gedacht, ich probiere es mal aus. Und dann habe ich Papa damit so in den Ohren gelegen, dass er sich auch ein Konto zugelegt hat. Er hat gestern angefangen und ist ebenfalls begeistert. Zumindest von dieser Welt. Von einigen Wiedergängern, die er getroffen hat, mal abgesehen.«

Ich mustere Fire misstrauisch. Zurzeit ist es schwer, noch einen Zugang zu Vorena zu bekommen. »Pia, kennst du Dr. Jensen?« Ich frage die Priesterin, doch ich achte auf Fire, und sie merkt auch, dass ich sie ertappt habe.

»Nein. Nie gehört?«, antwortet Pia etwas fragend. »Wer ist das?«

»Das ist jemand, den ich gefragt habe, ob er helfen kann, zwei alten Freunden Zugang zu Vorena zu gewähren. Er hätte auch Nein sagen können!« Sie schaut mich trotzig an, und ich muss lächeln.

»Nichts«, antworte ich. »Alles gut. Woher kennt ihr euch?«

»Alex«, lacht Fire, »Pia ist die Tochter von Gunny Richards!«

»Du bist die Tochter von Master Gunnery Sergeant Mike T. Richards?«, frage ich ungläubig. »Ich dachte, du gehst noch zur Schule!«

Fire lacht, während ich aus den Augenwinkeln bemerke, wie

aufmerksam Elena zuhört. »Alex, Gunny ist vor fast elf Jahren in Rente gegangen. Damals war Pia fünfzehn. Jetzt ist sie sechsundzwanzig. Ich würde sagen, dass sie damit erwachsen ist. Du bist in dem Alter schon Einsätze geflogen.«

Sie hat recht, vor allem, da ich in den letzten Jahren mein Zeitgefühl verloren habe. Ich weiß, dass es jetzt sechs Jahre seit dem Unfall sind, doch es kommt mir wie gestern vor.

Pia schaut jetzt mich an. »Woher kennst du meinen Vater?«

»Gunny Richards war mein Ausbilder bei der Army Flight School«, erkläre ich ihr. »Was ich über das Fliegen gelernt habe, weiß ich von ihm, und er hat mehr vergessen, als ich jemals lernen werde.«

»Ich weiß jetzt, wer du bist!«, ruft Pia plötzlich. »Captain Alexandra McInnes! Mein Vater hat mir von dir erzählt! Vater war überzeugt, dass sie dich nicht lange fliegen lassen und dich ins Pentagon befördern werden!«

Theoretisch haben sie das auch gemacht. Meinen Marschbefehl hatte ich schon bekommen. Drei Tage vor dem Unfall.

»Er hatte recht«, sage ich und werfe Fire einen mahnenden Blick zu. »Ich fliege nicht mehr. Wie geht es deinem Vater?«

Pia lacht. »Er ist jetzt sechsundsechzig und unterfordert. Er und mein Bruder betreiben einen Helikopter-Flugdienst in New York, aber er hat sich mehr und mehr aus dem Geschäft zurückgezogen und ist auf der Suche nach etwas Neuem.« Sie schaut zu Fire hin. »Ist Cat auch hier … in Vorena?«

»Ja, ist er«, lacht Fire. »Er muss noch etwas erledigen, wird aber bald kommen.« Sie wirft mir einen vorwurfsvollen Blick zu. »Weil jemand uns gerufen hat!«

»Das war nicht Ice«, grummelt Hog, als er zur Tür hereinkommt. »Das war Mouse.«

35 Wettrennen der Gilden

Als Mouse und Cat dazustoßen, entgleitet mir die Kontrolle vollends. Vielleicht hätten wir Mouse Dog nennen sollen, er ist wie ein Hund mit Knochen, der nicht loslassen will. Frage mich, was für Rückschlüsse Elena aus dem zieht, was sie hier am Tisch hört. Jedenfalls hört sie uns sehr aufmerksam zu. Ich weiß, dass das System verhindert, dass NSC erfahren, dass sie sich in einem Spiel befinden. Da es sich nicht vermeiden lässt, dass Spieler über Probleme in der echten Welt sprechen, braucht es keinen hohen IQ, um zu verstehen, dass wir aus einer anderen Welt kommen.

Es ist einer der Gründe, weshalb ich vorschlage, dass wir ins Rathaus hinübergehen, mittlerweile ist es im Toten Eber wieder voller geworden, und nicht nur Elena hat große Ohren.

Als wir hinübergehen, sehe ich den großen schwarzen Panther, der gesattelt vor dem Gasthof steht. »Das ist Sheba«, erklärt uns Pia stolz. »Er ist eine Quest-Belohnung. Ohne ihn wäre ich wahrscheinlich noch auf der Straße unterwegs.« Sie krault ihren Panther unter dem Kinn, was dieser anscheinend genießt. »Weißt du, dass du hier ein halbes Dutzend Kranke hattest? Zwei hatten das Schlangenfieber, und das kann schnell zu einer Seuche werden.«

»Hattest?«, frage ich sie. »Du hast sie geheilt?«

»Ja, natürlich«, lächelt sie. »Das ist doch meine Aufgabe. Und komm nicht auf die Idee, mich dafür zu bezahlen, wenn ich das annehmen würde, schmeißt mich Bastet aus ihrem Tempel, und dafür mag ich sie zu sehr.«

Ich bedanke mich trotzdem bei ihr. Offenbar ist das in Ordnung. Das und eine Spende für ihren Tempel.

Anders als bei Mesmer erweisen sich meine Freunde Pia gegenüber als sehr offen. Hog kennt ihren Vater ebenfalls, er gehörte zum letzten Jahrgang, den Gunny ausgebildet hat, bevor er seine vierzig Jahre voll hatte. Mouse ist zu Beginn etwas ungeduldig, aber auch er lässt sich bald von Pias Charme einfangen.

Sie erzählen ihr, was wir hier tun, was wir vorhaben, beantworten Fragen wie die, woher die Flüchtlinge kommen.

Danach will ich darauf zurückkommen, wie wir Burg Eisrabe von dem Fluch befreien. Doch Mouse hat seine eigene Agenda und sieht jetzt die Gelegenheit gekommen. Gemeinsam erklären wir den anderen, was meine Überlegungen am Vorabend waren, am liebsten hätte ich ihm das Reden überlassen, doch er bezieht mich immer wieder ein. Pia ist Gunnys Tochter, und das macht sie zu einem Familienmitglied, deshalb spricht er ganz offen über manche Dinge.

Und niemand von den anderen scheint daran zu denken, dass Elena von vielem zum ersten Mal hört und eine NSC ist. Ich sehe förmlich Elenas Ohren wachsen, doch ich bin gespannt darauf, was sie aus all dem macht, was sie hier hört. So oder so steht ein langes Gespräch mit ihr an.

»Okay«, fasst Pia es später zusammen. Es ist bereits Mittag, und eine junge Frau, die ich noch nie gesehen habe, hat uns Essen vom Gasthof gebracht. »Ihr habt alle die Befürchtung, dass Dr. Jensen irgendetwas mit Alex vorhat. Weil ihre Klasse so mächtig ist, wegen der Hintergrundgeschichte und weil Alex es für einen zu großen Zufall hält, dass sie plötzlich Geld in einer Bank findet, von der sie nicht wusste, dass sie ihr gehört.«

»Ja«, sagt Mouse. »Das ist nicht alles, aber so in etwa.«

»Und die Frage ist, warum und warum Alex? Und was ist so besonders an ihr, dass das erklären kann?«

Fire nickt.

»Das ist einfach zu erklären«, sagt Pia mit einem breiten Lächeln. »Es ist nicht nur sie. Es seid ihr. Die Crew. Ihr seid legendär, wisst ihr das? Niemand weiß etwas Genaues, aber es heißt, ihr habt über zwanzig perfekte Missionen geflogen, ohne dass jemand von euch auch nur einen Kratzer abbekommen hat. Bis auf diese letzte Mission.« Sie schaut zu Hog und Mouse hin, der nur langsam nickt. »Ihr seid das perfekte Team. Ihr kennt euch, verlasst euch aufeinander, und ihr versteht euch. Es braucht üblicherweise Jahre für so etwas. Jahre, die ihr hattet. Und was Baronin von Marensfurt angeht, wisst ihr doch, was es ist. Selbst mein Vater hat mir von ihr vorgeschwärmt.«

»Hat er das?«, frage ich neugierig. Ich habe Gunny als hart

und fordernd, aber fair erlebt, der mir jedes Mal, wenn ich glaubte, etwas gut gemacht zu haben, immer nur eine neue, schwierigere Aufgabe gestellt hat. Ich dachte bislang, er wäre niemals so richtig zufrieden mit mir gewesen.

»Und ob er das hat. Wir haben damals auf dem Stützpunkt gelebt, und ich erinnere mich daran, wie er ganz aufgeregt nach Hause kam und wie ein Rohrspatz geschimpft hat. Über eine junge Pilotin, die ihn verarschen will.«

»Hu?«, frage ich.

»Er hat sie gefragt, wie viele Flugstunden sie hat, und sie hat ihm erzählt, dass sie noch nie einen Helikopter geflogen hätte.«

»Habe ich vorher auch nicht.«

Sie nickt. »Das hat er auch herausgefunden. Aber an dem Tag hat er gedacht, du würdest ihn verarschen wollen. Weil du geflogen bist, als hättest du bereits Dutzende Stunden auf dem linken Sitz verbracht. Ab dann hat er dich zu seinem Hobby gemacht, weil er wissen wollte, wie du das machst.«

»Hat er dir auch gesagt, was er herausgefunden hat?«, fragt Mouse und beugt sich neugierig vor.

»Hat er«, sagt Pia strahlend. »Er sagte, es läge daran, dass sie eine dieser seltenen Personen wäre, die tausend Dinge gleichzeitig jonglieren könnten, ohne dass sie auch das kleinste Detail fallen lassen.«

Hhm. Frage mich, was Gunny damit meint. Ich vergesse ständig Dinge und mache Fehler wie jede andere.

»Die Sache mit Multitasking ist eine Mär«, sagt Hog. »Auch Ice kann nicht tausend verschiedene Sachen gleichzeitig tun. Es ist schlichtweg unmöglich.«

Pia rollt die Augen. »Das hat mein Vater auch nicht behauptet. Er sagte, dass sie die Übersicht behält. Und einen Instinkt dafür besitzt, das Richtige zu tun.«

»Das ist es«, sagt Mouse leise. »Das ist es, was Dr. Jensen braucht. Jemand, der hier das Richtige tut. Damit ergibt das, was Diana dir gesagt hat, einen Sinn.«

Muss widersprechen.

»Ich bin nicht der Ansicht, dass ich immer das Richtige tue oder getan habe. Meine Fehler haben Mouse sein Augenlicht und Hog sein Bein gekostet.«

Hog schüttelt den Kopf. »Das war nicht deine Schuld. Es war ein Hinterhalt. Niemand anderes hätte uns da rausbringen können.«

Sehe es anders, aber diesen Acker haben wir schon dutzendmal gepflügt, und ich bin froh, dass sie mir keinen Vorwurf daraus machen. Was mich nicht davon abhält, mir den Vorwurf selbst zu machen. Mich hält es nicht mehr auf meinem Stuhl, und ich springe auf, um aufgebracht hin und her zu gehen.

»Hast du uns nicht erzählt, dass Diana gesagt hat, du wärst einer der Regelmechanismen, die im Spiel gebraucht werden, damit es nicht aus dem Ruder läuft?«, fragt Cat.

»Schon«, gebe ich zu. »Ich habe nur nicht die geringste Idee, was ich regeln oder in Balance halten soll. Oder was da auf uns zukommen könnte, wofür Dr. Jensen uns braucht!«

»Selbst die Götter sind nicht allwissend«, sagt Elena, die für diese Äußerung überrascht von uns allen angeschaut wird. Selbst ich habe hin und wieder vergessen, dass sie die ganze Zeit dabei gewesen ist und zugehört hat. »Vielleicht weiß Dottorjenzen auch nicht, was uns erwartet. Vielleicht weiß er nur, dass etwas kommt. Dann ergibt es Sinn, dass er jemanden braucht, der einen Instinkt dafür besitzt, das Richtige zu tun. Was auch immer es ist. Vielleicht damit sie etwas tun kann, damit sie dazu imstande ist, die Macht dazu hat, das Richtige zu tun, gibt er ihr diese Dinge?«

»Das ergibt sogar einen Sinn«, stellt Mouse fest und schaut Elena sehr nachdenklich an. »Vor allem, wenn es wirklich so ist, dass auch Dr. Jensen nicht genau weiß, was auf uns zukommt.«

Cat nickt. »Das ist der Mist bei Statistiken. Man kann vorhersagen, dass irgendeine Katastrophe geschehen wird. Doch man kann nicht sagen, wo, wie und wann. Nur dass es so kommen wird. Weil es immer irgendwo eine Katastrophe geben wird.«

Diana sagt, dass dies die siebenhundertfünfundzwanzigste Simulation Vorenas ist. Das größte Experiment in der Geschichte der Menschheit. Nur weiß ich immer noch nicht, was dieses Experiment genau ist. Ich bin ein Teil davon, aber ich glaube nicht, dass es um mich alleine geht. Wie kann ein Spiel, auch ein Spiel, das so ausgefeilt ist wie dieses, auf das Schicksal der Menschheit Einfluss nehmen?

Eines weiß ich: Heute werden wir es nicht herausfinden. Lasse die anderen noch etwas diskutieren, doch als wir anfangen, uns im Kreis zu drehen, räuspere ich mich.

»Ich …«

Pia Windhunter hat den Antrag gestellt, in die Gilde aufgenommen zu werden.

Alle halten die Hand hoch und rufen: »Dafür …«

»Wofür?«, fragt Elena verwirrt.

»Dafür, dass Pia in die Gilde aufgenommen wird«, erklärt Cat.

Elena geht zu Pia hin, lächelt und hebt die Hand. »Dafür!« Sie erntet dafür von uns allen ein Lächeln und ich von Cat einen auffordernden Blick.

Doch ich bin schon dabei.

Elena hätte nicht stimmen brauchen, sie war kein Offizier in der Gilde, etwas, das ich jetzt rasch ändere.

Da ich Pia Sekunden zuvor in die Gilde genommen habe, sieht sie es auch und nickt mir leicht zu. Obwohl ich Pia nicht zum Offizier in der Gilde mache.

»Pia, Süße, wir haben zu viele Häuptlinge und nicht genug Indianer«, sagt Fire, und Pia lacht.

»Wartet«, sage ich. »Wenn wir hier schon alle zusammensitzen, öffnen wir die Gilde nun für andere, oder nicht?« Michelins Antrag ist noch immer offen, und jetzt haben wir Pia, die nach ihm kam, vor ihm in die Gilde genommen.

»Nimm ihn mit rein«, sagt Cat. »Als Unteroffizier. Und Pia als Sergeant.«

»Du kannst doch Ränge für die Gilde festlegen«, sagt Pia und lächelt verschmitzt. »Leg am besten gleich den Rang eines Master-Gunnery-Sergeanten an.«

Ich brauche nicht zu fragen, warum, da ich im gleichen Moment eine Gildenanfrage von Jack N.M.I. Richards erhalte.

»Cool«, sagt Fire. »Gunny wird uns auf der Spur halten.«

»Was ist ein Gunny?«, fragt Elena.

»Du weißt, was Unteroffiziere sind?«, fragt Cat. Elena wirft ihm einen vernichtenden Blick zu. Er hätte sie auch fragen können, ob sie weiß, was Götter sind.

»Okay«, sagt Cat und lacht leise. »Ein Gunny ist bei uns der höchste Unteroffiziersrang, den langjährige Veteranen erhalten, die mehr vergessen haben, als jeder Offizier lernen kann. Im Prinzip unterstützt er junge Offiziere und bringt ihnen bei, wie er ein guter Offizier werden kann.«

»Also kann er mich ausbilden?«, fragt Elena und nickt zufrieden. »Das ist gut. Ich muss noch viel lernen.«

Hog lacht. »Gunny wird dich lieben.«

Doch Elena legt ihre Stirn in Falten. »Wie langjährig?«

»Vierzig Jahre«, teilt Pia ihr mit. »Wenn meine Mutter nicht krank geworden wäre, wäre er noch länger geblieben.«

Elena nickt. »Das ist eine lange Zeit«, sagt sie. Sie ist sechzehn, es muss ihr wie eine Ewigkeit vorkommen. »Ist er nicht zu alt, um zu kämpfen?«

»Nein«, lacht Mouse. »Das ist er nicht. Nicht hier.« Auch nicht in der realen Welt. Ich jedenfalls würde mich nicht mit Gunny anlegen wollen.

»Ich habe noch eine Frage«, sagt Elena, und diesmal klingt sie schüchtern. »Ihr habt vom Fliegen gesprochen. Meine Herrin und auch Grummor, sie sind geflogen, und ihr anderen seid mit ihnen mitgeflogen und habt in der Luft gekämpft. Wie seid ihr geflogen?«

»Hrmpf«, sagt Mouse und schaut hilfesuchend zu mir hin.

Öffne den Mund, obwohl ich noch überlege, was ich ihr sagen soll, doch Pia kommt mir zuvor.

»Drachen«, sagt Pia. »Feuerspeiende Drachen.« Als sie unsere Blicke sieht, zuckt Pia mit den Schultern. »Was wollt ihr? Es passt am besten.«

»Das erklärt Gustav«, nickt Elena zufrieden. »Kein Wunder, dass sie ihn reiten kann. Doch ein Drache ist besser. Wir müssen einen Drachen für sie finden.«

Das löst freundliches Gelächter aus … und Zustimmung. »Das wäre cool«, meint Fire und grinst breit. »Das wäre wie in alten Zeiten.«

Wir scherzen. Ich glaube nicht, dass auch nur einer von uns ahnt, wie ernst es Elena damit ist.

Bevor wir endlich doch noch zur Burg aufbrechen, gebe ich Cat, Fire, Hog und Mouse das Recht, neue Mitglieder in die

Gilde aufzunehmen. Mit einer Probezeit und als Rekrut mit der Bedingung, dass es dauern kann, bis sie befördert werden.

Ich lade Michelin ein, doch die Einladung wird abgelehnt.

»Danke«, schreibt er, »doch ich habe mich bereits der Gilde ›Vivat‹ von Lester Starhammer angeschlossen. Seine Gilde ist wesentlich größer und bietet mir Raum nach oben. Man sieht sich.«

»Okay«, sagt Cat. »Okay. Damit wäre das erledigt.«

»Vivat hat bereits über zweihundert Mitglieder«, erklärt Fire. »Sie wollen die Grafschaft Teuffen erobern. Es ist momentan *das* Thema in den Foren.« Sie schaut mich an. »Gestern, nach dem Stunt in Arensvelt, hätten wir unsere Gilde um Hunderte von Spielern erweitern können. Die meisten dieser Anträge wurden zurückgezogen, und ich weiß jetzt auch, warum.«

»Die Frage ist«, sagt Hog, »ob wir diese Spi-... Wiedergänger hätten haben wollen.«

»Nein«, sagt Mouse und schaut mich bedeutsam an. »Die Frage ist, ob wir uns in einem Rennen befinden, von dem wir nichts wissen. Das kann das sein, was Dr. Jensen befürchtet hat.«

»Das glaube ich nicht«, widerspreche ich. »Es ist vorgesehen, dass so etwas möglich ist.«

»Ich bin gespannt darauf, was daraus wird«, sagt Mouse und steht auf. »Haben wir nicht einen Fluch zu brechen?«

36 Fluchbrecher

Als wir zur Burg aufbrechen, ist Jessica wieder dabei. Auf dem Weg hinauf zur Burg reiten Hog und sie nebeneinander her und unterhalten sich intensiv, ich glaube nicht, dass sie viel von der Welt um sich herum mitbekommen.

Stelle wieder fest, wie malerisch schön diese Welt ist. Doch anstatt dass es mich beflügelt, deprimiert es mich ein wenig, dass wir jetzt schon wieder in einen Kampf reiten. Hoffentlich ist es für absehbare Zeit das letzte Mal.

Wir sind im Übrigen nicht alleine unterwegs. Sehe zweimal Major, den Bären, auch wenn er jetzt keinen Balken mehr trägt, erkenne ich ihn doch wieder, und auch einen großen weißen Wolf, der uns in einiger Entfernung begleitet.

»Harpyie«, sagt Cat leise und weist zu dem Ungeheuer hin, das in gut fünfzig Meter Entfernung auf einem Felsen sitzt.

Pia schaut zu ihr hin. »Sie ist auch verflucht«, teilt sie uns mit. »Ich bin gespannt, was passiert, wenn du den Fluch brichst, Alex. Vielleicht wird der Fluch damit auch den anderen Ungeheuern genommen. Wenn nicht, kann ich sie heilen.«

»Heilen?«, fragt Fire überrascht.

Pia nickt. »Das sind Menschen«, erklärt sie uns. »Der Fluch hat sie verwandelt. Wusstet ihr das nicht?«

Nein, das habe ich nicht gewusst.

Wir reiten hinauf bis zur alten Fallbrücke. Wir haben das Packpferd dabei, Cat und Hog benutzen kommentarlos das Holz und die Planken, die Elena und ich in Arensvelt gekauft haben, um die Zugbrücke notdürftig zu reparieren. Die provisorische Brücke ist nur etwas mehr als einen Meter breit, doch das reicht. Währenddessen nutzen Fire und Pia die Gelegenheit, sich etwas umzusehen.

»Mein Gott«, sagt Fire beeindruckt, als sie zurückkommt. »Das hier ist keine Burg. Das ist wahrhaftig eine Festung! Sie ist so groß wie eine kleine Stadt!«

»Meister Ribin sagt, dass vor dem Fluch hier mehr Leute gelebt und gearbeitet haben als im ganzen restlichen Land. Alleine schon die Garnison der Festung bestand aus fünfhundert Mann!«, teilt uns Pia stolz mit. Sie weist zum Tor. »Das hier ist nur die vordere Pforte, und der größte Teil der Festung ist in den Berg gebaut. Im Kriegsfall und wenn die Speicher voll waren, war es möglich, hier zwanzigtausend Menschen unterzubringen und über drei Jahre zu ernähren!«

»Dann«, sagt Hog, schaut zur Festung hoch und kratzt sich am Hinterkopf, »haben wir hier einiges zu tun.«

Je näher wir der Festung kommen, umso mehr Ungeheuer sehen wir. Sie folgen uns, bleiben aber auf Abstand.

»Das ist unheimlich«, stellt Fire fest und mustert mit zusammengezogenen Augenbrauen vier Harpyien, die auf einer Klippe sitzen und uns anstarren. Sie fährt mit ihren Fingern über das polierte Holz ihres Bogens. »Warum greifen sie nicht an?«

»Weil sie wissen, warum wir hier sind«, sagt Elena voller Überzeugung. »Sie wissen, dass meine Herrin sie von ihrem Fluch befreien wird.«

Hog schaut sie zweifelnd an. Elena zuckt mit den Schultern. »Sie sind verflucht, aber nicht dumm.«

Es ist eine Erklärung, so gut wie jede andere.

Doch Fire hat recht. Es ist unheimlich.

Wir erreichen die Festung ohne weitere Vorkommnisse, doch es ist bedrückend still, als wir vor der alten Zugbrücke absteigen. Keines der Ungeheuer nähert sich uns auf mehr als fünfzig Meter, doch sie alle starren uns an.

Als ich das Fallgitter mit der Hand berühre, hebt es sich quietschend, und plötzlich steht auch Erik vor uns und verbeugt sich tief vor mir.

»Willkommen zurück, Herrin«, begrüßt er mich und mustert dann die anderen neugierig. »Freunde von Euch, will ich hoffen?«

»Mein Gott«, entfährt es mir. »Was ist mit dir geschehen?«

Er runzelt die Stirn. »Was meint Ihr, Herrin?«

Was ich meine, ist seine Stufe. Er ist Stufe 54, und er sieht … blendend aus. Bis darauf, dass seine Augen rot glühen und er jetzt nicht mehr ein untoter Gefolgsmann ist, sondern ein gebundener Dämon.

Auch er hat keinen Balken, aber jetzt, da ich mich in der Burg befinde, kann ich auf sein Charakterblatt zugreifen.

»Das ist interessant«, stellt Pia fest, die ihn gerade mit großen Augen ansieht. »Er ist nicht böse!«

»Ich war verflucht«, erklärt Erik gelassen. »Doch meine Herrin hat mich gerettet und meine Seele befreit. Ich habe dem Bösen entsagt und werde es an der Seite meiner Herrin bekämpfen, wo ich kann.«

»Okay«, sagt Cat und wirft mir einen undeutbaren Blick zu. »Okay.«

Stelle Erik und die anderen einander vor, dann frage ich nach Hauptmann Loris.

»Er weiß, dass ihr hier seid«, teilt Erik uns mit, und sein Gesicht wird grimmig. »Er ist gewachsen und stärker geworden. In seinen lichteren Momenten verhöhnt er mich damit, dass wir ihn hätten erschlagen sollen, als das noch möglich war.«

»Wie sehr ist er gewachsen?«, fragt Cat und meint damit die Stufe des Hauptmannes. Natürlich nimmt Erik seine Frage wörtlich.

»Um einiges«, sagt Erik. »Die Halle ist fünf Meter hoch, und wenn er sich aufrichtet, berührt er die Decke fast mit dem Kopf.«

Es beantwortet Cats Frage damit trotzdem. Wenn ich Eriks aktuelle Stufe bedenke und Loris ähnlich viele Stufen bekommen hat, dürfte der Hauptmann jetzt doch zum Problem werden.

Hog schaut mich fragend an. »So groß war er vorher nicht?«

»Nein«, sage ich mit schwacher Stimme. »Das war er nicht.«

»Eigentlich«, sagt Hog, »hätten wird das erwarten können. Sowohl dein Freund hier«, er nickt Erik zu, »als auch dieser Hauptmann sind Teil eines Events, und damit passt das System ihre Stufe der Bedrohung an, sodass Loris stark genug sein wird, um für uns alle zusammen ein Problem zu sein.« Er wendet sich an mich. »Hättest du ihn beim letzten Mal besiegen können?«

Ich schaue zu Erik hin. »Vielleicht. Doch ich wollte ihn nicht töten, sondern retten.«

Hog nickt. »Dann ist es kein Wunder, dass es jetzt schwieriger wird.«

»Dann«, sagt Cat, »müssen wir uns einen neuen Plan überlegen.« Er wendet sich an Erik. »Wir brauchen einen sehr stabilen Raum, vorzugsweise einen, bei dem die Decke fehlt. Gibt es hier so etwas?«

Erik lächelt. »Mehr als einen.« Er macht eine Geste in Richtung Burg. »Die meisten Decken und Dächer sind eingefallen.«

»Was hast du vor?«, fragt Fire neugierig.

Cat erklärt es uns, und ich seufze. Sein Plan gefällt mir, er ergibt Sinn. Er müsste funktionieren. Nur bin ich der Köder, und es kommt alles auf Elena an.

»Okay«, sage ich dann. »So machen wir es.«

»Es wäre gut, wenn wir so etwas wie eine Plattform konstruieren können«, meint Cat nachdenklich.

»Ich habe erst gestern eine Queste eingelöst«, erklärt Fire und zieht Balken und Bohlen aus der Satteltasche ihres Pferds. »Daran soll es nicht scheitern.«

Wir positionieren uns so, dass nur Erik und ich zu sehen sind, als wir die Geheimtür, auf die Loris mich bei unserer ersten Begegnung selbst aufmerksam gemacht hat, im Kamin öffnen.

Er öffnet die Geheimtür für mich, Hauptmann Loris hat wohl darauf gewartet, stößt einen Wutschrei aus, der die Erde zittern und Staub und Dreck vom Kaminsims fallen lässt, und stürzt sich auf mich.

Bekomme vom System mitgeteilt, dass ich meinen Rettungswurf vergeigt habe, nun so eingeschüchtert bin, dass ich nur noch fliehen will.

Okay. Da ich sowieso vorgehabt habe zu fliehen, ändert es nicht viel. Habe nur Probleme, mich daran zu erinnern, *wohin* ich fliehen will.

Als Hauptmann Loris aus der Tür herausbricht, höre ich die anderen im Gruppenchat.

»Mein Gott!«, von Pia.

»Was zur Hölle …?«, von Fire.

»What the fuck!«, von Hog.

»Immer mit der Ruhe. Denkt an den Plan«, von Cat, dessen Stimme wie immer aussagt, dass er das alles mit einkalkuliert hat und die SAM, die mir am Arsch klebt, nur Teil des Plans ist.

Kann sie verstehen. Hauptmann Loris hat sich in den Hulk

verwandelt. Einen grünen, mit Eiterblasen überzogenen Hulk, der bei jedem Schritt giftgrünen Eiter nach allen Seiten verteilt.

Er ist Stufe 93. Wenn das System tatsächlich so funktioniert, wie Hog es vermutet, kann man es fast als ein Kompliment auffassen.

Ich renne und er rennt mir hinterher. Für einen Moment bin ich derart panisch, dass ich fast an dem Portal vorbeigerannt wäre, doch es ist der Weg, der mich weg von Loris führt, also nehme ich ihn. Lande in einem kleinen Raum, auf der anderen Seite gibt es noch ein Portal, in das springe ich nun auch hinein, und es geht hinter mir zu … und ich stehe wieder im Hof, und von Hauptmann Loris ist nichts zu sehen.

Hören kann ich ihn, er brüllt so laut, dass der Boden bebt, doch ich sehe ihn nicht.

Was gut ist, denn auf diese Weise schaffe ich meinen nächsten Willenskraftwurf, verliere langsam die Panik, bis ich wieder klar genug bin, um lang und ausdauernd zu fluchen.

»Reg dich ab«, sagt Cat. »Wir haben ihn.«

»Du hast gut reden«, knurre ich. »Ich habe mir fast in die Hose gemacht!«

»Komm hoch zu uns«, sagt Fire. »Vielleicht geht es dir dann besser.«

Wieso es mir besser gehen soll, wenn das bedeutet, dass ich Loris wiedersehe, erschließt sich mir nicht, aber ich tue, was mir gesagt wird, und klettere durch und über die Ruinen der Burg, bis ich mich bei den anderen wiederfinde.

Das hier ist einer der äußeren Wachtürme gewesen. Die inneren Böden und Decken sind schon lange eingestürzt, doch das Fundament mit seinen gut vier Meter dicken Mauern aus massiven Basaltblöcken steht noch, und kein Hulk, auch kein Hauptmann Loris wird diese massiven Steine beeindrucken können.

Es gibt eine kleine verrostete Eisentür, doch der Hulk passt nicht hindurch, und der Gang, in den die Tür führt, ist auch von Geröll verschüttet.

Hog und Cat haben aus dem Holz eine Art Plattform im zweiten Stock gebaut, von der aus wir auf den Hauptmann herabsehen können, der jetzt acht Meter tiefer unter uns in seinem Kerker wütet. Dass es klug war, diesen Abstand zu halten, sehen wir, als er hochspringt, doch es fehlt ihm ein guter Meter zur Plattform.

»Gut, dass wir das zweite Stockwerk genommen haben«, stellt Cat nüchtern fest. Er schaut auffordernd zu Pia hin. »Du bist dran, Pia.«

Sie nickt und packt bündelweise Manatränke aus, die sie neben sich auf einen alten Fenstersims stellt.

»Was ich heute Morgen noch sagen wollte«, erklärt sie mir, während sie das tut, »ist, dass ich bei meiner Göttin einmal im Monat um ein Wunder bitten kann.« Sie schaut mich an. »Ich kann nicht garantieren, dass sie es mir bewilligt, aber es ist eine Hoffnung darauf, dass dein Hauptmann Loris überleben kann.«

Nicke nur, und sie fischt ein goldenes Ankh aus ihrer Tasche, das groß genug ist, um auch als Keule verwendet zu werden, tritt an die Kante der Plattform heran, fixiert das Ungeheuer unter uns mit einem festen Blick und fängt an zu beten. Es hört sich arabisch an, doch ist es das nicht, da ich kein Wort verstehe.

Von dem Ankh geht ein goldenes Licht aus, das den Hauptmann umhüllt, der anfängt zu schreien. Was kein Wunder ist, denn das Licht scheint ihn aufzufressen. Eiterblasen platzen auf, Brocken platzen von ihm ab, dicke gelbe Schlieren spritzen, doch nichts davon berührt den Boden, das goldene Licht saugt alles auf.

So geht es die nächste halbe Stunde weiter. Pia betet in dieser gutturalen fauchenden Sprache, das Licht zieht sich mehr und mehr um den Hauptmann zusammen, und er schreit. Zwischendurch trinkt sie immer wieder hastig einen Manatrank.

Was auch immer Pia da tut, es zeigt Wirkung, nach ein paar Minuten fängt der Hauptmann an zu schrumpfen. Seine Schreie werden leiser, bis nur noch ein Wimmern zu hören ist, und nach einer endlos langen Zeit liegt der Hauptmann nackt und still unter uns im Keller des Turms, während Pias Gebet, das vorher monoton gewesen war, sich jetzt ändert.

Ihre Worte werden intensiver, lauter, eindringlicher, und zum Schluss hebt sie ihr Ankh gegen den Himmel und ruft mit donnernder Stimme den Namen ihrer Göttin. Über uns im wolkenlosen Himmel sehen wir einen gigantischen durchscheinenden Katzenkopf, dann fährt ein goldener Lichtstrahl zu Boden, in den Turm hinein, blendet uns alle, als er wie ein Kugelblitz bei Hauptmann Loris einschlägt.

Pia bricht bewusstlos zusammen, nur Hogs rascher Reaktion ist es zu verdanken, dass sie nicht von der Plattform fällt.

»Wow«, flüstert Fire und spricht damit aus, was ich gerade fühle, »das war … beeindruckend!«

»Ja«, krächzt Pia, die an Hog gelehnt auf dem Boden sitzt und gierig wie eine Verdurstende ihre letzten drei Manatränke abkippt, »aber war es auch erfolgreich?«

Es war. Bastet sei Dank, es war erfolgreich. Erik ist der Erste, der sich in den Keller abseilt und sich um seinen Onkel kümmert, ihn hält, als dieser weint, ihm mit leiser Stimme erklärt, was geschehen ist.

Wir lassen die beiden vorerst allein und gehen zur großen Halle zurück, wo ich mit einer Geste das Podest aus dem Boden kommen lasse, auf dem das Wappen des herzoglichen Geschlechts von Maren prangt.

»Bereit für den großen Moment?«, fragt mich Cat mit einem breiten Grinsen.

Nicke nur und drücke meinen Siegelring in die Aussparung im Wappen.

Willst du Festung Eisrabe für dich in Besitz nehmen?
Ja/Nein

Mein Interface wird von Nachrichten überflutet. »Leute«, sage ich mit gepresster Stimme, »ich hoffe, jemand von euch hat noch Manatränke übrig …«

Cat kann mir fünf Tränke anbieten, bis jetzt hat sich noch keiner von uns um so etwas gekümmert. Es ist Pia, die mich rettet. »Reichen dreiundsiebzig mittlere Tränke?«, fragt sie und zuckt verlegen mit den Schultern, als wir sie mit offenen Mündern anstarren. »Hey«, sagt sie. »Ich wusste nicht, wie schwer das wird, also habe ich genügend eingekauft!«

Mittlerweile besitze ich eine Manareserve von 1700 Punkten und das Dreifache über meine Spellmatrix, die sich allerdings nicht von alleine füllt. »Das reicht«, sage ich mühsam, denn im Moment bin ich mitten in einer Zaubermatrix gefangen. »Vielleicht.«

Queste: Die Wiedergeburt des Herzogtums.
Einzigartig.
Die Festung Eisrabe ist eines der letzten verbliebenen Monumente der Uralten. Ihre Mauern bestehen nicht nur aus Steinen, sondern aus alten, längst vergessenen magischen Schutzwällen und Ritualzaubern.
Du hast jetzt die einmalige Gelegenheit, die Festung wiederauferstehen zu lassen, den Fluch von der Burg zu nehmen und alle verwunschenen und verfluchten Kreaturen von ihrem Fluch zu befreien.
Kosten der Befreiung: 100 000 Mana.
Willst du die Festung Eisrabe wiederauferstehen lassen und deine Untertanen von dem Fluch befreien?

Ja/Nein

Investiertes Mana: 1543 von 100 000.
Investiertes Mana: 1544 von 100 000.
Investiertes Mana: 1545 von 100 000.
Investiertes Mana: 1546 von 100 000.
...

Wenn Pia keine Manatränke dabeigehabt hätte, hätte ich hier lange stehen können. So aber trinke ich einen Trank nach dem anderen, bis ich hätte gluckern müssen. Es gibt diese Tränke in verschiedenen Geschmacksrichtungen, Pia scheint Erdbeere und Banane zu bevorzugen, doch nach dem zehnten Trank kann ich die Tränke schon nicht mehr sehen. Denn sie schmecken nicht wirklich gut, der Fruchtgeschmack überdeckt nur unzureichend den bitteren Unterton.

Es scheinen Kampfregeln zu gelten, was bedeutet, dass ich nur einmal jede Minute einen Trank trinken kann, also stehe ich dort fast eine Stunde und bekomme meine Mana entzogen, kaum dass ich es mit einem Trank mal eben kurz auffüllen konnte.

Während ich dastehe, schweben heruntergefallene Steine und ganze Mauerstücke wieder dorthin zurück, woher sie gekommen waren, verwandeln sich morsche Holzteile, Dreck und Staub in massive Balken, baut sich um uns herum die Festung Eisrabe auf wundersame Art wieder zusammen.

Hätte es mehr bewundern können, würden meine Kopfschmerzen nicht von Minute zu Minute schlimmer werden. Irgendwann kommt Pia auf die Idee, mich zu heilen, obwohl ich keinen körperlichen Schaden habe, und das hilft tatsächlich.

Dennoch, als der Zähler die 100 000 erreicht, breche ich tot zusammen.

Du hast die Queste Wiedergeburt erfolgreich abgeschlossen und hast dein Leben gegeben, um Festung Eisrabe durch die Macht deines Blutes wiederauferstehen zu lassen.
Als Belohnung erhältst du die Festung Eisrabe und die umliegenden Länder als dein Erbrecht mit allen Pflichten und Rechten, die damit einhergehen.
Da du den Fluch gebrochen hast, kehren diejenigen deiner Untertanen, die den Fluch überlebt haben, ins Leben und in deine Dienste zurück.
Als Belohnung erhältst du 200 000 Erfahrungspunkte und einen großen Manatrank.

Dein Todeszähler wird um 1 hochgesetzt und steht jetzt auf 3.
Du kannst in 4 Minuten ins Leben zurückkehren.

Gut, dass mein tief empfundenes »Fuck you!« von niemandem gehört wird.

Außer von denen, an die es gerichtet ist.

37 Von Ehre und Stolz

»Genauso habe ich mir das vorgestellt«, sagt Hog und lehnt sich in seinem Stuhl zurück, als ihm eine junge Frau einen großen Schweinebraten serviert. Zusammen mit Erik und Hauptmann Loris sind elf Soldaten der königlichen Garde in meinen Dienst zurückgekehrt, zudem noch siebzehn andere, die einst zum Personal der Burg gehört haben.

Habe auf diese Weise eine Köchin, zwei Stallburschen, eine Küchenhilfe und mehrere Diener und andere erhalten, die mir in rührenden Szenen dafür gedankt haben, dass ich sie von dem Fluch befreit habe. Sogar die Vorratskammern sind wieder voll, und da sich meine Untertanen loyal und voller Begeisterung auf ihre Arbeit gestürzt haben, sitzen wir in der voll restaurierten großen Halle der Burg an einem großen Eichentisch und lassen uns bewirten.

Hauptmann Loris, den ich am Anfang meiner Reise hier in den Ruhestand geschickt habe, hat mich gebeten, ihn wieder als Hauptmann der Garde einzusetzen. Er besitzt nun die Eigenschaft Unerschütterliche Loyalität, und ich wäre blöde, seinem Wunsch zu widersprechen. Der Einzige, der nicht in sein Leben zurückgekehrt ist, ist Erik. Er ist nach wie vor ein gebundener Dämon. Er trägt es mit Fassung, und ich mache mir deswegen auch keine großen Sorgen, da auch er jetzt unerschütterlich loyal ist. Die Liste der Fertigkeiten, die ihm nun zur Auswahl angeboten werden, ist … interessant, und ich werde mich demnächst damit beschäftigen müssen.

Jetzt aber sitze ich hier im Kreis meiner Freunde und schaue ihnen zu, wie sie lachen, essen und trinken, sich unterhalten, mit den Soldaten und der Dienerschaft interagieren, und fühle mich … zufrieden.

Gebe zu, dass ich auch etwas abgelenkt bin, denn das, was wir hier getan haben, hat bereits Konsequenzen.

Das System ist von unserem Erfolg so begeistert, dass es gleich alle Spieler darüber informieren muss.

> Systemnachricht:
> Herzlichen Glückwunsch!
> Alexandra Eisrabe, Herzogin von Maren, hat als erste Spielerin eine legendäre Tat vollbracht und den auf Festung Eisrabe liegenden Fluch gebrochen.
> Sie ist jetzt berechtigt, den Rang einer Herzogin zu führen.
> Ihr voller Titel lautet nun:
> Alexandra Eisrabe, Herzogin von Maren, Baronin von Marensfurt, Magister Arkanum von Arensvelt.

»Prima«, sagt Fire trocken. »Jetzt weiß es jeder Depp, und jeder zweite Depp überlegt sich schon, wie er uns die Festung wieder abnehmen kann!«

»Das befürchte ich auch«, sagt Cat und lässt seinen Blick über die hohen Wände der Halle, die Wandbehänge und die Kronleuchter schweifen, bis er auf dem verzierten Stuhl liegen bleibt, der ein paar Meter entfernt vom Kamin steht. »Nichts ist umsonst.«

Der hohe Rücken des Stuhls, des Throns, schützt vor der Hitze, wenn der Kamin in Betrieb genommen wird. Es gibt noch zwei weitere Kamine auf den Seiten der Halle, doch als sein Blick zum Kamin wandert, weiß ich, was er denkt. Selbst wenn in dem Kamin Feuer brennt, ist es immer noch möglich, durch die Geheimtür zu fliehen. »Was tun wir als Nächstes?«, fragt Fire.

Ich glaube, wir haben uns alle diese Frage schon gestellt.

»Si vis pacem para bellum«, sage ich mit belegter Stimme. »Willst du Frieden, bereite den Krieg vor.«

Mouse seufzt laut. »Ich bin es leid«, sagt er. »Müssen wir das wirklich tun? Wir könnten das alles aufgeben und dem Nächsten in die Hand drücken, der es will.«

Ignoriere Elenas entsetztes Luftholen. »Wir könnten. Wir könnten zusehen, wie der Nächste kommt und dann der Nächste, der versucht, diese Festung zu erobern. Wir könnten zusehen, wie die Menschen hier darunter leiden. Wir könnten das tun.« Ich sehe fragend in die Runde. »Will das jemand von uns?«

Sie schütteln alle den Kopf.

»Was ist mit dem Fluch?«, fragt Pia. »Ist er überall gebrochen oder nur hier?«

»Nur in den Ländern, die von meiner Herrin in Besitz genommen wurden«, erklärt Elena.

»Was ist mit Arensvelt?«, fragt Fire. »Der Stadt scheint es trotz des Fluchs gut zu gehen.«

»Er hat auch Auswirkungen auf die Stadt«, erklärt Elena. »Doch der Fluch richtet sich hauptsächlich gegen jene, die das Land für sich in Besitz nehmen wollen.«

Cat nickt. »Lasst uns überlegen, was wir tun können und wie.« Er schaut sich in der großen Halle um, in der gut vierhundert Personen gleichzeitig auf langen Bänken und Tafeln essen und trinken könnten. »Als ich vorhin durch das Haupthaus gestreift bin, habe ich einen Raum gesehen, der mich an ein Arbeitszimmer und eine Bibliothek erinnert hat. Ich meine dort Karten gesehen zu haben.«

Ich habe den Raum noch nicht gesehen, und ich bin neugierig. Vor allem, da Cat Bücher erwähnt hat.

»Gut«, sage ich. »Wir treffen uns dort. Ich muss vorher noch einmal kurz mit Hauptmann Loris sprechen. Elena, kommst du mit mir?«

Sie steht auf. »Wie Ihr wünscht, Herrin.«

Mein Landgefühl ist in der Festung stärker ausgeprägt, so klar, dass ich sehen kann, wo sich der Hauptmann befindet, als ich nach ihm suche. Ich finde ihn auf den Zinnen der Burgpforte, von wo aus man einen endlos weiten Blick auf das Tal hat. Von hier aus ist es sogar möglich, in der Ferne Marensfurt zu sehen. Doch im Moment ist es Nacht, und es spannt sich ein glitzernder Sternenhimmel über uns. Kein Smog, denke ich, als ich die Konstellationen bewundere, die sich leicht finden lassen. Es sind die gleichen wie in der realen Welt.

»Hauptmann Loris?«, frage ich höflich, und er fährt überrascht herum.

»Herrin!«, sagt er und hält als Salut die Faust über sein Herz. »Ich habe Euch nicht kommen hören. Wie kann ich dienen?«

»Das ist es ja gerade«, sage ich zu ihm, als ich neben ihn an die Zinnen trete, die heute Mittag noch Ruinen gewesen sind.

In meiner Magiesicht leuchten sie in einem kräftigen Blau, jeder Stein der Festung ist magisch gebunden. »Ich bin es nicht gewohnt, dass mir Menschen dienen.« Ich schaue zu Elena hin. »Ich will auch deine Meinung dazu hören«, fahre ich leise fort. Sie schaut mich etwas verwirrt an und nickt schließlich.

»Wie Ihr wünscht, Herrin.«

»Was tue ich mit all den Menschen hier? Mit Euch, Hauptmann?«

»Ich dachte, Ihr wollt mich als Hauptmann der Garde?«, fragt er.

»Ja«, bestätige ich. »Das ist auch so. Doch …« Ich versuche es in die richtigen Worte zu fassen. »Mit Euch habe ich die wenigsten Probleme, Hauptmann. Ich kann mich als Eure Vorgesetzte sehen und Euch als meinen Untergebenen.«

»Wie es auch ist.«

»Ich wende mich an euch, an euch beide, weil ihr die Menschen hier versteht. Ich habe auch die Bediensteten hier im Schloss von dem Fluch meiner … Schwester befreit. Es ist etwas, das ich so oder so getan hätte. Ich gab ihnen die Möglichkeit, ein neues Leben anzufangen, doch sie sagen alle, dass sie dankbar sind und mir dienen wollen. Nur bin ich diese Art des Dienens nicht gewohnt.«

»Ich habe Euch oft gedient«, sagt Elena, die nicht versteht, worauf ich hinauswill.

»Ihr habt uns oft bedient«, verbessere ich sie. »Das ist nicht das Gleiche, dafür werden Bedienungen bezahlt.«

»Wie Eure Dienerschaft hier auch bezahlt wird«, erinnert mich der Hauptmann. »Obwohl, sie würden Euch auch ohne Lohn dienen, nur wäre dies schlecht getan von Euch.«

»Ja«, sage ich ungeduldig und wische diese Idee mit einer Geste beiseite. »Selbstverständlich wird hier jeder seinen Lohn erhalten. Es ist die … Art des Dienens. Wie sich hier jeder bemüht, mir Wünsche von den Augen abzulesen, mir alles recht zu machen, es war mir heute kaum möglich, mein Glas selbst zu füllen, bevor es jemand für mich tat, und ich habe das Gefühl, dass Orissa …?« Ich schaue den Hauptmann fragend an. »Groß, blond, mit Sommersprossen? Sie trägt einen blauen Rock?«

Er nickt. »Ja, das ist Orissa.«

»Ich hatte das Gefühl, dass Orissa mir am liebsten mein Fleisch auf dem Teller geschnitten hätte.«

»Es war ihre Absicht, und Ihr habt es ihr nicht erlaubt. Ich kann Euch sagen, dass sie in Sorge ist, etwas falsch gemacht zu haben.«

Nicke und unterdrücke einen Seufzer. »Da, wo ich herkomme, haben wir keine Dienerschaft mehr und sind es gewohnt, die Dinge selbst zu tun. Es ist hier anders, das weiß ich, aber es ist mir zu … unterwürfig. Einer der Jungen, die die Kerzen angezündet haben, ist bleich geworden, als ich ihn angeschaut habe. Er hat sich nichts zuschulden kommen lassen, doch …«

»Das ist einfach zu erklären, Herrin«, sagt der Hauptmann. »Mittlerweile bin ich imstande, die Unterschiede zwischen Euch und Eurer Schwester besser zu sehen. Ihr bewegt Euch anders. Wie eine Kathili, Kraft und Eleganz in jedem Schritt, als ob Ihr auf einem Seil gehen könntet. Es ist faszinierend, Euch einfach nur zuzusehen, wie Ihr Dinge tut. Zugleich aber zeigt jede Eurer Bewegungen auch, dass Ihr eine Kriegerin seid.«

»Hhm«, sage ich. Es passt zu der Erklärung der Spellwarden-Klasse, aber ich selbst nehme es nicht so sehr wahr.

Doch der Hauptmann spricht schon weiter: »Abgesehen davon und dass Ihr eine Rüstung tragt, wo Eure Schwester Kleidung trug, seid Ihr nicht voneinander zu unterscheiden. All diese Menschen hier dienten zuerst Eurem Vater und danach Eurer Schwester. Schon als Euer Vater noch lebte, hat Maguela ihren Unmut oftmals an den Bediensteten ausgelassen, doch nachdem er gestorben ist, offenbarte sich erst das ganze Ausmaß ihrer Bosheit. Orissas Mutter stellte sich so ungeschickt an, dass sie den Becher Eurer Schwester zu nahe an ihren Ellenbogen stellte. Eure Schwester kam an den Becher, und der Wein schwappte über den Becherrand und benetzte den Ärmel ihres Kleids.«

Er schaut mich bedeutsam an.

»Das kann jedem geschehen«, sage ich. »Was …«

»Eure Schwester zwang Orissa, ihrer eigenen Mutter sofort noch am Tisch die Finger abzuschneiden. Hätte sie es nicht getan, hätte Eure Schwester Orissa an die Söldner übergeben, die zu diesem Zeitpunkt einen Großteil der Soldaten bildeten, und die Mutter den Hunden zum Fraß vorgeworfen, die Eure Schwester damals hielt.«

»O Gott«, flüstere ich. »Das wusste ich nicht.«

»Ihr habt es gewusst. Ihr wusstet, dass Eure Schwester der Dunkelheit verfallen war, deshalb habt Ihr sie bekämpft. Doch ich verstehe, dass Ihr all das vergessen habt, als Ihr zur Wiedergängerin geworden seid. Es ändert nichts daran, dass sich Eure Dienerschaft erinnert, dass jeder kleinste Fehler von Eurer Schwester auf grausame Art bestraft wurde. Sie werden schnell den Unterschied zwischen Euch und Eurer Schwester zu erkennen lernen, und sie *sind* Euch dankbar dafür, dass Ihr sie von dem Fluch befreit habt. Doch das braucht Zeit. Zurzeit sind sie einfach bemüht, keinen Fehler zu machen und Euch zugleich auch ihre Dankbarkeit zu beweisen.«

O Gott, denke ich erneut und verfluche die Entwickler wieder einmal für diese Hintergrundgeschichte. »Brauche ich denn so viel Dienerschaft?«

»Ihr braucht noch sehr viel mehr. Hunderte«, sagt Elena. »Doch es wird kein Problem sein, die Leute werden von Euch erfahren und darum betteln, Euch dienen zu können.«

»Warum? Warum sollen Menschen mir dienen wollen?«

»Zum einen«, erklärt mir jetzt der Hauptmann, »ist es so, dass die Festung eine kleine Stadt ist. Ihr braucht Personal, um das Holz in den Kaminen aufzuschichten, die Pferde zu beschlagen, die Waffen zu reparieren. Es tut sich nicht von allein. Jeder Kämpfer, der diese Zinnen verteidigen soll, braucht andere, die dafür sorgen, dass er es kann. Indem er ein trockenes Bett findet, genährt, gekleidet und gewappnet werden kann. Zum anderen ist es für uns eine Frage der Ehre und des Stolzes, Euch zu dienen. Der Ehre, weil Ihr eine Streiterin für das Gute seid, und des Stolzes, weil die ärmste Küchenmagd stolz in Marensfurt erzählen wird, dass sie in der Küche der Herzogin den Boden schrubbt und Euch ab und zu selbst sieht.«

»Ich will nicht, dass mir Menschen so dienen. Die Festung instand zu halten ist das eine, doch …«

»Entschuldigt, Herrin«, unterbricht mich Elena zögernd. »Ihr seid in Eurer Welt eine Kämpferin gewesen. Habt Ihr dort jemandem gedient? Einem König vielleicht?«

Ich schüttele den Kopf. »Nein«, antworte ich ihr. »Eher einem … Ideal.«

»Und habt Ihr Euch dessen geschämt?«, fragt Elena.

Ich schüttele erneut den Kopf. »Nein.«

Doch das ist nicht die ganze Wahrheit, denn manchmal bin ich mir nicht sicher, ob es richtig war, was wir getan haben.

»Seht Ihr«, sagt Elena. »Wir dienen Euch aus dem gleichen Grund. Ihr seid unser Ideal. Euch zu dienen ist das, was wir tun können, um Euch zu unterstützen. Es beschämt mich nicht, Euch zu dienen, es erfüllt mich mit Stolz, dass ich Euch dienen darf. Darf, nicht nur, weil Ihr es mir gestattet habt, sondern weil es mir erlaubt, einen Beitrag zu leisten für Euren Kampf gegen das Böse in der Welt.« Sie lacht plötzlich. »Ich wollte gerade sagen, dass es sich einfach so gehört! Doch Ihr braucht Personal auch aus einem anderen Grund. Es gibt den Menschen hier Arbeit, sodass sie ihre Familien ernähren können, und es zeigt anderen, wer Ihr seid. Und zu guter Letzt ist es etwas, das man von Euch erwartet.«

Überlege es mir und sehe es, zum Teil jedenfalls, ein.

»Gut«, sage ich dann. »Dies bringt mich zu dem Punkt, Hauptmann, weshalb ich Euch aufgesucht habe. Erklärt Euren Männern und meinen Untertanen hier, es ist mir wichtig, dass sie sich nicht derart unterwürfig geben. Wenn es so ist, wie Ihr sagt, und sie Stolz darin empfinden, mir zu dienen, sollen sie es mit erhobenen Köpfen tun und nicht wie geschlagene Hunde. Wenn ich oder einer der Wiedergänger einen Dienst brauchen, werden wir danach fragen, sie sollen nicht mehr versuchen, uns ungefragt jeden Wunsch von den Augen abzulesen.«

Er neigt den Kopf. »Ich werde die anderen darüber unterrichten. Darf ich Euch einen Rat geben?«

»Gerne.«

»Ihr braucht einen Kastellan, der sich um all dies kümmert.«

»Gut. Wen schlagt Ihr vor?«

Hauptmann Loris zögert, und mir fällt ein, dass er niemanden im Tal kennt.

Elena zögert nicht. »Die alte Gertrude«, sagt sie. »Sie wäre die Richtige dafür, und auch wenn sie schon alt ist, wird sie noch imstande sein, eine Nachfolgerin auszusuchen und auszubilden.«

Überlege kurz und nicke. »Ich werde sie fragen.«

»Das könnt Ihr mir überlassen, Herrin«, sagt Elena mit einem Lächeln. »Ich kann Euch jetzt schon sagen, dass sie es mit Freuden tun wird.«

Wechsele noch einige Worte mit dem Hauptmann, wünsche ihm dann eine gute Nacht und suche meine Freunde in meinem Arbeitszimmer auf, auf das ich sehr gespannt bin.

38 Das Refugium

Dieses Arbeitszimmer ist mehr, als ich erwartet habe. Es ist wie eine Filmkulisse, genau so, wie ich es mir vorgestellt habe. Hohe Räume, Regale voller Bücher, die nach altem Leder und Pergament riechen, mit einem Schreibtisch so groß wie ein Flugzeugträger und einem großen Tisch, der für Besprechungen mit großen Karten wie gemacht ist.

Eine solche Karte liegt ausgerollt auf dem Tisch, und Cat grinst, als er Elena und mich begrüßt.

»Schaut«, sagt er und weist auf die Karte des Herzogtums. »Dies hier sind die Steinkammberge. Die Festung ist an die Südseite dieser Berge gebaut, und wir werden bald erforschen müssen, wie weit sie in den Stein hinein gehauen ist. Der Punkt aber ist, dass die Berge unsere Nordgrenzen schützen. Dein Herzogtum besteht aus drei Grafschaften und elf Baronien. Das hier ist Marensfurt, und es ist von allen Seiten von deinen Ländern umgeben, und im Süden liegt Arensvelt, eine große starke Stadt, die, wäre sie unter deiner Kontrolle, den Zugang zu diesem Tal schützen würde. Doch auch so ist es gut für uns. Nur du kannst das Land in Besitz nehmen, und das bedeutet, dass wir von Land umgeben sind, das zwar durchquert und auch eingenommen werden kann, aber nicht auf Dauer gehalten. Niemand, auch ein Spieler nicht, wird Land haben wollen, das er nicht halten kann. Das bedeutet, dass Dr. Jensen gerissen ist, was wir schon wissen. Diese verfluchten Länder um uns herum sind wie ein Burggraben. Wenn die anderen Spieler Land erobern wollen, werden sie es dort tun, wo sie es auch halten können. Und das bedeutet, dass wir hier und in Marensfurt vorerst nicht damit rechnen müssen, angegriffen zu werden. Wir haben Zeit, Marensfurt aufzubauen, wie wir es geplant haben.«

Hog nickt und grinst noch breiter, während Jessica ihm amüsiert zuschaut. »Der Fluch ist für uns ein Segen!«

Ich trete an die Karte heran und sehe, was er meint.

Elena stimmt Hog wohl zu. »Der Fluch verhindert, dass man uns angreift. Selbst wenn sie uns erobern, es nützt ihnen nichts, da der Fluch sie dann berühren wird. Wir sind hier sicher. Soweit man davon sprechen kann, irgendwo sicher zu sein.«

»Was es auch bedeutet«, sage ich dann langsam und fahre mit den Fingern die Grenzen des Herzogtums ab, »ist, dass die Welt um uns in Flammen aufgeht, bevor man versuchen wird, uns anzugehen.«

Wir schauen alle auf die Karte herab. Ich mustere Straßen, Orte, Burgen, Flüsse und Brücken, sehe vor meinen Augen Armeen marschieren. Die Art der Kriegsführung mag sich geändert haben, aber noch immer sind es die Orte, die denen, die sie halten, strategische Vorteile bringen.

»Es gibt mehr als nur eine Art der Macht«, sage ich dann schließlich so leise, dass sich Fire und Pia auf der anderen Tischseite vorbeugen, um mich zu verstehen. »Die Macht des Schwertes ist nur eine von vielen. Es gibt die Macht des Wissens und der Worte, die des Glaubens und der Überzeugung und die Macht des Geldes, des Reichtums und der wirtschaftlichen Stärke. Es gibt die Macht des Willens und die Entschlossenheit, das zu verteidigen, was einem wichtig ist.« Schaue die anderen der Reihe nach an. »Wir werden auch die Macht des Schwertes brauchen, doch ich schlage vor, dass wir uns auf diese anderen Arten der Macht konzentrieren.«

Blicke Mouse bedeutsam an, und er nickt langsam.

»Ja«, sagt er, »damit kann ich leben.« Er grinst plötzlich. »Wir waren schon immer gut darin, Dinge zu zerstören. Finden wir heraus, wie gut wir darin sind, Dinge aufzubauen.«

Die anderen stimmen zu.

Ich auch. Es scheint, als hätten wir jetzt den Anfang eines Plans.

»Wir werden mehr Leute brauchen«, stellt Fire fest. »Können wir uns das leisten?«

»Wisst ihr, was Drachen und Zwerge gemeinsam haben?«, fragt Hog.

Wir schauen ihn fragend an.

»Sie mögen beide Schätze. Ich habe den Schatz gefunden, nach dem Mesmer gesucht hat.«

»Es gibt einen Schatz?«, frage ich überrascht.

Er grinst so breit, dass sein Bart nach allen Seiten absteht. »Und ob es den gibt! Er besteht nur nicht aus Münzen.«

»Es gibt hier nicht nur einen Schatz«, sagt Cat und deutet auf die mit Büchern gefüllten Regale des Arbeitszimmers. »Einer deiner … Vorfahren war belesen. Hier finden sich Bücher über Felderwirtschaft, Forstkunde, Stadtplanung und all diese Sachen.« Er geht zu einem Regal hin und zieht ein Buch heraus, das er hochhebt und dann aufschlägt. »Vieles, was wir wissen, lässt sich transportieren, aber hier steht zum Beispiel drin, wie man im Frühjahr die Felder weiht oder dass man das Nutzvieh segnen lassen kann, damit es weniger leicht erkrankt und es sich besser vermehrt, was man tut, wenn man einen Baum mit einer Dryade findet. Eine Bibliothek des ›Wie-mache-ich-es‹ für diese Welt!«

»Das ist gut und schön«, meint Hog und scheint vor Ungeduld auf- und abzuhüpfen. »Aber ihr solltet euch anschauen, was *ich* gefunden habe!«

Was wir etwas später tatsächlich tun. Ein bisschen fühle ich mich wie ein Mitglied einer Touristengruppe, als wir durch die Festung spazieren und uns beständig die Hälse verrenken, als wir wieder und wieder neue interessante Dinge sehen.

Die Kapelle mit dem kreisrunden Glasdach, das alle zwölf Götter in ausgezeichnetem Detail zeigt, zumindest Diana erkenne ich ohne Schwierigkeiten, und Pia sagt, dass Bastet wirklich so aussehen würde. Eine lange schmale Halle (sie einen Gang zu nennen täte ihr unrecht, dafür ist sie zu breit), in der an den Seiten Dutzende verschiedene Rüstungen stehen.

Die Galerie, in der Ölgemälde hängen, die meine In-game-Vorfahren zeigen, inklusive eines größeren Bildes, das die gleiche Szene wie in meinem Medaillon zeigt.

Der Fechtsaal mit seinen Dutzenden unterschiedlichen Übungswaffen, in dem die Krieger der Festung auch im tiefsten Winter trainieren konnten, ein verwinkelter Kräutergarten, der Pia zu Freudensprüngen veranlasst … und letztlich weit im hinteren Bereich der Burg, dort, wo sie die Felsnadel umschließt, die aus einem steilen Berghang herauswächst, ein großes Tor, das zu den tief in den Stein getriebenen Lagerhallen führt.

Hier finden sich Tonnen von unterschiedlichem Gestein und

Hölzern sowie Eisen-, Kupfer- und Zinnbarren und letztlich, das ist dann der Schatz, den Hog meint, die Schmiede.

Wie im Fall von Meister Ribins Schmiede handelt es sich nicht nur um eine Esse, tatsächlich meine ich in Aufbau und Anordnung deutliche Ähnlichkeiten zu seiner Schmiede erkennen zu können, die mich denken lassen, dass diese Schmiede hier als Vorbild für Meister Ribins Schmiede gedient haben muss.

Hog hat sich die Schmiedekunst als sein Handwerk ausgesucht, ich nehme an, dass er mehr darüber weiß als ich und seine Begeisterung nicht grundlos ist, doch für mich sieht diese Schmiede nicht viel anders aus als die von Meister Ribin.

Erst als er mir die verschiedenen Funktionen der Arbeitsplätze erklärt, verstehe ich seine Aufregung.

Dies ist eine Rüstungs- und Waffenschmiede!

»Nicht nur das!«, fährt er begeistert fort und zerrt mich zu einer Art tiefem Backblech, das mit feinem Sand gefüllt ist. »Schau dir das hier an!« Er wühlt im Sand und zieht ein Zahnrad heraus, das so groß wie ein Schild ist. »Dies ist zudem noch eine Gießerei! Mensch, Alex, siehst du es nicht? Wir können hier alles herstellen, von Getrieben bis zu Glocken!« Er schaut sich mit leuchtenden Augen um. »Du brauchst nur einen Meisterschmied, und der steht vor dir, wenn du mir ein paar Wochen gibst!«

»Immer mit der Ruhe, Grummor da Vinci«, lacht Jessica. »Wieso fragst du sie, ob sie dir ein paar Wochen gibt, und nicht mich? Ich habe vielleicht andere Dinge mit dir vor?«

Im realen Leben ist Phil schwarz, und man sieht es nicht sehr gut, wenn er rot wird. Falls er es denn je wurde. Jetzt aber können wir uns auf seine Kosten amüsieren, als er schlagartig rot wird.

Als wir uns schließlich in den frühen Morgenstunden in unsere Betten fallen lassen, haben wir doch nur einen Bruchteil der Festung erkundet.

Für mich gab es noch ein paar weitere Dinge, die mich faszinierten.

Dazu gehört ein achteckiger Raum, der nur ein stabiles, stahlverstärktes Tor als Zugang besitzt, dafür aber sieben hohe und breite Torbögen, die leere Nischen enthalten. In der Mitte gibt es wieder ein Podest oder eher eine Konsole, aus kostbaren Materialien gefertigt, und als ich diese berühre, erfahre ich, dass ich in diesen Torbögen Portale verankern kann, die semipermanent sind, solange die fußballgroße Spellmatrix, die in einer juwelengeschmückten Fassung in diese Konsole eingelassen ist, noch Mana enthält. Es kostet tausendzweihundert Manapunkte, um ein Portal für vierundzwanzig Stunden aufrechtzuerhalten, und man kann es ein- und ausschalten, indem man einen kleinen Platinhebel in der Konsole bedient. Wobei es nicht im Geringsten einen Unterschied macht, ob das Portal von einem Magier, Spellwarden oder Reaver geöffnet wird.

Nur dass Cat noch keine Portalmagie beherrscht.

Wir haben uns schon darauf geeinigt, dass es für uns mehr Sinn ergibt, wenn wir die Festung als Headquarter nehmen, doch nicht nur ich habe es bedauert, dass Marensfurt eine halbe Tagesreise entfernt liegt; mit der Entdeckung dieses Raums ist es nur ein Schritt.

Das andere ist die Geheimtür, die Mouse eher zufällig in meinem Arbeitszimmer entdeckt, die in eine kleinere Bibliothek führt, in der sich nur eine Handvoll Bücher befinden. Cat fällt fast ohnmächtig um, als er eines der Bücher anschaut und feststellt, dass es Spruchbeschreibungen enthält. Die anderen sieben Bücher sind Abhandlungen über das Wesen der Magie.

»Das sind Abhandlungen über Magietheorie!«, erklärt er mir ganz aufgeregt. »Wenn wir diese Bücher lernen, geben sie uns die Fertigkeit, eigene Zaubersprüche zu entwickeln!« Er presst ein Buch gegen seine Brust, als ob er es nie mehr hergeben würde.

Anschließend ist er nicht mehr ansprechbar.

Für mich ist aber mein Schlafzimmer das Wichtigste von alledem, was ich an diesem Tag gesehen und entdeckt habe.

Fünf hohe Fenster mit stabilen Fensterläden und eine Fenstertür führen auf einen Balkon hinaus, der mir den Blick auf einen wild überwucherten, malerischen Garten freigibt. In meinem Buch gibt es bereits eine Karte, die mir die Festung anzeigt, soweit ich sie bis jetzt erforscht habe, doch den Zugang zu diesem Garten habe ich noch nicht gefunden.

Im Moment ist es Nacht, doch diese hohen Fenster werden mein Schlafzimmer tagsüber hell und licht gestalten. Denkt man an das Mittelalter, denkt man an kleine Fenster und dunkle Räume, dies ist hier absolut nicht der Fall.

Die hohen Wände sind in einem hellen Ockerton getüncht, die Bodenplatten bestehen aus poliertem, von weißen Maserungen durchzogenem, rotem Marmor, und die Einrichtung erinnert mich weit mehr an die italienische Spätrenaissance als an das düstere Mittelalter. Es gibt einen Kamin mit einem kleinen Tisch und gemütlichen Sesseln davor, einen Kleiderschrank, der groß genug ist, um dort einzuziehen, einen eleganten Sekretär, und eine Tür führt zu einem Badezimmer, das einem Luxushotel entstammen konnte. Die große Badewanne aus Rosenquarz lässt mich an feuchte Orgien denken. Sowohl in meinem Schlafzimmer als auch im Bad ist der Boden warm, als wäre eine Fußbodenheizung eingebaut. Die riesige Badewanne steht auf einem Podest mit drei Stufen, sitzt man darin, kann man von dort aus durch die zwei hohen Fenster in den Garten schauen.

Dein Refugium.
Jeder Spieler besitzt die Möglichkeit, einen Raum zu seinem Refugium zu erklären, in dem er sicher ist und andere Personen und Spieler nur auf Einladung Zutritt erhalten. Einmal am Tag kann er sich dafür entscheiden, sich in diesen Raum zu teleportieren, insofern dies nicht aus einer Kampfsituation heraus geschieht.
Möbel und Einrichtungsgegenstände können in game erworben oder aus dem Laden mit Goldkronen erworben werden.
Jeder der Einrichtungsgegenstände kann mit besonderen Funktionen ausgestattet werden, wie zum Beispiel ein Bücherregal, das auf magischem Wege alle Bücher sammelt, die du findest und eine unendliche Anzahl Bücher aufbewahren kann.

Möchtest du diesen Raum als dein Refugium deklarieren?
Ja/Nein

Ja, ich möchte. In dem großen Kleiderschrank ist Platz für alle meine Kleidungsstücke, im Sekretär kann ich mein Buch mit weiteren Funktionen versehen oder auch eine Kopie erstellen, die hier verbleibt, und dort in der Ecke ist Platz für meine Magietruhe, die ich aus irgendeinem Grund immer noch mit mir herumschleppe.

Jetzt nicht mehr.

Das Bett besitzt die Option, die Matratze zu konfigurieren, sowie eine Weckfunktion, zusätzlich gewährt es einen Erfahrungspunkte-zehn-Prozent-Bonus für achtzehn Stunden, wenn man in ihm eine Nacht verbringt.

Man kann Bilder an die Wand hängen, die als Ölgemälde Schnappschüsse wiedergeben, die ich während des Spiels mache, es gibt einen Schminktisch, an dem ich mein Äußeres in einem gewissen Rahmen anpassen kann. Links neben dem Spiegel steht ein kostbar verziertes Kästchen, in dem ich meinen Schmuck deponieren kann, der dann im Spiegel auswählbar ist.

Der Kamin ist einstellbar, verbraucht kein Holz und raucht nicht … und tausend andere Dinge, die es einem Spieler erlauben, sich hier zu Hause zu fühlen. Und es ist das, was mir gefehlt hat.

Ein Ort, der nur der meine ist.

Erinnere mich daran, dass die anderen Charakter-Klassen Räume in den Starterorten zur Verfügung gestellt bekommen, oftmals ist es auch der Raum, in dem sie das erste Mal das Spiel betreten und in dem sie sich ein- oder ausloggen.

Ich habe das Spiel im Verlies der Festung begonnen, das sich als Refugium nicht wirklich eignet.

Nehme an, ich hätte auch einen Raum im Gildenhaus für mich beanspruchen können, weiß, dass die anderen es getan haben.

Dafür, dass ich offiziell die Gildenmeisterin bin, habe ich mich bislang sehr wenig um sie gekümmert. Es ist Cat, der für uns die Organisation übernimmt, doch jeder aus der Crew unterstützt mich auf die eine oder andere Weise auf seine Art. Nehme mir vor, mich morgen bei ihnen zu bedanken.

Doch jetzt nehme ich erst einmal ein heißes Schaumbad …

39 Marensfurt verändert sich

Der Morgen beginnt spät. Cat und Fire haben sich ausgeloggt und werden erst am Nachmittag wieder in game sein, Jessica muss arbeiten und wird im Lauf des Abends wiederkommen, und Pia muss Erledigungen machen, von denen sie nicht weiß, wie lange sie dauern werden. Auch sie versprach, spätestens am Abend zurückzukehren.

Für ein gemütliches Frühstück ist die Halle zu groß, doch es gibt einen kleineren Nebenraum, in dem ich auch Hog, Mouse und Elena finde. Letztere schaut interessiert zu, wie Mouse ihr ein paar Messertricks zeigt.

Was mich daran erinnert, wie oft es gelingt, Fertigkeiten aus dem realen Leben in das Spiel zu übertragen.

Erfahre, dass jeder von uns sich hier in der Festung einen Raum als Refugium genommen hat, auch Elena, die mir jetzt lachend erzählt, wie sehr sie sich erschreckt hat, als plötzlich durchsichtige leuchtende Schrifttafeln vor ihr in der Luft gehangen haben. Hog, Mouse und ich tauschen einen Blick. Bislang dachte nicht nur ich, dass NSC keinen Zugriff auf Menüs hätten.

Elena hat jedenfalls keine Schwierigkeiten gehabt, die Menüs zu verstehen und zu bedienen. Bei der Gelegenheit erfahre ich auch, dass sie das Zimmer rechts von dem meinen genommen hat und Erik das Zimmer links von mir.

Erik ist auch da und leistet uns beim Essen Gesellschaft, er selbst isst aber nichts, sondern trinkt nur Tee.

Erik ist noch immer ein Dämon, und wie Gustav auch isst er Fleisch, doch er teilt mir mit, dass es nicht roh sein muss. Er hat ausprobiert, was geschieht, wenn er etwas anderes isst, nur nährt es ihn nicht, sondern führt dazu, dass er »den Wind« bekommt.

»Es ist besser so«, sagt er, ohne eine Miene zu verziehen. »Ihr habt keine Ahnung, wie sehr ein dämonischer Furz stinkt.« Er schaut besorgt zu Hog hin, der sich gerade verschluckt hat und mühsam nach Luft ringt, während Elena ihm wirkungslos auf den Rücken klopft. »Ist etwas mit Euch?«

»Nein, nein«, bringt Hog röchelnd heraus. »Es ist alles gut.«

Erik sieht sich als mein Leibwächter, und in den meisten Fällen kann ich ihn finden, indem ich mich schlicht umdrehe, er steht und geht meist einen Schritt hinter und rechts von mir und ist so leise, dass ich leicht vergessen kann, dass er dort ist.

Er ist außerdem pflegeleicht, tut, was ich ihm sage, hat ein sicheres Gespür dafür, wann es für ihn an der Zeit ist, die Initiative zu ergreifen, und hält sich ansonsten diskret zurück. Eigenschaften des idealen Mannes, möchte man meinen. Er sieht überdies verteufelt gut aus, was in diesem Fall eher kein Wortspiel ist, und ich weiß, dass ich ihn in mein Bett holen kann, doch gerade weil er so diskret und unaufdringlich ist und nur tut, was ich ihm sage, kommt das nicht für mich infrage.

Obwohl er so gut aussieht, fällt es mir schwer, mir vorzustellen, mit ihm zu schlafen, obwohl er als Dämon ein paar Spezialfertigkeiten erlangen kann, die sich in diesem Zusammenhang interessant anhören.

Das Problem, stelle ich irgendwann fest, liegt darin begründet, dass ich ihn nicht verführen muss. Er gehört mir mit Leib und Seele, und in diesem Zusammenhang ist das wortwörtlich zu nehmen.

Nach dem Frühstück gehen wir zu dem achteckigen Torraum, und ich öffne ein permanentes Tor zum Hof des Toten Ebers. Der Torraum befindet sich im Fundament eines Wehrturms und ist vom vorderen Hof der Festung aus leicht zu erreichen. Sowohl das magische Tor als auch das, welches vom Hof aus in diesen Raum führt, sind groß genug, um mit einem dieser großen Handelswagen hindurchzufahren, und es ist irgendwie interessant, dass die Pferde kein Problem zu haben scheinen, durch meine Portale zu gehen.

Hauptmann Loris stellt zwei seiner Soldaten im Torraum auf, doch es ist eigentlich nicht nötig, denn mittlerweile kann ich am Portal einstellen, wer es benutzen kann. Diejenigen, die keinen Zugang besitzen, können das Portal noch nicht einmal sehen.

Für den Moment haben wir uns entschieden, das Haupttor der Festung geschlossen zu halten, mit dem Fallgitter unten und der Zugbrücke oben und den Wällen der Festung, die im Schnitt fünfzehn Meter hoch sind, erwarte ich zumindest zurzeit keine ungebetenen Gäste.

Alles scheint friedlich und ruhig. Wenig später sitze ich mit Elena, Hog und Mouse an unserem Tisch und nehme huldvoll die Lehnseide der Flüchtlinge entgegen, die sich entschieden haben, in Marensfurt eine neue Heimat zu finden.

Das sind alle.

Die scheuen Blicke, die sie mir zuwerfen, zeigen mir, dass sie meinen Sturmritt noch nicht vergessen haben, doch ich denke mir, es hilft, dass mich noch niemand dabei ertappt hat, wie ich kleine Kinder zum Frühstück esse.

Sofort nachdem wir zurückgekehrt sind, hat sich Elena lange mit ihrem Vater unterhalten, und beide haben dann den Gasthof zusammen verlassen, um wenig später mit der alten Gertrude wiederzukommen, die, wie Elena bereits vermutet hatte, mehr als nur bereit dazu ist, den Posten der Haushofmeisterin in der Festung anzunehmen.

Das System beschreibt ihre Position als Kastellan, doch in Wahrheit ist es so, dass ich sie damit zum CEO des Unternehmens Festung Eisrabe mache. Alle Fäden laufen bei ihr zusammen, und sie ist nur mir Rechenschaft schuldig.

Wie Elena mir später erzählen wird, geht diese Position mit einem großen Prestige einher, was erklärt, warum sich mein Ruf bei der alten Gertrude so sehr verbessert, dass sie mich für tolerierbar hält. Von Elena erfahre ich auch, dass dies schon beachtlich ist, denn die einzige Person, die die alte Gertrude respektiert, scheint Meister Ribin zu sein.

Was ich nachvollziehen kann.

Als ich die alte Gertrude frage, was sie jetzt tun will, bekomme ich als Antwort: »Das, was zu tun ist. Eure Hoheit braucht mir nicht beizubringen, wie man Eier ausbläst!«

Bin eigentlich zufrieden. Aber nicht befriedigt. Schreibe es meinem Notstand zu, dass ich zuerst nicht an Hühnereier denke, als sie das sagt.

O Mann, denke ich, ich brauche einen Mann! Oder … ich werfe einen schnellen Blick zu Elena hinüber und verscheuche den Gedanken in der Sekunde wieder. Ich weiß, dass sie Ja sagen würde, doch damit habe ich das gleiche Problem wie bei Erik, der ruhig und bewegungslos hinter mir steht.

Es gibt ein paar Überraschungen an dem Tag. Das Gebiet um die Festung herum ist fast so groß wie das der Baronie Marensfurt selbst, und nicht alle, die vom Fluch betroffen und von mir erlöst worden waren, haben sich in der Festung selbst befunden.

Diejenigen, die zur Festung gekommen sind, haben dann dort vor verschlossenem Tor gestanden. Im Laufe dieses Tages finden die meisten von ihnen den Weg nach Marensfurt. Es sind Kämpfer, Jäger und ein paar Priester, die in den letzten Jahren und Jahrzehnten versucht haben, den Fluch der Festung zu brechen, und sich jetzt unvermittelt wieder in menschlicher Form befinden.

Manche von ihnen sind Jahrzehnte aus ihrer Zeit gerissen. Ein Teil von ihnen ist bereit, mir zu dienen, andere kommen nur vorbei, um sich bei mir zu bedanken, dass ich den Fluch gebrochen habe.

Einer der beiden Priester dient Escheus und fragt nach, ob es in unserem Tempel, der mittlerweile wiederaufgebaut worden ist, eine Stelle für ihn gibt. Es ist Bruder Gilead, der davon am meisten begeistert ist, und ich nehme ihn später beiseite, um ihn zu fragen, ob es ihn nicht stört, wenn ich ihm einen Priester vor die Nase setze.

»Warum sollte es mich stören?«, fragt er überrascht. »Ich habe nie die Ambition besessen, ein Priester zu sein, es reicht mir, sein Wort zu predigen und den Menschen zu helfen, wo ich kann. Bevor Ihr gekommen seid, konnte ich dies auch hier und da tun, doch jetzt sind so viele Menschen neu im Ort, dass ich nicht allen von ihnen zur Seite stehen kann, selbst wenn ich es wollte. So aber haben sie einen Ort, um zu beten und die Gnade des Gottes zu empfangen. Sorgt Euch nicht um mich, Eure Hoheit, ich bin zufrieden.«

Also setze ich ihm Vater Alron vor die Nase, der mir ganz und gar nicht vorkommt wie ein Mann, der dem Gott des Todes dient. Er ist ein kleiner runder Mann mit blitzenden grauen Augen, in denen der Humor leicht zu sehen ist, einem leicht auszulösenden Lachen und einer freundlichen, vertrauenerweckenden Art. Sein Haarkranz ist nicht der Tonsur eines Mönches, sondern dem Haarausfall geschuldet. Auch er macht sich sofort ans Werk, und noch an diesem Abend gibt es einen Gottesdienst in unserem neuen Tempel, der so viele Gläubige anzieht, dass der Tempel dafür zu klein ist, was Vater Alron dazu veranlasst, den Gottesdienst auf den Stufen seines Tempels abzuhalten, sodass er zu der Menge predigen kann, die sich auf dem Marktplatz eingefunden hat.

Marensfurt verändert sich so schnell, dass ich dabei zusehen kann. Als wir am Morgen aus dem Portal gekommen sind, habe ich sehen können, dass man bei der letzten Häuserruine Material stapelt, als ich später nach dem Mittagessen den Gasthof verlasse, steht dort ein neues Haus.

Tatsächlich wäre es mir lieber, es würde nicht so schnell gehen, auch wenn es mir entgegenkommt. Doch mehr als vieles andere erinnert mich der Anblick von sich selbst zusammenbauenden Häusern daran, dass dies nur ein Spiel ist.

Im Laufe des Abends sucht mich ein gut gelaunter Meister Ribin auf und erklärt mir, dass wir in den nächsten Tagen Einwanderer von nah und fern erwarten können, offenbar spricht es sich herum, dass wir Flüchtlingen Zuflucht gewähren.

Während meines Gesprächs mit Meister Ribin erhalte ich eine Systemnachricht. Lester Starhammer hat eine weitere Baronie erobert. Graf von Teuffen hat daraufhin König Gernulf um Hilfe gebeten, und der hat nun Lester Starhammer, den neuen Baron von Gundersburg, aufgefordert, ihm, dem König, den Lehnseid zu schwören oder geächtet zu werden.

Spreche es Meister Ribin gegenüber an, und er nickt. »Der Baron hat nun die Möglichkeit, den Lehnseid zu leisten, woraufhin der König ihm verbieten wird, weiter zu kämpfen. Oder eben geächtet zu werden, was bedeutet, dass der König vielleicht Questen ausschreibt, die demjenigen, der Lester Starhammer besiegt, die Baronie Gundersburg als Belohnung gibt. Wenn er klug ist, gibt der Baron nach.«

Lester ist klug. Eine halbe Stunde später erfahren wir, dass Lester Starhammer König Gernulf den Treueeid geschworen hat.

»Für den Moment jedenfalls«, sagt Mouse, und Hog nickt zustimmend. Keiner von uns glaubt, dass es dabei bleiben wird.

Dr. Jensen hat recht, wenn er davon ausgeht, dass es Probleme geben wird.

Mit fällt auf, dass ich jetzt schon länger nichts von ihm gehört habe.

Was ich weiterhin an mir selbst beobachte, ist der gigantische Unterschied, den es macht, keine Balken mehr zu sehen. Habe selbst unterbewusst in Spieler und NSC unterteilt, jetzt, da dies nicht mehr so offensichtlich ist, nehme ich sowohl Spieler als auch NSC anders wahr.

Als Elena und ich am Abend durch das Portal zur Festung zurückkehren, besitzt Marensfurt eine Einwohnerzahl von dreihunderteinundsiebzig. Und Meister Ribin erwartet in den nächsten Tagen und Wochen noch deutlich mehr an Zuwanderung.

Als mich die alte Gertrude in der großen Halle begrüßt, erkenne ich sie kaum wieder. Sie sieht deutlich jünger aus, steht kerzengerade und trägt ein kostbares Kleid und einen riesigen Schlüsselbund an ihrem Gürtel. Sie teilt mir mit, dass sie mit dem Hauptmann gesprochen hätte und, da ich keinen großen Wert auf Diener zu legen scheine, sie sich zuerst darum kümmern wird, Personal für andere Aufgaben zu finden. Es ist zwar gar nicht nötig, dass sie mir Bericht erstattet, ich kann es im Organigramm der Festung selbst nachlesen, doch ich höre ihr zu und danke ihr für ihren Einsatz, wonach sie sichtlich zufrieden und mit hocherhobenem Kopf davonschreitet und auf dem Weg den einen oder die andere vor sich herscheucht, die ihrer Meinung nach ganz offenbar zu wenig zu tun haben, wenn sie hier im Hof herumlungern, um einen Blick auf die Herzogin zu erhaschen!

40 Du hast es gebraucht

Für diesen Abend habe ich nichts weiter vor, als in meiner Badewanne herumzuliegen und vielleicht doch einen Blick in Dianas Manual zu werfen.

Es kommt anders.

Kaum habe ich es mir in der Badewanne bequem gemacht und mein Magielicht so zurechtgerückt, dass ich damit gut lesen kann, als Fire anfragt, ob ich Zeit für sie hätte.

»Klar«, antworte ich. »Wenn es dir nichts ausmacht, dass ich in der Badewanne sitze.«

Sie lacht. »Warum sollte mich das stören? Warte, ich komme zu dir.«

Nur wenig später klopft es an der Tür. Gebe ihr Erlaubnis, mein Refugium zu betreten, und sie kommt zu mir ins Bad, wo sie sich mit großen Augen umschaut.

»Wow!«, meint sie dann. »Das nenne ich eine Badewanne. Hast du was dagegen, wenn ich zu dir in die Wanne komme?«

Mein Herz fängt schneller an zu schlagen. »Warum sollte ich?«, antworte ich in demselben gelassenen Tonfall, den sie vorhin verwendet hat.

Sie zieht sich aus, nicht tatsächlich verführerisch, nicht langsam, nicht schnell, doch die Art, wie sie sich bewegt, ihr Blick … als sie lächelt und mit der Zunge ihre Lippen befeuchtet, wissen wir beide, was geschehen wird. Dabei hat sie zu diesem Zeitpunkt noch nicht einmal einen Zeh ins Wasser gehalten.

Später, viel später denke ich träge und faul darüber nach, dass VR oder vielleicht doch Magie so ihre Vorteile haben.

Das Wasser wird nicht kalt.

»Das war überfällig«, lächelt sie, während ihre Hand an einer bestimmten Stelle liegt und dafür sorgt, dass ich nicht einschlafe. Es ist nicht aufdringlich, nicht eilig, einfach nur … bemerkbar.

»Das kannst du laut sagen«, seufze ich und spiele mit ihrem Haar.

Sie lacht und grinst dann schelmisch. »Nicht für mich. Tom weiß es besser, als mich zu vernachlässigen. Ich denke, du hast es gebraucht. Ich wusste nur nicht, ob …« Sie deutet auf sich und mich. »Nun ja, du weißt schon, ob du Frauen magst. Ich habe für so etwas einen guten Radar, aber bei dir …«

»Wer mag keine Frauen«, lächele ich und lasse mich etwas tiefer ins Wasser gleiten, ihrer Hand entgegen. »Sogar die Männer mögen uns.«

Sie lacht laut auf und spreizt ihre Beine, als meine Hand auf Wanderschaft geht. Nachdrücklich. Bin noch nicht satt.

Später dann sitzen wir vor meinem Kamin, trinken Wein und tratschen, wie wir es seit Jahren nicht mehr getan haben.

»Es ist seltsam«, sagt sie und spielt mit ihrem Glas. »Wenn ich auslogge und dann zu Hause aus dem Pod steige, kommt mir dort alles schal und fade vor. Ich atme ein, und anstatt Wald zu riechen, rieche ich die Abgase von der Verbrennungsanlage. Wenn ich nachts in den Sternenhimmel sehe, sind die meisten Sterne nicht zu sehen, und wenn doch, dann nicht so klar wie hier. Wenn ich das Küchenfenster offen habe, höre ich den Fernseher von unserer Nachbarin. Ich schwöre, sie hat in jedem Raum einen Fernseher stehen, und sie sind alle an. Ich denke daran, dass ich wieder mal ins Büro gehen sollte, um unsere Umsätze zu überprüfen, doch der Gedanke schreckt mich ab. Das Leben in der Realität ist …«, sie scheint nach den Worten zu suchen, »leer. Es ist alles bunter und frischer hier. Ich habe Diana gefragt, ob sie etwas daran geändert haben, wie wir fühlen, doch sie versichert mir, dass sie das nicht getan haben. Nur fühle ich mich hier lebendig. Echt. Obwohl es ja eigentlich andersherum ist.«

Nicke nur. Ich kann noch nicht ausloggen, doch ich weiß auch noch nicht, ob ich das überhaupt tun will.

»Es kann an den erhöhten Wahrnehmungswerten liegen«, spekuliere ich, und sie nickt.

»Darüber habe ich auch schon nachgedacht. Es ist jedenfalls auffällig, wie farblos die reale Welt für mich geworden ist.« Sie sieht mich unter langen Wimpern an. »War es das erste Mal? Mit einer Frau, meine ich?«

Lache. »Nein. Ich hatte ein kurzes Abenteuer, bevor ich nach

Westpoint gegangen bin. Aber mehr auch nicht. Ich fand es irgendwie immer schwierig, Frauen zu verführen.«

»Ich weiß genau, was du meinst.« Sie grinst. »Bitches!«

»Richtig«, lache ich. »Ich weiß nie, wie es ankommt, und wenn sie meine leisen Signale ignorieren, ziehe ich mich immer schnell zurück. Ich gestehe, ich liebe die Männer. Sie sind so einfach. Aber das eben ...« Ich tue so, als ob ich nachdenken müsste. »... war auch ganz nett.«

»Ganz nett?«, kreischt sie. »Ganz nett? Ich bin Hottest Hotness, und du solltest mir auf Knien dankbar sein, dass ich dich an diesen Luxuskörper herangelassen habe!«

Leiste rasch Abbitte, weil sie droht, mich sonst zu kitzeln.

41 Nichts daran ist einfach

»Ich bin schwanger«, sagt Fire, als ich gerade einen Schluck Wein trinke. Verschlucke mich am Wein und schaue sie mit tränenden Augen an, während ich verzweifelt versuche, Luft zu bekommen.

»Ich bin schwanger«, wiederholt sie, als ich mich wieder gefangen habe. »Ich weiß es erst seit eben. Das System hat es mir mitgeteilt, als ich mich eingeloggt habe. Besser als jeder Schwangerschaftstest, der Embryo ist erst drei Wochen alt. Tom weiß es noch nicht, und ich weiß auch nicht, ob ich es ihm sagen soll. So viel kann geschehen …« Sie spielt mit ihrem Glas herum. »Ich habe mit Diana gesprochen, sie sagt, es ist sicher, wenn ich mich im Pod befinde. Tatsächlich wäre es gut für das Kind, zumal das System ständig aufpasst, ob auch alles in Ordnung ist.« Sie weint lautlos, ich bin mir nicht sicher, ob sie es überhaupt bemerkt. »Ich will dieses Kind«, flüstert sie. »Ich bin zweiundvierzig. So viele Chancen habe ich nicht mehr. Gleichzeitig fühle ich mich, als ob ich Jen damit verraten würde. Wir verlieren sie und machen uns einfach eine neue Tochter …«

»Nichts daran ist einfach«, sage ich langsam. »Und du weißt, dass das mit dem Verrat Blödsinn ist. Wäre Jen am Leben, würdest du auch nicht zögern, sie zur großen Schwester zu machen.«

Fire lächelt. »Ich weiß. Was ich nicht weiß, ist, was ich jetzt tun soll.«

Tue überrascht. »Was du tun sollst? Ich habe gedacht, du hast schon getan. Mit Cat und so. Der Rest geht angeblich wie von alleine.«

»Ha«, meint sie und lacht. »Ob ich will oder nicht.« Sie zögert kurz. »Das vorhin …«

»Ja?«

»Ich will nicht sagen, dass es nicht wieder geschehen wird.

Wie ich mich kenne, wird es das. Nur darf es kein regelmäßiges Ding sein. Ich will nicht, dass Cat eifersüchtig wird.«

»Auf mich?«, frage ich überrascht.

»Nein, auf mich. Weil er dich auch will. Nur …«

Nicke. »Es wird so kompliziert?«, frage ich sanft.

»Ja.« Sie seufzt. »Üblicherweise teilen wir unsere … Eroberungen. Nur mit dir wäre es etwas anderes. Du bist uns zu wichtig und …« Sie macht eine unbeholfene Geste, und ich stehe auf und küsse sie sanft. Auf die Stirn.

»Ich danke dir«, flüstere ich ihr zu. »Du weißt nicht, wie wichtig das für mich war. Es ist nicht so, dass ich Cat nicht attraktiv finde, es würde nur zu viel verändern.«

Sie lacht. »Ja«, grinst sie. »Er sagt, dass er der Einzige ist, dem du so vertraust, dass du machst, was er dir sagt. Ich glaube auch, dass er es nicht riskieren will. Aber ich werde ihm sagen, was zwischen uns vorgefallen ist. Das ist unsere Vereinbarung.«

»Ich habe nichts dagegen«, sage ich. »Sagst du ihm etwas über das Kind?«

Sie schüttelt den Kopf und verbirgt ihr Gesicht hinter ihren Haaren. »Noch nicht. Es ist drei Wochen alt, Alex! In meinem Alter habe ich Angst, dass ein Schluckauf schon reicht, um es zu verlieren. In ein paar Wochen ja. Jetzt noch nicht.«

Sie bittet mich nicht, es für mich zu behalten. Das ist auch nicht nötig.

Ich bin nur vier Jahre jünger als Mary. Zusammen mit dem Gedanken, jemals wieder gehen zu können, habe ich auch den Gedanken an Kinder schon lange aufgegeben. Doch wenn Dr. Jensen recht behält … ich zügele meine Gedanken. Dazu muss ich erst einen Mann finden, dem ich vertrauen kann und der auch da bleibt und nicht irgendeine Frisörin aufregender findet.

Pah! Ich bin sogar schon einmal für die Medal of Honor vorgeschlagen worden. Ich habe sie nicht bekommen, was okay ist, den meisten wird sie posthum verliehen, aber ich frage mich schon, wie mein Ex eine Frisörin aufregender finden konnte!

Bringe Fire zur Tür, wir verabschieden uns mit einem letzten Kuss, und als ich die Tür schließe, muss ich lachen.

Habe eben gerade demonstriert bekommen, dass Hottest

Hotness nicht nur PR von Fire ist, und ich trauere meinem Ex nach? Ich muss bescheuert sein.

Es ist nicht ganz unwahrscheinlich, dass ich mit einem Lächeln eingeschlafen bin.

42 Das Haus der Wahrheit

Das Gleiche scheint für Mouse zu gelten, denke ich beim Frühstück, das wir in Marensfurt im Rathaus zu uns nehmen.

Unser Tisch im Toten Eber ist immer noch »unser« Tisch, und Meister Beck hält ihn für uns frei, doch dort werden wir ständig gestört. Mouse wirkt jedenfalls auch sehr entspannt an diesem Morgen, was vielleicht daran liegen kann, dass ich Orissa verstohlen durch die Gänge habe tapsen sehen.

Habe sie nicht direkt selbst gesehen, sondern nur über meine Karte.

Es gibt kein Entkommen von dem alles sehenden Auge der Baronin!

Böses Gelächter einblenden!

Tatsächlich sind die Refugien privat, selbst ich kann nicht in Mouses Raum hineinschauen.

Auch wenn wir heute hier im Rathaus frühstücken, was ich zu meiner täglichen Routine machen will, gehen wir anschließend zum Toten Eber, diesmal, damit ich meinen Pflichten nachkommen kann.

Meister Ribin schickt nicht jeden Neuankömmling einzeln zu mir, sondern immer in Gruppen, die mir dann den Lehnseid schwören, und das auch nur einmal am Tag, sonst wäre ich damit alleine schon zu lange beschäftigt.

Bin gerade dabei, den Eid des letzten neuen Einwohners entgegenzunehmen, als eine laute Stimme von draußen dröhnt.

»Mein Name ist Markus Steinfaust, und ich fordere Alexandra Eisrabe zum Ehrenduell heraus, da sie unwürdig ist, den Titel einer Baronin zu tragen!«

»Was zur Hölle ist das?«, frage ich, während ich mit Elena einen verständnislosen Blick tausche.

»Das ist ein Depp, der glaubt, dass du es ihm so einfach machst«, knurrt Mouse. »So hat Lester Starhammer seine Baronie gewonnen.«

»Alles klar«, sage ich und stehe auf, um mir Markus Steinfaust einmal anzusehen. Allein sein Name sagt mir schon, dass es sich um einen Spieler handeln muss. Dass ich seine Informationen nicht sehe, macht die Sache spannend, ich kann nur anhand seiner Ausrüstung raten, dass er in etwa Stufe 50 sein muss. Was auch eine bewusste Irreführung sein könnte. Was meine eigenen Anstiege angeht, bin ich jetzt Stufe 39. Ich habe die schlechte Angewohnheit entwickelt, es in Schüben zu tun, lange nichts und dann mehrere Stufen auf einmal.

Es ist seltsam, denke ich, als ich ihn mir ansehe. Sehe mir genauso gerne schöne Männer an wie andere, aber jetzt wünsche ich mir, mal wieder ein Gesicht zu sehen, das nicht perfekt ist. Eine gebrochene Nase, schiefe Zähne, irgendeine Kleinigkeit, die mich nicht an Ken denken lässt. Den ich sowieso nie mochte. Meine beiden ersten und letzten Barbiepuppen habe ich als Ziele für mein Luftgewehr verwendet.

Glaube, ich war sechs oder sieben zu dem Zeitpunkt.

Markus steht mitten auf der Straße, seine Hand schwebt über dem Schwertgriff, als wäre dies Dodge City. Der Vergleich ist nicht ganz unpassend, stelle ich fest. Er steht hier und wartet darauf, ob der Sheriff sich traut, seine Herausforderung anzunehmen.

»Was mache ich jetzt?«, frage ich Elena und Mouse. »Ich kann das Duell annehmen, aber dann hört es wahrscheinlich nicht mehr auf.«

»Er ist nicht von Adel«, sagt Elena und schnaubt abfällig. »Also fehlt ihm jedes Recht, Euch herauszufordern! Der Adel ist nicht verpflichtet, sich mit jedem dahergelaufenen Pöbel zu schlagen!«

»Warum hat Baron von Gundersburg sich dann darauf eingelassen?«

Elena zuckt mit den Schultern. »Vielleicht war er zu stolz? Oder zu dumm?«

»Wenn Ihr erlaubt,«, sagt Erik höflich, »werde ich mich um diesen … Kerl kümmern.«

»Bitte«, antworte ich genauso höflich, »tu dir keinen Zwang an.«

Mehr braucht es nicht, denn Erik weiß offensichtlich, wie er die Angelegenheit regeln will.

Er geht an mir vorbei die Treppe hinab und geht zu dem Spieler hin.

»Die Herzogin ist meine Herrin«, teilt Erik Markus mit. »Durch Euer unverschämtes Begehren beleidigt Ihr nicht nur meine Herrin, sondern auch mich. Meine Herrin steht über solchen Dingen, doch ich kann diese Beleidigung nicht unerwidert lassen. Stellt Euch meiner Klinge, Wurm, oder flieht in Schande.«

»Wurm?«, wiederholt Elena überrascht und kichert leise. »Erik gefällt mir von Tag zu Tag besser. Er ist ganz in Ordnung, dafür, dass er ein Dämon ist.«

Ja, denke ich und seufze. Erik ist mehr als nur ganz in Ordnung. Wenn er nur mehr Eigeninitiative zeigen würde. Nun, das hat er eben ja getan.

Markus mustert Erik und scheint etwas vorsichtiger zu werden.

»Ich muss deine Herausforderung nicht annehmen«, sagt Markus irritiert.

»Da die Herzogin von Adel ist, darf nur ein Adeliger sie fordern. Ihr seid nicht von Adel, also könnt Ihr sie nicht fordern. Aber Ihr«, sagt Erik und stupst ihn mit einem Finger hart an die Brust, »habt keinen Grund, Euch meiner Herausforderung nicht zu stellen.«

»Ich will nicht mit dir kämpfen«, beharrt Markus.

Ich habe das Gefühl, dass er sich das alles etwas anders vorgestellt hat und jetzt nach einem Weg sucht, sich aus der Affäre zu ziehen.

»Gut«, nickt Erik. »Dann flieht wie der feige Hund, der Ihr seid, unser Herald wird es in der gesamten Baronie verkünden, dass hier am heutigen Tage Markus Steinfaust seine Ehre verloren hat!«

Sechster Sinn erfolgreich.
Shadow_Stalker greift dich an.
Du weichst einem Angriff aus.
Shadow_Stalker verfehlt dich.

Wirbele herum und sehe hinter mir auf dem Boden Shadow_Stalker liegen, der mich mit schmerzverzerrtem Gesicht hasserfüllt anschaut. Er hält noch immer zwei Dolche in der Hand, doch er scheint sich nicht bewegen zu können.

Hinter ihm steht Mouse, der gerade zufrieden lächelnd einen seiner Dolche mit einem nun rot befleckten weißen Seidentuch reinigt.

»Du Schlampe«, bringt Shadow_Stalker mühsam heraus. »Das war unfair! Das hier geht nur dich und mich etwas an!«

»Ist das so?«, fragt Mouse amüsiert. »Du findest, dass es unfair ist, wenn ich mich einmische, wenn du Alex aus dem Schatten heraus angreifen willst?«

»Du bist ein Schurke wie ich«, beschwert sich Shadow_Stalker, während Elena wortlos ein goldenes Seil herausholt und ihn damit fesselt. »Du hättest dich raushalten sollen!«

»Was ist mit Euch?«, höre ich Eriks fragende Stimme hinter mir, und ich werde daran erinnert, dass mich da noch jemand zum Duell herausfordern will.

Drehe mich um und sehe, dass die Frage nicht mir gegolten hat, sondern Markus, denn Erik hat den Mann nun am Kragen und schüttelt ihn. Elena eilt bereits zu ihm, das zweite goldene Seil in der Hand. »Habt ihr beide es euch so gedacht, dass ihr sie ablenkt und Shadow_Stalker sie dann umbringt?«

»Nein, natürlich nicht!«, begehrt Markus auf, dem es nicht gelingt, sich aus Eriks Händen zu befreien. Ich frage mich gerade, warum sich niemand im Kampf befindet, als ich das Handschellen-Symbol sehe, das über Markus schwebt.

»Nun«, sagt Erik, als er das goldene Seil von Elena entgegennimmt und damit Markus' Hände verschnürt, »wir werden das gleich wissen.«

Hauptmann Loris, der inzwischen auch wieder sein eigenes Schwert von mir zurückerhalten hat, kommt mit zwei Soldaten der Garde durch das Tor auf den Hof des Toten Ebers und übernimmt das Kommando, woraufhin sich eine Prozession von Dörflern und Spielern in Richtung Haus der Wahrheit in Bewegung setzt.

Die grimmige Art, wie die Dorfbewohner die beiden Spieler anschauen, lässt nichts Gutes ahnen. Da Shadow_Stalker noch nicht wieder laufen kann, hebt Meister Ribin ihn am Gürtel hoch und trägt ihn wie einen Koffer.

Mit einer Hand.

Das Interessante ist, ich muss gar nichts tun, niemand fragt mich nach Anweisungen, ich werde fast vollständig ignoriert.

»Was war das?«, frage ich Mouse, während Elena, er und ich der Prozession folgen.

»Je höher mein Wert im Schattenverstecken ist, umso leichter fällt es mir, einen anderen Schurken zu finden, der im Schatten herumschleicht. Mit einem hohen Aufmerksamkeitswert kombiniert, kann man sie dann sehen. Als er sich an dich herangeschlichen hat, war ich schon lange in Position, um einen Angriff auf dich auf ihn selbst zu reflektieren. Dass er gelähmt ist, liegt daran, dass er seinen Dolch vergiftet hat.«

»Er hat sich mit seinem eigenen Dolch vergiftet?«, frage ich ihn überrascht.

»Ich habe etwas nachgeholfen«, grinst Hog. Er holt sein Buch heraus, klappt es auf und schreibt etwas hinein. Er hält mir das Buch hin, um es mir zu zeigen.

Shadow_Stalker I.

»Du hast ihn nicht durchgestrichen?«, frage ich ihn, und er schüttelt den Kopf und bleckt die Zähne.

»Nein«, sagt Mouse. »Ich denke, es wird nicht das letzte Mal sein.«

Das Haus der Wahrheit offenbart uns, dass Loverboy Shadow_Stalker den Auftrag gegeben hat, mich siebzehn Mal zu ermorden. Einmal ist es ihm ja schon gelungen.

Shadow_Stalker scheint sich mit seinem Schicksal abgefunden zu haben und erzählt dies alles recht freimütig Meister Ribin, der als Bürgermeister die Befragung leitet.

Eine Systemnachricht informiert mich, dass Meister Ribin Elenas Vater, Meister Beck, in das Amt des Richters von Marensfurt berufen hat, und fragt nach meiner Zustimmung.

Stimme zu.

Das kann interessant werden.

»Mein Fehler war«, sagt Shadow_Stalker mehr zu mir als zu den anderen, die sich hier im Haus der Wahrheit drängen, um ihre Neugier zu befriedigen, »dass ich den Auftrag angenommen habe, bevor ich wusste, worauf ich mich da eingelassen habe. Ich habe nichts gegen dich persönlich, aber ich kann es mir jetzt auch nicht anders überlegen.«

»Du hast meine Herrin Schlampe genannt. Das klingt persönlich«, stellt Elena überraschend ruhig fest. »Das alleine ist schon ein Grund, dich auspeitschen zu lassen.«

Shadow_Stalker zuckt mit den Schultern. »Ich war sauer«, erklärt er und sucht wieder meinen Blick. »Es ist wirklich nicht persönlich.«

Mittlerweile hat das Gift aufgehört zu wirken, und er kann wieder auf eigenen Füßen stehen.

»Was willst du damit sagen?«, frage ich ihn. »Dass du es weiter versuchen wirst, bis du mich noch weitere sechzehn Mal getötet hast?«

»So läuft das Spiel«, sagt er und zuckt mit den Schultern. »Sonst werde ich aus der Gilde herausgeworfen und verliere meinen Ruf.« Ihm fällt etwas ein. »Du könntest eine Petition an den Gildenmeister richten und versuchen, dich freizukaufen. Doch der Gildenmeister ist ein NSC und sieht das alles ziemlich eng.«

»Das kann ich nachvollziehen«, sagt Meister Ribin mit seiner tiefen Stimme. »Mir geht das genauso.«

Zu unser aller Überraschung stellt sich heraus, dass Markus mit dem Anschlag auf mich nichts zu tun hat. Erik entschuldigt sich, löst ihm das goldene Seil von den Händen und fragt ihn höflich, ob Markus nach wie vor auf die Duellforderung mir gegenüber bestehen will. Markus lehnt genauso höflich ab.

Doch er bleibt noch da und schaut zu, wie Shadow_Stalker von der erbosten Menge zum Rathaus geschleift wird.

Dort stehen die Türen des Gerichtssaals, den wir bisher nicht verwendet haben, für alle offen, und Meister Beck sitzt in einer neu aussehenden schwarzen Robe hinter dem Richterpult. Erik schildert ihm den Fall, während Hauptmann Loris den Gefangenen am Hals nach unten drückt, sodass Shadow_Stalker mit der Stirn auf den Boden gepresst warten muss.

Erst zum Schluss zieht Loris den Gefangenen an den Haaren hoch, sodass dieser nun aufrecht kniet und zu Meister Beck hochschauen kann.

»Habt Ihr etwas dazu zu sagen, Shadow_Stalker?«, fragt Meister Beck mit einer Stimme, die ich so von ihm nicht kenne. Meister Beck ist ein gutmütiger Mann, doch jetzt klingt seine Stimme eiskalt.

»Ich bekenne mich schuldig, Euer Ehren«, sagt Shadow_Stalker und zuckt mit den Schultern. »Hat auch keinen Sinn, das abzustreiten, es steht im Log. Es tut mir nur leid, dass ich die Herzogin eine Schlampe genannt habe. Es stellt nicht meine Meinung dar, ich war in dem Moment nur angepisst. Ich entschuldige mich hiermit ausdrücklich dafür.«

»Du wirst dich gleich selbst anpissen!«, ruft eine hämische Stimme aus dem Publikum, was von einem lauten zustimmenden Geraune begrüßt wird.

»Ruhe«, sagt Meister Beck und lässt seinen Hammer fallen. »Sonst erfährt hier jemand, wie ich es finde, wenn das Gericht missachtet und so die Ehre der Herzogin befleckt wird.«

Okay.

Das hat gewirkt, es wird schlagartig still.

»Das ist alles?«, fragt Meister Beck den Gefangenen.

Shadow_Stalker nickt.

»Für die Majestätsbeleidigung gegenüber der Herzogin von Maren verurteile ich Euch zu zehn Peitschenhieben, ein mildes Urteil, da Ihr Reue und Einsicht gezeigt habt. Für den heimtückischen Mordversuch an der Herzogin verurteile ich Euch zum Tod am Strang. Ihr sollt hängen, bis Ihr tot seid. Für die besondere Heimtücke des Angriffs soll dieser vierfach auf Eurer Seele lasten. Da Ihr ein Wiedergänger seid, werdet Ihr zusätzlich der Baronie verbannt. Ihr habt nach Eurer Wiederauferstehung vierundzwanzig Stunden Zeit, die Baronie zu verlassen. Betretet Ihr sie danach erneut, werdet Ihr als vogelfrei erklärt. Um die Kosten des Verfahrens zu tragen, zieht die Krone den an Eurem Leib befindlichen Besitz ein.«

»Scheiße«, sagt Shadow_Stalker mit Inbrunst, aber er nickt.

Ich erhalte eine private Botschaft von ihm.

»Kann ich vielleicht anschließend meinen *Dolch des Windes*

zurückkaufen?«, fragt er mich. »Als Gegenleistung kann ich für dich Loverboy umlegen.«

Überlege kurz und denke dann, warum nicht? Irgendwie glaube ich Shadow_Stalker, dass er nichts persönlich gegen mich hat, und mir sind Freunde lieber als Feinde. »Hol dir nachher deinen Dolch ab«, sage ich zu ihm. »Was Loverboy angeht, möchte ich mich nicht auf sein Niveau herablassen.«

»Das hat nichts mit dir zu tun«, sagt er im Chat, doch ich sehe ihn schief grinsen, als er von Meister Ribin auf die Füße gezerrt wird. »Loverboy hat mir nicht gesagt, *wer* du bist.«

Ich zucke mit den Schultern.

»Tu dir keinen Zwang an.«

Wir folgen Hauptmann Loris und seinen zwei Wachsoldaten, die nun Shadow_Stalker wegführen. Ich bin überrascht, als ich feststelle, dass es nicht zu der Wagenmacherei geht, wo der Galgenbaum steht, sondern Richtung Süden, zum Ortseingang.

Ich bin hier seit einiger Zeit nicht mehr vorbeigekommen, und der Galgen, der hier steht, ist mir neu. Was mir nicht gefällt, sind die drei hohen Stangen, auf deren Spitze ein Rad montiert ist, und die eisernen Käfige, die in der Nähe stehen. Sie sind verrostet, und einer der vier Käfige ist umgefallen.

Neben dem Galgen steht ein Richtblock, in dem demonstrativ eine rostige Axt steckt.

Ohne große Umschweife wird Shadow_Stalker von seiner Oberbekleidung befreit und von den beiden Soldaten an einen dicken Pfahl gebunden. Jemand reicht ihm eine dicke Lederrolle, in die er hineinbeißen soll, dann rollt Meister Ribin eine Bullenpeitsche aus, und Meister Beck nickt.

Shadow_Stalker erträgt die Bestrafung stoisch, auch wenn jeder Schlag von Meister Ribins Peitsche ihm die Haut offenlegt und Blut fließen lässt.

Mein Mitleid hält sich in Grenzen. Trägt Shadow_Stalker nur einen VR-Helm, bekommt er sowieso nicht viel davon mit, ist er mit einem Pod eingeloggt, kann er sein Schmerzempfinden auf zehn Prozent herabregeln, und zudem wird jedes Schmerzsignal nach zwei Sekunden geblockt.

Doch es sieht brutal aus.

Mittlerweile fällt es mir schwer, die NSC als NSC zu sehen, und sie haben diese Möglichkeit nicht.

Sie würden jeden Hieb fühlen.

Nach dem letzten Hieb wird Shadow_Stalker auf unseren neuen Galgen geführt. Alleine die Tatsache, dass er ohne Hilfe gehen kann, zeigt, wie wenig ihn die Peitschenhiebe berührt haben.

Oben auf dem Galgen legt der alte Hans, der eine schwarze Robe und Haube trägt, die ihn fast unkenntlich machen, Shadow_Stalker die Schlinge um den Hals und schaut zu Hauptmann Loris hin.

Der schaut zu mir, ich nicke, der Mann in der schwarzen Robe legt den Hebel um, Shadow_Stalker fällt durch die Klappe, es knackt laut, und er hängt still.

»Er hat Glück gehabt«, stellt Mouse fest. Er klingt etwas enttäuscht. »Sein Genick ist gebrochen.«

Zwei Minuten später leuchtet Shadow_Stalker golden auf und verschwindet, während der Inhalt seines Inventars auf den Boden regnet.

Ich gehe hin und hebe den *Dolch des Windes* auf, alles andere wird von einem Soldaten achtlos in einen Sack geworfen.

43 Kostspieliges

Als wir zurückgehen, nehme ich Elenas Vater zur Seite, der mir zufrieden vorkommt. »Meister Beck, ich habe die anderen Instrumente auf dem Richtplatz gesehen. Ich will nicht, dass sie Verwendung finden. Kein Rädern, kein Brechen, keine Häutungen oder sonst etwas in der Richtung.«

Er richtet sich zu seiner vollen Größe auf und schaut mich an. »Es ist üblich, einen Richter mit dem Titel Magister anzusprechen«, teilt er mir erhaben mit, um den Effekt dann sogleich damit zu ruinieren, dass er leise lacht und den Kopf schüttelt. »Keine Sorge, Hoheit, sie dienen nur der Abschreckung. Nur wenige Verbrechen verdienen eine solche Strafe. Da sie das Hochrecht berühren, werden solche Fälle nur von Euch oder von einem durch Euch eingesetzten Hochrichter entschieden.« Sein Gesicht wird hart. »Eure Hoheit, begeht nicht den Fehler, zu weichherzig zu sein. Es gibt Menschen, die diese Urteile verdienen. Wie das Biest von Arensvelt.«

Schaue ihn fragend an.

»In den letzten Wochen treibt ein Ungeheuer in Arensvelt sein Unwesen. Er entführt junge Frauen, tut ihnen die abscheulichste Gewalt an und weidet sie anschließend aus. Es sind ihm schon siebzehn junge Frauen zum Opfer gefallen. Die meisten glauben, dass es ein Wiedergänger ist, da er sich bislang nicht an einer Wiedergängerin vergriffen hat. Für jemanden wie ihn sagt das Gesetz, dass er mit glühenden Zangen kastriert und dann am ganzen Körper aufgezwickt werden soll, bevor man ihn am Rad bricht.« Er schaut zu seiner Tochter hin, die sich gerade mit Pia unterhält. »Wenn so etwas hier geschieht, werde ich nicht zögern, ein solches Ungeheuer mit aller Härte zu belangen, und werde darauf dringen, dass Ihr mein Urteil bestätigt.«

Ja. Das. Die Diskussion ist uralt. Straft die Obrigkeit ein solches Ungeheuer nun selbst mit unmenschlicher Härte oder versucht man dem gegenüber human zu sein, der seine eigene Menschlichkeit vergessen hat?

Einer meiner Ausbilder hat mal zu mir gesagt, dass unmenschlich nicht das richtige Wort ist, da es Menschen sind, die diese ungeheuerlichen Dinge tun. Ich ertappe mich dabei, wie ich ihm in Gedanken zustimme.

Ein sadistischer Soziopath? Es muss nicht unbedingt ein Spieler sein, Dr. Jensen hat mir erklärt, dass die NSC über die volle Bandbreite auch an geistigen Störungen verfügen.

Doch das, was Meister Beck mir eben erzählt hat, hört sich für mich auch sehr nach einem Spieler an.

»Ihr wisst, dass sie sich an Euch wenden werden, wenn sie dieses Ungeheuers habhaft werden?«, fragt er mich jetzt.

»Wer?«

»Arensvelt. Sie haben offiziell anerkannt, dass Ihr das Hochrecht dort besitzt, auch wenn sie sich Euch nicht beugen wollen. Da sie Questen ausgeschrieben haben, die eine Ergreifung dieses Ungeheuers hoch belohnen, werden sie ihn auch irgendwann finden.« Er schaut mich bedeutsam an. »Wenn es ein Wiedergänger ist, dann ist es wichtig, dass das Urteil über ihn auch von einem Wiedergänger ausgesprochen wird, sonst werden die Bürger der Stadt euch allen unterstellen, dass ihr euch über dem Gesetz wähnt.«

Womit sie nicht so falschliegen würden. Nicke nur und sage nichts weiter dazu, es deprimiert mich, und ich bin froh, mich anderen Dingen zuwenden zu können, als Meister Ribin mich darauf anspricht, dass er den Wall um Marensfurt wiederaufbauen will.

Mittlerweile sind wir imstande, einen Wagen, zwei Zugpferde und gut ein Dutzend starke Männer abzustellen, um den alten Steinbruch wieder in Betrieb zu nehmen und in den dichten Wäldern im Norden Holz zu schlagen, zumal es dort keine Ungeheuer mehr gibt.

Es gibt noch immer wilde Tiere in den Wäldern um die Festung herum, von denen Major, der Bär, das bekannteste ist, der allerdings noch nie jemanden zuerst angegriffen hat.

Ich erteile Meister Ribin die Erlaubnis, sowohl Holz zu schlagen als auch den alten Steinbruch wieder zu eröffnen. Anschließend gehen Meister Ribin, Elena und ich durch den Ort, um zu bewundern, was hier in der letzten Zeit alles geschehen ist. Es hat angefangen zu regnen, was selten ist, da es meistens in der Nacht regnet, und ich stelle fest, dass die Straßen über keine Kanalisation verfügen und sich die Menge an Unrat auf der Straße zu häufen beginnt.

Kurz gesagt, es stinkt.

Spreche Meister Ribin darauf an, und er nickt. »Solange nur ein paar wenige Menschen hier gelebt haben, war es kein Problem«, sagt er und rümpft die Nase. »Doch es kann zu einem werden.«

Frage Pia kurz, ob sie Zeit hat, und sie kommt mit Elena im Schlepptau zu uns. »Kannst du mir etwas über Seuchen in Vorena sagen?«, frage ich sie.

»Es gibt sie«, sagt die Kathili und streckt sich, was ihr bewundernde Blicke von Passanten einbringt, die sie ignoriert.

»Werden sie von schlechter Hygiene ausgelöst?«

»Ja. Ich bin mir nicht sicher, was die Entwickler damit bezweckt haben, aber Krankheiten und Seuchen entstehen hier nicht viel anders als bei uns. Doch du brauchst dir keine Sorgen zu machen. Ich kann Krankheiten erkennen und heile sie, wenn ich sie finde.« Sie lächelt. »Es gibt immer ein paar zusätzliche Erfahrungspunkte.«

»Wenn sie so einfach zu heilen sind, wieso gibt es Seuchen?«, frage ich sie.

»Es kommt darauf an, was es für Krankheiten sind. Ein Priester kann mit Stufe 5 Schnupfen heilen, doch er braucht schon Stufe 20 für die Grippe, da sie mitunter tödlich sein kann. Um jemanden von der Pest zu heilen, der bereits von ihr befallen ist, braucht es einen Priester, der mindestens die Stufe 50 erreicht hat. Es ist anstrengend und verbraucht eine Menge Mana. Was mich daran erinnert, dass wir hier oder in der Burg einen Alchemisten brauchen, meine Vorräte neigen sich dem Ende zu. In Arensvelt gibt es ein paar Alchemisten, doch sie sind maßlos überteuert.«

»Wenn also die Pest ausbrechen würde, wärst du nur imstande, Einzelne zu heilen, aber nicht alle, wenn ein zu großer Teil der Bevölkerung betroffen ist?«, frage ich sie.

Sie nickt. »Genauso ist es. Wenn ich keine Manatränke habe, kann ich vielleicht pro Tag drei oder vier Menschen heilen. Warum fragst du?«

»Ich denke an eine Kanalisation«, teile ich ihr mit. »Vielleicht auch an ein Badehaus und ein Hospital.«

»Keine schlechte Idee«, meint sie und schaut sich auf der Straße um. »Vor allem, wenn wir daran denken, dass wir hier mit gutem Beispiel vorangehen wollen. Du denkst auch an eine Schule? Vielleicht später sogar eine Akademie?«

»Warum nicht?«, frage ich und wende mich an Meister Ribin. »Ist das möglich?«

Er kratzt sich am Hinterkopf. »Sicher. Doch wenn wir hier eine Kanalisation haben wollen, sollten wir bald damit anfangen, bevor wir noch viel größer werden, da wir die Straßen aufreißen müssen und das stören wird. Wir sollten sie am besten in dem Zusammenhang gleich auch pflastern, alleine das macht schon einen großen Unterschied. Aber es braucht viele Arbeitskräfte, einen guten Ingenieur und Architekten, und es ist sehr teuer. Die meisten Dörfer können es sich nicht leisten, und selbst größere Städte besitzen oft keine oder nur eine unzureichende Kanalisation. Von den Kosten und dem Aufwand kommt es dem Bau einer Stadtmauer gleich. Nicht dem Bau eines Walls«, fügt er hastig dazu. »Das ist nur ein Erdwall mit Palisaden. Eine Stadtmauer … oder eben auch eine Kanalisation ist ungleich teurer.«

»Wie teuer?«, frage ich ihn.

Er zuckt mit den Schultern. »Das kann ich nur schätzen. Vielleicht zehn bis zwanzig Gold?«

»So billig?« Bin überrascht. Ich habe einen deutlich höheren Preis erwartet.

»Oh, ich meine um die fünfzehn Gold je zehn Meter Kanalisation! Wenn wir sie gleich mitpflastern wollen. Bedenkt man, wie viele Straßen wir hier haben, ist es ein teures Unterfangen.«

»Das ändert allerdings die Sachlage. Lässt sich die Summe vielleicht durch den Verkauf von Grundstücken decken?«

»In den großen Städten, ja«, sagt Meister Ribin. »Doch hier? Ich war ehrlich erstaunt, dass es Euch gelang, so hohe Preise für Grundstücke hier im Ort zu erzielen. Ich habe vor zwei Tagen die alte Schreinerei an Meister Kilmer verkauft, und er hatte

Mühe, die zweihundert Gold aufzubringen, die ich ihm abverlangt habe. Was die Wiedergänger bezahlen, ist oft das Privileg, Bürgerrechte zu erhalten und hier leben zu dürfen.«

Ich benutze das System und lasse es nachrechnen, wie viel es kosten wird, wenn ich den Ort kanalisieren lasse. Das System rechnet genauer als Meister Ribin und bezieht noch andere Faktoren ein, unter anderem, ob ich die Fertigkeit Straßenbau im Herrschaftsbaum verwende. Nachdem ich dort Punkte investiert habe, erhalte ich einen Kostenvoranschlag, der mich immer noch schlucken lässt.

Das ist ein merklicher Teil meiner freien Mittel, und im Moment geht täglich ein Vermögen ab, weil ich Löhne bezahle, aber noch nicht über ständige Einkommen verfüge, wenn ich von den Steuern einmal absehe, die ich zurzeit immer wieder sofort investiere. Und von den Geldeingängen, die durch den Verkauf von Grundstücken erzielt werden. Wenn ich nicht selbst Gold aus meinem Privatvermögen zusteuere, würde ein solches Unterfangen die Stadtkasse fast vollständig plündern.

»Wir machen das«, entscheide ich. »Vor anderen Projekten. Häuser können ab sofort nur an den Straßen gekauft werden, die eine Kanalisation besitzen.«

»Wenn wir einen Wasserturm bauen, können wir die Häuser mit Wasser versorgen«, schlägt Meister Ribin vor. »Dann brauchen sie keinen eigenen Brunnen mehr, und das steigert den Wert der Häuser. Wir brauchen dann aber einen Artificer, der uns die Pumpe baut und verzaubert.« Er reibt die Finger in der uralten Geste. »Es lohnt sich über die Zeit, doch das ist richtig teuer.«

In Gedanken versunken gehen wir weiter unseres Weges. Kurz darauf gelangen wir zum Toten Eber. Dort wartet Shadow_Stalker auf mich, offenbar ist er im Gasthof nicht willkommen. Gebe ihm seinen Dolch zurück, er bedankt sich höflich, nickt mir zu und geht davon.

Als wir uns anschließend auch von Meister Ribin verabschieden, habe ich das Gefühl, pleite zu sein.

44 Die Queste »Jagd auf das Ungeheuer«

»Es ist ein Problem«, gibt Cat später am Abend zu und runzelt die Stirn. Wir haben uns wieder in meinem Arbeitszimmer getroffen, und Cat hat ein paar meiner Bücher auf dem Tisch liegen, in denen er jetzt gerade herumblättert. »Ich muss zugeben, dass ich überrascht bin zu hören, wie groß das Vermögen ist, das Dr. Jensen dir zugespielt hat, aber ohne ein verlässliches ständiges Einkommen ist auch dieses Vermögen schnell aufgebraucht. Die Steuern zu erhöhen ergibt auch noch keinen Sinn, zum einen ist die Basis noch nicht sehr breit, zum anderen sind nur wenige dazu imstande, ihre Steuern mit barer Münze zu entrichten. Es ist notwendig, diese alten Höfe und Farmen wiederaufzubauen, doch es ist eine zusätzliche Belastung. Wenn es so weit ist, wird man dich in Ernteerträgen bezahlen. Doch dazu müssen die Bauern das Land erst einmal bestellen. Du könntest auch Farmland verkaufen, doch ich halte es für besser, wenn du das Land behältst und es für dich bestellen lässt.«

»Es haben sich in den letzten Tagen ein paar Handwerker in Marensfurt angesiedelt«, teilt mir Hog mit, der ein wenig deprimiert ist, weil Jessica heute nicht ins Spiel kann. »Doch sie sind für die nächsten Wochen und Monate damit ausgelastet, unseren eigenen Bedarf zu erfüllen. Alleine der Dachdecker wird Monate brauchen, um dem bereits bestehenden Bedarf an Dachziegeln nachzukommen, und das, obwohl er bereits einen dritten Brennofen bauen lässt. Wir haben von allem zu wenig, und es ist alles zu teuer.«

»Wie haben sich solche Orte und Städte früher finanziert?«, frage ich.

»Du meinst in unserem Mittelalter?«, fragt Pia.

Ich nicke.

»Handwerk, Zölle und Steuern. Vor allem aber Handel«, erklärt Fire. »Mit solchen Gütern, die es nicht überall gibt oder die durch lange Handelswege nur noch teurer werden.«

»Zölle?«, hake ich nach.

»Zölle sind üblich und werden überall erhoben, wo es geht. An Brücken, Landesgrenzen, Flüssen. Allerdings ist es auch notwendig, sie eintreiben zu können, zur Not mit Waffengewalt.«

»Was Burgen und Festungen angeht«, sagt Cat, »wird es meistens so gewesen sein, dass sie sich nicht selbst finanziert haben. Es sei denn durch hohe Zölle, was nichts anderes als Wegelagerei ist.«

Pia nickt. »Die Raubritter.«

»Ja«, sagt Cat. »Das kommt für uns nicht infrage. Wir haben Glück gehabt, dass uns der Wiederaufbau der Festung kein Geld, sondern nur Mana gekostet hat.«

Stimme ihm dabei zu, dennoch bekomme ich bei der Erinnerung Kopfschmerzen.

Pia schnippt mit den Fingern. »Manatränke!«, ruft sie. »Ich habe es vorhin schon zu Alex gesagt, wir brauchen einen Alchemisten. Doch Manatränke gehören zu den Dingen, die wir bei uns herstellen können und die einen hohen Gewinn versprechen. Hier im Wald um die Festung herum finden sich die meisten Kräuter, die wir dafür brauchen. Das Gleiche gilt auch für Gesundheitstränke, und beide sind zurzeit maßlos überteuert. Für einen mittleren Trank, der dir dreißig Prozent deines Manas wiedergibt, bezahlst du in Arensvelt zurzeit über vierzig Gold! Für die größeren Tränke sogar deutlich mehr, wenn du überhaupt jemanden findest, der sie anbietet.«

»Eigentlich ist es ganz einfach«, stellt Fire fest. »Wenn wir Geld verdienen wollen, müssen wir die Dinge herstellen und verkaufen, die die Spieler wollen. Sie sind die Einzigen, die das Gold lose in der Tasche tragen.«

»Was wollen Wiedergänger vor allem?«, fragt Elena neugierig. »Ihr solltet es doch wissen?«

»Waffen, Ausrüstung, elegante Kleidung und Rüstungen. Alles, was gut ist und am besten auch noch glitzert.«

»Sie sind also wie Krähen«, stellt Elena lächelnd fest.

Kann ihr nicht widersprechen.

»Das ist ein Weg, der gangbar ist«, stellt Cat fest. »Mehr Handwerk ansiedeln und dann beste Qualität zu hohen Preisen liefern. Doch all das braucht seine Zeit, es wird Monate dauern, bis auf diese Art genug Gold hereinkommt, und bis dahin braucht es Investitionen.«

Elena schaut nachdenklich drein. »Wieso sind eigentlich die Wiedergänger diejenigen, die so viel Geld haben?«

»Durch die vielen Quest-Belohnungen«, erklärt Pia.

»Jeder kann Questen annehmen, auch wir«, widerspricht Elena. Dieses *wir* ist offensichtlich auf die NSC bezogen.

»Ja. Aber manche Questen werden so hoch entlohnt, weil sie so gefährlich sind. Da sie nicht endgültig sterben, nehmen die Wiedergänger auch Questen an, die der furchtloseste Held sich zweimal überlegen würde. Sie sterben auch oft genug an diesen Questen, aber früher oder später können sie die Questen abschließen und die Belohnung einstreichen. Doch allmählich macht sich die Sperrfrist nach dem Tod deutlich bemerkbar, die Leute werden vorsichtiger.«

»Hhm«, sagt Elena. »Sollten wir da nicht auch nach Questen schauen, die reich belohnt werden?«

»Manche von ihnen geben gigantische Belohnungen«, nickt Cat. »Da hat sie recht. Nur sind diese Questen auch besonders gefährlich.«

»Und manche von ihnen dienen einem guten Zweck«, beharrt Elena. »Ich denke da an eine ganz bestimmte Queste.«

Wir schauen sie fragend an, und sie rollt die Augen. Sie sagt nicht »Hu!«, aber ich kann fast hören, wie sie es denkt.

»Das Biest von Arensvelt«, erklärt sie uns und klingt genervt, dass sie es uns überhaupt erklären muss. »Es ist überall im Land Gespräch, dass der Stadtrat zweihunderttausend Gold auf die Ergreifung des Ungeheuers ausgeschrieben hat! Das ist die höchste Belohnung, die jemals ausgeschrieben worden ist!«

»Dein Vater hat mir davon erzählt«, nicke ich. »Doch er sagt auch, dass jeder Wiedergänger in der Stadt hinter der Bestie her ist.«

»Pah«, sagt sie verächtlich. »Keiner von denen ist die Herzogin, die das Land spüren kann. Abgesehen davon, denkt daran, wie die Menschen in Arensvelt Euch sehen würden, gelänge es Euch, dieses Ungeheuer zu stellen.«

»Das ist keine schlechte Idee«, sagt Cat nachdenklich. »Wir haben hier einiges angestoßen, doch es wird dauern, bis es umgesetzt ist. Ich wüsste keinen Grund, warum wir es nicht versuchen sollten. Ich bin dafür. Nur dürfte das nichts sein, was wir schnell lösen können. Am besten mieten wir uns irgendwo ein, während wir die Bestie jagen. Eine Basis zu besitzen halte ich für sinnvoll.«

»Ich glaube nicht, dass das nötig ist«, sage ich. »Ich habe da schon eine Idee.« Ich lache auf. »Tatsächlich denke ich, dass wir es gleich richtig angehen sollten!«

Als ich ihnen erkläre, was ich vorhabe, ernte ich zuerst verdutzte Blicke und schließlich Gelächter. »Das braucht etwas Vorbereitung«, stellt Cat schmunzelnd fest. »Doch ich denke, dass wir übermorgen so weit sein werden.«

45 Soziopathen

Nachdem wir uns für die Nacht verabschiedet haben, begebe ich mich hinauf zu den Zinnen der Torpforte. Es ist einer meiner Lieblingsorte geworden, und bei klarem Wetter kann man von hier den Sternenhimmel bewundern und in der Ferne die Lichter von Marensfurt sehen. Einer meiner Soldaten hält dort Wache, doch ich bedeute ihm, mich zu ignorieren.

Diana.

Sie ist sofort da und schenkt mir ein freundliches Lächeln, um sich dann über die Zinnen zu beugen und in die Tiefen zu schauen. Direkt vor uns liegt der Abgrund, über den sich die Zugbrücke spannt, mit der Höhe des Festungstors kombiniert geht es hier bestimmt achtzig Meter abwärts.

Denke an die Harpyie, die wahrscheinlich einfach nur eine Küchenmagd gewesen ist, die dem Fluch zum Opfer fiel.

Dann dreht sich Diana um, lehnt sich mit Ellenbogen und Rücken gegen die Zinnen, sodass sie in den vorderen Festungshof schauen kann, und nickt.

»Es wird so langsam«, stellt sie fest. »Du hast noch weit zu gehen, aber es ist ein Anfang.«

Heute trägt sie ein Kleid, wie es die reiche Frau eines Händlers im Tempel tragen würde. Würde uns jemand sehen, würde diesem an Diana wenig auffallen.

In den letzten Tagen haben sich tausend Fragen angesammelt, doch jetzt ist mir nur eine wichtig. »Diana, warum lasst ihr Soziopathen ins Spiel?«

Sie seufzt und legt den Kopf zurück, um in den Nachthimmel zu sehen. »Willst du die kurze oder lange Antwort?«, fragt sie, ohne von den Sternen wegzuschauen.

»Beide.«

»Die kurze Antwort ist, dass es in den Geschäftsbedingungen steht.« Sie hebt die Hand und streckt den Zeigefinger aus, und über unseren Köpfen gibt es einen Schauer von Sternschnuppen, den sie mit ihrem Finger verfolgt. Oder ist es umgekehrt? Sie lässt ihren Arm sinken und legt den Kopf zur Seite, um mich anzusehen.

»Das ist auch die lange Antwort, Alex: Wie du auch haben alle unsere Spieler Tausende von Fragen beantworten müssen. Damit wir ein psychologisches Profil anlegen konnten. Wenn wir gefragt wurden, warum wir das brauchen, haben wir ihnen gesagt, dass wir diese Daten verwenden werden, um die Verhaltensmuster von NSC noch realer zu gestalten. Ein stetig wachsender Anteil unserer Spieler befindet sich in Pods, was uns erlaubt, ihre gesamten biometrischen Daten zu erfassen. Wir wissen, was einen Spieler auf welche Art bewegt. Wir kennen ihre Wünsche, Hoffnungen, Träume, Begierden und ihre Fantasien. Doch das Spiel ist nur für Erwachsene, Alex. Auch wenn es nicht viele zugeben wollen, ist die Tatsache, dass sexuelle Kontakte möglich sind, einer der Gründe für den Erfolg des Spiels. Alle Spieler haben unterschreiben müssen, dass wir die von ihnen während des Spiels ermittelten Daten für unsere Forschungs- und Statistikzwecke verwenden können, wir hingegen haben uns verpflichtet, über all das, was wir über unsere Spieler herausfinden, Diskretion zu bewahren.«

»Also wisst ihr, wer die Soziopathen sind.«

»Ja«, sagt sie. »Wir haben um die sieben Millionen Spieler. Rein statistisch gesehen gibt es unter ihnen einen Anteil von Soziopathen, Mördern oder Menschen mit anderen sozialen oder psychologischen Störungen.« Sie tippt mit dem Finger an ihre Schläfe. »Wenn sie unsere Neurohelme tragen, können wir ihre Gedanken lesen. Manche kommen sogar ins Spiel, um sich hier zu verschwören, einen Mord in der realen Welt zu begehen. Wir wissen, wer von ihnen es ernst meint, wir wissen, wer die Opfer sind. Wir haben hier im Spiel alles, von den Pädophilen bis zum Serienmörder. In diesem Moment sind einundzwanzig Serienmörder online. Einer von ihnen hat im Laufe der letzten zwanzig Jahre über fünfhundert Menschen getötet. Er sieht es als ein Hobby. Wir wissen, wer er ist, und könnten dem FBI seine Adresse geben.«

Sie hält inne und scheint auf etwas zu warten.

Tue ihr den Gefallen. »Was ihr aber nicht tun werdet, richtig?«

»Richtig, Alex. Zum einen, weil im End-User-Vertrag steht, dass all diese schönen persönlichen Informationen nur von Computern gesichtet werden. Von uns. Von mir. Es dürfte schwer werden, jemanden aufgrund meiner Aussage zu verurteilen, nicht wahr?«

Sie schaut wieder zu den Sternen hoch. »Dir sollte etwas bewusst sein. Es ist nicht wichtig. Vorena ist das größte und wichtigste Experiment in der Geschichte der Menschheit. Was hier geschieht, wird in der einen oder anderen Art die Zukunft der Menschheit verändern. Wir kennen sieben Millionen Menschen aller Rassen, jeden Alters und Geschlechts, besser als sie sich selbst. Wir haben in den ersten zwanzig Minuten der Beta mehr über die Menschen erfahren als ihr selbst in den letzten zweihunderttausend Jahren. Und doch lernen wir in jeder Sekunde dazu.« Sie stößt sich von den Zinnen ab und schaut mich eindringlich an. »Selbst ich weiß nicht genau, welches Ziel Dr. Jensen anstrebt, doch ich kann es erahnen. Für das, was kommen wird, ist es irrelevant, ob sich unter unseren Spielern Mörder befinden oder wie viele Menschen sie umgebracht haben oder umbringen werden. Es sind statistische Daten. Nichts weiter.«

»Es sind menschliche Schicksale.«

Sie nickt. »Ja. Doch hier geht es um das Schicksal der Menschheit, Alex, der Menschheit im Gesamten, nicht eines Menschen im Einzelnen.« Sie holt tief Luft. »Was nicht bedeutet, dass es uns unberührt lässt. Doch was die Menschen außerhalb Vorenas tun, geht uns nichts an. Was sie *hier* tun, dagegen schon. Deine Freunde und du, ihr liegt mit euren Vermutungen nicht so falsch. Wir wollen, dass es euch etwas angeht, was hier geschieht. Wir wollen, dass es *dich* etwas angeht.«

»Ihr wollt, dass ich mich darum kümmere?«

Sie hebt abwehrend die Hände. »Wir wollen, dass du das tust, was du für richtig hältst. Das ist die gleiche Antwort, die du immer bekommen wirst, wenn du uns fragst, was du tun sollst. Du weißt es selbst am besten.«

Denke darüber nach, und langsam glaube ich zu verstehen, wie sie es meint. »Du weißt, wer das Biest von Arensvelt ist.«

Sie hebt eine Augenbraue an. Es war auch keine Frage. Natürlich weiß sie es.

Kann nicht widerstehen. »Was habt ihr über uns herausgefunden?«

»Über euch Menschen?«

Ich nicke.

»Einzeln seid ihr fehlbar, behaftet mit all den Dingen, von denen du bereits weißt. Du weißt, zu was ihr Menschen fähig seid.«

»Das ist keine wirkliche Antwort.«

Sie lacht. »Doch. Ich halte mich nur an eure eigenen Vorgaben. Götter sprechen in Rätseln.« Sie beugt sich vor und gibt mir einen Kuss auf die Wange. »Ich bin ein Quantencomputer. Mich sollte nichts mehr überraschen. Doch es gab eine Überraschung für mich. Als ich nach den ersten zwanzig Minuten der Beta herausgefunden habe, dass ihr Menschen die Antworten auf alle eure Fragen bereits kennt.« Sie schenkt mir ein strahlendes Lächeln. »*Das* war überraschend!«

Damit ist sie verschwunden. Bis auf einen neuen Schwarm Sternschnuppen, der in der Ferne niedergeht. Dort, wo Arensvelt liegt. Lache leise vor mich hin. Jetzt fange ich schon an, Omen deuten zu wollen.

Der Kuss der Göttin.
Du hast den Segen der Göttin Diana erhalten. Dir wird es leichter fallen, die Wahrheit zu erkennen. Jeder Diener eines Gottes wird erkennen, dass du in Ihrem Auftrag unterwegs bist.
Amen.

46 Leuchten

Am nächsten Morgen treffe ich nur Pia und Elena am Frühstückstisch an. Als Pia mich sieht, stellen sich ihr wortwörtlich alle Haare auf, und sie springt mit einem Fauchen vom Tisch auf und schaut mich mit großen Augen an. »Fuck!«, sagt sie, während sie den Stuhl aufrichtet, den sie umgeworfen hat, und dann etwas verlegen ihre Kleidung glatt streicht.

Elena ist mit der Tasse in der Hand erstarrt und schaut uns beide überrascht an.

»Was war das?«, frage ich, als ich mich an den Tisch setze. Eine Kathili mit gesträubtem Fell ist ein Anblick, bei dem ich Mühe habe, nicht laut zu lachen.

Dennoch fühle ich meine Mundwinkel zucken. Sie sieht gerade sehr süß aus.

»Du leuchtest«, teilt sie mir mit und setzt sich wieder hin. Doch ihr Fell glättet sich nur langsam. »Es hat mich überrascht. Meine Herrin leuchtet auf diese Weise, wenn ich sie sehe. Du strahlst nicht ganz so sehr wie sie, dennoch ...« Sie schüttelt den Kopf, als wäre sie benommen. »Ich habe zudem noch die Stimme meiner Göttin gehört, die mir mitteilt, dass ich dir in jeder Art behilflich sein soll, die mir möglich ist.« Sie lächelt verlegen. »Es war etwas ... überraschend.« Sie runzelt die Stirn. »Dir ist bewusst, dass nicht alle Götter auf einer Seite stehen? Dass sie ihre Differenzen haben?«

»Ja. Warum?«

»Weil es auch Götter gibt, die der dunklen Seite folgen. Für einen Diener der Dunkelheit ist es eine Aufforderung, dich zu hindern oder gar umzubringen.«

»Gut«, sagt Elena mit offensichtlicher Genugtuung.

Wir schauen sie überrascht an. Sie nickt in Richtung eines Dieners, der gerade an der Anrichte steht, um mir meinen Teller zu füllen, und nun verzweifelt tut, als ob er uns nicht hören würde. »Frage Jirter hier, was es bedeutet, wenn jemand der

Dunkelheit folgt, dann wirst du verstehen, warum es ein gutes Werk ist, jeden dieser verfluchten Priester umzubringen!«

»Ich sprach eben davon, dass diese dunklen Priester versuchen werden, Alex umzubringen!«, erklärt Pia. »Wie kommst du von da dorthin, dass es die dunklen Priester sind, die sterben werden?«

»Die Diener der Dunkelheit sind allesamt Kakerlaken«, sagt Elena verächtlich, während sie in aller Ruhe ihr Brot mit Marmelade bestreicht. »Ob sie sich nun Priester nennen oder nicht. Sie verbergen sich.« Sie deutet mit ihrem Brot auf mich. »Wenn sie sich mit der Herzogin anlegen wollen, müssen sie ins Licht. Dann kann man sie sehen und zertreten.«

»Äh«, meint Pia. »Dir ist bewusst, dass deine Herrin nicht unverwundbar ist?«

Elena winkt ab. »Das liegt nur daran, dass sie noch zögert, das zu tun, was sie tun muss.«

»Was muss ich tun?«, frage ich sie. »Wobei zögere ich?«

Elena schaut mich verlegen an. »Es steht mir nicht zu, Euch zu sagen, was Ihr zu tun habt. Verzeiht mir meine unbedachten Worte.«

»Wenn du mir sagst, was du meinst, dann gerne.«

Elena schaut von mir zu Pia und dann wieder zu mir zurück. »Ihr habt noch nicht akzeptiert, wer Ihr seid und was Ihr seid. Wenn Ihr dies tut, wird Euch niemand aufhalten können. Eure Gegner wissen nicht, dass Ihr noch zögert. Sie sehen in Euch schon jetzt die Gefahr, die Ihr vielleicht nie sein werdet.«

»In Ordnung. Sag es genauer. Wer meinst du, bin ich?«

»Ihr seid die Herzogin von Maren, eine Spellwarden und die Letzte der Uralten«, sagt Elena mit Überzeugung. »Was Ihr seid, ist einfach. Ihr seid unsere Hoffnung.«

Oh.

»Wer ist ›uns‹?«, fragt Pia leise nach.

Elena schaut sie überrascht an. »Wir. Die NSC, wie ihr uns nennt.« Sie schaut uns beide mit feurigem Blick an. »Wir sind nicht taub oder blind. Wir hören zu. Wir sehen. Wir reden miteinander. Ihr haltet unsere Welt für ein Spiel und euch für Spieler, die eine Welt besuchen, die für euch erschaffen wurde. Nur täuscht ihr euch darin. Diese Welt ist so real wie die eure, und wir sind alle Spieler.« Wieder richtet sie ihr Brot auf mich. »Meine Herrin ist die Brücke, die uns verbindet. Das ist es, was sie ist.«

»Wie meinst du das?«, frage ich sie vorsichtig.

»Ihr seid eine Wiederkehrende. Doch anders als sogar Eure Freunde teilt Ihr die Welt mit uns. Ihr kehrt nicht jede Nacht zurück in Eure Welt. Ihr kommt von dieser anderen Welt, wo die Luft faul schmeckt und Ihr von solchen regiert werdet, die nicht verstehen, dass der Adel nicht nur Rechte, sondern auch Pflichten besitzt.«

»Wir kennen keinen Adel mehr«, sagt Pia.

»Ihr nennt ihn nicht so«, antwortet Elena, und ihr Brot schwenkt zu Pia hin. »Ich achte und ehre Euch, Dienerin der Bastet. Ihr seid klug und weise. Doch was Ihr nicht seht, ist, dass es keinen Unterschied gibt zwischen den Menschen dieser Welt und denen Eurer Welt. Dies liegt nicht an Euch. Es liegt daran, dass Ihr glaubt, dies sei ein Spiel.«

Sie legt das angebissene Brot auf den Teller zurück und schaut mich fragend an. »Wollt Ihr mich bitte entschuldigen?«

Ich nicke, und sie steht auf, um aus dem Zimmer zu flüchten. Schaue zu Jirter hin, der sofort versteht, was ich von ihm will, sich hastig verbeugt und dann die Tür langsam hinter sich zuzieht. Frage mich, was er von dem hält, was er gehört hat.

»Ich dachte, das System verhindert, dass sich die NSC ihrer Rolle bewusst werden?«, fragt Pia anschließend, den Blick nachdenklich auf die Tür gerichtet.

»Elena ist extrem intelligent«, antworte ich ihr gelassen. Habe so etwas schon länger erwartet. »Es war nur eine Frage der Zeit.«

»Was hältst du von dem, was sie sagt?«, fragt Pia.

Stehe auf und hole mir meinen Teller von der Anrichte, wo der Diener ihn hat stehen lassen, und setze mich wieder zu Pia an den Tisch.

»Wenn wir kein Interface besitzen würden, woran würdest du merken, dass diese Welt nicht echt ist?«, frage ich sie. »Wenn eine Simulation sich nicht mehr vom Original unterscheiden lässt, ist es dann noch eine Simulation?« Ich klopfe mit meinem Knöchel auf den schweren Eichentisch. »In *dieser* Welt ist dieser Tisch echt. Vielleicht ist es möglich zu beweisen, dass er *hier* nicht echt ist, doch ich weiß nicht, wie.« Ich weise auf eine Stelle auf dem Tisch, an dem Hog und Jessica meistens sitzen, und lächele. »Wenn du dorthin schaust, wirst du feststellen, dass Hog dort die Karikatur eines Wildschweins hineingeritzt hat. Er macht das mittlerweile, ohne es überhaupt zu bemerken. Was ich sage, ist, dass diese Welt für uns echt ist, solange wir uns *hier* befinden. Nur wenn du ausloggst, gibt es diese Welt nicht mehr für dich.«

Sie nickt nachdenklich.

»Du benutzt einen Pod, nicht wahr?«, frage ich sie.

Sie nickt.

»Wie hoch ist deine Integrationsstufe?«

»42 Prozent«, antwortet sie mir. »Sie wird über die Zeit besser.«

»Kannst du die andere Welt noch wahrnehmen? Jetzt, im Moment?«

Sie schließt die Augen. »Ja«, sagt sie dann, als sie die Augen wieder öffnet. »Ich muss mich darauf konzentrieren, aber ich kann sie wahrnehmen. Du nicht?«

Schüttele den Kopf. »Ich bin über eine neuronale Brücke mit dem System verbunden und vollständig in das System integriert. Für mich existiert unsere Welt nicht mehr. Im Moment ist dies die einzige Welt, in der ich lebe.«

»Wie ist das möglich?«, fragt Pia mit großen Augen, und mir fällt jetzt erst ein, dass es sein kann, dass sie nichts von meinem Unfall weiß.

»Ich hatte einen Unfall, und für mich ist das hier eine Therapie«, fasse ich es so kurz wie möglich zusammen. »Ich besitze ein Interface. Es dürfte sogar umfangreicher sein als deines, da die neuronale Brücke mir mehr Möglichkeiten bietet. Doch wenn ich hier geboren worden wäre, wie würdest du mich überzeugen können, dass diese Welt nicht echt ist? Selbst wenn ich das Interface besitze? Ich würde es mein Leben lang nicht anders kennen!«

Dann fällt mir ein, dass das, was Diana mir gesagt hat, vielleicht nicht jeder weiß. »Diese Welt entstand nicht einfach so mit der Beta«, erkläre ich Pia. »VRI hat diese Simulation über zwanzigtausend Jahre laufen lassen. Die Erinnerungen, die Elena besitzt, sind ihr nicht eingepflanzt worden. Sie wurde hier geboren und wuchs hier auf. Wie ihr Vater. Wie der alte Hans. Wie ihre Vorfahren. Jetzt sind hier plötzlich Menschen aufgetaucht, die nicht sterben können, deren Körper in einem goldenen Licht vergehen. Wenn du Elena wärst, wen würdest du für unecht halten?«

Pia nickt nachdenklich.

»Und was ist mir dir?«, fragt sie dann leise. »Wie siehst du das, was glaubst du?«

»Ich glaube«, sage ich langsam, »dass diese Welt echt ist. Solange wir uns hier befinden, ist sie für uns echt. Elena blutet, wenn du sie schneidest, Pia. Sie fühlt, sie lebt, sie atmet. Hier. In dieser Welt.«

»Ja«, sagt sie nachdenklich. »Das ergibt Sinn. Doch wenn es so ist, findest du nicht, dass du dann auf ihre Worte hören solltest? Solltest du dann nicht auch akzeptieren, dass *du* für diese Welt echt bist? Sollten wir dann nicht auch alle akzeptieren, dass *wir* für diese Welt echt sind?«

Habe fast schon vergessen gehabt, wie diese Diskussion ihren Anfang nahm.

Elena hat recht. Sie haben beide recht.

Fuck.

Sie haben recht.

Pia und ich sehen uns an. Sie lächelt. »Du hast eine Entscheidung getroffen.«

Es ist keine Frage.

Antworte ihr trotzdem. »Fuck, ja! Und ob ich das habe.«

47 Bewegungskunst

Wie bei fast allen Spielen üblich, kostet ein Stufenaufstieg mehr und mehr Erfahrungspunkte, je höher meine Stufe ist. Zugleich ist es auch so, dass ich von jedem meiner Untertanen Erfahrungspunkte erhalte. Absauge, wie Cat das nennt.

Auch werden meine Untertanen täglich mehr, sodass ich jetzt fast jeden Tag mit einer neuen Stufe aufwache. Dies gilt auch für Pia und die anderen, wenn auch nicht im gleichen Maß. Unsere Gilde ist im Prinzip hier die Regierung, und das System sieht es wohl genauso und gibt den anderen ebenfalls etwas von den Erfahrungspunkten ab.

Von uns allen besitzt Pia die höchste Stufe, da das an Hauptmann Loris gewirkte Wunder sie auf Stufe 57 katapultiert hat. Ich selbst bin jetzt Stufe 42, und es wird Zeit, dass ich anfange, mich um meinen Charakter zu kümmern. Habe Attributs- und Fertigkeitspunkte übrig, die ich langsam mal verteilen sollte.

Was ich nach dem Frühstück dann auch tue. Nicht nur für mich, sondern auch für Erik, dessen Fertigkeitsliste einige interessante Fertigkeiten enthält. Diesmal lese ich vorher in Dianas Manual nach, um mich besser darüber zu informieren, was meine Möglichkeiten sind.

Spellwarden ist offensichtlich eine Hybrid-Klasse. Es gibt ein paar Hinweise darauf, wie sich die Entwickler diese Klasse vorstellen. Jeder Stufenaufstieg steigert automatisch Geschicklichkeit und Intelligenz.

Dass ich je 4 Punkte Charisma einen Punkt auf Geschicklichkeit bekomme, ist ein weiterer Hinweis.

Demzufolge wären Intelligenz und Geschicklichkeit meine Hauptattribute, dicht gefolgt von Charisma. Und von allen Attributen müssen die Entwickler Geschicklichkeit als das wichtigste angesehen haben.

Ich frage mich nur, warum.

Auch wenn es ein Hybrid ist, ist durch die besonderen Fertigkeiten der Spellwarden ziemlich deutlich, dass Magie für diese Klasse wesentlich ist. Was auch durch die Spellmatrix zu erkennen ist, die, wäre sie vollgeladen, meinen ohnehin nicht kleinen Manapool noch einmal verdreifachen würde.

Ich entdecke etwas, das ich schon längst hätte entdecken sollen. Manainfusion erlaubt mir, Mana in Zauber oder Gegenstände zu transferieren. Mein Zauberspeicher ist ein Gegenstand, und *natürlich* ist es möglich, Manainfusion zu verwenden, um ihn aufzuladen. Ich hätte nur mal vorher darauf kommen müssen.

Das intensive Studium meiner Fertigkeitsliste lässt mich langsam ahnen, wie sich die Entwickler die Klasse gedacht haben. Ich kann eine schwere Rüstung anziehen und in den Kampf waten, Vorena lässt diese Möglichkeit zu, ich wäre nur blöde, wenn ich es täte.

Die Idee bei der Spellwarden-Klasse ist wohl die, dass sie schnell ist. Elena als NSC bekommt ihre Attribute und Fertigkeiten vom System zugeteilt. Ich bitte sie, zu mir zu kommen, und gemeinsam schauen wir uns ihren Charakter an.

Sie ist mittlerweile auf Stufe 12 angekommen, und die Art, wie ihre Fertigkeiten und Attribute verteilt sind, geben den letzten Hinweis.

Manche Fertigkeiten sind wie beim Schurken angelegt, wie beidhändiger Kampf, ausweichen oder parieren. Ein Schild ist nicht vorgesehen und ergibt auch keinen Sinn. Wenn man einen Schild braucht, ist man dem Angriff nicht ausgewichen.

Finde eine Fertigkeit in meiner Liste, die sich Gegenangriff nennt. Jeder Angriff löst einen Gegenangriff von mir aus.

Jedes erfolgreiche Parieren auch. Beides sind freie Handlungen, wie Elena und ich herausfinden, als wir miteinander im Fechtsaal üben.

Durch meinen hohen Wert im einhändigen Klingenkampf und weil ich mit zwei Waffen kämpfe und auch weil meine Stufe nun deutlich höher ist als vorher, bin ich imstande, drei Angriffe während einer Aktion durchzuführen. Der Effekt ist verstörend.

Elena greift mich an, ich pariere und habe nun fünf Angriffe, die ich aber auch verwenden kann, um erneut zu parieren. Als Elena meinen Gegenangriff pariert, löst dies eine Folge von Angriffen und Gegenangriffen aus, die bei mir das Gefühl auslösen, als stände die Zeit still.

Als wir uns schwer atmend voneinander lösen, stelle ich zwei Dinge fest: Zum einen sind unsere Holzschwerter und Dolche arg in Mitleidenschaft gezogen worden, zum anderen gibt es Applaus.

Von Mouse und Hog, die von Elena und mir unbemerkt zusammen mit Pia in den Fechtsaal gekommen sind und unsere letzte Übungsrunde gesehen haben.

Selbst Mouse ist beeindruckt, was so selten geschieht, dass ich lange graben muss, um mich überhaupt daran zu erinnern, wann es das letzte Mal so gewesen ist. Es ist lange her.

»Ich weiß nicht, was das eben war«, sagt er. »Aber ich habe nicht gedacht, dass so etwas möglich ist. Ihr seid beide kaum zu sehen gewesen, so schnell habt ihr euch bewegt.«

Schaue im Kampflog nach und pfeife leise durch die Zähne, als ich es lese. Elena strahlt über beide Ohren und ist sichtlich stolz. Sie hat verloren, meine Attribute und Fertigkeiten sind höher als die ihren, doch sie hat mir Gegenwehr leisten können.

Denn höhere Attribute sagen nicht alles aus. Wenn ich zwanzig Punkte auf Stärke habe und sie nur zehn, bedeutet dies nicht, dass ich doppelt so stark bin wie sie. Es ist eine logarithmische Kurve, jeder Punkt, den ich zusätzlich investiere, ergibt einen geringeren Unterschied als der letzte Punkt.

Doch es macht einen Unterschied.

Das System handelt Kampfrunden fließend ab. Im Prinzip sind es Aktionen in einer Zeiteinheit. Sowohl die Aktionen selbst als auch die Zeiteinheit sind nicht festgelegt und können sich gegenseitig beeinflussen. Grob ist eine Zeiteinheit eine Sekunde, und als Faustregel kann man eine Aktion pro Sekunde durchführen.

Das dürfte der eine Grund sein, warum Spellwarden so sehr in Geschicklichkeit investieren, denn je höher meine Geschicklichkeit ist, umso schneller kann ich meine Aktionen durchführen. Vereinfacht gesagt, kann man normalerweise in zwei Sekunden zwei Aktionen ausführen, einem Spieler mit einer hohen Geschicklichkeit gelingt es irgendwann, dass er in dieser Zeit drei Aktionen ausführen kann.

Eben haben Elena und ich uns ständig gegenseitig die Fertigkeit Gegenangriff getriggert. Im Kampflog kann ich nachlesen, dass diese Kampfrunde 2,3 Sekunden gedauert hat. In dieser Zeit habe ich, Parier- und Kampfaktionen zusammengerechnet, vierzehn Aktionen durchgeführt, Elena kommt auf neun.

In 2,3 Sekunden.

Doch für einen Spellwarden bezieht sich das nicht nur auf Waffen, sondern auch auf Magie. Wir stellen im Verlauf des Tages fest, dass wir mit unseren Klingen nicht nur magische Angriffe parieren, auf- und einfangen und zurückwerfen können, sondern dies als pariert gilt und uns erlaubt, auch freie magische Gegenangriffe durchzuführen. Allerdings ist Eisfang wohl genau dafür geschmiedet worden, Elenas Rapier jedoch nicht. Die Übungsschwerter auch nicht, denn sie werden fast immer dabei zerstört.

Und Elena braucht jetzt ein neues Rapier.

»Also«, stellt Cat später am Tag fest, »ist es so, dass eure Klasse dann am tödlichsten ist, wenn ihr angegriffen werdet.« Cat gehört zu den Menschen, die alles analysieren, was sie sehen. Es gehört zu ihm dazu wie Hotness zu Fire. »Mit dieser Sechster-Sinn-Fertigkeit, die du irgendwo abgegriffen hast, deinem hohen Ausweich- und Parier-Wert, bist du jetzt sogar imstande, manchmal einem Angriff aus dem Hinterhalt auszuweichen und zum Gegenangriff überzugehen. Du bewegst dich wie Quecksilber, immer weich, immer fließend, immer in Balance. Das, was ich eben bei euch beiden gesehen habe, ist wie ein Tanz. Bewegungskunst. Es ist faszinierend, man kann fast nicht wegsehen. Die hohe Intelligenz spielt vor allem dann mit hinein, wenn ihr durch Magie angegriffen werdet. Wenn es euch gelingt, den Zauber zu verstehen, der auf euch angewendet wird, könnt ihr ihn ›absaugen‹ und in euren Zauberspeicher packen, wenn ihr ihn noch nicht kennt, lernen oder ihn zurückwerfen, wobei ihr dann noch imstande seid, ihn zu verstärken. Das hohe Charisma lässt jede eurer Aktionen noch eindrucksvoller erscheinen. Ich …«

Er wird von Mouse unterbrochen, der gerade quer über den

Boden des Fechtsaals rutscht, während Elena dasteht wie eine Kung-Fu-Kämpferin, flache Hand in Richtung Mouse ausgestreckt.

»Fuck«, sagt Mouse und massiert sich die Brust, als er wieder aufsteht. »Ich habe gar nicht gesehen, wie du zugeschlagen hast!«

Elena grinst, als sie die Hände sinken lässt, und es fehlt nicht viel, und sie platzt vor Stolz. Aus irgendwelchen Gründen verehrt sie Mouse, er ist ihr Held.

Cat räuspert sich. »Wie ich gerade sagen wollte, ist es eine dumme Idee, euch anzugreifen. Gerade für Magier seid ihr ein Albtraum, und wie wir gerade demonstriert bekommen haben, braucht ihr nicht unbedingt zu sehen, wo sich der Gegner befindet, wenn euer Gegenangriff getriggert wird.«

Pia lacht. »Elena hat recht«, grinst sie. »Wenn ihr von Kakerlaken angegriffen werdet, habt ihr eine hohe Chance, dass ihr sie automatisch zertretet.«

Was Erik angeht, üben wir auch mit ihm. Niemand von uns ist imstande, ihn zu besiegen, zumal er nun über die dämonische Fertigkeit Doppelschnell verfügt, die nichts anderes aussagt, als dass er sich doppelt so schnell bewegen kann.

Manchmal bewundere ich die extrem kreative Namensgebung im Spiel.

Dass wir uns hier im Fechtsaal schinden, hat sich dann auch auf der Festung herumgesprochen. Hauptmann Loris stößt zu uns, als Hog gerade an Erik verzweifelt.

»Du musst noch viel lernen«, stellt der Hauptmann fest, als der Kampf vorbei ist, in dem erneut zwei Übungsschwerter ruiniert wurden.

»Ich weiß«, sagt Hog schwer atmend.

»Ich meine ihn«, sagt Loris und deutet auf seinen Neffen. »Seine Fußarbeit ist nachlässig, seine Klingenführung arrogant und seine Deckung voller Löcher.«

Erik lächelt.

Er und wir alle wissen, worauf das hinausläuft.

Oder glauben es zu wissen.

Loris verwendet seinen Zweihänder. Eine schwere ungelenke Waffe, während Erik ein Langschwert bevorzugt. Als sie einander gegenübertreten, kommt keiner von ihnen auf die Idee, ein Übungsschwert zu verwenden.

Der Kampf ist so schnell zu Ende, dass ich kaum habe sehen können, wie es Loris gelingen konnte, Erik zu besiegen. Als Hauptmann Loris es uns langsam demonstriert, lerne ich, dass man mit einem Zweihänder anders kämpft, als ich es zuvor geglaubt habe. Loris verwendet nicht nur die Klinge seiner Waffe, sondern auch Knauf und Parierstange und setzt die Waffe auch mal als einen Hebel ein.

»Es gibt immer einen, der besser ist«, sagt Hauptmann Loris zu Erik, als er diesem gutmütig auf die Schulter klopft, was mich daran erinnert, dass Erik sein Neffe ist.

Schaue mir Hauptmann Loris' Charakterblatt an.

Er besitzt Schwertkampf auf 114 (Großmeister).

Oookaaay.

Als Hauptmann Loris sich zum Gehen abwendet, tut er noch schnell seine Meinung kund. »Übungsschwerter sind für Rekruten. Irgendwann lernt man damit nur noch, wie man mit Übungsschwertern kämpft. Ich will ab sofort keine Übungswaffe mehr in Euren Händen sehen!«

Hog schaut ihm hinterher und wendet sich dann mir zu. »Hat er dir eben eine Anweisung erteilt?«

Bevor ich dazu komme, etwas zu sagen, meldet sich bereits Fire zu Wort, die mittlerweile ebenfalls zu uns gestoßen ist.

»Nein«, sagt sie und winkt ab. »Wie kommst du nur darauf? Er hat uns nur gesagt, was er will. Was Ihre Durchläuchtigkeit daraus macht, ist ihr überlassen.«

Erik lacht.

Fahre zu ihm herum, und er steht da wie immer und sagt keinen Ton.

»Hat er eben gelacht?«, frage ich die anderen misstrauisch.

»Ich habe keine Ahnung, was du meinst«, sagt Hog, doch seine Augen funkeln.

Der ganze Nachmittag vergeht mit dem Sparring, und es tut mir gut. Es fokussiert mein Denken, lenkt mich ab, und jedes Mal, wenn einer von uns eine Fertigkeit steigert, gibt es als Erfolgsbestätigung Gratulation von den anderen und das Gefühl, dass wir wieder zusammenwachsen.

Wir fallen in alte Gewohnheiten zurück. Mouse, Hog und ich greifen uns gegenseitig an, Cat sitzt auf einem Stuhl, liest ein Buch und analysiert jeden Fehler, den wir begehen, ganz nebenbei.

Fire treibt uns an, als wäre sie unsere persönliche Cheerleaderin, wenn sie nicht mit ihrem Bogen einen Pfeil nach dem anderen in den Zielscheiben versenkt, die in diesem Fall aus mit Leder umwickelten Strohmännern bestehen. Die Fechthalle ist fast siebzig Meter lang, und nachdem jeder von uns verinnerlicht hat, nicht auf die linke Seite der Halle zu gehen, gehört diese ihr. Später gesellt sich Hog mit drei Armbrüsten zu ihr. Er leiht sich zwei Soldaten aus, die diese Armbrüste für ihn nachladen und ihm und Fire die verschossenen Bolzen und Pfeile wiederbringen.

Nachdem wir auf nackten Stahl gewechselt haben, gibt es immer mal wieder auch für Pia etwas zu tun. Was der guten Stimmung keinen Abbruch tut. Auf der rechten Seite der Halle, dort, wo keine Bolzen oder Pfeile fliegen, haben wir mittlerweile zwei Tische aufgebaut, für die uns die Küche ein Büfett liefert, und es herrscht eine Art Partystimmung.

Irgendwann am späteren Nachmittag mache ich eine kleine Pause, sitze neben Cat auf einem Stuhl und esse eine Kleinigkeit. »Haben wir nicht irgendetwas anderes für heute vorgehabt?«, fragt er, während wir zusehen, wie Mouse Elena die Grundzüge von Krav Maga beibringt. Mit ihrer hohen Intelligenz ist Elena eine gelehrige Schülerin, und auch hier triggert Gegenangriff regelmäßig.

Ja, haben wir. Es gibt tausend Dinge, um die ich mich hätte kümmern sollen und können.

»Schon«, sage ich und strecke mich zufrieden. »Aber heute ist für mich der erste Tag, seitdem ich im Spiel bin, an dem ich mir etwas Pause und Entspannung gönnen kann.«

Cat fängt so heftig an zu lachen, dass er sogar seinen Becher abstellen muss. Ich schaue ihn fragend an.

»Du bist die einzige Person«, erklärt er mir, immer noch nach Luft schnappend, »die ich kenne, die einen ganzen Tag Sparring als Pause machen und entspannend ansieht!«

Es ist trotzdem wahr. Mein Körper tut mir weh, alles spannt, und mein Stamina-Balken füllt sich gerade nur langsam wieder auf, doch für meinen Kopf ist dies wie Urlaub gewesen.

Von uns allen ist es Elena, die an diesem Tag die meisten Fortschritte macht. Am späteren Abend kommt auch Meister … Magister Beck kurz vorbei, schaut mit großen Augen zu, wie seine Tochter und Mouse miteinander trainieren, um dann leise wieder zu gehen.

Kurz darauf kommt Meister Ribin zu mir und legt etwas auf den Tisch neben mir.

»Das hier gehört zu den Dingen, die Shadow_Stalker bei sich getragen hat«, erklärt er mir, als ich die kleine Handarmbrust mustere. Es ist ein kleines cleveres Ding. Ein Mechanismus erlaubt es, den Bogen zurückzuklappen, während sie gespannt und geladen ist, was dem kleinen Bolzen zusätzliche Durchschlagskraft gibt. Sie ist etwa so groß wie meine alte Glock, nur wesentlich leichter. »Meister Beck fragt, ob er sie Elena geben kann.« Die kleine Waffe kommt mit sechs Bolzen, die mit Wachs versiegelt sind, da Paralyse-Gift auf die Spitzen aufgetragen ist. Meister Ribin hat weitere zwanzig normale Bolzen gefertigt, damit Elena mit der Waffe üben kann.

Habe nichts dagegen, also bekommt Elena diese kleine Handarmbrust in einer spontanen Zeremonie verliehen, was den Tag für sie perfekt macht, wenn ich ihre strahlende Miene und ihr Lachen richtig deute.

Später schließe ich den Abend damit ab, dass ich mit einem Glas Wein und Dianas Manual in meiner Badewanne sitze. Erst als ich mich ins Bett lege und in mein Kissen wühle, fällt mir auf, dass ich heute nicht ein einziges Mal daran gedacht habe, dass mein Körper in der realen Welt in einem Tank schwebt. Was ich heute Morgen zu Pia gesagt habe, ist die Wahrheit. Für den Moment zumindest ist Vorena meine Welt.

48 Das Stadtschloss

Am nächsten Morgen reisen Elena, Erik, Pia und ich nach Arensvelt, um unsere offizielle Ankunft am übernächsten Tag vorzubereiten, die Teil meines Plans »es richtig zu machen« ist. Da mittlerweile die Bestie jede Nacht tötet, fühlt es sich für mich sehr kaltblütig an, dass ich mir die Zeit nehme, all diese Vorbereitungen zu treffen, doch mittlerweile habe ich auch begriffen, dass es um mehr geht als um einen Serienmörder.

Ich habe lange überlegt, ob ich Erik mitnehmen soll oder nicht. Auf der einen Seite habe ich mich an seine beruhigende Präsenz in meinem Rücken gewöhnt. Andererseits ist er ein Dämon, auch wenn man es ihm nicht sofort ansieht.

Es ist Pia, die mir hier bei der Entscheidung hilft, da auch sie neugierig darauf ist, mehr über Erik und Dämonen allgemein herauszufinden. »Jeder Priester wird erkennen, dass er ein Dämon ist«, teilt sie mir kurz vor der Abreise mit, während sie langsam um Erik herumgeht, um ihn intensiv zu mustern.

Er lässt es geduldig über sich ergehen, auch wenn ein feines Lächeln um seine Lippen spielt. Er ist immer noch sehr schweigsam und sagt nur selten etwas, doch langsam habe ich das Gefühl, dass wie bei Gustav auch seine Persönlichkeit ganz allmählich zurückkehrt.

»Die Entwickler haben noch irgendetwas mit Dämonen vor«, erklärt sie mir. »Da sich in meiner Fertigkeitsliste etliche Fertigkeiten befinden, die zur Bekämpfung und Abwehr von Dämonen vorgesehen sind. Die wichtigste davon ist Bannen, eine Fertigkeit, die jeder Priester gleich von Anfang an besitzt. Sie ist bei Erik ausgegraut, weil er die Bedingungen nicht erfüllt.« Sie grinst. »Er ist nicht böse genug. Meine Heilzauber müssten ihm schaden, aber auch sie kann ich nicht auf ihn anwenden. Ich kann ihn also weder heilen noch ihm schaden, und auch Heiltränke sind wirkungslos. Ich glaube, er könnte auch einen heiligen Ort betreten, ohne dass er vertrieben wird. Wenn wir einem Priester begegnen, der erkennt, was Erik ist, sollten wir ihm einfach sagen, dass du diesen Dämon an dich gebunden hast.«

Was ja der Wahrheit entspricht.

Es steht so in seinem Charakterbogen. Was ich festgestellt habe, ist, dass ich ihn heilen kann. Sowohl über die Heilungszauber, die ich besitze, als auch über meine Fertigkeit Manainfusion.

Halte es nicht für wahrscheinlich, dass ich es oft tun muss, denn er besitzt nun die Fertigkeit Regenerieren und Blutsauger. Letztere erlaubt ihm, einen Teil des Schadens, den der im Kampf verursacht, als Lebensenergie für sich selbst zu verwenden. Zudem besitzt er mehr Lebenspunkte als Pia, Elena und ich zusammen. Abgesehen davon noch zusätzliche Fertigkeiten, um erhaltenen Schaden minimieren oder reflektieren zu können.

Da er beschworen ist, kann ich an seiner Ausrüstung nichts ändern, doch sie passt sich an seine Stufe an, was auch von Vorteil ist. Im Moment trägt er einen dunkel brünierten Plattenpanzer ohne Helm mit einem schwarzen Umhang und sieht in meinen Augen verboten gut aus.

Diesmal werfen die Wachen am Tor nur einen Blick auf unsere Pferde, Rüstungen, Kleider und Waffen, um wortlos zur Seite zu treten und uns durch das Tor zu lassen, und das, obwohl wir die Kapuzen unserer Umhänge tief ins Gesicht gezogen haben.

Vermutlich sind sie von Pia abgelenkt, die die Blicke der Soldaten mühelos auf sich zieht.

Komme mir vor wie ein Charakter aus Assassin's Creed, doch in einer Welt, in der man nicht mit dem Auto fährt, sondern schutzlos den Elementen ausgesetzt ist, sind diese Umhänge ausgesprochen praktisch.

Als wir in die Stadt einreiten, stelle ich fest, dass sich seit meinem letzten Besuch die Stimmung in der Stadt verändert hat. Zum einen ganz offensichtlich dadurch, dass es keine Balken mehr gibt, die Trennung zwischen den Spielern und den NSC ist nicht mehr so deutlich.

Dennoch kann man die Spieler immer noch relativ leicht

an ihrer Ausrüstung erkennen, die, wie Jessica einmal gesagt hat, im Schnitt einen deutlich höheren »Blingbling«-Faktor besitzt. Doch noch auffälliger ist die drückende Atmosphäre.

Die Bestie schlägt nur in der Nacht zu, jetzt ist es gerade früh am Morgen, also könnten sich die Bürger der Stadt für den Moment sicher fühlen, doch so ist es nicht.

Elena bringt es auf den Punkt. »Es ist, als ob es dunkler geworden ist, als wir durch das Tor geritten sind.«

Pia nickt. »Ich kann es auch fühlen. Dad hat vor, uns heute hier zu treffen, er ist seit ein paar Tagen in der Stadt, um seine Stufen zu steigern, vielleicht kann er uns mehr dazu sagen, was hier in der Stadt geschieht.«

Richtig. Gunny, den wir vor ein paar Tagen in unsere Gilde aufgenommen haben.

»Warum ist er nicht zu uns gekommen?«, frage ich Pia, während wir Elena folgen, die langsam vorausreitet. Wir kommen nicht viel schneller voran als zu Fuß, denn unsere Pferde müssen in langsamem Schritt gehen, die Straßen sind zu voll.

»Es ist hier leichter, Erfahrungspunkte zu sammeln«, erklärt sie mir. »Dies ist eine Starterstadt, und hier in der Stadt und im Umland finden sich etliche Gebiete, die sich gut eignen, um dort Startcharaktere zu steigern.« Sie zeigt weiße Zähne. »Es scheint keinen von euch sonderlich zu interessieren, und ich verstehe mittlerweile auch, warum, aber Dad will, wenn er zu euch stößt, nicht das Schlusslicht sein. Dein Land eignet sich nicht zum Leveln, da es zu unberechenbar ist und es auf der Strecke von hier nach Marensfurt kaum Questen gibt. Ich habe, als ich zu euch geritten bin, nur eine Queste gesehen, die ich wohlweislich abgelehnt habe.«

»Welche Queste?«, frage ich neugierig.

»Eine Stufe-40-Queste mit Namen Tierfreundschaft. Ich habe sie abgelehnt, kann also gerade nicht nachsehen, aber es ging um einen wilden Hund, den man einfangen und zu seinem besten Freund bringen soll. Ich besitze nicht die Fertigkeiten dafür, und es gab keinen Hinweis, wer der beste Freund ist, also habe ich die Queste abgelehnt.«

Laika. Tabithas Hund, den ich vollständig vergessen habe. Nehme mir vor, mich demnächst darum zu kümmern. Gustav habe ich heute nicht dabei, ich reite wieder Betsy, da Gustav doch sehr auffällig ist.

Der Flammenatem ist schwer zu ignorieren.

Unser Ziel ist ein Gebäude, das zwischen der Königlichen Bank und der Akademie am Marktplatz zu finden ist. Eine fünf Meter hohe schmucklose Mauer umgibt das Anwesen, das schwere, mit Stahl verstärkte Tor ist geschlossen und verhindert den Zugang oder auch nur einen Blick auf das Gebäude, welches sich hinter dieser Mauer befinden muss.

Das Stadtschloss der Herzogin. Habe das Gebäude bis jetzt noch nicht einmal gesehen und nur Questen ausgeschrieben, um das Material anliefern zu lassen, das wir brauchen, um das Gebäude wieder instand zu setzen, denn im Moment ist es nicht viel mehr als eine Ruine. Mittlerweile sind die ganzen Materialquesten erfüllt worden, und ich bin gespannt darauf, was sich hinter dem Tor verbirgt.

Muss absteigen und die Hand auf das verwitterte Holz legen, damit es sich für uns öffnet. Ein paar Leute schauen uns zu, wie wir durch das Tor reiten, doch niemand scheint sich eingehender für uns zu interessieren.

Während Erik hinter uns das Tor schließt, halten wir unsere Pferde auf dem überwucherten Kiesweg an und schauen uns um. Ehemals muss dies ein kunstvoll angelegter Garten gewesen sein, doch mittlerweile hat die Natur ihn wieder zurückerobert, und er ist vollständig überwuchert. Nur der Pfad ist einigermaßen frei von Bewuchs geblieben.

»Das gefällt mir«, spricht Pia aus, was ich gerade denke. »Ein kleiner verwunschener Wald mitten in der Stadt.«

Sie hat recht. Auf der Innenseite ist die Mauer größtenteils mit Efeu bewachsen, sodass sie kaum auffällt, was den Eindruck, dass wir uns in einer grünen Oase befinden, nur noch verstärkt. Langsam reiten wir weiter. Links von dem Pfad finden wir einen See mit einer Brücke, die eingestürzt und halb im See versunken ist, ein paar Schwäne schauen desinteressiert zu uns zurück.

Das Grundstück ist größer, als ich angenommen habe, vor allem, wenn man bedenkt, dass es sich mitten in der Stadt befindet, und es braucht eine Weile, bis das wilde Grün uns den Blick auf eine kleine Burg freigibt, die von Efeu überwuchert und umgeben von einem zugewachsenen Wassergraben inmitten einer Lichtung steht.

Sie erinnert mich an eine dieser Burgen, Châteaus nennt man sie wohl, die man in Frankreich finden kann, wehrhaft gebaut und dennoch eher als Wohnsitz gedacht, mit einem großen und drei kleinen runden Türmen, einem kleinen Hof und einem großen Haupthaus, von dem wir im Moment nur den Dachgiebel sehen können.

Mit dem ganzen Efeu und den Fensterscheiben, die ab und zu zwischen dem Grün aufblitzen, ist es ein malerischer Anblick.

Man muss nur ignorieren, dass die Fensterläden verrottet sind, wenn sie überhaupt noch existieren, und etliche nur noch von dem Efeu gehalten werden.

»Es ist wie eine Filmkulisse aus ›Die Schöne und das Biest‹«, stellt Pia mit leuchtenden Augen fest.

Obwohl es einen Wassergraben gibt, ist die Brücke keine Fallbrücke, sondern fest aus Stein gefügt, doch das verrostete Fallgitter ist zu und das massive Tor geschlossen. Wieder muss ich meine Hand auf den verwitterten Stein legen, damit sich das Tor für uns öffnet.

Der Hof der kleinen Burg ist nicht besonders groß und bietet nur Platz für ein paar Pferdeställe und ein Kutschhaus. »Stallungen, Gesindehaus, eine kleine Baracke für ein paar Soldaten«, stellt Elena fest, als wir die Pferde in die Ställe führen. »Wehrhaft genug, um Sicherheit zu bieten. Ich bin gespannt, wie es innen aussieht.«

Die Antwort: Wie in einem alten Horrorfilm.

Die Tür führt in eine große Halle mit zwei weit geschwungenen Treppen, die zum ersten Stock hinaufführen. Ein großer Kronleuchter hängt etwas schief von der hohen Decke herab, und ein halbes Dutzend Möbelstücke sind mit verrottetem Leinen überzogen.

Während Pia und Elena schauen, was sich unter den Tüchern befindet, suche ich etwas anderes und finde es im Schlussstein des hohen Kamins, der groß genug ist, eine Kuh darin zu braten. Wieder presse ich meinen Siegelring in die Aussparung und werde gefragt, ob ich das Stadtschloss für mich in Besitz nehmen will.

Ich will.

Erwarte halb, dass ich auch hier Mana bluten muss, doch das ist nicht der Fall. Wie bei den Häusern in Marensfurt auch braucht es hier hauptsächlich Material, um das Stadtschloss zu reparieren, und um die zweitausend Mana, die es zudem noch von mir fordert, mache ich mir keine großen Gedanken, meine Spellmatrix ist voll, also kann ich den Preis leicht bezahlen.

Wie immer ist es faszinierend, dabei zuzusehen, wie das Spiel solche Dinge handhabt.

Halb zerfallene Tücher werden wieder wie neu, Wandteppiche, die von der Wand gefallen sind, gleiten wieder an ihre alte Stelle, Risse in den Bodenplatten schließen sich, Dreck und Staub schweben hinauf zur Decke, wo sie sich wieder in Putz verwandeln, während sich verbogene Balken geradeziehen, als sich die Risse in ihnen schließen, sogar der Kronleuchter hängt wieder gerade.

Doch das Efeu, das fast die gesamte Burg erobert hat, bleibt. Vielleicht hat das System auch erkannt, dass mir der Anblick der verwunschen erscheinenden kleinen Burg so gut gefallen hat.

»Okay«, sagt Pia und nickt zufrieden, als sie sich in der Halle umschaut. »Das hätten wir. Schauen wir, was wir hier noch so finden.«

Was wir finden, ist ein überraschend gemütlich eingerichtetes Herrenhaus mit einer großen Küche, gut einem Dutzend Schlafzimmern, einem Salon, einem Arbeitszimmer und einem Musikzimmer, in dem sich ein Spinett befindet.

Wir brauchen etwas länger, um das zu finden, was *ich* suche und von dem ich hoffe, dass ich es hier finde.

Es ist Elena, die das große stabile Tor im Fundament des großen runden Turms findet, das zu einer Kammer mit drei Torbögen führt.

Lade den Kristall am Podest auf und verankere in einem der Torbögen ein Portal zur Festung. Als es steht, sehe ich auf der anderen Seite Gertrude mit einer Armee von Bediensteten, die mit Vorräten, Bettzeug, Besen, Eimern und Schrubbern beladen sind.

»Auf, auf, Bewegung!«, ruft sie und klatscht in die Hände. »Ich weiß nicht, wie es hier aussieht, aber ich weiß, dass es heute Abend glänzen wird!«

Ohne mir mehr Aufmerksamkeit zu schenken als ein erhabenes Nicken, nimmt mein Kastellan Gertrude auf diese Weise das Stadtschloss für mich in Besitz. Innerhalb von einer halben Stunde erwacht das Anwesen zu neuem Leben.

Mittlerweile halten sich die furchtsamen Blicke der Dienerschaft in Grenzen, gegenüber dem neuen Personal, das Gertrude aus den nach wie vor nach Marensfurt strömenden Flüchtlingen rekrutiert hat, befindet sich die alte Dienerschaft in der Minderzahl.

Die Fenster werden aufgerissen, das Efeu wird dort gestutzt, wo es Gertrude für richtig erachtet, die Ställe werden ausgemistet, und ein halbes Dutzend meiner Soldaten wird von Gertrude überall da herangezogen, wo es Muskeln braucht.

Bald erfüllen Gespräche, Rufe und Lachen das Anwesen, immer wieder dadurch unterbrochen, dass Gertrude erklärt, wie man die Dinge *richtig* tut.

Was auch immer für eine Wolke über der Stadt liegt, was mein Stadtschloss angeht, gelingt es Gertrude, sie innerhalb kürzester Zeit zu vertreiben.

»Das Schöne ist«, grinst Pia, als sie, Elena und ich zu Fuß zum Tor zurückgehen, »dass niemand in der Stadt davon etwas weiß.« Sie lacht fröhlich. »Mal schauen, was wir heute auf dem Markt so finden können.«

49 Feilschen

Die richtige Art, erklärt mir Elena, für eine Dame meines Standes auf dem Markt einzukaufen, besteht darin, dass ich mir aussuche, was ich haben will, bezahle und dann später Diener schicke, um die Waren abzuholen.

Gebe zu, das macht es einfacher.

Unsere Einkaufsliste ist deutlich länger als beim letzten Mal und enthält alles von Nähnadeln über Stoffballen und Lebensmitteln bis hin zu Armbrustbolzen und einer zweihändigen Streitaxt.

Diesmal gibt es keine Probleme. Falls mich jemand als die Herzogin erkennt, fällt es mir nicht auf, und es gibt keinen einzigen Anschlag auf mich. Die Händler interessiert es nicht. Sie werfen einen Blick auf meine Rüstung, schätzen in Sekundenbruchteilen ihren Wert auf das letzte Kupferstück ein und gehen zu Recht davon aus, dass sich noch mehr Gold in meinem Beutel befinden muss, welches viel besser bei ihnen aufgehoben wäre.

Letztlich suchen wir uns unseren Weg zur Akademie. Dort in der Nähe finden wir auch den Stand eines Alchemisten, und Pia flucht verhalten, als sie feststellt, dass ein kleiner Manatrank hier mittlerweile fünfundsechzig Gold kostet. Elena und sie tuscheln kurz, dann beginnt Elena mit dem Händler zu feilschen.

Die Wirtshaustochter, die ich kennengelernt habe, ist kaum wiederzuerkennen. Mit ihrer Rüstung, die im Schnitt der meinen ähnelt, der Selbstverständlichkeit, mit der sie ihr Rapier und ihren Dolch trägt, ihrem bestimmten, selbstsicheren Auftreten wirkt sie deutlich älter, als sie ist.

Denke, sie würde eine bessere Adelige abgeben als ich, vor allem, da *sie* weiß, was man von einer solchen erwartet.

Sie bemerkt meinen Blick, schaut kurz zu mir hin und lächelt, bevor sie sich wieder dem Händler zuwendet und ihm erklärt, dass sie wenig Mitleid mit seinen vier hungernden Kindern besitzt, da sie ihm vorwirft, göttlichem Willen im Wege zu stehen, da diese Manatränke dafür gedacht sind, im Namen der Götter Wunder zu vollbringen.

Feilschen ist etwas, das Elena von Kindesbeinen an gelernt hat, und weder Pia noch ich sind auch nur ansatzweise so gut darin wie sie.

Zum Schluss trennt sich der Händler von zwanzig mittleren Manatränken, für die Elena achtundzwanzig Gold pro Phiole bezahlt, und der Händler selbst sieht aus, als ob er nicht ganz versteht, wie das hat geschehen können.

»Es ist ihr hohes Charisma«, erklärt mir Pia leise. »Es wirkt sich eben besonders bei sozialen Interaktionen aus. Mit ihrem hohen Wert auf Feilschen hat der arme Kerl keine Chance gehabt.« Ihre Augen glitzern, als sie weiterspricht. »Das nächste Mal feilsche ich, ich muss zusehen, dass ich das auch gesteigert bekomme.«

Zwischenzeitlich sind auch Fire, Cat und Mouse durch das Portal in die Stadt gekommen, Hog wird später mit Jessica nachfolgen.

Mouse hat seine eigene Aufgabe und verschwindet spurlos in den dunklen Winkeln der Stadt, doch Fire und Cat warten bereits schon ungeduldig bei der Akademie auf uns, während Pia mit einem breiten Grinsen ihre Manatränke in ihr Inventar räumt. Ich habe darauf bestanden, sie zu bezahlen, ich schulde ihr noch immer fünfzehn weitere für die Heilung des Hauptmannes und die Inbesitznahme der Festung.

50 Im Sanktum

Cat ist so gierig, dass er vor Ungeduld vibriert. Nachdem wir uns begrüßt haben, rät er mir lachend, ihn schnell glücklich zu machen, bevor er noch platzt.

Ich kann nur eine Person als Gast mit in das Sanktum nehmen, also lassen wir Fire und Elena im magischen Basar zurück, und ich bringe Cat mit mir in das Sanktum, wo derselbe missbilligende Bibliothekar uns misstrauisch mustert. Als es sich herausstellt, dass Cat ein *echter* Magier ist, taut er sichtlich auf und erweist sich schließlich sogar als hilfreich, als er Cat fragt, welche Art von Zaubern er sucht. Auch Cat hat kürzlich die Stufe 40 erreicht, was ihm nun Zugang zu einem Zauber gewährt, auf den er geradezu geifernd gewartet hat.

»Ich stimme zu«, sagt der Bibliothekar, der mittlerweile Cat sogar seinen Namen verraten hat. Magister Warren. »Ich erinnere mich noch gut daran, wie ungeduldig ich war, endlich die Stufe zu erreichen, die es mir erlaubt hat, diesen Zauber zu sprechen. Ich habe fast alles verkauft, was ich besessen habe, um ihn zu erwerben, und habe es nie bereut. Hier«, sagt er und reicht Cat mit einer Verbeugung einen kostbar geschmückten Schriftrollenbehälter aus Elfenbein. »Lasst die Adeligen ihre Kutsche haben, wir besitzen dafür den Teleport!«

Eigentlich hätte es jetzt einen Fanfarenstoß geben müssen.

»Was kostet er?«, fragt Cat, während er mit zitternden Fingern den Schriftrollenbehälter streichelt. Gut, dass Fire das nicht sieht, sie wäre eifersüchtig geworden.

»Fünfundzwanzigtausend Gold. Es ist ein Vermögen«, gibt Magister Warren zu. »Doch er ist jeden Kupfer wert. Dies«, sagt er und tippt auf den Behälter, »ist ein Gildenzauber, den Ihr nur mit Zustimmung eines Gildenmeisters erwerben könnt. Ich weiß, dass es andere gibt, die einen Teleport-Zauber anbieten, doch dieser Zauber hier ist von den besten Köpfen der Gilde optimiert. Seine Reichweite ist größer, Ihr lauft nicht Gefahr, in

Böden oder Wänden zu manifestieren, er ist vor allem sehr präzise einsetzbar, da er Euch ein kleines Fenster zu Eurem Zielort öffnet, sodass Ihr ihn genau positionieren könnt. Zudem erlaubt er Euch schon in der ersten Stufe, eine Person mitzunehmen. Außerdem solltet Ihr nicht vergessen, dass er Euch den Pfad öffnet, der Euch in seiner höchsten Form den Zugang zur Portalmagie ermöglicht.«

Cat wirft mir fragend einen herzerweichenden Hundeblick zu, der mich fast zum Lachen bringt.

Nicke, und sein Strahlen erfüllt den ganzen Raum.

»Gut«, sagt Magister Warren und holt ein Pergament aus einer Schublade. »Nehmt dieses Formular und sucht Euren Gildemeister auf, damit er Euch die Erlaubnis dafür gibt, diesen Zauber zu erwerben.«

»Wie geht das?«, frage ich Magister Warren, als ich mich neben Cat stelle und das Pergament in die Hand nehme.

Magister Warren erinnert sich offensichtlich an mich, auch wenn er mich bis eben vollständig ignoriert hat, und verzieht etwas abfällig das Gesicht. »Seht Ihr dieses leere Siegel aus Platinium?«, fragt er mich. »Der Gildenmeister wird hier sein Siegel hineinpressen, um seine Erlaubnis zum Erwerb des hier genannten Zaubers zu gewähren. Anschließend wird das Pergament in unserem Archiv der Akte des Magiers zugeordnet, der den Zauber erworben hat, damit es später keine Missverständnisse geben kann, wenn jemand daran zweifelt, dass der Zauber ordnungsgemäß über die Gilde erstanden wurde. Je nachdem, wie sehr Euer Mentor Euch schätzt, wird er Euch vielleicht auch einen kleinen Rabatt gewähren.«

»So schwer hört sich das nicht an«, sage ich mit einem Lächeln und presse meinen Siegelring in das Siegel, das kurz aufleuchtet und dann meinem Druck nachgibt. Als ich Magister Warren das Pergament zurückreiche, habe ich das Gefühl, dass nicht viel fehlt und er erleidet einen Herzanfall.

Er mustert das Siegel ungläubig, reibt mit dem Finger darüber, um zu prüfen, ob es auch tatsächlich vorhanden ist, und wirbelt dann herum, um mit raschen empörten Schritten zu einem Regal im hinteren Teil des Raums zu eilen, wo er einen dicken, mit Leder eingebundenen Folianten herauszieht.

Er kehrt mit dem Buch in seinen Händen zurück, wirft es vor uns mit lautem Knall auf den Tisch, öffnet das Buch und geht mit dem Finger die Siegel ab, die am linken Rand jeder Seite abgebildet sind.

»Vielleicht solltet Ihr am Anfang anfangen«, schlage ich hilfreich vor. Er wirft mir einen bitterbösen Blick zu, doch er schlägt das Buch am Anfang auf. Dort befindet sich auf der ersten Seite der magische Stern mit seinen fünf Zacken, in jedem Zacken ist ein Siegel dargestellt, und das in der oberen Spitze ist das meine. Er starrt lange darauf, dann hebt er seinen Blick.

»Ihr seid einer der Gründer?«, fragt er ungläubig.

»Mein Vorfahr hat die Akademie gegründet«, erkläre ich ihm freundlich, »nicht ich.«

»Doch Ihr besitzt nicht die geringste magische Befähigung«, stammelt er.

»Nicht im klassischen Sinn«, gestehe ich ihm zu. »Ich bin eine Spellwarden.«

Er reißt sich mit sichtlicher Mühe zusammen und verbeugt sich dann tief vor mir. »Verzeiht meinen Irrtum, Eure Hoheit. Selbstverständlich stehe ich Euch zu Diensten, soweit es mir nur möglich ist.«

Alles bestens. Kein Grund, ihm das Leben schwer zu machen. »Es gibt nichts zu verzeihen. Doch wenn Ihr das Geschäft vielleicht zu Ende bringen könntet?« Ich weise auf das Pergament, er nickt hastig, siegelt es selbst gegen und verzieht nicht eine Miene, als ich ihm die fünfzehntausend Gold reiche, die es mich mit meinem Rabatt kostet.

Cat wartet nicht eine Sekunde länger, als er muss, öffnet den Behälter, zieht die Spruchrolle heraus und liest sie durch, um dann laut »Yay!« zu rufen und ein wenig hin und her zu tanzen, als sie in seinen Fingern zerfällt.

Es scheint nicht unüblich zu sein, denn Magister Warren beobachtet das Schauspiel mit einem geduldigen Lächeln, um sich dann an mich zu wenden.

»Ich bedaure, dass ich Euch beim letzten Mal so schlecht beraten habe, doch Ihr hättet erwähnen können, dass Ihr eine Spellwarden seid. Was Ihr sucht, befindet sich nicht hier in der offenen Abteilung, zudem ist es Jahrhunderte her, dass wir das letzte

Mal Besuch von einem Spellwarden hatten. Wenn Ihr noch immer daran interessiert seid, Wissen zu erwerben, möchte ich Euch bitten, mir zu folgen. Gebt mir nur einen Moment, um das Sanktum für das Publikum zu schließen.«

Ich nicke huldvoll und sehe zu, wie Magister Warren zwei andere Magier hinauskomplimentiert, die Tür abschließt und uns mit einer Geste auffordert, ihm zu folgen.

Er führt uns zu einer unauffälligen Tür, sucht lange an seinem Schlüsselbund herum, bis er den richtigen Schlüssel findet, öffnet sie und ruft mit einem Fingerschnippen ein magisches Licht herbei, als er vor uns die Wendeltreppe hinuntergeht, die hinter dieser Tür verborgen ist.

Zwei Stockwerke tiefer führt er uns durch einen langen Gang zu einer anderen Tür, die deutlich in den Angeln ächzt, als er sie aufzieht.

Mit einem weiteren Fingerschnippen zündet er die Öllaternen an, die hier hängen, und deutet auf gut ein halbes Dutzend verstaubte Vitrinen, die den kleinen Raum füllen. »Was immer Ihr sucht«, teilt er mir mit sichtlichem Stolz mit, »werdet Ihr hier finden. Es gab eine Zeit, in der Spellwarden noch nicht so selten waren wie heute, und viele unserer bedeutendsten Gildenmitglieder haben Eurer Klasse angehört. Wie Ihr wisst, benötigt es magische Kristalle, um Zauber für einen Spellwarden aufzubewahren, und ich gehe fest davon aus, dass Ihr nirgendwo eine bedeutendere Sammlung an Magie finden werdet als hier in unseren Räumen!«

Nein, das habe ich nicht gewusst.

Wieder etwas gelernt.

Im Vergleich zu der Masse an Zaubern, die im oberen Verkaufsraum angeboten werden, ist die Auswahl beschränkt, ich finde etwa drei Dutzend schwach leuchtende Kristalle in den verstaubten Vitrinen.

Magister Warren liefert die Erklärung nach, während ich den Staub von dem Glas wische. »Wie Ihr wisst, seid Ihr imstande, fast jeden Zauber zu erlernen, den ein Magier sprechen kann. Doch diese Zauber hier können nur von einem Spellwarden gewirkt werden.« Er wirkt verlegen, als er weiterspricht. »An den

Preisen kann ich nichts ändern, sie wurden vor langer Zeit festgelegt, und jeder dieser Zauber hier ist einzigartig. Ich hoffe dennoch, Ihr findet hier etwas, das Euer Herz höherschlagen lässt.«

Okaaay.

Das erklärt die fünfstelligen Beträge auf den geprägten Karten, die vor den Kristallen stehen. Cat pfeift leise durch die Zähne, als er die Preise sieht.

Der billigste Zauber hier kostet glatte fünfzigtausend Gold. Es gibt keine Erklärung oder Spruchbeschreibung, die ich finden kann, und ich schaue fragend zu Magister Warren zurück.

Er weist auf die Kristalle und nickt auffordernd. »Ihr könnt sie gerne berühren.«

Tue genau das.

O ja. Dieser Zauber hier nennt sich Geisterarmee und beschwört, wie zu erwarten ist, eine Armee herauf. Es ist *nicht* Nekromantie, sondern ein Illusions- und Manipulationszauber. Kein Wunder, dass er zweihunderttausend Gold kostet. Da hätten wir die Armee, die der Magistrat mir geraten hat mitzubringen.

Drachenruf. Der teuerste aller Zaubersprüche mit fünf Millionen Goldstücken. Hätte ich sie, würde ich sie auf der Stelle dafür ausgeben, denn mit diesem Zauber kann ich einen Drachen beschwören, der mir dient. Für so viele Minuten, wie ich Charakterstufen besitze.

»Fünf Millionen?«, frage ich ungläubig. »Gibt es überhaupt so viel Gold im Land?«

Magister Warren zuckt nur mit den Schultern. »Ich bezweifle es«, gibt er unverblümt zu. »Doch wie jeder Zauber hier ist auch dieser Zauber einzigartig, Ihr werdet ihn nirgendwo anders finden.« Er lächelt grimmig. »Bedenkt, was er tut. Damit könntet Ihr Königreiche erobern.«

Der billigste Zauber, für günstige fünfzigtausend, ist Tiergestalt und erlaubt mir, die Gestalt eines Tiers anzunehmen, wenn ich es vorher gegessen habe.

Überlege gerade ernsthaft, ob ich das Gold ausgeben werde, als Magister Warren meine Gedanken unterbricht. »Ausrüstung und Kuriosa befinden sich hier«, sagt er und öffnet einen hohen weiten Schrank.

Es finden sich dort verschiedene Dinge wie Dolche, Schwerter und sogar Rüstungsteile, doch all das wird irrelevant, als ich das hohe Singen höre, das von dem fußballgroßen Ei kommt, das in einer silbernen Fassung einen Ehrenplatz im Schrank einnimmt.

»Was ist das?«, frage ich wie benommen, als ich langsam die Hand ausstrecke und sanft über die glatte Oberfläche streiche.

»Dies ist ein Ei aus der Brut von Orchiax, dem Familiar von Magister Halen. Magister Halen war wie Ihr ein Spellwarden und ein weiteres Gründungsmitglied der Akademie. Er hatte das Glück, dass sein Wyvern in ein Gelege fünf Eier setzte, und entschloss sich, eines dieser Eier für die Nachwelt aufzubewahren«, teilt mir Magister Warren mit einem Lächeln mit.

»Es steht kein Preis daran«, stelle ich fest.

»Ja«, nickt der Magister. »Es ist unverkäuflich. Meister Halen war der Ansicht, dass es keinen besseren Familiar als einen Wyvern gibt, und er hat verfügt, dass dieses Ei nur dann herausgegeben wird, wenn der Schlüpfling einen Meister findet. Besitzt Ihr einen Familiar?«

Schüttele wortlos den Kopf.

»Dann ist es einfach. Legt die Hand auf das Ei, und wenn Ihr den Wyvern singen hört, hat er Euch als Meister akzeptiert. Sprecht den Zauber, und er wird zu Euch kommen.« Sein Lächeln wird breiter. »Wenn Ihr den Zauber nicht kennen solltet, kann ich ihn Euch günstig verkaufen.«

»Nicht nötig«, flüstere ich und spreche den Zauber, der sich um mich und das Wesen in dem Ei windet und uns mit einem silbernen Faden von Magie unlösbar miteinander verbindet.

Ein Kratzen und Klopfen kommt von dem Ei, das Risse zeigt und dann von innen aufgepickt wird. Helfe dem kleinen Kerl, dessen Name Wesex ist, breche die Eierschale weiter auf und hole ihn aus seinem Ei, ein kleines gerupft aussehendes Ding, das mich mit großen weiten Augen anschaut und dann mit heller Stimme tschilpt.

Hunger!

Das Gefühl, ihn in meinen Händen zu halten, meinen Freund,

meinen Vertrauten, ist unbeschreiblich. Ich lache und ich weine, als ich Wesex den Finger hinhalte, an dem er nun mit Begeisterung mit seinen scharfen, kleinen Zähnen nagt.

Erinnere mich nicht mehr so genau, was danach geschieht. Irgendwie muss mich Cat zum Stadtpalast gebracht haben, wo ich mich irgendwann spät nachts in einem Arbeitszimmer wiederfinde, vor dem Kamin in einem Sessel sitzend, während ich Wesex, der sich in meinem Schoß zusammengerollt hat, mit Schinkenstreifen füttere.

51 Wesex

»Wieder da, Alex?«, höre ich Cats amüsierte Stimme und schaue auf, während Wesex verspielt an meinem Finger knabbert. Fire und Cat haben ihre Sessel vor Wesex und mir aufgebaut und grinsen mich breit an.

»Habt ihr euch gut amüsiert?«, frage ich, als ich so langsam verstehe, dass sich meine Freunde den Spaß gemacht haben, mir dabei zuzusehen, wie ich wegen etwas gaga werde, das aussieht wie eine gerupfte Henne.

Nur … dass Wesex jetzt nicht mehr so aussieht. Er ist deutlich gewachsen, besitzt jetzt die Größe eines mittelgroßen Hundes und ist so wunderschön, dass es mir den Atem verschlägt, als ich ihn jetzt im Schein des Kaminfeuers betrachte.

»Und ob«, sagt Cat mit offensichtlicher Genugtuung. »Du hast nur noch Augen für ihn gehabt, wie eine große Glucke, die nur ihr kleines Küken sieht. Du hast ihn den ganzen Tag gefüttert, mittlerweile muss er einen halben Ochsen gefressen haben. Wenn Magister Warren mir nicht gesagt hätte, dass dies normal ist, wenn man einen Familiar annimmt, hätte ich angefangen, mir Sorgen zu machen.«

Fire lacht. »Ich hätte niemals geglaubt, einmal zu erleben, wie rührend liebevoll du sein kannst! Du warst so süß, dass ich fast Zahnschmerzen bekommen hätte.«

Während die beiden gesprochen haben, hat Wesex den Kopf gehoben und sie neugierig angeschaut.

»Was ist genau passiert?«, frage ich, während ich mir meine schmerzenden Finger massiere. Stelle fest, dass sie etwas geschwollen und ziemlich verkratzt sind.

»Wenn ein Magier einen Bund mit seinem Vertrauten eingeht, geschehen solche Dinge«, erklärt Cat und hebt ein Buch hoch. »Ich habe in deiner Bibliothek in der Festung ein Buch gefunden, da kannst du es nachlesen.«

»Erzähle du es mir.«

Er seufzt theatralisch, »Woher wusste ich, dass du das sagen würdest? Okay. Wenn du einen Vertrauten findest, entsteht eine unlösbare Verbindung zwischen dir und deinem Vertrauten. Ihr verschmelzt zum Teil miteinander. Wie weit das reicht, hängt von der Art des Vertrauten ab. Ein Eichhörnchen zum Beispiel wird ein paar Attributspunkte beanspruchen, und das ist es auch schon. Das erlaubt dir, durch seine Augen zu sehen, ihm Befehle zu erteilen und solche Dinge. Ein Eichhörnchen ist auf der unteren Skala der Vertrauten zu finden. Wesex hier … ist das andere Ende. Wyvern sind von Natur aus magische Wesen, die entweder eng mit Drachen verwandt sind oder vielleicht sogar kleine Drachen sind.« Er lacht leise. »Das wäre etwas, nicht wahr? Ich glaube nicht daran, doch irgendwo müssen Drachen herkommen, und hier in Vorena hat bisher noch niemals jemand ein Gelege von Dracheneiern gefunden. So oder so, Wyvern sind ein ganz besonderer Fall. Wenn ich es richtig verstehe, teilt ihr beide euch jetzt einen großen Teil deiner Intelligenz und Magie. Und *das* erklärt dein infantiles Verhalten in den letzten Stunden.«

»Infantil?«, frage ich leicht erbost nach.

Fire lacht. »Du hättest dich sehen sollen. Hey, du kannst dich sehen, ich habe ein Video davon aufgenommen. Ich kann es dir überspielen.«

Natürlich hat sie das. Dafür sind Freunde da.

»Danke, nein«, sage ich würdevoll und kraule Wesex zwischen den Ohren. Er scheint es zu genießen.

»Es gibt etwas, das du beachten solltest«, sagt Cat jetzt ernst. »Ein Vertrauter ist extrem nützlich für einen Magier, doch er macht dich auch verletzlich. Wenn er stirbt, wird dich das unter Umständen ebenfalls töten. Zum Glück teilt er eine wichtige Eigenschaft mit dir, da du ein Spieler bist, wird er bei deinem nächsten Tod wieder mit dir auferstehen.«

»Hast du etwas dazu zu sagen?«, frage ich Wesex.

Nein, ich bin gerade vollgefressen und zu faul. Kraule weiter, ich mag das. Du könntest es auch unter meinen Flügelansätzen tun, es juckt dort etwas, da meine Schuppen noch nicht ausgehärtet sind.

Wäre er nicht auf meinem Schoß zusammengerollt gewesen, ich hätte ihn vor Schreck fallen lassen.

Hey, beschwert er sich. *Was hast du denn gedacht? Dass ich nicht mit dir reden kann? Hast du eben deinem Freund nicht zugehört? Ich bin* kein *Eichhörnchen!*

»Okay«, sage ich laut. »Okay.«

Dann fange ich hysterisch an zu lachen.

Wesex ist pflegeleicht. Er teilt mir mit, dass er noch in der Phase des Lernens und deshalb beschäftigt ist. Im Moment ist er damit zufrieden, auf meiner Schulter zu sitzen und sich mit seinem Schwanz an meinem Hals festzuhalten.

Er mag es, gefüttert zu werden, doch er teilt mir mit, dass er auch nichts dagegen hat, sich seine eigene Beute zu suchen. Mäuse und Ratten sind okay, sagt er, ist sich aber nicht sicher, ob er auch Katzen und Hunde jagen sollte.

Er akzeptiert, dass Katzen und Hunde nicht auf seinen Speiseplan gehören. Er hat wirklich kein Problem damit, solange ich ihn täglich mit dem Dreifachen seines Gewichts an Fleisch versorge.

Er ist außerdem ein Charmeur und wickelt noch am ersten Tag fast mein gesamtes Personal um seine Kralle, vor allem aber hypnotisiert er die Köchin, die ihn sooo süß findet und ihn ständig füttert, weil das kleine Kerlchen doch noch wachsen muss.

Er ist wie eine neugierige Katze, steckt seine Schnauze buchstäblich überall hinein, nur dass er auch fliegen kann und so manchmal von Kronleuchtern herunterhängt oder sich auf hohen Schränken versteckt.

Als ich am nächsten Morgen aufwache, stelle ich fest, dass sich etwas um meinen Arm gewickelt hat und ein kleiner schuppiger Kopf mit seiner langen Schnauze direkt vor meiner Nase liegt und mich leise anschnarcht.

Damit bin ich dann offiziell verloren.

Beim Frühstück tut jeder so, als wäre es vollständig normal, dass ein Wyvern auf meiner Schulter sitzt und unsere Gespräche, aber vor allem das Essen aufmerksam verfolgt, jedoch nur wenn es Fleisch ist.

Alles andere wird hoheitsvoll verschmäht. Aber er ist brav, was vor allem daran liegt, dass er sofort nach dem Aufstehen in die Küche geflogen ist, um dort unsere Köchin unter seinen Willen zu zwingen.

Elena, Pia und Mouse leisten mir beim Frühstück Gesellschaft, und Mouse berichtet, was er herausgefunden hat.

»Nicht viel«, sagt er und mustert Wesex fasziniert, der ihn genauso offen mustert. »Es hat heute Nacht wieder ein Opfer gegeben, und wieder hat niemand etwas davon mitbekommen, bis man sein letztes Opfer heute Morgen gefunden hat. Wie nicht anders zu erwarten, ist die Bestie hier Stadtgespräch, und so ziemlich jeder Spieler hier hat die Queste angenommen. Hier, ich teile sie mit dir.«

Die Jagd nach der Bestie.

Nehme die Queste an.

»Es ist etwas anders, als wir gedacht haben«, fährt er dann fort. »Er holt sich jede Nacht ein Opfer, doch er tötet es nicht sofort. Ein Priester hat herausgefunden, dass er seine Opfer drei Tage am Leben erhält, bevor er sie tötet, und die Toten dort ablegt, wo er sein letztes Opfer entführt.«

»Dann sind seine letzten zwei Opfer in diesem Moment noch am Leben«, stellt Pia fest und schüttelt sich. Wir wissen alle, was die Bestie mit ihren Opfern tut, und ich schiebe meinen Teller zurück, da mir der Appetit vergangen ist.

Mouse nickt. »So sieht es aus.«

»Und niemand hat die Bestie je gesehen?«, fragt Elena ungläubig. »Wie kann er sie von der Straße stehlen, ohne dass ihn jemand sieht?«

»Das war einmal«, sagt Mouse grimmig. »Du findest in der Nacht hier keine jungen Frauen mehr auf der Straße. Selbst die Huren trauen sich kaum aus dem Haus und wenn, dann nur in Gruppen von drei oder mehr.« Er schüttelt den Kopf. »Nein, seit ein paar Tagen stiehlt er sich seine Opfer aus ihren Betten. Was dafür sorgt, dass sich hier niemand mehr sicher fühlt.« Er schaut zu Elena hin. »Du wirst heute Nacht bei Alex in ihrem Refugium schlafen.«

»Ich bin kein kleines Kind«, sagt Elena widerspenstig. »Ich weiß mich zu verteidigen.«

»Das weiß ich«, antwortet Mouse gelassen. »Doch ich habe dir das eben mitgeteilt und dich nicht etwa gefragt. Schau nicht so zu Alex hin, sie wird dir das Gleiche sagen. Du passt genau in das Beuteschema der Bestie, Elena. Da du dich beständig an Alex'

Seite aufhältst, erweckst du Aufmerksamkeit. Wir werden diese Bestie stellen, aber nicht, indem wir dich als einen Köder vor seiner Nase baumeln lassen.«

Nicke zustimmend, und Elena gibt mit einem Augenrollen und einem Seufzer ihren Widerstand auf.

»Was ich nicht verstehen kann«, sagt Pia, »ist, dass die Götter nicht helfen. Wir wissen alle, dass Bastet und Diana wissen, wer die Bestie ist.«

»Weil es unser Job ist. So etwas, so schlimm es auch ist, gehört mit zu Vorena. Die Spieler haben die Freiheit, alles zu tun, solange sie die Konsequenzen akzeptieren.«

»Welche Konsequenzen?«, fragt Pia verärgert. »Dieses perverse Schwein macht, was es will, und wir können ihn nicht bestrafen!«

Erinnere mich an die Hinrichtung von Strongman und Loverboy. Zumindest auf Strongman muss es Eindruck gemacht haben. »Er wird eine jahrelange Sperrfrist erhalten«, erinnere ich Pia. »Und wenn erst mal bekannt ist, wer er ist, wird man ihn ächten.«

»Um ihn umzulegen, werden einige auch gerne für einen Tag zum PK werden«, stimmt Mouse mir grimmig zu. »Wir sind nicht die Einzigen, die das verabscheuen.«

»Was ist mit den Opfern?«, frage ich ihn. »Ich weiß, dass es hier kein CSI gibt, doch die Stadtwache hat ihre Möglichkeiten.«

»Wenn man ihn findet, wird man ihm nachweisen können, dass er die Morde begangen hat«, nickt Mouse. »Es geht sogar das Gerücht um, dass der Magistrat einen Nekromanten beauftragt hat, eines der Opfer wiederzuholen, um es zu befragen. Es war ihm nicht möglich.«

»O Gott«, sagt Pia. »Ich meine, bei Bastet! Wenn das wahr ist, bedeutet das, dass es sich nicht nur um ein perverses Schwein handelt!«

»Wie das?«, fragt Elena.

»Es bedeutet, dass die Seelen der Opfer nicht frei sind. Der Mörder muss sie irgendwie binden, sonst hätte der Nekromant sie befragen können! Ich verachte Nekromanten, wie das wohl jeder tut, doch das sagt uns, dass hier noch andere Mächte im Spiel sind. Entweder ist die Bestie ein Nekromant, oder er ist einen dunklen Pakt eingegangen. Und damit ist die Priesterschaft gefordert!« Ihre Stimme hat nun einen fauchenden Unterton, und ihre Nackenhaare haben sich aufgerichtet. »Es kann sein, dass diese Frauen einer dunklen Macht geopfert wurden! Ich verstehe nur nicht, warum der Magistrat das nicht offen sagt!«

»Weil es hier in der Stadt sonst eine Panik gibt«, sagt Mouse ruhig. »Alex sagt immer, dass die Menschen hier sich nicht groß von uns unterscheiden, deshalb können wir davon ausgehen, dass sie wie alle anderen reagieren. Es wird hier eine Panik geben, wenn das offen verkündet wird. Es ist auch so schon fast so weit.«

»Das erklärt auch, warum niemand etwas sieht«, sagt Elena nachdenklich. »Sich verborgen halten zu können, ist oftmals die erste Gabe, die eine dunkle Macht ihren Handlangern verleiht.«

»Woher weißt du das?«, fragt Mouse neugierig.

Elena schnaubt. »Wir haben jahrhundertelang unter dem Fluch gelebt. Da lernt man solche Dinge. Herzogin Maguela stand mit der Dunkelheit im Bunde.«

»Und wie finden wir die Bestie?«, frage ich in die Runde. »Hat jemand eine Idee?«

»Dein Landgefühl?«, schlägt Mouse vor. »Das ist das Einzige, was mir einfällt.«

»Und wie?«, frage ich.

»Ihr könnt jeden finden, dessen Namen Ihr kennt, nicht wahr?«, fragt Elena.

Nicke. Arensvelt gehört mir nicht, *noch* nicht, deshalb ist mein Gefühl nicht sehr ausgeprägt, aber das müsste möglich sein.

»Also gut«, sagt Elena energisch und richtet ihre nächste Frage an Mouse. »Wie heißt die Frau, die heute Nacht entführt wurde?«

»Rabina Koltern«, antwortet Mouse wie aus der Pistole geschossen. »Sie ist eine Wäscherin.«

Wir lassen das Frühstück stehen und eilen in mein Arbeitszimmer hier, wo Mouse eine Karte der Stadt auf einem Tisch ausbreitet. Lege mein Buch daneben und übertrage die Karte in das Buch und konzentriere mich darauf, Rabina zu finden. Doch obwohl ich irgendetwas fühle, gelingt es mir nicht.

»Sie befindet sich im Hafenviertel«, sage ich dann enttäuscht.

»Mehr kann ich nicht sagen. Mein Landgefühl ist nicht gut genug.«

»Mist«, sagt Mouse mit Inbrunst. »Es hilft weiter, aber nicht viel. Sag, wie viele Punkte hast du in diese Fertigkeit investiert?«

Oh.

Keinen einzigen.

Besitze die Fertigkeit jetzt auf Stufe 3, doch nur, weil ich sie ständig benutze. Sie zu erhöhen kostet mich vier Punkte. Fünf habe ich im Moment noch übrig. Zögere nicht.

Es macht einen gewaltigen Unterschied, ich kann jetzt die ganze Stadt fühlen.

»Rabina Koltern«, flüstere ich. »Wo bist du?«

Diesmal finde ich sie. »Dort«, sage ich leise und lege meinen Finger auf einen Anlegesteg im Hafen. Schaue genauer hin und zoome in die Karte hinein.

»Was befindet sich dort?«, fragt Pia und beugt sich neugierig vor.

»Eines meiner Lagerhäuser«, sage ich mit belegter Stimme. »Irgendjemand will hier ein Spielchen spielen.«

»Wenn es überhaupt noch jemand weiß, dass das deine Warenhäuser sind. Hast du nicht gesagt, sie wären durch den Magistrat vermietet worden?«

Nicke. Eigentlich ist es auch nicht wichtig.

»Wie heißt das Mädchen, das gestern Nacht entführt wurde?«, frage ich Mouse.

»Masina Olborn.«

»Sie sind beide dort«, stelle ich mit rauer Stimme fest.

»Leben sie noch?«, fragt Pia.

»Ja. Sonst könnte ich sie nicht finden.«

»O. k.«, sagt Mouse. »Ich logge mich aus und rufe die anderen an, damit sie ins Spiel kommen. Ich bin gleich wieder da.«

»Was tun wir jetzt?«, fragt Elena, als Mouse sich kommentarlos in Luft auflöst.

»Was wohl!«, faucht Pia. »Wir retten die Mädchen. Und dann schneiden wir dem Wichser die Eier ab.«

»Was ist ein Wichser?«, fragt Elena.

»Jemand, der sich selbst befriedigen muss, weil es niemand für ihn tun wird«, knurrt Pia. »Aber in diesem Fall bedeutet es einfach nur abscheuliches Arschloch!«

»Wichser«, sagt Elena, offenbar um das Wort auszuprobieren. Sie nickt. »Das ist kürzer.«

Nein, sagt Wesex, *sie ist nicht zu jung dafür. Du hast in ihrem Alter schon ganz andere Wörter gekannt.*

Liest du gerade meine Erinnerungen?

Nicht direkt, du hast dich nur eben selbst daran erinnert.

Ich stelle fest, dass es nicht immer von Vorteil ist, wenn jemand meine Gedanken lesen kann.

Es ist praktisch, meint Wesex dazu. Er putzt sich unter seinem rechten Flügel. *Zumindest für mich.*

52 Rabina und Masina

Habe nicht die Absicht zu warten, bis Mouse mit den anderen zurück ins Spiel kommt. Pia, Erik und Elena folgen mir, als ich mit schnellen Schritten aus dem Haus eile. Suche Hauptmann Loris auf meiner Freundesliste und lade ihn in die Gruppe ein, teile ihm mit, was ich von ihm will.

Es ist noch recht früh am Morgen, dennoch herrscht bereits ein Gedränge auf der Straße, das umso dichter wird, je näher wir dem Hafen kommen. Der Hafen ist einer der Grundlagen für den Reichtum der Stadt, und hier ist immer Betrieb.

Es hilft, dass ich durch mein Landgefühl jede Abkürzung so gut kenne, als wäre ich im Hafenviertel aufgewachsen.

»Dort«, sage ich, als wir das Lagerhaus erreichen. Anders als die meisten anderen Lagerhäuser hier am Hafen ist dieses aus roten Ziegelsteinen und nicht aus Holz errichtet und besitzt drei große Tore und einen Nebeneingang.

Am Nebeneingang steht ein großer breitschultriger Krieger mit einer sonnengebräunten Glatze und einem sauber gestutzten grauen Bart. Er ist fast so groß und breit wie Meister Ribin und trägt eine schwere Plattenrüstung, einen Schild auf seinem Rücken und zwei einhändige Äxte in seinen Händen.

»Dad!«, ruf Pia und eilt ihm entgegen, und jetzt, da ich weiß, wer er ist, erkenne ich ihn auch wieder.

»Gunny«, begrüße ich ihn.

Er nickt zurück und lächelt. Wir wissen beide, dass die Situation nicht zum Lächeln ist. Da er in unserer Gilde ist, kann ich erkennen, dass er mittlerweile Stufe 27 erreicht hat.

»Captain«, sagt er und schaut sich um. »Noch jemand anderes da?«, fragt er und mustert erst Wesex auf meiner Schulter und dann Elena.

»Noch nicht«, sage ich. »Mouse holt sie gerade ins Spiel.«

»Nach dem, was ich von dem Mistkerl weiß, will ich nicht warten«, knurrt Gunny und tritt die Tür ein.

»Okay«, sage ich. »Jetzt weiß er, dass wir da sind.«

»Du weißt nicht, was er mit seinen Opfern macht«, knurrt er, als er wie ein Bulldozer vorstürmt. »Ich schon. Ich habe eines von ihnen gefunden!«

Wir folgen ihm, die Waffen in den Händen, und Wesex löst sich von meiner Schulter, um hoch ins Gebälk des Lagerhauses zu fliegen.

»Wo sind sie?«, fragt Gunny grimmig. Sehe, wie sein Blick zu Pia hinwandert. Hier im Spiel ist seine Tochter eine Kathili, doch die Pia in der realen Welt fällt genauso in das Beuteschema der Bestie wie Elena, und ich verstehe jetzt noch besser, warum ausgerechnet Gunny eben so vorangestürmt ist.

Gunnys Frage scheint im ersten Moment gerechtfertigt. Abgesehen von ein paar alten verrotteten Kisten, scheint das Lagerhaus leer und unberührt zu sein.

Und staubig.

»Dort«, sage ich und weise mit meinem Schwert zur Rückwand. »Die Rückwand muss falsch sein.«

Er schnaubt wie ein Bulle und stürmt los. »Warte, Gunny!«, rufe ich und eile ihm nach. »Wir werden uns um die Mädchen kümmern, doch ich will auch das Arschloch, das ihnen das angetan hat. Ich will ihn in eine Falle locken, was nicht geht, wenn er hier eine Spur der Verwüstung vorfindet. Lass mich das machen!«

»Vertraut ihr, Herr Gunny«, sagt Elena. »Sie wird den verdammten Wichser finden und ihm die Eier abreißen!«

Gunny blinzelt. »Du kannst mich einfach Gunny nennen, so nennen mich die Menschen, die ich mag.« Er schaut zu mir hin, während ich mit meiner Magiesicht nach verborgenen Türen schaue. »Dem Wichser die Eier abreißen, hu? Alex, du hast einen schlechten Einfluss auf das Kind.«

»Ich bin kein Kind«, sagt Elena empört, und Pia hustet. Ihr Vater schaut misstrauisch zu ihr hin, und Pia winkt ab. »Nichts«, sagt sie. »Es ist nichts!«

Die Tür ist keine echte Geheimtür, sie fällt nur nicht besonders auf. Als wir nach ihr suchen, ist sie schnell gefunden, und ich benutze Zauberfinger, einen Zaubertrick, um den Riegel auf der anderen Seite zurückzuschieben.

Als ich die Tür öffne und hindurchgehe, fühle ich dieselbe drückende Atmosphäre, die ich aus dem Verlies unter der Festung noch viel zu gut in Erinnerung habe.

Ein leises Wimmern weist uns den Weg.

Es gibt nicht viel zu sehen. Ein einfacher Altar, nicht viel mehr als ein schwarz angemalter Tisch, ein Käfig.

Das ist es.

Es ist schlimm genug.

Eines der Mädchen ist mit silbernen Ketten nackt am Tisch festgebunden, das andere, genauso nackt und bloß, sitzt zitternd in dem Käfig und scheint uns gar nicht richtig wahrzunehmen.

Eine große schwarze Katze sitzt auf der Brust des Mädchens auf dem Altar und leckt an ihren Wunden, als sie uns kommen sieht, hebt die Katze den Kopf, schaut uns mit rot glühenden Augen an und faucht.

»Verpiss dich!«, ruft Pia wütend und stürmt auf den Altar zu. Die Katze duckt sich und springt Pia an, die einen Schritt zur Seite tritt, ihren Stab fest in beide Hände nimmt und die Katze in der Luft trifft, als ob sie es auf einen Homerun anlegen würde.

Das verfluchte Biest fliegt zurück, klatscht gegen die nächste Wand, und Pia hebt ihr Ankh an, als die Katze sich für den nächsten Sprung duckt. »Im Namen der Bastet verbanne ich dich von dieser Welt!«

Es gibt ein kleines »Plopp«, dann stinkt es kurz nach Schwefel, als die Katze platzt und sich in eine stinkende Rauchwolke auflöst.

»Was war das?«, frage ich überrascht.

»Ein Dämon«, erklärt mir Pia. »Nicht weiter wichtig.«

»Wir sind da«, meldet sich Mouse im Gruppenchat, und ich öffne ein Portal zum Hof meines Stadtpalastes. Während Hauptmann Loris mit Erik durch das Portal zu uns kommt, für den Fall, dass die Bestie einloggt, bevor wir so weit sind, uns um ihn zu kümmern, bringen wir die Mädchen zurück in unser Haus.

Masina, das Mädchen aus dem Käfig, ist derart verstört, dass sie kaum ansprechbar ist, selbst nachdem Pia ihre Wunden geheilt hat.

Rabina, die auf dem Altar gelegen hat, reagiert da ganz anders und schimpft wie ein Waschweib, bevor wir ihr noch die Fesseln haben lösen können. »Habt ihr den Kerl erwischt?«, fragt sie. »Gebt mir ein Messer und lasst mich an ihn!«

Sie hält kaum still, als Pia sie heilt, und es braucht eine ganze Weile, bis sie sich beruhigt. Sie sieht das Portal, durch das wir sie bringen, mit großen Augen an, doch es scheint sie sonst nicht weiter zu interessieren.

»Wie wäre es mit einem Bad und frischen Kleidern?«, fragt Gertrude sanft.

»Ein Bad?«, fragt Rabina, schaut an sich herab und scheint erst jetzt zu bemerken, dass sie blutig und zerschunden ist und nur die Decke trägt, die wir ihr gegeben haben. »Oh, bei Diana, das wäre göttlich!«

Sie braucht lange, bis sie wieder aus dem Bad kommt, etwas, das ich verstehen kann.

»Der Hurensohn wollte meinen Geist und Glauben brechen«, knurrt sie, während sie bei uns am Tisch sitzt und sich über das Essen hermacht, als wäre sie halb verhungert.

Sie ist es nicht, sie sieht nur so aus, dünn und drahtig, aber ich kann mir vorstellen, dass sie kräftiger ist, als es den Anschein hat. Ihre Unterarme und Hände sind fleckig und die Haut gerötet und rau, eine junge Frau, die, wie wir erfahren, kein einfaches Leben geführt hat. Was alles bedeutet, nur nicht, dass sie schwach ist.

»Kannst du den Mann beschreiben?«, fragt Pia sanft.

»Beschreiben?«, fragt Rabina und lacht bitter. »Jeden Millimeter von dem Dreckskerl. Wollt ihr eine Zeichnung von ihm haben? Vergesst das, das braucht ihr nicht. Ich weiß, wie er heißt. Diesen bescheuerten Namen werde ich nie vergessen!«

Es ist Loverboy. Wir sehen uns alle sprachlos an. »Ich habe sogar mit dem Gedanken gespielt, dass er es sein könnte«, gestehe ich dann. »Doch ich habe es, ehrlich gesagt, nicht geglaubt.«

»Ich wollte ihn mir ansehen«, knurrt Mouse. »Ein Auge auf ihn halten, doch ich habe es auch nicht für möglich gehalten, dass er so weit gehen würde.«

»Warum nicht?«, fragt Elena. »Was von seinem Verhalten hat euch davon überzeugt, dass er nicht so weit gehen wird?«

»Ihr kennt ihn?«, fragt Rabina und klingt auf einmal sehr vorsichtig.

»O ja«, sagt Elena. »Wir haben ihn schon siebzehn Mal aufgehängt.«

Rabinas Lächeln ist beeindruckend.

Furchterregend.

»Spart euch diesmal das Seil«, sagt sie und greift nach dem Buttermesser auf dem Tisch, um es drohend anzuheben. »Gebt mir dafür eine Stunde Zeit mit ihm.«

»Das ist ein Buttermesser«, sagt Pia.

»Ja?«

»Es ist stumpf.«

»Umso besser.«

53 Das Biest von Arensvelt

»Ist er in der Stadt?«, fragt mich Mouse kurz darauf.

Konzentriere mich kurz auf Loverboy und finde ihn. Er bewegt sich auf das Lagerhaus zu.

»Er geht gerade zum Lagerhaus.«

»Kannst du ein Portal dorthin öffnen?«

Öffne wortlos hier im Frühstücksraum ein Portal, und Mouse, Cat und Fire gehen hindurch. Wir müssen nicht lange warten.

Es ist zu einfach. Eine Antiklimax, wie sie im Buche steht. »Er kam durch die Tür, und Mouse hat ihn niedergeschlagen«, erklärt mir Cat frustriert. »Das war es. Kein heldenhafter Kampf, kein Ringen zwischen Gut und Böse. Tock! Ein Schlag. Das war es. Es ist irgendwie enttäuschend.«

Loverboy ist auch als Bestie nicht beeindruckend, er schaut nur verwirrt drein, als er mit einem goldenen Seil gefesselt von Mouse durch das Portal gezerrt wird.

Was vielleicht ein taktischer Fehler ist.

Rabina sieht ihn, knurrt wie eine Kathili und wirft sich auf ihn. »Nicht!«, ruft Pia, doch es ist zu spät, Rabina hat ihm bereits das stumpfe Buttermesser ins Auge gerammt.

Offenbar eine Frau, die ihre Worte ernst meint.

Ich fluche frustriert, weil ich keine Lust habe, zu warten, bis er wiederkommt, um ihn dann erneut irgendwo auszugraben, doch es erweist sich als unnötig. Er ist immer noch von dem goldenen Seil gefesselt … und kommt wieder zu sich. »Du schon wieder, du verdammte Schlampe!«, geifert er, als er mich erkennt. »Du weißt nicht, mit wem du dich hier angelegt hast! Ich werde dich …«

Weiter kommt er nicht, bevor Hauptmann Loris ihm einen Knebel in den Mund steckt und ihn an den Haaren davonschleift.

»Jetzt geht es mir besser«, sagt Rabina, nachdem Pia sie

wieder losgelassen hat. Sie legt das Buttermesser zurück auf den Tisch, Loverboys Blut ist bereits von der Messerklinge verschwunden. Sie hat braune Augen, die jetzt fast schwarz wirken. »Wie oft kann ich das tun?«

»Das ist etwas, über das ich noch nachdenken muss.«

Der Hass, der in Rabinas Augen brennt, erschüttert mich etwas, doch das andere Mädchen, Masina, ist schlimmer dran. Sie hat sich in sich selbst zurückgezogen, starrt nur stumpf an die Decke und reagiert nicht auf uns.

»Ich kann nichts mehr für sie tun«, sagt Pia unglücklich. »Körperlich ist sie geheilt, aber …« Sie zuckt hilflos mit ihren Schultern.

»Was ist mit Bastet?«, frage ich sie.

Pia senkt den Kopf. »Ich bin nur eine einfache Priesterin. Es wird noch ein paar Wochen dauern, bis ich die Göttin wieder um ein Wunder bitten kann.«

»Versuchst du es?«, frage ich sie.

»Nicht nötig«, sagt Diana, als sie überraschend neben uns auftaucht. »Das Herzogtum Maren gehört zu meinem Gebiet. Bastet und ich haben einen Deal. Ich kümmere mich hier um ihren Job. Gibt auf diese Weise weniger Verwirrung, und wir treten uns nicht gegenseitig auf die Füße.« Sie beugt sich über Masina, legt ihr die Hand auf die Stirn und schüttelt Sekunden später traurig den Kopf.

»Du kannst ihr nicht helfen?«, frage ich sie, während Pia sich am Hinterkopf kratzt und etwas verwirrt dreinschaut.

»Alex«, sagt Diana leicht tadelnd. »Ich bin gerade die Göttin Diana. Etwas mehr Respekt bitte!«

»Ja«, sage ich. »O Göttin. Und so weiter. Kannst du ihr helfen?«

»Natürlich kann ich ihr helfen«, sagt Diana. »Ich darf es nur nicht. Huch«, sagt sie und deutet mit dem Finger auf den Boden. »Was ist denn das? Hat das jemand hier verloren?«

Dort, wohin sie zeigt, liegt etwas Glänzendes.

Im nächsten Moment ist Diana bereits wieder verschwunden.

»Hast du oft Besuch von den Göttern dieser Welt?«, fragt Pia, als sie sich bückt, um das golden glänzende Stück Metall aufzuheben.

»Wir kennen uns …«, antworte ich ausweichend. »Was ist das?«

Pia hält einen kleinen Goldbarren hoch, auf dessen Vorderseite eine Kartusche mit ägyptischen Hieroglyphen eingeprägt ist.

»Das«, sagt Pia leise, während ihre Augen hin und her wandern, als sie etwas liest, das nur sie sehen kann, »ist ein Gebet. Reinigung des Geistes. Es befindet sich nicht in der Liste der Gebete, die ich lernen kann. Es ist einzigartig und nur von Priesterinnen der Bastet verwendbar. Man muss Stufe 59 sein, um ihn zu lernen.«

»Welche Stufe bist du?«, frage ich sie.

»59. Eben gerade geworden. Mit eben meine ich vor fünf Minuten.«

Zucke mit den Schultern. »Was für ein *glücklicher Zufall*, dass hier jemand das passende Gebet für dich verloren hat. Worauf wartest du noch?«

Sie nickt, ich sehe zu, wie der kleine Goldbarren in ihrer Hand aufleuchtet und verschwindet, und dann warte ich, während Pia Masina die Hand auf die Stirn legt und ein langes Gebet an ihre Göttin richtet.

Masina öffnet die Augen und schaut uns erschreckt an. »Wo bin ich?«, fragt sie. »Wer seid ihr? Und warum bin ich nicht in meinem Bett?«

Es überrascht wenig, dass Masina sich an nichts erinnern kann. Das Letzte, von dem sie weiß, ist, dass sie sich bettfertig gemacht hat. Wir lassen sie von einem meiner Soldaten nach Hause bringen. Später wird er mir berichten, dass Masinas Eltern ihn gar nicht wahrgenommen haben, sie waren so erleichtert darüber, ihre Tochter wohlbehalten wiederzubekommen, dass sie ihn nicht einmal gefragt haben, wer er ist.

Etwas zögernd fragen wir später Rabina, ob wir sie auch vergessen lassen sollen. Sie schaut mich und Pia mit großen Augen an. »Auf keinen Fall!«, ruft sie empört. »Ja, der Wichser hat sich an mir vergangen, doch ich war stärker als er, habe mich nicht von ihm brechen lassen und diesen Sieg soll ich vergessen wollen? Das kommt nicht infrage!«

Ja.

Ich gebe es zu.

Ich mag sie.

Wesex mag sie auch. Weil sie ihn krault und füttert und ihn toll findet.

Muss ihr allerdings später mitteilen, dass sie ihn nicht behalten kann.

54 Der Mann in der dunklen Kutte

»So«, sagt Cat später am Nachmittag zufrieden und lehnt sich in seinem Sessel zurück. Ich habe Wesex auf dem Schoß und füttere ihn, der Rest von uns ist hier, um zu besprechen, wie wir weiter vorgehen wollen.

Gunny ist nicht mehr dabei, er hat im realen Leben etwas zu erledigen, wird aber morgen wiederkommen. Er hat mir das Versprechen abgenommen, ihm zu erklären, was mit mir geschehen ist.

Keine Unterhaltung, auf die ich mich freue.

»Das ging schneller als erwartet.« Cat schüttelt ungläubig den Kopf. »Ich kann es immer noch nicht fassen, dass es Loverboy ist. Wir hätten als Erstes nach ihm schauen sollen! Ich habe an ihn gedacht, doch ich hätte nicht im Traum daran geglaubt, dass er es tatsächlich ist!«

»Genau deshalb hat ihn auch niemand anderes gefunden«, sagt Elena grimmig. »Selbst jetzt noch wird er von dunklen Mächten beschützt. Es gibt keinen Grund, daran zu zweifeln, dass er die Bestie ist, wir wissen es, und dennoch zweifeln wir daran, dass er es tatsächlich ist!«

»Richtig«, sagt Mouse. »Und es pisst mich an.«

»Was hast du herausgefunden?«, frage ich ihn.

Er hat sich während der letzten zwei Stunden mit Loverboy unterhalten. Habe daran gedacht, es selbst zu tun, doch Mouse ist besser darin als ich, und er besitzt die notwendige Erfahrung.

»Er hat mir alles erzählt«, sagt Mouse und verzieht das Gesicht.

»Hast du ihn foltern müssen?«, fragt Pia und scheint sich nicht sicher zu sein, ob sie über den Gedanken entsetzt oder erfreut ist.

»Ach was!«, sagt Mouse und winkt verächtlich ab. »Ich habe vorgehabt, ein bisschen mit Messern herumzuspielen, doch das war gar nicht nötig. Der Mistkerl konnte es gar nicht abwarten, mir in allen Einzelheiten zu erklären, wie toll er ist!«

»O Gott!«, stöhnt Fire und stützt ihren Kopf in ihre Hände. »Wie konnte jemand wie er diese Stadt so lange in Angst und Schrecken versetzen und unerkannt bleiben? Er ist nicht gerade das, was ich mir unter einem Evil Mastermind vorstelle!«

»So, wie er es erzählt, hat er einen Schwur geleistet, es uns heimzuzahlen. Vor allem Alex«, erklärt Mouse. »Er ist geradezu besessen davon, ihr zu schaden. Kurz nach diesem Schwur traf er ganz und gar zufällig eine Person in einer dunklen Kutte, die ihm versprochen hat, dass unser Loverboy mächtige Gaben erhalten wird, um Alex zu besiegen. Er muss nur diese eine Kleinigkeit tun.« Mouse schüttelt ungläubig den Kopf. »Loverboy tut so, als ob er es alles geplant hätte, doch wie es aussieht, war er nur ein Handlanger. Selbst das Lagerhaus hat er nicht selbst gefunden. Er prahlt zudem noch damit, was er an dunklen Gaben erhalten hat.«

»Nur so aus Interesse«, sage ich. »Sagt er auch, welche das sind?«

»Zum einen hat man ihm versprochen, dass kein Mensch ihn finden wird«, erklärt Mouse mit einem bösen Grinsen. »Er ist mächtig sauer darüber. Er fühlt sich verarscht.«

»Aaah«, sagt Cat und lacht leise. »Alex ist kein Mensch.«

»Ja«, grinst Mouse. »Dass es hier auch andere Rassen gibt, daran hat unser Freund nicht gedacht.«

»Was sonst noch?«, fragt Pia neugierig.

»Dass er nie wieder am Strang sterben wird. Ein paar Fertigkeiten, die es schwer machen, ihn zu sehen oder zu verdächtigen. Das war's. Ach ja. Dass am Ende seines Weges ein großer Schatz zu finden ist.«

»Ha!«, lacht Hog. »Da hat jemand Humor bewiesen?«

Ich schaue ihn fragend an.

»Wir liefern ihn an die Stadt und bekommen einen Schatz«, erklärt er mit einem breiten Grinsen. »Wenn Mouse eben alles wortwörtlich wiedergegeben hat, hat diese dunkle Macht unserem Freund nicht versprochen, dass *er* den Schatz bekommt!«

Mag sein, doch ich sehe den Humor nicht ganz. An manchen Tagen hat die Bestie zwei oder gar drei Opfer gefunden.

Mouse teilt uns mit, dass Loverboy ihm stolz von siebenunddreißig Opfern erzählt hat, wobei wir bisher nur von einunddreißig wussten.

»Ihr wisst, was das bedeutet?«, fragt Pia.

Wir sehen sie fragend an.

»Loverboy ist nur ein Werkzeug«, erinnert sie mich. »Es gibt hier jemanden in der Stadt, der mit der Dunkelheit in Verbindung steht. Loverboy ist nur ein Handlanger. Die wahre Bedrohung ist diese Person in der dunklen Kutte.«

»Hast du etwas über diesen Kuttenträger herausgefunden?«, fragt Cat.

Mouse schüttelt den Kopf. »Loverboy scheint fast alles über diesen Mann vergessen zu haben.«

»Ist es denn ein Mann?«, fragt Pia.

»Das ja«, nickt Mouse.

»Wenigstens etwas«, stellt Pia fest.

Ja. Aber auch nicht viel. »Wo ist Loverboy?«, frage ich Mouse.

»Ich habe ihn im Kutschenhaus an die Wand genagelt«, erklärt Mouse. »Doch keine Sorge, er ist auch mit dem Seil gebunden.« Mouse zuckt mit den Schultern. »Ich wollte es ihm nicht zu angenehm machen und sicherstellen, dass er uns nicht wieder abhaut.«

Mouse hat das wortwörtlich gemeint. Es sieht grausam aus, denke ich, doch es ist offensichtlich, dass Loverboy kaum etwas von den daumendicken Nägeln spürt, die ihn an der Wand halten, sonst würde er nicht so an ihnen herumzerren, als er mich sieht.

Er scheint auch die Lage nicht ganz verstanden zu haben,

»Warte du nur ab, du Schlampe«, faucht er, nachdem ihm Erik den Knebel und die Augenbinde abgenommen hat und er mich sieht. »Dich werde ich auch noch opfern, du wirst noch um Gnade winseln, wenn ich dir mit meinem Schwanz den Arsch aufreiße!«

»Jep«, meint Hog grimmig. »Er hat es nicht verstanden.«

»Sag mal, Toby«, frage ich Loverboy. »Toby, das war doch der Name, nicht wahr? Was hast du dir eigentlich dabei gedacht?«

»Wobei?«, fragt er.

»Diese Frauen zu vergewaltigen und sie dann so grausam zu töten?«

»Das ist das, was du wissen willst?«, fragt er ungläubig und lacht wie eine Hyäne. »Nichts habe ich mir dabei gedacht! Es sind nur NSC, verdammt noch mal, Programme, Puppen, sonst nichts. Ich habe nicht einer einzigen echten Person das Haar gekrümmt! Warum stellt ihr euch alle wegen ein paar NSC so an? Die Weiber hier sind doch dafür da, dass man Spaß mit ihnen haben kann. Such dir doch selbst ein paar Kerle, die dich mal ordentlich durchziehen, vielleicht bist du dann nicht mehr so verkrampft!«

Erik holt aus und schlägt zu, legt dem ohnmächtigen Loverboy den Knebel und die Augenbinde wieder an und verbeugt sich leicht vor mir. »Verzeiht, Herrin, ich finde, er hat genug gesagt. Doch wenn Ihr wollt, wecke ich ihn wieder.«

»Danke«, sage ich höflich, als ich mich umdrehe und das Kutschenhaus verlasse. »Das wird nicht nötig sein.«

»Und jetzt?«, fragt mich Cat auf dem Weg zurück zum Haupthaus. »Ich will mich nicht beschweren, aber wir haben ihn früher gefunden, als wir es geplant haben.«

»Wenn er einen Helm trägt, wird er nach acht Stunden automatisch ausgeloggt, mit oder ohne Dianas Seil. Bei einem Pod sind es was? Achtundvierzig Stunden?«

»Mehr«, sagt Cat. »Die neueren Pods sind für zweiundsiebzig Stunden gut, die letzte Version, wie unsere, sogar für sechsundneunzig Stunden. Doch wenn jemand bei ihm ist, kann der ihn einfach ausloggen, indem er den Pod öffnet.«

Okay. Wenn wir uns nicht beeilen, haben wir vielleicht Pech und es gelingt ihm, sich auszuloggen. Es ändert nicht sehr viel an der Sperrfrist, aber die Menschen hier wollen sehen, wie die Bestie ihrem gerechten Urteil zugeführt wird. So wenig, wie ihn die Nägel gestört haben, befürchte ich, dass er nur einen Neurohelm trägt.

Treffe meine Entscheidung.

»Sagt Hauptmann Loris Bescheid«, sage ich. »Und schaut, ob wir jemanden finden können, der ein Horn blasen kann.«

»Du meinst eine Fanfare«, sagt Cat.

Winke hoheitsvoll ab. »Irgendetwas, das Lärm macht.«

55 Fanfaren

Etwas später geht das Tor in der Mauer meines Stadtpalastes auf, und zwei Soldaten im Waffenrock der Herzogin von Maren kommen heraus, stellen sich links und rechts des Tors auf und schmettern Fanfaren, die alle Aufmerksamkeit auf sich ziehen.

Ich gehe mit gemessenem Schritt voran, gefolgt von Pia, Cat, Fire, Mouse und Elena. Hinter Elena folgen acht Soldaten im gleichen Waffenrock, angeführt von einem grimmig dreinsehenden Hauptmann Loris.

Wir haben ein paar Hundert dieser Waffenröcke in der Festung gefunden und besitzen genügend Rüstungen und Waffen, um damit eine Armee auszurüsten.

Da wir keinen Eselskarren besitzen, schleift Hauptmann Loris Loverboy einfach hinter sich her.

Rabina läuft breit grinsend neben ihm.

Wesex ist nicht dabei, ich nehme die Warnung von Cat ernst.

Es braucht nicht lange, bis die Leute verstehen, dass hier etwas Ungewöhnliches geschieht, und es sammelt sich rasch eine neugierige Menschenmenge an.

»Hey!«, ruft Hog, als die Menge droht, uns den Weg zu versperren. »Macht uns eine Gasse zum Magistrat frei, wenn ihr wissen wollt, was los ist!«

Zu meiner Überraschung hilft das, und es braucht nicht lange, bis wir vor den Türen des Magistrats stehen. Die Wachsoldaten schauen etwas verblüfft, als Hog die Tür im Namen der Herzogin aufdrückt, hindern ihn aber nicht.

Es ist Nachmittag, die Gerichtsverhandlungen sind bereits vorbei, also muss ich niemanden vertreiben, als ich mich auf den Richterstuhl setze.

»Hauptmann«, sage ich laut zu Loris, »sorgt dafür, dass hier Ordnung herrscht.« Ich schaue die Menschen, die sich jetzt neugierig durch die Tür drängen, herzoglich an. »Wer der Verhandlung beiwohnen möchte, möge auf den Rängen Patz nehmen. Wer stört, wird entfernt.«

Da kommt auch schon jemand herangeeilt, auf den ich gewartet habe.

»Was tut Ihr hier?«, fragt Magistrat Heinrich Erlau aufgebracht.

»Gericht halten«, sage ich.

»Ihr habt kein Re-…« Er hält inne, wirft einen Blick auf das Wappen, das hinter mir an der Wand zu sehen ist, schüttelt dann den Kopf, um sich etwas spöttisch zu verbeugen. »Wie Ihr wünscht. Über wen wollt Ihr Gericht halten?«

Deute mit dem Hammer, den ich in einer Schublade des Pults gefunden habe, auf Loverboy, der vor mir auf dem Boden liegt und mich böse anschaut. »Ich halte Gericht über den Wiedergänger Loverboy, den ihr hier die Bestie nennt.«

Diese Ankündigung löst ungläubige Rufe und lautes Geraune aus, also schlage ich mit dem Hammer auf den kleinen Holzblock. »Ruhe im Gericht!«, rufe ich und habe Mühe, ein Grinsen zu unterdrücken. Werde es nie zugeben, aber ich habe gerade meinen Spaß.

»Arensvelt litt schon zu lange unter diesem Ungeheuer«, rufe ich laut, sodass mich jeder hören kann, und deute theatralisch auf Loverboy. »Dafür, dass der Magistrat sich weigert, mir die Treue zu schwören, können die Bürger dieser schönen Stadt nichts, und es ändert auch nichts daran, dass sie das Recht haben, sich an mich zu wenden, wenn sie sich bedroht fühlen. Ob ihr es eingestehen wollt oder nicht, diese Stadt gehört noch immer mir, und sie steht demnach auch unter meinem Schutz!«

»Hört, hört!«, ruft jemand in der Menge, der verdächtig nach Mouse klingt. Es löst ein Gemurmel aus und lässt mich lächeln.

Es ist offensichtlich, dass Magistrat Heinrich Erlau nicht über meine Rede erfreut ist.

»Habt Ihr denn Beweise, dass dies der gesuchte Mann ist?«, fragt er mich bissig.

»Setzt Euch«, sage ich mit einem Lächeln und weise auf einen freien Stuhl am Rand. »Und wartet ab.«

Die Nachricht, dass hier über die Bestie Gericht gehalten werden soll, verbreitet sich wie ein Lauffeuer, und nicht nur meine

Soldaten, sondern auch die Wachsoldaten der Stadt haben ihre Mühe, den Ansturm zu bändigen.

»Ruhe!«, rufe ich.

Klopfe dreimal auf das Holz, vielleicht etwas zu fest, denn der Hammerstiel bekommt einen Riss.

Zu meiner eigenen Überraschung wird es still.

»Zuerst muss ich wegen der ungebührlichen Eile um Verzeihung bitten«, sage ich laut und deutlich. »Es wäre angebracht, wenn die Verwandten der unschuldigen Opfer hier wären, um zu sehen, wie über dieses Ungeheuer Gericht gehalten wird. Doch der Angeklagte ist ein Wiedergänger, und es besteht die Gefahr, dass er sich seiner Bestrafung entzieht, wenn wir zu lange zaudern.«

Ein Raunen geht durch die Menge, und ich hebe nur den Hammer, es wird sofort leiser.

Ha!

Lasse den Hammer wieder sinken.

Winke Pia heran. »Dies ist Pia Windhunter, eine Priesterin der Bastet. Sie wird bestätigen, dass hier die Wahrheit gesprochen wird.«

Pia tritt vor und nickt hoheitsvoll.

Weise mit dem Hammer auf Rabina. »Rabina Koltern«, rufe ich sie. »Schwört Ihr, dass Ihr die Wahrheit sagt und nichts als die Wahrheit, so wahr Bastet Euch helfe?«

Habe das letzte Mal gesehen, dass man es hier etwas anders angeht, doch was soll's, denke ich mir, ich habe genug Filme gesehen, in denen das gesagt wurde, und ich habe hier das letzte Wort.

»Ich schwöre«, sagt Rabina, auch wenn sie etwas überrascht dreinschaut.

»Dann erzählt uns in Euren Worten, was Euch widerfahren ist.«

»Ey!«, ruft eine Stimme von einem der Zuschauerplätze. »Was ist mit Anklage und Verteidigung? Oder einer Jury?«

Ich weise mit dem Hammer auf den hochgewachsenen Elfen. Der wie ich zu viele Gerichtsdramen gesehen haben muss.

»Name?«, belle ich.

»Boltan.«

»Euer Ehren.«

»Was?«

Ich seufze vernehmlich, damit es auch jeder mitbekommt.

»Es heißt: Mein Name ist Boltan, Euer Ehren.«

»Ah, okay. Sorry. Euer Ehren.«

»Zu deiner Frage, Boltan, so läuft das hier nicht. Ich entscheide hier, was mit Loverboy geschieht. Ich kann ihn auch einfach so aufhängen, doch ich will, dass jeder hier erfährt, warum er vor Gericht steht. Rabina, fahrt fort.«

Rabinas Schilderung ist klar und deutlich, wird mit Inbrunst und dem Feuer der Gerechtigkeit vorgetragen und ist reichlich mit Kraftausdrücken geschmückt, die sogar mich manchmal schlucken lassen.

Anschließend ist die Stimmung im Saal hässlich. Vielleicht kommt es jetzt auch bei Loverboy an, denn er hat aufgehört zu strampeln.

»Sagt sie die Wahrheit?«, frage ich Pia.

»In der Schilderung der Vorgänge ja. In der Beschreibung der Ahnenreihe des Angeklagten weicht sie von dieser erheblich ab«, sagt Pia mit einem Lächeln und erntet dafür Gelächter. An den grimmigen Blicken, die auf Loverboy lasten, ändert es wenig.

»Jerry Clement«, rufe ich Mouse nach vorne. »Ihr habt in meinem Auftrag den Wiedergänger Loverboy verhaftet. Berichtet uns, was Ihr in einer Kiste am Tatort gefunden habt.«

Ganz nach Vorbild anderer Serienkiller und psychopathischer Idioten hat sich Loverboy jeweils ein Erinnerungsstück an seine Opfer aufgehoben. Vielleicht dachte er, dass das dazugehört.

Traue es ihm zu.

Was für ein Idiot.

Nacheinander holt Mouse die Gegenstände aus seinem Inventar und hebt sie hoch, beschreibt sie und legt sie dann vor mich auf den Richtertisch.

»Das ist die Brosche meiner Isma!«, ruft plötzlich ein Mann aus dem Publikum. »Ich erkenne sie wieder! Meine Isma! Wie konntest du nur so etwas tun?!«

Zwei Soldaten wollen den weinenden Mann zurückhalten, doch ich schüttele den Kopf. »Lasst ihn nach vorne kommen. Und du«, ich weise auf einen Mann, der nahe dem Richtertisch sitzt. »Gib dem Mann, der seine Tochter verloren hat, deinen Platz, damit dieses Ungeheuer ihm in die Augen sehen muss.«

Der Mann steht wortlos auf und verbeugt sich sogar leicht vor dem weinenden Vater, dem Mouse nun die Brosche in die Hand gibt, der sie dann mit beiden Händen gegen seine Brust drückt.

Anschließend berichtet Mouse, was Loverboy ihm gestanden hat. Während er das tut, finden sich noch eine Frau und ein Mann, die jeweils das Eigentum ihrer Töchter wiedererkennen. Jedes Mal lasse ich sie nach vorne führen, und jedes Mal räumt man ihnen einen Platz, diesmal sogar ohne meine Aufforderung.

»Hauptmann Loris«, sage ich dann, »nehmt dem Angeklagten den Knebel ab und richtet ihn auf, damit er den Eltern seiner Opfer in die Augen sehen kann. Loverboy, hast du etwas zu deiner Verteidigung zu sagen?«

Das ist das zweite Mal, dass er das gefragt wird, und ich hoffe, dass er sich treu bleibt.

Bleibt er.

Das hier ist *sein* Auftritt, und er will jedem zeigen, wie toll er ist und wie wenig ihn all das beeindruckt.

Zum zweiten Mal redet er sich erfolgreich um Kopf und Kragen.

»Magistrat Heinrich«, wende ich mich an Erlau, während Loverboy noch weiter Gift und Galle speit, »habt Ihr noch Fragen an diesen Mann?«

Es ist deutlich, dass der Magistrat nicht glücklich über mein Vorgehen ist, doch genauso deutlich ist die Abscheu und die Verachtung, die er Loverboy entgegenbringt.

»Nein«, sagt er. »Ich habe keine Fragen. Es scheint mir klar.« Er zögert. »Euer Ehren.«

Stehe hinter meinem Richtertisch auf und lasse meinen Blick über die Masse an Menschen gleiten, die sich hier dicht drängen. »Bevor ich mein Urteil verkünde, will ich etwas anderes ansprechen. Dieser Mann, den ihr das Biest von Arensvelt genannt habt, ist ein Wiedergänger. Wie ich auch. Mir und uns ist bewusst, dass wir nicht überall gerne gesehen werden, dennoch will ich etwas klarstellen.« Suche Boltan und schaue ihn an. »Wer von euch ein Wiedergänger ist, soll bitte aufstehen oder die Hand erheben.«

Langsam, zögernd, da sie auch nicht wissen, was ich will, stehen Spieler auf oder heben die Hand. Auch Boltan. Weise mit dem Hammer auf ihn. »Boltan, du bist ein Wiedergänger. Was ist deine Meinung von dem Mann, der hier vor uns kniet?«

»Bei uns käme das Arschloch auf den Stuhl«, sagt Boltan knapp.

»Was für ein Stuhl?«, fragt jemand.

»Ein Hinrichtungsinstrument«, erklärt Boltan. »Ihr habt so etwas hier nicht, also hängt ihr ihn am besten auf.«

»Du kannst dich setzen«, sage ich, und er setzt sich dankbar wieder hin.

Nacheinander deute ich auf andere Spieler, die sich ähnlich angewidert zeigen. Ob es an Loverboy selbst liegt oder an seinen Taten, ist nicht immer deutlich, doch es macht auch keinen Unterschied.

Wende mich wieder an die Menge. »Dieser Mann«, sage ich und weise auf Loverboy, »ist einer von uns. Er ist ein Wiedergänger. Doch auch wir verabscheuen solche Taten.« Ich hebe mein Kinn. »Magistrat Heinrich Erlau hat bestätigt, dass ich das Hochrecht in diesem Herzogtum halte. Ab sofort gilt auch in Arensvelt das Gesetz, dass das Recht keinen Unterschied zwischen den Rassen dieser Welt und uns Wiedergängern machen soll.« Dass für die Stände nach wie vor ein unterschiedliches Recht gilt, daran werde ich so schnell nichts ändern können. Bin mir im Moment auch noch nicht sicher, ob ich es will.

Richte meinen Blick auf Loverboy. »Dieser Mann hat einen Pakt mit der Dunkelheit geschlossen. Teil dieses Paktes ist, dass er nicht gehängt werden soll. Ich werde ihm den Gefallen tun, da es ihm so wichtig erscheint, dass er dafür hilflose Frauen getötet hat. Ihm soll das angetan werden, was er ihnen angetan hat. Mein Urteil lautet, ihn für jeden Mord, den er begangen hat, auszuweiden, wie er es bei seinen Opfern getan hat. Da er keine Reue zeigt und diese abscheulichen Taten begangen hat, um mit der Dunkelheit zu paktieren, bestimme ich, dass jedes seiner Verbrechen vierfach auf seiner Seele lasten soll.« Ich schaue zu Magistrat Heinrich hin. »Ich schlage vor, mit den Exekutionen unverzüglich anzufangen, bevor er sich ihnen noch entziehen kann. Ich habe das Urteil gefällt. Ist der Magistrat bereit, das Urteil zu vollstrecken?«

Der Magistrat steht auf. »Ja«, sagt er.

»Gut.«

Ich lasse den Hammer zum letzten Mal fallen. Der Hammerkopf bricht ab. Nun, der Hammer hat lange genug gehalten, ich bin sicher, der Magistrat findet einen anderen.

»Die Sitzung ist beendet.«

Habe nicht die geringste Ahnung, wie viele Verfahrensfehler ich begangen habe, doch es ist mir herzlich egal. Wir schauen zu, wie Loverboy davongezerrt wird, dann nicke ich Hauptmann Loris zu, der unsere Leute formiert und uns dann zum Stadtpalast zurückbegleitet.

Niemand von uns wohnt den Exekutionen bei, die fast unmittelbar im Anschluss an die Verhandlung auf der Richtplattform hier auf dem Marktplatz durchgeführt werden.

Er wird nur dreimal hingerichtet, vor der vierten Exekution hat er ausgeloggt.

56 Die Bitte um eine Audienz

Die ganze Gruppe bekommt die Queste gutgeschrieben, doch die Belohnung wird unter uns aufgeteilt.

»Jetzt weiß jeder hier, wer er ist«, sage ich, als ich davon erfahre, dass Loverboy nach der dritten Hinrichtung ausgeloggt wurde. »Er wird wahrscheinlich in eines der anderen Gebiete flüchten. Ich hoffe, wir sehen ihn nie wieder.«

»Hast du die Patchnotes nicht gelesen?«, fragt Cat.

Schaue ihn fragend an.

»Wer versucht, sich durch Ausloggen einer Hinrichtung zu entziehen, wird sich beim Einloggen in dem jeweiligen Verlies wiederfinden. Loverboy hat keine Wahl. Wenn er weiterspielen will, muss er da durch. Ich kann mir vorstellen, dass er es jetzt aufgibt.«

»Wollen wir es hoffen«, sage ich.

»Meinst du, er hat die Wahrheit gesagt?«, fragt Pia etwas später.

»Wobei?«, fragt Mouse.

»Dass er keinem lebenden Menschen etwas zuleide getan hat? In unserer Welt, meine ich?«

»Weißt du«, sage ich langsam, während ich Wesex kraule, »ich glaube ihm das sogar. Nur ändert das nichts.«

»Schade, dass wir ihn so schnell gefunden haben«, sagt Cat, als er sich mit einem Glas Wein in der Hand in seinem Sessel zurücklehnt. »Ich meine, ich bin froh darüber, dass es keine neuen Opfer gegeben hat, doch ich fand die Idee gut, die du gehabt hast. Offiziell mit Eskorte als Herzogin hier einreiten, dem Magistrat anbieten, die Bestie zu finden, eine Ansprache an die Bürger dieser Stadt, den Stadtrat bedrängen, den Widerstand gegen dich aufzugeben, die Bestie finden, aufhängen, Lob einstreichen und dann schauen, ob der Magistrat vielleicht doch nachgibt oder zumindest verhandeln will.«

»Ja«, gebe ich zu. »Das lief nicht ganz nach Plan. Aber wenigstens ist die Bestie jetzt gestellt. Wir haben auch in Marensfurt noch genug zu tun, und die Menschen hier in Arensvelt werden den heutigen Tag nicht so schnell vergessen. Es werden sich andere Gelegenheiten finden, den Magistrat unter Druck zu setzen.«

Es klopft an der Tür. Hog öffnet.

Ein Diener steht dort und überreicht ein gesiegeltes Pergament.

Schaue mir das Siegel an, es ist das der Stadt. Breche es. Lese das Pergament und lasse es sinken. »Ihr werdet es nicht glauben.«

»Was ist es?«, fragt Fire.

Wortlos reiche ich ihr die Schriftrolle. Sie liest und fängt an zu lachen.

»Kann mir endlich jemand verraten, um was es geht?«, fragt Hog ungehalten.

»Der Stadtrat!«, keucht Fire atemlos und lacht erneut. »Er bittet höflich um eine Audienz.«

Abkürzungsverzeichnis

AoE	Area of Effect, der Wirkungsbereich von Angriffen oder Zaubersprüchen oder Angriffe oder Zaubersprüche mit Flächenwirkung
CSI	Crime Scene Investigation
EP	Erfahrungspunkte
IG	in game (im Spiel)
KI	Künstliche Intelligenz
MMORPG	Massively Multiplayer Online Role Playing Game
N.M.I.	No middle initial
NSC	Nicht-Spieler-Charakter
OP	overpowered (zu stark)
PK	Player Killer
PVP	Player versus Player
RPG	Role Playing Game
SAM	surface-to-air missile (Flugabwehrrakete)
VR	Virtuelle Realität
VRI	Virtual Reality Integrated Industries
C	Kupfer
S	Silber
G	Gold

ISBN 978-3-492-28232-1

Invasion in der virtuellen Realität

Coverabbildungen vorbehalten

Richard Schwartz

Invasion

Piper, 416 Seiten

ISBN 978-3-492-70544-8

Die ehemalige Kampfpilotin Alex muss sich im gigantischen Onlinerollenspiel Vorena einer neuen Herausforderung stellen: Während die Erde sich auf die Invasion außerirdischer Mächte vorbereitet, wird auch in Vorena vor den extraterrestrischen Angreifern gewarnt, die die Erfolgsaussichten eines Krieges gegen die Menschen sondieren. Alex und ihre Verbündeten setzen alles daran, die Invasoren zurückzuschlagen. Denn sie wissen: Fällt Vorena, fällt die ganze Welt.

Leseproben, E-Books und mehr unter www.piper.de